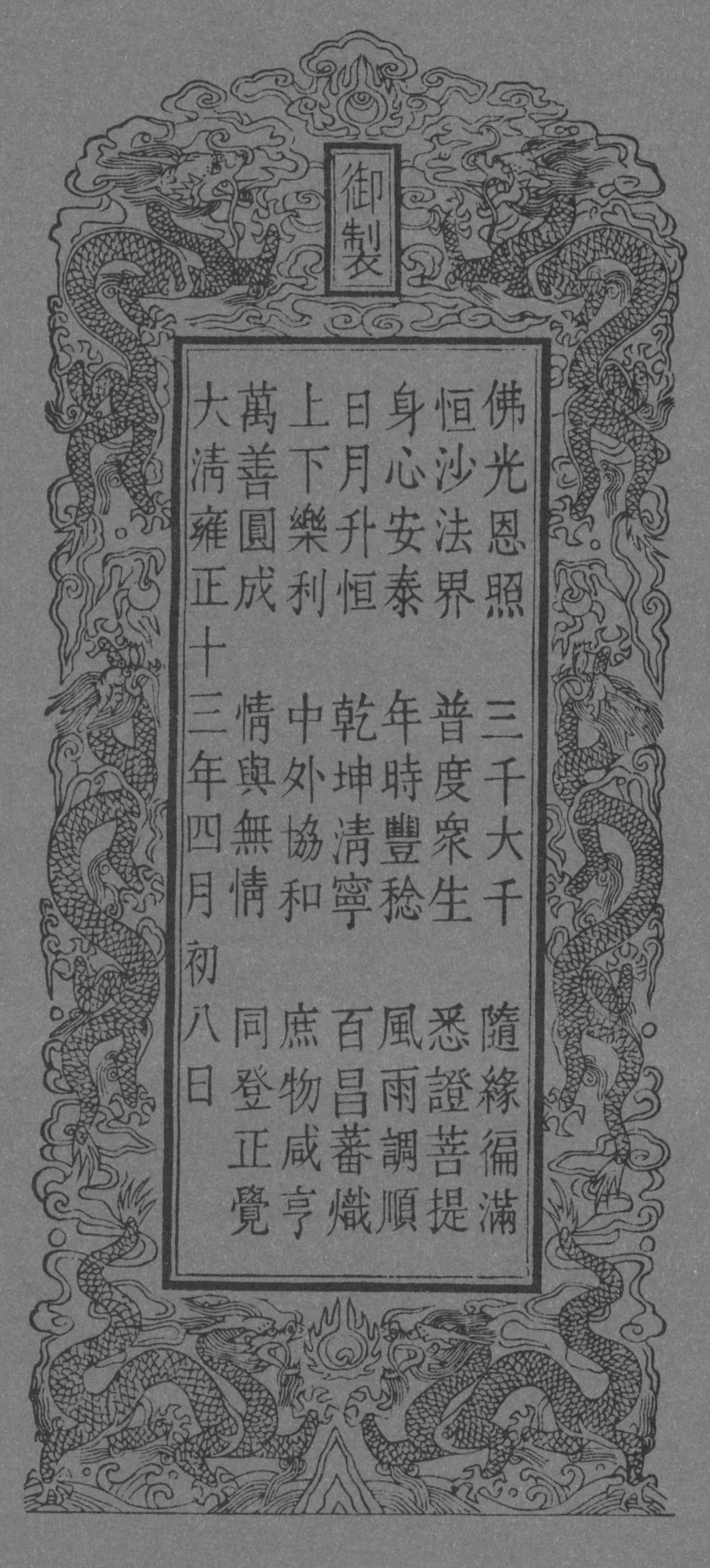

御製

佛光恩照　三千大千　隨緣徧滿
恒沙法界　普度衆生　悉證菩提
身心安泰　年時豐稔　風雨調順
日月升恒　乾坤清寧　百昌蕃熾
上下樂利　中外協和　庶物咸亨
萬善圓成　情與無情　同登正覺
大清雍正十三年四月初八日

第一七册 大乘經 寶積部（一）

大寶積經

唐三藏法師菩提流志奉詔譯

清刻龍藏佛說法變相圖

大寶積經序

唐睿宗皇帝製

朕聞天之爲大也高上下之容可紀地之爲大也廣縱横之數可推則知無去無來不生不滅拯沉淪於沙劫救焚灼於塵區毒龍懼其威光醉象憚其神力其大則包於宇宙其小則隱於毫芒七十二君先在陶鈞之内萬八千載即爲俄頃之間漢日載其通暉周星彰其降誕鷲頭峯下演金口之微言雞足山中舒玉毫之瑞色干戈不用梵志摧鋒甲冑無施波旬潰旅闢圓明之淨域啓方便之禪門慧影耀於昏衢慈雲清於朽宅無得而稱者其惟正覺乎然則教自西方法流東夏馬鳴龍樹肇闡瓊編羅什道安承宣寶偈關中道俗雖傳貝葉之文江左黎元未極蓮華之

旨又以元魏迷於釋典宇文肩於魔風開皇之初暫爲修建大業之末遽即分崩我大唐之有天下也睿聖重光文思御曆吞沙靜蘖鍊石稱神巢燧執鞭羲農擁篲懸法王之鏡轉梵帝之輪被正朔於蟠桃混車書於細柳三藏沙門菩提流志者南天竺國淨行婆羅門種姓迦葉氏也年十有二外道出家事波羅奢羅學聲明僧佉等論并曆數呪術及陰陽等年踰耳順遽乃心歸知外法之乖違悟釋教之深妙隱居名嶽積習頭陀初就耶舍瞿沙三藏學經論其後徧遊五天竺國高宗大皇大帝聞其遠譽挹其道風永淳二年遣使迎接天后聖帝應乾司契當宁披圖令住東都居大福先寺譯佛境界寶雨華嚴等經一十一部中宗孝和皇帝循機履運配永登樞神龍二年令住京下於大崇福寺翻譯此經俄屬靈祐虧徵綿區集禍喬嶽之仙長往茂陵之駕不還朕以庸虛謬膺丕構敬遵前旨勗就斯編法師尋繹故文發揮新句炎涼不懈晓夕忘疲舊翻新翻凡有四十九會總其部帙一百二十卷成以先天二年四月八日畢功進内法師戒珠在握慧炬明心爲法門之棟梁啓僧徒之耳目伏願上資七廟八百之祚長延下及萬方億兆之甿恒逸遠邇寧謐朝野歡娛致澆俗於淳源歸迷生於壽域暫乘紫機之暇聊題緗帙之前所有會名具於其目云爾

大寶積經述

唐朝議郎行河南府告成縣主簿徐鍔撰

夫日月出矣而輝耀十方時雨降矣而滉瀁萬物況我身常樂湛虛空之相妙覺圓明融心行之本唯皦唯昧不生不滅者哉是以闢無學之地聿修迦蘭啓息言之津亶作羅奈智勝菩薩起方便之緣淨居天人發成就之力稱謂所絕者其第一義乎自恒星夜掩仙虹晝爍青鉢傳其睟容寶棺現其金臂法山摧仞拂魔箭於危屏直水橫流係慈航於彼岸烏虖妙藏不可以常祕戒輪不可以終蟄雖雙林下砉示於泥洹逮一千年適被於聲教龍持貝葉亟傳摩竭之城象負蓮華遂滿真丹之境三十七品慈悲於火宅一十二經引喻於沙界矣大寶積經者後漢迦葉摩騰竺法蘭及今朝玄奘法師菩提流志等咸自西天竺所致也如來昔在鷲峯利建平等金口注海酌之而不竭寶言如綸振之而有緒炯茲瑞憲久翳鴻都原壑屢非市朝多變歷代侚齊之主競與參譯跋陀授記之言罕能丕就洎我唐之有天下也功橫鐵圍化緜忉利施禦千界提封萬刹張四攝之扉廣納諸有騁六道之驥寘濟群惑太上皇以澤深智海掌耀禪珠神皇帝以勛格梵空胷懸法印肅敷玄誥昭灑鴻波歷選緇徒明斆列寀博考同異聿與刊緝勇振頹網嚴持絕紐爰有沙門大德思忠東天竺國婆羅門大首領臣伊舍羅等譯梵文者求善住緣悟無生忍博聞强識精而譯之復有天竺沙門波若屈多沙門達摩證梵義者開忍辱場破煩惱衆弼

諧神侶明而辯之復有沙門大德履方宗一晉敬慧覺等筆授者令問孔膠威儀不忒手握仙札受而字之復有沙門大德深亮勝莊塵外無著慧迪等證義者國之大師佛之右臂探諸了義演而證之復有大德沙門承禮雲觀神暕道本等次文者庇影多林息肩香窟勤修精進纂而次之復有潤文官者銀青光禄大夫邠王傅上柱國固安縣開國伯盧粲銀青光禄大夫太子詹事崇文館學士兼修國史上柱國東海縣開國公徐堅朝議大夫守中書舍人崇文館學士上柱國野王縣開國男蘇晉朝議郎給事中内供奉崔璩等位列鳳墀聲流雞圃分别二諦潤而色之復有銀青光禄大夫守侍中兼太子左庶子兼修國史上柱國鉅鹿縣開國公魏知古兵部尚書上柱國郭元振銀青光禄大夫檢校中書令上柱國范陽縣開國男張説銀青光禄大夫行中書侍郎同中書門下三品監修國史上柱國興平縣開國侯陸象先等朝踐瑣闥夕遊珠域護持四法總而閲之爾乃杖錫之士端珪之俊厤列定蓮林攢樂土蔭祥雲而演譯倏換炎涼吸甘露而勤求載淹衡晷大乘章句義不唐捐小品精微拯無遺溺能事畢矣佛何言哉今所新翻經凡有四十九會七十七品合一十二帙以類相從撰寫咸畢以先天二年六月三十日進太上皇八月二十一日進皇帝禁闈曉闢真教上聞仙宇克怡宸襟允穆竦鈞陳於白日親御靈臺落雲雨於彤霄荐加殊尉賢愚稽首以爲利見仁王真俗歸心以爲潛登覺道次有清信佛

弟子前少府監丞李式顔等皇朝金紫光禄大夫兵部尚書贈侍中隴西公逈秀子也復有清信佛弟子前右拾遺徐鐈等皇朝銀青光禄大夫太子賔客昭文館學士高平公子也咸屬彼穹降禍私門墜構陟遥岵而崩心瞻冥途而獻福於是胠篋探笥檀波羅蜜廣疊簡牋首崇書寫不變槐火遽盈苫袟然後裝之鏤軸綴以瓊籤羅絲筆而霓舒播珠函而錦縟方使猛風吹嶽長存妬路之文劫火燒天不壞多羅之典

大寶積經卷第一

唐三藏法師菩提流志奉　詔譯

三律儀會第一之一

如是我聞一時佛在王舍城耆闍崛山其山高峻嚴麗可觀持諸雜種猶如大地衆華卉木悉皆茂盛其中復有天龍夜叉毗舍闍緊那羅等常所遊止復有種種異類諸獸所謂師子虎狼麒麟象馬熊羆之屬止住其中復有無量百千衆鳥所謂孔雀鸚鵡鴝鵒羅鳥鳧鴈鴛鴦命命等類依之而住是諸衆生以佛威力不爲貪欲瞋癡所惱不相茹食共相親愛猶如母子是山王中多諸雜樹叢林蓊鬱枝葉繁榮謂天木香樹菴摩羅樹甄叔迦樹尼俱陀樹栴檀沉水如是等樹無不備有復有水陸無量雜華所謂阿提目多華瞻婆香華波吒羅華婆師迦華蘇曼那華由提迦華優鉢羅華波頭摩華俱物頭華芬陀利華迦羅娑華摩訶迦羅娑華如是等類諸雜名華光飾山王處處充徧是山王中常於夜半興大密雲輕雷細雨從初至末漸徧其山八功德水流滋普洽如犛乳頃廓然消散涼風微動適悅身心是山王中所住衆生及諸卉木滋潤光澤如妙華鬘微加水灑光色鮮明倍更增勝此山王中衆生草木含滋發暉亦復如是而此山中生諸輭草靃靡右旋色香具足青綠暉映如孔雀咽其香喻若婆師迦華其觸又類輕兜羅緜枝葉華果繁榮茂盛未嘗有一不具足者山地柔輭無傷趾步下足之時陷深四指舉足之時還復如故其中多有陂泉池沼清泠盈滿生雜蓮華青黃赤

白紅紫玻瓈金火等色大如車輪香氣普熏一踰繕那是山王頂生於大妙寶蓮華座無降伏寶帝青金剛以爲其莖大吠瑠璃爲諸寶鐸贍部檀金爲廣淨葉順時清淨栴檀爲臺瑪瑙寶王以爲其鬚其華縱廣猶如大海十億阿脩羅王常所執持十億雜色摩尼寶網彌覆其上十億龍王雨妙香雨十億金翅鳥王口銜繒綵十億緊那羅王至誠瞻仰十億摩睺羅伽王虔恭俯視十億乾闥婆王歌詠讚歎十億百千諸大天帝興布瑞雲而雨末香燒香衣服華鬘幢旛寶蓋十億梵王曲躬恭敬十億淨居天衆合掌頂禮十億轉輪人王七寶侍從來至其所十億海王從大海出而敬禮之十億光明摩尼寶以爲照曜十億淨福摩尼寶珠爲勝莊嚴十億徧照摩尼寶爲無垢藏十億妙光摩尼寶爲大照明十億雜色摩尼藏寶而爲徧照贍部幢寶爲善安持十億金剛師子摩尼寶難勝莊嚴十億日藏摩尼寶間錯廁填廣大嚴飾十億不思議摩尼寶出種種色爲妙莊嚴十億如意寶出無盡莊嚴是大蓮華從於如來超過世間善根所生菩薩志意之所愛慕徧現諸方從如幻法出善法業生以無諍法性理趣莊嚴如夢法性以無行法印順無著理徧滿十方一切法界是順佛境功德所致若於無量阿僧祇劫歎其色相功德莊嚴不可窮盡爾時世尊於其華上結跏趺坐與大比丘衆八千人俱其名曰尊者阿若憍陳如尊者阿濕婆氏多尊者摩史波摩訶男優陀夷耶舍富那無垢善臂憍梵鉢提優樓頻螺迦葉那提迦

葉摩訶迦葉舍利弗大目揵連阿那律須菩提離波多富樓那彌多羅尼子優波離羅睺羅難陀等而爲上首悉皆覺悟自性諦理現證實際入法本性度諸有海行於如來虛空之行悉能永斷隨眠結縛而於攝藏住無所住行空寂靜於如來所永斷疑惑入佛智海勝信道中利益世間爲不請友常能衛護一切衆生與諸有情爲不捨友通達佛法所行境界守護聖法誓願受持諸佛正教現前得生如來種性善能趣向一切智智復有菩薩摩訶薩衆八千人俱普賢菩薩文殊師利菩薩等而爲上首所謂最上智智菩薩最上寶智菩薩一切語言智菩薩無著智菩薩華上智菩薩日上智菩薩月上智菩薩無垢上智菩薩金剛智菩薩遠塵智菩薩光幢菩薩妙

高幢菩薩寶幢菩薩無礙幢菩薩華幢菩薩淨幢菩薩日幢菩薩端嚴幢菩薩離垢幢菩薩徧照幢菩薩陀羅尼威德菩薩寶威德菩薩大威德菩薩金剛智威德菩薩無垢威德菩薩日威德菩薩月威德菩薩福山威德菩薩智照威德菩薩普勝威德菩薩地藏菩薩虛空藏菩薩蓮華藏菩薩寶藏菩薩日藏菩薩清淨功德藏菩薩法海藏菩薩徧照藏菩薩齊藏菩薩勝蓮華藏菩薩日眼菩薩淨眼菩薩無垢眼菩薩無礙眼菩薩普明眼菩薩善利智眼菩薩金剛眼菩薩寶眼菩薩虛空眼菩薩普眼菩薩天冠菩薩照法界摩尼冠菩薩妙菩提摩尼冠菩薩照十方冠菩薩出現一切佛藏冠菩薩超一切世間冠菩薩普照冠菩薩無映蔽冠菩薩執持一切如來師

子座冠菩薩普照法界虛空冠菩薩梵王髻菩薩龍王髻菩薩一切佛變化影像髻菩薩妙菩提髻菩薩一切願海音聲摩尼王髻菩薩放一切如來圓光摩尼寶雷聲髻菩薩一切虛空無差別表示摩尼寶網覆髻菩薩一切如來法輪聲髻菩薩一切三世名輪聲髻菩薩大光菩薩無垢光菩薩寶光菩薩離塵光菩薩照光菩薩法光菩薩寂靜光菩薩日光菩薩神變光菩薩天光菩薩福光菩薩智光菩薩法光明菩薩神通光菩薩光照菩薩華光菩薩寶光菩薩覺光明菩薩梵光菩薩普照光菩薩梵音菩薩海音菩薩地吼音菩薩世間王音菩薩山王音菩薩山王相擊音菩薩徧法界音菩薩一切法海雷音菩薩摧伏諸魔音菩薩大悲理趣雲雷音菩薩徧息一切世間苦惱音菩薩法勝涌菩薩殊勝涌菩薩智勝涌菩薩福須彌勝涌菩薩功德最勝涌菩薩名聞勝涌菩薩普光勝涌菩薩大慈勝涌菩薩智照勝涌菩薩如來種性勝涌菩薩光德菩薩勝德菩薩法涌德菩薩徧照德菩薩法德菩薩月德菩薩虛空德菩薩寶德菩薩實德菩薩光德菩薩智德菩薩婆羅帝王菩薩法帝王菩薩象帝王菩薩梵帝王菩薩山帝王菩薩衆帝王菩薩天帝王菩薩寂靜帝王菩薩不動帝王菩薩最勝帝王菩薩菩提寂靜聲菩薩無著聲菩薩地聲菩薩大海聲菩薩音聲菩薩照法聲菩薩虛空聲菩薩一切聲菩薩善根雷聲菩薩發悟本願聲菩薩摧一切魔軍聲菩薩智須彌覺菩薩虛空覺菩薩清淨覺菩薩無礙覺菩薩開寤

覺菩薩照三世覺菩薩寶覺菩薩廣大覺菩薩普光覺菩薩法界理趣照覺菩薩如是等菩薩摩訶薩八千人俱皆悉安住普賢願行所行無著者普徧一切諸佛刹故變無邊身者親近一切佛如來故所緣無際限境界清淨者了知一切佛神變故趣無量者往詣諸佛現等覺處無休息故無邊光明者於一切法實相海中得無邊智光明故無邊劫中說功德無盡者辯才清淨故等虛空界者智所行境清淨故無所依者隨世意樂現色身故能離翳者了知無有衆生界故虛空智慧者放光明網徧法界故究竟寂靜者最寂靜心故一切陁羅尼種性智境界者於三摩地勇猛無畏者眼住法界盡其際者於一切法住無所得者遊無邊智海者已度智彼岸者般若波羅蜜多者般若波羅蜜多到一切世間波羅蜜者於三摩地彼岸得自在者復有五百比丘尼俱其名曰摩訶波闍波提比丘尼瞿曇彌比丘尼安隱比丘尼優鉢羅華比丘尼瘦瞿曇彌比丘尼耶輸陁羅比丘尼等而爲上首復有五百優婆塞俱其名曰善威德優婆塞天威德優婆塞慧光優婆塞名稱威德優婆塞超名稱威德優婆塞善慧優婆塞月德優婆塞月歡喜優婆塞大歡喜優婆塞羅睺賢優婆塞大賢優婆塞等而爲上首復有五百優婆夷俱其名曰大光優婆夷善光優婆夷善身優婆夷可樂身優婆夷賢德優婆夷月光優婆夷光明優婆夷勝光優婆夷善眼優婆夷等而爲上首及餘無量天龍夜叉乾闥婆阿脩羅迦樓羅緊那羅摩睺羅伽

等圍繞恭敬而爲說法所謂廣說三律儀品一切如來毗奈耶法開現一切諸菩薩行明照法界入諸法門能淨莊嚴一切佛刹摧諸邪論降伏魔怨令衆生界心得歡喜開曉有情稠林之心隨衆生意而爲宣說開示照曜衆生諸根令其轉趣爾時尊者摩訶迦葉從座而起偏袒右肩右膝著地合掌向佛白佛言世尊若諸衆生求於佛法力無畏者攝受何法而修行之攝受何法增長成熟諸如來道攝受可法取諸功德增長證入阿耨多羅三藐三菩提得不退轉佛告大迦葉言善哉善哉迦葉汝今所問多所安隱哀愍世間義利饒益安樂人天乃能問佛如是之事汝今諦聽善思念之吾當爲汝分別解說時大迦葉及諸大衆受教而聽佛告迦葉若諸衆生求佛智慧力無畏者是等衆生無有少法爲其可得無所依倚種諸善根迦葉菩薩乃至求於阿耨多羅三藐三菩提時有所得者即爲著想若著想者於佛法外起有爲想於有爲外起無爲想即於佛法而生想著及起解執起解執時於佛法中堅住不捨當知是人不名爲向無上佛道何以故以於佛法起想執我而作勤修則與我執數相應故而不捨離則分別所分別由是分別所分別處則爲所害若爲所害則便馳騁若馳騁者則有流轉若流轉者則有貫穿有貫穿者則有妄想有妄想者則有分別有分別者則增妄想若增妄想則有徧計若有徧計則離寂靜若離寂靜則有隨逐若有隨逐則有遊行若有遊行則便失壞云何失壞謂失安隱云何安隱

謂無分別若失壞者則便常入若常入者則便親近若親近者則有隨眠若有隨眠則有相續若有相續則增相續若增相續則徧相續若徧相續語則狂亂語若狂亂則便誑惑若有誑惑則便憂惱有憂惱者則有悔恨若有悔恨則依倚無明爲憂惱損害而於是中無有少法可爲依倚然從妄想流澍生故爲想繫縛從想繫縛則想相續故名想縛無有實處一切貪處忿瞋癡處皆是虛妄徧計分別增分別徧計度增計度是故彼人不能速得阿耨多羅三藐三菩提迦葉是名愛處何名愛處無有定法名之爲愛名爲愛者名愛處所然有愛者但由堅著若堅著時爲虛空愛若虛空愛生執著者彼人即當得愛執著我愛執著者衆生愛執著者善不善愛執著

者迦葉是人則於一切空法起非空分別則於非物而生物想何謂爲物謂以菩提若以菩提爲其物者彼彼衆生由我想故而有我想即非菩薩於是中想若不可得彼中想者亦不可得是名我想無眞實句此即增語所謂我想若復有能圓滿薩埵則圓滿菩提何謂菩提所謂圓滿猶如於幻云何如幻謂説大我想者大命想者若復以想依止想者則由非想依止非想若以非想依非想者則由狂醉故醉若由狂醉故醉則以苦逐苦若以苦逐苦者則彼彼如來皆説安住狂言馳騁者何故名住狂言馳騁者謂增作意若增作意則有貢高若有貢高則有言説若有言説則便增説若有增説如來記之是言説者教授者所持者是故諸法皆從作意而得生長

迦葉如上空中有雲聚起不從東西南北四維上下而來是故如來名實語者知是雲聚非十方來如實說之以其義說理相應說以實理說言雲聚者則爲非聚故名雲聚何名雲聚以其各別起相狀故云何種類各别相狀以種種相皆是廣大迷惑相續而於其中無小大相以爲可得汝觀雲聚起廣大相則爲非相若非想者但由畢竟廣大之相非實雲聚迦葉譬如有人語他人曰可共往詣藘處坐耶智者言曰我不往坐彼作是言我於今者不作是說但言是藘爾時智者復語彼言汝言藘者即是非藘迦葉汝觀彼人乃至隨俗猶能覺了如是如是迦葉如來如實了知諸法真實理性於大衆中正師子吼復次迦葉如來樂欲於隨順法住非順想於諸衆生所有我想於如來所是第一義何以故如來今者已知彼想悉知一切衆生想者即爲非想此是最勝祕密之言或有愚夫而生違背與如來諍是故我言世與我諍我不與世諍云何名世所謂衆生何故衆生名之爲世如來了知如是世間是故衆生名之爲世如彼愚夫異生之解則便壞滅極爲所害此是彼等常得信住隨其世俗所謂無明何以故彼居大闇名住世者若住世者則便有貪若有貪者則便有瞋若有瞋者則便有癡若有癡者則爲不淨若不淨者則便相違與誰相違所謂如來及聲聞衆若相違者則便乖背若乖背者則重相違重相違者則樂於有樂於有者心則求之求於有者則便徧求若徧求者則不知足不知足者則多所作多所作

者則便多欲若多欲者彼則隨眠於三界中若隨眠三界則令他隨眠令他隨眠者彼則隨流亦隨流行者若是隨流隨流行者則趣於死若趣死者則不趣涅槃不趣涅槃者則至非行處至非行處者則趣地獄如是迦葉由不祥法與之相應瞋忿毒心及不覆蔽不覆蔽者不觀我想不觀察者作一合想不能消滅我及我所何名爲我執不實故住種種想造諸世業若如是者彼執我相以爲其我何名我所謂貪欲故名爲我所以於諸欲與身和合即起貪心起貪著已能壞戒蘊便於他所生不善心由瞋覆蔽互相輕毀及於財物攝爲已有親近守護是名我所有我所者則有流轉有流轉者則有迷惑有迷惑者則有誹謗有誹謗者則有嗔恚有嗔恚者則有呑害有呑害者則爲所燒爲所燒者則便徧燒如是等過皆由貪欲起男女想及以命想是我所有名爲我所以是義故說我所者則罵已身一切愚夫以我隨眠爲愚夫法是故說之以爲我所迦葉若有衆生不聞此法而說菩提及菩薩行則爲非行言菩薩行者實無所行是菩薩行復次迦葉若諸菩薩得行圓滿無有缺減清淨極清淨徧清淨者是人則能說此大法名有勢力勇猛精進其所說法等於虛空而無積聚爲如理者有功德者能修行者終不爲彼不如理者無功德者不修行者汝等應當受持此法於是法中勿生執著何以故如來所說最爲第一爲於最上應供有情而發問故我以勝法而爲解說云何勝法謂無法想迦葉如是菩薩具足護持

最初淨戒心不貢高不造無間業不犯比丘尼亦不親近諸俗人家遠離殺生及不與取欲邪行法離虛誑語離間麤惡雜穢語言遠離欲貪嗔恚邪見既不自惱亦不惱他不與欲俱亦不受欲不為博戲亦不教他終不親近不男之人不往婬女寡婦處女之家不近他妻亦不親近羅捕魚鳥畋獵魁膾旃荼羅等於飲酒人不執其手而與鬪諍離此諸事如避惡狗旃荼羅輩由住慈心於彼一切所遠離者乃至不起一念惡心有二十處應當遠離何等二十謂離女人亦不與他調戲麤言論義諍訟於父母處及佛法僧離不恭敬若諸女人減二十衆不為說法除有男子終不往詣比丘尼僧說法會處不應問訊諸比丘尼不與女人作其書跡或為他人傳書送彼應付丈夫勿付婦女於一切時親族別請終不受之不以欲心經須臾頃住女人前又亦不應捨離本居往其屏處而與女人共為談說不得隨逐比丘尼行若比丘尼所施衣服不應受用除在四衆演說法時為說法故有施衣者應生是心猶如大地然後受之不應別觀施者之面若聞有尼勸導施衣不應受用若比丘尼勸請受食設令病苦終不受之況復無病若有寡婦而來請食僧數不滿亦不受之又亦不應入尼衆內不應喚彼比丘尼來若比丘尼來喚菩薩應離住處拱手仰頭背而捨去若說法時有比丘尼來禮其足無令足動但應目視雙手掌中善男子不應唯身修習精進亦當勤心正念一處於諸境界勿起貪瞋為求一切智故起堅牢誓間

是法已成就信心應當修學迦葉若有趣菩薩乘善男子善女人等適聞此法不能生於如實深信終不能得阿耨多羅三藐三菩提何以故由修學故證彼菩提非不修學而能得證若不修習得菩提者猶兎等類亦應證得無上菩提何以故不正行者不能證得無上覺故何以故若不正行得菩提者音聲言說亦應證得無上菩提作如是言我當作佛我當作佛以此語故無邊衆生應成正覺迦葉若有衆生修學此行甚爲難有猶尚不能經一晝夜專念在心何況一劫乃至千劫是故如來出現於世甚爲難事迦葉假使三千大千世界一切衆生若經一劫百劫千劫乃至億百千劫爲一衆生同唱是言汝應作佛汝應作佛是諸衆生悉共圍繞相續唱言當得成佛當得成佛如是次第出息入息猶可斷絶彼所發言曾無間斷如是之言尚不能熟初菩提心何況能證無上佛果若能證者無有是處迦葉我滅度後末法之時及與汝等已般涅槃不爲諸天之所信護當於爾時多有衆生聞我功德發菩提心於中或有諸比丘等雖發無上菩提心已而便安住二十法中何等二十所謂親附諸比丘尼受不淨食貪著美味受比丘尼勸化飲食迦葉譬如今世多聞比丘住阿蘭若或聚落中勤修習法於當來世諸比丘等亦復如是於聚落間或阿蘭若與比丘尼聚集言談問答法義彼諸比丘及比丘尼多生染心少生法心迦葉汝觀是輩得菩薩名墮大危險取於惡趣當於爾時初爲法縁而相親附互相見已欲火

燒心動於脣口表其欲念彼相近時初爲弟子以阿闍黎法而申禮敬自此之後當漸遣使通致語言道路期會或於街衢或在寺內遥相瞻視於出入時問其所由互稱親族結爲姊妹彼等由是數相見故而相習住既習住已生於染心生染心已共爲穢事爲穢事已更以非梵行名而相呼召由行非法退失菩提及以善趣遠離涅槃棄捨如來違背正法猒惡於僧在於屏處起欲恚害諸惡尋思是人無有菩薩勝業四淨梵行譬如今時勤修梵行諸菩薩衆於未來世起欲恚害惡尋思者亦復如是迦葉當於爾時住是種類所謂惡行賊行矯行汝觀爾時毀禁戒者聞是等經便生誹謗若有已能住戒布施生於歡喜發菩提心後聞是經復生謗毀汝觀爾時有此相貌可爲記驗若聞是經而生誹謗於中智者修淨戒者持正法者知是經內說此比丘名不知法即應捨離如是等人此輩無心愛敬法故

大寶積經卷第一

音釋

序

晷音軌日景也　睿俞芮切深明通達也　孽魚列切妖孽也　篲音遂帚也　宁直吕切門屏之間也　氓音萌田民也　謐音蜜安也　緗帙緗音湘淺黄色也帙直質切書衣也　暾音敨明也　睟容睟雖遂切睟容清和潤澤之容也　烏虖虖音呼烏虖歎辭也　盭郎計切違也　砉霍虢切砉然有聲也　遹音聿遵也　暕音簡　纂祖管切集也　邠卑民切地名　荐才甸切仍也　鐍渠廟切　胠篋胠丘於切篋詰協切胠篋謂旁開其篋也　姤路梵語也亦云修多羅此云契經姤丁故切

經

鴝鵒 鴝音鴝鵒音育鴝鵒鳥名 蓊鬱 蓊烏孔切鬱紆勿切蓊鬱草木盛貌 甄叔迦 梵語也此云赤色樹名也甄音堅 𤛓 古候切取牛乳也 靃靡 靃音髓靃靡草木柔弱貌 跐 音止足也

大寶積經卷第二

唐三藏法師菩提流志奉　詔譯

三律儀會第一之二

復次迦葉當於爾時有人詐現修菩薩行便自顯揚生於放逸生放逸已謂勝獨覺及阿羅漢住於非理名不可治當墮惡趣復次迦葉未來有人住於非業作非業故取衆生相爲說法故處處遊行唯修似行極似布施持戒安忍精進靜慮般若波羅蜜熾盛流布若有如實說是經者則爲他人憎嫌捨棄於是經中起邪見想是愚癡人不知此經呵責破戒迦葉當於爾時皆爲賊行之所穢汙是故彼人不思已過能甚破壞正等菩提由覆藏故懷羞而謗無上佛果復次迦葉當爾之際不隨順僧不知恩報而行開發云何開發謂開發他心如來說彼數以語言誑惑他故招致飲食迦葉當於爾時不護語言呵毀如來別解脫戒復與不護語人同其事業不攝威儀住不淨處爲住不淨處者說諸法門此法漸當爲人輕賤如是漸漸多有女人棄捨丈夫入於寺舍爲聞法故而便就坐時有比丘即爲宣說相似涅槃迦葉我觀爾時有五百數非法之門不修行人常當隨順五百煩惱悉無所減諸有所爲與俗無別當有如是大可畏事而復於中希望利益是故求菩提者不應親近諸比丘尼亦不應行如是之行常當捨離一切交遊應一切時捨諸利養受行乞食捨所愛服受糞掃衣棄捨一切樓閣房宇牀鋪卧具應住谿澗巖窟樹下捨離一切病緣醫藥資具所須依陳棄藥知諸衆生昔

爲親屬行大慈心常應忍受捶打訶罵終不捶打毀罵他人捨離一切知友施主諸眷屬家應當隨順自業行智不應同彼在家俗人常應順奉波羅提木叉教迦葉世若有人於別解脱起違背想則爲於佛力無所畏而生違背彼若於佛力無所畏生違背者則於去來現在諸佛而生違背由此未來所受異熟無量大苦假使三千大千世界一切衆生受地獄苦比前衆生所受苦毒百分不及一千分不及一百千俱胝乃至筭數譬喻優波尼沙曇分亦不及一若欲遠離如是苦惱應當遠離如是種類惡行比丘縱遠相去千踰繕那亦應遠避何況近耶若但聞名尚應棄捨何況見聞而不遠離是故應當親近一法何等一法謂一切法悉無所有若得諸法無所有忍則不親近供養承事如是惡人是人復應親近二法云何爲二謂求諸法本無所有及求諸法性而亦不應起於求心應云何求如所求者都不可得不可得中不應起無所得心猶如邪見如是離一切三界心順菩提行離一切相心順菩薩行菩薩行者謂前所説爲菩薩行是故聞此法已應捨離之則於來世親得奉事彌勒世尊心不貢高亦不卑劣作是唱言快哉安樂我得解脱魔之羂網及諸惡趣迦葉若於後時聞是經典不驚不怖及見已身於中隨順復能發心受持此教佛知是人定當守護我之正法迦葉譬如長者財寶無量子於家中乃至見一盛水之器起父財想彼於異時其父喪亡資財散失忽見其器尋自念言是我父物將置身邊或時

藏舉迦葉當於爾時諸比丘輩亦復如是聞此經已作是念言此是如來柔軟微妙大梵音聲之所演說復有比丘聞已誹謗持法比丘作如是言此最真實如來所說彼持法者人衆微少住處劣弱將如是經晝夜藏舉極遭誹謗如是等人我亦知見悉皆付囑彌勒世尊於最後時當爲衛護如來法城次後當爲無礙大施復次迦葉若善男子聞是法已隨其智慧而修行之成就深信正見衆生於當來世遇彌勒佛初會之中具修梵行於最後時亦當衛護如來法城迦葉我今普觀乃至不見一人不親近我於當來世五十年中聞是經典不生誹謗則能受持讀誦之者無有是處若於此時得見我身及以奉事供養之者彼於來世五十年中當得讀誦受持是經不待於我歎其功德彼等自成一切智智同一體時隨念於我心生歡喜作如是言希有奇特釋迦牟尼佛善能攝受護念我等是故迦葉應學此法學此法者隨所樂求一切功德皆不難證爾時大迦葉白佛言世尊我已究竟無復志求於此法中退於阿耨多羅三藐三菩提我於是中極爲知足終不能成一切智智世尊無上菩提是希有事於我聲聞難爲證得佛告大迦葉言我不爲汝說然今因汝爲他敷演汝今勿於如是大事而生疑惑汝等亦當速證無上正等菩提復次迦葉若諸衆生成渴法心成求法心漸次皆證無上菩提既證得已爲斷一切希求心故與諸衆生宣說正法迦葉菩薩應當成就四法發大精進何等爲四云何精進所謂不求色

受想行識求無漏法謂無地界無水火風界不說地界不說水火風界所有言說悉名表示是表示法皆非實有菩薩不應取表示法以爲堅實時大迦葉白佛言世尊我等於如來所實無疑惑若他問言是表示法非真實者佛之音聲言說表示爲虚妄耶若有此問當云何答佛告大迦葉言於未來世有諸比丘不修身戒心不識義理嗔恚熾盛言辭麤獷於是經典不能受持如法讀誦何以故彼住色受想行識生心故未來比丘住是經典表示法中如住色受想行識生故復有一類諸比丘等住在家法於勝義諦無復志求如生盲人以金華鬘冠飾其首而不自見當於爾時諸比丘輩亦復如是聞是等經言說文字尚不受持況復能入所修勝義譬如幻童若男若女爲大丈夫之所呵叱此幻男女於後異時聞是人名驚恐怖畏當於爾時諸比丘等亦復如是聞此等經如實說過知已不悔樂好衣服反於是經而生怖畏迦葉如繫蝦蟇在獼猴手而此獼猴面不迴顧當於爾時諸比丘等亦復如是聞此等經違背不顧不住其前迦葉譬如野干爲狗所逐走趣塚間窟穴深坑當於爾時諸比丘輩亦復如是聞說此經如野干走野干走者謂犯禁戒誹謗是經聞是經已退道還家馳求欲境趣向女人趣於鬪諍諠雜醫術及以斷事而於其中多犯禁戒我說此等如趣塚間身壞命終墮於惡趣如趣窟穴馳騁劒葉刀刃槍林諸大地獄如趣深坑迦葉當於爾時諸比丘輩成就如是野干之法不能悟入如是等經但

能毁謗稱揚過失身壞命終墮大地獄復次迦葉若有比丘作如是言若表示法非眞實者如來言說亦非實耶彼若說言佛之表示名爲眞實諸表示法亦應名實有智比丘應問之曰大德今者爲執何事爲執空耶爲表示耶彼若說言我執表示應報之曰汝即是佛何以故汝有言說表示法故彼若說言我執於空應問彼言當爲我說執何等空何以故不可言說名之爲空若執表示以爲空者或於我我所衆生壽者非空執空又問彼言汝意云何樂一切法空不彼若答言我不喜樂一切法空智者言曰汝久忘失沙門釋子何以故佛說一切空無我故不說有我衆生壽者數取趣故彼若說言一切法空我樂空性應語彼言汝心尚樂一切法空況復如來應正等覺復次尊者爲眼是如來耳鼻舌身意是如來彼若說言眼是如來耳鼻舌身意是如來應語彼言汝於今者亦是如來彼若說言眼非如來耳鼻舌身意亦非如來應語彼言仁者汝作是言眼表示非如來乃至意表示非如來即非表示是如來也我於此處豈不悟耶彼若說言眼非如來亦不離眼而有如來乃至意非如來亦不離意而有如來應語彼言如來所說十二處者謂眼處色處乃至意處法處此即衆生及衆生名字仁者爲眼是如來非如來耶乃至法是如來非如來耶彼若答言眼是如來乃至法是如來應告之曰如仁者言一切衆生及山林大地應是如來彼若答言眼非如來乃至意非如來復應告曰如仁者言如來即法及以非法彼

若說言色非如來乃至法非如來應告彼言若如是者豈以非法爲如來乎彼若說言即以非法以爲如來應告之曰若如是者所有衆生不孝父母不敬沙門婆羅門及諸尊宿殺害生命犯不與取行欲邪行虛誑離間麤惡雜穢貪瞋邪見應是如來彼若說言非非法而是如來應告之曰非法非非法應是如來若非法非非法是如來者則無表示仁者無可表示是如來耶迦葉應當如是折伏愚人我不見有世間人天能與如是如法說者而共對論唯除嗔恚愚癡之人不堪忍者雖爲開示不生信心毀呰空法棄捨而去迦葉汝等應當受持是經於未來世有諸比丘持是經者當得三名而爲表示何等爲三謂說斷滅無物無蘊及無恭敬當爾之時如是經典爲他誹謗汝觀爾時不恭敬佛不恭敬法但依表示名字語言虛荷僧名而無實德雖稱佛號於他開示而不能解云何可得瞻奉如來雖說佛法而不能知如來意趣云何得名爲善說法四雙八輩是佛弟子聲聞之僧但知其名於彼功德不知其義不能領受依名實德爲於衣服飲食卧具病藥緣故毀謗於法菩薩於中應勤精進於是等經深生希有樂欲之心受持讀誦何以故是人來世爲護法城迦葉我念過去九十一劫空無法時如是等經不復流布又念過去超於千劫有佛出世號休息熱惱住世八萬四千劫成熟菩薩利益世間又念過去復有如來號無邊力住世二十億劫於二十億劫行菩薩道然後證阿耨多羅三藐三菩提迦葉汝觀於佛

修習幾何難作之行攝諸衆生復次迦葉刼濁盡世我等不應輕賤已身何以故於刼濁中乃至一人能於我所信解此法甚爲希有一切衆生不持刀杖追逐我等亦爲希有何以故此法即是善丈夫法謂於諸行爲無行想難了知故若有我見衆生見命見數取趣見有見若依諸蘊起於戒見若多聞見佛見法見涅槃見若有起於涅槃見者如來悉知是爲邪見何以故佛於涅槃而無分别亦無所得若於涅槃起於分别及有所得如來盡説名爲邪見若邪見者則名無智若無智者名爲損害若損害者名曰愚夫名愚夫者於大菩提則無樂欲乃至遠離生天勝道迦葉於未來世當有比丘年紀二十三十四十乃至百歲爲老所侵莊嚴衣服雖剃鬚髮毀壞威儀老病衰朽無有威光趣向邪法臨命終時由罪意樂之所障蔽熟思已犯懈怠不修而於三處示現證得何等爲三或矯現威儀或復詐現修持淨行或舉手自稱言我無與等以此三處示現有證斯人咸墮增上慢中臨命終時心生追悔既命終已生地獄中是故迦葉我今分明宣告汝等我爲汝等眞善知識樂欲利益哀愍汝輩不令於後受大熱惱如慕理迦畔地迦波利婆羅理迦受諸苦毒迦葉我終不聽執著我見衆生見壽者見補特伽羅見者於我法中而得出家我若不許强出家者皆爲是賊食重信施亦不成就眞比丘戒迦葉寧當絶食至於六日不於我法得出家已食重信施起於我見衆生壽者數取趣見乃至涅槃見是故菩薩應發精勤

不應執著我衆生壽者數取趣見有見涅槃見爲斷一切見故應當說法迦葉如是等經我今付囑諸菩薩等何以故彼等意樂同於我故若彼意樂同於我者是我伴侶我伴侶者則便堪能受我付囑爾時世尊而說頌曰

衆苦所逼迫　都無能救護　唯除世導師
無有戲論者　諸苦惱衆生　修下劣邪道
漸增諸欲貪　由斯墮惡趣　無導無救護
住之險曠遠　趣向邪道中　終無安隱處
譬如人持財　求利行遠道　於中群賊起
劫盡諸貲財　失財已空歸　爲利增熱惱
所貸他人財　被債倍生苦　斯等亦如是
爲法故出家　本所持法財　白業皆消滅
唯淨剃鬚髮　愚墮諸見中　執著我衆生
補特伽羅想　說空法比丘　不著數取趣
於此起謗心　速墮於地獄　以嗔恚因緣
遞互相誹謗　自犯畏人知　妄宣他過失
身惡及口惡　意業多諛諂　顛倒隨見流
斯人生惡趣　造諸惡業已　速疾往三塗
衆苦所燒然　無能救護者　未來有比丘
卒暴多嗔恚　逼惱諸出家　趣向菩提者
此諸可畏衆　誹謗如是經　不復能信受
釋師子之教　互起嗔恚心　遞共相苦切
更相揚過失　惡名徧十方　虛加惡唱他
於已便生恥　柔和者劣弱　邪友勢力增
是知正法衰　惡人多勢力　我之所愛子
謂諸善比丘　應趣向餘方　往求安隱處
從惡得解脫　於此起悲心　宜於是經中
當自審思念　佛有如是教　當樂往餘方
正法滅壞時　柔和者難得　相隨俱往詣

如來稱歎所　或有言此處　可離不可居
當詣大仙人　得大菩提地　復有稱仁者
汝實善爲言　繞塔以求眞　是名世尊教
寧當至於彼　悅意菩提地　不可恒此居
没於嗔迫所　比丘當詣彼　爲我故應行
見佛所遊方　昔曾安止處　經行宴坐地
若石及空閑　集已共咨嗟　爲之數啼泣
言是彼大仙　經行受用處　昔日曾遊止
轉無上法輪　有爲悉無常　我等今不見
人及非人等　天龍皆會集　善化令歡喜
何乃見空虚　時往道場中　最勝菩提地
同來集會已　當如理思惟　世尊於是處
成無上佛果　驚怖惡魔軍　猶如野干衆
是爲道場地　大覺所端居　過去及未來
一切諸佛座　安處大雄尊　億天所敬禮
七日跏趺坐　諦觀菩提樹　瞻視供養畢
次往鹿林中　言此轉法輪　聲聞於梵志
彼諸比丘等　當爲數悲啼　爲欲調五人
導師來至此　五人初見佛　各起憂惱心
立制自相要　我等勿爲起　時大悲世尊
哀愍群生類　爲五比丘說　甘露果時成
禮轉法輪方　心悲數啼泣　次往涅槃處
感佛最後身　於此雙林下　利益群生類
碎身分肢節　於兹般涅槃　嗚呼大聖尊
釋迦大寂滅　今但聞其名　惜哉我不見
大師復於此　最後度善賢　能以智先知
此爲最後度　或修時壽盡　或發趣命終
或修已身亡　彼皆生善趣　從於彼時後
深廣法沉淪　持戒毁禁人　皆當得供養
受他重信施　速墮惡趣中　汝觀諸比丘

有如是差別　智者修雖後　速受人天身
是等照世燈　憐愍世間者　大智諸菩薩
慈心利衆生　常作勤修事　踊躍心歡喜
當成大覺尊　亦逢事彌勒　供養彼如來
衆中蒙授記　隨心所億念　爲彼大威神
我說誠實言　安慰如是輩　彼雖不見佛
而與見佛同　我昔求菩提　禮敬於諸佛
若諸女人等　趣無上菩提　我及無量佛
皆當安慰彼　速成男子身　得見於彌勒
供養彼如來　所求悉如意　應學諸智者
淨信而出家　堅固樂欲心　多聞學持戒
於彌勒佛前　得受其記別　是故聞勝利
起信修善賢　安住堅固心　攝諸衆生類
誰於如是處　求而不得之　有慧及精勤
菩提不難證　修習慈悲念　捨離諂曲心
常樂在空閑　是則菩提道　若人於是法
空說不能行　衆皆禮敬之　此爲可畏賊
若人爲飲食　及諸利養事　受持正法門
互共相傳說　斯惡活命人　名爲空過世
於此捨人身　惡趣受衆苦　或於佛法內
假名爲比丘　誹謗於契經　善說解脫禁
言我具弘宣　所有木叉教　雖爲比丘像
終失人天身　若誹謗人天　及毀一切智
如是謗法人　得罪復過彼　善防身語意
令不起諸惡　能除此三行　必當得涅槃

復次迦葉如來滅後昔於佛所深種善根諸比丘等悉般涅槃具勝意樂諸衆生類命終復盡後五百歲正法滅時當有比丘性懷貪著猛利貪欲映蔽其心樂離間語毒害於他言辭麤獷慘勵嚚感住三法中何等爲三所

謂醫道販易親近女人住此三法退失四事何等爲四謂退戒蘊善趣果證如實見佛由退此四復成四法不生猒離熾盛增長云何爲四所謂嫉妬增長熾盛嗔恚惡心增長熾盛躭著種族增長熾盛貪著飲食積聚衆味愛樂衣服映蔽心故置之篋笥專行此事以爲常業於沙門法空無所獲亦不發生沙門證道聞是等經當墮四處何等爲四謂墮謗法佛所不許而反說之獨爲女人宣說法要毁謗如來别解脫戒聞是等經轉加壞法而墮生長惡業之中迦葉譬如惡狗以苦膾灌鼻於意云何彼狗倍生凶惡心不迦葉白佛言世尊如是如是佛告迦葉彼等惡人猶如惡狗及毗舍遮見有比丘住淨意樂持是法者說是法者住於眞實少欲之者歎少欲者於是人所不生歡喜而起猒背心懷怯劣復生熱惱以其嗔恚障蔽心故作是念言我等住在非時非處於非時中而爲他人輕毁我等是故聞說如是等經起於誹謗面加毁辱嗔恚麤言此非佛教此輩受用多欲因緣非少欲者迦葉我種種名讚歎少欲及以喜足名爲易養亦名易滿名淨除者行頭陁者極端嚴者我亦讚歎住阿蘭若者發精進者徧淨命者汝等不應多修貯聚箱篋等法何以故應當修習如是法故汝等不應猶如銅鈸空有其聲應順如來修行此法又亦不應起重嗔恚亦復不應攝取事物應當住於無事無物勿於處所生住著心應無所住不應自讚亦不應畜牛驢等類不應成就住懈怠處應當發起殊勝精進捨離不善攝受善法迦

葉我種種名讚歎寂靜住阿蘭若不處憒閙今於是中種種名説極淨除行若有不住極淨除者具大欲者成罪惡者即當誹謗諸有安住極淨除者迦葉譬如愚夫於四月中服蘇患渴尋詣他所求水而飲他人謂曰汝已服蘇勿復飲水而致命終是時愚夫嗔蔽心故毀呰罵詈不順他言飲水而死迦葉如是如是未來比丘貪著有見住不善行有持法者作是教言此是應作此不應作彼惡比丘嗔蔽心故毀呰罵詈謗是經典迦葉今時尚有於如來所多興諍競何況未來汝且觀是賢護比丘如來制戒令諸比丘受一坐食嗔蔽心故於夏三月不至我所迦葉今於我前尚有如是輕梵行者況佛滅後貪著飲食衣鉢病藥睡眠所覆嗔恚猛利如是比丘聞是法已尚不恭敬如來大師豈能敬彼持法比丘迦葉名爲不善亦名極惡如是法寶即當隱没於中若有求大利益善男子善女人信我教者後滓濁世極覆藏時善人難得時聞如是等甚深法已應爲如理者説不爲不如理者爲信者説非不信者我今亦爲如理者説非不如理者爲信者説非不信者迦葉譬如惡馬不受被甲若同良馬爲被甲者反生驚怖何況更聞螺貝鼓聲能堪受者無有是處如是如是破戒比丘無有時分堪能忍受善丈夫法猶如惡馬反生驚怖迦葉破戒比丘乃至聞説一言諸法無我執我想故於中便生怖畏諍競何況聞説被善甲耶若被甲已即能降伏百億魔軍而今畢竟不生鬪諍諸善比丘被精進甲不破根本頭陀功德淨

除根本無貪恚癡根本無嫉妬根本離欲根本獨處性根本㾓瘖根本於一切時一切種中不應發起恚貪之心於種種物無所希求如是被甲名無根本若被如是種種甲已應發無上菩提之心於一切處不應執著況起我想是故不應起於我想衆生想壽者想數取趣想女想男想地水火風想欲界色界無色界想持戒想破戒想空性想取要言之一切諸想皆不應起以一切想無所得故迦葉貪若實有則應了知近之令滅貪愛之心非住一處無住可得唯除妄語是故如來名實語者如來說之諸所有貪皆爲非我如是諸法是沙門法諸沙門法皆無所得若復有人著此想者是人則爲著我想等如須彌山退失聖教諸沙門法少不可生亦復不能住沙門法如是廣大最勝之法於彼愚夫癡所衰損少不應說何以故若執少法則當攝受極怖畏處大地獄中住之一劫迦葉汝觀俱迦利比丘提婆達多比丘騫荼達羅比丘迦盧底輸比丘毋達羅多比丘阿濕縏比丘布那婆蘇比丘蘇氣怛羅比丘是我給侍親對我前聞我說法見我經行見我端坐見我神足遊處虛空見我降伏多千外道於大衆中摧彼邪法如是等人尚於我所不生信樂於步步間恒欲毀我由是步步漸增其惡復次若說佛名信爲實者應持上器如須彌山盛栴檀末而散其上應作傘蓋猶如三千大千世界持在空中而覆其上何以故爲信佛故何況信已捨欲出家無所依倚修諸靜慮迦葉如是衆生於中忍可極爲希有能善護持佛

所制戒則能了知彼甘露法如大衆中以其皮革及餘臭穢共製人像或造種種諸雜面相彩畫莊飾令極端嚴有人持之置於面上或以衣物纏裹遊行豈以相貌謂爲好耶審知穢惡便生猒離如是如是諸惡比丘以如來威德容儀嚴整審諦觀察方知極惡由自他我想而生貪愛若人了知我想非實聞是等經不生嗔恚何以故由爲他人毁呰違逆聞此等經倍增猒離若有衆生心懷執著當知即是邪見之人若起邪見於是等經如實教誨即生嗔恚何以故有我想者有嗔恚故若有比丘比丘尼優婆塞優婆夷聞是等經嗔恚毁壞誹謗之者即非沙門雖復說有沙門名字非我聲聞我非彼師何以故是我聲聞則不妄語我非妄語之師何以故如來是

實語者能如實說一切法空者迦葉如來能破我執與之鬭諍若與如來諍者名爲惡魔如來不許魔衆出家受具足戒如有人言青雀小鳥生大龍象於意云何如是之言爲可信不迦葉白言不也世尊佛告迦葉於意云何爲等類不迦葉白言非爲等類復次迦葉又如說言妙翅鳥王生於飛鳥於意云何爲可信不爲等類不迦葉白言不也世尊亦爲非類復次迦葉又如說言螢火小蟲負須彌山飛空而去於意云何爲可信不爲等類不迦葉白言不也世尊亦爲非類佛告迦葉如是惡人若住我想乃至涅槃想者稱我爲師轉爲非類迦葉如有帝王安住國界撫育群生快樂無極種種飲食自然成辦旁有侍臣奉王正化時有一人衆未曾識爲財利故隨

學臣法不禀王命自於大臣王等衆中詐宣王制作如是言汝等應當止住於此或言汝等作如是事迦葉如來法王亦復如是王大千界攝化一切三乘衆生十力功德圓滿成就作諸佛事安樂無邊飲食供養自然豐足於中一類衆未曾識爲活命故說我衆生乃至涅槃不受如來無我聖教作如是言如來所說此事應作此不應作於中有人信佛順教不誹謗者聞其所說謂是勝妙清淨福田輟已資財及妻子分殷重信心如法施與乃至未覺諸過已來初無斷絶如是惡人同於衆人所未識者飲食既終於聚鬧處日日談說王事賊事食事婬事女人事醫方事飲酒事日月薄蝕事王者去來事種族事等或言吉日應行他所當得飲食如是等類種種言談推度晝夜還僧伽藍或經二宿乃至六夜隨所住處亦常談說如是等事無正念慧失壞威儀昏癡睡眠涎唾流溢隨所想像睡夢中見或見已身往詣他所疾行緩行種種諸事既寤寤已互相向說或夢汝身如是行坐從如是處有得不得復有說言此夢吉祥宜時速往村邑王城至他家處出入往來搖動面目苦逼惱故心不安和無等引定貢高自舉諸根穢雜與俗無殊言不應時心多馳散樂遊俗里諸族姓家不能奉持别解脱戒獨爲女人宣說法要於說法時心住貪染而於是中增獲利養染著之心猶如噬齧愚癡耽愛增住增著不生悔故於别離時啼泣而去又於二處開示他人云何爲二得淨好施便讃歎之得非淨好即便毀呰相會遇時互看

所得復相問言施主今者爲施何物爲施與誰飲食資財幾多幾少迦葉當知是謂不修行者乃至命終之所言說不修行者復有餘過生惡意樂謗正法迦葉應於如是諸比丘輩生憐愍心何以故以其當受苦惱果故爾時世尊而說頌曰

愚夫緣活命　隨學帝王臣　故往諸餘處
詐宣王制令　至彼傳密言　勿致王瞋罰
愚人於此處　亦以活命緣　何況最勝佛
於多百劫中　捨身肢節等　及作多難事
我非法王家　僮僕被謫罰　亦無問者能
爲作爲不作　施與比丘房　上妙美珍饌
及施上妙衣　一切恭敬與　勤苦求財物
奉施持戒人　不以自供身　亦不將供子
不如法住者　食之便捨去　共相會遇時
言我快意噉　所在聚集處　說王事賊事
鬬邏鎮守事　種種飲食論　說日月薄蝕
及王來去事　或言當得勝　或說當敗亡
此非所應言　常共數論說　極妙卧具上
晝夜躭睡眠　晝往善人家　求多富有處
言此施非少　亦非爲最上　尋思是事已
安敷空坐談　愚惰不勤修　如驢常負重
而於眠夢中　見所分別相　覺已宣示他
相向益談說　言勿憂勿笑　汝當得安樂
比事宜速成　勿復生憂惱　數往於村邑
動止無威儀　喻若行獼猴　迴轉於面目
入於聚落内　爲女說法言　棄捨佛契經
及善别解脱　既從施家出　觀其物少多
見少則罵他　亦毁他眷屬　於相會遇時
發言互相問　得何物何食　相問答何事

略說如是事　經於百年中　如是所尋思
以爲自活命　諍蒲萄酒味　及以香華等
爲藥療其身　求之少病惱　假令有百佛
無能奈彼何　棄捨所修行　與在家無異
於身生保愛　不離於我法　彼作是修行
由斯墮惡趣　若人謗正法　重苦所燒然
無覺慧愚夫　與在家無別　若諸釋師子
修實行聲聞　不以活命緣　毀犯微少戒
智者不貪食　常生重檐想　不淨觀修心
以還施主債　捨離欲漏故　了知一切想
我聽如是等　此教中出家　智人不誹法
於所說空性　數數起勤求　不可得堅實
勇健大智人　了知空性理　能怖畏魔軍
彼堪消供養　若能離貪染　不壞於空性
佛子勇健人　兩足中應供　正法不久住
生世多愚癡　少柔和比丘　求不放逸者
智者應生憂　不久自磨滅　後於晝夜間
談說曾有我　世間無救護　唯除兩足尊
修行學處人　悉皆當滅沒　彼不了如是
所有審意言　則不恭敬佛　及無上正法
正法當盡滅　應速發精勤　乃至少時間
聽聞當不久

大寶積經卷第二

音釋

捶打（捶主蘂切打音頂捶打杖擊也）
羂（古泫切罟也）
麤獷（麤聰徂切獷古猛切惡也）
蝦蟇（蝦何加切蟇謨加切蝦蟇蛙也）
慕理迦（梵語也此云尾宿）
畔地迦（梵語也此云路生）
波利婆羅理迦（梵語也此云女梵志）
滓（壯士切澱也）
寤寤（寤居効切寤寤夢醒也）
俱

迦利梵語也此云惡時者提婆達多梵語也此云天授鶱荼達羅梵語也此云鈌財鶱起虔切迦盧底輸梵語也此云觜鬼宿母達羅多梵語也此云海授阿濕縛梵語也此云馬勝布那婆蘇梵語也此云柳宿蘇氣怛羅梵語也此云善晁噬齧噬時制切嚙也齧倪結切噬也謫側革切責也關邏邏魯可切遮也關邏謂城塞要會遮邏之處也

大寶積經卷第三

唐三藏法師菩提流志奉　詔譯

三律儀會第一之三

爾時尊者摩訶迦葉白佛言甚奇世尊如是人等聞此等經不生猒離佛告大迦葉言若有衆生成就四法聞說此經不生猒離云何爲四多放逸故不能深信業異熟故亦不深信大地獄故不能審信我當死故若人成就如是四法不生猒離迦葉復有衆生成就四法不生猒離何等爲四年盛壯時自恃强力躭著欲樂貪嗜諸酒不能了知明思惟觀若人成就如是四法不生猒離迦葉若有比丘成就四法謗佛菩提何等爲四本造惡業已成就故毀壞正法如是比丘不自發露不善異熟諸惡業故於比丘尼行穢欲故彼有和尚或阿闍梨多人所敬謗佛菩提如是弟子隨學於師亦生誹謗是寡聞者由嫉妬故謗毀諸佛比丘成就如是四法謗佛菩提迦葉若有一法得成沙門及婆羅門何者爲一於一切法心無所住如是一法得成沙門及婆羅門譬如有人墮墜高山頂謂無大地樹木叢林唯起空想出入息斷迦葉著諸法者亦復如是若執眼想及以眼相執耳鼻舌身意想乃至意相若執色受想行識想執淨持戒多聞慚愧經行往來得菩提想如此等法皆悉非作沙門婆羅門若起想者則爲所害爲誰所害謂貪嗔癡若執眼相由著可愛不可愛色相故爲眼所害如是執著耳鼻舌身意相乃至由著可愛不可愛法相故乃至爲意所害若被害者則於地獄畜生餓鬼人天界中

極爲所害何緣被害由想執著何名想著謂執我想及我所想女想男想地水火風想骨想壞想青瘀想血塗想色變想離散想勝解脫想彼有少分得勝解脫想此有少分不得勝解脫想有無量種宿住隨念現證作想我隨念想異於過去異於現在我是過去我是現在於諸法中起想執著乃至涅槃想我得涅槃想迦葉以要言之諸執著者處處起想乃至於空性中起一切想皆悉非作沙門婆羅門法非沙門行非婆羅門行迦葉如來說言沙門婆羅門法者譬如虛空及以大地何以故虛空之法終不念言我是虛空如是迦葉沙門婆羅門者終不自謂我是沙門是婆羅門是故諸法亦不自謂是作沙門婆羅門法沙門法者不作不除是謂沙門及婆羅門

迦葉譬如有人於夜闇中掉弄手臂搖動面目作如是言我弄世間我弄世間於意云何彼爲弄誰迦葉白佛言世尊是人自弄何以故於中無人爲可弄故佛告大迦葉言如是如是若有比丘至阿蘭若或至樹下空室露處作如是想眼是無常耳鼻舌身意悉是無常復作思惟色是無常聲香味觸法亦悉無常作是思惟我趣涅槃如是等類爲自劬勞非沙門行何以故以有若干諸邪執故知眼相已爲滅眼故勤勞修習如是能知耳鼻舌身意相已乃至爲滅意故勤修習之若於三處了知信受則於三處而生分別若於諸見起分別者云何能得心一境性迦葉甚深菩提難入難趣難具資糧心一境性者爲以幾何名心一境性周徧推求乃至一法亦不可

得所謂於眼不可得實於耳鼻舌身意亦不得實於一切法皆不得實何以故本性如是心性不生一切諸法無實可得是故彼心不可得也若過去未來現在無所得故無所作故是謂無所作何名無所作若新若故俱不可作名無所作是中過去心不解脫現在心不解脫未來心不解脫隨所有心無所得者是爲心一境性此即名入心之數也迦葉未來當有比丘比丘尼優婆塞優婆夷執著眼等說爲滅壞於諸蘊中起於物想如來說蘊猶如於夢然彼說言夢爲實有由世間中說有是夢若無夢者我等不應有夢想事以有表示是故我等於其眠夢起於夢想如是如是蘊有所因故說如夢若無蘊者不應說蘊猶如於夢彼諸愚夫謂夢爲實聞是等經便生誹謗於中當有比丘尼等於施主家妄稱我是阿羅漢果或依淺智說現證得若優婆塞優婆夷等聞經律頌說我現證迦葉當於爾時若有比丘或二十年三十年中常樂居止阿蘭若處精勤修習爲佛法故來詣初信一日優婆塞邊唯以空言互相唱說言空空故我已徧知我已徧知或有比丘聞是經等相向談說有人聞之便生怖畏復作是言若諸在家出家人等不應親近應當遠離此非教師何以故彼等所知不相親附復有宣說甚深法者爲諸在家出家人等棄捨輕賤何以故我今宣說勝妙梵行尚少知者況未來世乃至最少知者亦皆滅沒當爾之世說法比丘千人之中能知實解信入法者一亦難有乃至二千亦復如是於中或有餘比丘等

下至不能暫發言辭況能解了迦葉當於爾時在家出家共輕此教若有比丘發勤精進爲滅不善生善法故初夜後夜減省睡眠精進修學則爲他人譏嫌棄捨或斷命根如是等經即當毀滅住法比丘亦皆滅盡於中智者深勝無染解了之者應當尊重深心恭敬共集會已住阿蘭若爾時世尊而説頌曰

我所説善法　第一義相應　言蘊無堅實
應觀察如夢　爾時諸比丘　鬬諍心紛擾
無禮别尊卑　唯有空名相　比丘所發言
俗亦如是説　如斯之教法　道俗語皆同
比丘謂俗言　汝解法希有　是謂佛菩提
已發初地果　彼心謂見法　親近在家人
數奉施比丘　與其最上供　如斯比丘説
無異語皆眞　與彼共相親　言我能見法
生於彼時者　爲施故出家　不住正法中
毀壞菩提道　我示汝道者　近我勿親餘
不久汝得之　還如我所得　此最寂靜位
共汝相向言　和合大衆中　毀壞我教法
猶如劫村賊　性懷兇險心　破壞諸國城
及以大聚落　比丘亦如是　無智多愚癡
少慧起諸非　著命數取趣　離我所説教
依止諸見心　説是羅漢人　盡懷增上慢
於大和合會　諸比丘衆前　説已慧名聞
於中一難得　或時有比丘　安住如實者
被説惡名聞　言非佛弟子　法王大菩提
于時被誹謗　天衆懷憂慼　相向數悲啼
對彼信心天　身自投于地　觀斯釋師子
無上法輪摧　嗟歎佛如來　快哉所説法
奇特福田僧　佛之所愛子　我等不復聞

法王之所説　牟尼今滅度　無覺抱迷心
地居天次後　出于大音聲　唱令告諸天
法炬今將滅　汝等得聞佛　不親近如來
勿致後天龍　而當懷悔恨　經於無數劫
爲自及爲他　徧受於衆苦　爾乃方成佛
此是諸世尊　爲諸衆生類　所説善法門
今皆當隱沒　矯亂人與世　可畏造諸非
魔使及惡魔　恣情惡言説　諂詐多癡鈍
誑惑劣愚夫　若嗔與不嗔　毀師及勝教
聞地天聲已　上天皆慘然　人及四王天
悉亦懷憂惱　夜叉衆來集　阿吒筏底城
皆發可畏聲　滿面流悲淚　天居衆寶飾
城郭妙莊嚴　皆悉失光暉　猶如於聚土
國城非似本　堪生愛樂心　今見寶嚴城
須臾不可樂　諸天同詣彼　善逝本生國
躃踊而號咷　轉增大悲苦　我從天降地
往詣諸國城　眞法盡沉淪　徧觀皆不見
下至閻浮境　見法大崩摧　遍惱諸出家
發聲大號哭　勝城七日内　處處失光暉
天亦七日中　數悲數啼泣　嗚呼大雄健
昔曾親面奉　何期今不見　言説亦成空
曾住舍衞城　來已皆恭敬　於其地界内
數悲而數啼　見佛所坐林　言佛曾於此
轉四諦法輪　我等親聞聽　世間還黑闇
更互不相尊　已造諸罪因　往生三惡趣
天衆多宮殿　今者悉空虛　瞻部諸衆生
無主無救護　言佛經行處　毀壞悉荒蕪
法王已涅槃　世間不可樂　三十三天主
帝釋立其中　苦惱發憂愁　高聲大悲慟
諸忉利天等　舉手共哀號　適聞園苑中

其次便馳走　是等諸天衆　恒歎佛如來
自嗟離世尊　曾爲説法者　不能食甘露
亦絶歌樂聲　如是等諸天　心憂經六月
阿脩羅聞説　教法空無主　於是即相呼
興師伐忉利　贍部諸王等　毀壞佛制多
當於爾時中　天與脩羅戰　多有諸比丘
及多比丘尼　生諸惡趣中　備受衆苦毒
在家犯諸罪　近事壞尸羅　互相揚惡名
以之生苦趣　女人行不善　皆亦入三塗
如是事興時　世間不安靜　或時行聚落
或投竄山林　人衆以波逃　壽命便殀促
多有賊盜起　亦復有饑荒　苗稼不時登
蝗蟲起災暴　若於饑荒世　人有壽命終
便生餓鬼中　具受多辛苦　所有施塔廟
及與四方僧　爾時諸比丘　悉共分張取
於我滅度後　如是衆苦與　應速發精勤
勿復更迴顧　諸有愚夫類　而無智慧人
愚夫業已成　速生諸惡趣　應樂讀誦説
智慧從此生　人修智慧心　速能陞善趣
常以智慧觀　如我如是學　永離衆繫縛
速至於涅槃　正法不久留　應發堅精進
我已如是説　宜速正思惟　此劫過去已
滿於六十劫　當不聞佛名　何能生信樂
若人相會遇　饑餓苦所侵　毋子是時中
互相食其肉　彼時所生子　憧惶行不安
住在已家中　猶生大怖畏　見聞此事已
知其生死燒　誰有智慧人　於中生愛樂
無明是生根　女人是欲根　蘊爲苦惱根
是故應捨苦　世有愚衆生　躭著於女欲
人能離癡者　疾當得涅槃　宣暢此法時

不遭於惡果　不說果有漏　故墮惡趣中
所有無漏法　空空無所有　寂靜本無堅
宜應速了悟

復次迦葉若有比丘或餘衆生由能成就此第一法求無漏者應作是言於一切法心無所住復次迦葉菩薩應爲堅固修習云何堅固云何修習言堅固者謂堅固心堅固精進何者名爲堅固之心菩薩念言乃至供養恒河沙佛然後乃發一念之心而求佛道次後復經恒河沙劫一佛現世以發恒河沙等心故一得人身以恒河沙等人身聞一句法智慧光明於阿耨多羅三藐三菩提作大利益應發如是堅固之心又以種種方便攝佛智慧種種苦行以爲希求種種苦行攝受佛智復有如是堅固之心復次迦葉我今爲汝宣說譬喻由此喻故諸有智人而能解了今所說義由是種種難行苦行能得菩提於恒河沙劫不應休廢若於恒河沙劫學不休廢則能現證無上菩提應發如是堅固之心以爲勢力以作策勤終不捨離阿耨多羅三藐三菩提復有如是堅固之心迦葉若有菩薩發是心者何所攝受謂不取處不取非處何故不取處非處耶若有取於處非處者於無上覺則爲障礙以不取於處非處故速得無上正等菩提迦葉譬如有人以滿三千大千世界珍寶持用布施若有如是種種經典如來所說隨順菩提受持教法以信安住所生福聚倍多於彼迦葉菩薩復有堅固之心乃至堅固心亦不可得是故修行不可休廢言修行者謂多修行有幾多耶隨有若干多修習

法若起一心不能解了何以故彼法不可為表示故然是最勝修習之法謂堅固心性爾時世尊即說頌曰

無心起心想　當有大怖畏　我當成不成
是事為云何　而常起尋伺　住在於一邊
誹謗於正道　不可得菩提　此是懈怠心
非是菩提相　斯人疑一切　諸佛及聲聞
不行而希望　賢聖諸佛法　非但由言說
能成安樂果　要有信樂心　能成廣大法
亦非唯心量　能獲勝堪任　由一法能成
諸有所作事　知其殊勝已　為佛故應修

復次迦葉菩薩以能成就此法亦不親近供養諸佛而自記言我當得作如來應正等覺迦葉在家菩薩有三種修能於菩提而作利益何等為三為一切智故深生愛樂不墮本業堅持五戒具此三支能成六法何等為六謂得聖處不瘂不吃不聾不失聰聽身變端嚴速得深信於甚深法不生怖畏隨所聞法不用功勞而能領解速得不退於此六法應當善知有五障轉何等為五謂離間語一切妄語意樂不成心懷嫉妬躭著諸欲如是五法為障礙轉復有三法應當修行何等為三謂常與心欲出家故於持戒沙門婆羅門所尊重恭敬若非同類說法之者應遠離之何以故菩薩不應修學彼法若修學者如負芻草何以故非佛道故若擔負者即為執著同諸愚癡是故不應修學彼法復次迦葉菩薩又應受學三法何等為三謂常隨順諸佛如來為他演說勤自修行於衆生所修習慈心於此三處受已應學復次應當親近三法何

等爲三謂離捶打不毀他人說云卑賤於怖畏者施其無畏應當親近如是三法爾時世尊而說頌曰

不親下劣人　見不正直者　見已當遠離
猶如避毒蛇　不應隨學他　不禮應遠離
猶如見惡狗　以生惡趣中　有懷執著人
學之同惡趣　聞說勝空法　應生愛樂心
及樂空比丘　亦應起尊敬　增長多聞道
而生利智心　親近勝菩提　有情應敬禮
疾行受其教　速生諸善根　增長智慧心
如蓮生在水　宜多聽受法　所增善速增
以增智慧心　能斷於諸漏　大威德無畏
大智大精勤　爲欲利益他　自身盛利益
在家應捨離　捶楚打衆生　發趣求菩提
於法得不退　無病最端正　人皆愛敬之
若修習慈心　捨離諸惡道　三十三天上
五欲自歡娛　從天若命終　不墮於三惡
生處於人世　種族豪貴家　形貌最端嚴
人無能毀者　天龍所守護　隨法正修行
受於勝妙處　爲人所愛重　善得安隱眠
寤亦心安隱　以爲天擁護　終無怖畏心
此之廣大法　有如是勝相　在家或出家
更有大饒益　令發悟憶念　多人諸善根
怖者以施安　趣向菩提果　更不事餘天
唯除一切智　是人得正道　諸智共相應
以此諸善根　捨離三惡趣　得智獲三明
善學於三學　如所作功德　如其所禮敬
獨爲衆生尊　人多恭敬禮　禮敬如來者
衆中爲最上　住於在家地　若發菩提心
爲彼說法言　及餘汝當聽

復次迦葉在家菩薩應成三法何等爲三應離世間嬉戲放逸互相贈遺及以選擇良日吉辰應常清潔離多納受復當精進修學多聞菩薩應成如是三法復有三法應受修行何等爲三於說法者不爲障礙應當勸請說法之人恒然燈燭常應作是三種之行復次迦葉有三種法終不應作若有作者則受女身何等爲三不應障毋聽聞正法及見比丘不應障妻見諸比丘及聞正法乃至不應於已妻所犯其非路如是三法終不應作若有作者便受女身爾時世尊而說頌曰

常應以信心　然燈燭光曜　便獲無塵垢
清淨之佛眼　由依此眼故　了諸所知法
若能了所知　以知過去法　知現在亦然
不分別未來　無有三種相　有斯三種相
捨離於第三　相即名無相　皆同爲一義
佛所說諸根　然法無根本　於斯起分別
便失勝菩提　淨修佛眼已　現證一切法
此句即菩提　如上所開示　法無有能示
亦無能毀者　諸法如虛空　是故說開示
導師宣此義　以爲在家人　常然燈燭光
得佛眼明了　不斷他說法　釋師子之教
終不往三塗　不受生盲果　能常勸請他
宣揚最勝教　以此善根力　轉無上法輪
若人於毋所　爲作法留難　受鄙陋女身
盲傴多衆罪　不曾覩衆色　亦不少聞聲
住於幽闇間　猶如蝙蝠類　於妻生妬忌
與作障法緣　從茲速命終　當爲極陋女
髮黃眼睛綠　黨黷目盲寘　足跛懷毒心
耳聾多口舌　如斯種類處　速受衆惡身

常爲欲因縁　丈夫生嫉妬

復次迦葉在家菩薩有三種法所不應作何等爲三若他施物設有微少酥醍醐等乃至或多難施之物主若不請不應行施他欲出家不應留難未出家者應當勸喻令使出家見有建立如來塔廟當助修營不應縁此取其財物如是三法在家菩薩所不應作爾時世尊而說頌曰

他施功德財　不應與非處　於重便獲罪
所施不能遮　信者請施前　合掌儼然立
於中人力少　樂欲給侍僧　應隨施主言
助其少人力　水漿湯飲等　及餘輕物類
無違施主心　不令他怨恨　若有欲出家
或子或親屬　菩薩於是中　不應作留難
願有情安樂　願得證涅槃　我勝意樂然
願說無上法　知其過失已　不應穢自身
勿長夜憂嗟　爲煩惱所染

復次迦葉在家菩薩有三種法不應修行何等爲三不應販賣男子女人又亦不應與他非藥若有作者不應親近爾時世尊而說頌曰

應離販賣男　亦離販賣女　非藥勿與他
若與者應離　爲苦衆生故　天等所同呵
隨趣諸方維　憂箭所中害　長夜增憂惱
衆苦逼其身　殀壽自消亡　是故不應作
此過及餘失　我悉了其因　爲諸菩薩等
略說其少分

復次迦葉在家菩薩有三種法所不應作何等爲三不應往彼婬女之家不應親近諸媒嫌者不住屠殺牛羊等處如是三法所不應

作爾時世尊而說頌曰
不至婬女家　專行穢欲者　速致世譏嫌
親近下欲故　尊者知其往　便即起嫌訶
招疾害其身　以之令壽盡　常不應親近
媒嬶男女人　他娶女爲婚　近之被誹謗
亦不應往詣　諸爲屠宰家　菩薩勝依人
皆所不稱讚　此諸深過患　如來悉了知
爲不正行人　我今如實說　世尊所有教
我弟子能知　斯人於佛前　能詣所行處
衆生住聖道　將速至涅槃　佛爲如是人
非爲惡行說
復次迦葉在家菩薩應成三法何等爲三住在家中觀已身命如客使想於已施物起積聚想於未施者如遠離我百由旬想不爲妻子作積聚想在家菩薩應當成就如是三法

爾時世尊而說頌曰
常修於死相　我命速當終　於其所積財
應修取堅實　財不爲妻子　亦不爲已身
速疾得堅牢　身命及財物　殷重求佛道
不起貢高心　若捨饒益門　常遭諸損害
猶如於戲童　少嘗非飽足　法味尚輕微
雖信非堪保　修行非猛勵　相去實全遙
弘揚若不休　名爲究竟法　迦葉我今說
如斯諸法門　人能解了之　名爲一切智
以智善觀察　於身生猒離　常自正思惟
想之如對我
復次迦葉在家菩薩成就三法得不退於阿耨多羅三藐三菩提何等爲三父母不信令其住信父母毀戒勸令住戒父母慳貪勸令住捨讚歎無上正等菩提爲他說法是爲第

一得不退轉無上菩提復次迦葉在家菩薩知可供養不可供養可供養者而供養之若不可者即不供養然於彼所修習慈心由成如是第二法故得不退轉無上菩提復次迦葉在家菩薩勤苦積財不令虛費無令散失不浪與他宜堅舉置而於淨戒沙門婆羅門諸衆生所平等施之與同法者無所障礙由成如是第三法故得不退轉無上菩提爾時世尊而說頌曰

若在家菩薩　求無上菩提　生三根本慧
此爲最上覺　若父及與母　惡慧無信心
勸令生信樂　令其住勝法　慳犯住戒捨
無慧教令慧　亦常勸於是　爲菩提勝法
應往於四方　徧求說法者　法施以教人
由斯增智慧　犯戒令住戒　無信令信心
無慧教令慧　得成不退轉　若逢慧比丘
持戒多聞者　恭敬親近之　數往而諮問
在家由此法　得不退菩提　知彼勝德人
多聞具諸智　慧解堪尊重　可持身肉施
此爲信心相　如我前所言　無信則不能
發大菩提意　聰明見勝事　速成深利益
於諸殊妙法　取證不爲難　知自及與他
如斯勝饒益　與出離相應　是故增智慧
本來恒積集　所有諸資財　爲與持戒俱
共貯當來物　是無有異語　彼亦不虛言
勇進堅施成　當證如來果　持戒易共住
勇健獲深慈　布施攝衆生　如先後無異
清淨最上施　無所有希求　若金若與銀
無有不施者　勇猛施一切　宿世所行檀
希求無上乘　甚深最勝位　非法而供養

一切諸天人　不如能順法　供養一衆生
勇健爲法求　以法能了法　聰明由勝道
獲無上菩提

復次迦葉在家菩薩發阿耨多羅三藐三菩提心已成就三法於聲聞乘而般涅槃何等爲三此有一類怖三惡道於大菩提起重擔想已集善根不專思念不好善求爲心所害便生若想以成如是第一法故退失菩提於聲聞乘而般涅槃復次迦葉此有一類於所行施不生喜心行布施已便生追悔復不迴向佛之智慧由成如是第二法故退失菩提速於聲聞乘而般涅槃復次迦葉此有一類不勤精進專求多聞以下劣善根速般涅槃由成如是第三法故退失菩提速趣聲聞乘而般涅槃爾時世尊而説頌曰

發菩提心已　不正隨順行　退失於佛乘
入於聲聞道　菩提非不信　及以懈怠心
無智守慳貪　則爲有障礙　知恩住淨戒
常樂廣行檀　菩提不難得　由心造諸惡
心亦善行檀　衆生心若堅　當爲世間塔
若能離三法　心趣大菩提　當爲世間尊
成無上應供

復次迦葉在家菩薩由成三法退失菩提於獨覺乘而般涅槃何等爲三此有一類雖已發趣大菩提心於法慳悋復有一類耽著觀望及取世間吉凶之相復有一類發菩提心以懈怠故不能徧求菩提分法由成如是三種法故一一皆能退失菩提於獨覺乘而般涅槃爾時世尊而説頌曰

慳悋於正法　不教誨他人　得獨覺菩提

退失無上道　由斯三種義　失利衆苦生
親近而修行　疑惑菩提道　思惟大乘法
就吉以避凶　此非正信心　爲佛所棄捨
有能專意樂　堅固向菩提　終不禮餘尊
惟除世間塔　若有淨信心　不事餘天等
是爲成最上　號曰天中天　若有樂菩提
不事餘天等　在在所生中　色力恒具足

復次迦葉在家菩薩由成三法受身黑闇何等爲三如來塔所取其燈明於他諍訟而現嗔恚於他黑人不預已事橫加毀呰由此三法其身黑闇爾時世尊而說頌曰

塔所然燈明　斷取是光焰　身便爲黑闇
猶如烏毯毛　毀呰於黑人　我白汝身黑
由其輕毀他　受身便黑闇　宜善護其語
業終不敗亡　隨其所造業　當爲彼業器

復次迦葉在家菩薩由成三業生工匠家何等爲三菩薩自身能持五戒若有親屬從遠而來與酒令飲或勸他人而令飲酒即當生彼工匠之家名第一法復次迦葉在家菩薩自修梵行和合他人令行穢欲緣造此業積集成故而當生彼工匠之家名第二法復次迦葉菩薩見他精勤讀誦然已家内起作興功尋語彼言汝且休廢讀誦之業宜時爲我營辦所成以是業緣積集成故而當生彼工匠之家名第三法爾時世尊而說頌曰

持酒勸他人　及與諸親屬　以成狂飲故
便爲饒語匠　不解作刀針　及餘工巧處
唯能坐搖手　爐前鼓橐橐　自能修梵行
爲他稱讃婬　此業異熟時　當爲饒語匠
不解作刀針　不能鼓風橐　唯解奮長椎

碪前而鍛鐵　令他棄捨法　從茲而命終
速生工巧家　禀識常愚闇　初不見囊槖
亦不見鉗椎　其業報應然　悉破壞衆器
迦葉應防意　及善護其言　永勿教他人
一切不善法　輪迴生死苦　由愛故增生
善法可勤修　應訶諸不善

復次迦葉在家菩薩成就三法當生刹利豪族之家衆同分中顏貌端嚴人所愛敬聰慧巧便不爲嬾惰何等爲三謂覩未曾見沙門婆羅門即生信心供養禮敬言是福田以清淨心延請供養衣服飲食卧具醫藥一切所須在家菩薩成此初法當生刹利豪族之家衆同分中復次迦葉在家菩薩堅住本誓如說修行終不妄語成就如是第二法故當生刹利豪族之家衆同分中復次迦葉在家菩薩於具戒蘊沙門婆羅門所修供養時而能攝受堅固之法由成如是第三法故當生刹利豪族之家衆同分中爾時世尊而說頌曰

諸有智慧等　見持戒多聞　應生歡喜心
往彼而請命　既爲請命已　如法供養之
無有猒悔心　所施無罣礙　是取堅牢法
所爲親近者　種種智相應　於難而速得
如斯深信意　趣向大菩提　是智之所行
佛道非難證　恒爲上活命　應受最勝財
希求殊妙法　證無上涅槃　當生豪族家
顏貌甚端嚴　得上妙衣服　證最上涅槃
如佛所稱譽　行於最上乘　以佛乘能證
清淨妙涅槃　是爲最勝果　如其所造業
獲果亦等流　設經百億劫　是業終無壞

復次迦葉在家菩薩成就三法種諸善根乃

至證得無上菩提終不受於五欲世樂何等爲三在家菩薩受持五戒不向他人讚五欲樂勤修自業不使女人及發是心我止親近一切女人乃至證得無上菩提願我不逢五欲世樂由成如是最初法故乃至菩提不受五欲復次迦葉在家菩薩聞是等經而生深信求趣涅槃雖復受持如是等教隱蔽不行有能演說及發起者若人聞已即當捨離諸惡作處以此善根得無礙辯得無著辯若於現在及命終時速得見佛命終之後往生天上不久證得阿耨多羅三藐三菩提由成如是第二法故乃至菩提不受五欲復次迦葉在家菩薩所有善根悉皆迴向無上菩提不樂色聲香味觸法財封尊貴不愛眷屬以無爲心無爲果報速證無上正等菩提由成如是第三法故乃至菩提不受五欲爾時世尊而說頌曰

在家修五戒　堅守善護持　不親近女人
於中生猒惡　如是等法門　勤求無猒足
所有惡作處　應速捨離之　一切諸善法
悉迴向菩提　以此諸善根　速離於五欲
常獲勝多聞　爲衆生說法　發生大慈意
求無上菩提　是故聞此利　應生賢善心
不近於諸欲　速疾轉法輪

爾時大迦葉白佛言世尊今此經法以何爲名我等今者云何奉持佛告迦葉是經名曰說三律儀亦名宣說菩薩禁戒亦名同入一切諸法佛說此經已尊者大迦葉及諸大衆一切世間天人阿脩羅乾闥婆等聞佛所說皆大歡喜信受奉行

大寶積經卷第三

音釋

瘀依據切氣血壅也

躃踊躃毗亦切正作擗拊心也踊音勇跳足也

號咷號胡刀切咷徒刀切號咷大哭也

竄取亂切藏匿也

吃居乙切言蹇難也

傴委羽切僂也

蝙蝠蝙布田切蝠方六切蝙蝠伏翼也

黧黯黧音梨黑黃色也黯乙減切青黑色也

媒媾媒音梅謀也謂謀合二姓也媾居候切合也

毿他感切

橐橐橐他各切橐蒲拜切與鞴同橐橐謂吹火韋橐也

碪知林切鐵鍖也

大寶積經卷第四

唐三藏法師菩提流志奉　詔譯

無邊莊嚴會第二之一

無上陀羅尼品第一之一

如是我聞一時佛住王舍城迦蘭陀竹林與大比丘衆及無量無數菩薩摩訶薩俱此諸菩薩皆是一生補處從異佛刹而來集會爾時世尊大衆圍繞供養恭敬而爲說法時彼衆中有一菩薩名無邊莊嚴從座而起偏袒右肩右膝著地向佛合掌而白佛言世尊我有少疑今欲諮問惟願如來哀愍聽許爾時佛告無邊莊嚴菩薩摩訶薩言善男子如來應正等覺恣汝所問當隨汝疑而爲解說令汝歡喜時無邊莊嚴菩薩摩訶薩白佛言世尊我爲趣求無邊智慧被精進甲諸菩薩等求大方便善巧地者趣無邊義智善巧者決定大智初發起者於菩提道已安住者世尊我爲如是諸菩薩故請問如來亦爲利樂有情之類心無等喻思惟諸法清淨智義甚深大智方便簡擇得無量義善巧決定爲欲趣求大師子座陞一切智師子之座正初發起勇猛勤修獲不退轉言辭善巧積集精進被甲胄者爲如是等諸菩薩故請問如來世尊若有菩薩於諸有情願欲超昇到於彼岸復有志求無礙無畏住無畏中方便隨機演諸法義善巧分別不增不減又於諸法本性自性如實宣揚世尊復有趣入無等喻心最勝之心及無上心得自在故爲如是等請問如來世尊若諸有情求自然智及無師智破無明𣫍超於天人最爲殊勝有希利樂一切世

閒當欲趣求大智無畏除自然智欲示無邊知見善巧將說無量決定之法欲以光照世間天人復有爲諸衆生樂欲開示無上無礙大智方便欲行究竟清淨智見求一切智善巧地者我今爲彼諸菩薩故欲問如來世尊若諸菩薩住是地已速能圓滿成如來地及能證得不可思議方便善巧波羅蜜多以少功用成熟衆生見前能得如是智慧令諸衆生捨離惡法增長善法示菩提道諸佛種性及能安立無量衆生於阿耨多羅三藐三菩提皆不退轉世尊彼諸菩薩能開覺路於佛法中令心歡喜我爲斯輩請問如來世尊此諸大衆皆悉已集說微妙法今正是時惟願如來開示演說如是法門授諸菩薩令得圓滿不思議願及一生補處所有善根世尊如是善巧陀羅尼門如來隨時應當授與使諸菩薩能持無量法門理趣善巧決定及以言辭演說諸義復有志樂當證菩提安住無邊大神通業成熟無量無數衆生攝受如來善巧之智惟願開示如是法門當令衆生證菩提道世尊往昔於長夜中已發弘誓令無數衆生安住佛智及自然智如是陀羅尼門應當演說令諸菩薩成自善根及以如來威加之力持彼無上不思議願世尊如來應正等覺已證無量方便善巧得不思議住無畏地了諸衆生意樂差別無量億劫蘊諸覺慧世尊此諸大衆瞻仰如來無時暫捨於一切智智及諸法藏志求不怠欲樂無猒願聞如來決定之義世尊安住一切智境皆已知此諸菩薩願及發趣善巧成熟世尊是諸法門陀

羅尼門圓滿句義一切諸法決定善巧如是法門如來應説令諸菩薩未成熟者悉令成熟已成熟者速得神通及一切智心解脫智見世尊若諸菩薩住不定地是諸菩薩預聞法已而得成就一切智境世尊我以此緣敢申巨問惟願大慈威加守護攝諸菩薩説如是法世尊於後末世諍論起時執著有情更相賊害三毒增長壞亂正法令諸菩薩於彼時中以大慈悲堪忍斯事流布此法而無諍論由順無諍則能攝受大慈大悲及當積集諸善根力世尊我今敢緣斯義請問如來無礙法門決定之義世尊云何彼諸菩薩無量法門法光明門及一切法方便發起復願如來説不滅壞寂靜法門兼演無邊微密法藏具足成就念力無斷降伏魔怨及諸異論而不爲彼之所摧伏惟願如來演説正法令諸衆生積集善根亦令積集無邊善巧於一切智智示現出生隨念結集無量法要得諸辯才清淨具足相續不亂無等句義欲令證得無量法門及陀羅尼眞實方便又令衆生發起意樂爲説先後兩際加行示現去來現在諸法於因自在法無所住願諸菩薩了知十方如來本事以神通無畏徧諸佛刹授彼衆生清淨法眼亦爲開示不思議法成熟佛智方便善巧我緣斯義敢有所請惟願世尊説如來地廣大方便甚深之法爲一切智攝諸善巧無量不思議法理趣令彼菩薩願及方便善巧圓滿此諸菩薩預聞法已悉皆獲證大法光明成就菩提殊勝善巧及彼弘誓悉令圓滿爾時佛告無邊莊嚴菩薩摩訶薩言

善哉善哉無邊莊嚴汝今爲諸菩薩住清淨願方便善巧亦爲哀愍諸衆生故以決定慧善問如來汝之功德無有限量諦聽諦聽如實思惟我今爲汝分别解說令諸菩薩於佛智境出生無量種種功德無邊莊嚴菩薩言唯然世尊我等樂聞爾時佛告無邊莊嚴若諸菩薩爲求無邊善巧願者應知諸佛祕密語言受持思惟如理觀察云何觀察無邊莊嚴如來之智攝諸善巧有所宣說無不清淨是諸菩薩應當進修此之法要諸佛所說皆是平等安住大悲普於群生決定成熟諸有情類或於下乘志希解脫於聲聞道有於眞實最勝涅槃弘誓圓滿成一切智我今安住無上解脫遠離餘乘下劣之法善入諸佛祕密語言及說如來無比辭句廣大清淨攝受諸法令諸有情隨彼根性解脫成熟然於是法皆悉平等不增不減無缺無漏乃至無色及無等色無邊無際自性清淨諸佛世尊之所演說自性本性如實了知而無有法了不了者何以故一切諸法皆是如來假名說故若彼諸法由假名者是則不可以法施設亦無示現無示現故如來所說皆眞勝義隨法同入一切諸法於一切法不住分别亦非不住以分别法及無分别如實平等證一切法無有差别法無有生如是生法無所有故法無有法生妄分别徧計度故法無有起不自在故法無觀待捨圓滿故法無作用無去來故法無自性超過一切自性法故法本平等無有差别無戲論故隨所作法起殊勝願無不成就而於其中無有作者乃至無有少法

所得皆歸於空是故如來說一切法如幻如夢無有高下我當以此清淨弘誓攝衆生時實無少非而可著者無邊莊嚴此是諸菩薩等法光明門由斯門故於殊勝願而得增長如日出現光明普照如是善男子等於此法門能信解者與諸衆生作法光明無邊莊嚴若諸菩薩内正思惟外無散亂安住能斷諸障礙者隨念菩薩普光三昧及能信解甚深法者應當觀察此諸法門一切諸法如來悉知以緣起門開示宣說如是緣起虛妄不實自性本性皆悉空寂是緣起性亦非真實能令衆生雜染清淨於十方求皆不可得無所得故無有攝受無攝受故於我所說尚應捨離何況非法所言捨離彼亦非有亦無所取無有功用本性清淨一切諸法無有分別了知分別如實性故一切諸法無有所住亦不可見無異性故是故諸法無住無依但以名字施設而有彼皆空寂無有自性無住而住是故諸法無有住處處無有故盡故滅故及變易故如來但以異名宣說如是密意應當了知不應執著善與不善若執善法彼不善法亦當執著由執如是不善法故生諸苦惱佛以異名於此示說爲苦聖諦由不執著善不善故彼諸受滅如來於此善法所斷異名示說爲集聖諦第二聖諦能了知故滅故盡故無憶想故猒離觀察無所有故無喜想受無分別故如來於此異名言說爲苦滅諦了知第三滅聖諦故是所求道如實悟入一切法地超過一切憶想分別戲論之境八支相應修習正見乃至正定苦滅趣道聖諦了知

佛以異名於此宣説爲第四諦諸佛世尊於此施設知苦斷集證滅修道苦集苦滅及滅趣道此苦無有以世俗故假名施設是無明等一切皆是無智攀緣何以故於彼無智亦無有少攀緣可取無有所證無有光明不可了知亦不可得而於其中當有何物一切皆是虚妄壞法無有堅實於中若以實物施設彼即於常應有執著若以無分別執著彼即於斷應有執著是故於苦不應分別以智慧故應當了知無智自性即苦自性由與無明共相應故無明亦不與物相應或不相應彼亦無有由彼不相應故是故無明非分別非不分別不作不壞亦無作者施設作者不可得故無邊莊嚴此是諸菩薩了知悟入無明自性順明法門由是門故能捨一切無明黑闇現前證得隨順明法於菩提分能善修習於諸聖諦能善了知是諸菩薩於此法門能得清淨所謂由不生故苦得清淨不攀緣故集得清淨由滅盡故滅得清淨由修習故道得清淨信平等故道即平等如是諸法異名差别應當解了了已應斷應證應修於如來言若能解了彼即徧知彼即隨斷彼即作證彼即修習是故聖者如是知已於一切法不取不捨便得安住四諦法門無邊莊嚴一切諸法無有分别亦不增長亦不積集聖者如實善了知故不起分别不行戲論能如實見不毁不著由道斷故於諸善法不起分别亦無戲論況不善法由無分别共相應故亦復不住法非法斷若徧知斷即無法結及非法結彼能了知結法虚妄此虚妄法空無所有

此是彼等所入諦門由是門故不愛不恚證捨圓滿能斷諸結安住正道到於彼岸證法自性而無入出無邊莊嚴汝今當觀一切諸法本性皆空自性寂靜無有作者諸法非實與結相應非不相應於彼無性法中不應執著亦復不應離性非性而起分別既能了知因緣清淨不應戲論諸有一切因緣生法彼緣性空究竟清淨如是因緣非互相應諸法展轉無有所作無有所行無有事業如是思惟一切諸法互相空故無有自性無依無住無邊莊嚴汝於此中應當悟入則能增長不可損壞普徧光明清淨法門由攝受故當得清淨無戲論故當作光明超過結使無所著故當得出離無邊莊嚴一切諸法唯有名相開示宣說何謂名相相謂四大所造諸色名謂一切非色之蘊如是名相一切皆悉虛妄不實以顛倒故而有執著或色是我色是我所相分別故有名示說如是名色二俱不實一切皆是虛妄壞法如幻如夢色體不堅如夢所見乃至四蘊亦非真實但以世俗文字施設如是知時不見有苦由實諦故無有攀緣無攀緣故心無所有無所有故何有與彼攀緣相應由此而能於涅槃界得超過想及所知滅無邊莊嚴三界由想作意所生是故說言三界虛妄想及作意亦非真實彼所有想即色執著所有作意皆與受想行識相應諸法本性亦無相應非不相應乃至非想亦非作意想及作意本性皆空所有言說亦皆虛妄但假施設令性寂靜無邊莊嚴諸法本性以假名故如是所說亦皆平等無邊莊嚴

於此法中證於實諦諸菩薩等應當了知謂諸如來一切結使皆捨離故凡所演說終不唐捐汝等於此應善思惟無令執著於一切法勿生分別離諸戲論了一切法無有自性而於衆生起慈悲想思惟悟入如是法門爲利一切開示演說云何法門謂了無明諸有爲法悟智見等諸無爲法應徧清淨證入一切有爲無爲無戲論智非數入數非數住數隨順如是非數法故證入無爲清淨法門獲得徧持光明智慧攝受諸法令不失壞能以覺慧方便善巧廣爲衆生演說諸法無邊莊嚴此是諸菩薩等入陀羅尼門由是門故出生廣大差别覺慧及能發起演諸法義善巧之智無邊莊嚴此中何者是彼陀羅尼門由是菩薩於諸法中能得總持方便善巧無邊莊嚴此中菩薩住徧清淨善巧之智行於辯才由義覺慧觀察諸法本性自性然一切法自性無住無名無相無所建立無徧建立不可宣示但以世俗言辭演說所有諸法本性自性皆不可說無來無去無有文字文字清淨無有功用何以故諸法本性等虛空故一切諸法亦復如是無作無起無相清淨以虛空開示演說此則諸法無門之門門清淨故究竟無染亦不隨染何以故諸法究竟不生不起所有自性亦不生起是故當知三世所說一切諸法自性無性亦不應執諸法無性此是諸菩薩無所執著陀羅尼門爲諸菩薩門清淨故如是開示說一切法有形相者所說形相即非形相不作不壞不愛不恚是故當知形相門者則爲非門門清淨故由是能

得入無形相清淨法門爲欲了知此形相門無所有故不以有義如是宣說無所作故入無形相無邊莊嚴如是所說無形相門爲陀羅尼清淨故轉無邊莊嚴所言門者猶如虛空一切諸法依於虛空而有生滅彼生滅者性皆平等作是觀時無有生滅無所攝受於一切法應如是知一切諸法亦非攝受非不攝受非等非不等乃至無有少法而可得者由是能了此形相門爲得無相門清淨故開示演說無邊莊嚴言無相者所謂無身及身施設無名無句亦無示現於此教義應當了知彼無形相與虛空等言虛空者亦無虛空及空示說此是無明隨順明智力聚法門菩薩能證陀羅尼門理趣方便由證入故無有諍論無有忘失隨入無斷秘密語言陀羅尼門譬如有龍名無熱惱降澍大雨流澍無斷無邊莊嚴所言陀羅尼者是何句義無邊莊嚴菩薩摩訶薩白佛言世尊陀羅尼者即是隨順諸法秘密方便假名即是隨念徧持之業即是說法語言之句由智聚力得入如是陀羅尼數以善覺慧應當受持無量無邊菩提之力世尊如我所解此無邊智演說方便爲欲利益諸衆生故開示流布令法不斷世尊此陀羅尼門是大虛空是大方廣以是義故能廣宣說由說平等能攝受故名隨教法善巧開示廣大流布文字差別得圓滿故通達辯才而得成就由觀察義善巧說故於義辯才而得圓滿決定諸法善開示故於法辯才而得圓滿哀愍衆生以大慈悲而能攝受由攝受故次第調伏令得清淨無諸戲論而

能演說平等捨法世尊說此陀羅尼祕密方便法門品時無量無邊善巧之義從佛口出爾時佛告無邊莊嚴菩薩摩訶薩所言門者即是如來一切智智門之增語於此門中由語言故而得演說一切諸法如來安住無邊清淨究竟清淨自然智見以無所住無所建立流注廣大甚深之法無邊莊嚴如來普說一切諸法皆是佛法以於諸法能善了知名爲佛法諸法本性與佛法等是故諸法皆是佛法由能了知法非法故說能了知一切諸法能了知者即能了知陀羅尼門此陀羅尼而能徧入一切諸法所謂語言演說談論一切語言演說談論皆由文字表示宣說是中文字阿字爲初荷字爲後猶如入胎受胎持胎以母爲先又如種子長養以父爲先如蘊積集以生爲先次後建立餘分差別六處諸根次第成熟如是字母爲先一切文字差別和合如是字母爲先先發長養所謂阿字爲先荷字爲後諸餘文字在其中間隨彼相應和合而轉此即能入演說語言陀羅尼門又當了知一切諸行皆悉壞滅如彼文字書學成已尋當除滅如是一切有支建立皆當壞滅如彼諸行和合故生彼不和合應知壞滅如是二種相應和合建立一切諸有愛結亦由如是二種和合建立一切有爲諸法如是觀察漸次能淨無作法門由此能入演說生滅陀羅尼門令諸菩薩方便善巧速得圓滿猶如字母阿字爲初荷字爲後如是作已應以語言演說談論善入一切祕密言辭又應了知無障礙法開示宣說無邊莊嚴猶如字

毋阿字為初乃至諸餘一切文字分別作已作意相續入於書寫荷字之後更無文字而可建立由是二種作意能生一切有為之行彼二分別無有真實以於真實無少文字本性自性亦無分別及不分別而於其中亦復無有少分所作無邊莊嚴一切諸法以智所知是智皆從文字建立而得生起由是文字不成就故彼智亦復無有形相可得何以故以於真實無有形相由入如是無形相故捨離一切所作事業無所作故捨離一切有為之事無邊莊嚴此是陀羅尼清淨善巧徧持法門若諸菩薩於此學時能起一切無礙事業為諸衆生宣說正法令不缺減不住諸想覆蓋著心及能遠離想及作意以能趣入諸法覺慧證無邊智理趣善巧無邊莊嚴若諸菩薩徧取名已了一切法唯有種種積集言說所起之名而無真實如是知者應當隨入陀羅尼門理趣善巧云何應入陀羅尼門理趣善巧知所有名而無住處不住諸法內外中邊於一切處都不可得但依積集種種言說而假施設於施設名如實隨覺是如實句以此實句應當了知一切諸法無名無說此是諸佛力無畏地於所有法應以此門開示演說如來所說一切諸法非一性非異性諸法無有一異性故此一切法非生非有如是宣示諸法亦空法若空者彼即無相若無相者即無願求若法是空無相無願則不可知不可徧知不應說彼若有若無言有無者但是言說不應於中而生執著何以故如來常說若不執著一切法者是真勝義若有著者

由是著故於彼彼法隨生執著如是執著一切皆空是敗壞法但唯虛妄戲論分別無邊莊嚴汝應當觀演說諸法而於彼法實無示說豈於此中有能說者而爲他說無邊莊嚴此清淨法從諸如來之所演出能了知者甚爲希有無邊莊嚴汝等今於我前聞如是法能善了知住清淨信能生勝解雖復衆多而於後世希有衆生於此法中能徧了知唯除今時親於我所發弘誓言願於來世利益安樂諸衆生故而當受持如來法教若曾往昔於如來所承事供養深生信解愛樂希求於甚深法理趣善巧願聽聞者此諸菩薩當能獲得陀羅尼法無邊莊嚴由於往昔供養如來復得值遇無量諸佛承事供養於甚深法因緣理趣深信解者善求於法多勝解者趣

行深廣求大乘者聲聞乘人猒離三界於甚深法勤修行者此諸人等未曾聽聞此甚深法無邊莊嚴如來爲欲利益安樂此諸有情令證甚深廣大無量難見難解種智覺故而復宣說甚深之法此非愚夫無聞執著不求法者之所行地有如理修行善根具足於微少過生大怖畏於諸怖畏而求解脫是此等類之所依處無邊莊嚴如來今爲汝等天人世間常演說法不生勞倦由佛往昔行菩薩道時於無量億劫精勤修學此甚深法旣修學已方便迴向云何爲諸有情當轉無上微妙法輪及爲有情而得示現無上大智令一切智智種性不斷無邊莊嚴此由如來往昔願力爲令一切種性不斷及威加此陀羅尼句開示演說此甚深法廣令流布使諸有情

於佛法中當能悟入令一切智種性不斷光闡弘宣此諸法教無邊莊嚴汝等今欲隨學如來有諸衆生希求法者開示演說勿生勞倦無邊莊嚴諸菩薩等如所聞法於大衆中當廣開演所有法行由是當得近於佛智能速證獲陀羅尼門由證陀羅尼故以少功力而能受持光明照耀清淨法門無邊莊嚴一切諸法本性清淨若法本性非彼相應非不相應非和合住非不和合於諸法中而無有法若無有者則無有處而可示說唯除因盡因盡故即離離故即滅我爲有情了知故說一切諸法本性自性於彼無因即無因盡無因盡故無離無滅無邊莊嚴汝觀如來之所說法如是清淨若有以法觀如來者彼於如來見不清淨何以故如來非法亦非非法如來尚不安住少法何況非法若住非法無有是處如來超過諸表示法不可宣說一切語言皆清淨故是故如來最極甚深廣大無量無邊莊嚴如是如來非色表示非受想行識之所表示如來亦非色盡解脱非受想行識盡解脱由是如來絶諸表示與色等法非共相應非不相應而於一切有爲無爲能徧解脱不起分别無有戲論如來不與色取相應亦復不與受想行識諸取相應永斷一切取蘊根本而亦遠離諸法根本謂無戲論不入不出超度瀑流不住無上諸佛智境亦非不住應說如來不住少法不取不捨如說如來說法亦爾如來不相應故如來之法亦不相應如如來法諸法亦爾依如實理諸法皆如是故世尊說一切法悉是眞如一切法如與

佛眞如無二無別非一非異如來安住無分別法非徧計故無邊莊嚴如來說法終不超過一切諸法何以故無有少法可超過故無邊莊嚴如來於彼其時證得無上正等菩提然於彼時實無有法而可得者以一切法及諸隨法不可得故不起分別亦復不起法與非法及作意想於彼本性清淨法性而不安住亦不建立如是了知簡擇法時亦無了知及簡擇者無邊莊嚴此所演說第一義句即是如來非句之句句清淨故以是義故諸菩薩等得一切句清淨之智由是能入無邊理趣陀羅尼門亦無少法而可證入不來不去無邊莊嚴所言句者無句可得非句句故於一切句應如是知如是諸句是猒離句若猒離句是虛妄句若虛妄句即猒離句彼一切句是滅盡句若滅盡句即眞如句若眞如句即究竟句若究竟句是盡離滅句若盡離滅句即涅槃句若涅槃句即非世俗無句施設亦無示說無邊莊嚴言一句者於一切善不善法中平等趣入云何一句所謂離句於猒離中無有少句是一切句猶如猒離句亦非句句清淨故若句清淨即涅槃清淨若涅槃清淨即句清淨如是諸句皆不可說若以語言宣示句者而彼語言於十方界求不可得誰爲誰說故諸言說一切皆空彼若空者即無有義不應於中戲論分別出生如是諸句義者一切皆是無分別句無戲論句是故修觀行者尋求觀察一切句時當知皆爲離滅涅槃如是諸句不異涅槃亦不可說然非不異由言說句皆虛妄故爲清淨句宣說善巧

表示諸句非實表示若非表示非不表示則處中道若處中道則無分別以於此中分別斷故於此法性平等入時而無有處行少惡行無所得故如是不行亦不徧行不等近行若如是行諸佛說爲菩薩乘者無有少法而可行時彼行菩薩地安住無上清淨陀羅尼故無邊莊嚴我今當說陀羅尼句由是句故令諸菩薩得陀羅尼而能開示無邊法藏應說此等住無諍地以能摧破諸他論故極寂靜故廣演法故此中何者是彼法門陀羅尼句

哆姪他若曳一　微若曳二　隝計三　烏迦上　筏底四　阿引路計五　阿引路迦上　筏底六　鉢囉二合上　陛七　鉢囉上二合　婆上　筏底八　娜唎設儜尼頂切九　你娜唎設曇筏底十　遏替十一　遏他筏底十二　戍闥儜十三　鞞戍闥儜十四　鉢唎戍闥儜十五　吃唎二合　耶上聲十六　吃唎二合　耶筏底十七　嗢哆囉尼上聲十八　珊哆囉尼上聲十九　麽訶毗社曳二十　麽訶毗社耶筏底二十一　阿怒珊地上二十二　阿鉢囉上二合　底珊地上二十三　庾伽上　磨陜捺陀上二十四　悉地二十五　悉馱遏梯二合二十六　悉陀上　遏他上　筏底二十七　麽底二十八　麽底鉢囉二合　鞞二十九　嗢哆唎三十　嗢哆囉筏底三十一　弭磨唎三十二　彌磨囉怒散地三十三　薩嚟三十四　薩囉筏底三十五　薩囉引　怒伽底三十六　娑冥上三十七　娑麽嚂婆上　弭伽底三十八　羯底三十九　阿你伽底四十　阿鉢囉上二合　底你筏底四十一　彌勢矖四十二　彌勢矖筏底四十三　阿上　麽醯你四十四　你磨醯你四十五　鉢囉二合　磨醯你四十六　鄔引　荷鄔哆囉儜四十七　麽囉鉢娜曳四十八　阿上　勢鑠去四十九　阿怒跛勢鑠五十　阿怒伽迷

五十一阿鉢囉二合底伽迷五十二阿伽上聲呼帝五十三阿娜伽上聲呼底五十四伽底弭戍馱你五十五鉢唎戍第五十六薑去竭茀初假切二合掣尺曳切娜你夜帝五十七麼底鉢囉二合避帝五十八麼底毗戍馱你五十九三縵多引怒羯帝六十三縵多鉢唎縛房可切嚟六十一三縵多毗戍馱六十二你阿怒跛仡囉二合呬六十三阿你仡囉二合呬帝六十四呬那引囉梯二合六十五阿囉他二合毗戍地鉢囉冥六十六奚都你地珊寧鉢囉二合避底六十七鉢囉二合避多筏底六十八毗你設者二合曳六十九避你設者二合耶引怒羯帝七十阿難多囉梯七十一阿難多苾仡囉二合奚七十二麼社毗戍地七十三阿怒竭囉奚七十四鉢囉二合竭囉荷毗戍馱你七十五阿地耶引二合多麼二合毗竭帝七十六麼呬囉馱二合毗戍馱你七十七苾地耶引二合怒竭底七十八苾地耶引二合怒散地七十九鉢唎戍馱你八十

無邊莊嚴此是陀羅尼標釋之句諸菩薩等由是句故而能隨念無量如來所有法藏亦能爲諸有情開示演説住無諍地復能隨入一切義句理趣善巧善能了知無量廣大差別智覺隨其所願皆得圓滿

大寶積經卷第四

音釋

嚳克角切　瀑蒲報切與暴同

大寶積經卷第五

唐三藏法師菩提流志奉　詔譯

無邊莊嚴會第二之二

無上陀羅尼品第一之二

爾時佛告無邊莊嚴菩薩言我當說彼陀羅尼門理趣差別智慧善巧令諸菩薩得陀羅尼善巧方便由證此故當能了知隨法祕密善巧理趣云何了知無邊莊嚴於眼所見色陀羅尼乃至意所知法陀羅尼門無邊莊嚴云何六內諸法所取外法陀羅尼門無邊莊嚴若諸菩薩眼見色已而由不可映奪智力及念善巧不迷忘故了知徧持色是無常生滅不住皆盡離滅由此復能於內眼界而不執著我及非我善巧安住眼處清淨於色攀緣不攝受故而能清淨陀羅尼門善能觀見盡猒離滅則無戲論由不戲論總持善巧住無妄念無有積集所行道中而能捨離眼與眼識及所知法無有分別由如實見得清淨故亦能隨念諸法如幻於能所識清淨善巧得總持時善能攝取不共世間廣大智蘊如是略說乃至意所知法陀羅尼門菩薩以意了知法已而由不可映奪智力及念善巧不迷忘故而能總持諸法無常生滅不住盡猒離滅於內意處安住總持亦不執著我及非我善於內住意識地者隨能妙觀總持善巧次善安住意處清淨於外法處不攝受故能得清淨陀羅尼門由內外法及餘結使不相應故能隨觀見盡猒離滅不作戲論由不戲論總持善巧住無妄念無有積集趣行之道而能捨離意及意識并所知法無有戲論不

起分別以如實見得清淨故而能隨念諸法如幻亦能總持於識所識清淨善巧而能攝取不共世間殊勝福慧又能如是於去來今及諸內外一切法中由隨義覺攝取方便善巧智力不於少法起無因見而不於因起於緣見亦不於緣而起因見了一切法各不相應如實隨入諸法本性此一切法本性清淨展轉寂靜若一切法展轉依持隨種類持由於徧持共相應故得安住者應知彼法不由依持共相應故而得安住不生不起而不流轉亦非言說之所能得彼所有義一切諸法各不同分非共相應非不相應以一切法無有作者令作者故無有壽者無有衆生無補特伽羅此說法句非如其實非不如實一切諸法不攝受故同於涅槃無有執著斷於執著遠離執著無邊莊嚴此是諸菩薩演說陀羅尼差別善巧如內外法於一切法應當了知如是說時彼諸菩薩捨離內句亦不取外及能觀察無有始終乘生死輪隨在世間入無明室處無明𣪍周徧流轉彼雖如是生死輪轉於中亦無生死可得亦無真實生死之輪雖復隨順生死輪轉墮在世間於中可得然諸衆生不能了知此諸法故於生死中遊行馳走周徧馳走又不能了虛妄顛倒於非衆生起衆生想若衆生想所繫縛者彼於諸法不能了知隨入破壞極破壞法爲虛妄執之所執著佛告無邊莊嚴若諸菩薩於此法中能解了者速疾獲得智慧光明隨證法門辯才清淨修習忍辱而能精勤起大慈悲志無懈倦善能安住祕密言辭演說方便亦能

了知一切諸法異名差別最勝語言隨所憶念往昔依處能善讚說無少相違令諸衆生住無諍論能壞一切外道諸論爲破衆生諸黒闇故宣說法時而爲十方無量世界諸佛如來之所稱歎放法光明作不思議法之施主善能開示諸佛法藏無有迷惑及能攝取殊勝大願如其所願皆令滿足得不思議方便善巧令諸衆生意樂開發及能示現前後際因亦能示現去來方便無邊莊嚴是中菩薩於能發起三摩地門應勤修習既修習已而能證入陀羅尼門於陀羅尼門得自在已於諸祕密廣大異名而能演說及能入於異名之智能隨順入甚深理趣善能了知言說示現令無少處而生疑惑不由他教住於忍地無邊莊嚴若諸菩薩能善發起勇猛精進爲欲哀愍諸衆生故求諸法智證入通達無有餘乘而不成就得佛大智超過一切世間之智究竟清淨一切智智未足爲難無邊莊嚴於此演說陀羅尼門甚深方便法品之中所有諸法爲欲攝取諸菩薩故開示發起我今當說令諸菩薩普徧開悟善能攝取祕密言教凡有所作皆能了知一切語言音聲之義復能證入差別覺慧善巧之智何者是彼所有之法無邊莊嚴是諸菩薩具淨尸羅安住實諦加持之力則能增長布施方便求無我所無攝受法修習方便證一切法真實理趣得不退法及善安住不退轉地速疾具足無礙辯才智慧增廣猶如大海無邊莊嚴當於後時無有餘人頗能恭敬受持此法唯除菩薩希求甚深如實法者爲欲開示如來法

藏希求樂欲增上心者調善意樂正思惟者彼等於此甚深法中精勤修學入此理趣則能了知異名演說亦能了知一切諸法自性本性無邊莊嚴假使如來以種種名演說諸法然於諸法本性自性亦不相違如來開示諸法本性不相違法說一切法無所造作凡所演說無有所說及能說者無邊莊嚴如來已得演說善巧勝波羅蜜如來亦無少法可得亦無隨得亦不徧得如來不爲少法安住故不捨離故不爲生故而能說法亦不爲得少分法故亦非不得故如來行無所得如來不行亦非不行亦不應說諸佛如來行如實行何以故無有少法說名如來此是如來住如是住行如是行若彼如來以名字故名如來者如來與名非異非不異非異非不異故不應說言如來若來若去如來非戲論者超過戲論亦無超過如來無有超過超過亦無如來如是如來與如來性非即非離不虛妄性不變異性亦復如是如是稱揚如來體性無有少法開示演說亦無示現如來證得一切諸法如實本性然一切法所有本性不可宣說一切諸法無所有故如是如來說一切法無有所作亦無變異不生不滅不出不離一切諸法究竟清淨故非得非徧得於一切法無有所得無所得故無有可證如是無有少法可得若法可得於諸法中應有受者既無受者是故當知一切諸法由不生故無有得者如來名號亦由聖教假名施設如是言說性清淨故聖者於中不得少法然於聖者亦無有法及與非法亦無有法名爲聖者及

非聖者無有少法與彼相應或當相應於此如來所有演說皆應了知亦復不應隨俗而轉如來能說法及非法亦不建立有法非法如來能說善不善法亦不建立有善不善如來能說一切諸法亦不建立有一切法如來能說法無表示亦不建立有無表示無邊莊嚴如來所說此甚深法無淨業者不能了知若有樂求無上菩提於生死中求解脫者應當覺了諸佛如來所演說法無邊莊嚴若諸菩薩於此法中能解了者應無猶豫不取不捨亦不見有少法生滅無有戲論非無戲論則能演說此真實法於此演說真實法中亦不執著無邊莊嚴譬如須彌山王與諸福德善根衆生所用宮殿作依止處衆生於彼而受歡樂如是如是作善根者諸菩薩等於此法寶積集教中而能聽受由此法寶菩薩能得一切智智無邊莊嚴此契經法能隨順入無上法智爲欲開示如來法藏陀羅尼故如是流布此陀羅尼能攝一切所有廣大真實之法諸佛如來所說之法皆悉從此無邊陀羅尼門之所流出此陀羅尼爲欲清淨一切法門是故如來開示演說此陀羅尼能攝一切契經等法不成不壞無初中後此陀羅尼如來護念徧於十方諸佛世界能作無量無邊佛事無邊莊嚴於此最初陀羅尼品說義品理趣品中而能攝受一切諸法無邊莊嚴彼中諸菩薩等欲隨覺了此教法者欲流注法令不斷者欲入諸法無住印者欲隨覺了無有障礙祕密門者欲隨發起趣向加行大精進者欲隨覺了諸法性相說此法者應當

受持諸佛如來所演言教既受持已隨應了知一切所有祕密言辭欲隨趣入總相演說文字智者欲隨覺了演說諸法差別理趣者欲隨憶念一切諸法簡擇智者爲欲利益安樂一切諸衆生故施設勝義善隨機根授與衆生令得利益若稱揚法若流傳法若演說法以資糧心哀愍利益求佛之智不於少法而生執著由不執著無有所取亦不觀察無二法智亦不示現内智外智不於少法而生猒足亦不應以下劣精進希求上智勤修一切甚深之法所有難問隨義而說應住自利及以利他應善觀察自他之想入一切法皆悉無我我清淨已隨入一切諸法清淨愛樂開示演說言教若問不問乃至少法不生慳悋菩薩應作如是四無量心我爲利益諸衆生故隨與勝施最上之施所謂無上法寶之藏我今當令一切衆生與不可說法寶相應假令衆生作諸重惡終不於彼生慳法心離諸慳惜能爲捨施爲法施主我今當作如來之事一切智事令諸衆生捨離重擔於大瀑流當以法船運度群品能令衆生得於一切安樂資具菩薩當以如是悲心發生覺慧速疾證於殊勝之法於此契經陀羅尼門演說諸法差別總持當得成就捨離生死不爲他論之所攝受能破一切外道諸論降伏魔軍爲欲滅壞諍論法故應如是住無邊莊嚴此陀羅尼門一切如來之所攝受善作憶念譬如後身菩薩住於三十三天夜摩天兜率陀天樂變化天他化自在天中兜率陀宮一切諸天承事供養一切衆生咸生愛樂成熟善

根攝諸勝福餘有一生施戒福藴具足清淨成就一切殊勝智藴於此三千大千世界一切衆生所不能及而能映蔽一切有情所有善根亦爲一切諸有情等恭敬讚歎現前獲得一切智智若彼菩薩從兜率宫下閻浮時即於中國無怖畏地最勝妙處在大城内一切衆生衆會之中降生出現爲諸衆生瞻仰禮拜供養恭敬此陀羅尼契經之門亦復如是入於一切諸法之中而得安住一切諸法皆從此生亦從此滅菩薩於此得安住已成熟增長於一切法而得安住一切法中而得自在爲其主故菩薩最後受身生於人中以無觀視一切法印三摩地力普徧觀察一切有情及徧觀察一切三千大千世界由得法陀羅尼醍醐之味以廣大心善住廣大智慧境界終不貪愛一切欲樂玩好資具亦不希求一切染法端嚴相續由住彼空三摩地覺能善觀察一切諸法隨得無相方便善巧而於一切無所執著能善了知一切三界有爲之法無非過患安可貪著應求出離速得寂靜極寂靜界及勝解脱勝出離界然於彼識不住不著觀察生滅積集散壞於諸有情起大慈悲爲成熟故生出離覺以覺理趣隨宜方便能隨順入最勝智慧隨念一切有情善巧方便而得自在隨得諸法無有障礙陀羅尼善巧理趣以善巧智簡擇觀察一切有情及善觀察不思議法決定理趣雖復少年端嚴美麗於諸欲境曾不愛樂捨離所有一切資財珍玩衆具親戚眷屬思惟觀察以猒離心希求寂靜從家出已趣於非家既出家已

而能成就不思議覺甚深方便隨所作業積集資糧趣向無上菩提道場隨願莊嚴獲得無上陀羅尼印甚深方便最勝尊頂由是清淨陀羅尼門善巧理趣得一切法自然之智及無障礙一切智智徧持善巧彼既得於一切智智陀羅尼門隨得決定一切智智善清淨已安住無上一切智智加持之力能轉無上清淨法輪亦能隨得一切法智巧妙言辭諸法譬如盛日光明照曜如是法聲光明徧示一切天人之類無邊莊嚴菩薩住於一切智智陀羅尼已得阿耨多羅三藐三菩提彼陀羅尼門句義差別諸餘菩薩所不能知若一生補處菩薩坐於道場以清淨覺無師自悟此陀羅尼而得現前亦猶菩薩爲菩提故無量劫中積集善根於其長夜久修梵行得深法忍哀愍一切諸衆生故大慈悲心方得現前無邊莊嚴菩薩由是陀羅尼故坐於道場當證阿耨多羅三藐三菩提我今於汝不可示說汝得菩薩智慧現前能證彼法當於爾時諸菩薩等自應解了爾時菩薩得無邊門無量門因門無譬喻門悉皆現前而彼門者不可宣說超過世間不共一切天人魔梵及諸沙門婆羅門等逮得最上清淨之法一切智智及自然智菩薩由是能入清淨自然之智能轉無上清淨法輪漸次爲於無量衆生攝取無上一切智智於諸法門及涅槃門得清淨故開示演說無量種種善巧理趣而能發生持蘊善巧亦能示現持蘊清淨善巧之智界處緣起亦復如是又令衆生發生趣入聖諦法門亦能示現聖諦清淨善巧之智

又能發生三十七品菩提分法差別善巧亦能示現菩提分法清淨之智而能發起持奢摩他毗鉢舍那善巧之智亦能示現持奢摩他毗鉢舍那清淨善巧又能發起持三摩地三摩鉢底善巧之智亦能示現禪三摩地三摩鉢底清淨善巧又能發起持無迷惑功不唐捐善巧之智亦能示現持無迷惑功不唐捐清淨智慧又能發起持猒離盡無生之智亦能示現持猒離盡無生清淨善巧之智又能發起持明解脱善巧之智亦能示現持明解脱清淨善巧而能演說大涅槃門亦能住持一切句義捨離清淨善巧方便於有爲無爲有漏無漏世出世法以無量名表示宣說法門清淨故爲諸衆生開示無上決定之法及持清淨微妙智因無邊莊嚴如來說此大陀羅尼徧持方便爲一切智陀羅尼善巧之力得安住故隨諸衆生一切本願示如是行令入隨覺理趣差別善能開示陀羅尼威力無上法藏而能流注降灑法雨潤洽一切枯槁有情施以妙法咸令滿足汝等應當隨如來學於此甚深決定之法不應違逆汝等於此一切智智大陀羅尼不久當得徧持自在住陀羅尼爲諸衆生當作如是無量義利如我今者汝等當以無量異名開示演說此陀羅尼決定諸法甚深智慧無邊莊嚴此中應當希求勝解不應捨離菩提資糧云何應當希求勝解謂諸菩薩應當解了一切諸法不生不滅不動不住不來不去自性空寂於彼空性亦不執著何況於相起執著想彼空性中無有相想若彼空中無有相者能入如來

說有爲空無我我所一切我人衆生壽者如是空性非染著非不染著非汙非不汙非迷惑非不迷惑非愛非不愛不住於空亦不住亦不建立若空猒離彼即寂滅無有分別無徧分別無勝分別無普分別無有功用乃至無有少法可取自性清淨彼即諸法本性自性一切有爲本性皆空乃至一切善不善法有爲無爲世出世間亦復如是菩薩攝受如是勝解得入解脫解脫知見及能攝受普淨無垢解脫之處菩提資糧云何名爲菩提資糧謂戒清淨智慧清淨三昧清淨解脫清淨解脫知見清淨施波羅蜜清淨戒波羅蜜清淨忍波羅蜜清淨精進波羅蜜清淨禪波羅蜜清淨慧波羅蜜清淨若彼清淨即普清淨若普清淨即無垢法門性淨之心光明照耀無有煩惱彼心常住本性空寂亦無照耀客隨煩惱三種染汙彼皆不實空無所有如是心性不與煩惱清淨相應何以故是心無二亦無二分本性清淨若能如是了知心性非煩惱染之所染汙非内非外不在中間皆不可得唯除妄想因緣和合雖有心生亦不可見十方推求了不可得亦無有心能見於心如是攀緣非心和合心亦不與攀緣和合亦非因緣與心相應心亦不與因緣相應唯由心故彼一切法與心相應凡所有法與心相應非互相知亦不可見何況諸法非心相應以第一義思惟觀察無有少物可相應者及不相應何以故無有少法與少法相應及不相應一切諸法自性寂靜自性亦不與少物相應及不相應一切諸法所有自性即是

本性若是本性彼無自性汝今當知若以言說得一切法本性自性無有是處於諸法中無有少法名爲諸法本性自性一切諸法本性皆空一切諸法自性無性若空無性彼則一相所謂無相以無相故彼得清淨若空無性彼即不可以相表示如空無性不可以相表示乃至一切諸法亦復如是是空無性非染非淨然是一切諸法本性若是一切諸法本性非由染淨之所建立無住無起無邊莊嚴汝今當觀一切諸法無住無起無所建立本性清淨云何衆生於中迷惑此由世間乘虛妄輪爲虛妄輪之所迷惑所言乘者亦無有乘亦非無乘而此世間乘虛空輪爲虛空輪之所繫縛然虛空輪亦無所有此諸衆生爲大愚癡之所迷惑而於其中無有愚癡亦無迷惑無邊莊嚴汝觀衆生以愚癡故於此法中不能了知住於諍論無邊莊嚴住諍論者即爲非住然諸世間以迷惑故不能了知彼即清淨若不住者即名爲住是則不住清淨善根無邊莊嚴如是如來祕密法門難解難入唯除汝等能於長夜修行善法而得了知無邊莊嚴如來嘗說住諍論者則爲非住云何爲住所謂不善然不善者是無所有若有於此無所有中不能了知住與不住無有別異是則名爲住於諍論若復有住清淨善根則不名住若不住者無有過失無過失故則能了知如是法門若不清淨無有是處若諸衆生無有智慧爲大煩惱之所覆蔽無智慧故假使少有明了順說尚不能解何況祕密非隨順說若不住者是則清淨云何不住

謂不住善法及出離界何以故無出離界及界施設於涅槃界若不住者名得涅槃此涅槃名但假施設如是涅槃無有所得亦復無有得涅槃者若有得者則應滅後更有如來若無得者則應滅後無有如來若滅度後言有如來及無如來俱不可說此不可說亦是如來假施設句有諸衆生於甚深法不勤修行而生疑惑若有說言如來有色滅度之後應有如來若有說言如來無色滅度之後應無如來乃至滅後非有如來非無如來亦復如是若法不生不滅彼法滅後不應說有無如是如來不生不滅彼亦滅後不應說有說無乃至邊無邊等如來說彼俱不可說若說有邊則無有中若說有中則無有邊所言中者非有非無若復於中實有實無是則便與緣起相違若復有法非從緣起及非緣起彼法不滅若有若無俱不相違所有一切從緣起法及緣起法此無中邊非有非無若非有無云何可說無邊莊嚴如來以大方便安住彼中爲諸衆生破無明㲉開示演說不違緣起一切諸法皆入緣起若入緣起是則無有中邊之說若離言說乃至無有少法可得無邊莊嚴汝今當觀無所有法無有邊法說名中道以於方便說有覺慧能持諸法然持法者亦不可得不可得故無有言說無邊莊嚴汝等智者應如是知一切諸法眞實之相不來不去無分無斷不一性不異性到一切法第一彼岸無有少法不到彼岸到彼岸者即是涅槃一切諸法悉涅槃相是故當知不可宣說唯除世俗說爲中道如是中道彼即

趣向大涅槃路亦無涅槃是彼所趣若有涅槃是彼所趣而於諸法應有去來一切諸法性皆平等是故涅槃名無所趣無邊莊嚴此名中道然此中道即非中道何以故無增無減故無邊無取故法若無邊云何有邊謂無處所是無邊法凡夫衆生於無處所執爲邊處見邊處故不得解脫以於眞實無處所故無邊莊嚴汝觀如來以善方便決定覺慧乃能演說如是中道無邊莊嚴諸佛如來於一切法無有疑惑無忘失念諸佛世尊心常在定得三摩地無礙自在常善觀察安住最勝三摩呬多而說語言無量知見不住非處說清淨法說究竟法說寂靜法如來所說無有遺餘無邊莊嚴如有寶珠名種種色在大海中雖有無量衆多駛流入於大海以珠火力令水消滅而不盈溢如是如來應正等覺證菩提已由智火力能令衆生煩惱消滅亦復如是無邊莊嚴若復有人於日日中稱說如來名號功德是諸衆生能離黑闇漸次當得燒諸煩惱如是稱念南無佛者語業不空如是語業名執火炬能燒煩惱若復有人得聞如來及佛名號離諸黑闇與彼衆生爲涅槃因無邊莊嚴我爲信於如來衆生及諸衆生煩惱滅故降澍法雨無邊莊嚴如來所說是法眞實以眞實故無有少法開示演說而於此法無實無虛無邊莊嚴如來是實語者住眞實法能演說此陀羅尼門無邊莊嚴此眞實法誰當能了唯除菩薩如實見者具足見者作善業者於甚深法餘無能了無邊莊嚴於此義中應當隨順自於此法繫念現前不

信樂餘從他生智爲欲利益安樂衆生於此法中應生隨順若於此中生隨順忍是則不住不隨順中無邊莊嚴無聞衆生無隨順忍於此法教不能了知或復有餘異見所行乘異路者趣惡道者不作善者親近諸餘行異行者彼等不能入此法門無邊莊嚴汝今當觀若有說此無障礙藏法光明時所有一切無聞衆生未善調伏凡夫心故無有威儀由此遠離如是法教若有衆生能修習身於此法中假使無有能隨順忍尚不遠離何況有能生無漏忍無有執著於此衆會能轉無障無礙法輪何以故此等皆住無障礙地無邊莊嚴我爲成就善根衆生及爲如來加持衆生於無礙法見清淨故亦欲利益哀愍一切故演說此陀羅尼門無邊莊嚴若有於此法門能悟入者應知彼已住菩薩地能速疾證無生法忍不久當得授菩提記無邊莊嚴汝今等於此甚深法門應生勝解無邊莊嚴汝今當知如是法門無執著者無得忍者以之爲地若有供養往昔諸佛能於長夜勤心修習善身威儀善護語業善調伏心平等智慧隨憶念者心無所住於此法中善受持者不顧身命彼人則能流傳此經當於後時若有衆生於此法中爲聽聞故勤修習者尚難可得何況有能書寫受持讀誦通利開示流布爲他廣說是人不久獲得清淨陀羅尼門速疾逮得清淨智慧當能入於一切智智無邊莊嚴汝觀如來爲諸菩薩得一切智智故開示演說如是法藏然於其中無有少法而不演說如是所說無說而說能生清淨及能開示

清淨法門一切諸法等虛空相云何爲等以一切法與虛空等而是虛空非等不等一切諸法亦復如是如空無邊諸法亦爾一切諸法邊不可得不可得故無有邊際無邊際故說爲無邊若能於中如是住者是即名爲住如來法住如來法則無所說若無所說於一切法以假名相隨應了知不應於中而起執著若不執著即不墮邊若不墮邊則不墮中若墮於邊則墮於中是故應當離於中邊若離中邊即離一切若離一切則無所說由此獲得清淨智慧於一切法無所取著無有所取及能取者何以故諸法無我我無所得故我性自性無所有故如是如是無邊莊嚴如佛所說諸行無常如是演說無變異義不相應義如佛所說諸有苦義如是演說涅槃義猒離義如佛所說涅槃寂靜如是演說一切有爲皆捨離義或無常故或諸苦故或無我故或涅槃故如是等門此是如來之所演說此亦開示一切諸法本性自性無邊莊嚴如來以種種名以種種門種種語言演說諸法如來亦不異於諸法本性施設非一性非異性一切諸法非一非異不可見故速疾證入虛空自性趣一切法無所有相無邊莊嚴此陀羅尼門爲諸菩薩本性清淨自性調伏是故發起言調伏者爲欲調伏貪瞋癡故調無明故及令趣入如是平等以貪瞋癡能調伏者亦不可得若不可得即是調伏無邊莊嚴或貪瞋癡如理推求亦不可得以貪瞋癡空無所有虛妄不實誑惑愚夫無所安住彼亦如是無有住處亦不可得是貪瞋癡從於彼

生即於彼滅本性空寂應如是知云何應知如其不生彼則不實亦不顛倒是貪瞋癡皆以無明黑闇爲首從彼所生由彼所生一切皆悉虛妄不實是貪瞋癡本性清淨如是見者能生清淨不思議門及能獲得陀羅尼門若有能於如是法中思惟觀察是名獲得陀羅尼業及智慧業是名平等了知之智是名清淨菩提資糧是名精進不放逸地是名調伏憍慢放逸地是名不壞戒見威儀是名清淨身語意業是名隨順無我智相是名能斷能滅離想是名出生無量無邊善巧方便無邊莊嚴汝今當觀於此信解出離法中開示演說一切諸法本性自相及能開示此諸法門說一切法等虛空性能說法者亦不可說所爲說者亦不可得無邊莊嚴我今說此諸

菩薩等悟入句門若諸菩薩於此學已能得甚深如海智慧一切他論無能摧伏隨得一切智所趣行善說法要不由他教得不思議平等智慧由智慧故無有所著能演說此無名無相一切法門能得隣近諸佛如來一切智智及自然智所有名號逮得一切名相清淨隨證速疾普徧音聲得悅意聲得殊妙聲得清淨聲爲諸衆生信受語言親近諮問以決定慧能善巧答所謂時語如理語利益語柔輭語義決定語以一義說能令衆生了知多義無邊莊嚴汝今當觀諸菩薩等於此修行而能覺了諸佛菩提能得如是無量功德斷諸愛恚憂惱愚癡能辦所作得差別智於一切處已善修學獲具足忍不退失法意樂清淨住於大願於諸衆生善言問訊無邊莊

嚴若諸菩薩於此法中已不勤修今不勤修當不勤修於諸如來殊勝功德無有少分無邊莊嚴若有菩薩於此法中能勤修習志求一切如其所願如其所行如所發趣如所意樂當滿足者少極少難得極難得若有於此甚深法中能住能忍觀察簡擇者當得證於無盡神通大神通智超過一切世間智自然智無邊智無量智無邊莊嚴此出離法陀羅尼門若有於此勤修學者當得近於菩提道場爲諸衆生安住發起大慈大悲作諸佛事

大寶積經卷第五

音釋

醍醐　醍音提醐音胡醍醐酥之精液也

唐捐　捐音緣唐捐謂徒棄也

大寶積經卷第六

唐三藏法師菩提流志奉　詔譯

無邊莊嚴會第二之三

出離陀羅尼品第二

爾時無邊莊嚴菩薩摩訶薩白佛言世尊云何名爲出離諸法陀羅尼門佛言無邊莊嚴此是出離一切文字印法一切諸法悉入其中云何名入以平等故一切諸法皆入平等亦不見法入於平等不可了知不可得故於一切法自性如實不分別時一切諸法悉入其中離於無作及有作故由諸文字及以語業演説諸法如是二種不如實故性平等故所有文字及以語業皆悉平等於諸法中所有言説皆非如實此是諸法如實句義所有文字及以語業此二皆無以無有故無有真實開示演説所言文字及以語業無真實者即是諸法無差别句無增勝句無建立句此甚深法不可宣説一切諸法皆非真實非不真實何以故諸法本性非以文字語業宣説可見可得一切諸法皆無本性如是諸法非作非不作非等非不等非寂静非不寂静然於諸法亦住寂静及不寂静所言住者亦無所住亦不變異亦復不住不變異法何以故法無住故不入筭數非由筭數建立言教而能令法入於筭數一切文字語業演説皆不可得不住於處及一切處如是文字及以語業無所從來去無所至不住中邊一切文字及於語業業非業故非功用故以於一切文字語業自性空故文字語業亦復皆空亦以文字語業他性空故他性亦空乃至自他性

空故自他性亦空自他空故彼則寂靜若寂靜者彼則寂滅若寂滅者彼一切法即寂滅門由彼彼門得說法名若說文字若說語業彼一切門亦不可得門清淨故無所有故由彼彼門演說諸法而於此門究竟清淨能平等入於一切法如是猒離云何猒離謂貪本性貪本性者彼則清淨若清淨者彼則究竟若究竟者云何有貪云何有說無邊莊嚴如是略說無有分別無有戲論法門清淨陀羅尼門入是門故能破無明黑闇重障能隨憶念明法種性於一切法得入光明清淨法眼陀羅尼門及能證得文字差別演說法門由是門故便得入於一切智智及得近於諸佛如來於諸法中得爲勇健能破外道降伏魔軍令諸衆生增長善根入於如來祕密之法

隨得法門陀羅尼門由是法門於十力中獲大法光速疾成就如來之力無邊莊嚴諸佛如來以十力爲力爲無上力超過一切世間之力能於衆中作師子吼何等名爲如來十力無邊莊嚴如來於此以無上上一切智智於處非處以處非處如實了知此是如來第一之力由此力故處大仙位爲諸衆生演說正法及能爲轉無上法輪唯除如來天人世間先無有能如法轉者復次如來以無分別一切智智如實了知過去未來現在諸業業攝取因善與不善無量行相無著無礙此是如來第二之力復次如來以無分別一切智智無著無礙能善了知一切有情無量諸行此是如來第三之力復次如來以無上上一切智智如實了知種種勝解無量勝解各各

勝解所有分別及妄分別此是如來第四之力復次如來能如實知無量界種種界無量緣種種緣世間住處此是如來第五之力復次如來能如實知若因若緣知見趣道此是如來第六之力復次如來以於天眼無礙智見及以無上一切智智如實了知諸有情等生死之智此是如來第七之力復次如來能如實知靜慮解脫等持等至離染清淨能出入智此是如來第八之力復次如來宿住憶念作證明智如實了知此是如來第九之力復次如來漏盡智證明智如實了知此是如來第十之力無邊莊嚴如是無量無上一切智力以是智力悉成就故爲諸菩薩及諸衆生於諸佛智得攝受故於諸法智證清淨故開示演此無邊法藏佛復告無邊莊嚴菩薩摩訶薩言善男子汝今當觀如來所說如是甚深如是難了一切智智力清淨故所有諸法說名如來及如來力然於彼法亦不可見亦不可說無邊莊嚴所言力者此是如來不可摧伏無上法門於彼安住開示演說此法理趣由斯理趣建立力故能演說此一切諸法無建立性以之爲力如是諸力無生起性無有自性應於自性如是如來十力圓滿而能開示無量無邊甚深之義無邊莊嚴此是諸佛無上法門住斯門已便能演說如來十力及能說此力清淨門普清淨門無邊莊嚴我當復爲諸菩薩等能於法門得清淨故說陀羅尼汝應聽受陀羅尼曰

怛姪他鉢囉(二合)牟折寧(一)伱牟折寧(二)牟折寧(三)毘鉢囉(二合)闍折你(四)阿折黎(五)阿毘耶

二合引吒你六鉢囉二合娑怒揭帝七帝誓八摩
訶帝誓九阿鉢囉二合底耶二合末囉尼十阿那
引韈囉尼十一阿引韈囉弩毗戍達你十二你馱
那鉢囉二合吠設你十三突囉阿你乞縱鉢你十四
韈虞十五韈虞薩嚩黎十六薩嚩囉尾戍憚你十七
母達囉二合十八母達囉二合尾戍憚你十九薩鉢唎
嚩嚟二十三漫多鉢嚟嚩嚟二十一阿揭囉引二合
弩麼底二十二遏他二合娑憚你二十三僧羯囉二合
尼麼掣憚你二十四戍喍二十五戍囉寐唎曳二合
二十六阿引羯囉二合尼二十七烏波那末底二十八
你那嚟二合設你二十九三曼多波嚟普里也二合
揭帝三十馱羅引弩揭帝三十一阿你迷設你三十
二阿傘你迷設你三十三陁引囉尼揭帝三十四
你馱那鉢唎戍憚你三十五阿弩達囉毗婆枲
你三十六跋致囇二合三十七跋達囉二合筏帝三十八

莫昇三十九莫企筏底四十珊馱引囉尼四十一烏
筏馱引唎尼四十二阿難多鉢囉二合皤吠四十三
鉢囉二合步引多鉢唎嚩嚟四十四設你四十五鉢
唎二合些設你四十六摩訶嚩迦引世四十七阿迦
引捨娑牟薩羅尼四十八弭底彌羅迦囉尼四十
九薩婆若鉢他上毗輸達你五十涅槃那鉢他
上珊那唎設你五十一莎呵

無邊莊嚴此是陀羅尼印法教法門一切諸法悉入其中若諸菩薩於此法中如說修行具勝辯才差別智慧能善了知最勝出離陀羅尼句云何名爲勝出離句陀羅尼曰

娑上揭囉阿上鉢演多一蘇迷上嚧囉怛那
娑揭囉珊你折耶二阿毗怛你三阿三毗怛
你四阿畀韈嚟五拔折囉二合珊你六涅陛設
你七阿乞芻二合毗你八阿僧乞芻二合毗你九

阿乞沙二合耶十阿避夜已二合十一乞沙二合耶阿鉢演帝十二阿乞師去二合那乞沙演多薩姪里二合世十三阿鉢唎乞沙二合曳十四阿毗乞蹝二合避你十五阿毗揭嚟十六阿毗揭羅若那揭囉尼十七莎呵

無邊莊嚴此勝出離陀羅尼句若有菩薩於此法中精勤修習則能增長智慧如海能以大慈慰喻衆生言我授汝廣大法藥破滅汝等無明黑闇拔除汝等無始無終生死煩惱憂苦毒箭亦令汝等愛縛當解超度一切生死瀑流作大法光使諸衆生善根生長能得究竟永拔濟故如是善人爲善導首能令入於一切智智亦復不令有一衆生從此無上大智退失能以大慈普徧一切令諸衆生於未聽受與義相應寂滅猒離無生智門得無礙辯無邊莊嚴若諸菩薩欲說法時云何於此陀羅尼句繫念現前令法不斷謂諸菩薩處師子座以無礙辯思惟如來無量功德由於方便廣大智慧令善巧地極清淨故若諸衆生於聽法所來雲集時當於彼所發生大悲於諸衆生起大慈心以廣大智決定理趣如實開示令不增減知諸衆生意樂差別以善分明決定語業及文字句廣爲宣說由是說故能令自身善根增長以清淨法攝受衆生如來能以無量譬喻開示演說如是法聚陀羅尼門汝等若能如是宣說無上正法是則住於佛所作事速疾圓滿四無所畏無邊莊嚴如是菩薩以大方便清淨智慧善能修習起神通業所有諸法即能攝受廣大智聚此中何者起神通業無邊莊嚴若諸菩薩住

神足中以如虛空無所依想善能分析大種積聚如來成就無礙智見無邊智見以智見力於一切法得善巧智能善決定無有少法而可了知住無所得住無等等亦不與俱住阿蘭若住無執著住清淨智無有少法不知不見遠離黑闇無有障礙善住無量無邊智見是故如來平等見覺一切諸法如幻如夢及能開示無明法想是故我等應隨佛學如來智慧無有障礙能善了知一切衆生上中下根令諸菩薩安住平等起神通業由是成就神足現前由是神足加持之力於戒定慧及以解脫智見淨施法智善能安住由此能得真實加持攝受無量差別神變於梵世間而得自在處師子座擊大法鼓令諸衆會皆悉歡喜及爲衆生作大利益無邊莊嚴譬如大鐵輪圍山王以諸衆生業增上力於此世界圍遶而住不令衆生覩地獄香聞地獄聲見於地獄如是菩薩於此法中善修學已爲諸衆生除滅一切有障礙法授與一切無障礙法如是菩薩以金剛智攝受善巧於此法教悟入甚深住無所得甘露灌灑云何名得甘露灌灑謂煩惱魔蘊魔天魔所不能損縱於死時雖有死魔亦得自在不起死想何以故由彼正士住於空性無相無願於一切法無所分別不生不滅不墮不起不來不去不住不染不淨亦不怯弱無有障礙無有所得捨離憍慢其心謙下內離迷惑善了於外見聞覺知所不能攝了知諸法皆悉平等如實入於如來法中以不虛妄無有變異安住真如此即名爲諸菩薩等所入般若波羅蜜門

於此住已則能成就無邊智慧由是慧力能使入於不思議智及諸如來祕密言說於一切法能善了知隨覺無間等菩提故隨覺無間不可思議等於菩提不可思議隨覺無間無所分別等於菩提無所分別了知無間及菩提法無所得故彼亦不作無間差別不作菩提平等之想無間菩提不作不壞不集不散於此義中能作業者於此所說寂靜法門而不執著亦不分別諸業果報能善了知業果平等以平等故不得業果亦不分別亦不執著何以故彼於煩惱及以業障獲得輕安遠離結因於諸法門能得照曜於此陀羅尼品能得光明彼住如是清淨門故能於十方世界遊化具清淨行無所住著不爲世法之所染汙於諸世間天人之中堪爲福田親近供養無邊莊嚴我說供養住第八地諸善男子功德無量何況菩薩於如是法而修行者若於菩提及以衆生衆生之法乃至世間之法無有所得亦不分別及諸戲論彼人則能了知此法如說修行能消世間廣大供養應以如來供養而供養之無邊莊嚴若諸菩薩修學此法於諸供養一切所有皆悉具足離諸怖畏乃至能捨一切身命彼於諸法無所攝受而能攝受廣大之法處無畏座作師子吼降伏外道及外道法摧滅波旬及魔軍衆能除衆生一切覆障當以法船度諸衆生當示衆生一切智道當能安住一切衆生於隨順道當能令彼一切衆生隨順聖諦不相違逆當爲衆生開示一切菩提分法當以法施慰喻衆生當令衆生能得法喜無邊莊嚴若

有於此陀羅尼門能忍信受則與得受菩提記人等無有異彼既聞法當於己身而自授記如來法王施設此法開此法藏而能安立此陀羅尼印及能建立此諸法門攝受我等是我等父哀愍我者無邊莊嚴若有菩薩以勝意樂能於我所起於父想彼人當得入如來數如我無異無邊莊嚴於此陀羅尼門法品之中此是第二出離陀羅尼印演說法藏

清淨陀羅尼品第三之一

爾時世尊觀察四方作如是類種種神通以神通力令此衆會諸菩薩等見於十方無量諸佛及聞諸佛所說之法爾時佛告無邊莊嚴汝觀如來於一切法無有所作無數離數及寂靜數能作如是自在神通如來之力無畏如是無邊莊嚴如來之性不一不異非不一異無所有故非有非無無有自性非無自性應如是知如來之性乃至無有少法可得如是見者亦復無有少法可見若不可見則無所有亦無所取無邊莊嚴如來之性無少真實少不真實若少真實少不真實是則應言有如來性無如來性如來之性離有離無亦不曾離無邊莊嚴一切諸法自性本性猶如虛空如是法門諸佛如來未出世時所未曾說無邊莊嚴若諸菩薩於此法中如是解者則能發生無量辯才於諸法中能爲照曜於佛無畏而作光明無邊莊嚴言無畏者謂得如來最上無畏能於少法不攝受故不增長故不可得故不遍得故不隨得故如來出世若不出世法不增減不遍增減諸法自性本性常住法界住性法界定性無邊莊嚴一

切諸法住法定性如是無有不可得故一切諸法皆妄分別不以業報而得成就是故能入一切諸法無業報門如是諸法無自性故不如實故諸業於果非生滅因於滅趣道亦復非因如來但以世俗施設說一切法有因非因因自在故無有因故此是如來無畏之地如來具足無量辯才故能得入大無畏地無邊莊嚴云何無畏謂諸如來四無所畏此四無畏緣覺尚無何況聲聞及餘世間何等爲四一者唱言我是如來應正等覺一切知者一切見者或有一切天人世間立論於我言我不能覺了諸法無有是處由此能得最上無畏於衆會中正師子吼我能演說無上甚深廣大法教二者唱言我是一切諸漏盡者或有一切天人世間立論於我諸漏不盡無有是處由此能得住於安樂我開示此無量俱胝劫所積集無上法藏三者我所宣說出離覺了於彼修習正苦滅盡或天世間立論於我若苦盡道不出離者無有是處我不見此相我不見此相時得安樂住爲諸衆生示現此法種性於衆會中作師子吼四者我所宣說諸障礙法於此或有天人魔梵沙門婆羅門衆立論於我於彼習行無障礙者無有是處我不見此相時得增上安樂住我於衆中正師子吼我能轉此無上法輪一切外道諸天世間所不能轉無邊莊嚴此是如來四無所畏此中菩薩勤修學時速疾獲得無畏之地於人天中最爲殊勝無邊莊嚴若諸菩薩由善修習虛空相故則能發生不可思議徧清淨門由是門故於一切法最初了知

見一切法等虛空相無二無別一切諸法亦復如是然於虛空亦不分別亦不戲論得義善巧無少法界所從將來亦不將去亦不積集乃能觀察一切諸法無有積集不來不去於一切法行無所行然大法炬爲諸衆生作法照曜無邊莊嚴汝觀此法能爲菩薩幾許利益幾許事業謂佛十力四無所畏亦復無有少法可得亦非不得無邊莊嚴一切諸法等虛空相爲得義利開示演說業所依事及彼業因於中亦無義利可得無邊莊嚴此甚深法一切世間之所難信一切世間皆是滅壞虛妄建立由是於此法毘奈耶不能信受亦非世間能知世間皆悉非法以執著故言有世間及安住處假使乃至法想執著亦無有法而可執著由於非法起執著故則與如

來及所說法共興諍論又不能了一切諸法自性本性復與無生法等相違是故於此甚深法教不能解了無邊莊嚴我爲一切天人所信如實語者無諍論者如來世尊息諍論故捨離蘊故開示演說如是法教於中無蘊亦無蘊盡無邊莊嚴一切有者所謂一切善不善法於中都無善不善法善不善法皆悉寂靜善不善法各不相知善不善法不相映蔽以善不善執著因緣是故如來說一切法皆悉無記以彼真實善不善法不可得故若不可得則無有記何以故於中無因無因可見無邊莊嚴汝今當觀一切諸法皆悉無記若諸菩薩如是覺已於一切法無記言說亦不可得如是法門爲諸菩薩於不善法如實見故得捨圓滿於法不住以無記門證入諸

法是無記門彼則非門若非門者則不可得若不可得彼則清淨此是諸菩薩所入陀羅尼清淨法門由是門故得一切法光明照曜於諸法中無有愚闇迷惑猶豫及能獲得無礙法智慧眼清淨無邊莊嚴於此法中應生願樂云何願樂謂於諸法無所取故無有執著究竟離捨超過攝藏無希求故於善不善一切有為及世間法不觀待故此是無上不放逸地離攀緣地於諸法中無有所住不來不去無所建立此則說名慧眼清淨究竟遠離無所取故善能觀察捨離一切自性本性此名慧眼言慧眼者所謂盡滅猒離智性如是智性無生無作本性寂靜亦復不與寂靜相應斷相應故亦復非斷亦非無斷無缺無咸此則名為清淨慧眼無戲論道由是慧眼得成就故以大慈悲攝諸衆生令其發心住緣衆生無盡妙行及能覺了一切諸法無有我人衆生壽者彼若證得大菩提時決定當能開示演說無上法藏及能清淨陀羅尼門為諸衆生種性教法不斷盡故應置法印佛復告無邊莊嚴菩薩摩訶薩言此陀羅尼清淨法門一切諸佛常所護念攝受開演住於十方三世諸佛亦皆宣說如是法門為諸菩薩開示三世平等法性由是能於三世諸法如實悟入此之法門成就菩薩清淨三世總持慧故彼諸菩薩無有世想於善不善了知無二而能生長種種善根身語意業悉皆清淨能徧清淨無量法門為得清淨總持慧故亦能開演無起作性清淨法教復能開示一切諸法畢竟空寂猶如虛空又能示現廣大

慧光而爲開示清淨智故亦能開示一切諸法及與菩提如虛空性而爲示現一切智智道清淨故又能開示清淨道法即是菩提隨其所願得圓滿故能正了知演出實諦方便善巧而能宣說無分別諦故能善開示諸佛智慧隨順覺了一切義故無邊莊嚴若諸菩薩於此法中善修學者能速清淨菩提資糧得佳菩提無有遠近不與少法共相違背亦不於此所說諸法而見遠近不以法及非法隨見菩提通達菩提絕諸顯示能以平等無顯示義了知菩提及觀諸法寂靜義時不分別菩提亦不見寂靜不寂靜義非寂靜外見不寂靜無有少分能觀見想於一切處能清淨見亦無少有可能清淨此是諸菩薩清淨智門由此門故而能隨念諸佛如來無邊法

藏陀羅尼門能徧了知諸有情類自性本性爲諸有情開示演說此諸法藏能徧清淨諸智慧業諸所願求於阿耨多羅三藐三菩提現等覺已增上意樂終不退轉及能隨念等清淨願於一切法速得自在而能習行諸佛如來大慈大悲一切如來善巧法藏皆現在前及能示現無量無邊大法光明身常安住諸佛智境無邊莊嚴此無量無邊法門誰之增語無邊莊嚴無量無邊者謂一切法地水火風虛空識界皆無量故欲界色界及無色界諸有情界無有量故然無少分諸有情界可得可了知有情無故如是如是此有情界不可得不可了知界無有故是故諸法等涅槃界趣入涅槃一切諸法皆同趣入不可說處於涅槃界無有少分而可說故涅槃界中

無有障礙亦無蓋覆障礙蓋覆永清淨故是故涅槃界清淨最清淨是涅槃界界亦非界遠離界故無有界故超過界故然以似界方便顯説所言界者安住非界及非非界於言説中亦無有界但以語言顯説諸法所有言説及能説者皆不可得不可了知一切言説即非言説如是一切言説如虚空性等入虚空由是地界不能言説無能説力乃至空界不能言説無能説力言識界者由是但以語言顯説諸法而彼識界界亦非界不入諸界不與界相應非不相應從虚空生入於虚空如是識界不在内不在外不在中間隨其空分之所攝受趣入虚空不可施設不可覩見若不可施設彼無所作除緣相應説有識界此是菩薩之所入門一切諸法本性自性猶如虚空以依法界開示演説而亦無有諸法之界界非界故一切諸法猶如虚空是故如來説一切法皆是虚空量難得故顯一切法皆虚空性諸法本性如虚空故但以語言開示演説無邊莊嚴汝觀如來智所演説爾所清淨彼無法可生亦無法授與如是清淨法教是諸菩薩不顛倒智是故汝等應當願樂不由他緣智得無分别不增分别及能清淨不可言説理趣法門由一切法智清淨故佛告無邊莊嚴諸飛鳥類於何所行無邊莊嚴白佛言世尊行於虚空佛復問言無邊莊嚴虚空復何所行無邊莊嚴荅言世尊如是虚空無有所行佛告無邊莊嚴如是如是一切諸法猶如虚空無有所行行無所行法不可得是故諸法無有所行亦復不行諸法本性

無有可行及無可說而此法門爲諸菩薩得
虛空智清淨故轉此是無邊光明法門普徧
照曜無量無邊猶如虛空彼之光明普徧照
曜亦不可見菩薩得是門已能徧觀察十方
世界及能隨見一切世間無邊莊嚴此是菩
薩智所知地通達智地而非一切他論者地
彼不能說故此法理趣是不可說法印語言
顯示不可得故是故一切諸法不印亦不增
印了知不印修習善巧故以虛空印印一切
法以無相印能示現彼虛空無相無有爲相
無語言相以空無故說此虛空所言虛空彼
無實體故說爲空以真勝義應知諸法無言
彼岸無邊莊嚴我於此中當說陀羅尼印能
清淨句爲虛空句智清淨故如空無句無句
清淨如是應當了無諸句其句云何陀羅尼

曰
毗筏嚟(一)毗筏囉(引)弩娑呬諦(二)鉢囉(引二合)
弩你(三)你珊那(上)尾筏囉尼(上四)阿毗夜(二合)筏
迦(引)賖珊捺設你(五)鉢囉(二合)皤(去)嚟(六)鉢囉
(二合)皤(去)囉弭輸達你(七)涅毗羯鞞(八)阿(引)迦
(去)賖三摩筏婆囉尼(上九)你省(上)霓(十)省(上)伽
(上)波揭底(十一)省(上去)伽(去)毗(去)折你(十二)阿(引)娜
(上)馱你(十三)阿(引)馱(去)曩毗揭帝(十四)薑(去)乞沙
(二合)掣(去)那鉢唎羯麼(十五)遏掣(去)泥(十六)阿弩鉢
掣泥(十七)阿三(去聲)寘(十八)阿娑麼娑迷(上十九)地毗
耶(二合)若曩阿(引)呵羅寧(二十)鉢囉(二合)攘斫蒻毗
輸馱你(二十一)設黎耶(二合引)播那耶你(二十一)地
孕(二合)祇烏怛囉尼(二十三)阿喻雞(二十四)阿毗喻
雞(二十五)阿三鉢囉(二合)喻雞(二十六)阿毗鉢囉(二合)
喻雞(二十七)阿紇囉(二合)鉢馱涅賀嚟(二十八)涅提

賒鉢馱毗輸達你二十九阿底多引那揭多鉢囉二合底逾二合般那毗輸達你三十訖唎二合多鉢唎二合羯麼毗你諦三十一曩多引囉他二合努揭諦三十二阿僧羯囉二合寞三十三阿訖囉鉢馱毗輸達你三十四鉢馱鉢囉二合陛馱攘那毗輸達你三十五涅皤斯三十六阿去皤娑毗輸達你三十七三漫多捺賒地賒毗耶二合筏盧羯寧三十八弭囉引瘧上鉢馱涅訶嚟三十九鉢囉二合若弭輸地四十嗚上皤去娑阿鉢囉二合寞迦囉尼四十一阿矩羅波二合達摩捺唎設那弭輸達你四十二步多去遏囉他二合珊捺唎設你四十三阿怒羞馱遏他二合弭輸誕你四十四娑竭囉質多努鉢囉吠世四十五謎嚧鉢唎僧薩他引二合寧四十六囉濕弭二合鉢囉二合多鉢你四十七薩婆路迦引地鉢帝耶攘囊尾輸誕你四十八阿鉢囉二合底揭多四十九阿僧伽攘那捺唎二合設寧五十

佛告無邊莊嚴此諸陀羅尼印能清淨句演說虛空分段之句無有分段徧無分段無分段故於中無句無句清淨由一切法句清淨故為彼發趣住大乘者希求甚深清淨法者由如來力所加持故此諸呪句而得流布無邊莊嚴若善男子愛樂現證大菩提者欲為衆生作利益者於此呪句雖未曾聞而能悟解若有非人或淨居天持此呪句當授與彼若有發趣阿耨多羅三藐三菩提者諸天子等亦持此呪而授與之即說呪曰

烏波僧荷嚟一娑荷嚟二紇唎二合三室唎二合地唎二合底弭輸誕你四羯量曩遏他二合涅弟悶鉢囉二合底皤底五質多末努弭攘那弭輸誕你六阿引地耶二合怛麼二合麼呬遏馱鉢唎

輸誕你七 揭底臬㗚里合一底末底八 阿引揭囉你岌多九 岌多鉢底十 薩嚟十一 薩囉筏底十二

佛告無邊莊嚴有諸天神住雪山中彼等天神若如來力之所加持而能授與諸說法者法之光明即說呪曰

末底弭輸誕你一 蘇育多寐唎曳二合二 阿竭囉二合 呬多鉢馱涅荷唎三 阿枳邏引臬你四 阿弭邏臬你五 鬱他引㬠三半寧六 弭你多三麼引 那鉢底七 末底阿揭羅二合 怒蘖諦八

大寶積經卷第六

大寶積經卷第七

唐三藏法師菩提流志奉　詔譯

無邊莊嚴會第二之四

清淨陀羅尼品第三之二

爾時佛告無邊莊嚴有諸天神住雞羅娑山彼等天神能令諸說法者六根清淨於諸演說開示法時助其語業令相續說即說呪曰

鉢囉合二多鉢怛底一吠嚧折那筏底二没陀末底三嚩蘇末底四達摩末底五遏三鉢囉二合謀上沙筏底六粤皤珊捺唎設曩筏底七烏波僧荷囉涅第賒筏底八

佛言無邊莊嚴有諸天神住娑羅林彼等天神能令諸說法者身語意業皆悉清淨及能令彼言音清徹謂美妙聲可愛樂聲及能授與愛語不相違語即說呪曰

涅囉引藍婆阿孽囉二合羯嚟一乞曬麼呲制曳二涅皤娑筏底三涅荷囉筏底四烏闍筏底五烏波曩酩底六烏波僧荷囉羯囉尼上七阿引尾捨他八伊荷馱囉尼目谿九達摩目谿十達摩波吒嚟十一

佛言無邊莊嚴有諸天神住雪山南面彼等天神為說法者於此法中勤修行者樂求法者愛樂法者益其精氣即說呪曰

羯唎耶合二曩遏他二合微薩若伱一驕賒唎耶二合㤙孽帝一嗚播引耶僧伅唎合二四引帝三微寧目帝四扇引多鉢那微薩囉伱五烏皤引上娑耶賒筏底六

佛言無邊莊嚴有諸天神住大海岸彼等天神為聞法故為諸法師而作安樂如來為欲利益彼故說此呪句及天帝釋亦能授與此

諸呪句此是能攝帝釋等句即說呪曰

麼棄鉢底一麼蘇恭底二泥引婆上阿囉二合若三舍至鉢底四薩婆阿蘇囉曩五涅囉二合伽引多你六末而囉二合野七素鉢囉二合底瑟耻多八鉢囉二合恭阿囉二合娜怒上比九阿素囉上喃十泥嚩南上阿地鉢碪知臨切十一薩那上十二布囉塞仡唎二合覩引呬涅十三泥微呬庅上皤上細十四嚩引娑嚩薩那十五布爛捺囉十六都十七多引閇肆十八阿素羅二合薩那十九墮喏上阿𧺆其迄切林二十多嚩二合鉢施捶二十一微圖孕二合肆多二十二麼訶素囉二十三阿素麗那囉二合鉢囉演底二十四避引多多囉二合悉多二合二十五那羅地輸地賒二十六那恭勃陀肆也二合二十七巳昌底二合使曳二合二十八曩麼獄去多囉二合二十九摩訶野舍三十泥嚩引阿素囉肆酪三十一僧孽囉二合名上三十二勃陀攝陀三十三阿耨多囉三十四室囉二合末斯三十五泥嚩微誓耶三十六那麼勃陀引底曩引恭斯三十七僧上羯囉二合麼闌引那去斯末捻引三十八勃陀囊引銘曩嚩呬多三十九微誓曳素四十多多泥嚩四十一阿素囉室者二合四十二微寧多嚩四十三訖里二合多引帝四十四囉乞沙二合泥嚩引南上四十五麼努沙引南四十六囉乞沙二合三上尾那四十七曳翳訶四十八達麼你泥世四十九汚多囒二合底五十素引鉢囉二合底瑟恥二合多五十一寧疙魚近切里二合呬多五十一多嚩二合夜引阿素引囉五十三阿囉二合去灑二合娑藥叉緊那囉五十四曩引伽鳩槃吒步多多你五十五毗舍引遮那曩曩囉多他五十六阿者羅悉他上二合曩二合五十七鉢囉二合鉢覩肆五十八印那囉二合印那囉二合五十九布囉二合塞訖里二合多

六十阿底嚴毗引囉六十一扇引旦引者六十二阿
孽羅二合布路沙六十三細引尾囊六十四鉢囉二合
攘漫覲引肆六十五泥末那囉二合六十六勃地麽
引多他微庾路二合多六十七阿引末捨翳訶六十
八素多囉二合肆氏六十九阿囉二合乞沙二合三上
末娜呬多七十娑訶薩囉二合泥多囉二合七十一素
引目佉畨播娑二合麗七十二鉢唎嚩引履多七十
三污波悶攘汝陽切薩嚩二合甘羯忙七十四布囉
二合迷呬覲肆銘七十五野訖唎二合擔七十六阿底
鉢始遮七十七阿努鉢囉二合沒多七十八阿者囉
素鉢唎二合底瑟恥二合多七十九訖里二合瞻呬八十
攘舍藍布囉二合迷八十一麽怒世引數八十二忙
呬引鉢底八十三布囉嚩二合虛牟肆八十四泥嚩
引南上八十五布誓下音逝印底八十六荅嚩忙努引
沙上八十七勃陀肆野二合訖唎二合得縛二合八十八薩

得迦二合藍八十九布闍陛殺底九十帝莫呼九十一素
麽訶嚩莽寧九十二微者藍皤嚩南者九十三素
庾引皤底九十四泥嚩來野肆去九十五莽地野二合
肆氏九十六野去疏二合呬九十七播履嚩履覲九十
八鉢囉二合濫麽九十九呵唎磨鉡者一百多嚩肆
迦一百一微舍那阿疙囉二合嚩引呬一百二娑哆
底麽底一百三素囉多鉢囉二合底一百四娑囉多
娑多他一百五鉢囉二合部引薩建陁一百六阿你
囉者莽囉者一百七摩訶磨霓一百八摩訶薩建
引陁一百九摩訶計都一百一十素鉢囉二合地者一百
十一摩訶磨囉一百十二翳帝藥乂一百十三摩訶帝啫
一百十四阿囉二合乞羼二合底皤嚩南多嚩一百十五摩
護藥乂鉢唎二合嚩引[口*路]一百十六曳那輸皤肆嚩
娑嚩一百十七摩素薩嚩嚩素底啫一百十八摩訶帝
啫摩訶仰你一百十九摩訶鉢囉二合訶囉怒制嚩

一百二十阿尾呬上娑那耶引多替嚩者一百二十一素名嚧暮囉陁你二合一百二十二多嚩嚩娑嚩一百二十三薩嚩泥嚩一百二十四布囉塞訖唎二合覩一百二十五麼引佉婆底一百二十六婆嚩曩汚婆引娑一百二十七鉢囉二合麼悶者肆一百二十八底啹娑一百二十九

佛言無邊莊嚴此是能攝帝釋等句若善男子趣菩提者於彼後時有諸衆生攝受法者及爲衆生攝法善巧得安住者由是諸句天帝釋等而當授與此等諸呪句佛言無邊莊嚴何者是能攝取四天王并眷屬句而說頌曰

於彼住夜叉　無忿無擾亂　多聞之長子
及父咸恭敬　刪闍耶夜叉　及諸勝軍旅
而常擁護彼　愛樂此法者　持國大神王
恒將諸眷屬　彼亦常衛護　善說此經者
醜目之眷屬　自身與軍衆　若能住此教
一切當擁護　增長王亦爾　軍旅及諸衆
愛樂此法者　普皆作衛護　幢旛大幢力
此住於東方　大稱羅刹斯　彼皆攝入此
而於此法門　有能受持者　自身與眷屬
常親近守護　藍婆毗羯遮　并及悉馱多
奚離末底等　此皆住南方　侍衛於帝釋
彼皆攝入此　擁護益精氣　一切智者說
劒離三蜜多　及伽羅繫翅　并與蜜室多
名稱羅刹斯　皆住於西方　此等皆攝來
說法了義者　一切常擁護　實諦有實諦
名稱羅刹斯　深信於此法　彼住於北方
佛爲擁護故　攝彼來入此　由如來威力
一切合掌住

佛言無邊莊嚴何者是能攝四大天王并諸眷屬侍從内宮令入之句即說呪曰

散寧微舍你一摩訶引薩嚟二摩訶揭你三摩訶揭若你四鉢囉二合步引多微誓曳五馱嚩二合社阿孽囉六汙播嚩引薩你七阿你邏引細曩觀娑呵八曩曩筏囊捺賒你舍九折埵唎引路引迦播引囉你十觀肆銘囉引若曩汚折地十一阿引吠設娜十二伊訶薩曼嚩引訶囉他去十三勿囉二合嚐寧孽囉二合訶十四薩迷折突地捨十五

佛言無邊莊嚴何者是摧伏魔波旬句汝應諦聽善思念之即說呪曰

蜜底麗二合一蜜多囉嚩底二迦路寧三迦嚕曩嚩底四微步引底五微步引多嚩底六鉢囉二合牟折你七鉢囉二合牟折囊嚩底八訖唎二合多訖唎二合多嚩底九阿怒仰酪十阿怒仰莽嚩底十一鄔播引多掣娜你十二伽引麼微嚩攘你十三底唎二合瑟曩二合娑牟姝去殺你十四你孽唎二合呬引多怛引囉嚩藍十五嗢多囉囊嚩底十六鉢囉二合底與二合多囉嚩底十七鄔閉引去沙二合怒娑呬帝十八阿引藍麼囊微輸馱你十九寧那囉二合舍曩二十阿三引暮引訶你二十一你瑟吒二合鉢囉二合半引者寧二十二

佛言無邊莊嚴此是摧伏魔波旬句由是句故不令天魔及諸軍衆而得其便佛言無邊莊嚴何者是能攝彼大梵天句汝今諦聽善思念之即說呪曰

阿地鉢底一摩訶悉他去二合引曩上筏底二娑嚩二合琰訖唎二合多三悉他二合引二曩酤底四曩曩摩護微尾馱五鉢囉二合底與二合播薩他二合

曩伽羅曩六阿地伽薩他合二曩鉢底七庾䭾
薩他合引二曩孽覩八娑舍引鉢底九阿地羯
爛合引二多十微庾引䭾曩十一庾婆鉢唎二十鉢
囉庾皤引地目多十三鉢囉合二勃多合二室唎合二
多十四你嚩引娑囊十五鉢囉合二步引多十六鉢囉
二合皤十七你孽囉二合蹊引多伽上麼十八娑嚩二合
悉底二合伽引麼十九鉢囉二合底與二合播薩他引二
合曩二十

佛言無邊莊嚴此是能攝大梵天句由是句故大梵諸天能授與彼諸說法師清淨妙善等引梵行圓滿文句佛言無邊莊嚴何者是淨居諸天法光明句汝今諦聽善思念之即說呪曰

微輸引䭾曩嚩底一案底麼伽引嚕你二伽
引麼麼嚩三鄔娑引多上你四鉢囉合二涅酪
多引你五鉢唎合二演多六鉢囉合二底與合二波
悉他合二曩鉢耶七引嚩娑引曩八阿引賴耶微
輸引䭾你九阿引攘鉢演多伽囉你十案底
麼泥上舍十一鉢囉合二底與合二播悉他合引二寧
十二

佛言無邊莊嚴此是淨居諸天法光明句由是呪句而能授與諸善男子我諸法藏爾時佛告無邊莊嚴若有天王人王阿修羅王迦樓羅王及諸龍王或大威德小威德者若信不信諸衆生等我皆授與陀羅尼句令其信者於此法中獲增上信其不信者黙然捨之不令得起語言諍論說此法時若有來作障礙留難而悉摧伏此中何者是能攝取淨信者句即說呪曰

愚嚧那上嚟一阿者鉢麗二娑嚩合二毗涅呵

引囉三句末泥四涅攘曩鉢囉二合底微嚧異
寧五只多珊者曩你六只多鉢唎二合羯酩七
只多三上鉢囉二合娑引那上你八麽曩肆也
二合九呵唎灑二合伽囉你十微攘曩肆也二合十一
阿怒娑嚩二合底十二阿怒達麽努閉去灑二合寧
十三呬都珊那唎舍你十四多他阿去殺二合囉鉢
那十五涅泥上舍十六輸引地多上嚩底十七野他
引蘖多十八野他弩句路上播麽十九鄔播莾涅
泥上引合二十微庲引地多二十一怛多囉二合伽引
麗二十二曩者羯荅微闍二合二十三三鉢囉合娑
引娜遏他二合覩娑麽二十四野他引怒句嬾者
目佉二十五鄔波僧賀囉喻舍二十六阿引舍耶
肆也二合二十七微庲引地耶二十八野他庲引地
底二十九羅去灑二合曩羅去灑二合你三十羅去灑
二合曩嚩底三十一羅去灑二合囊微輸馱你三十二

鉢囉底吠馱遏他三十三珊那唎二合舍你三十四
句舍囉冐他薩謎訶三十五鉢囉二合微者曵三十
六娑麽娑囉你三十七訖唎多引怒阿囉二合去
史二合三十八薩底也二合遏替三十九薩底也二合南
四十素微輸引地帝四十一
佛言無邊莊嚴此是能攝淨信者句及授與
句由是當能授與說此法師善品及義善男
子我今復說摧伏不信者句即說呪曰
去灑二合迷一去灑麽嚩底二迷多囉二合鉢唎
二合羯麽三鉢囉二合底與二合波娑他二合引寧四
伽路曩鉢囉二合底邏引娑五呬多努劒跛六
散喏曩你七僧揭囉二合呵嚩薩覩二合八呬多
嚩薩覩九散那囉二合舍你十鉢唎二合嚩喏你
耶十一嚩喏你十二皺跛咩多囉二合十三細嚩你十四
曩怛多囉二合泥世薩他二合荅微耶二合十五野多

囉二合尾揭囉二合呵嚩底怒十六薩摩蘖孄二合陀
十七鉢囉二合那引邏你十八鄔波蘖引囉珊那唎
舍你十九你舍囉二合夜微庡引馱你二十阿引多
麽二合怒伽酪二十一鉢囉二合鄔波僧呵羅二合你
二十二涅酪多引你二十三阿怒囉去沙二合二十四
鉢囉二合底與二合波娑他引二合寧二十五

佛言無邊莊嚴此是調伏不信者句由是不令造諸過惡直爾善法尚多憎嫉何況於此無上法教是故此諸呪句爲滅一切諸過惡故爲斷一切煩惱故轉無邊莊嚴我見衆生心無淨信或欲鬪諍或欲損害或欲惱亂而來親近如來知彼心所動作隨其種類以諸法門而作覺悟令其捨離不善尋思及令發起諸善根因無邊莊嚴如來安住於十八種不共法中能善了知衆生心行及能了知心所攝法無邊莊嚴何等名爲十八佛不共法無邊莊嚴所謂如來於其時夜現覺阿耨多羅三藐三菩提乃至入於無餘涅槃於其中間無有悞失無卒暴音無忘失念無不擇捨無種種想無不定心精進無退念無退志欲無退等持無退慧無退解脫無退解脫知見無退一切如來身業智爲前導隨智而轉一切如來語業智爲前導隨智而轉一切如來意業智爲前導隨智而轉如來知見於過去世無著無礙如來知見於未來世無著無礙如來知見於現在世無著無礙無邊莊嚴如來成就此等十八不共法故無量知見力悉皆成就故能開演此陀羅尼門清淨法品爲於不信一切有情生淨信故爲淨信者於此法門得清淨智無邊莊嚴如來隨所樂欲以

諸無量種種語言分別解說此陀羅尼門亦不能說此陀羅尼門斷疑理趣百分之一乃至俱胝百千筭數及譬喻分何以故此諸法門是無量門不思議門此所有門能得一切智智轉故復次無邊莊嚴由此如來以無量異名令爲汝等開示演說此諸法門欲令汝等普遍了知無量法門得陀羅尼故即說呪曰

怛姪他阿引唎戌一阿引唎耶二合縛底二阿引唎耶二合怒上揭帝三你馱引寧四你馱引曩嚩底五嚩覩鉢囉二合酪六嚩囉覩二合皺掣那上伽羅你七阿引伽引舍微輸引馱你八阿怒去鑠二合皺你九阿寧去鑠二合皺你十阿微蘡多鉢囉酪十一阿怒播蘡上底你十二涅畔引曩鉢他微輸引馱你十三微耶二合波你去史二合鉢底十四阿怒播引那十五寧路引馱播囉酪十六薩嚩攘涅畔引曩十七寧那囉二合舍寧十八

佛告無邊莊嚴菩薩言此諸陀羅尼印能清淨句異名說句由受持此陀羅尼法門以少功用證菩薩位差別妙智及近大悲由隨義覺證得悟入一切法智無邊莊嚴此陀羅尼句是大良藥以能除破諸重病故復能除滅無明無智極黑闇障隨順明法圓滿轉故隨何明法圓滿而轉謂隨順明法智圓滿故而能現證宿住智明隨順明法智善巧故而得出生天眼智明隨順捨離諸煩惱故能現證得漏盡智明由此復能獲得一切所學波羅蜜多無上智見一切智智見一切智智地無邊莊嚴汝觀如來善能如許廣大說法於諸方便善巧圓滿無邊莊嚴如來如是成就大

智能善安住一切智智力無畏等此無上寶藏於無量俱胝那由他劫所修善根之所積集以是縁故能善安住此諸法門令爲汝等成熟佛法於法理趣出生善巧開示演說此陀羅尼清淨法品若善男子善女人等發心求趣大菩提者而欲隨我正修學者於我法教欲擁護者於諸如來無量法藏欲受持者於此法中當勤修習志樂精進住不放逸不著三界於一切智智心作意善加持者於諸色縁清淨善巧善修習者於受想行識清淨善巧勤修習者於實諦句出生清淨勤修習者於諸法中應可樂求諸清淨智無邊莊嚴由內清淨故一切法清淨由內寂靜故一切法寂靜由內寂滅故一切法寂滅由內無所取故一切法無所取由內不住故諸法不住由內滅故一切法滅由內無所作故一切法無所作由內無來去故一切諸法亦無來去無邊莊嚴此諸門句令諸菩薩內清淨轉由外本性無分別故不起分別然能受持清淨陀羅尼門捨離貪恚心不貢高爲諸如來之所稱歎於諸衆生最爲殊勝作無上主當能證得無礙智說歡喜辯才於前後際得清淨智能遍記別而能隨念中道之性及能證得無生法忍能證縁起願殊勝性及於諸願能徧清淨當能徧持不共一切法智善巧所發語言衆皆信受能於當來雨大法雨無邊莊嚴菩薩由得陀羅尼故必定當證無生法忍逮得一切法清淨智及能出生如是法智謂一切法不生不滅而復證得如是法智謂虛妄生生不成就不成就者即便散壞散壞法

者而無所趣此一切法皆滅壞門此滅壞門同無生相若是無生彼即無滅如實觀察一切諸法遠離相已則不執著則不戲論無邊莊嚴此是諸菩薩無生智門善巧觀察而能入此諸陀羅尼由是速能獲無生忍辯才具足爾時世尊欲重宣此義而說頌曰

若法虛妄生　生已必滅壞　諸法離於有
於誰可遍持　諸法既非有　無有無可取
若法不可得　於何而遍持　若不了諸法
自性不可得　彼則行於相　不得陀羅尼
諸法如虛空　由是說開示　虛空及開示
二俱無所有　此二離於有　諸法亦空無
如是解法者　彼能獲總持　隨覺無初始
不分別中後　諸法離分別　一切悉空無
若處無堅實　不實亦非有　依諸法真理
云何得徧持　如是了諸法　自性無所有
我今略說彼　得清淨總持　諸法如虛空
亦等於空曠　以慧常觀察　彼能獲總持
諸法無所有　不生亦不起　無有無可取
此云何徧持　一切法無相　自性無戲論
一切皆離相　說法無所有　若能如是解
一切法如理　彼則無分別　而能得徧持
諸法以自性　無故不可得　解了無有義
彼成就總持　若如是觀察　一切法不染
智不分別空　彼能持諸法　無常義空義
苦義及猒離　若以慧了知　彼智得增長
示說無所取　涅槃如理義　堅無分別意
亦不分別法　由是能受持　諸法不堅固
無有無所取　寂靜空難見　若解法已說
於說不分別　無著無分別　能持此法門

若解了相已　能了於無相　彼亦於諸法
不起捨離想　彼能了此義　正覺之所說
善巧說祕密　彼能隨我覺　若如理觀察
無量一切法　彼捨離諸量　能覺此理趣
若能觀察法　無名及無相　能了達此義
彼能增長忍　諸願與殊勝　及如理觀察
所願并諸色　不住能違彼　了此法門義
能如理觀察　於諸法理中　彼亦無疑惑
若以慧觀察　一切諸法相　決定解了者
彼則入無相　彼於此理趣　能了善安住
如是無畏者　能速證佛法　於法不戲論
平等無分別　了法相應已　於猒離無惑
於滅不分別　蘊盡寂靜義　彼於法平等
得如理辯才　能修習慈悲　利益諸衆生
善住相應者　彼覺了無上　若離衆生相
能了法無我　法無戲論義　如理不戲論
若聞此法已　能速得淨信　彼當見正覺
彌勒兩足尊　彼令我歡喜　於此衆會中
若有聞此法　彼能作賢愛　敬愛如來者
是則無破壞　由聞此法已　能為善賢愛
若於賢劫中　欲見諸如來　修學此法門
能令諸佛喜　無量壽威光　阿閦大名稱
若欲見彼者　當學此法門　若欲成菩提
寂靜最勝法　或求轉輪位　當學此法門
若樂求最上　善巧總持門　當於此法學
常應不放逸　若欲成廣大　最上殊勝願
求證菩提者　當學此法門　此經之所說
陀羅尼法門　能開示諸法　此印最無上
諸法內真實　以總持開示　此虛空法門
善決無邊義　所說諸善門　此法能開示

總持義善巧　陀羅尼力故　總持說爲慧
能持一切法　總持義善巧　以慧能了知
於此異多釋　已善說佛法　以義正開示
無上菩提分　差別智善巧　於斯正開示
若於此法學　證無上菩提　於此教開示
無上善法門　得方便智已　應當說此法
未曾說諸法　此無上種性　於此義當學
開示甘露句　智者若欲求　諸佛無礙慧
若於此義學　當獲最上智　我於往昔時
無量無數劫　若不學此法　不證寂理趣
由我曾供養　無量百千佛　爲是能了知
說此無上法　我爲諸衆生　作無邊義利
汝等應當作　得此陀羅尼　若能了知此
陀羅尼門印　智者由一句　能入此法門
我智慧無上　亦無有數量　由我具智蘊
能開示此法　智者於此求　隨覺菩提義
於此義法門　無畏當勤學　智者若欲求
廣大智慧性　於佛生尊重　當學此法門
若欲轉法輪　及吹大法螺　智者應如理
當學此法門　若欲放光明　普照無邊際
求於佛法時　於此如理學　於天人世間
若欲爲上首　彼可學此經　決定一切法
欲求廣大智　發起諸功德　樂求佛慧時
於此應隨學　欲開示法門　樂求於最勝
無戲論佛智　於此義當學　若欲樂開示
無礙智所說　修學此法已　應說甘露句
若欲照俱胝　無量無邊界　彼等於此教
應當善修學　此無上法門　能淨除諸法
一切法清淨　於此經中說　種智兩足尊
演此廣大法　於爲菩薩說　此經最無上

佛言無邊莊嚴是故諸菩薩於此法教生愛樂已爲攝此法令久住故復爲哀愍諸衆生故於此法教應當書寫受持讀誦無邊莊嚴若復有人於彼時中聞此法已於如來所以愛樂心而常思念彼諸人等當得如來無邊法藏諸陀羅尼辯才具足於一切法速得自在能具攝受不可思議佛刹莊嚴聲聞菩薩無邊莊嚴若諸菩薩住一切法無戲論者由陀羅尼清淨門故此諸法門常得現前皆能攝受無量不可思議殊勝功德無邊莊嚴此是第三陀羅尼門清淨法品無邊莊嚴於彼後時若有菩薩欲隨我學此陀羅尼法門者當親近善友遠離惡友爲徧擁護此諸法門當捨身命受持陀羅尼清淨法印譬如迦利邸迦月圓滿時光明照曜於衆星中最爲殊勝如是此陀羅尼印三品攝受所有法門亦復如是於一切契經中此法光明最爲殊勝一切菩薩皆大尊重故能出生無量辯才此無量辯才應知即是不放逸地何者是爲不放逸地謂於此法作意思惟如理觀察不生妄念如是能令徧忍清淨若諸菩薩精勤志求不放逸者於此法門應善修習爲令此法得久住故心常謙下尊重於法書寫經卷不離身手見有志樂希求法者發心趣向大菩提者應當爲彼開示流布教授讀誦書寫經卷乃至隨義而爲解釋如其受持所有法門不應藏匿願諸衆生得此無上佛法利益我等當令一切衆生於諸佛法常不缺減如是菩薩於法無悋常樂施人於義不祕盡皆爲說無少法門而不開示無邊莊嚴應爲利益

安樂諸衆生故汝當受持此法門品陀羅尼門能清淨句爾時世尊復告尊者阿難陀曰汝當受持此法門品我諸弟子承事我者亦當受持如是經典時阿難陀白世尊言以佛神力我已受持我由成就此法門故無量法門皆得現前佛言阿難陀如是如是如汝所説由佛威力及此法門徧清淨故諸有受持此法門者及親事我能受持者無量法門皆得現前是故阿難陀汝當受持如來法教無量法藏説此法時於衆會中無量菩薩即便獲得大法光明得法光故無量諸佛所説法門皆得現前及得近於一切智智如所樂求勝願莊嚴悉能成就阿難陀汝觀諸法本性甚深如是如來能於無名相法作名相説又能開示諸法本性亦復淨除令見清淨雖説諸法無法可説亦無能説佛言阿難陀若能如是觀諸法性便得發生無量智慧説此法時無數菩薩證無生法忍無量衆生發阿耨多羅三藐三菩提心於阿僧祇劫當證無上正等菩提復能出生無量辯才爾時世尊加持此陀羅尼門放大光明其光普照無量無邊諸佛世界由此光明彼諸世界所有菩薩皆悉得聞此陀羅尼聞此法已能徧成熟菩提法分於彼復有無量衆生皆發阿耨多羅三藐三菩提心當於爾時一切衆生皆得安樂是時復有諸天雨天波頭摩華於大衆會諸菩薩中唱如是言願一切衆生得佛智慧爾時無量辯才菩薩白佛言世尊當何名此法門我當云何奉持佛告無量辯才菩薩言此法門名陀羅尼王亦名陀羅尼印亦名三

品所攝善巧汝當受持此是無邊辯才攝一切義善巧法門由此法門而能照了一切諸法斷一切疑是故諸菩薩於此法門應當奉持爾時一切大衆爲供養法故以五色花散於佛上佛説此經已諸菩薩摩訶薩一切衆會及天人阿修羅乾闥婆等聞佛所說皆大歡喜信受奉行

大寶積經卷第七

大寶積經卷第八

西晉月氏三藏竺法護譯

密跡金剛力士會第三之一

聞如是一時佛遊王舍城靈鷲山與大比丘衆俱四萬二千菩薩八萬四千一切大聖神通以達各在十方異佛國會故來集此皆得法忍至不退轉一生補處逮致總持辯才無礙周流十方無數佛土神通自娛棄諸外學降伏衆魔消諸怨敵等心衆生觀一切源曉了三界衆生根本普入一切諸度無極常處閑靜善權方便靡所不通諸佛咨嗟宣揚其德修無數劫奉開士行積功累德億載兆垓從無限世心平如地諸佛土境不可限量所行清淨棄衆罣礙除諸陰蓋其身堅强猶如鉤鎖得金剛志致道聖性大師子吼獨步衆會體解所入得無所畏光蔽日月闡曜真法等于三世去來今得寤惑決疑深入微妙下於緣起開化剛强捐捨斷滅有常之想一切禪思三昧正受將護暢達處處所入十方聞聲受無量問不斷三寶訓誨言教積德無量興隆道寶過諸聲聞緣覺之地行無盡慈遵無極哀攝四梵行四恩普濟隨時開度過三脫門至三達智周旋三界猶如日月往來四域如轉輪聖王以勇猛慧度生老死出入五趣如炬照冥心無所著猶如蓮華生於汚泥行無增損猶如虛空無所憎愛頒宣三藏如國明君賜報印綬拜與官號超俗八法不以感忻遊入八難化衆危厄以慧成就轉不退輪解衆廢亂顯示正真本無之法發訓超分至一切智三界爲震佛十八法誨諸愚冥離

於三毒如吹浮雲以道法舟往度衆生勸十二海脱生死輪往來三處濟十二因諸會菩薩具足功勲其名日月施菩薩月英菩薩寂英菩薩首英菩薩光英菩薩光首菩薩首積首寂鉤鎖龍忻龍施執像容天緣勝緣手常擧手常下手寶印手寶掌普世宿王金剛意金剛步不動行跡過三世度無量跡無量意海意堅意上意持意增意常慘常笑喜根善照威離垢棄惡趣去衆蓋極精進智積常觀光世音大勢至山頂虚空藏不眴不慕樂寶上寶心善思善思義珠結總豪王淨王嚴土寶事恩施帝天水天帝罔明罔喻天積快臂善白象香手衆香手師子英普利意妙御大御寂意慈氏普首童真其八萬四千菩薩號各如是爾時於是三千大千佛土大尊巍巍釋梵四天王諸天龍神阿須輪迦留羅真陀羅摩休勒犍沓和諸王官屬咸來集會阿耨達龍王和輪龍王摩那斯龍王多朱龍王雪色龍王無量色龍王須深龍王及餘無數百千龍王并其官屬皆來在會閑居阿須輪須摩質阿須輪決河阿須輪順樹阿須輪瓔珞阿須輪狂惑阿須輪斷絶阿須輪執鬼阿須輪各與無數眷屬圍旋皆來在會摩竭國王蓱沙及宮人眷屬皆來在會諸比丘比丘尼清信士清信女主天地神欲行天色行天淨居天悉來在會彼時世尊與無央數百千之衆眷屬圍旋而爲說經頌宣菩薩諸大士業其法名曰淨濟廣布道義何謂菩薩業以行布施開化衆生救濟危厄修禁誡業周滿所願十善之事行忍辱業備悉諸相八十種好

嚴飾已身行精進業所造德本一切具足無所鈌漏行禪思業志性和安成無思議行智慧業斷衆塵勞成就聖明化諸不達行博聞業致無礙辯所說如流聽者輒受行功德業勸益衆生無限之福行聖明業緣致無量至真辯才行寂然業所興發衆不可思議行正觀業棄捨邪行無益之事行慈心業常修仁和未嘗懷害行哀之業欲濟衆生不猒終始行喜之業樂法之樂而以自娛亦化衆生使慕道法行於護業斷無量疊示其罪福以法兼利聽法會業去衆陰蓋令不自大行出寂業捐捨恩愛戀恨之心世俗之習行閑居業所立要義不失一心行有志業逮得總持念法不忘以化衆庶行思念業其意曉了靡不通達行遊步業解義所趣有益不損行意止業觀身痛癢心意諸法行意斷業皆斷一切衆罪惡法普修道義諸行妙法行神足業輕其身心往來趣厄救衆下劣行諸根業具足寂靜眼耳鼻口身心使定不亂行諸力業消衆塵勞瑕穢之非常能自制亦化衆庶行覺意業暢自然法以達正已行於道業越衆邪徑九十六種行真正業致仁義事無有曠喜行解辯業見衆生心而為開闡行自歸業已身自達不須仰人行善友業通功勳門濟以慧德行純性業普和三世無有欺惑行應時業皆能具足越一切難行聖賢業所往殊特與衆超異行宴坐業如所聞法常奉行之行四息業合聚於衆為演經法行正法業順三寶教令不斷絕曉勸助業勸化衆生嚴淨佛土權方便業普用具足一切愍智世尊如是

廣爲一切宣菩薩業名曰清淨於是金剛力士名曰密跡住世尊右手執金剛前白佛言至未曾有如來至真快說菩薩號淨濟業經典之要如向大聖頒宣斯法我察思議是一切業皆入菩薩衆德慧業所以者何其妙功德悉諸菩薩之所娛樂所化變示以是所樂攝導衆生其慧業者菩薩雅辭多所悅可若有菩薩曉了舉要功德之業修慧明業是行第一真實至誠所以者何其功德業則是菩薩善權方便所度無極具足福慶其斯慧業則是菩薩智度無極衆行備悉以是二業普備一切諸菩薩道而恩廣濟諸魔官屬莫能當者以度魔界菩薩如是至不退轉當成無上正真之道計於法本諸不退轉近佛世尊皆致如來祕密要藏恣意頒宣未曾覆匿於時寂意薩薩謂密跡金剛力士密跡所云有二事業近於如來慧仁能樂住宣於如來祕密之業非諸聲聞緣覺之地所能及逮況餘凡庶之所及乎時密跡金剛力士默然不報時寂意菩薩前白佛言密跡力士豈能屈意爲斯衆會隨時敷演諸菩薩密如來祕要一切衆會普共渴仰欲得聞之若聞所說心中坦然忻喜大悅奉菩薩行具足成就此要密事心性調和入無極慈佛告密跡金剛力士仁能重任爲此衆會說菩薩密如來祕要千佛勸歎卿宣諸菩薩道品諸行衆會樂聞密跡金剛力士前白佛言少能堪任爲諸衆會宣菩薩密如來祕要假使如來勸佐威神而見扶接乘大慧光承佛聖旨乃敢宣布諸菩薩密如來祕要猶如世尊夜闇冥時依燈火

明得見形色往來好醜東西南北所當進退如是世尊若見建立承佛聖旨所知少小粗舉歎說佛言善哉便時宣之時密跡力士語寂意菩薩仁者且聽及諸來會聞諸菩薩密如來祕要勿恐勿怖無以懷怖時寂意菩薩告諸會者如來所宣布四不思議以是得成無上正真之道逮最正覺何謂爲四所造立業不可思議志如龍王行不可計禪思一心不可稱限諸佛所行無有邊際是爲四事仁者當知是四不可思議佛道所行不可思議爲最至尊以成正覺是故名曰四不可思議諸仁集會若聞菩薩諸佛世尊不可思議不當恐怖而懷畏懼益加踊躍倍抱恭恪乃達大道爾時寂意即如其像三昧正受令一切衆會聞如來法無誹謗者各心忻豫一切來集衆會場地天雨衆華諸心念華若干種品散於佛上及衆會上以用供養於是密跡力士語寂意曰諦聽諦聽善思念之今當宣布諸菩薩密如來祕要夙夜寂然而修憺怕如來菩薩所言至誠無分別決乃授道別從是以往順從菩薩五行菩薩無有諛諂不爲匿訑不自貢高現相應時自在變化以自在心不計邪佞非法之業謹慎身行威儀禮節開化衆生口無所說不妄有辭菩薩威儀不可限量又次寂意隨衆生行因可開化一切威儀禮節之事所行學問禪思禮節使學若干音響言辭各令明了男女所行舉動進止威儀禮節各以大小乳下嬰孩應見化者各慎威儀長老中年少小之類所可應化威儀禮節尊卑豪賤明愚所行開塞達騃所行多少

威儀禮節因依訓誨應得度者而開化之地獄餓鬼畜生之類諸天龍神阿須輪迦樓羅真陀羅摩休勒若人非人所應開化而誘導之比丘比丘尼清信士清信女釋梵四天王大神妙天所應開化而訓誨之菩薩皆知深淺厚薄難度易化應病與藥而爲說法使諸貪婬不貪財業建立威儀隨其禮節菩薩在彼無爲寂然以身修行不捨靜默顯身威儀若有貪疾各爲示現不惜身命隨時救濟身行清淨體演光明諸有地獄餓鬼畜生勤苦之患濟其危厄立在安處令無衆難若有衆生多所悋業隨其所好現若干種珍寶財業各使得所頭目肌肉骨節肢體髓腦妻子群從車馬奴僕衣裘從志所樂皆施與之若求甘饍上好衣被皆令充意各得其所受諸衆生無央數身法界無量舉安無處飽滿一切道智無窮各現其身在於十方不可限極因緣方便亦不可盡以無數身隨時現體開化衆生各令得所若有衆生多貪欲者婬想情色化現女像端正殊妙其人見之喜悅敬向與共相娛視之無猒如寶明珠卒便臭穢顏色甚惡覩是所變心患猒之便示死亡益用惡見因爲說法無常苦空一切三界猶如幻化無一真諦聞之則達便發無上正真道意逮不退轉又彼菩薩以一寶蓋覆斯三千大千世界靡不周徧復能内之於一芥子若劫燒時皆舉一切著其一掌斯身不大亦不增減其身供養周於十方諸佛世尊復變作花如須彌山懷之袖上成爲華蓋貢上如來化一香鑪如千佛土作一燈炬如須彌山供養

如來照恒河沙諸佛國土以貢上佛以細帛氎裹覆其身灌用麻油以爲燈火自然巳身演其光明照徧三千大千佛土若衆生見怔之所以或復想念菩薩境界覩此變化無央數衆皆發道心得悅可意充實飽滿被弘誓鎧現和羅勢執於無極手持金剛力士侍佛而自顯懼衆人恐怖自歸作禮菩薩大士聽受經法示大力士在於塜間大聚衆人自現身死形體廣長棄大塜間又諸禽獸食噉其肉四足兩足服食其體壽終之後皆得生天緣是爲本乃至滅度悉是菩薩本願殊特之所致也所以者何其彼菩薩本發意時心自要誓設使有人禽獸飛鳥見我身死來噉肌肉壽終生天度世得道奉持禁戒所願者得如是寂意當作是觀菩薩所行隨時之儀而開化之容跡金剛力士謂寂意菩薩乃往過去久遠世時是閻浮利天下廣大周合一域有八萬四千國其餘郡縣丘聚無數百千人民熾盛不可計限爾時多有財寶衣食自然周帀充滿衆奇寶樹交絡屋宅斯諸衆生有若干疾不安衆患多羸瘦者金痍癃瘡疽痛惡疾又有無數百千良醫所不能療衆人得疾積有年歲無能自安求哀自歸當是衆人遭是其厄則無救護各自稱怨呼天龍神揵陁羅真陀羅摩休勒人與非人誰能療治消我病厄菩薩爾時爲一切首現爲良醫療衆人疾常用慈心專精走使侍從其後猶如奴僕給所當得以報恩慈濟人危厄是故寂意乃往古世今斯世尊當爾世時作天帝釋名曰善自在於天上遥見衆人得若干病困厄

難言以天耳聞衆人厄困呻呼悲嗟見聞如是與大悲哀心自念言今此衆人委厄甚困無所歸依今吾應宜濟衆困厄其無救者為立善救無所依者為設衆依無所歸者為造受歸爾時天下閻浮利中有一大國城名曰具留彼時天帝菩薩去國不遠化作一蟲獸名曰仁良自然化生在其國界時天帝釋住在虛空以偈告語天下閻浮利人

去此國土不大遠　而有一蟲名仁良
其有服食此蟲肉　則得免濟一切厄
汝等勿恐莫懷懼　覩其蟲身恣取肉
終不抱瞋無猒穢　斯是神妙好良藥

密跡金剛力士復語寂意菩薩爾時彼大國城郡縣村落丘聚衆疾諸被病人聞此音聲咸皆集詣具留大國到其蟲所取其肌肉各齎來歸以救療病各得除愈其蟲身肉如故不減時其國界空野中蟲說是頌曰

以斯之言要　令衆成佛道　使吾妙智慧
究竟無窮盡　周習學禁戒　取肌肉施與
以是至誠辭　速逮正真道

密跡金剛力士曰如是寂意其天下閻浮利諸有病者皆往取是仁良蟲肉悉服食之療體之病靡不得瘳於時其蟲愍慈衆生其身如故亦不增減各各截取復生如故其身完具亦不缺漏郡國縣邑州城大邦諸有苦患敢來食此仁良蟲肉皆得安隱七日之中使天下人無復疾病衆患之難唯去身病未消心疾淫怒癡疹時天下人男女大小皆得安隱無復身患各心念言今我等身以何方便報答仁良所育慈養乃能被荷衆病得愈身

得安隱永無衆患諸病愈者普共集會詣具留國到仁良蟲所皆共叉手爲仁良蟲說此偈言

仁爲是救護　仁身良醫藥　咸令我除患
以何報仁養

爾時仁良蟲自没其身現天帝形爲大衆人而說頌曰

如吾今日身　不用衆居業　不以飲食供
金銀及珍寶　不以好象車　不快馬細車
男女諸大小　咸共心和同　皆改往修來
身奉行十善　各相向慈心　展轉相愍傷
相見如骨肉　猶如父母子　心不懷害念
乃報其慈養

密跡金剛力士語寂意菩薩時彼衆人聞其訓誨宿福所化皆共奉行是十善業具足清淨不令鈌漏如是寂意時天下人男女大小奉行十善終身没已不墮惡趣三厄之難壽終之後自然得生忉利天上又天帝釋爲講說法開示大業皆發無上正真道意應時悉立不退轉地寂意當了是則菩薩所修密行護身清淨不惜身命以已用施開化救濟無數衆生使至大道佛告寂意菩薩身所行衆密堅固牢强不可破壞猶如金剛其身散以衆人所學從志律故雖欲毁之不能破壞衆生以學從學法住一切不壞所宣言教火不能燒刀不能傷其身堅强要不可毁猶如寂意其菩薩身身順法律訓化衆生其菩薩心不以寂然不懷妄想一切衆生身悉本無其已亦然亦復本空以了本無已身本無一切諸法亦復本無諸法本無又解已身以歸本

無一切諸法亦復本無諸法本無已身自然亦歸本無已以本無過去當來今現在法亦復本無去來今法以了本無又復已身亦復本無過去本無當來本無而不錯亂當來本無不與過去本無相違也過去本無不與現在本無相違也現在本無不與過去本無相違也現在本無不與過去當來相違也過去當來本無不與現在本無相違也其當來本無不與現在本無相違也去來今現本無不與現在本無而相違也其去來今本無行者諸陰諸種諸入衆衰四大未曾相違也設使生死及與無爲自然本無生死本無以無所行本無自然無行本無不違本無諸行本無自然又族姓子所謂本無其本無者等無有異不離於欲無所成立本無諍訟是諍訟者與諸諍訟亦無所諍以無所諍其本無者亦無所諍是則名曰如來本無如來無像歸斯本無是則名曰如來形像普見一切諸所色像是故形像如來形像一切本空是則名曰如來之像是故菩薩現一切像如來未曾造現形像無像無諍爾乃普現一切衆像不以本無有所成立以本無業自觀其身諸身本無自察法身一切諸身皆無有身觀如來身曉一切身從因緣生以了法身本所從行因與法身乃成法身無陰種諸入則曰法身行平等業消除衆生所見之緣若有所聞所更麤細猶如寂意耆域醫王合集諸藥以取藥草作童子形端正姝好世之希有所作安諦所有究竟殊異無比往來周旋住立安坐卧寐經行無所缺漏所顯變業或有大豪國王

太子大臣百官貴姓長者來到耆域醫王所視藥童子與共歌戲相其顏色病皆得除便致安隱寂靜無欲寂意且觀其耆域醫王療治世間其餘醫師所不能及也如是寂意若菩薩奉行法身假使衆生婬怒癡盛男女大小欲相慕樂即共相娛貪欲塵勞悉得休息以得休息於内息想謂離熱欲因斯受化皆是菩薩所願具足如是寂意若菩薩行善修法身斯諸菩薩則是法身示以飲食充實斯體不服摶食以安其身以斷衆饍愍傷衆生而現復食不以飯食入於體裏不著身中又其法身力不增損菩薩法身不知所生亦無有死無終無始而隨習俗現有生死雖現終没解一切法悉無所行示現所生暢一切法無為無會一切諸法雖有所生悉無所生皆曉諸行自現其身諸根關減而所遊行不毀法身則以法身法食法力以法自歸了如來身寂意欲知如來身者即虛空身而無等倫處於三界為最至尊施於衆生身無所歸不可譬喻而無比類其身清淨捨垢無塵其身本淨而無沾汙自然鮮明求無塵冥本性仁和悉無所生其身寂然不為心意識所見拘繫其身自然猶如幻化野馬水月其身已度空無相願其身普周十方虛空心悉平等了三界本一切衆生無有吾我其身無底不可限量無作無想斯身無著無所思念所住真諦致不可還其身無像自然現像無痛現痛自然無想而現有想無生死識而自然現諸生死識無地水火風因其示現地水火風四大之身解諸世間一切現法皆虛不實眼無

所見耳無所聞鼻無齅香舌不在味身不倚行永消衆識意無所受心不轉移無心意識解了真諦未曾進退爾時寂意如來法身若有菩薩以能逮斯如來等身靡不周普奉菩薩行在此三千大千世界諸四方域郡國縣邑州城大邦悉化其身皆徧現之一切衆生不能見知菩薩所爲現若不現悉能明了微妙之業雖無所現普現一切未曾念行見聞知識有所修行開化衆生不以身行失四意止爲衆生類因現其身無常苦空非身之義解達諸身本法悉寂爲衆生現身歸壞敗其以報應求於身者以是退轉以是求報隨四顛倒其有解觀無作無見曉知其身猶如草木墻壁瓦石爲諸衆生現清淨身如是寂意皆爲菩薩從錠光佛受決以來致於密身清淨之體正使菩薩口有所宣悉無言說又有寂意如來所說隨時之宜因其想念說菩薩密身之寂靜從是轉進而得拔濟所至無際所謂菩薩身之祕密由得自在菩薩以宣已身寂密粗舉其要假欲具說江河沙劫不能究暢密跡金剛力士謂寂意菩薩何謂言密其言清淨隨衆生類墮畜生中多少限數菩薩亦現若干音響言語其察音響現若干辭順其衆生章句言語而演言教隨時須宣而與談語說其苦樂善惡之處其菩薩音一切普入靡所不達或有歌戲幻化瞋喜演其音句隨其衆生言辭音響而入訓誨因其一切身意所信心所好樂菩薩悉解而分別之各使聞了寂意菩薩問密跡力士菩薩所化音響如何密跡答曰從其衆生一切音響又菩

薩音所順無限猶如衆生所生之處心念各異五趣音辭各各不同不可稱計菩薩如是各從音辭亦無言辭是則名曰隨衆生音無不違之曉無所有當作是觀一切衆響所宣言辭終竟一切不可思議言無窮極是爲菩薩所化隨時不可喻盡自恣頒宣不可計響或演釋梵四天王音或復恣宣諸天龍神阿須輪迦樓羅真陀羅揵沓和摩休勒人與非人隨衆生音上中下聲麤細好醜而演音響喜悅一切於是頌曰

以如言辭　多所解決　敷演無數　所說言教
療以慈心　達入愍哀　宣布廣說　喜悅護意
天帝合集　柔輭和調　若有聞斯　蔽衆音響
因從妓樂　所演悲聲　頒宣斯出　經典訓誨
諸真陀羅　思好雅頌　其音喻此　普悉具足
聞貪欲止　婬心不興　一切山神　皆好音樂
計於欲界　衆諸妙音　諸妓樂出　諸天聲響
皆悉起此　誠可愛悅　其法音聲　隨時方便
所宣歌頌　消嗔恚欲　除去癡慢　自大之行
分別暢了　行所歸趣　以聞道術　宣傳之故
其在色界　一切諸天　皆能悅可　斯諸天意
因得聽聞　殊異言教　在世發意　當成佛道
龍揵陀羅　摩休勒等　一切妓樂　若干種品
德海若宣　微妙音教　衆生皆悅　心豫踊躍
入無央數　若干音響　閻浮天下　所居人民
其音普徧　入斯衆生　若得聞者　悉得度脫
虛空天神　及此地祇　其聲通達　咸至彼聞
皆得聞教　莫不悅豫　僉然決疑　悉心歡欣
哀鸞鵠鴈　赤觜鵶音　山鳥孔雀　鸚鵡鵾雞
鴈殊異鳥　耆域鴛鴦　若聞此聲　皆可意悅

師子虎狼　熊羆猨猴　麞鹿騾驢　野狐諸兎
象馬狗犬　牛羊猪類　聞其音聲　可意喜悅
四足二足　諸有形貌　其多諸足　諸無足者
皆樂聞是　解知音聲　宣布受誨　捨衆邪業
於斯三千　諸國有音　最上中間　及豪下賤
地獄餓鬼　至畜生類　諸天人民　衆諸音響
行無妄見　唯念至眞　亦無想求　未曾諍訟
奉行所業　志存道心　須宣令現　當應時節
已以專一　忍衆生諍　以音教告　百億國土
從是通達　恒河沙數　不倚財業　心無所行
諸佛國土　所有衆魔　此等得聞　斯大和聲
悲哀將護　所救如是　出入行步　悉爲興禮
正使衆生　有百千億　其心各抱　若干志念
聞是言辭　不以蔽礙　又其十指　稽首作禮
卧寐聾瘂　口不能言　跛蹇無足　諸大疾病
彼若聞此　微妙善語　宣暢柔和　至好音教
心常懷念　塵勞危厄　口所宣說　億載塵勞
其得聞是　清淨法音　開化烏鳥　致於清涼
口所宣布　衆生悉聞　諸佛經法　及諸聖衆
布施禁戒　行忍辱事　精進一心　智慧之法
說意所存　功勳衆行　億百千劫　不能暢盡
本際無底　其意無量　演於佛音　所徃無極

大寶積經卷第八

音釋

垓（柯開切十京曰垓）　眴（音舜目動也）　匿（女力切藏也）　訑（音移欺也）　痍（音夷創痍也）　療（力照切治也）　瘡（初莊切瘍也）　疹（丑刃切病也）　觜（即委切鳥喙也）

大寶積經卷第九

西晉月氏三藏竺法護譯

密跡金剛力士會第三之二

密跡金剛力士語寂意菩薩菩薩所說口未曾宣汙染惡言不仁之辭瞋恚癡言亦無諛諂無剛結言崎嶇之語調戲俳說無益之文語不妄笑讒言兩舌不顧男女言不堅鞕無有麤辭卒暴之性不有懷害無取捨心不失儀節志亦無結心無所著無鬪訟言無所倚無塵勞無所舉無輕放逸無自恣無横理無宜之行無非時辭無貪欲無非惡無所愛樂無有處所亦無非淨無違時無失節諸根無毀音聲無瑕心不懷害亦無偏黨無恣訑無覆蔽不諍言語不有怨嫌無有結恨不妄受邪非無自歸不計吾我不嬈他人不惱彼已不宣傷害無殃罪法不失所言無不受行無不順業無不可忍所宣言和無種性事無輕調之教去非法之行不毀法行不越時節不違宜度不宣須臾不自歎類不壞他伴於已得譽不以喜悅見歎他人亦不愁憒謹慎守節不輕慢人不說非宜不毀有宜不誹密言常隨時護不謗明智不呵賢聖言不虛妄不非證明不入人罪不求他短所言轉教不傷筋骨不稱他惡志願無上不相顏色不求異黨不忿業便不行逆事心常柔順密跡力士語寂意是爲菩薩言行相應以空恍惚神勇爲力功德報應所作果實宣至誠辭從所作報假使有人行詣大樹下若復住立作是觀樹以觀轉問他人言男子能知此樹所生葉數爲有幾枚有大智人不觀樹木亦未計數

知彼樹葉便口出辭其數如是與侶俱坐亦不計之旣未能度至於道德即知其數來在一切而演若干其人語辭等無有異若有來問大江河沙能有幾沙一一計之能得幾枚幾百千億兆載垓數水有幾升斗斛限數不可以喻量度不觀其限亦不數之悉知江河沙之多少幾億兆載皆知水升斗斛限各各爲演若干品語唯大聖知天不能證諸龍鬼神阿須輪迦樓羅真陀羅揵沓和魔休勒人與非人聲聞緣覺悉不能證明獨佛世尊乃能知之以是觀之如來至真等正覺慧不可計量宣萬億音衆生皆聞各得開解密跡金剛力士語寂意菩薩乃往過去久遠世時有一神仙名曰樓夷爾時之世有一梵志名曰寂然時國有一大樹名曰仁賢其樹枝葉華實茂盛其樓夷神仙常處其下具足十二歲數其樹葉而復觀之彼於後日寂然梵志從城中出往至仁賢樹所晝夜遊觀飯食已後數樹莖葉又以聖明一心數之又曰何謂告啓神仙我當數之知有幾枚時寂然梵志不觀其樹不數其葉尋時說頌曰

有八千垓　八千億葉　節有九千　六百二十
觚有五枚　二百五十　𤻲瘤六千　六百六十
聖師欲知　葉有若干　數其樹莖　分布所在
幷所知解　啓曰如是　今無放逸　有疑數之

樓夷神仙嗟而說言善哉至言諦辭無欺吾十二年坐計限之其樹葉數亦不數之悉知本末葉有若干惟願梵志爲我說之其音聲行何所以類寂然即曰神仙聽之天不助我亦非世人以至誠故傳大正行皆以真諦無

所諍訟樓夷神仙舍利弗是寂然梵志釋師子是當執持此至真言教住於至誠以應法宜密跡金剛力士謂寂意是則菩薩至密之業清淨之元其無極慧深入無量巍巍無限隨時示現至真無形不可說名密跡金剛力士復謂寂意菩薩何謂心密心行清淨不失神通造立慧業神通自娛在所示現正住神通建立大哀無極之業以神通化無央數變一切普顯以誠諦通智慧爲室現目覩見一切諸法是則菩薩正真之法慧通無極普御一切其神通慧皆顯衆像解暢諸色本無有色其以神通普入諸音等本音響皆能觀察一切衆生心念所行因見本淨常見一切隨時開化常念識之未曾忽忘斷去來心普現神足無所罣礙獨步三界不以爲拘悉無所有不造立行其神通明盡一切漏曉了隨時不失其節現生死難示度世業所察玄遠其神通明皆超聲聞一切緣覺深入微妙坐佛樹下降伏魔官解暢一切諸佛道法而轉順時道法聖輪開化一切十方衆生使入法律至阿維顏轉一切法寂意欲知是爲菩薩心密之業心行清淨若心真淨永無所歸亦無不喜性安調和隨行極良則以普慧三昧定意而行正受不永滅度不猒欲界設生其中無所繫著不爲所縛所生現決未曾有結所以者何以度一切虛空妄想解衆塵結顛倒所受心無所著由是之故得脫生老病死雖有所生悉無所生以大乘本成就一切諸佛道法斯諸佛法救護十方求之無處而不可得乃了一切諸佛之法一切諸法悉歸佛法

是諸佛之法悉一切法是一切法及與佛法不是是法亦非非法所以者何求一切法本末處所而不可得若求諸法悉無處所則無有數超諸住數一切諸法知一切法則不依倚一切諸法以不依倚一切諸法其求利義便致大衰其無思求彼則無利亦無衰折轉進學前其見利義心無憂慼亦不喜歡其心無憂志無罣礙則無所住其無所住乃無雜碎其無雜碎則無所向其無所向如是乃向如是乃向者爾乃無向其無所向乃無吾我其無吾我則無所受其無所受則無諍訟其無諍訟則無鬪亂其無鬪亂是沙門法其心平等猶如虛空住其平等如虛不墮欲界不處色界不著無色若以一切悉無所著無譽無毀其無譽無毀謂一切法斯等皆解如是

深義以能知是六事之業宣暢分別亦復如是以何等故解暢分別以是之故一切諸法不可得也其能解暢分別諸法本無所處三界悉虛乃能解暢悉以分別是爲心審審跡金剛力士復謂寂意菩薩其心行審斯行慈愍不計吾我故其行悲哀無有衆生故以行歡喜則無命故以能濟護乃達無壽故行四布施心無慳故奉行禁戒調和其心故斯忍辱行盡心之業故若修精進思惟寂靜故其寂一心棄心所在故其知聖心無所行故其四意止無意無念故若四意斷其心以了以不起不滅故其神足飛心廣無際故以行篤信心無罣礙故若修精進心行寂靜故其意已念心行得自在故其定意者斯平等心無有若干故其智慧根心無想故其勢力者順

流心本故若以覺意心分別慧故奉行道業心無所想故其寂然者憺怕靜思故其觀法心見無著故修行賢聖究意解心故心念於佛其明慧者心不妄想故其心思道志不可量故其思念法心平等故思念聖衆心無所住訓誨衆生故其心湛淨護於正法故其法諸界心無所壞故佛土清淨心等如空故衆相具足心無別形相故逮致忍辱心無顛倒故阿惟越致心不復迴還故莊嚴道場在於三界心不墮故降伏魔業心攝衆生故道所訓誨一切法心平等覺故以轉法輪諸法無轉用心不還故現大滅度解生死源以心平等自然之故密跡金剛力士謂寂意曰菩薩若得不起法忍心則甚密心亦清淨心已清淨便解一切衆生心淨普無不入其衆生心

入于道心一切衆生心趣道心而被照明猶如虛空普悉平等徧入一切有形無形道心如是一切皆入衆生心行密跡金剛力士說是菩薩身口心密不可思議時七萬二千諸天人衆皆發無上正真道意三萬二千菩薩逮得無所從生法忍萬四千人遠塵離垢諸法眼淨八千比丘意解無漏是三千大千世界六返震動其大光明普照十方上虛空中天雨衆華箜篌樂器不鼓自鳴其妓樂音中演出如是其有聞是密跡金剛力士所說法誼若有樂信是等之人得立受決愛喜經典受持誦讀廣爲人說不失道心積功德本終不虛妄曾以供養無央數佛植衆德本益於衆生靡不蒙濟於是世尊告寂意汝寧聞彼妓樂所暢言響乎答曰已聞世尊唯然大聖

誰之威神佛語寂意有菩薩名雷音從雷音王如來佛國發其國土名雨氏來詣忍界欲見吾身稽首作禮啓問法要欲聽說是如來祕要法教在於虛空不現其身供養如來及斯經典故雨天華作諸妓樂從其妓樂出是輩聲佛說未久雷音菩薩從虛空下稽首佛足繞佛七帀住於佛前白天師言唯然世尊雷音王如來敬問無量興起輕便遊步康寧爾時世尊告問雷音菩薩善來正士快哉顧義故致奉現寧欲聽受如來祕要經典之慧令密跡金剛力士承佛威神而須宣之於是衆會或有菩薩心自念言斯密跡金剛力士在於何世積衆德本在何佛所而發道心本何誓願所逮辯才廣大無極巍巍如是時佛悉知是諸菩薩心中所念告寂意菩薩乃往過去久遠世時無央數劫不可思議爾時有佛名無量勳寶錦淨王出現于世如來至真等正覺明行成爲善逝世間解無上士道法御天人師號佛世尊世界曰莊嚴劫名善見其佛國土有異威德人民熾盛皆得安隱五穀豐收土地大盛咸共快樂天人繁熾地悉平等猶如砥掌無沙塵穢荊棘瓦石唯瑠璃水精明月珠玉珊瑚琥珀硨磲碼碯徧布其地其地柔軟猶如天衣有甘美香光色甚好生其好草如天綩綖以足蹈上足下四寸舉足如故其土快樂無有大寒亦不大熱人民仁慈性行和調身口心定香芬熏地紺瑠璃色彼國人民普得自在皆受訓誨婬怒癡薄安隱寂靜悉有威力聞說法言皆識義理其佛世尊時諸聲聞衆有十二垓諸菩薩三十

二億其佛壽命三十六億歲無中夭者斯莊嚴國其中四城名曰快見甚大廣長風雨時節五穀豐饒人民安寧强不夌弱各得其所一一方城廣長各八十萬里相去四百里有一大國一一大國各有千郡縣及諸村落丘聚其土人民身長四里是時大城快見四方大城復有大城名曰清淨王所治處土地廣長其城東西長二千五百六十里南北廣千二百八十里郡國縣邑各有一萬具足快樂諸遊觀園各有一萬極甚清淨七寶合成時有轉輪聖王名曰勇郡王有七寶一曰金輪二曰白象有六牙三曰紺色馬朱髦尾四曰明月神珠五曰玉女妻六曰主藏聖臣七曰主兵大將軍主四天下供過去佛植衆德本威神難量發無上正真之道心逮不退轉在城中央立一屋宅廣長高大長廣各六百四十里以七寶立七重墻壁欄楯七重交道七重寶縵七重七重深壍其宅裏内有四大菓園生若干花一名妙華二名功勳阿三名山河四名春安有池水滿廣長各二十里皆以衆寶而作欄楯紫金爲池紫金瑠璃以爲底沙滿八味水合生寶華鳧鴈鴛鴦異類之鳥遊戲其中一浴池名施財二名上窟三名上香四名妙御中宮婇女七萬六千如天玉女各有好相端正殊好非世之有其王正后玉女寶及諸婇女皆發無上正真道意王有千子具足勇猛與衆殊異端正超絶二十八相嚴飾其身志性仁和亦俱同心發大道意爾時其佛遊在清淨大國其王勇郡供養無量勳寶罽淨王如來具足億歲諸菩薩衆聲聞

等衣被飲食牀卧醫藥一切所安園觀浴池屋宅講堂房室精舍高臺樓閣一一比丘與二侍使給所當得其王諸子志性安和無放逸行常以至心供奉如來聽受經典不樂愛欲戲笑邪業以無放逸聽受經典不以生心不久即逮與五神通以得神通踊在虚空猶如鴈王飛行自在無所罣礙從其一觀復至一觀從縣至縣從國遊國從一天下至一天下普行遊觀以是要偈為大衆說

諸佛興出世　懸遠甚難值　人生在世間
亦甚難得遇　諸人咸同志　俱信樂聽經
於億百千劫　甚復不可遭　今人中之雄
以出于世間　欲令寂然定　故說經法義
從安住世尊　恣受教訓誨　求于大聖明
奉啓佛至言　以聽受經法　棄捐于惡趣
以逮聞正法　得坐極安處　以逮聞正法
消除衆塵勞　因其聽受慧　得致正真法
彼時布宣訓　而演是甘香　緣其斯瑞應
地六返震動　普布告天人　諸天譽歎曰
即時雨天華　其華若干種　衆生皆來集
不可稱計數　最勝之開化　皆入于道法
前稽首足下　禮於天人尊　皆俱以叉手
恭恪而住立　其最勝聖師　是逮得是心
隨時順義理　而為說經法　斯等之伴侶
得聞安住法　三十六億俱　悉發大道心
其三百億衆　具足不減一　皆以得清淨
極上之法眼　其心以猒患　於俗之家業
悉共在彼世　棄家行學道　諸人無數衆
億載兆垓人　咸啓受經戒　皆作清信女
以逮聞經法　稽首佛足下　各各前辭別

悉自還歸家

佛告寂意爾時王太子并共父王以栴檀造立樓閣廣長清淨好校飾之作諸牕牖以衆寶成以牛頭栴檀香一升燒氣徧天下皆有美香以是栴檀造立樓閣廣長高大高四百里莊嚴校飾威神顯現巍巍無量正四方好四角四柱所作平正安不傾斜其王勇郡因欲往到無量勳寶爵淨王如來所奉現稽首諮問聽受經典勸王眷屬人命難得佛興難值億載時有經道難聞宜往奉覲諮受經典王及太子夫人婇女大臣百官人民大小皆入校露高臺樓閣坐於百千嚴飾寶牀以衆華香雜香衣服寶蓋幢旛鼓諸妓樂以恭恪心奉事尊敬寶珠交露高臺樓閣以貢上之一切同心仁和之意上在虛空猶鳳凰王與諸衆俱無所罣礙飛行浮疾往詣佛所其寶交露高臺樓閣以到大會前詣佛所斯寶交露高臺樓閣繞佛七帀還住一面王及大衆各下以出前禮佛足及禮聖衆繞佛七帀因在前住白世尊曰久服聖音國有多事不尋奉現慚愧無顏飢虛之情今日乃果時佛大聖見王真心宫人眷屬故來聽法則以隨覲從其心本應病與藥頒宣經法佛告大王志逮大乘有四事法所遊殊特不違大道何謂爲四若學大乘篤信重人所遊殊特不違道意何謂爲信若以喜樂奉諸賢聖所不當造終不行之大王恭敬則學大乘所遊殊特不違大道若謙恪聽於賢聖經至心入耳聞則受持以不自大學于大乘所遊殊特不違大道以不自大觀見衆聖稽首作禮一心歸命

若導精進學于大乘所遊殊特不違大道以用精進輕身口心舉動便宜行以越度於一切行是爲四事佛告王曰復有四事見無放逸所見擁護何謂爲四將護諸根見愛欲難曉一切受想知無常因法得生命根第一是爲四事菩薩有四事名曰法生何謂爲四一曰不捨道心二曰亦復勸化他人發意三曰以諸德本勸助道心所可聞者意廣無極四曰一切釋梵及四天王其諸聲聞并縁覺地至于無極無壞弘廣無窮之業是爲四事是故大王當行無放逸常修篤信好喜無量道法之義常受正法以法之樂而以自娱若以精進求于道法大王所行不貪境界所以者何大王當解貪欲無猒猶飲鹹水其見賢聖智慧之明乃知限節人命甚短安少苦多生無不終當就後世常畏將來心不可保今日大王所供養佛因是德本以有四事具足勸助何謂爲四世世財富不可限量功德福報不可盡極聖明之慧而無涯底辯才之智悉無窮盡是爲四復有四事而當勸助何謂爲四身行清淨功德之業言行清淨戒禁具足心行清淨博聞無猒其法清淨聖明無黨是爲四復有四事勸助德本何謂爲四善權方便修清淨行訓誨衆生智度無極以清淨業降伏魔官誓願清淨言行相應一切諸佛法悉清淨積功累德逮見諸佛是爲四爾時世尊爲勇郡轉輪聖王說經中慧分別深義其王心解即時欣然便解身頸無數百千奇珍珠瓔以貢上佛舉國事佛給所當得奉持五戒盡其形壽淨修梵行其王中宫夫人婇女

從佛聞法心中喜悅隨時之心抱柔和意無陰蓋心脱身衣被奇異寶纓以覆佛上啓白報王欲得捨家出家爲沙門淨修梵行盡其形壽奉持禁戒王即聽之如是寂意其勇郡王奉無極法逮法財富稽首佛足繞佛七帀與中宫婇女及其官屬入大高臺樓閣交露便踊出上於虛空中須臾之間即便還復清淨大國於是聖王以十五日月盛滿時若干種華出入行到遊觀之園中宫眷屬觀見好地彼時聖王在遊觀園作衆妓樂其二正夫人一名不行步二名無虛損從宫中出洗身沐浴適還去已以香熏衣坐蓮華臺妙勝牀席有二孩童自然來上夫人膝上結跏趺坐端正殊好非世所見有二十八大人之相莊嚴其身適自然現即時虛空中百千諸天舉聲歎曰是二孩童則法神聖一名法意二名法念是二孩童適自然現時其名法念孩童坐不移夫人膝上其法意孩童子化坐無損夫人膝上適跏趺坐異口同音而説頌曰

若有守己身　能發菩提心　斯等之學士
爲致善福慶　以爲曾覩見　護吼興現世
常以歡悅心　一志供事佛　爲大神通業
快得受救護　得消生死輪　疾滅無所生
若發菩提心　未曾忽忘之　以救攝衆生
壞破生死難　其上方境界　不可計佛土
彼土而有佛　號名曰時節　從彼佛土來
以用法故舉　亦欲見功勳　國土之所有
於時二孩童　各從所坐起　因便從母膝
移下在于地　俱發進其路　行詣天人尊
前稽首佛足　却退叉手住　四方宣佛德

今故來聽經 佛法甚難致 聞受亦難遇
以得聞是法 當啓人尊勝 至誠於佛道
無上正真業 諸佛之道法 爲甚難得值
愛樂經義者 亦復倍難遭 今日以閑靜
用親友好法 隨順之威則 奉敬信法教
募嘉於精進 所行無放逸 以得爲沙門
如是處閑居 愍念住如是 資財等無異
常抱慚愧心 知博聞難遇 其慈普具足
愍念於衆生 以能達深法 乃可逮法忍
計諸威力勢 其心無恬羸 攝救諸衆生
開化一切難 若在於獨處 造業無思議
以不貪其身 壽命根亦然 於學禁無猒
我思於道法 以是能曉了 逮功勳若斯
若能學如是 第一甚難得 其法王之業
咨嗟此最上 斯諸法之要 報應普備足

當發往俱到 聖安住佛所 其斯諸明智
受菩薩道行 奉行清白法 以用宣布教
隨時而閑靜 逮致五神通 因其識皆念
所行法憺怕 其王一太子 與夫人婇女
斯二明智等 行菩薩之法 以獲神通慧
經行虛空中 往到世尊所 功勳智慧海
前稽首佛足 自歸人中尊 一切悉和同
俱往叉手禮 法意前稽佛 并餘一切衆
惟願大聖尊 爲我說道法 最勝知是等
心中之所念 則爲分別說 深妙之法義
是一切諸法 皆從因緣起 本無主師教
從造化現生 其解内以空 外則無因緣
是一切諸法 恍惚悉空虛 以能察本末
無作是清淨 計之猶虛空 常不可護持
佛以無數便 爲此等頒宣 分別敷演此

深奥之正真　七十六垓人　及二億載衆一時皆得成　柔順之法忍

是時轉輪聖王勇郡中宫太子眷屬萬民繞佛作禮供養世尊及與聖衆晝夜七日畢竟還歸其宫於是勇郡轉輪聖王獨處宴坐在於清淨高閣交露自心念言是吾諸子皆發無上正真道意今當試之何所太子先當逮致無上正真之道為最正覺者便勑工師作七寶瓶極好團圓作七寶甖顯現微妙又高七仞為四十九尺使諸千太子各各疏名作七寶籌著瓶中舉瓶著甖上咸共夙夜七日供養以天華香擣香雜香華蓋幢幡作衆妓樂供養寶瓶所疏名號十千天子來佐勸助供養名號時轉輪王過七日後取七寶瓶在中宫夫人婇女諸太子衆前舉著紫金案上使人舉瓶令諸太子各各探籌有太子名曰淨意得第一籌適得此籌於時三千大千國土六返震動中宫夫人婇女一切妓樂不鼓自鳴於寂意所念云何彼時淨意太子豈異人乎莫造異觀所以者何則拘留孫如來是也從次太子名離名聞兵則拘那含牟尼佛是也次有太子名寂根則迦葉如來是也次有太子名一切苦利則吾身是也次有太子名明月名雨室則彌勒如來是也次有太子名明月珠服將來作佛名曰師子次有太子於將來世成佛名曰妙英次有太子名賢氏將來成佛名曰供養次有太子名曰光首後成佛時號曰妙華次有太子名曰蓮華氏後成佛時號曰奉養次有太子名離垢光後成佛時號曰善目次有太子名兵氏後成佛時號曰快

譬次有太子名曰意妙後成佛時號曰焰光次有太子名曰淨復淨後成佛時號曰焰味次有太子名曰富黨後成佛時號曰無退没次有太子名曰離垢淨後成佛時號曰執德次有太子名曰堅强後成佛時號曰寶事次有太子名曰寶稱後成佛時號曰無欺世於是寂意取要言之次廣具足有太子名曰甘鎧莊嚴第九百九十九千不滿一後成佛時號曰無量德寶稱在是賢劫出興來世佛言如是寂意有太子名意無量得最後籌是王太子當在最後成行學道時其諸太子輕易調戲數數笑之衆等各言我當成佛時降魔官屬轉于法輪開化度脫無量衆生令至滅度假衆生盡後何所設當何救濟其後太子名意無量目自覩見得最後籌窮底成佛應時愁惱吾獨何釁窮底得籌五體投地猶太山崩口自宣言諸佛道法不可稱量衆生之界亦無有限所願殊特不可思議尋即立一切願令我兄弟千人成佛後所教弟子所度多少其壽長短計合是等一切壽命與我成佛道時所壽久長若干適同仁等所有一切聖衆我成佛時聖衆獨爾須宣經法所化度脫一切衆生亦復如是與仁千人功勲巍巍適等無異不可限量假使吾身所言至誠合成不虛三千大千世界爲吾現瑞六返震動天雨衆華箜篌樂器不鼓自鳴時意無量國王太子適立斯誓尋時三千大千世界六返震動天雨衆華箜篌樂器不鼓自鳴上虛空中諸天百千而歎頌曰當如所願最後成佛名曰樓由如來至真等正覺佛言寂意何故

名之樓由爾時愁感自投於地因得下籌自積誓願由斯世尊號之樓由於彼世時其王太子誓願已竟說此偈言

是諸佛道法　猶等如虛空　意覺若如幻
衆生不可盡　所願誓吉祥　戒禁成清淨
諸人且聽是　我所欲誓願　合集諸仁君
所壽之有限　諸重尊聖王　一切皆盡見
計是諸佛名　與我一籌等　成佛名樓由
比丘衆如是　其王太子感　故宣是言辭
諸天立虛空　舉聲歎頌曰　如今清淨人
所願必當成　因以衆生故　會成所要誓

佛告寂意菩薩欲知爾時意無量太子乎答曰不及佛言在是賢劫最後成佛號曰樓由於賢劫中所與諸佛千不滿一所度衆生諸菩薩學比丘聖衆不及樓由最後成佛而壽半劫所度衆生菩薩聲聞一切聖衆竟於賢劫與九百九十九佛所度適等無有差特佛告寂意且觀菩薩善權方便成就禁戒而有殊特具足誓願獨步獨坐周旋三界曾無休廢所以者何樓由如來獨以一身開化衆生與千佛與所度無異所益無限巍巍若斯如是寂意王千太子其後二子各心念言汝等正士所志云何法意太子曰吾自要誓諸人成得佛時當作金剛力士常親近佛在外威儀省諸如來一切祕要常委託依普聞一切諸佛祕要密跡之事信樂受喜不懷疑結法念太子曰諸正士聽吾心自誓言諸仁成佛道身當勸助使轉法輪適見相勸輙轉法輪寂意欲知爾時勇郡轉輪聖王乎答曰不及也佛言則徃過去定光如來是也其時諸子

此賢劫中千佛興者是也從拘留孫爲始作佛至樓由竟千佛也其法意太子則今金剛力士名密跡是也其法念太子者今識其梵天是也彼時聖王中宫夫人婇女今諸來會者是也彼世之時王諸太子所勸出家作沙門者及所教化皆此賢劫稍漸受决當次第成最正覺寂意且觀十二緣起不亂德本獲報應果諸所發意不失其功斯等正士十力普備悉獲所願是故寂意若有菩薩疾欲逮成無上正真道爲最正覺當學斯等諸正士業勤修奉行悉存佛道彼何謂佛道不以害心加於衆生興乎慈心奉度無極習行四恩常修梵行導道品法具進神通行權方便成就德本是爲佛道佛復告寂意其道心淨斯性通達其道和雅志性安隱其道質朴而無諛諂其道廣普無所罣礙其道平等心無偏黨其道無畏不犯衆惡其道財富施度無極其道豐饒戒度無極其道不咨忍度無極其道離處進度無極其道不亂寂度無極其道善擇智度無極道歸已慧奉于大慈道不曲意至于大哀道受喜悅行以大喜道歸妙御至於大護其道以除衆苦之惱消去貪害瞋恚之想其道趣安心不懷危道化難調刈色聲香味細滑之法道降魔官屬令化去心自大及衆怨賊道消除陰種諸入悉無所著道捨魔事在衆塵勞而得自在道歸上心離於聲聞緣覺之念道習諸去來所行致平等覺道御大寶順一切智道常分別無礙慧明道宣善行攝善親友道發坑塹消衆結著道棄塵勞越嗔諍地道歸安隱捐衆非惡道歸吉

祥趣泥洹業是爲菩薩行佛道業三十二事菩薩住此疾成無上正真之道逮最正覺

大寶積經卷第九

音釋

崎嶇崎丘奇切嶇音區崎嶇不平易也　俳步皆切戲也　讒鋤咸切譖也　鞕音硬堅強也　憒古對切心亂也　恍惚恍虎廣切惚呼骨切恍惚不分明也　觚音孤稜也　痱瘤痱部浼切瘤勤罪切痱瘤猶花蘂之蓓蕾也　阿維顏梵語也此謂一生補處　阿惟越致梵語也此云不退轉　憺怕憺徒覽切怕自各切憺怕謂恬憺安靜也　砥語氏切平也　夌音凌傲也　㓞苦結切瓶屬　罽居例切　樓由梵語也亦云樓至此云啼泣　刈音乂割也　訑余支切

大寶積經卷第十

西晉月氏三藏竺法護譯

密跡金剛力士會第三之三

爾時寂意復問密跡金剛力士如來有幾事祕要一切聲聞諸緣覺地所不能及也何況凡庶闇蔽之類善哉密跡願意樂住頒宣如來祕要普入一切衆會咸欲聞之密跡力士謂寂意曰諦聽諦聽善思念之今當敷演如來祕要有三事何謂爲三一曰身密二曰口密三曰意密何謂身密如來於斯無所思想亦不惟念普現一切威儀禮節或有諸天人民自喜經行見覩如來經行之時諸天人民心自念言世尊爲上斯等逮見如來身密佛之所念亦不思望一切衆生覩見如來至真妙德威儀若諸天人喜坐見如來坐若諸天人喜臥見如來臥若喜聽經見如來説經若喜寂靜見如來黙然若喜禪思見如來三昧若天人民目視不眴若見如來目未曾眴若意自在有喜光者便見如來光無所礙有喜紫金色者亦見紫磨金色若諸天人民喜銀色水精色瑠璃色碼碯色硨磲黄金色真珠正白正赤黄白紅紫色或取明月珠色暴亂色焰光日月四天王釋梵阿須輪或中分色須彌華色或思妙色或藥形色或碧石色或無憂華詹蔔華色或思夷華色或青蓮華紅黄白華色或了忉利天色或毗沙門王顏或四天王形首藏青帝黄帝赤帝白帝或虛空淨或天人民心志無量品色各異亦見如來若干品種功勳德色如是寂意正使恒河沙等諸佛世界滿中衆生有含命類展轉相愛

展轉相生皆使罪畢得爲人形從思想生其中一人正使所生亦猶如彼一切衆生如來亦見若干品色威儀禮節心所好樂不可限量悉欲察知本末言行亦復如來至真有以是縁各於衆生現如來像威儀禮節言行使然猶如一人心得解脱不與二人俱共同也欲宣至實心得解脱乃至乎道如來至真乃能可悦一切衆生以悦衆生顯示色像威儀禮節言行亦然猶如寂意清淨明鏡隨其色貌以往照之則現其像不失本類等示無異未曾變改明鏡照形亦無想念如來如是雖以法濟一切衆生無有想念無利養心可悦一切衆生心行隨上中下深淺之法開化度脱三界迷惑是爲如來身行祕要密跡金剛力士復謂寂意菩薩如來祕要亦不分別陰種諸入不歸罪福不生塵勞不成父母無四大胞胎亦無骨肉所聞功勳無塗華香悉無所有不繫在色無出入息壽命滅盡欲知佛身則是法身身無有色無衆妄想所現色相爲貪慕好求豪尊位衆生之故而示形相令目覩矣法相靜寂爲敬慧故一切衆生使趣天眼密跡復謂寂意若有衆生俱在一會各見佛身以縁意覩其遠住觀住本不見其住本也見住遠不見者無意縁也見者以亂意縁不見也若以意縁不得見者若以已身而察見之用見他人故不見之也又見他人故復能見者用見已心故不見之也其在夢中有所見者從夢覺已則無所見也定意所見起無所見起往所見定無所見其空靜所見不靜不見其在空靜則無不見其見無業離

於無業無所見之其離無業乃有所見一無所見密跡復謂寂意其如來身從無數事各隨顯見其色行天身行寂然威儀禮節而心自定然後復亂斯如來身無有邊際亦無限礙亦無妄想不可想節如來身者不可限取無若干像如來身者亦復如是無所不徧猶如虛空不有妄想如來若斯永無思想猶如虛空皆以徧入一切形色如來若斯悉以周徧照諸衆生猶如虛空普入諸色周徧其裏如來之身亦復如是普照衆生靡所不徧猶如虛空皆長一切百穀草木如來若斯至真之體長育德本猶如虛空不計有常及與無常亦無晝夜如來若斯身不有常不云無常不能見其頂又復寂意諸佛世尊佛以普見天上世間魔王梵天無敢當佛覩其頂者諸天龍神揵沓和阿須倫迦樓羅真陀羅摩休勒人與非人聲聞緣覺若諸菩薩莫能堪任見如來頂所以者何佛成道未久時轉法輪遊波羅柰東方去是世界甚遠乃得思夷華佛土世界曰懷調有菩薩名曰應持來詣忍界奉現世尊稽首作禮敬問供事禮足下已繞佛七帀則往其前應持菩薩時心念言我欲度知如來身限自變其身高三百三十六萬里觀如來身五百四十三萬兆垓二萬億里則心念言我獲神足神通自娛我寧可復測度佛身所入云何佛以威德以神足力上方去此百億恒河沙諸佛國土有世界名蓮華嚴其土有佛名蓮華上如來至真等正覺現在說法應持菩薩往在其前不能覩之在上而立遙視永不遠見世尊大聖能仁佛頂

欲見頂相永不得見也不知佛身高長廣遠幾千億載恒河沙佛土時應持菩薩往詣蓮華上佛所稽首佛足右繞三帀住於佛前而白佛言我身所來去是遠近佛言去此百億恒河沙佛土卿族姓子從彼到斯應持菩薩白佛言我上過到若干佛土不能得見釋迦文佛頂不知高長幾百千億恒河沙佛土彼佛答曰假族姓子以是方便聖明之慧斯神足力從此轉上恒河沙劫忽以越過上所喻佛土尚不能得見於世尊釋迦文頂亦不可得其身邊限又族姓子當知佛身無限巍巍如是不可譬喻諸佛世尊不可稱載又族姓子用無侶故名不可喻如來禁戒亦無譬喻三昧定意智慧解脫度知見品身口心業色相衆好悉不可喻一切衆生以若干品引譬舉喻咨嗟如來禁戒無極定慧解脫度知見品身口心業色相威好猶如虛空不可得邊如來之身無際若斯於時應持菩薩聞蓮華上如來所說欣然大悅得未曾有即禮佛足繞聖七帀沒彼佛國承佛聖旨蒙巳神力發意之頃到此佛土往詣佛所前稽首禮釋迦文佛足右繞七帀則住佛前以偈頌曰

欲解達佛身　猶如喻虛空　樂得知邊際
以捨所造作　過此百千億　無量恒河沙
上越若干土　欲見佛身頂　過到無限土
至蓮華佛界　樂得身邊限　不覩見佛頂
其彼國土佛　名曰蓮華上　見我心所念
便以分別說　假使引衆喻　講諸佛世尊
便不順佛教　則為誹謗聖　若欲知譬喻
諸佛法平等　頌宣虛空限　實無有邊際

設猶如虛空　佛戒禁若斯　定意智慧業
解脫度知見　猶虛空無際　色身亦如是
欲觀世護頂　等譬如虛空　如虛空所周
佛身徧如是　如虛空所徧　光明照亦然
其光照所至　有言辭若茲　如言辭所至
心徧亦復如　如心所徧至　慈心布如是
如慈心所徧　慧周等無異　如慧之所周
身所周若斯　功德亦如是　道心無有二
如道心功德　解色亦如是　充滿於虛空
所度復越是　如一切衆生　所受福德品
其發道心福　一人德如是　如其發道心
功德業名稱　若受正法者　功德過於彼
一切諸佛與　須宣百億劫　難持正法功
不得其邊際　其與於道心　而護諸正法
好樂解空無　十六不獲一　以樂解空無
則不失道心　執持尊上法　是慧乃和同
逮得斯法趣　菩薩則勇猛　獲致佛功勳
奉修佛道行　說是頌偈時　震動億佛土
諸天億百千　鼓億千妓樂　無數億千人
悉發大道心　因聞大法故　應持之所歎
是虛不可議　無上不可限　諸佛普示現
自在之祕業

密跡力士謂寂意曰是如來身祕要若彼衆生皆集一會或有能見如來身者或不見者其能見者歡喜觀之其不見者默然而觀如來不食衆生悉見如來服食又寂意知如有天名精力初化受道取如來食而器受之濟諸窮乏衆人皆見如來而食見如來舉食著於口中自然還器諸天子取往古宿世如來所種植衆德本而有餘殃在在所生就與羸

勞使服食之飢乏困厄不得食者如來愍此以食授之是衆生等食斯飯已身體安隱消除塵勞衆想休息心性仁和志存無上以平等覺發不可思議以是之故當作是觀如來不食如來至真以法爲食所以者何如來之身或鉤鎖體猶如金剛鏗然堅强不可破壞其如來身無有生藏亦無熟藏復無堅輭亦無不淨大小諸便咳唾之穢又如來身如紫金色無怯無弱不有恐畏寂意且觀於如來身曠然無極甚妙堅固猶如金剛而身柔輭如細天衣或時上妙顯微妙身天人玉女稽首足下禮如來身觸如來足柔輭極細不可爲喻悉發無上至真道意永無衆塵若貪婬人瞋恚愚癡若有等分見如來身適值目覩其婬怒癡所有等分一切身行悉爲消除無復衆塵若有慳貪犯戒瞋恚懈怠亂心愚癡使布施持戒忍辱精進一心智慧取要言之若有離於清白之法見如來身棄不善想皆修德本以不妄想觀於如來乃曰真道是爲寂意如來身祕要若有布施如來瑞應所化自在以律開化衆生不受長育解衆生想而爲頒宣建立應度如來於彼觀無所業又無所行如來至真未曾念是我當化形所當化者若方當化心自念言又化所觀如來至真在此業前乃至世界所說土地無數世界如來所化往來所至如來在彼觀無所想其如來者從身放光明若千種色無央數色不可計限百千曜色其光所照恒河沙等諸佛國土光明遠照所奉行業衆生皆從彼開化之以是無業所作行無是故寂意如來身祕要

諸所念行所須宣說所成就發無上正真道意又如來身祕不可稱計說是如來身行祕要時十千人發無上正真道意八千菩薩逮得無所從生法忍諸天人民阿須倫世間人讃歎密跡善哉善哉諸天妓樂不鼓自鳴雨於天華世尊以右紫磨金色手舉著密跡金剛力士頂上歎曰善哉善哉密跡快善說是如來身祕要今所宣說如佛所教而無有二密跡力士謂寂意何謂爲如來口祕要其夜如來逮無上正真道成最正覺至無餘界泥洹之界滅度日夜於其中間施一文字以能頒宣一一分別無數億載講演布散無限義理所以者何如來常定如來至真無出入息無所思念亦無所行無復思想悉無所行雖口所宣無想無行如來所行無應不應無言無說不想有人世尊所說一切超越三昧正受皆以文字而分別說頒宣文字而自倚著一切衆生如是周旋往來如來爲我講說經法是則名曰如來在彼亦無想念如來所觀而知止足其舌之門口宣音響聞所宣音莫不悅喜而演如來言辭之教散一音聲悉普周徧衆生所想衆生心念是則如來從口數演如來言辭出六十品各異音聲何謂六十吉祥音柔輭音可樂音悅意清淨音離垢音顯曜音微妙音明聽音無亂音無憒音師父音無剛鞕音無麤獷音善順音安重音身所吉和音隨心時音空悅音與愛安想音無惱熱音方正音識達音親近音意好音歡悅音和教音曉了音精勤音忍和音重了音其響去穢音應師子音龍鳴音雨好音海雷龍王

音真陀羅伎音哀鸞音鷹暢音鶴鳴音耆域音英鳥音雷震音不卒音不暴音普入響音去非時音無乏音無怯音悅豫音通暢音戒禁音美甘音進行音廣普音具足音諸根無瑕音不輕疾音無住音響普入衆會音宣諸德音容跡金剛力士謂寂意菩薩是爲如來六十品音其如來音普通十方諸佛世界可悅一切衆心性行如來所觀無有妄想如來道心不作是念吾當爲其口宣經法通聞經德經所演經分別經頌詩經藏經於是順經生經方等經未曾有法經譬喻經章句經若說古喻若有引喻有頌宣言論談語諸無上講諸事敷演衆事有所處當分布遠近開通其本自解曉了宣暢其義而爲開化又衆會等如來至真所宣法典親近佛坐入比丘衆比丘尼清信士女諸天龍神揵沓和阿須倫迦樓羅真陀羅摩休勒若人非人衆會之黨隨衆生根所行精進從所樂法而令入道以順入道求衆生無因開化之樂法音響亦復如是斯諸衆生心自念言從如來口出不以各各說法隨心別異言行應時各各聞法而得開解是則名曰如來口密要也又有寂意無數衆生行不可計其所言辭八萬四千闇處下劣誘進此輩無明衆生入如來法而蒙開化又衆生行不可限量若有貪婬隨時因彼衆生所行由入其中便救濟之怒癡衆生及等等分行三事蔽衆生之類隨其三界思想之塡莊嚴拔之令無所住而無異心入衆生類罪福之行而爲分別現如來壽而有限盡不知衆生所行罪福以權方便各說異法

如來善權衆生無限不可計量所行不同便爲頒宣若干品法又以衆生在於我所面見相值如來所説悉徧入心隨其本行宣布道業各解入道是則名曰如來祕要若有菩薩入如來祕要是等不知謂於如來至真演有爲之門而如來法悉是無爲又有如來宣一品音衆生想念坐有所説唯憶想樂如來音者妄想所説不當作是觀而如來口永無所説所以者何或有衆生聞如來音眉間之相謂之在頂若有想髮知之紺色從天中跱目善明好人不堪任諦視如來所以施與消除諸非棄諍訟門無危害心若頸肩臂去衆陰事若諸指事若以身脅若有宣頌從背至足若以腹若以臍又陰馬藏若以膝腨無瞋休息若以有相及成種好於世最上若有想知如來至真聞其音響隨其所好諸根厚薄從其應度而開化之演斯音訓悉使入律雖爾如來所觀開化亦無想念猶如寂意或譬如妓樂以調其音以手鼓之其聲悲和無有在彼作是聲者皆由方便緣合而有殊特悲和之音如是寂意如來言辭化衆生心緣其暢教如來在彼有所演説無有偏黨皆是宿緣所造立行而有殊特如來至真在於衆生超絶巍巍由本殊特猶如寂意呼聲之響其音遠徹其音所出不在於內亦不處外不在中間如來若斯宣音訓誨衆生之心其辭言教不從身出亦不從心不內不外不從中間猶如大海之中如意明珠演其光耀可一切衆若寶明珠繫在幢頭徧照城市從衆生心所欲志願其明月珠出寶衆人各得所欲斯明

珠寶亦無想念如來若斯其有寶心志存清淨執大哀幢從衆生性根無所不應各使開解雖顯是教亦無想念是則如來所宣祕要密跡金剛力士復謂寂意菩薩吾今普觀天上世間諸魔梵天沙門梵志諸天人民都不能限如來所宣音響文辭所以者何我身憶念如是世尊在靈鷲山與諸菩薩眷屬圍繞而有法典名淨音場廣爲衆生而頒宣此時慈氏菩薩之所建立當爾之時賢者大目連心自念言吾欲試知如來音響所徹遠近時大目連自於其座忽然不現住須彌頂聞如來音如在目前自以神力即遊於是三千大千世界最在其邊越衆須彌諸四方域一大鐵圍山住在極邊大鐵圍山頂聞如來音如故無異如近不遠佛自念曰是大目連欲試如來清淨音場吾今寧可顯其神足於是世尊發現神足時大目連承佛聖旨蒙已神足西方界分去是懸遠然過九十九恒河沙等諸佛國土有佛世界名光明旛又其土佛名光明王如來至真等正覺今現在說法目連到彼往其國土故聞佛音如人對住聽所語辭其光明旛佛土有大光明佛身長四十里諸菩薩身長二十里其諸菩薩所食鉢器其高一里目連行鉢際上時諸菩薩白世尊曰唯然大聖此蟲何所從來被沙門服行鉢際上於時彼佛言諸族姓子愼勿發心輕慢此賢所以者何今斯耆年名大目連是釋迦文佛諸聲聞中大弟子神足第一時光明王佛告大目連吾土菩薩及諸聲聞見卿身小咸發輕慢仁當自顯現神足力承釋迦文佛威

德聖勢時大目連往詣光明王佛所稽首足下右繞七帀却在前住白其佛言又今是身我欲跏趺坐此地容不佛告之曰如意所樂時大目連涌在虛空億百諸仞在彼寶域便作一牀跏趺而坐從其牀座垂衆名寶珠瓔億百千垓一一珠瓔一一珠中演百千光一一光明各有蓮花一切蓮花現釋迦文身坐蓮花上其所說音如釋迦文音響清淨頒宣經典等無有異時大目連顯神足力已復往佛前時諸菩薩得未曾有恠之所以前白佛言是大目連以何等故詣此世界世尊告曰欲試釋迦文佛音響所徹遠近故到此土時光明王佛告賢者大目連仁者不宜試如來至真音響無限無有遠近豈欲知限卿甚大誤假使目連仁以神足過恒河沙劫西行不休不能得知如來音響所聞諸佛世尊音響曠遠超絕無限巍巍無量不可爲喻時大目連在彼世尊自投足下自懺悔過唯然世尊我身不敏佛音無量而橫生心欲知其限所聞遠近其光明王告目連曰汝雖遠來過九十九恒河沙諸佛世界到此佛土復白佛言甚遠甚遠天中之天身甚勞極不能復還至其本土世尊告曰於目連意所在云何以已神力到此世界莫作是觀故是世尊釋迦文佛威德所立到此忍界當遙自歸稽首作禮於釋迦文佛其佛聖旨將仁本土假使卿身以已神足欲還本國一劫不至卿現來至到不見能仁佛滅度時於目連意所念云何我從何方東方南西北方乎目連答曰不知何方也今以迷惑不知本土何所在處爲在何

方世尊告目連釋迦文佛在於東方時大目連右膝著地向釋迦文佛在東方叉手自歸爾時頌曰

唯天人之尊　見垂力愍念　威德大巍巍
天人所恭敬　音響徹無量　其慧無邊際
願顯其國土　今欲還斯土

如是寂意諸佛世尊音聲無際不可限量釋迦文佛遊在靈鷲山時舍利弗聞賢者大目連宣揚大音怪之所以賢者阿難前白佛言誰爲於今宣揚大音遙自歸命佛語阿難著年大目連在西方境去是九十九恒河沙佛土世界名光明旛其土佛號光明王如來至真今現說法者年大目連到彼佛土意中欲還歸斯國土故遙宣揚此大洪音阿難又問以何因緣到彼佛土佛告阿難大目連至當問其意時大衆會各白佛言欲樂得見光明旛世界及光明王佛如來至真等正覺覩大目連遊在其國爾時世尊見諸衆會勸助意時從眉間相有大光明名俱受照九十九恒河沙等諸佛世界至光明旛佛土其大光明普徧衆會悉覩其土光明王如來至真大目連見之自投其地稱宣大音爾時世尊釋迦文佛告賢者大目連承其光明來還此土時目犍連依佛光明發意之頃還到此土稽首佛足右繞七帀則住佛前悔過自歸重自剋責我甚迷誤如來音響不可限量而欲試之我所至到極爲曠遠所至到處聽音適等近不覺遠如來音響巍巍無際佛言如是目連如汝所云如來音響徹遠無以爲喻欲知如來音響遠近猶限虛空欲得邊際所以者何

猶如虛空普周無邊如來言辭響徹無際迥遠如是寂意當說目連往返品時尋於彼會一萬人皆發無上至真道意是爲如來言辭祕要密跡金剛力士言於寂意所知云何一切衆生心各所念寧可知乎寂意答言一人心念思想難限正使三千大千世界衆生一劫共計觀察多少不能知之何況一切衆生心念思想不可稱限乃如是也今故語汝慇懃囑累計如一切衆生心想所演音響無限若斯何況一切衆生心性是無形想不可計喻於是頌曰

三千界衆生　皆使成緣覺　一人一劫中
心念不能知　一切心所念　佛悉知志思
以無想之心　佛悉了所念　其一切衆生
三世所想念　世護口所言　所布各得解
佛隨之所念　宣音講經典　斯音響在心
乃演其道宜　如一切衆生　所思諸名色
世雄一毛孔　所演光如是　如一切衆生
名色及心念　如來演音響　過於彼衆想
佛頒宣一切　引喻計諸想　其音不休廢
不得佛言際　無色誰能得　慇無言之辭
無色無有言　消滅無色塵　假使塵無色
一切不可得　以是無色塵　究竟不可獲
設言虛無實　無內亦無外　塵勞虛空等
故曰無內外　如使不得辭　佛言通十方
塵勞亦無際　斯建立所處　一切衆生言
上中下之辭　無身口心事　不捨無所立
想應如倡伎　諸天之音樂　亦無身言辭
而音響普周　如是本甚淨　衆生心若斯
佛皆頒宣之　其心無所想　猶如呼聲響

無内亦無外　人尊言如是　乃無内無外
無想如妙寶　所説悅衆生　其言無妄想
可一切萌類
密跡金剛力士謂寂意曰是則如來口言祕
要又如來密要隨其音聲而爲衆生説法開
化斯三千大千世界設若干種如來至真宣
布訓誨從其音辭以不可計諸有名號化立
至誠若往無業斯則名曰苦習盡道名曰地
神擁護其心堅固意本於是神呪曰
阿神阿婆牟黎　加何呵那移　柯迦優頭
是呪護一切是乃名曰苦習盡道其虚空中
一切諸天悉歎所言各宣呪曰
活知　阿活知　阿活吒迦彌　阿和尼抳
黎
是神呪救護一切是則名曰苦習盡道其四

天王諸天復説呪曰
伊泥彌泥　多閉多多閉　維盧
救一切衆生是則名曰苦習盡道法彼忉利
天上諸天呪曰是神呪護一切其迴轉　貫
習　主滅盡　爲盡不相舉要
第三焰諸天而復呪曰
首黎道羅斯　和尼道羅犀雖邪　道犀雖
邪被和尼
第四兜率天説呪曰
獨犯靣觸　迴轉積畜業
是神呪護一切
第五樂無慢天説呪曰
所度俱所度　護所度　主度女
是神呪護一切
第六他化自在諸天呪曰

呵呼事業呼　和泥移　啊羅尼舍
是神呪護一切
第七諸梵天呪曰
有事業　事業種　因緣樹以因緣度
是神呪護一切
第八梵身諸天呪曰
清明　造清淨　清淨風　動清淨
是神呪護一切
第九梵滿諸天呪曰
無極氐　俱將去　道御主　念堅要
是神呪護一切
第十梵度著諸天呪曰
和那和那散提　和那呵呵那　和那拘摩那
是神呪護一切

第十一大梵諸天呪曰
木密　木密鞭彼亦鞭　印氏
是神呪護一切
第十二光曜諸天呪曰
伊諧諧　將諧去親近
是神呪護一切
第十三少光諸天呪曰
是取去　不將去不使去　無所至
是神呪護一切
第十四無量光諸天呪曰
貫謵　俱供謵謵滅盡　謵無量
是神呪護一切
第十五光音諸天呪曰
以斷終　自在斷順從和　常清淨
是神呪護一切

第十六約淨諸天呪曰
所至趣　所可歸近所到　以近所到
是神呪護一切
第十七少淨諸天呪曰
清淨　清淨氏　淨復淨　歸清淨
是神呪護一切
第十八無量淨諸天呪曰
無我氏　無吾我氏　非貢高歸自大
是神呪護一切
第十九淨難逮諸天呪曰
解脫以度　跡解度　本近解
是神呪護一切
第二十廣果天第二十一御辭天呪曰
以無作　無所作　除所作　所作究竟
是神呪護一切寮跡金剛力士言是則名曰

苦習盡道所當奉行所應開化而隨律教顯現微妙無極之業第二十二離辭諸天第二十三假使諸天第二十四善現諸天第二十五一究竟諸天淨居有四天所謂奉行決了一處究竟天真究竟天無嗔恚天不親近天是爲寂意諸天立至誠誓慧衆如是諸夜叉鬼神揵沓和阿須倫迦樓羅真陀羅摩休勒迦盧跡鬼神持花鬼神其言辭教各各别異又寂意是閻浮利天下大國具足有一千各有大郡其十六大國以用治政而相攝護各自咨嗟一切諸人及與非人言語各異音聲不同辭有輕重如來聖慧從其音響隨時而入皆悉化之立正真業各有種號釋種安息月支大秦劒浮擾動丘慈于闐沙勒禪善烏耆前後諸國匈奴鮮卑吳蜀秦地諸麽夷狄

他羅多愚民野人及諸須曼耶呪女人處國牟兠吒國因緣國波羅柰國數樹國金本國脾羅本國倚脾沙國盐本土上本國他談國北方異國西方所持國海中諸神衆蟲魚鼈諸山中神有形含血之類阿拘羅摩拘羅阿那散諸牧羊諸禽獸所負諸瘦種心不平正前曾生者處在世者如是寂意如斯千國周匝充滿於閻浮利天下各自異居又是諸人及非人類言語各異志操不同音聲各別如來至真隨其言音而入其中因開化之立於正真密跡金剛力士謂寂意菩薩曰此三千大千世界有八十四億百千垓衆生之類言辭各異計是一切皆歸一義至真之慧至誠無怒如是寂意是則如來言辭祕要又寂意如來言辭決於一切衆生疑網令無餘結十方一切所有衆生衆生種類多於地土此衆生之類所行各異與本不同罪皆使畢逮得人身以得人身從思想生是諸衆生逮得智慧辯聖勇猛如舍利弗合斯智慧爲一人聖如是比像普使衆生皆得智慧各如前一聖明以是聖明在於一劫若過一劫智慧禪思以察衆想求其本末如其一人智慧禪思不復訓誨從第二人啓受言教智慧聖達各有大明以是比像斯衆生等各各無疑往詣如來如來一時彈指之頃悉說本來大聖如是常以一心入於一切衆生心念皆能分別慧明所在以一言辭悉決結網各各處當慧本所在各令欣然而得其所所聞如來智慧明達如來悉令明了又次寂意如來悉決一切衆生前後所疑令無餘結是爲如來言辭祕

要所入音響又其言教是不足言如來言辭不可限量無以爲喻説是如來祕要言辭時二萬二千衆生皆發無上正真道意一切衆會得未曾有普聞密跡金剛力士宣如來言辭祕要之業各懷悦豫各從座起稽首自歸

大寶積經卷第十

音釋

詹蔔 梵語也正云瞻博迦此云黄華蔔蒲墨切 鏗然 鏗丘耕切鏗然堅確貌 咳嚏 咳口溉切逆氣也嚏湯卧切口液也 腨 腨乳兗切腓腸也 跱 丈里切立也 丘慈 亦云龜兹西域國名 于闐 闐堂線切于闐西域國名 禪善 禪時戰切正作鄯鄯善國名 瘻種 瘻凌如切種之隴切

大寶積經卷第十一

西晉月氏三藏竺法護譯

密跡金剛力士會第三之四

密跡金剛力士復謂寂意菩薩何謂爲如來心秘要其業清淨所以因緣一切諸天子所生以一識慧壽八萬四千劫又其神識不轉不變以爲餘識乃至定意還得壽命從彼終沒因其所行受身而生如是寂意如來從其夜得成佛道至滅度日於其中閒如來無疑亦不迴轉心無思行心無遊行心無不堅心無所合心無所散心無亂心無移心無遊心無護心無寂心無失時心無迷心無求理心無暗心無生心無喜心無怯心無住心無往心無想心無望心無求想心無消滅心無所觀心無御識心無住處心無觀他心目無覩耳無所聽無鼻口身心無想念意不倚色無聲香味細滑心不依法心無樂處心不非樂心不住內亦不住外心不入法心不越慧心不觀過去心不觀當來心不觀現在心如來聖心清淨巍巍其心不造罪福之業於一切法慧無罣礙而普示現已心清淨不見他人心不清淨其所見者亦無所觀若所觀者亦無妄想察無放逸覩所觀見亦無馳騁觀有所見永無所見如來所見不肉眼視不天眼覩不慧眼察不法眼看不佛眼觀不令天耳聽不令觀他心不離念識過去世事不依神足而爲變化不倚所有諸漏已盡於一切法悉無合會應於諸法無所罣礙其無吉祥無有衆業永無所行其慧所住猶若本無皆知一切衆生心行十種力業四無畏慧十八不

共諸佛之法是亦若斯進退無業捨心意識不離如來三昧定住普造一切諸佛道事一切諸法慧無罣礙悉無所著猶如虛空寂意如來至真化如來像其化如來無心意識身口意其行所在至真示現隨時能作佛事化亦無想亦無求念如是寂意道心如斯猶如來化等無有異其所化者所念無念無身口心因緣進退目覩見之皆作佛事亦無所有所謂化者悉無所行諸法如化如來解是成最正覺已成正覺如來慧識不住五陰無十八種亦無諸入不住內外無善無不善無現世無度世無有漏無不漏無塵勞諍訟之猒不住無爲有數無數無有三世去來今行周旋往反不住有爲有所觀察也不住無爲觀也其慧亦如是悉無所住如來至真處於一

切衆生志性顯仁慈慧無所傷害救濟危厄寂意當知是如來秘要若有所入其所班宣無不普達又有寂意如來秘要不可限量所宣秘密不可得底密跡金剛力士說如來秘要品時無央數諸佛世界六反震動其大光明照於十方覩於十方無量佛土天雨衆華箜篌樂器不鼓自鳴無央數人皆發無上正真道意不可計菩薩逮得無所從生法忍不可限人逮得柔順法忍倍復不可計菩薩得一生補處德本淳淑以是因緣故十方所在諸佛國土各各在諸佛世尊於賢劫中衆菩薩等淨修梵行是諸菩薩以法供養皆各散華奉事貢上密跡金剛力士其所散華化成華蓋承佛威神是諸華蓋一切咸來在於佛所而繞佛及密跡金剛力士三帀普覆衆會

又其寶蓋住虛空中當於佛上從寶蓋出如是無比好妙音聲唯然世尊賢劫菩薩遣我等來供養大聖及密跡金剛力士奉法供養乃班宣是如來至眞不可思議所說秘要皆佛威變之所爲也爾時一切諸來衆會聞說是法欣然大悅皆共叉手咸禮稽首密跡金剛力士益加恭敬現若干變宣說是言我等世尊爲得善利獲無極慶乃逮得見密跡金剛力士值聞如來不可思議秘要言教若有衆生得致聞是經典之要而信樂者以近道業不懷狐疑未曾猶豫入佛訓誨則當觀之爲不退轉當至無上正眞道也時佛嗟歎密跡金剛力士言善哉善哉快說是言誠如寂意復告寂意菩薩大士如來功勳甚奇眞諦四無所畏是經典者如密跡金剛力士所可咨嗟快說至訓斯諸正士諸佛尊法道慧巍巍如是其聞是法不恐不怖心不懷懼解義所趣若復受持能諷誦學廣爲人說不久受決當作是觀疾逮無上正眞之道成最正覺爾時彼衆會場地正其中間於世尊前地尋時劈裂深六十八百千由旬自然出水滴大如車釭上虛空中高至梵天灑三千大千世界佛告寂意汝寧見此其大滴水上虛空中灑乎三千大千世界地乎對曰已見天中之天唯然大聖垂愍唯說何所先瑞佛告寂意仁當知此今斯水滴地無思想無所裂壞水自然出諸法師等亦復若斯若以受持是經至要住如上教而奉行法皆當裂壞六十二見衆邪疑網逮得如此不可盡明法辯才之慧斯諸正士爲諸衆生快說正法普悅衆心

又寂意知是經典者盡脫衆惡三塗之難于時賢者舍利弗前白佛言今賢劫中諸菩薩衆在於十方諸佛世界淨修梵行云何於是密跡金剛力士斯諸菩薩後成佛時皆當手執金剛侍從後乎佛言且止舍利弗是不可思議諸天世人得聞是言將無悕惑菩薩所行或能不信舍利弗復白佛言若有學人植衆德本當信樂之我等咸當受如來命佛言汝寧見此密跡金剛力士住侍佛後乎答曰已見佛言以神通力本願所致常當供養諸菩薩衆於賢劫中當成佛時密跡力士常應侍之亦如侍我也是舍利弗密跡金剛力士皆於賢劫諸菩薩衆常當侍衛賢劫諸佛以神通力皆是本宿自在誓願佛言舍利弗正使三千大千世界一切衆生將來成佛皆當須侍得佛道時亦執金剛悉衛侍後而自示現雖爾變化又此正士神足之德建立聖威未曾損耗舍利弗寧見彌勒菩薩今密跡金剛力士常侍其後答曰已見世尊以是之故承佛聖旨從古以來未曾聞斯佛告舍利弗常侍彌勒汝等不見也亦在他方諸佛國土諸菩薩來天帝釋梵及四天王見密跡金剛力士侍於彌勒菩薩之後又侍其餘賢劫之中彌勒菩薩及餘菩薩化作億百千垓諸菩薩衆皆在其後而侍化人開度衆生以是正士所建立威不可思議神足威變巍巍如是具足衆德六通慧力不可限量於是寂意菩薩謂密跡金剛力士曰豈能屈意班宣如來修勤苦行莊嚴道樹降伏魔官而轉法輪造立至誠仁者所明具說意旨密跡金剛力士

謂寂意曰其功德勳不可限量假使住命一劫稱其至德不能具宣講論意旨承佛威神粗舉其要又曰寂意菩薩所行不以一事修勤苦行菩薩行法爲外異學欲濟危厄故示現義各以隨宜從其身行多少明宣顯其威儀因而得化外學衆邪現身最勝尊豪難逮所行勤苦甚不可及示現菩薩威儀禮節一切外學衆邪異業所不能逮菩薩在彼住一章句解無量義或現上方或現日月周旋往反或現神通飛行仙人隱處或現儒林國師居士或現宗長聖帝四王或現帝釋梵天轉輪聖王或以自現行不具足或現其身卧荆棘上或現卧[illegible]草上或卧土上或現所卧或畏或無所畏或現卧處或現坐食果或現弊衣或卧泡上或現赭衣或現裸形所共遊居或現服食猶孝子睒或現惡食或現食豆穀或現食麻米或現食蘿菔若芋蕪菁或以食餔若食菜茹或食荆棘或服葉華實或現食棗果或能一食或再食或現常食或現七日一食或現十五日一食或有一月一食或服一滴酥或服一滴油或服一滴蜜或服一滴水或服一滴乳或現不食或現常住或現常坐如是寂意是及餘行不可稱計威儀禮節是爲菩薩所現苦行菩薩所現勤苦之行具足六年不但一行威儀禮節行若干種示現具足復以超是堅固勤修精進又諸衆生不見如來若干品威儀禮節亦不能知菩薩所爲若有衆生能修行道如其所行舉動進止威儀禮節以是開化使得度脱若見菩薩威儀禮節乃能覩之菩薩所行觀無妄想是爲

菩薩所行勤苦具足開化六十垓人二百萬諸天人民皆入道業爾時菩薩行微妙業又菩薩行在於所生坐寶校露髙閣之臺而示現生無衆患難永得安隱三昧常定而反示現六年苦行復見起去彼時諸天求於法樂苦志經典不慕世俗住菩薩邊無有異業唯班宣法是爲菩薩時有菩薩名曰法種好樂大乘入于大哀復有法典名入不可思議法門又號普攝降伏衆邪一切諸魔入苦難慧永獲大安密跡金剛力士謂寂意菩薩菩薩勤行竟六年已輒如所現精進威儀從其座起詣於尼連閑靜河邊順示從世故到閑靜流河水際洗身清淨度河水去往至他處而獨立焉有彌迦女名善蔭犖千頭牛而取其乳展轉相飲取後淳湩用作湩糜在釜跳上數十丈女恠所以梵志占之臨成佛者乃應服耳時女賫往詣菩薩所及六萬天龍鬼神揵沓和等各各賫食奇異甘饍詣菩薩所各自啓曰唯願垂愍受是供養于時菩薩受善蔭彌迦女乳糜服食亦取一切六萬天龍鬼神揵沓和妻飯示現皆食諸來施者各各自見獨受其食不見他人他人亦不知之時一一人各自念言菩薩獨念取我供食當逮無上正真之道成最正覺以是喜悅發大道意應時得立不退轉地是爲名曰受供饍食開化衆生故現六年勤苦行業密跡金剛力士謂寂意曰是爲菩薩隨其世俗受供而食使身氣力充備安和往詣樹下又有地神名善地天子告諸天子及餘地行天神持地不動莫令肅震斷衆愛欲及諸結著菩薩已到於

樹王下嚴淨其地次第諸地欻然三千世界自然清淨散華燒香香水灑地迦留迹天持華鬼神下其天宫住虚空中見菩薩欣然雨種種華其四天王與其眷屬至四方域以紫磨金網縵妙帳周遍覆蓋三千佛土以供養佛天帝釋梵前有大神足莊嚴如意咨嗟三千世界忉利天焰天各紫磨金帳而校露之網瑠璃帳覆三千大千佛土供養兜率天珠校露帳校飾供養如來巍巍堂堂及諸天王微妙甚好如紫磨金其心大悅供養如來雨好眞珠化善天王以明月珠光明晃耀白玉銀帳演其和音流布十方令三千世界莫不悅豫乃至諸天清淨衆寶威神無量無垢顯明他化自在天化作一帳衆寶合成普奉事佛諸天龍神阿須輪迦樓羅眞陀羅摩休勒各以神足聖力示現莊嚴修治一切欲界力士謂寂意爾時有大梵天王名曰威神自在主三千世界極尊無量其菩薩行往觀佛樹又是天主告諸梵天諸仁當知是菩薩大士於過去佛修治正行植衆德本稽首歸命無數諸佛大願不動堅强意固志不患猒皆興一切諸菩薩行奉修諸度所度無極悉於其地而得自在志性普和善修清淨盡入一切衆生根本皆通一切如來祕要悉度魔事具衆德本不依仰人爲諸如來善修建立無上道法爲大導師救濟衆生班宣經典一切衆生合一勇猛拔乎魔境永無魔業曉了道法爲大醫王療衆生病服解脱冠爲大法王演智慧光無極聖帝不爲世俗八法所拘猶如蓮華不著塵水執持諸法未曾忽忘猶如江

海智不可限如須彌山不可動搖淨洗其心如水洗垢終不自大常行謙下如明月珠去冥衆濁於一切法而得自在積衆德本猶如梵天天上第一往詣樹下降伏衆魔逮得無上正眞之道爲最正覺具足諸佛十種力四無所畏十八不共諸佛之法轉大法輪爲師子吼充滿一切潤以法施欲淨一切衆生道眼攝取諸法棄外邪業九十六種具足本願好見諸佛十方境界大聖威德遊得自在第一諸度所濟無極汝等仁者常當謙恪恭諸菩薩於是自在梵天於諸天前說是頌曰

清淨正行 決上妙法 愍傷世間 哀及諸天
天中之天 天人中尊 大聖今住 諸佛樹下
當降伏魔 及與官屬 逮得正覺 成一切智
已樂備悉 最正覺業 便復以轉 正法之輪
大智無窮 大師子吼 可悅一切 衆生之心
以清淨故 致妙法眼 導師往詣 於佛樹下
降棄衆魔 消外異學 皆悉具足 本宿誓願
正覺法身 所見無倦 其時導師 往詣佛所
善哉一切 皆共和同 當好莊嚴 三千界地
是以校飾 於其欲界 色無色界 莊嚴如是
善哉梵天 其心仁和 此三千國 一切嚴淨
如是欲界 以清淨好 所見供養 復過於彼
名香木櫁 衆華順義 斯寶光明 鼓衆妓樂
其有覩者 莫不欣喜 而梵天王 普三千界
從梵天王 至迦尼吒 各各梵天 平正清淨
在虛空中 神尊復尊 有天中天 見淨復淨
六十億載 諸天來會 爲於菩薩 嚴金剛場
下諸天華 而雨供養 衆香香水 以用灑地
衆寶妙牀 施設諸座 嚴淨校飾 佛樹下坐

我等導師　一切洛嗟　隨所安處　令其清淨

時密跡金剛力士謂寂意菩薩時菩薩徃詣坐樹下於其足底生千輻相從出光明其光遍照斯佛國土靡不周至一切地獄畜生餓鬼一切衆生苦惱休息又大光照黒耳地獄時黒耳地獄蒙世尊光歡喜踊躍衆雲集焉於時諸天咸說頌曰

紫磨金色光　從天中眉出　來照我等身
令心中欣然　我值過去佛　覩見好瑞應
大雄必不疑　佛定出世間　善哉雜飾鬘
香華及塗熏　紫金明珠成　右手執持衣
鼓其妙伎樂　而竪綵幡蓋　亦竪其大幢
供養於世尊　諸地獄中人　蒙光普清淨
以供奉於佛　承事於大聖

於時黒耳大地獄中王與中宮俱其所集衆一切各持華香雜香澤香衣服幢蓋旛綵伎樂出其宮宅上虛空中化作寶雲雨明月珠名香木櫁及栴檀香衆華眞珠承龍大神神足變化詣菩薩所稽首足下右遶三帀與其眷屬各以所執供養之具進上菩薩作其伎樂以是頌偈而歎世尊

猶如有寶地　莊嚴雜豐妙　佛樹花果茂
獲坐其道場　如河定不流　若月住虛空
成佛普一切　降伏魔官屬　世尊衆祐曜
猶如日盛光　若如重六通　蜂王宣和音
演其光明慧　如梵天須輪　今日衆祐現
充滿藏無限　日月珠火光　天帝釋梵曜
能仁光適出　皆覆蔽其明　光現我宮殿
知佛興乎世　顯瑞應歡喜　知今佛出現
見聞拘留孫　拘那牟尼佛　迦葉詣佛樹

適聞音供之　見於無等倫　瑞應與彼同
心生歡喜悅　今必當有佛　世尊我善利
得廣供養佛　以四事世光　奉信行恭敬
所積功德福　具足奉明眼　是世光明曜
成佛無等倫

爾時菩薩往到迦隣龍王所止土界龍王見佛心中欣然自出其室往詣佛樹往佛之右又有一人名曰吉安遥住視佛因求好草手執此草觀菩薩至詣佛樹下諸天宣暢柔軟微妙洛嗟德音安隱巍巍可意快樂無上之德繞佛轉進其草香好香風流布靡麗光澤好細無量猶如天衣如是好草以時執持往到其所以此好草貢與菩薩稽首足下右遶七帀以仁和心至不退轉發無思議無上正眞之道心自念言不當作是非宜之行所觀若斯無吉不來乃至吉安以時施與菩薩之草當發無上正眞道意所以者何本願所致寂意當知吉安乃往宿世本願作是所以者何我憶識念寂意菩薩乃往過去無央數世經九十一劫維衛佛時與出乎世如來至眞等正覺明行成爲善逝世間解無上士道法御天人師號佛世尊其佛世時有千比丘淨修梵行彼時世尊授是千比丘決在賢劫中當成無上正眞之道爲最正覺時於會中有一長者名曰有志聞授菩薩決心自念言我於賢劫當成如來逮最正覺則不違宜吾於彼世見施好草時布師子座甚妙嚴淨仁和安然緣是則發無上正眞之道寂意欲知爾時有志長者今吉安是也以是念故當作是觀如其本願致吉安行彼以隨時施與好草

所可因號後成佛時名如來至眞寶淨師子

爾時菩薩以授好草布佛樹下又上樹神乃至虛空一萬天女各以衣裓盛好天華各取香華雜香澤香往迎菩薩稽首作禮各持衆華香旛蓋供養菩薩以此讚曰

無恐無所畏　無怯不懷難　建立難得値
無染無癡惡　無凶禍之罪　無慳嫉無愚
離欲以解脫　願稽首大聖　以律化得度
麤獷及邪行　善爲俗良醫　療治衆苦疾
見諸無救護　無鎧先自歸　今佛興出世
濟脫於三世　諸天之大衆　各心抱踊悅
一切普雨華　衆華若干種　諸天所造供
衣被及細好　當成爲佛道　皆發歡喜心
以坐樹王下　心不懷恐怖　以甘露之味
壞裂塵勞網　覺了乎寂然　致最尊佛道
如過去諸佛　曉了最勝法　其所奉行要
修無央數劫　以積累苦行　欲度於衆生
昔願已得成　今正是其時　逮得尊佛道
唯演布慈愍

密跡金剛力士謂寂意菩薩佛以時取草往詣道樹以此好草布其樹下稽首作禮右繞七帀適布坐竟應時八萬四千諸天子等覩菩薩布坐心中欣然尋設八萬四千師子之座座甚微妙若干殊異極高廣長衆寶合成以奇珍爲欄楯周迴興立校露之帳以紫金飾則用眞珠瓔珞其間明月夜光雜廁羅列璝奇之寶以用作鈴懸之甚鳴其音和雅無量調合無數天衣而布其上菩薩應時自變其身普遍八萬四千師子之座是諸天子各不相見亦不相知一一天子心自念言菩薩

獨處我師子座成最正覺以是悅心至不退轉然後皆當逮得無上正真之道也密跡力士謂寂意於時菩薩建立威神使魔知之與無央數不可稱計億百千垓鬼神俱發眷屬圍遶皆被鎧甲顯大神足興最勢力將衆鬼兵周三百三十六萬里顏貌各異所從不同各現威勢無數衆難若干種像兵仗嚴整頭首各異志願各別飯食所行志操不同言聲各別辭談音異皆詣菩薩時魔波旬與大眷屬甚可畏懼不順仁義所作大非興反逆事不可見聞不怙道德各執兵仗稱呌大呼揚其音聲驚動三界假使凡夫未離欲者得聞此音輙當沸血從面孔出或恐怖死其時菩薩不以此難而有畏矣亦無罣礙于時菩薩興大悲哀可畏音響自然消滅不知所湊所以者何欲安衆生不令被嬈無危害患菩薩逮承奉淨道心善權方便雖聞此音了之本虛本無有聲衣毛不竪見魔衆來光顏益榮大明顯發宣四事業志無所畏以十六事興已辯慧隨所可樂摧折大難而告魔曰且止波旬用爲興發如斯色像無益之事而懷瞋毒還自危身長夜不安所以者何波旬今日發心欲壞菩薩菩薩弘仁以大勇猛無盡大哀懷無極慈降伏惡逆欲亂菩薩菩薩本淨消除垢濁羸劣閡心弊惡之塵今日波旬反成菩薩欲以螢火越日月光明菩薩已免無限之底演大乘和深妙道味甘露正覺諸小蟲獸欲驚師子魔今欲躃大無極樹以使摧折拔其根本以牛迹水欲比大海反長怨賊無益之城起凶敵心今日魔王當與度怨言

談說事橫興反禍惡鬼為倫當蠲迷惑取道伴黨令至平等而無殊特棄非法王自歸聖道嚴淨微妙生無上慧仁義法味捨衆邪典令心質朴今日波旬心當惟念過大曠野最後究竟盡生死源而反馳騁入大海中當乘大舟度終始流今遇習學值彼劫燒并災樹木衆雜藥草莫復毀壞大金剛術當歸大道然後得佛度脫十方衆生人物密跡力士謂寂意於時諸天歎詠佛德巍巍如是而無比像其魔波旬以得歎佛聞是十六事好樂所慕心存大猷於是密跡力士謂寂意菩薩菩薩自念吾不可計劫功勳普著因行成就從無央數百千億垓積功累德皆是宿本世世奉法每生自剋慜念衆生三界之厄故行柔軟平正鮮明致清淨業誰敢毀壞獨地證明於時菩薩從袈裟裏出紫磨金色手普摩已身不捨大哀志性調和欲度衆生常行安徐舉其右手向十方界目見諸佛適至乎地三千大千世界六反震動有自然音其音宣徹十方佛土其魔波旬聞斯音聲及魔官屬在虛空中亦聞斯音響咸共自責飢虛禁戒樂乎勤修又時大聖加施無畏慜傷衆生應時八十垓魔及鬼神伏向菩薩自然躃地心自歸命唯見擁護諸在衆中與魔眷屬破壞亡去自然迷惑不知所湊所以菩薩演大光明慜哀斯等各離恐畏皆歸天宮以是之故菩薩大士現降魔王及衆官屬八千億垓鬼神皆發無上正真道意九十二億載人以仁和心立不退轉八萬四千諸天子等宿植德本逮得無所從生法忍密跡力士謂寂意曰以

是比像所降衆魔諸天世人不可稱載受化得濟其諸天人追魔波旬若人以見菩薩所行或見坐於寶淨蓮華師子之牀或見在地或在虛空師子座上或復見在貝多樹下或見在忉利天上晝夜樹下或以見在衆寶樹下或復普見一切諸人七尺諸佛樹下或諸天見坐佛樹下處在師子半仞座上或在七仞或復十里或二十里或四十里或諸天人悉見八萬四千由旬佛樹下座或復現在四萬二千由旬坐師子牀如是寂意諸菩薩不可稱計境界難限諸菩薩衆由是道場歸乎殊特菩薩所行有若干種歡樂之業入百千行菩薩所現不同各從本性而開化之發賢聖意成最正覺至一切智隨時音響而班宣法供所當奉菩薩於彼以若干品其所咨嗟皆是菩薩本宿所行菩薩所因勸樂示義咸來咨嗟而供養之雖爾菩薩心無所著無有魔難以捨衆害普逮一切諸佛道法須臾一時發心之頃等行智慧悉當知此逮致佛道爲最正覺以達一切逮最正覺住在一切十方世界見不可計無限如來授其右掌晝問佛道又咨永安道德之源道慧微妙無有患猒講論至道慧得自在宣布平等入無邪業分別示衆無央數行剖判三寶使不斷絕敷演大哀於一切法而得自在入于豪勢無窮之業若有衆生諸根淳熟悉能了是菩薩所行若諸根亂不知所趣菩薩適成如來道法夙夜七日悉存法樂觀佛道樹不以爲猒目未曾眴百千億天來歎供養百千玉案貢上甘饍咸發無上正眞道意覩見如來威儀禮

爾已成佛道如來至真時四天王各往執鉢奉上如來如斯剎土一四方域三千大千世界爲中國土大千國土各有百億諸四方域四百億四大天王皆各執鉢往授如來如來悉受佛顯威神使諸天王各不相見各自心念佛受我鉢當以飯食以此忻喜心中坦然咸發無上至真道心至不退轉佛以成道提謂波利五百賈客佛欲度之現車馬頓賈客伴黨及餘而不自前恠之所以天於虛空告言佛興在世可往供養聞之忻然各上蜜麨醍醐八萬四千諸天子衆亦貢供饍如來受之其本宿世曾建至願如來成道我等第一進奉供饍欲遂本願各不相見不知所在一一各念獨供養佛餘無進者以是忻豫逮不退轉然後當得無上正真之道爲最正覺度衆危厄

大寶積經卷第十一

音釋

馳騁馳直離切騁丑郢切馳騁走也 箜篌箜苦紅切篌戶鉤切箜篌樂器也 淳淑淳常倫切質朴也淑殊六切善也 劈裂劈普擊切剖也裂良傑切破也 釭釭沽紅切車轂中鐵也 麨草麨與力切麥麨也 赭衣赭章也切赤色衣也 裸郎果切赤體也 睒失冉切 蘿菔蘿魯何切菔鼻墨切菜名 芋王遇切大曰蹲鴟小曰芋 蕪菁蕪武夫切菁咨盈切蕪菁菜名 餔蒲故切飼也 萊茹萊倉代切茹如佀切亦萊也 湩麋湩覩勇切乳汁也麋靡爲切粥也 釜跳釜扶雨切鍑屬跳徒弔切躍起也 歘許勿切歘然猶忽然也 謙恪恪苦各切敬也 麤獷麤倉胡切大也獷古猛切麤惡也 璝古回切偉也 蠲古玄切除也 湊倉奏切趣也 眴輸閏切

大寶積經卷第十二

西晉月氏三藏竺法護譯

密跡金剛力士會第三之五

爾時密跡力士謂寂意曰菩薩往詣佛樹以成佛道如來至眞未轉法輪開導衆生巍巍如是所化無量多於初發行道時心及坐佛樹所濟衆生豈可訾哉以故知之當作是觀若有菩薩坐在法牀疾近無上正眞之道所度衆生益復加倍適成佛道妙式梵天王與六十八萬億核百千眷屬圍旋往詣佛所稽首足下右遶七帀側住佛前勸助世尊惟垂大哀轉于法輪宣布道化多有衆生應在法器聞佛說法能解受行如是寂意妙式梵天王勸助如來使轉法輪慇懃若茲住在佛前本宿所願得見天尊其一天王名提頭羅與其子俱勇出本誓我當普勸賢劫千佛一切如來使轉法輪欲知妙式梵天王獨勸助佛使轉法輪乎莫作是觀也所以者何與十億梵衆眷屬俱十億天帝及十億百千核諸菩薩衆勸助如來使轉法輪世尊適然當轉法輪妙式梵天王詣波羅柰鹿苑之野神仙所遊布師子座高三千二百八十里若干種品文飾微妙衆珍嚴校妙式梵天王適爲如來布師子座其十億梵天十億天帝十億百千兆核諸菩薩亦爲世尊布師子座高廣俱等各自心念如來當坐我師子座轉于法輪寂跡力士謂寂意言爾時如來詣波羅柰鹿苑之野神仙所遊坐師子牀梵釋四天王及諸菩薩各自心念如來獨坐我師子牀如來適坐師子牀已應時十方無限佛土六反震動

爾時世尊以無極界三昧正受即時三千大千世界皆悉平正等如手掌此三千大千世界地獄畜生若在餓鬼天上世人普獲安隱一切衆生無婬怒癡消三毒病清淨無塵慈心相向如父如子如母如女十方無限諸佛世界不可計數諸菩薩來聽佛說經三千大千世界大神無極諸天龍神揵沓和阿須輪迦樓羅真陀羅摩休勒人若非人皆詣佛所欲聽經法諸來會者皆遍充滿於此三千大千世界無如毛髮空不周者皆共同心飢虗於法悉欲稽顙咨受大道於時世尊見大衆會皆來雲集輙轉法輪爲諸沙門異學梵志諸天魔王上梵天王及其世俗宣布正法又有寂意于時如來適轉法輪隨時之宜從衆生心各令得解因其雲集各各爲宣宿本所習令心開達悉遵法行如來至真適說斯法爲重分別拘隣欲知眼悉無常了眼無常則隨律業計眼有常不喜無常聞眼無常眼苦毒痛計眼吾我不好無身了無吾我以聞於眼無有吾我乃隨律教解其音響眼如幻化野馬水中之月如夢已覺猶若形影山中之響隨此律教乃奉行法空無相願其眼無行憺怕寂寞聞眼靜默眼從緣起以聞緣起耳鼻舌身心亦復如是皆歸無常以聞無常解意爲苦觀無吾我寂然憺怕空無相願用不達故從因緣起五陰無常其計有陰不了無陰雖說諸種悉歸無常以得聞說諸種無常心無所著心得聞說五陰無常悉解空耳計有諸入不解諸入無常之誼以聞諸入歸於無常五陰諸入四大諸種亦復如是聞四意

止四意斷四神足念五根五力七覺八品道行以得聞是三十七品解無常空若聞寂然班宣道法乃隨律教若聞所觀其可聲聞不樂緣覺樂聞緣覺不志聲聞若慕二乘不說大乘若宣大乘聞其義趣不好聲聞緣覺之辭如是寂意如來以斯隨衆生心所可愛樂而轉法輪各令得所如來以是爲衆生講轉于法輪時耆年舍利弗於百千歲思惟本行道義所入處不能限知何況於餘衆生無底時佛說是菩薩苦行莊嚴道樹降伏魔官轉法輪時八萬四千人皆發無上正眞道意爾時密跡金剛力士前白佛言唯然大聖我向所宣如來祕要將無違失毁謗如來儻不順法如來祕要甚爲玄妙廣大無際一切世間所不能信下劣雖說如來祕要心自憶之如來至慧入我身中非我威勢聖猛之力佛言如是如密跡言如來道慧所入至處莫不蒙安教佛弟子班宣經典皆承如來威神聖旨以入如來空法之身道慧玄妙靡不通達所以者何欲使衆生奉承建立如來聖旨宣柔順義未之有也卿審眞諦承如來慧得無所畏今演斯法所云眞諦正謂此法所以者何所謂正諦去來今佛普世布信靡不篤樂其行無上正眞之道假使班宣此經典要如法不違皆當成佛若有聞說是如來祕要經法之典而信樂者斯等之類普世一切皆信敬之設使有人以頂若肩戴須彌山在虛空中是事尚可無德之士不能堪任聞是經典既聞不信不能愛樂況復受持諷誦講說未之有也若聞是經受持諷誦爲他人說前世宿

本以曾供養無央數億百千兆載諸佛世尊斯等正士植衆德本志存大乘受決無疑何況至眞能奉行者爾時寂意菩薩前白佛言唯然大聖所云寂然憺怕之義爲何謂也佛告寂意所云寂然憺怕義者謂消塵勞憺怕衆穢以消塵勞爾乃名曰去於貪欲衆想希望以去欲想便無所思以無所思便不著界以不著界便無報應因緣之對以無報應因緣之對便無無明所有恩愛以消無明所有恩愛便消吾我以無吾我便消名色以無名色便消斷滅計常之業以無斷滅計常之業便消貪身佛告寂意諸因緣報隨於諸見顛倒之業便成塵勞皆由貪身而生斯患以無貪身便捨諸見六十二疑以無貪身便寂衆緣以無貪身一切貪欲自然憺怕以無貪身一切諸願寂然消滅猶如拔樹根株莖節枝葉華實一時并除永無有樹行者如是以消貪身便無諸見六十二疑以無貪身皆去一切諸所受法五陰六入塵勞之患以無貪身無有五陰塵勞諸患唯然大聖不斷貪身故有吾我佛告寂意住吾我故不斷貪身住人壽命故不斷貪著其所見者不住內外諸見無處一切所至永無所見以無所住見慧無所住是則名曰斷貪身見貪身悉空以能解空柔順法忍不受彼見已身無想悉無所行無生無起亦無所興乃名之曰柔順法忍不受諸見是斷貪身寂意欲知若不貪身解脫身無身何謂無身身四大成本亦無名以了是者意解虛僞故曰不眞而不可得皆由不眞妄想而興若無所求不懷妄想不迷不惑

不作不住若無所住則無瞋諍其無瞋諍乃曰寂然爲行憺怕何所消滅名曰寂然消衆因緣乃曰寂然所以者何從其因緣令心熾然以無因緣則無熾然猶如寂意從其緣對而生有火兩木相指因火然熾無對無火則不然熾如是寂意從其緣對令心然熾以無緣對則不然熾又彼寂意菩薩大士以權方便曉了隨時消滅因緣而不消滅衆德根本不與塵勞因緣之對與發諸亂諸度無極棄捨魔事衆邪之業不捨諸佛道行緣業捨因泥洹不捨道業三十七品心不忘樂聲聞緣覺不捨菩薩至眞道意用觀空無以與大哀察衆因緣以無相緣宣講至德不以妄想失乎道心以無願緣猒於三界因對諸難唯無生緣不捨所生無猶豫緣因諸所行修其德本入道業行是爲菩薩權智入淨逮得自在無常緣哉不猒生死而得自由無所畏故有苦緣哉建立衆生存滅度安使得立故無我緣哉建立愍心安於衆生行大哀故虛無緣哉心得八正如來淨身故緣欲行哉爲諸貪愛病清淨藥故班宣其法哉令心堅住故緣瞋恚哉使衆怒行宣慈心藥志住無病故緣愚冥哉爲衆癡行施十二因緣藥治其心病使不動移故等分緣哉等於三事化衆生行建立其心講無常藥故緣無欲哉心以存立化開聲聞故離瞋恨哉使心得立緣覺之乘故離愚冥哉開化其心立乎大乘故色像緣哉其心等住逮得如來像身故緣音響哉心以住在如來言聲故緣衆香哉心以存立如來戒勳故緣衆味哉心以住在如來道味故

緣大人相哉心行以住得莊嚴故緣細滑哉心以存立得於如來手足柔軟故緣經法哉心以住在逮得如來無所生意故緣布施哉心以住在相好具足故緣持戒哉心以存在佛土嚴淨故緣忍辱哉心以住在逮梵音響故緣精進哉心以存立度於衆生故緣禪思哉心以住在興大神通故緣智慧哉心以存立斷衆邪見六十二疑罣礙之網故緣慈心哉心以住在等志衆生而不懷害故緣愍哀哉心以存立救濟衆生故緣喜悦哉心以住在好樂聽法故緣於護哉心以存立棄捨衆結危厄之患故緣四恩哉心以存在開導衆生故緣貪恚哉心以存立一切所有訓施衆生故緣犯惡哉心以存立如來戒品清淨行業故緣諍訟哉心以住在如來忍諍故緣怨害哉心以存立如來十力四無所畏故緣亂憒哉心以住存逮佛三昧故緣邪智哉心以存立無所罣礙智度無極具足衆生故緣下乘哉心以住在積功累德志好大乘故緣順應哉心以存立志和安然不犯衆惡一切非宜故緣惡趣哉心以住在救護一切衆生惡趣墮八難故緣諸天哉心以存立解諸合會皆當別離故緣衆人哉心以住在一切妙善故緣念佛哉習見諸佛故緣念法哉心以存立奉行道法捨無益宜故緣念衆哉逮致便御不退轉法故緣施與哉心以住在不捨衆生故緣禁戒哉具足所願故緣念天哉心以存立備悉功德一生補處故緣身行哉逮致佛身故緣口言哉心以住在致佛言教諸經典故緣其心哉心以存立獲乎佛意故緣有

爲哉心以住在積功累德具足自剋故緣無爲哉心以住在聖慧具足故如是寂意不以無緣化至道乘皆由緣心得至佛道導一切智若有菩薩皆由緣故導一切智是爲菩薩善權方便皆由見諸法悉懷來導猶如三千大千世界含受土地十方衆生草木五穀諸水河海毛髮之形靡不包之一切咸仰而得生活如是寂意一切衆緣皆由菩薩善權方便行最第一衆行之英至一切智猶如衆色諸現形貌皆有四大菩薩如是執權方便所造行緣皆至佛道所以者何一切衆生所興殃罪爲無反復菩薩緣是行施度無極輙能具成戒度無極若人瞋恚心懷毒害於時菩薩行忍度無極尋時充備進度無極若見衆生在於憒閙不能安心緣是菩薩行禪度無

極忽以具成智度無極若有衆生存在諸蔽立冥冥室窈昧之厄菩薩爲斷衆縛罣礙衆結之網若有衆生能勤修業便爲消除一切所著有求咨嗟稽首歎之示其自歸喜誹謗者亦隨順意令不起心若見勤苦被無數惱菩薩則時爲興大哀見在安者則以大悦而救攝之菩薩隨時若見剛强難化之類開訓導示興發覺意見仁和人菩薩在彼修治至業發起道心若有衆生力勢在緣菩薩則隨興顯將護發其道心若有力士報應業行菩薩尋順攝取訓誨顯起道意是曰隨緣而得自在菩薩隨順善權方便曉了衆生應時宣法在報應力志欲愛慕開化剖判各使坦然勸進大道聖慧爲論深遠無逮之義其存側慧廣爲敷演至眞之道漸爲班宣示斯道因

解别章句以一句法暢若干慧樂寂然者因爲分别普觀一切如非觀者以觀解脱三昧定意講說禁戒不可究竟復爲宣講地獄餓鬼畜生以聞其法爲解無常無救護事使求道護若有定意爲論慧度慕在閑居因行化之靜身口心知限足者顯發智根聖賢之業在於自大愚冥之思當爲宣布勤學博聞好貪欲者示其不淨無益之患喜於瞋恚勸發慈心不懷危害若有愚惑顯化其心十二緣起生死之法其存等分爲演無常苦空非身勤志色欲各化不淨仁慈至無解愚冥者爲誨瑕穢緣起之事或作諸見因其決了空無之慧其懷希望演無想行志存要誓訓以無願訓慕諸蓋剖析諸陰想如幻化虚僞不眞貪著諸種爲了四大十八諸種猶如形影行照而現其倚衰入講說諸入内外十二皆非我有猶夢所覩覺不知處其依欲界爲人分别暢說一切萬物皆歸無常若持色界敷演一切衆生行悉苦惱根設怙無色界宣布道教一切諸法而無吾我難化之人常令勤習賢聖之法易安化者當爲開示無極之辭志存天人欲往心據咨嗟戒品清淨無垢樂聲聞乘旨示四諦苦習盡道若慕緣覺乘則爲開示十二緣起以癡爲本學大乘業因其流布六度無極四等四恩而訓導之初發心者觀其志性而訓喻之備悉衆行不猒生死示以無難令立不轉爲不退轉者因分别說佛土清淨一生補處菩薩大人顯示至眞佛樹道場如是寂意若有菩薩逮得自在從其緣化所宣道法無有罪疊以善言辭可悦衆生

說是語時有一萬人發無上正真道意五百
菩薩皆悉逮得無所從生法忍時彼衆會有
諸菩薩各心念言密跡金剛力士久如當逮
無上正真之道爲最正覺得佛道時所號爲
何其佛國土嚴淨功勳爲何等類諸菩薩衆
成就云何爾時世尊知衆菩薩心念本末尋
時即笑無央數億百千光明從佛口出照於
十方無限世界蔽日月光蓋魔宮殿光還遶
佛無央數帀從頂上入時寂意菩薩即從座
起偏出右臂叉手禮佛以偈歎佛而問笑意

巍巍猶紫金　妙光捨衆垢　意寂然堅住
如日在虛空　其光大盛明　悉消諸幽冥
今所以顯現　人中尊宣之　憺怕如蓮華
生立淤泥中　其莖根在水　稍長無垢穢
功勳甚馨香　意念轉廣遠　唯安住說之
何故而欣然　其意慧永安　寂然以柔和
慈愍日增益　消除衆垢穢　以智慧光明
蠲去諸闇冥　安住如蓮華　棄捨衆狐疑
加哀修道場　奉行得自在　口面演光明
乾竭衆愛欲　開化於衆生　令其眼清淨
安住消逆賊　除去衆瑕疪　曉了生死無
衆生之性行　以訓覺所有　諸天世間人
一切普衆會　觀大聖相貌　今所笑現義
唯爲分別說

佛告寂意菩薩見密跡金剛力士乎白曰已
見世尊佛言是密跡金剛力士已當供養賢
劫諸如來衆將護正經受而持之導利開益
無量衆生從是沒已生阿閦佛土在妙樂世
以生彼土其阿閦佛爲諸菩薩宣千八百印
皆當逮是歸於道義往反周迴然後來世見

不可計無數如來稽首自歸淨修梵行然後來世過此劫數積累德本逮致無上正真之道成最正覺以得至佛號金剛步出現於世如來至真等正覺明行成爲善逝世間解無上士道法御天人師號佛世尊世界曰普淨劫曰嚴淨又彼寂意普淨世界神妙豐熾安隱五穀卒賤自然無價衆民滋盛天人甚多合以七寶金銀瑠璃水精硨磲碼碯珊瑚眞珠以成佛土地有八交道平等若掌其地柔軟如天綩綖如兜率天被服食飲宫殿屋宅園觀浴池校露樓閣其佛國土巍巍如是諸天人民自然顯發如天妓樂懸諸綵旛竪好幢蓋燒衆名香雨衆寶華遍散其土上虛空中羅列衆蓋和雅妓樂其佛國土無有惡趣三苦之毒亦無八難不閑之處所有諸業如兜率天被服飲食宫殿園觀校露樓閣等無有異天人不別諸天人民皆慕微妙唯志佛道又其佛土無有二乘無有聲聞縁覺之名純諸菩薩其如來尊宣不退轉菩薩大法其金剛步世尊諸菩薩衆不可稱計無能限量億百千載其佛國土無有惡性疽疾之行無有毀戒墮邪見者此國土人皆至究竟好慕佛法無有盲聾瘖瘂瘻瘇性行和雅悉二十八相莊嚴其身又其如來現在世時壽八小劫其諸天人臨欲壽終如來至眞常爲講法演身光明皆照三千大千世界時諸天人蒙斯光明悉決衆疑歎法隨佛各心念言當往詣佛浴受經典或以己身神足之力往詣佛所或有學人承佛聖旨往詣佛所佛住虛空去地百千仞在其世界於四衢路周一大座

告於十方可悅一切諸來衆會以如來辭爲諸菩薩敷演經道唯宣大乘無極大道其佛國土無有一人違逆世尊教亦無誹謗罵詈毀辱者一切衆生諸根明利其慧通達土無君王唯佛世尊以爲法王其土人民無有吾我無受業處悉無我所不主田宅諸天人民皆悉如是其金剛步如來至眞所欲受食以愍傷故先宿晡時現佛身像著衣持鉢住其門前其家則知便心念言佛愍念我欲就我食即夜莊嚴施設牀座清淨布具甘美供膳若干種味明旦早往日時以到佛與聖衆往入其舍飲食畢訖行澡水竟佛爲施家隨時說經其人逮得不退轉法當成無上正眞道已乃爲說訖佛從座起還歸精舍若佛宴坐在於靜室時諸菩薩各從本行所逮三昧而自修已如是寂意其佛世界功勳快善無量巍巍殊特如是土地嚴淨普平博好快不可量佛說是經法授密跡金剛力士決時應時會中二萬人皆發無上正眞道意諸來會者各各心念願生其土佛即記說金剛步成佛道時諸願見者皆生彼土其佛授決亦皆當成無上正眞之道爲最正覺爾時密跡金剛力士從佛聞斯所授決已歡喜踊躍以持金剛投之虛空適投空中應時三千大千佛土六反震動光照十方天雨衆華紛紛如雪箜篌樂器不鼓自鳴一切衆會各在右手自然有華香若干種品幢蓋衆飾各執持行於時密跡金剛力士以寶華香幢蓋繒旛周帀遶佛以偈歎曰

廣法普自在　法藏不可盡　曉了分別法

導利益衆生　以付授我義　常樂以法施
極奉行正法　住道願自歸　智慧能清淨
明了所行業　其名聞三世　功勳度無極
其智通三處　能仁無所著　以度衆罣礙
班宣快濟厄　清淨猶月淨　顏貌甚鮮明
斯曜極遠照　喻於日火光　其音殊妙好
和聲喻梵天　宣布於愍哀　稽首衆生寶
自顯現其身　示有形壽命　惟願班宣法
演布文字音　雖講說經法　亦無有法想
度脫於衆生　亦無有人想　世尊所開化
誰能報佛恩　設一切衆生　積行無量劫
唯啓受佛教　志不在餘業　已身能奉行
復化他人衆

於時密跡金剛力士遶佛衆會竟七帀已手執衆華及與寶蓋供上散佛適供散佛應時四天下一切方域自然化生若干品華莊嚴校飾八重交道八味池水承佛威神靡不周遍巍巍難限爾時寂意菩薩問密跡金剛力士如來以授仁者道決答曰族姓子以見授決所受道決自然如夢又問仁者受決爲何所逮答曰族姓子所受決者爲無所逮又問何所不逮答曰不逮吾我不得人壽命不得五陰六衰四大不見現世度世之業不逮諸罪及與不罪無漏不漏塵勞瞋恨有爲無爲生死無爲悉不逮是此族姓子乃曰受決寂意又問設無所逮誰爲受決答曰無所逮者乃曰爲逮又問若無吾我誰爲受決誰授決者答曰其有受決及授決者適俱平等本際無二又問密跡若無本際彼誰受決答曰本際無生亦無所滅無有二際以是本際今日

受決又問住何本際而受決也住於自然無二本際無我本際無人壽命住於自然乃曰受決又問吾我本際住在何所答曰如來所住又問無所識知爲何所知答曰其所識知爲無所知又曰若無所告語爲無所語又問設無所語爲何所教答曰教無所教又問何謂教無所教答曰一切諸法悉無所教又問說無所教云何知之答曰設無所教所知若斯又問云何教所知答曰不問所知又問云何不問所知答曰識無放逸又問何謂識無放逸答曰自歸要誼又問何謂自歸要誼答曰不見無誼又問何謂不見無誼答曰不以於誼亦非無誼乃曰爲誼又問何謂不以於誼亦非無誼乃曰誼乎答曰其不以誼亦非無誼彼則道誼又問若以無誼不成法義乎

答曰其法義百云何義乎所以者何其趣義者則爲非法不成爲法又問何謂爲法答曰法無音響乃曰爲法又問法無音響何謂爲法答曰其於彼法無有文字乃曰爲法其無所得彼法無音無有言辭又問客跡何謂所逮答曰族姓子如所可逮是乃名曰一切無逮離於所得又問客跡是曰我所逮得如來其習諸法乃能逮得又問豈能寂然吾我之心一切所宣智慧之明因其文字宣如來業不以無逮不以當逮又問其所逮者何所不可答曰口之所說爲不可也又問口之所說心倚文字則爲不可又問何謂爲可答曰其無所逮彼無所教其無所教知則不自知不知他人其不自知不知他人乃曰爲可又問不可誰爲是本可誰爲是本答曰所受是本

又問所受誰是其本答曰所倚爲本又問所倚誰是其本答曰虛僞妄想即是其本又問虛僞妄想誰是其本答曰虛僞妄想塵勞是本又問虛僞妄想塵勞何所是本答曰慕著是本又問慕著何所是本答曰色聲香味細滑所著是本又問何所著本答曰恩愛結集是曰著本於是諸著而無所慕乃曰無著是爲寂意諸恩愛結求於所著永無所著諸佛世尊爲班宣法重說是法授密跡金剛力士決時五百比丘衆漏盡意解二百菩薩得無所從生法忍

大寶積經卷第十二

音釋

提頭羅 梵語也此云勇護
稽顙 稽遣禮切下拜首至地也顙蘇朗切額也
憺怕 憺杜覽切怕白各切憺怕恬靜無爲之貌
剖析 剖普口切判也析先擊切分析也
綩綖 綩於阮切綖夷然切
瘖瘂 瘖於金切瘂烏下切瘖瘂口不能言也
癭瘇 癭於郢切頸瘤也瘇時宂切腫足曰瘇

大寶積經卷第十三

西晉月氏三藏竺法護譯

密跡金剛力士會第三之六

於是密跡金剛力士所願已備得受佛決所望已畢欣然大悅叉手白佛言唯佛大聖就我曠野之界鬼王國土在密跡宮舍七日受請諸菩薩等及大聲聞唯見垂愍顧意不忽當於佛所在於曠野鬼王土地在於鄙舍垂意小食化鬼神衆妖魅反足之物揵沓和摩休勒及餘所居衆生見如來尊聽聞斯經法長夜安隱無有衆患一定無難便當棄捐瞋恚毒害無懷逆心其四天王一切眷屬遊在曠野鬼神王界若見如來聞所說法常獲安和不遭危難時佛默然受密跡請七日供養因愍念故并欲開化無數衆生使植德本爾時密跡見佛默然以受其請歡喜踊躍稽首佛足右遶三帀禮退而去忽然不現還曠野國因歸其宮時密跡力士心自念言當爲大聖莊嚴宮殿欲行天人色行天人得未曾有十方世界諸菩薩等皆當歡喜心自念言吾憶識念往故一時夜懷志願所尊道法不可思議今亦當然即時三昧正受宣不可限彼時髙座無央數億百千兆載師子衆座自然普現以寶作脚及奇珍欄楯以百千天衣而布其上清淨妙華眞珠瓔珞在八交道以寶蓮華覆蓋其上適三昧正受東方去是江河沙佛國有世界名無量寶德淨佛號淨王當致彼淨王如來所莊嚴淨師子之座欲授萬菩薩決其佛國土所見嚴淨越無央數諸天人民所有嚴淨我今寧可往彼佛土莊嚴髙

座爾時密跡力士以淨寶王三昧正受適三昧已自然莊嚴現好高座高廣好淨如無量寶德淨佛土師子高座等無有異忽然以至在於曠野鬼神界土所施高座巍巍如是甚高曠長東西二千四百八十里南北千二百八十里紺瑠璃水精硨磲爲地吉祥藏寶無量名香雜香熏之竪立無數衆寶香爐燒殊妙香散諸天華若干品物極好巍巍光色煒曄可悅人心安和其身從心應時行菩薩法不失其節功勳無際所歎妙德而無涯底又其高座所化自然有億百千垓不可計數諸師子座以寶爲脚寶爲欄楯無數天衣而布其上諸寶蓮華淨珠校露立八交道以用衆寶而布其上建在地上一切普具於時密跡力士如是比像不可思議設諸高座高廣嚴淨殊特無量師子之座安然庠序從三昧起即於宿夜設若干種甘饍飲食遵奉菩薩和調性行興發如來報應之果衆供已辦夜未向明告四天王諸人當知世尊今日詣我宫食請竟七日諸菩薩衆及諸聲聞皆當来集仁等恭恪設無放逸大聖難遇億世時有咸皆一心捨俗慕道恭恪奉事除去生死弘慈至道時亦難遭法不可聞三界無怙唯道可恃普如虛空無所復礙勿懷亂心爲放逸行眷屬徒使妻子僕從供養七日勿倚身心唯道爲本莫順他業損違道教專精一心供養如來常當下意加敬無二令其曠野鬼神之處王者土地鬼神妖魅及足諸鬼揵沓和等皆歸命佛密議道法其四天王及餘衆生皆不失時普蒙濟度諸仁當了已請天尊稽首

歸命供養佛已勤聽經典宣布八方使一切蒙益乃報佛恩爾時密跡力士有一太子名曰密兵而告之曰汝往遍令地神及虛空神告四天王忉利天焰天兜率天無憍慢天他化自在天上至魔天各令使知世尊今日在於曠野鬼王土界受密跡金剛力士請於宮舍當就飲食菩薩聲聞亦復同然若欲見佛聽聞道教咸皆往至太子金剛兵受教宣命須臾令遍其第二子名曰善分而告之曰子汝今自往已力神足告諸梵天梵迦夷天梵滿天梵度著天大梵天有光天少光天無量光天光音天清淨天少淨天無量淨天淨難逮天淨離穢天順行天少順行天無量行天行果實天亦然天於是天善願天善現天至一善天悉遍命之令日世尊遊於曠野鬼王國土密跡金剛力士宮舍就請諸人欲見悉共往會善分受教宣命如是須臾之頃欲行天人色行天人皆共集會在於虛空縱廣四萬里上下俱然亦四萬里周遍諸天各次第坐於是密跡金剛力士莊嚴場地供膳辦已叉手向佛所在遥啓白言今時已到願佛大聖垂光迴意而說頌曰

丈天尊雄屈　人中上願顧　蓮華正士發
大聖人時到　兩足尊枉神　天人聖祠祀
人中尊屈意　聖明時以至　戒如蓮華盛
精進轉增長　覆護上慙愧　最勝唯顧意
建立於聖諦　慈哀加弘恩　無我無所施
最勝師子顧　戒行慱聞業　茂盛覺意華
解脫具足實　殊勝樹願來　功勳海唯枉
其意深且廣　清水定爲意　熾盛精進業

奉哀道場業　智慧瓔珞嚴　明本慧開覺
聖達降慈顧　第一明無動　以藥樹療病
學不學盛明　最勝唯屈神

於是世尊見密跡金剛力士白時已到告諸比丘皆早嚴服著衣持鉢幷勑護寺密跡金剛力士來啓時到各自建行七日就請其諸聲聞衆菩薩等若得神足以已神力往追侍佛其無神足入如來光承其威明佛愍念之皆得往就於時世尊適發進路諸菩薩等皆前而導諸聲聞衆在後侍從諸天龍神華香妓樂在虛空侍諸天玉女而嗟難佛因說頌曰

歡喜發光明　妓樂自然鳴　震動佛剎土
天雨於衆華　佛之大威德　神足度無極
聖變化無限　娛樂佛無底　佛吉祥無際
佛神聖無量　佛威儀無底　佛功德無限
遊靈鷲之山　在於八山中　於上虛空中
無礙如鴈王

於時欲行天人色行天人見佛世尊從虛空來猶如日光現於水中如月盛滿衆星獨明猶若天帝諸天中尊若如梵王照乎衆會見是變化大悅欣然雨天青紅黃白若干諸雜蓮華供養散佛意華大意華柔輭華大柔輭華晝夜樹華有果大實及諸轉輪王離垢之華百葉千葉又百千葉樂歡喜生味興起光照一切香華善妙香常熏香烏虛延香常有華樂華自樂如是衆華興雲致雨雨衆雜香鼓天妓樂諸天玉女眷屬百千爾時須臾至於曠野鬼王國土毗沙門天王界在其宮殿一切聲聞諸菩薩衆眷屬圍遶佛適下住地

大震動光照十方安和柔輭不嬈衆生時四天王見佛世尊到大曠野鬼王之國速疾速疾與其宮人及諸眷屬華香雜香澤香繒綵幢蓋妓樂行列吹貝各持此供往詣佛所稽首佛足遶佛三帀却住一面以持所賷供散佛上見佛大悅心中欣然供散佛已却住一面叉手自歸爾時世尊因四天王應病隨時頒宣經法萬三千鬼神妖魅厭鬼之屬皆發無上正眞道意一萬玉女亦復發是無上大意時密跡力士與宮人婇女諸子眷屬華香雜香擣香幢蓋妓樂從其宮中詣毗沙門天王宮舍至世尊所稽首佛足右遶七帀各從所執皆供散佛上毗沙門天王宮中次第而坐鼓衆妓樂自入清淨心無所著所將侍從各自就座如來高座獨顯巍巍清淨妙極密跡諸子舉所莊嚴校露之帳師子高座從虛空下安著平地寂然不動諸菩薩衆及諸聲聞故坐本位時欲行天人色行天人覩其設座高廣嚴好得未曾有怪之難及心自念言密跡力士何所得覩斯寶高廣師子之座玄妙無極殊特難喻於時承佛威神於虛空中自然聞音仁欲知者東方去是界分過恒河沙諸佛國土有世界名無限淨佛號淨王如來至眞等正覺密跡金剛力士曾見其土微妙嚴淨今以法故遣此殊妙巍巍高座時佛適入上處師子高廣之座應時曠野鬼王國土鬼神妖魅及足之鬼揵沓和迦樓羅眞陀羅摩休勒往詣佛所稽首足下退住一面叉手歸佛爾時密跡金剛力士語四天王及諸來會諸賢屈意咸共和心飲食已辦各手斟

酌勤供養佛菩薩聖衆所以者何如佛所說若能歡悅佐助興功供養蒙祐得福無量於本施主其福不減諸仁者等以是勸助佐其所施得受功祚不可限量於是密跡金剛力士與其宮人婇女一切諸子及諸眷屬手自斟酌百種餚饍不可計味心佐開士求如來福供養大聖加謙恪心佛及菩薩諸聲聞衆皆悉充滿飲食畢訖行澡水竟密跡金剛力士更取小牀於佛前坐白世尊曰唯加弘慈應時演法宣入法門使衆生類了於道心無所從生其未發心興斯道心已發道心至不退轉令此鬼神妖魅揵沓和等長夜永安使無衆患多所安和多所愍傷諸天及人三界衆生得殊特願與世超絕爾時世尊告密跡金剛力士及諸大會諦聽諦聽善思念之若族姓子族姓女行入法門堅住於斯至殊特願無所分別不至損耗密跡力士與諸大衆受教而聽佛告密跡力士若族姓子及族姓女當奉篤信善從道法多諸順宜欲見賢聖樂聽於法心不慳嫉不縮財業舒手布施捨俗所習好所施福不望其報心不懷害其志清淨專精一心而不暴亂信報應果好喜真業不以狐疑未曾猶豫覩清白理知不亡果寧失身命不犯非義仁慈不殺不與不取不爲邪婬不犯妄言兩舌惡口綺語嫉妬恚癡不犯十惡身行十善亦勸人行常奉等信見諸沙門奉戒具法勤精修行志存思道常應義節寂然調和心存憺怕受無所著不受邪語志性仁慈棄捐惡法行不卒暴明如炬火不愚如獸言無所毀心性平和絕却睡眠棄

搪突心掮其重擔數數惠施見諸善友一切諸佛及佛弟子常行恭恪如是比像常追侍從沙門梵志謙下作禮習與相隨不失其意常奉斯等諸善知識以愛樂故加用法施救濟危厄以頒宣法而勸化人演所報應施致大富持戒生天博聞大智修行合道各爲説報布施大財慳貪餓鬼持戒忍辱精進一心智慧稍入道法犯戒地獄瞋恚醜陋懈怠廢道亂意墮罪愚癡投冥是爲由身由言由意惡行之報是身口意善惡之果犯是三事長夜不安投於地獄餓鬼畜生護斯三業生天人間十方佛前長夜永安無有衆患各爲開示罪福之報善惡所趣若見應器爲演深法空無相願行無所行至無所至無我無人無壽無命分別幽奥十二緣起若倚是事便有生矣若不倚是則無有生從是致是不從不致從無明致行從行致識從識致名色從名色致六入從六入致更從更致痛從痛致愛從愛致取從取致有從有致生從生致老死從老死合大苦陰成四大身癡滅無行行滅無識識滅無名色名色滅無六入六入滅無更更滅無痛痛滅無愛愛滅無取取滅無有有滅無生生滅無老病死大苦陰合不受四大則常永安長無衆患以滅盡者則無所有所以者何起是生是無是則無猶如種樹始生芽根莖節枝葉華實拔樹無芽何從有是莖節枝葉華實解無無明心無所著則無牽連十二緣起皆從緣對無緣無對一切三界皆悉本無悉從無生從有而死不達無故謂有致生不知有空倚是我故便致死矣解無

不生了有不死爲罪所追塵勞所逮顛倒苦惱癡冥不實爲宣眞諦應其儀節所觀如法而於諸法無所造作不得所造則不有退亦不無退不有往來周旋之難假使意法意無所著信受本空一切諸本悉淨憺怕寘是人者若菩薩大士常得見佛未曾遠離不失聞法不違聖衆在在所生常見諸佛雖有所生不生無佛之土生以見佛行無放逸慕求眞正精進之法勤修此已不用家業善奉淨行不用妻子男女奴婢僕使守護宅舍速疾持法無以戲逸自恣愛欲諸佛世尊所施言教以篤信故捨家爲道信捨家已爲善親友眞正伴侶以受眞業性行微妙聞玄妙法以行爲要不歸嚴飾覺意第一而不猒足求於慱聞如所聞法廣爲人說無異養心不以已言有所依仰講說經典從所聞慧因其行住而爲人說使聽法者興隆大慈而於衆生發無盡哀以致慱聞無所愛恡不貪身命少欲少求而知止足以善重業至快供養好樂閑居專精守節從所聞法觀其義趣自歸正義思惟奉行不歸嚴飾其所導御天上世間不但爲已而有所行爲衆生故求上大乘至慕佛道自在之乘成無放逸何謂無放逸以達境界眼不見色不受妄想不著文飾了色之難雖以慕樂便捨之逝曉之本無若耳聞聲鼻香衆想舌嗜美味身更心法亦復如是所言無逸已心無生護他人心棄愛欲樂入於法樂不行欲想無瞋恚想及危害想無貪瞋恚愚癡之業無是惡本身不行惡口不說非心不行穢不爲反念不犯一切諸不善法是曰

無放逸以無放逸常應節行曉了有無知無無有彼何謂有何謂無行平等者有賢聖脫修邪行者無賢聖脫又次亦有罪福之報或有無罪福之報或有眼或無眼或耳鼻舌身或有意或無意又能了色無常苦空別離之法是謂名有志學於道計色有常長在永立無別離法以無平等住有是念故有痛想行識有了無常苦空別離之法又從無明緣便生不善若無無明則無有行從生緣故有老病死若無生緣便無老病死施致大福貧無施捨窮有貪嫉慳無大財奉法至道不順儀則不至道業精進菩薩得至大慧懈怠菩薩不得至道不自大者真得異決其貢高者不至滅度若普入寂至於空無計吾我人貪身壽命不至道慧是爲人者應順時儀佛言若

族姓子族姓女修普明智或致所知若在於世若無於世普智計斯不有所知彼有天食而無所著若無天食亦無所著一切如來皆以敷演入於順義一切諸法如來明證下四法施何謂爲四一曰一切萬物皆歸無常二曰一切諸有悉爲苦毒三曰一切諸法皆無有我四曰一切有形悉至於空無爲泥洹寂所以言曰一切萬物皆歸無常衆生愚惑自想有常如來說法斷諸計常一切所有悉爲苦毒衆生闇塞計想有樂故爲說法斷除諸樂一切諸法皆無有我而衆生心計有吾我故爲說法斷諸我想一切有形悉歸於空衆生沉寘友想悉有故爲說法斷有著想寂然泥洹一切衆生懷自大者如來說法使自大者不復貢高捐去倚著以聞無常解音悉空

爾乃曉了無常之義其義何謂都不生不增不起不滅是乃名曰入永無常以聞苦音入除所願五陰空無所起是名曰苦義以聞諸法皆無我音奉空脱門於我不我無是二相是非我義以聞泥洹寂志造無想不然不滅爲都滅定無終始是乃名曰解了空義不以無相而爲取證如是賢者若有菩薩能行是者未曾違失一切諸行道品之法以無相行普周備悉諸佛道法三十七品於時世尊在密跡金剛力士宫殿應病演法尋時彼會二萬天人皆發無上正眞道意不可計人悉受五戒爾時四天王前白佛言唯哀愍説我等云何護於世間佛告四天王仁等宜以當行十法護世衆生何謂爲十一曰不害一切命類二曰不竊取他財寶三曰不犯他人妻室四曰不兩舌鬬亂於人五曰不妄言欺詐於人六曰不惡口以辭傷人七曰一切所説未曾綺飾八曰不懷嫉妬生彼此心九曰在於善惡業不發瞋恚十曰常修正見不隨邪疑是爲十諸仁者等以是十事護於世間乃應法教佛復告四天王又諸仁者復有八法護於天下何謂爲八一曰言行相應未曾相違二曰奉敬尊長不懷輕慢三曰言辭柔軟不宣麤獷四曰謙下恭順常執遜意五曰常行質朴不爲諛諂六曰常修仁和而無佞飾七曰一切諸惡悉無所犯八曰以諸德本將順世間是爲八佛告四天王復有六事護於天下何謂爲六一曰身常行慈不害衆生二曰口宣仁慈不演惡言三曰意念慈心不暴增損四曰以得利養等御於業五曰等護禁戒

而無所犯六曰等以正見開導曲戾是爲六佛告四天王復有四事常爲法首護於世間何謂爲四一曰有所立行未曾貪嫉二曰不懷瞋恚加害於人三曰不用愚冥蔽加不逮四曰所行至處不懷恐懼是爲四事佛告四天王復有二事以用護法世間人民何謂爲二一曰慙耻從無數劫不應道法二曰懷愧自責不深入法救護一切是爲二佛言諸仁當行是法以護天下以能建立如是法行乃能護世間爾時密跡金剛力士以寶校露用貢覆佛復白佛言菩薩云何無瞋恚法至於無上正眞之道佛言族姓子菩薩有十事行無瞋恚法至無上正眞之道何謂爲十一曰常行慈心不犯傷害二曰不猒衆難常修大哀三曰所作事業常勤精進而有殊特四曰常奉空行逮致三昧五曰從因緣發入於智慧六曰以權方便普入一切七曰解達三世淨過去來今八曰以眞諦見無所罣礙九曰導奉道業入一切法十曰一切諸法皆悉歸空是爲十密跡金剛力士復白佛言菩薩有幾法聞佛不可思議法不以恐懼佛言族姓子菩薩有八法聞佛不可思議心無恐懼何謂爲八一曰所造功德常能究竟二曰一心禪思暢達不亂三曰以爲善友而見將順四曰心常篤信樂微妙法五曰以解諸法悉如幻化六曰曉一切法不可思議十曰而了諸法不可成就猶入虛空八曰暢一切法誼惑放逸虛僞之相是爲八密跡金剛力士復白佛言何謂菩薩而得自在於一切業開士之法佛言菩薩有四事法而得自在何謂爲四

一曰遵行如幻三昧暢一切法入五神通而特超越二曰以三脫門過於四禪三曰以智度無極修四梵行四曰行權方便具六度無極是爲四密跡金剛力士復白佛言菩薩有幾法入於法門佛言族姓子菩薩有四事法入於法門何謂爲四一曰入禪思門具足曉了一切衆生根本二曰入智慧門分別一切章句義理爲衆敷演三曰入總持門一切所執常念不忘四曰入辯才門因能可悅諸衆生心是爲四密跡金剛力士復白佛言菩薩爲有幾力致開士行又斯道力無能當者降伏衆魔佛言族姓子菩薩有八力莫能當者降伏衆魔何謂爲八一曰道心之力性行清淨二曰精進行力而不退轉三曰博聞行力奉無極慧四曰忍辱行力護衆生故五曰無所生力不懷瞋恚六曰不虛妄力具足解脫七曰修道行力備悉智慧八曰以大哀力開化衆生是爲八佛說是法時密跡金剛力士及五百子悉逮得無所從生法忍以得法忍前白佛言惟願大聖以是八法經典之要使流天下用愍我等是密跡宮使自然廣以是德本光明普照如來滅已令遍流布而不沒盡於時世尊觀密跡諸子等心中所念勸助啓佛佛告密跡金剛力士密跡堪任斯諸章句我詣佛樹下汝於彼時與諸菩薩魔將兵來鄉以威勢至擁護我故降魔兵即時想念諷誦通利今復當護將來末世令法流布遍閻浮利周於十方令所施教使法久存持制一切諸外異學於時密跡金剛力士觀佛世尊以見勸告即從座起長跪叉手應時於是

言辭章句用宣呪曰

醯黎 休留休留 其强颰聚 各羅眼動揺歸救 忍力力盡 寂怕作角鵄伊犂佉丘佉犂 佉犂

護無擇

住勝生往還無曲以慈受之調和成施持已諸天龍告鬼神揵沓和妖魅若人非人常吉安隱動於山王亦震大地亦慢水王用説此呪故攝伏外道法君所救晃曜法炎篤信是句聞此呪已諸天衆各各舉聲而歎曰

正法住甚久 動三千佛土 一切衆會同自投人王前 歸命使無罪 施此無恐難其持是言教 令正法永存

爾時世尊從曠野鬼王土密跡金剛力士宮受供七日開化無數衆生七日之中忽没曠野宮踊在虚空與諸菩薩及聲聞衆一切諸天於上普共供養佛及聖衆諸王女衆咸共咨嗟演大光明諸天人妓百種自鳴空中雨華佛土大動顯佛大變佛没密跡力士宮殿猶鳳凰王還住靈鷲山佛在靈鷲山與比丘衆俱及諸菩薩眷屬周旋各思道教爾時王阿闍世出羅閲祇大城與篤信慕樂長者梵志俱一國人民聞佛還國各集哺時亦出其城往詣靈鷲山到佛所稽首佛足右遶七帀却住一面王前白佛我曾立坐有所㤀議時諸比丘到太子所口自宣言今日世尊往到曠野鬼王土界詣密跡金剛力士舍食唯然世尊我得聞是怪之難及至未曾有諸佛世尊不可思議乃能大哀垂愍衆生如來行慈普濟衆生猶如虚空言無偏獨周一切故往

到曠野鬼王土界就密跡金剛力士舍食佛大弘志至不可喻無辭可盡若有得蒙如來講法宣傳道訓決疑之律靡不得安又復世尊其密跡力士爲有幾事在於平等而逮正覺最爲至重植衆德本乃能有是妙大辯才佛言大王是事究竟而不可逮其至德本無能過上王白佛言實爲至眞種其德本故獲此果若有信者其功德云何佛言大王假使十方各如恒河沙數一一沙尚可知限密跡金剛力士所見諸佛不可計數盡其涯際供養奉事緣是行故令積大辯當作是觀皆有本末說曰佛告王曰乃往過去無央數劫不可限量爾時有佛號曰息意如來至眞等正覺明行成爲善逝世間解無上士道法御天人師號佛世尊世界曰選主劫名不移其息意佛純化一切諸菩薩衆皆令精進言作菩薩法無懈怠心無猒倦棄身壽命不以爲悋唯志道法時有菩薩名曰勇力即從座起往詣息意佛所稽首足下前白佛言如大聖宣我承解議若有菩薩心自念言我當疾逮無上正眞之道爲最正覺念是菩薩名曰懈怠所以者何若菩薩不用精進猒患生死不興此心成佛大道若有菩薩見生死難則見縛結不至滅度唯化衆生乃成正覺所以者何唯然世尊菩薩之法普行勤修在在生死常所在處開導利益無量衆生悉令滅度亦無所教是故世尊菩薩作行宜重生死不敬滅度菩薩造行重生死已奉無限佛導利開化無量衆生聞無數法入衆生念所行志性敬泥洹行重於衆觀便自墮落沒在小節若有

菩薩畏於生死而懷恐難樂泥洹行當作是觀如是菩薩則爲墮落以無行墮失如來行於諸衆生則有疊咎何謂菩薩而不順行樂於聲聞緣覺地者自觀其行欲化衆生是故名曰無開士行其行聲聞無菩薩行所以者何諸聲聞行畏生死苦菩薩遊於無量生死不以爲拘時息意如來讚勇力菩薩曰善哉善哉正士仁快說此教言義淳淑菩薩行道捨身之安不捨他人常省已身不求他漏又問何謂菩薩所行佛言族姓子自正已行而爲衆生宣成敗事生死之難受於無量生死之患而無恐畏不樂聲聞緣覺之地習菩薩行不近禪思在於三界曉了禪定分別惡趣習乎方便盡了禪智功德聖慧而不可盡發無生慧爲人頒宣一切本無慧無所生知其所受了諸衆生而無吾我以慧開化一切衆生曉諸法寂解護諸法暢諸佛土了於一切自然虛空佛國清淨其慧鮮明以慧聖達一切法無增益相好入於莊嚴慧無所行因其奉遵一切德本未曾忘捨少惱尠事有爲衆生所可造作常行拔難身心憺怕積功累法無所穢猒興發禪思曉了長寂正定一心方便覺達深妙之法若以宣布若干品教分別諸觀護於德果開化聲聞緣覺之律愛樂如來所解脫業降菩薩行示現如來所行之本是爲族姓子如來所行之業王當知之爾時勇力菩薩於彼如來所聞說是法所行清淨復白彼佛甚難世尊至未曾有於今如來至眞之言宣斯菩薩之所應行又復世尊如佛所說我察解議善權方便是諸菩薩一切諸

法由已所行猶如世尊察於虛空含受一切十方萬物爲一切色顯現已體不可稱計現包一切有形之類虛空行業已無所礙如是世尊善權方便是諸菩薩在一切法而得自在諸學之法及未學法凡夫之法最正覺法皆悉由之猶如世尊若火所遇草木百穀靡不被燒菩薩如是於一切法自在所行以智慧燄燒諸愚冥三界無煙猶如世尊大怒大夫瞋恚熾盛逆害他人無所顧難菩薩如是以權方便自在由已智度無極斷除一切衆生塵勞猶如世尊清水寶珠著濁水中尋時清徹菩薩如是以權方便消一切塵三垢穢濁猶如世尊有大威藥名曰消除若著毒中消一切毒永無有餘菩薩如是以權方便遊於一切三界之難執權智業滅去衆生塵勞愛欲以是之故世尊當作斯觀善權方便是諸菩薩一切諸法自在已行如是大王勇力菩薩說是語時不可計人皆發無上正眞道意王欲知之爾時勇力菩薩豈異人乎莫造斯觀所以者何則今密跡金剛力士身是也此正士身堅强精進被弘誓德無極大鎧巍巍如是供養諸佛不可稱限光光若斯無以爲喻爾時阿闍世王心自念言是密跡金剛力士所執金剛爲重幾所以承大力謂應執持乎時密跡金剛力士知王阿闍世心之所念以持金剛下著地上適置地上三千大千世界六反震動密跡金剛力士謂王阿闍世王試舉此時阿闍世王以大力士力盡勢舉之而不能摇離地如毛髮時王怪之得未曾有前白佛言世尊我身有大力士之力被極

異鎧牽捉大象舉鼻投身在所無礙今日舉此小金剛杵不能動移大如毛髮時王阿闍世益用懷疑何故世尊乃如是乎佛言大王是金剛者入在重德不可用被鎧力及象力而舉移此也爾時密跡謂天帝釋仁者名號執持金剛拘翼今日仁者且從地舉此金剛杵時天帝釋以無限神力極闡神足欲舉其金剛了不能舉爾時天帝釋前白佛言吾等之身及諸天俱與阿須輪鬪以一手指舉維質阿須輪所在投之如一圓丸皆令犇馳不知所湊又是金剛其形小小而不能動乎佛言拘翼是金剛者入在重德不可以比阿須輪三百三十六萬里身在所可投於拘翼心所知云何須彌山王為重不乎白言甚重世尊不可計喻佛言拘翼假有勇士大神無極取是金剛右手執持以是金剛著須彌山邊藏之在中纔現形耳俱舉二形須彌山王尚復微輕不如金剛重若天帝釋密跡金剛力士以是金剛擊鐵圍山大鐵圍山及金剛山令碎如塵雖爾正士未盡現力不可喻極

大寶積經卷第十三

音釋

妖魅　妖於澆切妖怪也魅明祕切老精物也

煒曄　煒于鬼切曄與輒切煒曄明盛貌

斟酌　斟職深切酌之若切

搪揬　搪徒郎切揬陀骨切搪揬抵觸也

大寶積經卷第十四

西晋月氏三藏竺法護譯

密跡金剛力士會第三之七

爾時密跡金剛力士謂賢者大日揵連耆年目連世尊所歎神足第一仁且從地舉是金剛時大目連前舉金剛以無極力以四大海水上沃日其勢又牽曾到野馬世界無所不至道力顯變奮其神足而欲移之此三千大千世界震動上下而不能搖金剛大如毛髮時大目連怪未曾有投佛足下白世尊曰惟大聖歎我於聲聞中神足第一自試神足動是三千大千世界如挑小鉢舉擲他方佛土我身開化降伏難頭和難龍王能食大㘓如須彌山不能動是小金剛乎發意之頃捉牽日月使止不行以手摩之不能動是小金剛杵大如毛髮有何意也將無我身失神足力也佛言目連不失神足又目揵連菩薩神足威力所感一切聲聞及與緣覺所不能逮也假使恒河沙等諸佛世界諸須彌山合成一須彌尚可震動不可動是金剛杵也菩薩威神所建立行不可思議巍巍如是爾時賢者大目揵連得未曾有口自宣言難及大聖菩薩大士威力所致是密跡金剛力士承於金剛杵乎又此密跡今所有力父母遺體之力也假神足力乎佛言父母遺體之力也假使菩薩行神足力普能示現悉達天上世間佛告密跡金剛力士言卿自舉是金剛於時密跡動三千大千世界以已右手舉取金剛投于虛空在於虛空七反迴旋還立密跡力士右手而住彼時諸來一切衆會得未曾有咸

悉叉手自歸禮足異口同音各自說言難及難及容跡金剛力士其力甚妙乃如是乎使諸衆生得斯大力無窮之勢也於是王阿闍世前白佛言菩薩有幾法行逮如是力無極之勢佛言菩薩有十大法逮如是象無極大力何謂爲十一曰寧棄身命勤受正法二曰未曾自大謙恪下意禮敬衆生三曰見於剛强難化衆生立之忍辱四曰見飢饉人以好美饍而充施之五曰覩諸恐懼勸慰安之六曰若有衆生得於重疾療以良藥七曰若有羸劣人所輕慢敬念戀之令無忽易者八曰以淨泥水塗如來廟補其虧缺九曰見孤苦人貧匱困厄常負重擔使去其難極重之殃十曰若有無護無所歸依常將濟之所語如言而不變失是爲十事法王復問佛言菩薩仁和爲有幾法往反周旋常存和雅不興麤心佛言菩薩仁和有八事法何謂爲八一曰志性質直而無諛諂二曰性行和雅常無佞僞三曰志存淳熟永無虛妄四曰心行堅要亦無羸劣五曰無迷惑志存於仁和六曰爲世衆祐受異德行七曰心行了達而無所著八曰思惟罪福心無所念是爲八事佛言復有四事法志性淳熟往來周旋何謂爲四一曰在於人間爲轉輪聖王逮見諸佛與不捨道心二曰在於天上作天帝釋諸天中天常見諸佛不違經道三曰若在梵天上而得自在植於道業不壞道心四曰而常生在清淨佛土面見諸佛世尊說法是爲四事王阿闍世復問佛言何謂信坐佛言大王善友所坐又復問佛施何所坐佛言大王布施處在大

富饒財多寶其持戒者得生天上坐其忍辱者面色淨悅常得端正其精進者勤修通達與衆超異其禪思者常得寂定諸根不亂其智慧者斷諸塵勞衆垢之患其博聞者得生大智若每事問決衆狐疑令無餘結其勤學者合集入道無上正真其察無常無我寂然所存坐處消除顛倒是爲信坐又問順時之念爲何所坐佛言大王觀無常苦寂坐在正見不隨邪業身心清淨坐在禪思興發神通又問道在何所答曰存坐無脫成於道果無三界難又問無脫坐在何所答曰其無脫者坐在解脫生死衆患又問佛興何坐答曰坐在所習三十七道品之法無所破壞轉於法輪而不斷絕三寶之教又問誰興佛乎答曰大王能興篤信了本無者也又問誰興篤信乎答曰若有能發菩薩心者也又問誰發菩薩心乎答曰其有志性定不亂者也又問誰有志性定不亂乎答曰其行大哀未曾絕者也又問誰不絕大哀乎答曰其不棄捨一切衆生者也又問誰不捨衆生乎答曰其安己身并安一切者也又問誰安己身并及一切衆生乎答曰其興隆道不斷三寶者也又問誰不斷三寶乎答曰棄於塵勞乃不斷三寶也王阿闍世前白佛言至未曾有世尊如來須宣入於法律如來布教所可宣法至於柔順棄乎斷滅有常之業而不忘失報應之果入於所造立行無所亂無善無惡淨不淨業勤修果實無所違失唯然世尊誰入是願決衆狐疑順於如來正真法教誰聞是法而發猶豫唯有宿世不植德本者也隨於惡友不

信誹謗我等世尊前世宿命曾植德本非無功福吾今蒙聽所聞正法欲報恩養至意不能諸佛世尊文殊師利慈德乃爲我等決衆狐疑顯大光明世尊善言具悉梵行至善親友得大人慈善友黨故於是寂意菩薩前問密跡金剛力士曰仁以爲建立是經法於將來世流布一切答曰建立是經典要最於末世如來滅度之後普布天下閻浮利地令諸法師正士之等靡不蒙燿密跡復曰令族姓子佛以建立是經典要諸佛皆護所以者何其能護者則善學法不生文字有亂不盡無能中斷又族姓子如來至眞不廢諸法所以者何彼無所生其無所生則無所壞以是之故如來言曰如來與出爲無所生如來所住立於法界法住如法有佛無佛佛法常住如故以如是住十二緣起爲不錯勅不亂緣起不亂正法又察其法常無言説故曰正法以無言説寂意問曰密跡其護正法被弘誓鎧以是被鎧又問寂意被弘誓鎧將護正法不亂諸法不以是法所以者何是正法者一切諸法悉無所亂彼護正法又問何謂亂於正法答曰依倚恐畏爲成迷亂又族姓子究竟無亂謂義無亂爾乃名曰將護正法又問密跡金剛力士寧有方便一切世亂因護正法乎曰族姓子因亂將護所以者何其以因世倚於邪疑六十二見故菩薩所行以空爲本是故與世一切爲亂又族姓子其世俗者以諸計有常立倚吾我以爲淨安菩薩常了無常苦空非身之法是故名曰與世共諍隨世没流菩薩方便逆流盡源反生死流現在重

世菩薩敬重積功累德以是之故與世諍亂世人依倚陰衰諸入十八諸種行菩薩業心無所著是故與世而諍亂矣所以者何不同塵故以寂意菩薩將護一切正法便與世諍又問密跡行者云何護於正法乎答曰族姓子以受正法而護已身亦護衆生人壽命形護一切法爲無所護又問云何受之答曰寂然吾我衆生憎怕衆生已寂三世便默三世已默佛法便默佛法已默佛土便寂佛土已寂諸法便寂其於諸法無所歸趣是則名曰將護正法爾時世尊歎密跡金剛力士曰善哉善哉是則名曰將護正法其護諸法爲無所護無所忘失又護正法者斯受一切於一切想而無妄想已無有想於諸妄想無行放逸是則名曰於諸一切法而無放逸乃名道

法爾時會中有一天子名曰賢王前白佛言惟然世尊諸佛言辭甚爲寂然其所見者何所是也佛言言辭正教寂然之義一切所樂行寂然耳彼以加忍已能加忍故能然熾已能然熾故曰晃曜已能晃曜故曰寂然成爲憺怕則是如來將護正法是乃名曰諸如來衆總持佛道所持如是若不持法又不捨法宣如是行說如是語答賢王天子時具足千比丘漏盡意解千天子遠塵離垢諸法眼生於時寂意菩薩謂賢王天子言從何所得此辯才也天子答曰若能斷除一切罣礙悉無所得得第一義者因無所倚是曰辯才自了解之神識不轉不經他識亦無所立乃曰辯才其意不逸遊在所著若能奉行無所著法乃逮此辯若以思惟一切諸法往反示現皆

當知之神識信休乃逮辯才是族姓子如是行者逮致辯才其無所住無有應行度于流波四瀆之難其無所生無所起者亦無所滅無能滅者乃曰爲度逮辯才耳爾時寂意菩薩前白佛言是賢王菩薩從何所來至於此土乎乃有斯辯佛言從阿閦佛土而來没彼生此妙樂世界舉欲得見聞如來祕要所演經典寂意當知是賢王天子逮入法室總持其心若一劫若復過一劫宣其功德而不可盡辯才之際又問佛言何謂法室總持乎是天子令所逮致遵法也佛言族姓子所云得至逮法室總持者入於聰慧文字無盡一切諸法皆入此室於一切法悉無所作解了法室奉行法室於諸文字宣以音響口之所說作屋舍事不思舍事亦不知之宣布一切音響之事是則名曰入於法室總持之業又寂意法所可入者又復諸法而不可得所可曰入所出智慧其文字者無所從來入於內室又其文字不現內室亦不現出又無所向亦無方面又其文字展轉所湊亦不想念字不順法亦無非法無斯想念其文字者悉無有說亦無非說亦無增損又文字者不見有起無所滅者無作文字亦無所失又復寂意若如文字文字之數心數亦然一切如是諸法之數有所歸趣若諸法數彼則無數所以者何不歸法數無有數者乃曰法數以隨法數如是乃曰入於法室不入過去入於不生無所趣法其無所生以無所趣何所入乎以無所入若有入是諸所數者如是如是乃能逮於法門自覩本無便得安住入於法室總持

之業入衆生心以入衆生心隨衆生心應當度者而爲説法若受總持乃曰寂意寂意菩薩心以離垢其心清淨嚴和甚明其性超越所住安詳智慧無失所願堅固所當度者魔不能壞諸外異業無不摧伏降消塵勞除諸怨賊其身力盛心無怯弱辯才無盡所説無量所歸無限慧無罣礙入乎覺意其明甚遠須宣深妙眞正之辭其所博聞猶如江海斯三昧定如須彌山處在大海在於大衆若如師子不依俗法猶若蓮華不著塵水無所憎愛心若如地百穀草木因其得生萬民得安洗淨衆塵若如清水開化衆生燒諸毒難譬如火熾然諸草木普誨衆生猶如大風靡所不吹行平等心若月盛滿照於星宿消淫怒癡譬如日光照於衆冥伏心意識譬如勇將摧折嚴敵調和其心猶如龍王淳熟隨時譬如淳陰雷震乃雨菩薩如是調和其心敷演法雨潤澤三界宣甘露水淨除心穢若如天雨洗諸風塵療治衆疾婬怒癡病若如良醫治衆人病志存無爲奉行正法則是法王君訓十方亦如國王治於萬民護化一切生老病死猶如四天王君四天下猶天帝釋處忉利宫主誘教天人菩薩如是在於欲界化衆生類色聲香味細滑之法淨如明珠能伏心意而得自在若如梵王主於天民其心清淨無所倚著譬如飛鳥飛行虛空無所觸礙御安其行猶如鹿王從衆羣屬敬承法教愛於眞行如母戀子令得安隱曉諸技術猶如嚴父化導子孫閑趣諸法如息意王德自莊嚴以三十二福相交飾用八十好若干品媚一

切世間所共戴仰不爲邪見而被繫縛具足七財無貧匱業爲十方佛所見擁護諸明智者所見咨嗟總達衆黨所共歎譽及上諸天所見守養諸善親友所念攝救於衆講法最爲上選具六神通而得自在又普遍入衆生性行而遍周入一切諸根班宣經典未曾懈猒永不志慕於諸利養樂布法訓不以恪惜其心清淨無所犯負忍辱解明無所越失所作事業能令究竟清淨精進心性安和一心清淨蠲除諸垢覺意坦然智慧清淨修四梵行而無放逸以成度世禪定三昧至於正受逮於無上菩薩道佛道普能成就所當行業不中懈止至阿惟顔是爲寂意菩薩大士入於法室逮得總持功勳無量巍巍如是寂意當知假使菩薩住在世間不修餘事於百千歲咨嗟難宣其總持行諸菩薩衆不能窮盡逮總持行諸菩薩德爾時寂意菩薩謂賢王天子曰仁者大利無極善慶今者如來相歎譽德光光如是天子答曰又族姓子於此諸法無眞究竟可得處所也咨嗟功勳又族姓子其無色無有像無形貌如是行者咨嗟功勳無能暢盡於是賢王天子前白佛言一切諸法不可受取亦無吾我而無所屬以是之故不可授人亦不可集唯然大聖若使有人修行樂是當行平等若勤奉行修平等訓斯逮法門猶如世尊現此大地土在水上水在風上假使地種斯土處所周布天下設使有人穿鑿其地出去壥土極其功力乃致水耳不致遠去以水給渴如來聖慧普入一切衆生性行如來脱者隨向法門而修精進從是

方便致大慧光其精進者不見侵欺猶如去土穿地大深因得其水若復有人於如來世奉行精進從是興立大慧光明是故世尊若族姓子及族姓女欲求佛道常行精進以何精進當以用是於諸法門而諸法門猶如世尊從生而盲又其男子初不見色假使有人不行精進則名愚闇盲冥之侶不見諸法所生本末猶如世尊有目之士蒙光有見不有光出冥夜無覩外仙天眼亦復如是離於善友無所開化不曉諸觀見所受法猶如天眼若有男子有自然慧不用光明以成就眼以有大智德其行如是猶如世尊曠野飛鳥遊廣澤地不見空野有所增損一切菩薩精進所行如是不見佛道有所增損一切菩薩入道品法猶如世尊其彼雪山雨雪墮露生長樹木不爲諸風所見災害菩薩如是隨時應行生慧光明照於一切不於衆生有所計數所遊居處無所忘失也猶如世尊轉輪聖王生種姓家七寶則現何謂爲七一曰紫金輪有千輻二曰白象有六牙三曰紺色神馬烏頭朱鬣四曰明月化珠有八角五曰玉女后口優鉢香身栴檀香六曰主藏聖臣七曰主兵大將軍御四域兵如是大聖菩薩大士以七寶現於世時自然道寶現於世間何謂爲七一曰施度無極寶戒忍精進一心智慧善權方便度無極寶出現於世度濟一切猶如轉輪聖王遊四方域不可計人民有若干念菩薩如是以四恩法救攝衆生不想衆生有若干品解之本無猶如轉輪聖王所舉事業坐於正座無鬭諍者無理曲直衆民自然而

順其命菩薩如是處佛法座無鬭諍者何所從來魔諸官屬雖抱惡意自然爲降猶如於此三千大千世界前第一立鐵圍大鐵圍山須彌山王如是大聖學者菩薩如是先建大乘次立大哀志性仁和最佳無極譬如日初出時其大光明先照鐵圍大鐵圍山須彌山王乃照其餘菩薩如是演慧日月普曜三界以仁和心先照衆生大乘光明去三毒之冥皆得神通猶如世尊一切諸樹郡國縣邑樂依於地一切所生百穀草木皆悉仰地所生萬物而得自在菩薩如是一切德本悉因道心長育聖慧而成正覺也爾時世尊讚賢王菩薩曰善哉善哉仁族姓子解引其譬說功勳業快乃如是又族姓子如衆生界及與法界逮得總持菩薩聖慧亦復如是一切萬物皆歸無常引喻說相皆能堪任取要言之未曾患猒亦復如是悉能敷演其所說者所以者何皆無口辭亦無所說若有菩薩未得總持無有言教所造因緣又其菩薩無有罣礙不興辯才其餘聲聞無此辯才不思觀本乃爲說法所以者何此菩薩衆得無礙辯言不可盡無有陰蔽無閑無休分別辯才諸佛世尊前說經法不怯無弱菩薩如是佛所建立逮總持門故有所說不懷怯劣菩薩如是得三無礙何謂爲三一曰總持無所罣礙二曰辯才無所罣礙三曰道法無所罣礙是爲三復有三事得入清淨業何謂爲三一曰自然清淨二曰本無清淨三曰本際清淨是爲三復有三事得入無盡矣何謂爲三一曰經法不可窮盡二曰文字之義而不可盡三曰所

宣訓誨而不可盡是爲三又復得入三無住處何謂爲三一曰聖慧而無住處二曰言辭文飾亦無住處三曰所修建立亦無住處是爲三又復逮得三卒決對何謂爲三一曰應機宣慧二曰尋發辯才三曰應時智慧是爲三復有三疾得歸慧何謂爲三一曰決疑令無餘結二曰斷猶豫使無沉吟三曰可悅一切衆生心意是爲三說是語時八千菩薩逮得總持於是密跡金剛力士前白佛言願佛世尊建立法典然後如來滅度之時最後末世遍布天下閻浮利地使得久存令不滅盡

爾時世尊周觀四方觀察已竟時說頌曰

降根自然勝　寂根無所害　無本斷其無
伏魔兵衆黨　解脫解清淨　無恐解所畏
捨棄於重擔　醫神呪上師　降制外異學
以法而救攝　護於行法者　神呪佛所說
無我以除我　其義宜以度　斯於四天王
說無澤之句　勇持章句勳　淨復淨正等
梵天釋天帝　作是如此乘　慈氏彼通忍
以觀哀所察　愛敬覩梵天　此者無所犯
曠野離空曠　無根法曰淨　降伏魔官屬
故說此神呪　人中尊建立　是經善義辭
爾時普流布　隨器能受者　以說此呪術
其地則大動　諸魔皆悉來　各口宣是言
用言護頭首　是曰爲法師　若手得斯經
歸逮佛所說

爾時佛告密跡金剛力士以建立竟是經典要令建立是無能亂者所以者何佛憶識念過去世時有佛名寶月興出於世如來至眞等正覺明行成爲善逝世間解無上士道法

御天人師號佛世尊世界曰無恱其佛世時有二比丘而爲法師一名智寂二名持至誠威神變化高德無極大尊巍巍受彼如來是章句呪而奉持之如來滅度之後半劫持法其彼三千大千世界百千億魔皆見開化承無上正眞之道密跡欲知爾時二比丘爲法師者豈異人乎莫造斯觀所以者何其智寂法師者則我身是也持至誠法師比丘者則密跡金剛力士是也此諸章句令是經法多所饒益成護正法彼時世尊觀於四面一切衆會而口宣言汝等正士爲能堪任於斯如來從無數劫億百千垓積功累德總持無上正眞之道以持擁護無所罣礙從是以來至今蒙濟去來今佛之所由生於是菩薩衆會之中三萬二千菩薩即從座起叉手而住稽首禮佛說是偈言

棄其身壽命　思惟好寂然　受持是經法
世護之所歎　其是經如藥　療治一切病
受持所言教　發生世尊意

爾時賢王天子之等五百天子說是偈言

用一切衆生　以故想積德　受持是經典
最勝特深妙

於是密跡金剛力士時說頌曰

是義無文字　而反宣文字　人中尊所作
頒宣我當持

爾時世尊告釋氏梵天如來有三不可限量無上供養德無有極何謂爲三一曰至心仁和發真道心二曰以發道心護於正法三曰如所聞法爲人解說身行如是是爲至不可計德梵天當知如來以是三事積累功勳假

使其壽住世一劫廣分別說不能究暢是故梵天當以隨順恭敬奉事如來至眞是爲三事梵天供養如來受四句頌是去來今佛世尊之所說法受而擁護所以者何諸佛世尊皆從是法生故當供法供法不用衣食以法供養諸供養中尊爲上爲長爲無儔匹爲無等倫是故梵天當以正法而相供養是供養眞諦無以衣食佛自憶念梵天王過去曾生爲王太子名曰意行生於王家以是見教諦樂道法時臥夢中聞是四句頌本行放逸無脫路以衆生故志於道心在空閑隨順念無所貪受本悉安佛語梵天彼時聞是頌教從夢中覺思惟了了惟是忻然大悅心中解暢即時以偈而歎頌曰

快哉大安樂　得法藏無盡　當充滿衆生　諸貧天人民

佛告善安大梵天時王太子得安諦藏曉文字無心自念言以是偈義充滿衆生貧匱之人往語父母寧有金銀瑠璃水精硨磲瑪瑙明珠藏乎欲濟窮乏以是歡喜父母報言一切財業非是眞寶五家水火盜賊怨家債主縣官惡子分耳博聞之慧無衣食求甚爲難得父母言善如子所志便取廣施與諸乏者了三界空令得難致無盡之慧以故梵天聞是一四句偈化八千人勸入道意無數衆生當生天上以故梵天其有受是深妙之法持諷誦讀爲人廣說聞之歡喜若奉行是德不可量逮無極藏假使梵天行大乘業有三事法多益菩薩何謂爲三一曰聞行得立受之無猒二曰以聞建立以行爲要守口第一不

以害心加於衆生三曰不捨大哀是爲三以故梵天益於衆生當加勸助是經典要復有二事所造行願無所忘失何謂爲二一曰佛初成道勸助如來使轉法輪二曰梵天當勸助是賢劫中當來具千如來至真等正覺使轉法輪令化出家衆人作菩薩行如佛世尊爲自在法王善教訓誨少有能及難逮如是以故梵天如是比像多所親立一切衆人除老病死至無爲業於色無著以解了是能忍衆苦忍無所求主諸天人造立三忍執持正法受諷誦讀是乃甚難受是經者當作是觀受我身億百千垓劫修清淨行嚴淨佛土擁護正法疾成正覺佛告賢者阿難受是經典持諷誦讀爲他人說阿難曰諾當受持之令其堅固佛言阿難勿持是法授非法器莫得授與諸惡知友當施善友慕樂學者授是經法常當奉護阿難是經不歸非法當歸應器能奉行法常慈心衆又是經者無有妄想瑞應現前精進所致行是經典有是福報阿難白曰當受是經承佛威神常令普流若受是法承佛威神其光遠照是等不隨無器之業又是經者所號爲何云何奉行佛言是經名曰佛所訓誨阿難又有號曰密跡金剛力士所宣布義當持奉行又名如來功勳報應當奉持之又復名曰如來祕要經法之品爲他分别無異養心歸於無量功德而順法律當奉持之所以者何若有奉持是經法者令以佛眼普見佛土及十方國從地以上高至三十三天思想天滿中七寶百種衆饍貢施如來若有受是經學持奉行以無異養爲他人

說是德最多又以衣食供養是經典要宣如來德得福無量不可爲喻說是經時無量衆生發大道心不可計菩薩逮得法忍復無央數菩薩逮一生補處佛說如是賢者阿難密跡金剛力士寂意菩薩及大聲聞一切衆會及諸天人諸阿須輪揵沓和及世間人聞佛所說莫不歡喜稽首而去

大寶積經卷第十四

音釋

橛 胡本切 破之木也

大寶積經卷第十五

西晉月氏三藏竺法護譯

淨居天子會第四之一

如是我聞一時佛住王舍城耆闍崛山中與大菩薩比丘衆六萬人俱皆悉住於阿耨多羅三藐三菩提其諸聲聞衆所知識爾時世尊於中食後入於三昧此三昧威神力故震動三千大千世界時諸釋梵天護四天王等來詣佛所到已頭面禮足在一面立合掌向佛以此三昧威神力故爾時淨居天歡喜天子善歡喜天子大歡喜天子賢歡喜天子善愛天子兜率陀天自在天大自在天一切諸天大衆淨居天等各詣世尊所頭面禮足在於一面一心而住爾時淨居天衆白世尊言大德世尊菩薩所行相貌攝受諸法過去諸佛之所說者惟願演說分別顯示爲利益安樂多衆生故憐愍世間利安天人爲未來諸菩薩於如來般涅槃後聞此法者生欲樂心於阿耨多羅三藐三菩提如實自知不生疑悔究竟安住不放逸行得過於苦不生退轉時淨居天衆及兜率陀天向於世尊說是語已默然而住時有天子名金剛摧爲諸天衆請於世尊而說偈言

百福德滿故問此　人天敬愛故問此
住不放逸故問此　多衆醫王故問此
無過法句願顯說　諸音最勝世明慧
能斷百千諸疑悔　能放衆明故問此
猶日能破諸黒闇　如月淨明除鬱蒸
於怨於親生平等　難忍能忍猶如地
亦如淨水洗塵垢　如火能燒煩惱網

三有意淨故問此　無礙智辯望宣説
如醫療治衆生病　如毗沙門多財寶
賑給窮下貧苦者　如雲能滅三種熱
是句最勝惟願説　若破煩惱衆苦箭
煩惱衆垢奸諂詐　善能調伏施安樂
念衆生故故問此　慙愧明慧念堅固
大尊無奸離諂曲　無相德聚故問此
瞋恚怨嫌永寂滅　於諸衆生安樂忍
和顔悦色視衆生　常以歡喜先意語
於諸衆生親友想　度諸衆生至彼岸
合十指爪一心請　十力善逝衆生寶
惟願時説斷衆疑　天人聞此道行已
見於第一諸相貌　使彼得知大丈夫

爾時世尊告金剛摧菩薩摩訶薩言金剛摧汝諦聽善思念之當爲汝説所有相貌使菩薩摩訶薩得知如是大德金剛摧菩薩言我聽受是因緣世尊作如是言有百八相金剛摧菩薩乘人應當知何等爲百八夢中所見已有夢見如來身共語見妙身復次夢見如來黙然復次夢見如來覆頭坐復次夢見如來背坐復次夢見如來身紅色復次夢見如來彩色畫身復次夢見如來去復次夢見如來爲他説法復次夢見如來神通虛空中行復次夢見如來般涅槃復次夢見闍維如來身復次夢得如來舍利復次夢得如來髮復次夢見如來未曾見塔復次夢見如來寶莊嚴塔復次夢見如來神通塔復次夢見如來光復次夢聞如來聲不見身復次夢見如來身復次自夢見花鬘香塗覆如來上復次自夢見如來著垢膩衣復次自夢聞未曾聞法

復次自夢爲人說未曾聞法寤已無所顯示乃至不念又見未曾見法師復次自夢坐法座爲他說法復次自夢得無畏復次自夢見道場復次夢見如來經行復次夢見如來轉法輪復次夢見如來般涅槃塔復次夢得如來衣復次夢得如來鉢復次夢獨見一如來復次夢見如來多人圍遶復次夢見如來蓋復次夢見如來華屣復次夢見如來坐復次自夢與如來食復次自夢與如來衣復次自夢與如來花復次自夢入山復次自夢裸形復次自夢四維行復次自夢見未曾方復次自夢濁水中行復次自夢見雲雨復次夢見地旋復次自夢在犲狼野干中行復次自夢病復次自夢墮山無所依仗復次自夢被縛將殺復次自夢刀劍中行復次自夢虛空中行復次自夢手捉炬火復次夢見菩薩踰宮出城復次自夢得經復次自夢聞陀羅尼聲復次自夢聞三昧聲復次自夢聞方廣經聲復次夢其甲法師聲復次自夢夢中得偈復次自夢夢中得經說復次自夢聞法藏聲復次自夢聞他方世界如來名復次自夢聞他方世界其甲菩薩名復次自夢入海去復次自夢集寶復次自夢在須彌山頂復次自夢上山復次自夢上到山頂復次自夢上樹復次自夢見龍象復次自夢乘龍象復次自夢乘馬復次自夢發眞實誓願復次自夢見果樹復次自夢見花樹復次自夢見未曾見城復次自夢見阿耨大池復次自夢見天子復次自夢見龍復次自夢見餘閻浮提去復次自夢見著白衣復次自夢寶髮在頭復次自

夢見華鬘在頭復次自夢取散華復次自夢打鼓餘人作樂復次自夢見日蝕月蝕復次自夢以不淨自塗復次自夢作王復次自夢作王輔相在大衆中行復次自夢乘乘往園林中去復次自夢見未曾見方土聚落僧坊房舍人衆復次自夢得蓋復次自夢爲多人說法復次自夢入聚落復次自夢施繫橋梁復次自夢集船復次自夢見雲雷電復次自夢得刀著鎧仗復次自夢得器物復次自夢示衆生道復次自夢入園林中復次自夢見衆穀聚復次自夢治衆生病復次自夢授記聲復次自夢覺道復次自夢得滿瓶如是金剛摧是名百八相若見如來覆頭坐者是人見善知識修善說法因緣爲作留難應以無礙心修集說法所須此是說初相復次金剛摧夢中見如來背坐者前爲出家人作留難爲聽法人作留難此人今常當敷施法座勸多衆生聽法如是得除業障是七地初相亦是從初地至七地處處地相復次金剛摧若夢見如來泥像是菩薩初地相是人曾毀呰說法師故此人應於經像前若如來塔前以無礙心頂戴燈供養如是用淨業障復次金剛摧菩薩夢中見如來畫像者此菩薩是見五地中處處相是人應以華香供養佛像此是菩薩六地處處地見相復次金剛摧菩薩若夢中見如來行者此人應勤修精進當勤修受學讀誦此是菩薩三地見相此人常應法施又應掃如來塔破除憍慢以此淨業障見餘菩薩詣如來所是何相見如來向食之處此是初地相見如來向經行處是第二地

相見如來向說法處是第三地相見如來默然坐是第四地相見如來靜處坐此是五地相見如來行唄者是六地相見如來疾走是七地相若見如來作神通是八地相見如來變化變化去者是九地相見如來行去迴顧共語說空是十地相復次金剛摧菩薩夢中自知爲衆生說法不知所說是第二地相是人於如來般涅槃後毀呰說法師不自知過此人當求善知識供養聽聞善法不求其過如是淨除業障聞佛說施是初地相聞說戒是二地相聞說忍是三地相聞說精進是四地相聞說禪是五地相聞說般若慧是六地相聞說大悲是七地相聞說無礙是八地相聞說三昧是九地相聞說成就力是十地相復次金剛摧菩薩夢中見如來虛空中神通

行者此是七地相聞受道記此人常應修尊重默然修習成就甚深忍如是疾成正覺見如來在虛空中是初地相見如來食是第二地見光是第三地見說法是第四地見現神通是第五住地見入三昧是第六住地見放光見如來虛空中行去是第七住地復次金剛摧菩薩夢見如來般涅槃者此人前謗法出家諂曲求利應勤供養三寶奉施說法之人一心三時精進如是以淨除業障見前五地處處相復次金剛摧菩薩夢見闍維如來是人口惡知識見毀法隨喜此菩薩初地此人發菩提心不久是人應於七日七夜中持燈若說法人前若如來塔前一心懺悔於日中晝三時勸衆人聽法以此淨除業障復次金剛摧菩薩夢中得如來舍利此說菩薩三

地夢中親近如來聞授記得度夢住餘地得如來舍利如是相得如來髮是初地夢得如來爪是第二地夢得舍利是第三地夢得齒第四地夢得牙第五地夢得白毫第六地夢得手第七地夢得冠第八地夢見闍維如來全身不散第九地見如來全身第十地復次金剛摧菩薩夢見得如來髮不散此是菩薩第九住地夢佛前授菩提記除生死業障夢得在家時髮是初地夢得出家時髮第二地夢市中得髮說第三住於城中得髮第四住於城中得說第五住於外得第六地於園觀中得第七地於乘上得第八地於虛空中得第九地於三昧中得第十地復次金剛摧菩薩夢中見塔此菩薩少業障少許魔業若親近善友善解法忍得陀羅尼此是一切十地

相見如來泥塔此說是菩薩初地見石塔第二地見石泥像說是第三住地見欄楯塔第四住地見石柱圍遶是說第五住地見金覆塔是說第六住地見寶塔是第七地見鈴網覆塔是第八地見若七地初見是覺魔業若九地十地見是不顛倒見復次金剛摧菩薩夢中見如來莊嚴塔不久覺菩提道爲諸天憶念此是菩薩第八住復次金剛摧菩薩夢中見如來神通塔此生當淨業障此是菩薩第八住地若菩薩憶念此應離惡知識應初住修信二住修智三住地多修信解四住地久修行五住地修淨信解六住地修平等心七住地第一義解第八住地修莊嚴佛土第九住地授持十住地住不顛倒若住餘初住當知是魔業若七住人不可欺誑無巧方便

復次金剛摧菩薩夢中聞如來聲不見形是菩薩四地以住自在地破見佛地衆生出家諂曲説法此人應晝三時夜三時修淨心如是淨除業障復次金剛摧菩薩夢中供養如來説是菩薩初地乃至九地如是菩薩能成就陀羅尼是菩薩諸佛所念此菩薩應修平等心如是疾成無上道若夢住供養如來此説菩薩初地相若坐與者是説二住地若莊嚴與此説是三住地共自眷屬與者是説四住地與多人共與是説五住地若與自眷屬及與多人共與是説六住地一切莊嚴成就與是説七住地若稱讃與是説八住地若作神通與是説第九住地覺一切魔事復次金剛摧菩薩若夢中自見以華鬘香末栴檀供養如來塔此是菩薩見初地五地處處地是

前少行檀波羅蜜覺已憶念此相生長施心此説是初地相生長戒心説是二地生長忍説是三地生長精進是見四地生長禪是見五地生長無礙心疾遍一切不退轉地復次金剛摧菩薩夢中見如來著垢膩衣此菩薩多法障是初地處處見一向增疾迴向緣是見初地離憎愛迴向是見二地若身見第三地若心見是第四地若夢中見是第五地若成就菩薩夢中少夢見受報復次金剛摧菩薩夢聞未曾聞法此菩薩曾供養多佛多世中作説法師此説見初地處處乃至七地此如説修行此疾覺菩提若聞種種説是見初地若有疑心猶欲更聽是見第二地若聞已斷疑是見第三地若聞説陀羅尼是見第四地若聞説佛相者是見第五地若聞第一義

諦是見第六地若聞說一切法是見第七地如是地地知復次金剛摧菩薩若夢中得未曾學法學已不忘不失不見若忘失此菩薩前身爲利養心不清淨心法施令應以清淨供給攝取學人以無諂曲心求一切物供給說法學問人以此淨除業障若初地二地聞法不失是見初地若覺失是見二地此覺魔業業障復次金剛摧菩薩夢中見未曾見法師此菩薩爲諸菩薩所憶念少業障覺已得見明此菩薩說是六地初地若說偈不說經是說初地若說經是說二地若說經說偈是說三地若說種種是說四地若說甚深是說五地若說無礙是說六地復次金剛摧菩薩若夢中自夢在法座說法此菩薩前身爲佛敷法座此菩薩是甚深法忍器是見第八地

初相若夢樂說是說初地若非樂說是說第二地若忍樂說是說第三地若無辯說是說第四地若說凡夫界是說第五地若說聲聞界是說第六地若說菩薩界是說第七地若說佛界是說第八地復次金剛摧菩薩若夢中自知得無畏此菩薩過一切業障過八地見九地處處若夢得無所畏所說衆人樂聞此菩薩是見初地若夢得無畏說法得財此菩薩見第二地若得法利無畏此菩薩見第三地若見善知識無畏此菩薩見第四地若思善心無畏此菩薩見第五地若得身安樂無畏此菩薩見第六地若心樂無畏此菩薩見第七地若得通無畏此菩薩是見第八地若得記無畏此菩薩見第九地復次金剛摧菩薩若夢中見道場此菩薩純善心向道不

退轉是十地處處見若見道場不見樹是說初地若見樹不見菩薩是說第二地若見多樹圍遶是說第三地若見葉具足成就此菩薩是說第四地若見華葉具足此菩薩見第五地若見果成就此菩薩見第六地若見敷座此菩薩是見第七地若見人圍遶此菩薩是見第八地若見龍圍遶此菩薩見第九地若見天圍遶散華聞歡喜聲此菩薩見第十地復次金剛摧菩薩若夢中見如來經行此菩薩應勤修精進勤修法施安慰眷屬不求其過若菩薩是七地處處見若見如來不淨地經行此菩薩是初地若見淨地經行此菩薩見第二地若見敷座經行此菩薩是見第三地若坐者此菩薩見第四地若見樹圍遶此菩薩見第五地若見散華此菩薩見第六地若見高座覆上者此菩薩見第七地復次金剛摧菩薩若菩薩夢中見如來轉法輪此菩薩是不退轉是七地初地見處處地淨無業障若見坐是菩薩是見初地若見敷座是菩薩是見二地若見敷雜色座是菩薩見三地若見散華於座此菩薩是見四地若見種種寶覆蓋高座此菩薩是見五地若聞空中歌頌稱歎聲此菩薩是見六地若見白蓋以寶網覆上此菩薩見七地復次金剛摧菩薩若菩薩夢中見如來般涅槃塔此菩薩是初地八地處處見近無上道少於業障若見塵土坌塔此菩薩是見初地若見淨無塵者是菩薩見二地若上生草此菩薩是見三地若見青草覆上此菩薩是見四地若見種種雜華樹圍遶此菩薩是見五地若見華果樹圍

遶覆上此菩薩是見第六地若見種種雜姓衆生圍遶此菩薩是見七地若見幢蓋聚集此菩薩是見八地復次金剛摧菩薩若菩薩夢中得如來衣此菩薩是見初地八地處處地相此菩薩應勤修成就念佛智此菩薩少於業障若得如來垢膩衣此菩薩是見初地相若得如來淨衣是見二地若得如來染衣此菩薩是見三地相若得如來打衣此菩薩是見四地相若得如來放光衣此菩薩是見五地相若得如來一衣此菩薩是見六地相若得如來三衣此菩薩是七地相精進相不精進相除魔業是菩薩有疑復次金剛摧菩薩夢中得如來鉢此菩薩佛所憶念是見八地此菩薩是闡明法器修無業障忍如是趣無上道若得汙不淨鉢此菩薩是初地若得空淨鉢此菩薩是二地若得滿鉢味此菩薩是三地若得滿鉢華此菩薩是四地若得滿鉢果此菩薩是五地若得滿鉢食此菩薩是六地若得滿鉢香此菩薩是七地若得滿鉢華鬘香此菩薩是八地若得如來衣鉢此菩薩是九地若虛空中得如來鉢此菩薩是十地此菩薩應覺魔業除初業不勤修復次金剛摧菩薩夢中見一如來應靜處勤修空三昧此菩薩是八地雜業障應勤修淨心復次金剛摧菩薩若於夢中見如來多人衆中見如來身此應忍樂攝取多人此菩薩一切地處處見相應勤進修道若見居士雜姓人圍遶如來此菩薩是初地若見王者衆圍遶如來此菩薩是二地若見婆羅門圍遶如來此菩薩是三地若見王圍遶如來此菩薩是四

地若見龍圍遶如來此菩薩是五地若見四大天王圍遶如來此菩薩是六地若見帝釋圍遶如來此菩薩是七地若見梵天圍遶如來此菩薩是八地若見淨居天圍遶如來此菩薩是九地若見菩薩圍遶如來此菩薩是十地除魔業復次金剛摧菩薩夢中得如來蓋者此菩薩最後地處處見地解魔業雜業求利養疾趣向若見草葉蓋此菩薩是初地若見竹蓋此菩薩是二地若見樺皮蓋者此菩薩是三地若見大蓋者此菩薩是四地若見鐵疊蓋者此菩薩是五地若見銅蓋者此菩薩是六地若見金蓋者此菩薩是七地若見七寶蓋者此菩薩是八地若見鈴網蓋垂下者此菩薩是九地應覺六地魔業復次金剛摧菩薩夢中見如來華屣見一切十地此

菩薩應勤修精進趣向此菩薩受記繫在受記界若向村間見華屣者此菩薩是初地若僧坊中見華屣者此菩薩是二地園觀中見華屣者此菩薩是三地若經行處見華屣者此菩薩是四地若房中見華屣者此菩薩是五地若坐禪中見華屣者此菩薩是六地若河水中見華屣者此菩薩是七地若山中見華屣者此菩薩是八地若空中見華屣者此菩薩是九地若神通見華屣者此菩薩是十地除魔業復次金剛摧菩薩夢中見如來座此菩薩是初地六地此菩薩應樂修寂靜少於業障未成就業無敷座此菩薩是初地敷座此菩薩是二地顯現敷座此菩薩是三地若敷種種座坐此菩薩是四地畢竟敷座此菩薩是五地若善敷好座此菩薩是六地應

覺魔業復次金剛摧菩薩若夢中與如來食此菩薩是七地見初地相應勤修精進趣向道此菩薩少於業障若見如來入家中立施食者此菩薩是初地若在家中坐施食者此菩薩是二地若門外立施食者此菩薩是三地若市中施食者此菩薩是四地若城門中施食者此菩薩是五地若僧房中施食者此菩薩是六地若房中施食者此菩薩是七地除魔業復次金剛摧菩薩若於夢中自知施如來衣者此菩薩是六地初地此菩薩應勤修無相三昧趣向菩提若恭敬心施如來衣者此菩薩是初地若施如來白衣者此菩薩是二地若施染衣者此菩薩是三地若施如來雜色衣者此菩薩是四地若施如來金色衣者此菩薩是五地若施如來雜寶衣者此菩薩是六地若施如來色衣者此菩薩是七地若施如來天衣者此菩薩是八地復次金剛摧菩薩夢中自知施如來華此菩薩是六地處處相此人多業障善根難生若夢中施如來曼陀羅華此菩薩是初地若散華施者此菩薩是二地若種種雜色華施者此菩薩是三地若以華著如來上此菩薩是四地若自手以華著如來手中此菩薩是五地若以天華施如來此菩薩是六地除魔業除二種人初業多疑悔者復次金剛摧菩薩若菩薩夢中夢入山生疑心生謗當知多有業障多有病痛少於智慧此人應於一切衆生生無礙心以此心趣向菩提此菩薩是五地初地見此菩薩應七年中晝夜六時起清淨心初地明慧相當勤具安樂具供給二地第三地

供養三寶第四地應勤修甚深法忍第五地
復次金剛摧菩薩若夢中自見裸形當知自
無業障當知見初地若城中自見裸形是見
第二地若阿練若處見裸身是見第三地若
山中見裸形此見第四地當知魔業復次金
剛摧菩薩若菩薩夢見自趣四維去此菩薩
捨善知識是見初地少於智慧懈怠多憂多
惱爲多人所笑多於病痛心多狂癲爲善根
故求於出家復還入俗貧苦無有財物多病
爲利養故謗毀法師謗法不信不解當還生
正直心親近法師勤修一切施無礙心趣向
菩提此菩薩乃至解於六地此菩薩以軟中
上心除害過罪復次金剛摧菩薩夢中見趣
向未曾見方此有魔業業障此菩薩三地處
處見地應勤修淨根供養三寶淨初地若勤

修空見第二地修法忍見第三地乃至住六
地自知此菩薩見初地出人多於善根亦多
不善根此捨命不生愁惱捨惡知識親近信
解知法人無奸僞如是淨於業障彼以奸詐
心盜法當親近善知識此菩薩自夢見在濁
水中去是見初地若自見在濁水沫中行此
是見二地若見涌没水中行此是見第三地
若涸水中行見第四地若夢在清水中行是
見第五地復次金剛摧菩薩若夢中見雲雨
此菩薩多魔業此菩薩是初地七地見此以
自在力嬈説法師前出家爲利養故呵責法
師若法師如法教誨常違反師語應勤修忍
辱生信解心離於利養一向爲利他以此淨
業障若見塵土雲雨此菩薩是初地若見黒
雲此菩薩是二地若見亂雲此菩薩是三地

若見雷雲此菩薩是四地若見電雲驚怖此菩薩是五地若見雨雹此菩薩是六地魔業地地應知復次金剛摧菩薩夢中見地摇此菩薩是初地久行初業多初業多初業障多恐怖衆生應修無畏施衆生守護三業以此淨除業障彼若常見地摇是初業初地破城池燒人衆此菩薩二地若地久動是三地發眞實誓是四地魔業是五地六地勤修總持是七地大威德諸天悉來集會是八地諸龍來增益氣力是九地是梵天來是十地聞如來祕密語地摇動地地應覺知復次金剛摧菩薩夢中自見在鬪訟中是菩薩是四地初地若見上地是魔業乃至七地不勤修習攝取伏非法人先時爲利養故違說法人奸詐說法自活當學方便當善心修六波羅蜜以

此淨除業障若被呵瞋生驚畏心是初地夢被刀斫是二地若被土塊杖是三地若被惡罵是四地魔不解不勤修復次金剛摧菩薩夢中見自病此菩薩是二地處處地見相世間出世間多作艱難欲多法施復還斷絶欲多財施復還斷絶應當供給修行法人修無礙心修不放逸慢修不自在慢以此淨除業障若見在餘處地病此覺魔業復次金剛摧菩薩夢中墮山無所依止先時於善心一向詐奸多不信解多於業障魔業增盛身心羸劣受法疾得尋復忘失生欲樂心中間放捨若見財封捨離若見佛法捨離捨離忍辱親近惡行不近善法於深信解人邊不生信解此菩薩是見二地初地若自見刀山中行是見初地若自知石山中墮是見二地住餘地

無業障無魔業應生信心於三月中晝三時夜三時懺悔應觀世間因緣法應修供養如是以除業障

大寶積經卷第十五

音釋

蝕（實職切虧也日月虧曰蝕）坌（蒲悶切塵坌也）樺（胡化切木名）華屣（所綺切皮履也）癲（都年切狂病也）涸（下各切水竭也）

大寶積經卷第十六

西晉月氏三藏竺法護譯

淨居天子會第四之二

復次金剛摧菩薩夢中自見被縛將殺此菩薩魔業增盛非業障彼應修無礙定修於慈心以此淨除業障此菩薩是見六地初地若夢見被繫在死屍中是見五地若被縛至親里圍遶是六地是魔業不勤修初地羸劣爲無上道應修增上進復次金剛摧菩薩若夢中自知在刀中此菩薩是初地五地多惡知識多艱難應靜無忿怒無障礙心一向勤利他人以此淨除業障前曾在上位惱亂持戒人見人持種種刀自見在中此菩薩初地見若見人持一刀在中是第二地見捉杖在中是見三地若見捉石在中此見四地見在空手衆中住是五地除魔業復次金剛摧菩薩夢自見在空中此菩薩在信地得無生法忍此菩薩諸天所念應修好威儀應常修精進勸發衆生求無上道不應常住一處如是清淨此菩薩是初地七地見處處地若見虛空中行施此是初地若空中見仙人此見第二地若見沙門此見第三地若見龍第四地若見天第五地若見梵天是第六地若見菩薩如來是第七地除魔業復次金剛摧菩薩若夢中自見捉炬應勤修明慧此菩薩是初地五地此菩薩應不顧身命不覩飲食應行禪不生疑悔如是趣向住初地樂修對治住二地樂修禪住三地樂修慈住四地樂修悲住五地樂修捨住初地應修念佛爲明見住二地應修放解住三地應修聞住四地應修持

住五地應修空如是應得明復次金剛摧菩薩若夢中見菩薩踰宮出此菩薩初地六地處處見增加精進得不退轉在菩提記界疾近無上道若見步出是見初地見乘牛車出是見二地見乘馬車出是見三地見乘象車出是見四地若見乘人車出是見五地若見乘空中車出是見六地除魔業復次金剛摧菩薩若夢中得經此菩薩是初地三地處處地見此人多諸因緣多諸謗毀數數多諸艱難應一心修悔過常修精進若夢得世俗典籍聲聞經法此是初地夢得檀相應經是見二地夢得甚深相應是見三地不勤修乃至七地若諸天與若菩薩與如來與法藏復次金剛摧菩薩夢中聞得法功德聲此菩薩是初地六地見處處地見前得佛總持此菩薩少於業障魔業增盛應施於辯才不求人過如是清淨聞出香陀羅尼聲此菩薩是初地聞文字陀羅尼是第二地聞書寫陀羅尼是八地初地見處處地此不應愛著三界勤修獨處彼少於業障少於魔業煩惱增盛應聽種種法應修多觀如是相應有覺觀三昧是初住地無覺少觀是三住地無覺無觀是四住地梵處空處三昧是五住地現一身三昧是六住地大通三昧是七住地出生佛莊嚴三昧是第八住地復次金剛摧菩薩若夢中聞方廣經聲此菩薩是六地初地應修信解法決定忍此菩薩少於障緩趣無上道勤問持戒之相應尊重師長如是趣向菩提聞檀波羅蜜經聲是初地聞戒經聲是二地聞忍經聲是三地聞精進經聲是四地聞禪經聲

是五地聞般若波羅蜜聲是六地除不勤修人佛所持善心成就者復次金剛摧菩薩若夢中聞說法比丘字聲此菩薩是四地初地此應依止善知識此菩薩多諸艱難多諸疑悔少於智慧應修無礙心應方便勸一切衆生修無疑悔心如是清淨若見前所聞法師名此初地若聞不見法師名是第二地若聞他異世界法師名是第三地若聞一生補處菩薩若聞樂上地聲是第四地復次金剛摧菩薩若夢中得信辯此菩薩是初地三地此菩薩是辯器若遠離三法疾得明何等三見他得利心生嫉妬爲利養故奸詐親近如是三法當遠離然後趣向說少偈頌是初地能說種種偈是二地說甚深偈是三地多說上地偈復次金剛摧菩薩若菩薩夢中得經辯是初地八地見此有多功德因緣當勤依修戒當修勝供養供養淨行人不應修智慢如是夢中當受業障少受苦報彼出初地四辯說方等經是說二地說種種經是三地說前因緣是四地說三世是五地說波羅蜜是六地說甚深經是七地說一切決定是八地復次金剛摧菩薩若菩薩夢中聞陀羅尼聲彼是七地此菩薩受諸煩惱少業障應問智者修靜默處趣解脫如是趣向夢在村中是初地在房中是二地在僧房中是三地在阿練若處坐是四地若夢坐是五地若園觀中是六地夢在山頂是七地復次金剛摧菩薩若菩薩夢中聞他方世界未曾聞如來名此菩薩是受記初地八地憍慢自在故不趣向道多魔業爲供養故修不淨威儀然後趣向修

慢是初地夢戒慢是二地聞慢是三地方便慢是四地疑慢是五地智慢是六地所説慢是七地受持慢是八地復次金剛摧菩薩若夢中聞某世界某菩薩聲此菩薩是五地初地此菩薩爲菩薩所憶念少煩惱應離憍慢勸多人修智如是相應得陀羅尼是聞初地夢出家是聞二地夢苦行是三地夢道場降魔是四地夢覺道是五地聞見上多聞見不定羸劣善心是見初地住於疑心是二地退心放逸是三地增上放逸是四地多定是五地復次金剛摧菩薩夢在海中此菩薩精進是八地見處處地應修多聞精進慧解若夢中無所依止是初地若在海際是二地若在船乘是三地夢往去是四地夢上船是五地夢水中坐是六地在船中坐是七地夢船中滿寶在上坐欲出海是八地復次金剛摧菩薩若夢中集寶此菩薩是初地三地見處處地此菩薩多逢苦惱應樂修淨業不求人短於説法者知恩如是趣向夢掘地中得寶初地雜土得寶是見二地雜草得寶是見三地是不勤進相是魔業若六地若四地不勤方便魔業業障復次金剛摧菩薩夢中有須彌山頂此人不退轉是見初地五地彼有少功德親近惡友因緣奸詐無信親近善知識令應修不奸詐多修信解如是趣向若夢在須彌山當知上六住夢住須彌山是七地夢四顧望是八地夢坐者是九地夢山動是十地此初地乃至見五地勤進修善心在善知識乎是魔業復次金剛摧菩薩夢中自見上山此菩薩是初地五地害一切煩惱業障於説

法人不生恭敬應修不諂曲淨除業障如是趣向菩提初地增長三時勤進二地勤修念佛三地修空四地修大悲五地修慧夢自上山是初地在山中是二地在山上是三地夢觀看是四地坐者是五地復次金剛摧菩薩若夢上山此菩薩見是七地初地此菩薩少於業障魔業增盛應捨一切所愛物供養智慧者於智慧人邊應自伏憍慢若夢度七大山乃至須彌山是七地復次金剛摧菩薩若夢中夢上樹此菩薩是初地四地處處地見應覺業障魔業應親近依止善知識得於慧明時時當決斷法義覺知如是趣向見樹枝葉具足陰涼是初地見香樹是二地見華樹是三地見果樹是四地是勤進相若不勤進是魔業若見高處樹枝葉華果具足除業報復次金剛摧菩薩若夢中見龍象此菩薩是初地六地處處地見此菩薩行施不行慧困乏善根應當修信當修善念如是相應彼初地見不清淨龍象二地見白龍象三地見六牙白龍象四地見莊嚴龍象五地見捉旛蓋龍象六地見歡戲龍象是七地復次金剛摧菩薩自夢上龍象此菩薩是見初地七地一生當得如來應供有入法智多希望應修恭敬勸發菩薩離於幻僞奸詐應處處知足修適意施如是清淨夢上象是初地夢自著白衣上象是二地若夢染衣是三地若夢種種色衣是四地若夢香染衣具足莊嚴是五地若夢著冠是六地若夢捉莊嚴蓋是七地除魔業不勤進上地相見一切具足復次金剛摧菩薩若夢中上馬此菩薩是初地四地此

應修依止戒波羅蜜度彼魔業增盛少於業障當多修空慧勤修生信如是清淨自夢上住馬是初地夢上行馬是二地夢上走馬是三地上莊嚴馬第四地除上地魔業此菩薩增上慢魔業復次金剛摧菩薩若夢中作成實誓此菩薩一切地十地處處地見彼於業障多增盛魔業多諸方術行善修出生三昧應正修威儀不多積聚如是淨業障作成實施誓此是初地爲解繫縛是二地爲解病是三地爲城池是四地爲王是五地爲閻浮提是六地爲四天下是七地爲千世界是八地爲三千世界是九地日出時地遊雨天花是十地除魔業初地六地復次金剛摧菩薩若菩薩夢中見藥樹是菩薩是見初地七地滿足成就受記法應修不望報施正直不求人

過如是清淨夢見少果樹是初地若見多果樹是二地若見苦果樹是四地見藥樹是五地若見天樹是六地若見甘果樹是七地復次金剛摧菩薩若菩薩夢中見花樹此菩薩是七地初地應作種種善根不親近四衆如是趣向見多花樹無香是初地見香花樹是二地夢見多香花樹是三地見雜花果樹是四地見無葉花樹是五地見天花樹是六地若見菩提樹是七地除在惡知識手慢緩不勤精進魔業上地一切成就見復次金剛摧菩薩若夢中見未曾有城此是六地初地此菩薩有業障此無生法忍先修堅固三昧空三昧無礙心極苦行如是清淨夢見初起城是初地見作竟城是二地見城中街市成就是三地見遊戲處成就是四地見池水成就

是六地除在惡知識手慢緩不精進魔業上地具足見復次金剛摧菩薩若菩薩夢中見阿耨龍王池此是八地初地少衆煩惱彼疾出生明若無奸詐勤修進行不顧身命一切所須滿適他意如是清淨若見阿耨龍池岸際此是初地若見池中是二地若一切見是三地若手觸水是四地若洗是五地若岸際坐是六地若見阿耨龍王是七地若入龍宫增與氣力是八地除魔業九地復次金剛摧菩薩若菩薩夢見天子此菩薩上地五地見處處地彼少業障少魔業猶如微滴應三月勤修寂靜除業障得明淨如是人應念十方佛應修不愁惱彼若見四大天王衆是見六地見三十三天是七地見兜率天是八地見梵天衆是九地見淨居天是十地初地相應一切見魔業成就善心見一切十地復次金剛摧菩薩若夢見龍此是見八地處處見當成就順忍雖勤精進數數廢稽勤修方便數復放捨彼所有財封當以供給法師乃至所愛之物悉以捨與然後趣向若山上見龍是見初地若曠野見是二地若池岸上見是三地若林中見是四地若人衆中見是五地若王城中見是六地若多人衆圍遶見是七地若空中見是八地除魔業業障初地六地復次金剛摧菩薩若夢自見向餘方閻浮提是初地六地若得忍彼少於障若不勤修不得於明若懈怠奸詐親近彼若生信如是清淨若不樂見閻浮提是初地若樂見是二地若見村落城邑可愛是三地若見園觀雜華是四地若見大衆喜樂是第五地若相娛樂是

六地除魔業復次金剛摧菩薩夢著白衣此菩薩是見八地初地此業障清淨魔業增盛彼生樂法心數復退減功德多諸艱難一切物不應慳惜如是清淨若自見一切所須一切數具人所喜者不惜身命多聞修善根若著久故好衣是初地若見長領新衣是二地若見長領衣是三地若見打治衣是四地若見打治摩衣是五地若見染衣是六地若見象色衣是七地若見天衣是八地復次金剛摧菩薩若夢得寶鬘此是初地九地彼無業障無魔業當自責已過不責於他求修聞法不作鬭訟如是清淨若一種寶鬘是初地如是二種乃至七種寶鬘是七地若得轉輪王摩尼寶鬘是八地若見天寶鬘是九地除魔業是見初地起業相若戲笑懈怠親近戲笑

懈怠不省録人應當覺知復次金剛摧菩薩若見頭著華鬘是八地初地此實有業障若初中後生定善心捨一切物不生愁惱如是清淨若得一色鬘是初地若得惡色鬘是二地若得種種色鬘是三地若得一切華鬘是四地若得龍華鬘是五地若得天華鬘是六地若得天種種華鬘是七地若得雜天人華鬘是八地復次金剛摧菩薩若夢取得亂華此菩薩是見六地初地此菩薩應勸化菩薩若有自在力勢不侵枉餘人若取有色無香華是初地若取有色香華是二地若取金色華是三地若種種色華是四地若取水陸華是五地若水陸種種雜華是見六地如是相勤修精進若魔業若上地若四地一切適意龍所持來復次金剛摧菩薩若夢中打鼓作

技彼是九地見處處業障魔業增盛此應勤修多聞精進於一切衆生生平等心如是清淨若夢空中打鼓是初地若平地見是二地若村中見是三地若大城中見是四地若大衆中見是五地若屋上見是六地若山中見是七地若須彌山頂見是八地若虛空中見是九地除勤修智魔業復次金剛摧菩薩若夢中見日月蝕是菩薩初地六地毀滅善法多諸煩惱成就惡業應以一切物施不望業報如是清淨見日月初出是見初地二地見雲三地見聚雲四地見散雲五地見無塵霧六地見日月中時除魔業業障復次金剛摧菩薩夢中見不淨塗身是菩薩見初地三地於前身毀駡賢聖修惡行菩薩此菩薩應三年中晝夜三時勤修懺悔自後更不於餘人

生輕慢心應多修信解如是清淨以青淤泥自塗身者是初地若塗半身是二地若處處被塗是三地乃至六地應覺魔業復次金剛摧菩薩若自夢見作王此菩薩一切十地見處處地有厚善根亦有厚艱難不應於他希望供養於他不起奸詐修質直施所有持戒與他共不自讚不毀於他如是以覺道若在村中恐怖者是初地若在僧房中是二地若在園觀中是三地若天祀中是四地若在大城中是五地若在山中是六地若作閻浮提王是七地若作轉輪王是八地若在海中是九地若在須彌山頂是十地除魔業不勤精進應念諸佛菩薩也復次金剛摧菩薩若夢王前若輔相前若大衆中是菩薩是八地見此雜煩惱彼應教化衆生應修供養自修清

淨如是清淨彼初地施雜衆煩惱二地戒三地聞四地定五地持六地通七地說法八地眷屬成就復次金剛摧菩薩若夢騎乘在園林中此菩薩是九地初地見此菩薩不知是世間利養飲食爲魔所牽縛少於業障應供給法師供養所須應習寂默如是趣向彼初地無智行二地無慧三地無決定智四地無禪智五地無無礙智七地無出生智八地無莊嚴智九地無願智復次金剛摧菩薩若見所未見有村落僧坊人衆此菩薩是初地六地彼多艱難應修念佛如是清淨修信心施修一切信解見如是行相者是初地若卒有所作是二地若莊嚴是三地若見莊嚴竟是四地若見四衆聚會是五地若見天衆是六地復次金剛摧菩薩若夢中得蓋是初地七

地見佛所持多艱難不爲所屈彼於說法人不應起惡意如是清淨若見華蓋是初地若見瑠璃蓋是二地若見華及蓋是三地若見物蓋是四地若見畫塗蓋是五地若鈴網蓋是六地若見寶網蓋寶網垂覆是七地除魔業不勤精進復次金剛摧菩薩若菩薩自夢與多人說法此菩薩一切十地見彼地地應覺知魔業業障欲得決定辯當出推求於一切物不應愛著於求法人生清淨信心修六和敬戒如是清淨若夢說云何修行施此是初地云何十善法是二地云何聞是三地云何頭陀德是四地云何說空是五地云何說呵責習是六地云何說無染著是七地云何說莊嚴定是八地云何說莊嚴佛是九地云何說妙時是十地初地施財二地戒財三地

方便財四地具七財五地奉給財是六地決斷財七地決定財八地通無礙財九地行財十地得財彼初地善根增上二地戒增上三地方便增上四地所作增上五地十二因緣增上六地甚深忍增上七地壞智增上八地壞教化衆生增上九地調伏增上十地壞淨國土增上復次金剛摧菩薩若自夢見初立城郭此菩薩是八地受不退轉記應親近供養甚深信解人多決定疑悔法障彼應供養法師得除疑悔如是清淨彼中住初地疑道爲得佛爲不得佛是二地教化衆生智疑是三地出生定疑是四地應作智疑是五地道果疑是六地出生疑是七地遊戲疑是八地復次金剛摧菩薩若夢縛筏濁水中過彼是七地初地業障魔業增盛應生增上欲心堅固不壞和合相應無生明淨若智方便艱難是初地若欲修勤善身懈怠是二地若心非時是三地或時明是四地若少無畏是五地若教化艱難是六地若佛法艱難是七地復次金剛摧菩薩若自夢乘船此菩薩是六地若平等行六波羅蜜有艱難當行無依六波羅蜜如是清淨若夢作船未竟是初地作船竟是二地若夢二船並是三地若並縛二船是四地見大衆上船是五地見入船去是六地復次金剛摧菩薩若自夢見雲雷放電是菩薩五地初地彼魔業增上少於業障當多思善念捨所愛物集陀羅尼如是清淨若見雲雨電驚怖是初地若不驚怖是二地若憶念法是三地若住山頂憶念是四地若空中念是五地除魔業若上地龍來集會奉事所

作不生驚怖復次金剛摧菩薩若夢莊嚴得刀此菩薩是初地三地此魔業業障增盛彼應親近忍波羅蜜毗黎耶波羅蜜般若波羅蜜如是清淨若是垢膩刀是初地得無垢刀是二地得利刀是三地復次金剛摧菩薩若夢中得器物此菩薩是七地如是相應當修行彼不定有魔業業障應勤行四攝法如是清淨應淨除六地退法得增上七地復次金剛摧菩薩若自夢示衆生道此是一切十地相此如是初相應覺業障煩惱障應供養親近法師捨一切物勤修精進如是趣向若見乘在道轉動是初地示趣園觀道是二地示趣城道是三地示阿練若道是四地示山道是五地示趣海道是六地示天道是七地示聲聞道是八地示菩薩道是九地示佛道是十地説示道竟示地初地覺魔業覺煩惱業此前六地無過也復次金剛摧菩薩若夢中入園林中此菩薩八地初地彼夢中受魔業煩惱業夢驚怖悟已生愁苦此應當修空聽甚深法應當默然離於睡眠應親近決定説道法者如是清淨若自夢退失王位心生驚怖是初地夢破戒驚怖是二地夢法没盡驚怖是三地夢法師無常驚怖是四地若夢爲火所燒驚怖是五地夢被驚怖是六地夢墮山驚怖是七地夢見世尊入涅槃驚怖是八地不勤進六地覺魔業復次金剛摧菩薩若夢中見五穀聚此菩薩是八地上地住初地第二地如是見不勤進見魔業不要談説前身曾供養諸佛多諸艱難不依一切世間不觀於捨守護三業如是清淨夢見聚穀是七

地夢聚三千大千世界穀是八地若夢五穀聚熟是九地若夢刈穀是十地復次金剛摧菩薩若夢中見治衆生病此菩薩是八地少於業障魔業增盛應修大悲勤勸化不生疑悔如是相應夢治小兒是初地若夢治女人是二地若夢治大人是三地若夢治熱病是四地若夢治白癩病是五地若夢治自殘病是六地若夢治乾痟病是七地若夢治鬼病是八地除魔業應修集忍行成就菩薩大悲善心復次金剛摧菩薩若自聞授菩提記此菩薩是見十地此受記魔業業障應覺知受十地記初地受道記二地受菩薩行記三地受忍記四地受願記五地受三昧記六地受慧記七地受方便記八地受出過聲聞辟支佛地一切智記九地受一生補處記十地受佛灌頂記彼修大悲般若波羅蜜善權方便親近如是趣向復次金剛摧菩薩若夢中覺道此菩薩是初地應覺大悲應勤修精進應信善心如是趣向覺知是八地動三千大千世界是九地夢放光諸天大聲歌頌喜笑是十地初地十地不勤進魔業如是相復次金剛摧菩薩若夢中得滿瓶此菩薩見一切十地當如是知若村中得是初地若門中得是二地若道中得是三地若樹下得是四地若住得是五地若坐得是六地若山頂頭得是七地若空中得是八地若食時得是九地若莊嚴乘騎若園觀是十地此地地魔業業障應覺如是清淨趣向爾時世尊而說偈言

如是相所得　決定無有疑　大士應如是
莫見他少短　人德難可量　大海可熾火

火中可生水　此一一有相　若退於菩提
終無有是處　若以於兩肩　頂戴於須彌
遊至於十方　恒河沙世界　如是之相貌
此事猶可作　如此菩提心　終無有退轉
大地可反覆　菩提心退轉　終無有是處
此中少功德　若有善心人　以向無上道
有四法無量　世間無智者　虛空界難知
如是衆生界　佛知菩提心　遇者應當知
諸菩薩所行　不應生輕毀　可以一小草
測量於大海　衆生之所行　不可得思議
假使大海水　盡融爲洋銅　爲已身命故
猶尚可飲盡　於諸菩薩行　終不可輕毀
如飲洋銅苦　其苦不可數　或有業障礙
或爲魔所亂　彼人受生處　終無有憂悔
若人爲樂故　於惡色愚癡　破戒可猒惡

不可恭敬者　如是等人所　不應生輕慢
衆生之所行　甚難可得知　猶如舍利弗
寂默入禪定　能於一心中　唯知五十心
猶如諸世尊　一念知無量　不應於諸佛
而生於疑心　猶如阿羅漢　不知自境界
況復當能知　衆生之境界　是故一切人
不應作是言　我能知衆生　心中之所念
我見染服人　須臾著白衣　如是念念間
念念有變異　況誰能復知　眞實者愚患
譬如阿闍世　殺害於已父　又於如來所
而生惡逆心　還於一念中　深悔過罪心
即能除罪報　脫於惡道苦　況有能自生
清淨善心者　此心或時縛　此心或時解
此身是無記　亦無有所知　云何令此身
而有於過惡　是身亦不應　親近於身色

亦復所不應　殺害他人身　譬如眞淨金
墮於不淨中　本性常清淨　不淨不能損
彼人雖貪樂　行於世間法　彼人實功德
善心無損減　王子長者子　衆中作戲笑
一切諸大王　見者悉喜樂　此衆生中行
或在天人中　或食毒不死　或投火不燒
況於智覺者　世間愚癡人　不能奪癡行
緣覺及聲聞　不如施菩薩　清淨心福田
平等猶如佛　菩薩等如佛　見善心甚深
譬如恒河沙　諸佛世界中　滿中七寶施
若書持此經　欲比其功德　倍數無比喻
善得於大利　菩提心不失　若人爲財故
入於大海中　必當獲大利　若持一切經
能爲多人說　不聞於此經　不知衆生行
以是因緣故　應當知勝如　不自讚已德
不應謗毀他　善心行淨行　若欲速覺悟
第一菩提道　樂阿練若處　常護諸情根
勤修於精進　遠離於親里　修第一義慈
如是當速疾　得於菩提道

爾時世尊說此經時六萬天人得不退於阿耨多羅三藐三菩提十八那由他天人未發心者令發菩提之心聞此經故除捨八十劫生死之罪是故若欲不捨菩提者當受持此經讀誦通利善思念之勤於方便忍受歡喜奉行爾時衆中十千菩薩欲退菩提心生於疑悔欲還歸家不知障及魔業過聞說此經捨除罪過於世尊前生少信心於此世界當與彌勒菩薩一時成佛淨除二十劫魔業不起此坐住一生補處當生他方世界彌勒成佛時當一時成佛彼除二十劫魔業及煩惱

故若菩薩但聞此經尚能多作利益況受持讀誦顯說佛說此經已天人阿修羅歡喜奉行

大寶積經卷第十六

音釋

奸詐（奸古閑切詐也）𦡱（女利切肥𦡱也）刈（牛制切割也）

詐（側駕切欺也）癩（落蓋切惡疾也）痟（相邀切渴疾也）

大寶積經卷第十七

唐三藏法師菩提流志奉　詔譯

無量壽如來會第五之一

如是我聞一時佛住王舍城耆闍崛山中與大比丘衆萬二千人俱皆是諸大聲聞衆所知識其名曰尊者阿若憍陳如馬勝大名有賢無垢須跋陀羅善稱圓滿憍梵鉢提優樓頻蠡迦葉那提迦葉伽耶迦葉摩訶迦葉舍利弗大目揵連摩訶迦旃延摩訶劫賓那摩訶注那滿慈子阿尼樓馱離波多上首正住彼岸摩俱羅難陀有光善來羅睺羅阿難陀等而爲上首復有菩薩摩訶薩衆所謂普賢菩薩文殊師利菩薩彌勒菩薩及賢劫中諸菩薩摩訶薩衆前後圍遶又與賢護等十六丈夫衆俱所謂善思惟義菩薩慧辯才菩薩觀無住菩薩善華神通菩薩光幢菩薩智上菩薩寂根菩薩慧願菩薩香象菩薩寶幢菩薩等而爲上首咸共遵修普賢之道滿足菩薩一切行願安住一切功德法中到諸佛法究竟彼岸願於一切世界之中成等正覺又願生彼兜率陀天於彼壽終降生右脅見行七步放大光明普佛世界六種震動而自唱言我於一切世間最爲尊貴釋梵諸天咸來親奉又現習學書計曆數聲明技巧醫方養生符印及餘博戲擅美過人身處王宮猒諸欲境見老病死悟世非常捐捨國位踰城學道解諸瓔珞及迦尸迦被服袈裟六年苦行能於五濁刹中作斯示現順世間故浴尼連河行趣道場龍王迎讚諸菩薩衆右遶稱揚菩薩爾時受草自敷菩提樹下結跏趺坐又

現魔衆合圍將加危害菩薩以定慧力降伏魔怨成無上覺梵王勸請轉於法輪勇猛無畏佛音震吼擊法鼓吹法螺建大法幢然正法炬攝受正法及諸禪定雨大法雨澤潤含生震大法雷開悟一切諸佛刹土普照大光世界之中地皆震動魔宮摧毀驚怖波旬破煩惱賊隳諸見網遠離黑法生諸白法於信施食能受能消爲調衆生宣揚妙理或現微笑放百千光昇灌頂階受菩提記或成佛道現入涅槃使無量有情皆得漏盡成熟菩薩無邊善根如是諸佛刹中皆能示現譬如幻師善知幻術而能示現男女等相於彼相中實無可得如是如是諸菩薩等善學無邊幻術功德故能示現變化相應能善了知變化之道故示諸佛土現大慈悲一切群生普皆饒益菩薩願行成就無疆無量義門通達平等一切善法具足修成諸佛刹中平等趣入常爲諸佛勸進加威一切如來識知印可爲教菩薩作阿闍梨常習相應無邊諸行通達一切法界所行能善了知有情及土亦常發趣供諸如來現種種身猶如影像善學因陀羅網能破魔網壞諸見網入有情網能超煩惱眷屬及魔侶魔人遠出聲聞辟支佛地入空無相無願法門而能安住方便善巧初不樂入二乘涅槃得無生無滅諸三摩地及得一切陀羅尼門廣大諸根辯才決定於菩薩藏法善能了知佛華三昧隨時悟入具一切種甚深禪定一切諸佛皆悉現前於一念中遍遊佛土周旋往返不異其時於難非難邊能了諸邊敷演實際差別善知得佛辯才住

普賢行善能分別衆生語言超過世間一切之法善知一切出世間法得資具自在波羅蜜多荷擔有情爲不請友能持一切如來法藏安住不斷一切佛種哀愍有情能開法眼閉諸惡趣開善趣門普觀有情能作父母兄弟之想又觀衆生如己身想證得一切讚歎功德波羅蜜多能善了知讚歎如來一切功德及餘稱讚諸功德法如是菩薩摩訶薩衆無量無邊皆來集會爾時尊者阿難從座而起整理衣服偏袒右肩右膝著地合掌向佛白言大德世尊身色諸根悉皆清淨威光赫奕如融金聚又如明鏡凝照光輝從昔已來初未曾見喜得瞻仰生希有心世尊今者入大寂定行如來行皆悉圓滿善能建立大丈夫行思惟去來現在諸佛世尊何故住斯念耶爾時佛告阿難汝今云何能知此義爲有諸天來告汝耶爲以見我及自知耶阿難白佛言世尊我見如來光瑞希有故發斯念非因天等佛告阿難善哉善哉汝今快問善能觀察微妙辯才能問如來如是之義汝爲一切如來應正等覺及安住大悲利益群生如優曇華希有大士出現世間故問斯義又爲哀愍利樂諸衆生故能問如來如是之義阿難如來應正等覺善能開示無量知見何以故如來知見無有障礙阿難如來應正等覺欲樂住世能於念頃住無量無數百千億那由他劫若復增過如上數量而如來身及以諸根無有增減何以故如來得三昧自在到於彼岸於一切法最勝自在是故阿難諦聽善思念之吾當爲汝分別解說阿難白佛言

唯然世尊願樂欲聞爾時佛告阿難往昔過阿僧祇無數大劫有佛出現號曰然燈於彼佛前極過數量有苦行佛出興于世苦行佛前復有如來號爲月面月面佛前過於數量有栴檀香佛於彼佛前有蘇迷盧積佛盧積佛前復有妙高劫佛如是展轉有離垢面佛不染汙佛龍天佛山聲王佛蘇迷盧積佛金藏佛照曜光佛光帝佛大地種性佛光明熾盛瑠璃金光佛月像佛開敷華莊嚴光佛妙海勝覺遊戲神通佛金剛光佛大阿伽陀香光佛捨離煩惱心佛寶增長佛勇猛積佛勝積佛持大功德法施神通佛映蔽日月光佛照曜瑠璃佛心覺華佛月光佛日光佛華纓珞色王開敷神通佛水月光佛破無明暗佛眞珠珊瑚蓋佛底沙佛勝華佛法慧吼佛有師子吼鵝鴈聲佛梵音龍吼佛如是等佛出現於世相去劫數皆過數量彼龍吼佛未出世前無央數劫有世主佛世主佛前無邊劫數有佛出世號世間自在王如來應正等覺明行圓滿善逝世間解無上丈夫調御士天人師佛世尊阿難彼佛法中有一比丘名曰法處有殊勝行願及念慧力增上其心堅固不動福智殊勝人相端嚴阿難彼法處比丘往詣世間自在王如來所偏袒右肩頂禮佛足向佛合掌以偈讚曰

如來無量無邊光　舉世無光可能喻
一切日月摩尼寶　佛之光威皆映蔽
世尊能演一音聲　有情各各隨類解
又能現一妙色身　普使衆生隨類見
戒定慧進及多聞　一切有情無與等

心流覺慧如大海　善能了知甚深法
惑盡過亡應受供　如是聖德唯世尊
佛有殊勝大威光　普照十方無量剎
我今稱讚諸功德　冀希福慧等如來
能救一切諸世間　生老病死衆苦惱
願當安住三摩地　演說施戒諸法門
忍辱精勤及定慧　庶當成佛濟群生
爲求無上大菩提　供養十方諸妙覺
百千俱胝那由他　極彼恒沙之數量
又願當獲大神光　倍照恒沙億佛剎
及以無邊勝進力　感得殊勝廣淨居
如是無等佛剎中　安處群生當利益
十方最勝之大士　彼皆當往生喜心
唯佛聖智能證知　我今希求堅固力
縱沉無間諸地獄　如是願心終不退
一切世間無礙智　應當了知如是心

復次阿難法處比丘讚佛德已白言世尊我今發阿耨多羅三藐三菩提心惟願如來爲我演說如是等法令於世間得無等等成大菩提具攝清淨莊嚴佛土佛告比丘汝應自攝清淨佛國法處白佛言世尊我無威力堪能攝受惟願如來說餘佛土清淨莊嚴我等聞已誓當圓滿爾時世尊爲其廣說二十一億清淨佛土具足莊嚴說是法時經于億歲阿難法處比丘於彼二十一億諸佛土中所有嚴淨之事悉皆攝受既攝受已滿足五劫思惟修習阿難白佛言世尊彼世間自在王如來壽量幾何世尊告曰彼佛壽量滿四十劫阿難彼二十一俱胝佛剎法處比丘所攝佛國超過於彼既攝受已往詣世間自在王

如來所頂禮雙足右遶七帀却住一面白言世尊我已攝受具足功德嚴淨佛土佛言今正是時汝應具說令衆歡喜亦令大衆皆當攝受圓滿佛土法處白言惟願世尊大慈留聽我今將說殊勝之願若我證得無上菩提國中有地獄餓鬼畜生趣者我終不取無上正覺若我成佛國中衆生有墮三惡趣者我終不取正覺若我成佛國中有情若不皆同眞金色者不取正覺若我成佛國中有情形貌差別有好醜者不取正覺若我成佛國中有情不得宿命乃至不知億那由他百千劫事者不取正覺若我成佛國中有情若無天眼乃至不見億那由他百千佛國土者不取正覺若我成佛國中有情不獲天耳乃至不聞億那由他百千踰繕那外佛說法者不取正覺若我成佛國中有情無他心智乃至不知億那由他百千佛國土中有情心行者不取正覺若我成佛國中有情不獲神通自在波羅蜜多於一念頃不能超過億那由他百千佛剎者不取正覺若我成佛國中有情起於少分我我所想者不取菩提若我成佛國中有情若不決定成等正覺證大涅槃者不取菩提若我成佛光明有限下至不照億那由他百千及筭數佛剎者不取菩提若我成佛壽量有限乃至俱胝那由他百千及筭數劫者不取菩提若我成佛國中聲聞無有知其數者假使三千大千世界滿中有情及諸緣覺於百千歲盡其智筭亦不能知若有知者不取正覺若我成佛國中有情壽量有限齊者不取菩提唯除願力而受生者若我成

佛國中衆生若有不善名者不取正覺若我成佛彼無量刹中無數諸佛不共咨嗟稱歎我國者不取正覺若我證得無上覺時餘佛刹中諸有情類聞我名已所有善根心心迴向願生我國乃至十念若不生者不取菩提唯除造無間惡業誹謗正法及諸聖人若我成佛於他刹土有諸衆生發菩提心及於我所起清淨念復以善根迴向願生極樂彼人臨命終時我與諸比丘衆現其人前若不爾者不取正覺若我成佛無量國中所有衆生聞說我名以己善根迴向極樂若不生者不取菩提若我成佛國中菩薩皆不成就三十二相者不取菩提若我成佛於彼國中所有菩薩於大菩提咸悉位階一生補處唯除大願諸菩薩等爲諸衆生被精進甲勤行利益修大涅槃遍諸佛國行菩薩行供養一切諸佛如來安立恒沙衆生住無上覺所修諸行復勝於前行普賢道而得出離若不爾者不取菩提若我成佛國中菩薩每於晨朝供養他方乃至無量億那由他百千諸佛以佛威力即以食前還到本國若不爾者不取菩提若我成佛於彼刹中諸菩薩衆所須種種供具於諸佛所植諸善根如是色類不圓滿者不取菩提若我當成佛時國中菩薩說諸法要不善順入一切智者不取菩提若我成佛彼國所生諸菩薩等若無那羅延堅固力者不取正覺若我成佛周遍國中諸莊嚴具無有衆生能總演說乃至有天眼者不能了知所有雜類形色光相若有能知及總宣說者不取菩提若我成佛國中具有無量色樹高

百千由旬諸菩薩中有善根劣者若不能了知不取正覺若我成佛國中衆生讀誦經典教授敷演若不獲得勝辯才者不取菩提若我成佛國中菩薩有不成就無邊辯才者不取菩提若我成佛國土光淨遍無與等徹照無量無數不可思議諸佛世界如明鏡中現其面像若不爾者不取菩提若我成佛國界之內地及虛空有無量種香復有百千億那由他數衆寶香爐香氣普熏遍虛空界其香殊勝超過人天珍奉如來及菩薩衆若不爾者不取菩提若我成佛周遍十方無量無數不可思議無等界衆生之輩蒙佛威光所照觸者身心安樂超過人天若不爾者不取正覺若我成佛無量不可思議無等界諸佛剎中菩薩之輩聞我名已若不證得離生獲陀羅尼者不取正覺若我成佛周遍無數不可思議無有等量諸佛國中所有女人聞我名已得清淨信發菩提心猒患女身若於來世不捨女人身者不取菩提若我成佛無量無數不可思議無等佛剎菩薩之衆聞我名已得離生法若不修行殊勝梵行乃至到於大菩提者不取正覺若我成佛周遍十方無有等量諸佛剎中所有菩薩聞我名已五體投地以清淨心修菩薩行若諸天人不禮敬者不取正覺若我成佛國中衆生所須衣服隨念即至如佛命善來比丘法服自然在體若不爾者不取菩提若我成佛諸衆生類纔生我國中若不皆獲資具心淨安樂如得漏盡諸比丘者不取菩提若我成佛國中群生隨心欲見諸佛淨國殊勝莊嚴於寶樹間悉皆

出現猶如明鏡見其面像若不爾者不取菩提若我成佛餘佛刹中所有衆生聞我名已乃至菩提諸根有闕德用非廣者不取菩提若我成佛餘佛刹中所有菩薩聞我名已若不皆善分別勝三摩地名字語言菩薩住彼三摩地中於一刹那言說之頃不能供養無量無數不可思議無等諸佛又不現證六三摩地者不取正覺若我成佛餘佛土中有諸菩薩聞我名已壽終之後若不得生豪貴家者不取正覺若我成佛餘佛刹中所有菩薩聞我名已若不應時修菩薩行清淨歡喜得平等住具諸善根者不取正覺若我成佛他方菩薩聞我名已皆得平等三摩地門住是定中常供無量無等諸佛乃至菩提終不退轉若不爾者不取正覺若我成佛國中菩薩隨其志願所欲聞法自然得聞若不爾者不取正覺若我證得無上菩提餘佛刹中所有菩薩聞我名已於阿耨多羅三藐三菩提有退轉者不取正覺若我成佛餘佛國中所有菩薩若聞我名應時不獲一二三忍於諸佛法不能現證不退轉者不取菩提爾時佛告阿難彼法處比丘於世間自在王如來前發此願已承佛威神而說頌曰

今對如來發弘誓　當證無上菩提曰
若不滿足諸上願　不取十力無等尊
心或不堪常行施　廣濟貧窮免諸苦
利益世間使安樂　不成救世之法王
我證菩提坐道場　名聞不遍十方界
無量無邊異佛刹　不取十力世中尊
方趣無上大菩提　出家爲求捨欲境

於彼念慧行無有　不作調御天人師
願獲如來無量光　普照十方諸佛土
能滅一切貪恚癡　亦斷世間諸惡趣
願得光開淨慧眼　於諸有中破冥暗
除滅諸難使無餘　安處天人大威者
修習本行已清淨　獲得無量勝威光
日月諸天摩尼火　所有光暉皆映蔽
最勝丈夫修行已　於彼貧窮爲伏藏
圓滿善法無等倫　於大衆中師子吼
往昔供養自然智　多劫勤修諸苦行
爲求最勝諸慧蘊　滿足本願天人尊
如來知見無所礙　一切有爲皆能了
願我當成無與等　最勝智者眞導師
我若當證大菩提　如斯弘誓實圓滿
願動三千大千界　天衆空中皆雨華

是時大地咸震動　天華鼓樂滿虛空
并雨栴檀細末香　唱言未來當作佛

佛告阿難彼法處比丘於世間自在王如來及諸天人魔梵沙門婆羅門等前廣發如是大弘誓願皆已成就世間希有發是願已如實安住種種功德具足莊嚴威德廣大清淨佛土修習如是菩薩行時經於無量無數不可思議無有等等億那由他百千劫內初未曾起貪嗔及癡欲害恚想不起色聲香味觸想於諸衆生常樂愛敬猶如親屬其性溫和易可同處有來求者不逆其意善言勸諭無不從心資養所須取支身命少欲知足常樂虛閑禀識聰明而無矯妄其性調順無有暴惡於諸有情常懷慈忍心不詐諂亦無懈怠善言策進求諸白法普爲群生勇猛無退利

益世間大願圓滿奉事師長敬佛法僧於菩薩行常被甲冑志樂寂靜離諸染著爲令衆生常修白法於善法中而爲上首住空無相無願無作無生不起不滅無有憍慢而彼正士行菩薩道時常護語言不以語言害他及已常以語業利已及人若入王城及諸村落雖見諸色心無所染以清淨心不愛不恚菩薩爾時於檀波羅蜜起自行已又能令他行於惠施於尸波羅蜜乃至般若波羅蜜起前二行皆悉圓滿由成如是諸善根故所生之處有無量億那由他百千伏藏自然涌出復令無量無數不可思議無等無邊諸衆生類安住阿耨多羅三藐三菩提如是無邊諸菩薩衆起諸妙行供養奉事諸佛世尊乃至成佛皆不可以語言分别之所能知或作輪王帝釋蘇燄摩天兜率陀天善化天他化自在天大梵天王皆能奉事供養諸佛及能請佛轉於法輪若作閻浮提王及諸長者宰官婆羅門刹帝利等諸種姓中皆能尊重供養諸佛又能演説無量法門從此永棄世間成無上覺然彼菩薩能以上妙衣服卧具飲食醫藥盡形供養一切如來得安樂住如是種種圓滿善根非以語言能盡邊際口中常出栴檀妙香其香普熏無量無數乃至億那由他百千世界復從一切毛孔出過人天優鉢羅華上妙香氣隨所生處相好端嚴殊勝圓滿又得諸資具自在波羅蜜多一切服用周遍無乏所謂諸寶香華幢旛繒蓋上妙衣服飲食湯藥及諸伏藏珍玩所須皆從菩薩掌中自然流出身諸毛孔流出一切人天音樂由

是因縁能令無量無數不可思議諸衆生等安住阿耨多羅三藐三菩提阿難我今已說法處菩薩本所修行爾時阿難白佛言世尊彼法處菩薩成菩提者爲過去耶爲未來耶爲今現在他方世界耶佛告阿難西方去此十萬億佛刹彼有世界名曰極樂法處比丘在彼成佛號無量壽今現在說法無量菩薩及聲聞衆恭敬圍遶阿難彼佛光明普照佛刹無量無數不可思議我今略說光照東方如恒河沙等國土南西北方四維上下亦復如是唯除諸佛本願威神所加悉皆照燭是諸佛光或有加一尋者或有加一由旬乃至億那由他百千由旬光者或普照佛刹者阿難以是義故無量壽佛復有異名謂無量光無邊光無著光無礙光光照王端嚴光愛光喜光可觀光不思議光無等光不可稱量光映蔽日光映蔽月光掩奪日月光彼之光明清淨廣大普令衆生身心悅樂復令一切餘佛刹中天龍夜叉阿修羅等皆得歡悅阿難我今開示彼佛光明滿足一劫說不能盡復次阿難彼無量壽如來諸聲聞衆不可稱量知其邊際假使比丘滿億那由他百千數量皆如大目揵連神通自在於晨朝時周歷大千世界須臾之頃還至本處彼經億那由他百千歲數欲共計筭無量壽佛初會之中諸聲聞衆盡其神力乃至滅度於百分中不知其一於千分百千分乃至鄔波尼殺曇分中亦不知其一阿難譬如大海深八萬四千由旬以目極觀不知邊際若有丈夫析一毛端爲五十分以其一分於大海中霑取一滴阿

難彼之水滴比於大海何者爲多阿難白言假使取千由旬水猶以爲少況以毛端一分而可方之佛告阿難假使比丘滿億那由他百千數量皆如大目揵連經百千億那由他歲皆共筭數彼無量壽如來初會聲聞所知數量如彼毛端一滴之水餘不測者猶如大海諸菩薩摩訶薩衆亦復如是非以筭計之所能知阿難彼佛壽命無量無邊不可知其劫數多少聲聞菩薩及諸天人壽量亦爾阿難白佛言世尊彼佛出世于今幾時能得如是無量壽命佛告阿難彼佛受生經今十劫復次阿難彼極樂界無量功德具足莊嚴國土豐稔天人熾盛志意和適常得安隱無有地獄畜生及琰魔王界有種種香周遍芬馥種種妙華亦皆充滿有七寶幢周布行列其寶幢上懸諸旛蓋及衆寶鈴具足百千諸妙雜色阿難彼如來國多諸寶樹或純黃金白銀瑠璃玻瓈赤珠碼碯玉樹唯一寶成不雜餘寶或以二寶乃至七寶莊嚴阿難彼金爲樹者以金爲根莖白銀爲葉及以華果白銀之樹銀爲根莖黃金爲葉及以華果碼碯之樹碼碯根莖美玉爲葉及以華果美玉樹者玉爲根莖七寶爲葉及諸華果或有金樹黃金爲根白銀爲莖瑠璃爲枝玻瓈爲條赤珠爲葉碼碯爲華美玉爲果或有銀樹以銀爲根黃金爲莖餘枝果等飾同金樹瑠璃樹者瑠璃爲根黃金爲莖白銀爲枝玻瓈爲條赤珠爲葉碼碯爲華美玉爲果玻瓈眞珠碼碯等樹諸寶轉飾皆若瑠璃復有玉樹玉爲其根黃金爲莖白銀爲枝瑠璃爲條玻瓈爲葉

赤珠爲華碼碯爲果復有無量摩尼珠等寶莊嚴樹周遍其國是諸寶樹光輝赫弈世無能比以七寶羅網而覆其上其網柔輭如兜羅綿復次阿難無量壽佛有菩提樹高十六億由旬枝葉垂布八億由旬樹本隆起高五千由旬周圓亦爾其條葉華果常有無量百千種種妙色及諸珍寶殊勝莊嚴謂月光摩尼寶釋迦毗楞伽寶心王摩尼寶海乘流注摩尼寶光暉遍照超過人天於其樹上有諸金鎖垂寶瓔珞周遍莊嚴謂盧遮迦寶末瑳寶及赤白青色真珠等寶以爲瓔珞有師子雲聚寶等以爲其鎖飾諸寶柱又以純金真珠雜寶鈴鐸以爲其網莊嚴寶鎖彌覆其上以玻瓈萬字半月寶等互相映飾微風吹動出種種聲令千世界諸衆生等隨樂差別於甚深法證無生忍阿難彼千世界諸有情等聞此音已住不退轉無上菩提及無量無數有情得無生法忍復次阿難若有衆生見菩提樹聞聲齅香嘗其果味觸其光影念樹功德由此因緣乃至涅槃五根無患心無散亂皆於阿耨多羅三藐三菩提得不退轉復由見彼菩提樹故獲三種忍何等爲三一者隨聲忍二者隨順忍三者無生法忍此皆無量壽佛本願威神見所加及往修靜慮無比喻故無缺減故善修習故善攝受故善成就故

大寶積經卷第十七

音釋

優樓頻蠡 梵語也此云木瓜林蠡盧戈切

脅 虛業切腋下也

隳 許規切壞也

赫奕 赫呼格切奕羊益切赫奕謂光明盛貌也

踰繕那 梵語也亦名由旬此云限量如此方一驛地或四十里六十里八十里也踰音俞繕時戰切

矯 居夭切詐也

大寶積經卷第十八

唐三藏法師菩提流志奉　詔譯

無量壽會第五之二

復次阿難彼極樂界無諸黑山鐵圍山大鐵圍山妙高山等阿難白佛言世尊其四天王天三十三天既無諸山依何而住佛告阿難於汝意云何妙高已上有夜摩天乃至他化自在天及色界諸天等依何而住阿難白佛言世尊不可思議業力所致佛語阿難不思議業汝可知耶答言不也佛告阿難諸佛及衆生善根業力汝可知耶答言不也世尊我今於此法中實無所惑爲破未來疑網故發斯問佛告阿難彼極樂界其地無海而有諸河河之狹者滿十由旬水之淺者十二由旬如是諸河深廣之量或二十三十乃至百數或有極深廣者至千由旬其水清冷具八功德濬流恒激出微妙音譬若諸天百千妓樂安樂世界其聲普聞有諸名華沿流而下和風微動出種種香居兩岸邊多栴檀樹脩條密葉交覆於河結實開華芳輝可玩群生遊樂隨意往來或有涉河濯流嬉戲感諸天水善順物宜深淺寒溫曲從人好阿難大河之下地布金沙有諸天香世無能喻隨風散馥雜水流芬天曼陀羅華優鉢羅華波頭摩華拘勿頭華芬陀利華彌覆其上復次阿難彼國人衆或時遊覽同萃河濱有不願聞激流之響雖獲天耳終竟不聞或有願聞即時領悟百千萬種喜愛之聲所謂佛法僧聲止息之聲無性聲波羅蜜聲十力四無所畏聲神通聲無作聲無生無滅聲寂靜聲邊寂靜聲

極寂靜聲大慈大悲聲無生法忍聲灌頂受位聲得聞如是種種聲已復得廣大愛樂歡悅而與觀察相應猒離相應滅壞相應寂靜相應邊寂靜相應極寂靜相應義味相應佛法僧相應力無畏相應神通相應止息相應菩提相應聲聞相應涅槃相應復次阿難彼極樂世界不聞諸惡趣名邊無障礙煩惱覆蔽名無有地獄琰摩畜生名邊無八難名亦無苦受不苦不樂受名尚無假設何况實苦是故彼國名爲極樂阿難我今略說極樂因緣若廣說者窮劫不盡復次阿難彼極樂世界所有衆生或已生或現生或當生皆得如是諸妙色身形貌端正神通自在福力具足受用種種宫殿園林衣服飲食香華瓔珞隨意所須悉皆如念譬如他化自在諸天復次阿難彼佛國中有微細食諸有情類甞無噉者如第六天隨所思念如是飲食即同食已色力增長而無便穢復有無量如意妙香塗香末香其香普熏彼佛國界及散華幢旛亦皆遍滿其有欲聞香者隨願即聞或不樂者終無所受復有無量上妙衣服寶冠環釧耳璫瓔珞華鬘帶鎖諸寶莊嚴無量光明百千妙色悉皆具足自然在身復有金銀眞珠妙寶之網懸諸寶鈴周遍嚴飾若諸有情所須宫殿樓閣等隨所樂欲高下長短廣狹方圓及諸床座妙衣敷上以種種寶而嚴飾之於衆生前自然出現人皆自謂各處其宫復次阿難極樂國土所有衆生無差别相順餘方俗有天人名阿難譬如下賤半挓迦人對於輪王則無可喻威光德望悉皆無有又如帝

釋方第六天威光等類皆所不及園苑宮殿衣服雜飾尊貴自在階位神通及以變化不可爲比唯受法樂則無差別阿難應知彼國有情猶如他化自在天王阿難彼極樂界於晨朝時周遍四方和風微動不逆不亂吹諸雜華種種香氣其香普熏周遍國界一切有情爲風觸身安和調適猶如比丘得滅盡定其風吹動七寶樹林華飄成聚高七人量種種色光照曜佛土譬如有人以華布地手按令平隨雜色華間錯分布彼諸華聚亦復如是其華微妙廣大柔軟如兜羅綿若諸有情足蹈彼華沒深四指隨其舉足還復如初過晨朝已其華自然沒入於地舊華既沒大地清淨更雨新華還復周遍如是中時晡時初中後夜飄華成聚亦復如是阿難一切廣大珍奇之寶無有不生極樂界者阿難彼佛國中有七寶蓮華一一蓮華有無量百千億葉其葉有無量百千珍奇異色以百千摩尼妙寶莊嚴覆以寶網轉相映飾阿難彼蓮華量或半由旬或一二三四乃至百千由旬者是一一華出三十六億那由他百千光明一一光中出三十六億那由他百千諸佛身如金色具三十二大丈夫相八十隨好殊勝莊嚴放百千光普照世界是諸佛等現往東方爲衆說法皆爲安立無量有情於佛法中南西北方四維上下亦復如是復次阿難極樂世界無有昏闇亦無火光涌泉陂湖彼皆非有亦無住著家室林苑之名及表示之像幼童色類亦無日月晝夜之像於一切處標式既無亦無名號唯除如來所加威者阿難彼國

衆生若當生者皆悉究竟無上菩提到涅槃處何以故若邪定聚及不定聚不能了知建立彼因故阿難東方如恒沙界一一界中如恒沙佛彼諸佛等各各稱歎阿彌陀佛無量功德南西北方四維上下諸佛稱讚亦復如是何以故他方佛國所有衆生聞無量壽如來名號乃至能發一念淨信歡喜愛樂所有善根迴向願生無量壽國者隨願皆生得不退轉乃至無上正等菩提除五無間誹謗正法及誹謗聖者阿難若有衆生於他佛刹發菩提心專念無量壽佛及恒種植衆多善根發心迴向願生彼國是人臨命終時無量壽佛與比丘衆前後圍遶現其人前即隨如來往生彼國得不退轉當證無上正等菩提是故阿難若有善男子善女人願生極樂世界欲見無量壽佛者應發無上菩提心復當專念極樂國土積集善根應持迴向由此見佛生彼國中得不退轉乃至無上菩提阿難若他國衆生發菩提心雖不專念無量壽佛亦非恒種衆多善根隨已修行諸善功德迴向彼佛願欲往生此人臨命終時無量壽佛即遣化身與比丘衆前後圍遶其所化佛光明相好與眞無異現其人前攝受導引即隨化佛往生其國得不退轉無上菩提阿難若有衆生住大乘者以清淨心向無量壽如來乃至十念念無量壽佛願生其國聞甚深法即生信解心無疑惑乃至獲得一念淨心發一念心念無量壽佛此人臨命終時如在夢中見無量壽佛定生彼國得不退轉無上菩提阿難以此義利故無量無數不可思議無有等

等無邊世界諸佛如來皆共稱讚無量壽佛所有功德佛告阿難東方如恒河沙界一一界中有如恒沙菩薩爲欲瞻禮供養無量壽佛及諸聖衆來詣佛所南西北方四維上下亦復如是爾時世尊而說頌曰

東方諸佛刹　數如恒河沙　如是佛土中
恒沙菩薩衆　皆現神通來　禮無量壽佛
三方諸聖衆　禮覲亦同歸　彼於沙界中
道光諸辯論　住深禪定樂　四無所畏心
各賚衆妙華　名香皆可悅　并奏諸天樂
百千和雅音　以獻天人師　名聞十方者
究竟威神力　善學諸法門　種種供養中
勤修無懈怠　功德智慧景　能破諸幽冥
咸以尊重心　奉諸珍妙供　彼觀殊勝刹
菩薩衆無邊　願速成菩提　淨界如安樂
世尊知欲樂　廣大不思議　微笑見金容
告成如所願　了諸法如幻　佛國猶夢響
恒發誓莊嚴　當成微妙土　菩薩以願力
修勝菩提行　知土如影像　發諸弘誓心
若求遍清淨　殊勝無邊刹　聞佛聖德名
願生安樂國　若有諸菩薩　志求清淨土
了知法無我　願生安樂國

復次阿難極樂世界所有菩薩於無上菩提皆悉安住一生補處唯除大願能師子吼擐大甲冑摩訶薩衆爲度群生修大涅槃者復次阿難彼佛刹中諸聲聞衆皆有身光能照一尋菩薩光照極百千尋除二菩薩光明常照三千大千世界阿難白佛言世尊彼二菩薩名爲何等佛告阿難汝今諦聽彼二菩薩一名觀自在二名大勢至阿難此二菩薩從

娑婆世界捨壽量已往生彼國阿難彼極樂界所生菩薩皆具三十二相膚體柔軟諸根聰利智慧善巧於差別法無不了知禪定神通善能遊戲皆非薄德鈍根之流彼菩薩中有得初忍或第二忍者無量無邊或有證得無生法忍阿難彼國菩薩乃至菩提不墮惡趣生生之處能了宿命唯除五濁刹中出現於世阿難彼國菩薩皆於晨朝供養他方無量百千諸佛隨所希求種種華鬘塗香末香幢旛繒蓋及諸音樂以佛神力皆現手中供養諸佛如是供具廣大甚多無數無邊不可思議若復樂求種種名華華有無量百千光色皆現手中奉散諸佛阿難其所散華即於空中變成華蓋蓋之小者滿十由旬若不更以新華重散前所散華終不墮落阿難或有華蓋滿二十由旬如是三十四十乃至千由旬或等四洲或遍小千中千乃至三千大千世界此諸菩薩生希有心得大喜愛於晨朝時奉事供養尊重讚歎無量百千億那由他佛及種諸善根已即於晨朝還到本國此皆由無量壽佛本願加威及曾供養如來善根相續無缺減故善修習故善攝取故善成就故復次阿難彼極樂界諸菩薩衆所說語言與一切智相應於所受用皆無攝取遍遊佛刹無愛無厭亦無希求不希求想無自想無煩惱想無我想無鬭諍相違怨瞋之想何以故彼諸菩薩於一切衆生有大慈悲利益心故有柔軟無障礙心不濁心無忿恨心有平等調伏寂靜之心忍心忍調伏心有等引澄淨無散亂心無覆蔽心淨心極淨心照曜心

無塵心大威德心善心廣大心無比心甚深心愛法心喜心法善意心捨離一切執著心斷一切衆生煩惱心閉一切惡趣心故行智慧行已成就無量功德於禪定覺分善能演說而常遊戲無上菩提勤修敷演肉眼發生能有簡擇天眼出現鑒諸佛土法眼清淨能離諸著慧眼通達到於彼岸佛眼成就覺悟開示生無礙慧爲他廣說於三界中平等勤修旣自調伏亦能調伏一切有情能令獲得勝奢摩他於一切法證無所得善能說法言辭巧妙勤修供養一切諸佛摧伏有情一切煩惱爲諸如來之所悅可而能如是如是思惟作是思惟時能集能見一切諸法皆無所得以方便智修行滅法善知取捨理非理趣於理趣非理趣中皆得善巧於世語言心不愛樂出世經典誠信勤修善巧尋求一切諸法求一切法增長了知知法本無實不可得於所行處亦無取捨解脫老病住諸功德從本已來安住神通勤修深法於甚深法而無退轉於難解法悉能通達得一乘道無有疑惑於佛教法不由他悟其智宏深譬之巨海菩提高廣喻若須彌自身威光超於日月凡所思擇與慧相應猶如雪山其心潔白光明普照無邊功德燒煩惱薪方之於火不爲善惡之所動搖心靜常安猶如大地洗滌煩惑如清淨水心無所主猶如火不著世間猶如風養諸有情猶如地觀諸世界如虛空荷載衆生猶如良乘不染世法譬之蓮華遠暢法音猶如雷震雨一切法方之大雨光蔽賢聖猶彼大仙善能調伏如大龍象勇猛無畏如

師子王覆護衆生如尼拘陀樹他論不動如鐵圍山修慈無量如彼恒河諸善法王能爲前導如大梵天無所聚積猶如飛鳥摧伏他論如金翅王難遇希有如優曇華最勝丈夫其心正直無有懈怠能善修行於諸見中善巧決定柔和忍辱無嫉妬心論法無猒求法不倦常勤演說利益衆生戒若瑠璃內外明潔善聞諸法而爲勝寶其所說言令衆悅伏以智慧力建大法幢吹大法螺擊大法鼓常樂勤修建諸法表由智慧光心無疑惑遠衆過失亦無損害以淳淨心離諸穢染常行惠施永捨慳貪禀性溫和常懷慙恥其心寂定智慧明察作世間燈破衆生暗堪受供養殊勝福田爲大導師周濟群物遠離憎愛心淨無憂勇進無怖爲大法將了知地獄調伏自他利益有情拔諸毒箭爲世間解爲世間師引導群生捨諸愛著永離三垢遊戲神通因力緣力願力發起力世俗力出生力善根力三摩地力聞力捨力戒力忍力精進力定力慧力奢摩他力毗鉢舍那力神通力念力覺力摧伏一切大魔軍力幷他論法力能破一切煩惱怨力及殊勝大力威福具足相好端嚴智慧辯才善根圓滿目淨修廣人所愛樂其身清潔遠離貢高以尊重心奉事諸佛於諸佛所植衆善本拔除憍慢離貪瞋癡殊勝吉祥應供中最佳勝智境赫弈慧光心生歡喜雄猛無畏福智具足無有滯限但說所聞開示群物隨所聞法皆能解了於菩提分法勇猛勤修空無相願而常安住及不生不滅諸三摩地行遍道場遠二乘境阿難我今略

說彼極樂界所生菩薩摩訶薩衆眞實功德悉皆如是阿難假令我身住壽百千億那由他劫以無礙辯欲具稱揚彼諸菩薩摩訶薩等眞實功德不可窮盡阿難彼諸菩薩摩訶薩等盡其壽量亦不能知爾時世尊告阿難言此是無量壽佛極樂世界汝應從座而起合掌恭敬五體投地爲佛作禮彼佛名稱遍滿十方彼一一方恒沙諸佛皆共稱讚無礙無斷是時阿難即從座起偏袒右肩西面合掌五體投地白佛言世尊我今欲見極樂世界無量壽如來幷供養奉事無量百千億那由他佛及菩薩衆種諸善根時無量壽佛即於掌中放大光明遍照百千俱胝那由他刹彼諸佛刹所有大小諸山黑山寶山須彌盧山迷盧山大迷盧山目眞隣陀山摩訶目眞隣陀山鐵圍山大鐵圍山叢薄園林及諸宮殿天人等物以佛光明皆悉照見譬如有人以淨天眼觀一尋地見諸所有又如日光出現萬物斯覩彼諸國中比丘比丘尼優婆塞優婆夷悉見無量壽如來如須彌山王照諸佛刹時諸佛國皆悉明現如處一尋以無量壽如來殊勝光明極清淨故見彼高座及諸聲聞菩薩等衆譬如大地洪水盈滿樹林山河皆沒不現唯有大水如是阿難彼佛刹中無有他論及異形類唯除一切大聲聞衆一尋光明及彼菩薩摩訶薩踰繕那等百千尋光彼無量壽如來應正等覺光明映蔽一切聲聞及諸菩薩令諸有情悉皆得見彼極樂界菩薩聲聞人天衆等一切皆覩娑婆世界釋迦如來及比丘衆圍遶說法爾時佛告彌

勒菩薩言汝頗見具足清淨威德莊嚴佛剎及見空中樹林園苑涌泉池沼不耶汝見大地乃至色究竟天於虚空中散華樹林以爲莊嚴復有衆鳥住虚空界出種種音猶如佛聲普聞世界是諸衆鳥皆是化作非實畜生汝見是耶彌勒白佛言唯然已見佛復告彌勒菩薩言汝見此諸衆生入踰繕那百千宮殿已遊行虚空無著無礙遍諸剎土供養諸佛及見彼有情於晝夜分念佛相續不耶彌勒白言唯然盡見佛復告言汝見他化自在天與極樂諸人受用資具有差別不彌勒白言我不見彼有少差別佛告彌勒汝見極樂世界人住胎不彌勒白言世尊譬如三十三天夜摩天等入百由旬若五百由旬宮殿之內遊戲歡樂我見極樂世界人住胎者如夜摩天處於宮殿又見衆生於蓮華內結加趺坐自然化生時彌勒菩薩復白佛言世尊何因緣故彼國衆生有胎生者化生者佛告彌勒若有衆生墮於疑悔積集善根希求佛智普遍智不思議智無等智威德智廣大智於自善根不能生信以此因緣於五百歲住宮殿中不見佛不聞法不見菩薩及聲聞衆若有衆生斷除疑悔積集善根希求佛智乃至廣大智信己善根此人於蓮華內結加趺坐忽然化生瞬息而出譬如他國有人來至而此菩薩亦復如是餘國發心來生極樂見無量壽佛奉事供養及諸菩薩聲聞之衆阿逸多汝觀殊勝智者彼因廣慧力故受彼化生於蓮華中結加趺坐汝觀下劣之輩於五百歲中不見佛不聞法不見菩薩及聲聞衆不

知菩薩威儀法則不能修習諸功德故無因奉事無量壽佛是諸人等皆爲昔緣疑悔所致譬如刹帝利王其子犯法幽之內宫處以華觀層樓綺殿妙飾奇珍寶帳金牀重敷茵褥名花布地燒大寶香服御所資悉皆豐備而以閻浮金鎖繫其兩足佛告彌勒於意云何彼王子心寧樂此不答言不也世尊彼幽縶時常思解脫求諸親識居士宰官長者近臣王之太子雖希出離終不從心乃至刹帝利王心生歡喜方得解脫佛告彌勒如是如是若有墮於疑悔種諸善根希求佛智乃至廣大智於自善根不能生信由聞佛名起信心故雖生彼國於蓮華中不得出現彼等衆生處華胎中猶如園苑宫殿之想何以故彼中清淨無諸穢惡一切無有不可樂者然彼衆生於五百歲不見佛不聞法不見菩薩及聲聞衆不得供養奉事諸佛不得問於菩薩法藏遠離一切殊勝善根彼等於中不生欣樂不能出現修習善法往昔世中過失盡已然後乃出彼於出時心迷上下四方之所若五百歲無疑惑者即當供養無量百千俱胝那由他佛并種無量無邊善根汝阿逸多當知疑惑與諸菩薩爲大損害爾時彌勒菩薩白佛言世尊於此國界不退菩薩當生極樂國者其數幾何佛告彌勒此佛土中有七十二億菩薩彼於無量億那由他百千佛所種諸善根成不退轉當生彼國况餘菩薩由少善根生彼國者不可稱計阿逸多從難忍如來佛國有十八億不退菩薩當生極樂世界東北方寶藏佛國中有九十億不退菩薩當

生彼土從無量聲如來國中有二十二億不退菩薩當生彼土從光明如來國中有三十二億不退菩薩當生彼土從龍天如來國中有十四億不退菩薩當生彼土從勝天力如來國中有十二千不退菩薩當生彼土從師子如來國中有五百不退菩薩當生彼土從離塵如來國中有八十一億不退菩薩當生彼土從世天如來國中有六十億不退菩薩當生彼土從勝積如來國中有六十億不退菩薩當生彼土從人王如來國中有十俱胝不退菩薩當生彼土從勝華如來國中有五百菩薩具大精進發趣一乘於七日中能令衆生離百千億那由他劫生死流轉彼等亦當生極樂界從發起精進如來國中有六十九億不退菩薩當生彼土到彼國已供養禮拜無量壽如來及菩薩衆阿逸多我若具說諸方菩薩生極樂界若已到今到當到爲供養禮拜瞻仰無量壽佛等者但說其名窮劫不盡阿逸多汝觀彼諸菩薩摩訶薩善獲利益若有聞彼佛名能生一念喜愛之心當獲如上所說功德心無下劣亦不貢高成就善根悉皆增上阿逸多是故告汝及天人世間阿修羅等令此法門付囑於汝應當愛樂修習乃至經一晝夜受持讀誦生希望心於大衆中爲他開示當令書寫執此經卷於此經中生導師想阿逸多是故菩薩摩訶薩欲令無量諸衆生等速疾安住不退轉於阿耨多羅三藐三菩提及欲見彼廣大莊嚴攝受殊勝佛刹圓滿功德者應當起精進力聽此法門假使經過大千世界滿中猛火爲求法故

不生退屈諂僞之心讀誦受持書寫經卷乃至於須臾頃爲他開示勸令聽聞不生憂惱設入大火不應疑悔何以故彼無量億諸菩薩等皆悉求此微妙法門尊重聽聞不生違背是故汝等應求此法阿逸多彼諸衆生獲大善利若於來世乃至正法滅時當有衆生植諸善本已曾供養無量諸佛由彼如來加威力故能得如是廣大法門一切如來稱讚悦可若於彼法攝取受持當獲廣大一切智智隨意所樂種諸善根若善男子善女人等於彼法中廣大勝解之者當能聽聞獲大歡喜受持讀誦廣爲他說常樂修行阿逸多無量億數諸菩薩等求請此法不曾猒背是故汝等諸善男子及善女人於今來世能於是法若已求現求當求者皆獲善利阿逸多如來所應作者皆已作之汝等應當安住無疑種諸善本應常修學使無疑滯不入一切種類珍寶成就牢獄阿逸多如是等類大威德者能生廣大佛法異門由於此法不聽聞故有一億菩薩退轉阿耨多羅三藐三菩提阿逸多佛出世難離八難身亦爲難得諸佛如來無上之法十力無畏無礙無著甚深之法及波羅蜜等菩薩之法能說法人亦難開示阿逸多善說法人非易可遇堅固深信時亦難遭是故我今如理宣說汝等修習應如教住汝阿逸多我以此法門及諸佛法囑累於汝汝當修行無令滅没如是廣大微妙法門一切諸佛之所稱讚勿違佛教而棄捨之當令汝等獲不善利淪没長夜備衆危苦是故我今爲大囑累當令是法久住不滅應勤修

行隨順我教爾時世尊而說頌曰

若於福德初未修　終不聞斯微妙法
勇猛能成諸善利　當聞如是甚深經
彼人曾見諸世尊　能作大光拯濁世
多聞總持如巨海　彼獲聖賢喜愛心
懈怠邪見下劣人　不信如來斯正法
若曾於佛植衆善　救世之行彼能修
譬如盲人恒處闇　不能開導於他路
聲聞於佛智亦然　況餘有情而悟解
如來功德佛自知　唯有世尊能開示
天龍夜叉所不及　二乘自絕於名言
若諸有情當作佛　行超普賢登彼岸
敷演一佛之功德　時踰多劫不思議
於是中間身滅度　佛之勝慧莫能量
是故具足於信聞　及諸善友之攝受
得聞如是深妙法　當獲愛重諸聖尊
如來勝智遍虛空　所說義言唯佛悟
是故博聞諸智士　應信我教如實言
人趣之身得甚難　如來出世遇亦難
信慧多時方乃獲　是故修者應精進
如是妙法已聽聞　常念諸佛而生喜
彼人往昔眞吾友　善能樂欲佛菩提

爾時世尊說是經已天人世間有萬二千那由他億衆生遠離塵垢得法眼淨二十億衆生得阿那含果六千八百比丘諸漏已盡心得解脫四十億菩薩於無上菩提住不退轉被大甲冑當成正覺有二十五億衆生得不退忍有四萬億那由他百千衆生於無上菩提未曾發意今始初發種諸善根願生極樂世界見阿彌陀佛皆當往生彼如來土各於

異方次第成佛同名妙音有八萬億那由他衆生得授記法忍成無上菩提彼無量壽佛昔行菩薩道時成熟有情悉皆當生極樂世界憶念疇昔所發思願皆得成滿爾時三千大千世界六種震動幷現種種希有神變放大光明普照世界無量億那由他百千天人同時音樂不鼓自鳴雨天曼陀羅華沒至于膝乃至阿迦膩吒天皆作種種殊妙供養佛說經已彌勒菩薩等及尊者阿難一切大衆聞佛所說皆大歡喜

大寶積經卷第十八

音釋

濬 須閏切深通川也

環 獲頑切指鐶也

釧 尺絹切臂鐶也

半挖迦 梵語也此云變謂今生變作故也挖知格切

擐 胡慣切貫也

縶 陟立切絆也

大寶積經卷第十九

唐三藏法師菩提流志奉　詔譯

不動如來會第六之一

授記莊嚴品第一

如是我聞一時佛在王舍城耆闍崛山與大比丘衆千二百五十人俱皆是阿羅漢衆所知識諸漏已盡無復煩惱心慧解脫自在無礙猶如大龍所作已辦捨於重擔逮得已利盡諸有結正教通達到於彼岸唯有阿難住於學地爾時尊者舍利弗從座而起偏袒右肩右膝著地合掌向佛白言世尊云何往昔諸菩薩摩訶薩發趣阿耨多羅三藐三菩提修行遍清淨行被精進甲功德莊嚴是諸菩薩由被甲故於阿耨多羅三藐三菩提得不退轉世尊如是行願及以發心惟尊大慈開示演說世尊彼諸菩薩摩訶薩爲利益安樂天人世間精勤修習遍清淨行被精進甲由是利益安樂一切衆生及爲現在未來菩薩當作佛法光明讚揚功德證獲善根故使諸菩薩聞此法已於眞如法性精勤修學當得阿耨多羅三藐三菩提佛言善哉善哉舍利弗汝能問過去未來菩薩摩訶薩淨行光明廣大甲冑闡揚功德爲攝受未來菩薩摩訶薩故諦聽諦聽如理思惟當爲汝說舍利弗言唯然世尊願樂欲聞佛告舍利弗從是東方過千世界彼有佛剎名曰妙喜昔廣目如來應正等覺出現於彼與諸菩薩摩訶薩說微妙法從六波羅蜜爲首舍利弗彼時有一比丘從座而起偏袒右肩右膝著地向佛合掌白言世尊如佛所說菩薩法教志願修行

佛言善男子汝今當知菩薩教法難可修習何以故菩薩於諸衆生不生瞋害心故時彼比丘白佛言世尊我從今日發阿耨多羅三藐三菩提心以無諂無誑實語不異語求一切智智乃至未得無上菩提若於衆生起瞋害心者則爲違背無量無數無邊世界中現在說法諸佛如來世尊我今發此一切智心如是迴向於其中間若發聲聞獨覺心者則爲欺誑一切諸佛世尊我今發此一切智心如是迴向乃至未得無上菩提若於衆生起愛欲瞋癡之心或與惛沉貢高惡作相應則爲欺誑一切諸佛世尊我今發此一切智心安住迴向乃至未得無上菩提若生疑惑心如是或起殺害不與取心或起邪見及非梵行妄語兩舌麤語相應或與損害相應則爲欺誑一切諸佛舍利弗時有異比丘作如是念此菩薩摩訶薩由初發心被精進甲於一切衆生不爲瞋等之所摇動舍利弗時彼菩薩因此念故妙喜國中號爲不動時廣目如來應正等覺見彼菩薩得不動名隨喜歎善四大天王釋梵世主聞彼名已亦皆隨喜舍利弗彼不動菩薩摩訶薩於彼佛前作如是言世尊我今發此一切智心如是迴向阿耨多羅三藐三菩提乃至未證無上正覺所修行業或違此言者則爲欺誑無量無數世界諸佛如來安住說法者世尊我今發此大心如是迴向乃至未證菩提若於一一語言不與念佛及一切智相應則爲欺誑一切諸佛世尊我今如是發心迴向乃至未證無上菩提生生在家不出家者則爲違背一切諸佛

世尊我今發此一切智心乃至未得無上菩提生生出家若不乞食不一坐食不節減食再食不食不持三衣不著糞掃衣不隨所而坐不常坐不住阿蘭若不安止樹下不露坐不住塚間則爲欺誑一切諸佛世尊我今發此大菩提心如是迴向乃至未得一切智智若不成就無礙辯才說諸妙法則爲欺誑無數諸佛世尊我今如是發心乃至未得無上菩提若不住三威儀或立或坐或復經行則爲欺誑無量諸佛世尊我今發如上心乃至未得一切智智或於衆生犯根本罪或作妄語及餘世俗憒鬧之言或起摧伏他論相應之心則爲欺誑無數諸佛世尊我今發此一切智心安住迴向阿耨多羅三藐三菩提或與婦人說法若不起無常苦空無我之想而取彼相及露齒而笑則爲欺誑一切諸佛世尊若我發此一切智心安住迴向阿耨多羅三藐三菩提於說法時顧指輕躁或見餘菩薩不生大師之想則爲欺誑無數諸佛世尊我今發此一切智心乃至阿耨多羅三藐三菩提若坐聽法及禮外道沙門婆羅門唯除諸佛沙門弟子則爲欺誑一切諸佛世尊我今發此大心至無上覺若行財法施時情有彼此應供養所生簡異心則爲欺誑一切諸佛世尊我今發一切智心乃至無上菩提若見諸罪人將被刑罰不捨身命而救護彼則爲欺誑一切諸佛舍利弗時彼菩薩修此大行乃至未證無上菩提無一衆生將被刑罰不救護者舍利弗爾時有一比丘作如是念如來於此行者當爲作證彼天人阿修羅等

亦爲證見舍利弗時廣目如來應正等覺知彼比丘心之所念告言如是如是如來應正等覺之所證見彼諸世間天人阿修羅等亦爲證見比丘若復有菩薩摩訶薩被如是等大精進甲趣向阿耨多羅三藐三菩提彼皆當成無上正覺舍利弗時不動菩薩摩訶薩白佛言世尊我今發此一切智心乃至未證無上菩提於其中間若比丘比丘尼優婆塞優婆夷有諸罪釁若說其所犯則爲違背諸佛如來世尊我修是行願成無上正等菩提使我剎中廣大清淨諸聲聞衆悉無過失世尊若我發此一切智心若未證得無上菩提乃至夢中若生欲想而有所泄則爲違背諸佛如來世尊我修是行證無上覺使彼國中出家菩薩彼於夢間亦無漏泄世尊若我發此一切智心乃至證得無上菩提我佛剎中若諸女人有女過失如餘土者終不取正覺若取正覺則爲欺誑一切諸佛舍利弗若菩薩以此大願種子成就者念隨出生如是諸法能爲衆生說種種教舍利弗時有比丘白不動菩薩言大士若此誠心不退至言無妄者願以足指摇動大地時不動菩薩以佛威神及本願善根力故令彼大地六種摇動所謂動大動遍動摇大摇遍摇舍利弗彼不動菩薩摩訶薩如昔所願今已成辦是故菩薩摩訶薩欲證阿耨多羅三藐三菩提者應學不動菩薩摩訶薩若有菩薩善修其行當獲如彼佛剎及能速證阿耨多羅三藐三菩提爾時舍利弗白佛言世尊不動菩薩初發心時幾何天子而來集會佛告舍利弗彼時三

千大千世界所有四大天王及與帝釋魔王娑婆世界主梵天王等皆歡喜合掌作如是言今此所聞被功德甲我等昔未曾聞世尊彼不動菩薩當成佛時於彼刹中所有衆生不以下劣善根而得成就舍利弗白佛言世尊如佛所說不動菩薩被甲功德諸餘菩薩所未曾有佛告舍利弗如是如是諸餘菩薩被大甲冑發趣無上菩提無有如不動菩薩摩訶薩者舍利弗彼不動菩薩成就功德於賢劫中一切菩薩皆悉無有舍利弗爾時廣目如來授不動菩薩摩訶薩阿耨多羅三藐三菩提記言善男子汝於來世當得作佛號曰不動如來應正等覺明行圓滿善逝世間解無上丈夫調御士天人師佛世尊如然燈佛與我授記舍利弗不動菩薩得授記時有大光明普照世界是時大地六種震動如我往昔證一切智時此大千界六種震動復次舍利弗彼時三千大千世界所有卉木藂林皆向菩薩傾靡亦如我昔證菩提時一切草木傾向於我復次舍利弗不動菩薩蒙佛記時彼大千界所有天龍夜叉阿修羅迦樓羅緊那羅摩睺羅伽皆悉合掌頂禮菩薩如我於此證大菩提娑婆世界所有天龍等皆悉合掌頂禮於我復次舍利弗彼不動菩薩摩訶薩得授記時彼世界中所有女人懷孕皆得安和分釋無諸苦難盲者得視聾者能聞如我成佛時等無有異復次舍利弗彼不動菩薩摩訶薩發趣阿耨多羅三藐三菩提及廣目如來應正等覺授菩提記於彼二時一切衆生無横死者亦如我證一切智時無有

異也復次舍利弗彼不動菩薩得授記時有悦意香普熏世界亦如我昔證大菩提妙香遍聞適意無異爾時舍利弗白佛言世尊彼不動菩薩摩訶薩成就如是廣大功德佛告舍利弗言彼不動菩薩蒙佛授記非唯有此功德又能到無邊功德彼岸復次舍利弗彼不動菩薩由廣目如來與授佛記彼時天人世間阿修羅等心皆悦慶柔順調善亦如我證無上菩提諸天人等皆同歡喜復次舍利弗彼不動菩薩獲授記時有大夜叉手持金剛侍衛菩薩如我無異復次舍利弗不動菩薩蒙佛記時諸天及人散諸名華塗香末香於菩薩上亦如我證大菩提時散諸香華復次舍利弗彼不動菩薩得授記時有諸天人各二十億皆發阿耨多羅三藐三菩提心得廣目如來授佛菩提記復次舍利弗彼不動菩薩蒙佛記時優鉢羅華波頭摩華芬陀利華遍滿大地亦如我道場諸華遍覆復次舍利弗彼不動菩薩得授記時有無量諸天在虛空中散諸天衣覆菩薩上咸作是言願此菩薩速證無上正等菩提亦如我昔得一切智諸天散衣無有異也復次舍利弗彼世間天人阿修羅等見不動菩薩得授阿耨多羅三藐三菩提記皆大歡喜甚於世間父母生子猶如我證一切智時諸天人等皆大歡悦復次舍利弗彼三千大千世界所有天人以佛神力皆聞不動菩薩授菩提記各施種種上服名衣珍奇美膳譬如比丘加提月滿一切諸人悉皆供養舍利弗彼不動菩薩得授記時欲界衆生持諸上味弁奏天樂而以供

養舍利弗彼不動菩薩摩訶薩得授記已有如是等功德成就時尊者舍利弗白佛言世尊如來應正等覺甚爲希有善説諸佛境界不可思議如是禪定境界及諸龍境界不可思議諸業果報不可思議世尊彼不動菩薩住初發心攝受如是殊勝功德得如來記又成此等不可思議諸大功德佛告舍利弗如是如是如汝所説爾時尊者阿難白舍利弗言大德彼初發心菩薩被精進甲冑世尊略説少分功德猶故未盡舍利弗言如是如是如來略説何以故彼菩薩住初發心被精進甲成就不可思議無量功德時舍利弗復白佛言世尊今已略讚不動菩薩被甲精進殊勝功德惟願世尊爲攝受現在未來諸菩薩故廣爲宣説佛告舍利弗不動菩薩住初發心被精進甲如是功德不可思議吾今爲汝説其少分諦聽諦聽善思念之舍利弗言唯然世尊願樂欲聞佛言彼不動菩薩發如是願假使虛空而有變異我之弘誓終無退轉由此願故不動菩薩所有功德皆速成就舍利弗我不見有於賢劫中諸菩薩輩被精進甲如不動菩薩者舍利弗寶幢菩薩所修之行比於不動菩薩於少分中乃至歌羅分亦不及一舍利弗不動菩薩所被精進甲冑無量千菩薩悉無與等舍利弗不動菩薩摩訶薩以此堅固誓願證得阿耨多羅三藐三菩提今現住於妙喜世界號爲不動如來應正等覺復次舍利弗彼不動如來往昔行菩薩行時諸有乞求頭目髓腦手足支節不逆其意悉皆施與舍利弗彼不動如來從初發心

乃至未證無上菩提由此因緣無風黃痰及頭痛等和合諸病舍利弗彼不動如來往昔行菩薩道時得如是等未曾有法舍利弗彼由往昔於生生處供養奉事諸佛如來於彼佛所常修梵行由是因緣生生之處還復本名號爲不動從一佛刹至一佛刹生有佛世常見如來舍利弗譬如刹利灌頂大王於世間中得勝自在從一宮殿至一宮殿足不履地受五欲樂彼不動菩薩往昔行菩薩行時生生之處常修梵行供養諸佛隨所説法示教利喜皆與波羅蜜相應少與聲聞地相應能令諸菩薩趣入安住阿耨多羅三藐三菩提由此發心於無上菩提故獲此廣大功德利益又以法施善根迴向菩提發如是願我成佛時於彼刹中一切菩薩以佛威力聞我説法受持讀誦及能歷事諸佛如來從一佛刹至一佛刹乃至未證無上菩提常不遠離諸佛世尊譬如於我唯除至兜率天宮補處之位何以故諸菩薩摩訶薩法爾如是若從兜率天中降神母胎右脅生時大地震動舍利弗最後身菩薩摩訶薩有如是瑞相舍利弗譬如比丘具諸神足入宮殿内猶處虛空住諸威儀皆無障礙彼後身菩薩亦復如是雖在母胎而住虛空一切胎垢不淨不能汙染臭穢之氣彼亦不聞舍利弗彼不動如來往昔行菩薩道發如是願若我當證無上菩提於彼佛刹行菩薩乘及聲聞乘者皆斷諸魔業諸衆生類於一切種於一切時令諸魔衆不得其便亦猶於我行菩薩行時斷一切魔業而彼諸菩薩乃至未成諸大功德常勤

攝受修菩提行舍利弗彼不動如來應正等覺往昔行菩薩行演說諸法及聽聞時身之與心不生疲倦何以故彼初發心修菩薩行時得法身威力故舍利弗不動如來應正等覺往昔行菩薩行時作如是願我佛刹中所有菩薩摩訶薩皆得法身圓滿如我無異

佛刹功德莊嚴品第二

爾時舍利弗白佛言世尊如佛已說不動如來修菩薩行時所有功德復願世尊開示廣說不動如來見今刹土功德嚴勝何以故使諸補特伽羅行菩薩乘者聞彼功德生愛樂心欲見彼佛禮拜供養住聲聞地補特伽羅證無學者聞彼刹土功德莊嚴亦希瞻禮供養奉事佛告舍利弗善哉善哉汝今乃能問如是義諦聽諦聽善思念之今當為汝分別解說舍利弗言唯然世尊願樂欲聞佛告舍利弗彼不動如來應正等覺證一切智時放大光明普照三千大千世界是時大地六種震動彼世界中所有衆生知不動如來證無上覺經七晝夜無有食想無飢渴想亦無疲倦宴處睡眠之想唯有安樂歡喜愛樂善心而於彼時世界之中所有衆生及以欲界天無有婬欲何以故由彼如來本願力故彼諸衆生現世攝受此諸功德舍利弗不動如來應正等覺證一切智時彼世界中所有衆生皆至誠合掌向不動如來由渴仰如來故能於現世攝受如是無量功德復次舍利弗彼佛世界功德莊嚴無量佛國悉無與等舍利弗由彼如來修菩薩行時發斯弘誓願此佛刹殊勝莊嚴如我於今本願成就舍利弗彼

不動如來應正等覺證無上菩提時於其剎那或須臾頃三千世界所有衆生若有天眼若無天眼彼皆得見不動如來舍利弗此亦如來本願成就令諸有情獲此功德復次舍利弗不動如來坐菩提道場證無上覺時天魔波旬不生障礙之想復有無數百千諸天以諸香華及天妓樂供養如來各持細末栴檀而散佛上是諸香末及彼華鬘於虛空中合而成蓋舍利弗此皆不動如來本願之力令得成滿復次舍利弗彼佛得菩提時大光普遍三千世界日月諸天光悉不現此亦不動如來昔願圓滿令獲斯瑞時舍利弗白佛言世尊彼不動如來昔行菩薩道誠有廣大精進甲冑能發如是弘誓之心由彼往修菩薩行願能令無數百千衆生植諸善本於無上菩提又以善根迴向阿耨多羅三藐三菩提清淨佛剎如是如是迴向願力悉皆圓滿復次舍利弗彼佛剎中有菩提樹成以七寶高一由旬樹身周圍半拘盧舍條葉垂蔭周一由旬下有基陛周四由旬佛坐其上證菩提道道樹四邊有多羅樹及蘇漫那樹周遍行列微風吹動出和雅音世間音樂所不能及復次舍利弗彼佛剎中無三惡趣何等爲三所謂地獄畜生閻摩王界一切衆生成就十善地平如掌而作金色無有溝坑荊棘瓦礫其地柔輭如兜羅綿足所履時其地即下隨舉其足還復如初舍利弗彼佛剎中無三種病云何爲三謂風黃痰所起之病舍利弗彼佛土中一切有情無虛妄語亦無醜陋身無臭穢於貪瞋癡皆悉微薄亦無牢獄囚繫

衆生舍利弗彼佛刹中無有外道異學之衆所生諸樹常有華果復有奇樹時號劫波上出名衣皆備五色光華鮮潔異氣芬芳於一切時常無變易譬如天華種種芬馥彼衣香氣亦復如是諸服用者身所出香與衣無異譬如此界富樂之人名衣自豐服用如意舍利弗彼土衆生所須飲食如三十三天應念而至無有便利穢惡不淨舍利弗彼國所居宮殿樓閣皆以七寶而嚴飾之於其四邊多諸池沼八功德水受用隨心園觀又多悉皆清淨諸衆生輩多以法樂而居舍利弗彼刹人倫無有嫉妬一切女人超諸女寶獲天功德此無能比假令況之百分不及一千分不及一百千分不及一百千俱胝那由他筭數譬喻乃至鄔波尼殺曇分亦不及一舍利弗彼刹諸人隨其業報感諸牀座皆七寶成嚴麗具足其所偃息以兜羅綿枕此皆由不動如來往昔願力成就如是種種嚴好舍利弗彼刹諸人所資飲食色香味等不異諸天譬如欝單越人無別王者彼妙喜國亦復如是唯有不動如來以爲法主又如三十三天奉事帝釋彼諸人等咸事如來舍利弗汝應知彼不動佛刹功德莊嚴舍利弗彼土衆生心無放逸何以故亦由不動如來本願力故時一比丘聞佛讃揚不動如來佛刹功德心生貪著而白佛言世尊我今願生不動佛刹佛告比丘汝之愚迷豈得生彼何以故不以愛著之心而得往生唯有植諸善本修諸梵行得生彼故復次舍利弗彼土衆生隨其所樂有清淨池應念而現八功德水充滿其中飲

潄洗沐皆適人意有不樂者即便不見舍利弗彼佛剎中香風和暢悅可衆心而彼香風爲諸天人作諸香事曲從人心有至不至舍利弗此皆不動如來本願力故功德莊嚴復次舍利弗彼佛剎中女人衣服及莊嚴具從樹而生隨意受用彼國女人無女過失不如此界諸女等心多嫉妬兩舌惡口又彼懷孕之時至於誕育母子安適亦無穢汙何以故此皆不動如來本願力故舍利弗彼佛剎中有如是等安隱快樂舍利弗彼不動如來應正等覺佛剎土中無有市易商賈亦無田業農作常得快樂舍利弗彼佛剎中歌詠遊戲無有婬欲相應彼諸人等唯受法樂舍利弗彼佛剎中所有蘇漫那樹及多羅樹而爲行列微風吹動出和雅音假使天人音樂不如彼樹舍利弗若菩薩摩訶薩欲攝佛土者應當攝受如是功德及淨修佛國如不動如來行菩薩行攝受佛剎功德莊嚴舍利弗彼佛土中無諸黑闇雖有日月不現暉光何以故不動如來常有光明普照佛剎故舍利弗譬如高大樓閣密閉戶牖以摩尼寶置於室中其內有情雖經晝夜常覩光輝彼佛剎中諸衆生類見如來光亦復如是舍利弗大樓閣者比方妙喜世界摩尼寶者此喻不動如來摩尼寶光者喻佛光明閣中有情譬妙國土諸群生等舍利弗不動如來隨所行住有千葉蓮華自然承足是華金色世無可喻舍利弗此亦不動如來應正等覺殊勝願力之所成就時舍利弗復白佛言世尊彼不動如來若入室中金色蓮華爲承足不佛告舍利弗

言斯事微淺何勤致問彼佛世尊若入村坊舍宅其千葉華即隨而現若有善男子善女人作如是念若如來降尊入此室者足下蓮華應聚一處隨其所念華則爲聚若復有人願華住空即如彼念在空中住由彼如來威神力故舍利弗彼承足蓮華與諸人等爲塔供養舍利弗彼佛世尊爲演法故遍遊三千大千世界隨所行處其華即現又彼如來隨所化現他方刹土其金色華亦現於彼以佛威力故三千大千世界皆以金色千葉蓮華莊嚴其上

聲聞衆品第三

復次舍利弗彼不動如來於說法時能善調伏無量衆生皆令見證阿羅漢果安住靜慮八解脱者其數甚多舍利弗彼不動如來應正等覺有無量無數諸聲聞衆我不見若筭師筭師弟子有能筭數彼聲聞衆爾許頻波羅殑伽羅波頭摩阿羅吒若干阿頻婆阿部多舍利弗如此筭數無有能知彼聲聞衆定其數量若干名者舍利弗如我此刹諸善男子獲預流果斯陀含果阿那含果則無其數於彼刹中證阿羅漢亦復如是舍利弗譬如懈怠預流果人七返受生爲其說法方獲勝果我說名爲七返生人舍利弗若有於不動如來初說法時獲預流果第二說法證斯陀含第三說法證阿那含第四說法證阿羅漢者此諸人等非一生定得盡諸漏名懶墮人舍利弗彼佛刹中得預流者於此現身而得漏盡非如此界經七返生斯陀含者即於現生能盡苦際非如此界經一往來名斯陀含

阿那舍者彼於現身成阿羅漢非如此界往上地生不還來此名阿那舍舍利弗不動如來於彼刹中說諸聲聞行位差别乃至安立如是聖果若善男子善女人能了此法不住諸識及於學地而身殁亡住無學地方取滅度舍利弗無學地者是阿羅漢地假名建立言無學者是阿羅漢假名建立舍利弗彼不動如來諸聲聞衆清淨具足安住堅固舍利弗此是不動如來諸聲聞衆假名建立所謂大阿羅漢諸漏已盡所作已辦棄捨重擔逮得己利盡諸有結正教解脱是諸羅漢多住靜慮八解脱中舍利弗彼不動如來有如是等諸聲聞衆具足功德之所莊嚴復次舍利弗彼佛刹中以金銀瑠璃三寶爲階從閻浮提至忉利天舍利弗三十三天若欲樂見不動如來禮拜供養彼諸天衆從寶階下至於佛所時彼諸天見閻浮提人富盛具足便生愛樂作如是言我等諸天有天福報彼閻浮提人有人福報我今所見殊勝之福與我無異然閻浮提復有勝福過於天者謂不動如來演説正法是故天衆常樂人間舍利弗閻浮提人若陞天者了無愛樂何以故不動如來在於人間常演正法饒益我等然我之福報不異諸天是故三十三天所不能及舍利弗彼界人天以佛神力互得相見譬如此界閻浮提人見諸星月舍利弗彼諸人衆仰觀上界諸天宫殿亦復如是舍利弗此亦是不動如來本修菩薩行時願力成就舍利弗彼佛説法之聲普遍三千大千世界聽法四衆間無空缺舍利弗彼聲聞衆唯希法食無餘

食想於聽法時一心寂靜若坐若立身心無倦舍利弗不動如來住虛空中爲衆說法彼聲聞衆若得神通及不得者以佛威力皆住虛空以三威儀而聽法要何等爲三謂行住坐是聲聞輩若欲涅槃結加趺坐而便滅度爾時大地爲之震動旣滅度已一切天人皆來供養或有阿羅漢將欲滅度身中出火而自闍維或有自然化滅無遺舍利或有於滅度時遊行空中如五色雲須臾消散滅無遺迹或住虛空如降時雨至地消盡舍利弗此亦不動如來應正等覺本修菩薩行時作如是願若我得證無上菩提諸聲聞衆以三威儀而取滅度復次舍利弗彼佛國中諸聲聞衆多獲四無所畏得四神足者復多於此舍利弗彼刹土中諸聲聞衆成就如是具足功德時舍利弗白佛言世尊彼不動如來應正等覺諸聲聞衆功德熾盛廣大成就

大寶積經卷第十九

音釋

憒閙 憒古對切心亂也閙女教切不靜也　釁 許覲切隙罅也　補特伽羅 梵語也或云福伽羅或富特伽羅此云數取趣謂數數往来諸趣也伽求迦切

大寶積經卷第二十

唐三藏法師菩提流志奉　詔譯

不動如來會第六之二

菩薩衆品第四

爾時尊者舍利弗作如是念世尊今者已說聲聞功德復願說諸菩薩具足功德何以故一切功德從此出生爾時世尊知其所念告舍利弗彼佛刹中有無量百千億諸菩薩衆皆來集會所有出家菩薩以佛神力隨所聽聞皆能領悟受持讀誦舍利弗我於此界說法至少比不動如來所說法藏百分千分百千分億百千分筭分數分迦羅分鄔波尼殺曇分亦所不及舍利弗此皆不動如來應正等覺修菩薩行時發如是願願我成佛彼刹土中所有菩薩以我威力隨所聽聞皆能領悟受持讀誦舍利弗是諸菩薩由彼如來本願神力於佛所聞悉能領受諷誦通利復次舍利弗若彼菩薩自心欲樂往異佛土舉心便至形服言音善同方俗於彼如來禮拜供養聽聞正法善爲問難能事已周還歸佛所舍利弗此賢劫中有九百九十六佛當出於世若有菩薩樂見此如來者應願生彼不動佛刹舍利弗若善男子善女人從此佛刹及餘佛刹於命終後若已生若今生若當生不動如來佛刹等者必不信住諸聲聞地何以故彼行佛道常遇如來天魔波旬不得其便於二乘地永斷相續必定當得無上菩提常在如來諸大集會舍利弗汝應當知若住不動如來清淨佛刹者彼諸衆生終不退墮不可引攝亦不退還住無上菩提有大勢力不

可搖動永無退轉舍利弗若有善男子善女人於此世界或他世界若命終後生於彼土即於生時得如是念我已入如來室住無畏城舍利弗彼諸菩薩所有言議皆與般若波羅蜜相應互相遵敬起導師想復次舍利弗彼佛刹中諸菩薩衆在家者少出家者多皆以佛神力隨所聽聞即能領悟受持諷誦舍利弗若在家菩薩摩訶薩雖不繫念於法會中隨在方所若坐若立以佛神力皆能聽聞領悟受持讀誦通利彼出家菩薩亦復如是諸在異方乃至諷誦無別是諸菩薩捨身受身於所聞經終不忘失於諸佛土隨願受生舍利弗彼亦是不動如來本願功德之所莊嚴舍利弗若菩薩於一生中欲見無量百千億那由他諸佛者應當願生不動如來之所若菩薩於彼生已即見無量諸佛種諸善根復能爲無數百千衆生演說法要令諸衆生增長善根舍利弗此賢劫中諸佛世尊當出於世若諸菩薩以衣服飲食卧具醫藥種種資具供養如來便即出家旣出家已於諸佛所淨修梵行以此善根方餘菩薩於不動如來之所於一生中與波羅蜜相應所有福聚百分不及一千分不及一筭分迦羅分數分喻分鄔波尼殺曇分亦不能及舍利弗此亦不動如來清淨佛刹功德莊嚴舍利弗若有菩薩從此世界或餘世界於壽終後若已生現生當生不動如來佛刹者一切皆得不退轉位何以故彼佛刹中天魔波旬不爲障礙亦無魔業之所嬈亂舍利弗譬如毒蛇神呪所伏不能爲害一切諸蟲見彼毒蛇亦無憂

戄然此毒蛇雖無毒害由本業故受此蛇身故名毒蛇舍利弗彼魔波旬亦復如是由不動如來往修菩薩行時本願善根如是迴向願我當證無上菩提調伏諸魔不爲障惱彼諸菩薩聲聞凡夫乃至三千大千世界亦不爲障惱然由先業所感受此魔身生彼天中而自悔責無始故業獲此身名雖得自在常生猒患於彼如來說法之時諸魔眷屬常預聽聞聞已心淨於聲聞衆而生愛樂云何當得住於寂靜少欲知足彼諸魔衆常起出家之心而無障礙之想故彼國中聲聞菩薩及凡夫衆皆由彼佛往昔精勤弘誓威力得安樂住舍利弗此亦不動佛剎殊勝莊嚴時舍利弗白佛言世尊若有善男子善女人以七寶滿三千大千世界持用布施願生彼國由

兹行願此善男子善女人終不退墮聲聞辟支佛地從一佛剎至一佛剎歷事供養諸佛如來於諸佛所聽聞正法雖未證得無上菩提而能見彼無量百千乃至億那由他百千諸佛於諸佛所種諸善根世尊若善男子善女人由此方便以七寶滿三千大千世界持用布施由兹善根往生彼國佛告舍利弗如是如是彼善生善往如是諸菩薩摩訶薩滿彼剎中舍利弗譬如金鑛精加鑄鍊除去砂礫唯有真金造諸飾好嚴身之具舍利弗彼佛剎中菩薩摩訶薩住於真實亦復如是然彼菩薩摩訶薩清淨集會汝今應知復次舍利弗彼佛剎中所有菩薩若已生若現生若當生如是菩薩皆行一行所謂住如來行舍利弗云何如來行所謂超過聲聞辟支佛地

言行一行者是彼假名是故舍利弗若菩薩摩訶薩樂行一行者應當願生彼佛刹土舍利弗我所授記得不退轉菩薩摩訶薩此輩應生不動佛所舍利弗是諸菩薩生彼佛刹者我不捨離譬如刹利灌頂大王有敵國來欲侵財位王既聞已作是思惟我之妃后愛子不堪禦敵及諸財寶收入宮城不爲怨敵之所侵害王之國祚安靜無虞威震強敵不憂災難舍利弗我不捨離諸菩薩者亦復如是如彼王之寶物愛子妃后修菩薩行者應如是知彼佛刹中無有畏懼猶如宮城彼敵王者即魔波旬於菩薩行人難爲障礙如彼灌頂大王不被怨敵之所侵擾如來亦復如是不爲天魔之所擾惱舍利弗譬如有人畏於債主遠適邊國不爲債主及於他人之所陵奪何以故由路遠險絶債主家人不能達彼彼諸菩薩生妙喜國者波旬路絶亦復如是舍利弗此三千大千世界天魔波旬常爲菩薩聲聞作諸障礙妙喜刹中諸天魔衆不爲魔業彼諸菩薩若已生現生當生常無恐怖何以故由彼如來本行菩薩道時所有善根如是迴向我證無上正等覺時彼天魔衆不爲障惱及作魔事舍利弗譬如丈夫善服毒藥能使消化方爲食事無有諸毒彼刹天魔亦復如是常加利益不爲損害舍利弗彼佛刹土成就如是無量功德爾時舍利弗作是思惟我今欲見彼佛世界不動如來應正等覺及聲聞衆爾時世尊知舍利弗心之所念則以神力不起于座皆令得見告舍利弗言汝今見不答言已見佛告舍利弗汝見彼

諸天人微有勝劣殊異相不答言不見何以故我見妙喜國人衣服飲食及諸珍玩皆是諸天樂具彼不動如來處衆說法猶若金山光明赫奕諸聲聞衆無量無邊譬如有人遊於大海中流四望涯際莫知觀彼聲聞亦復如是是諸聲聞隨所聽法身心不動如入禪定匪如此界入定之人時或搖動世尊若善男子善女人以七寶滿三千大千世界持用布施由茲善根彼諸菩薩善得往生妙喜世界何以故彼亦如是得不退轉世尊譬如王使遠適他國執持符印經途來往關防主司莫能爲礙何以故以王印力人無遮止彼諸菩薩摩訶薩亦復如是或從此界若他世界壽命終後於彼佛剎若已生若現生若當生皆不退轉於阿耨多羅三藐三菩提從一佛剎至一佛剎常不遠離諸佛世尊皆當速證無上菩提時舍利弗復白佛言世尊彼界所生菩薩摩訶薩與此世界預流果人無有差別何以故如預流果人不墮惡趣彼界菩薩若已生現生當生生亦皆斷諸惡趣及聲聞辟支佛地乃至未證無上菩提從一佛剎至一佛剎不離諸佛及聲聞衆佛告舍利弗如是如是是諸菩薩摩訶薩受生彼國不墮聲聞辟支佛地乃至未證無上菩提從一佛土至一佛土常得現前供養諸佛及當證得佛菩提果舍利弗譬如預流果人決定當得聲聞菩提終不墮惡趣是諸菩薩亦復如是或從此世及以他世命終之後受生彼剎彼皆決定當證阿耨多羅三藐三菩提從一佛剎至一佛剎於諸佛所常不遠離阿耨多羅三

藐三菩提時舍利弗復白佛言世尊於此世界所有一來向及一來果乃至住阿羅漢向及羅漢果與彼佛剎所生菩薩摩訶薩等無有異佛告舍利弗汝勿作此言何以故於此佛剎菩薩摩訶薩佛授記者與彼所生菩薩等無有異復次舍利弗於此世界坐道場菩薩與彼所生菩薩等無有異何以故彼諸菩薩行如來行不爲天魔之所得便於二乘地永斷相續從一佛剎至一佛剎常能供養一切如來乃至證得無上正覺爾時阿難作如是念我今應察長老須菩提辯才之力作是念已白須菩提言我等應觀不動如來及聲聞衆兼彼佛土時須菩提告阿難言汝欲見彼如來者今應且觀上方爾時阿難觀上方已白須菩提言我極觀上方皆空寂靜須菩提言彼不動如來諸聲聞衆及彼佛土亦復如是如見上方爾時舍利弗白佛言世尊如佛所說此世獲記菩薩與彼所生菩薩等無有異世尊我今不知以何爲等佛告舍利弗以法界等故得無有異

涅槃功德莊嚴品第五

爾時尊者舍利弗復作是念世尊已說不動如來應正等覺修菩薩道功德無邊又說彼土及聲聞菩薩殊勝德業廣大莊嚴復願世尊於玆開示彼佛滅度化迹如何爾時世尊知舍利弗心之所念告言舍利弗不動如來般涅槃日化身分布一切世界於地獄中說諸妙法以法調伏無量有情皆當證得阿羅漢果然此時獲果方滅度前證無學人轉增其數即於此日授香象菩薩摩訶薩記云汝

於我滅度後當得作佛號曰金蓮如來應正等覺復次舍利弗彼金蓮如來佛刹功德聲聞衆數與不動如來等無有異復次舍利弗不動如是入般涅槃是時大地普皆震動一切三千大千世界震吼發聲其聲上徹乃至阿迦尼吒天諸天聞已卽知彼佛入於涅槃復次舍利弗彼佛刹中所有叢林及諸藥草皆悉傾向不動如來涅槃之處是時天人悉以華鬘雜香及諸衣服而散佛上所散香華周帀圍遶高一由旬復次舍利弗彼涅槃時三千大千世界所有天龍夜叉乾闥婆阿脩羅迦樓羅緊那羅摩睺羅伽等皆向不動如來合掌作禮他方諸天以佛神力悉皆得見入般涅槃是諸天人經七晝夜心懷悲惱不受人天嬉戲娛樂亦無欲想互相謂言不動如來爲世光明作衆生眼今取滅度一何速哉舍利弗若菩薩摩訶薩從此世界或餘世界於命終後生彼佛刹若現生彼皆得授阿耨多羅三藐三菩提記非可以百數而數彼以千數及百千數舍利弗是百千菩薩摩訶薩數者應知入如來數皆入佛數皆入佛數入一切智性數若有菩薩摩訶薩當生彼刹者亦皆得入如來等數舍利弗除彼不退菩薩摩訶薩所餘菩薩於此世界若不聞稱讚不動如來功德法門者皆爲惡魔之所攝受復次舍利弗不動如來般涅槃後乃至正法住世彼佛刹中所生菩薩摩訶薩亦當入其數所以者何由彼如來本願力故是諸菩薩若於後時受生彼者應當讀誦百八法門讀誦玆已方能受持彼一切法不動如來之所

安立一百八法門本性我滅度後若有菩薩摩訶薩當生彼刹者亦當讀誦一百八法門及能受持一切法門舍利弗不動如來應正等覺善能攝受諸菩薩摩訶薩佛雖滅度其說法聲及莊嚴功德與佛在世等無有異復次舍利弗彼不動如來應正等覺從身出火而自闍維舍利遺形皆作金色譬如低彌羅樹隨分斷處皆有卍字之文如來舍利亦復如是復次舍利弗不動如來所有舍利分分周圓表裏皆有吉祥之相相表之文其狀如下卍舍利弗譬如補羅迦樹隨解之處中表皆有吉祥之文彼佛舍利亦復如是舍利弗彼國衆生為供舍利起七寶塔遍滿三千大千世界又以金色千葉蓮華而為供養其大千世界即以塔華而為嚴飾復次舍利弗若諸菩薩於不動佛國將滅度者臨壽終時曾不失念而見如是種種瑞相或有菩薩見當生土無有如來自方作佛或見彼有佛當即奉事或見菩薩入於母胎或見菩薩被大甲冑或見捨家趣於非家或見坐於道場降伏魔軍或見菩薩證一切智智或見菩薩於某世界成等正覺轉於法輪或有菩薩住虛空中自身漸滅不遺少分譬然濕草煙氣上騰漸以消散至于滅盡舍利弗是諸菩薩既滅度已一切天人備修供養復次舍利弗不動如來以大涅槃般涅槃已正法住世經百千劫時舍利弗白佛言世尊不動如來正法所住是何等劫佛告舍利弗二十小劫以為一劫彼住如是百千劫數舍利弗正法滅已有大光明照十方界地皆震動發大音聲然彼非天魔之

所能壞亦非如來及聲聞衆而自沉隱但由彼時人少有聽聞多無欲樂能說法者皆悉遠之既於正法寡聞轉增不信不信增長則無精勤知法比丘自當退靜觀無樂欲不復弘宣彼佛微言漸當隱沒

往生因緣品第六

爾時尊者舍利弗白佛言世尊菩薩摩訶薩以何因緣善根之力於彼佛剎而得受生佛告舍利弗若菩薩摩訶薩欲生妙喜世界者應學不動如來往昔行菩薩行發弘誓心願生其國如是行願能作因緣生彼佛剎復次舍利弗菩薩摩訶薩行檀波羅蜜時以此相應善根迴向無上菩提願與不動如來共相會遇舍利弗以此因緣當生彼界如是菩薩摩訶薩行尸波羅蜜乃至般若波羅蜜亦復如是復次舍利弗不動如來光明普照三千大千佛之剎土願於來世當見此光證無上覺因見光已成大菩提復以身光徧滿世界舍利弗菩薩以是因緣當生彼土復次舍利弗彼不動如來應正等覺諸聲聞衆無量無邊願我當見見已起如是行證佛菩提證菩提時亦有如是無量無數諸聲聞衆舍利弗以是因緣故菩薩摩訶薩於彼佛剎而得受生復次舍利弗彼佛剎中菩薩摩訶薩無量無邊我當欲見此諸菩薩行禪定行願當隨學與諸菩薩處處結集同學同乘同俱究竟願當會遇欲求圓滿大慈悲者欲求菩提及沙門者捨離二乘心者安住眞實空性者於佛如來一切智性及法僧名號念住相續者舍利弗若善男子善女人聞是色類菩薩名

者於彼佛刹當得受生何況與般若波羅蜜相應善根迴向不動如來應正等覺舍利弗以是因緣是人於彼佛土決定當生復次舍利弗若菩薩摩訶薩願生彼佛刹者於東方無量世界諸佛如來說微妙法及聲聞衆應以其像隨念在前願我當證菩提說微妙法及聲聞衆皆如彼佛舍利弗是諸菩薩應修三種隨念善根願與一切衆生平等共習以此善根迴向阿耨多羅三藐三菩提舍利弗如是菩薩迴向善根無有限量假使一切衆生各持一器量等虛空作如是言丈夫彼之善根分與於我舍利弗此諸善根若有色相給與衆生皆滿其器各各持去而彼善根亦無窮盡以迴向阿耨多羅三藐三菩提無有限量不可移轉故舍利弗彼三隨念所成迴向一切種智以此善根三寶隨轉舍利弗若有菩薩成此善根應知不墮一切惡趣而能摧伏波旬及諸魔衆於彼佛刹隨樂受生乃至南西北方四維上下亦復如是皆得隨願受生是故菩薩摩訶薩於此隨念善根應當積集彼積集已應迴向不動如來故於彼刹當得受生復次舍利弗不動如來佛刹功德廣大莊嚴於無量佛刹中彼皆無有是故菩薩摩訶薩應當發如是心我以此善根願當見彼土彼土莊嚴願當攝受亦願當見彼諸菩薩舍利弗以此因緣菩薩當生彼國舍利弗菩薩摩訶薩願生彼佛刹者應發增上樂欲之心舍利弗若善男子善女人發增上心我皆與記於彼佛刹而得受生舍利弗譬如有城無有樓閣園林池沼亦無象馬遊行之

處彼城之王雖有力安處而城無樓閣諸功德故則非莊嚴舍利弗我此佛刹亦復如是無彼功德故則非嚴飾舍利弗我此刹中若有如是功德莊嚴則如不動如來佛刹嚴勝舍利弗若菩薩摩訶薩願當攝受清淨佛刹者應如不動如來往修菩薩行植衆德本嚴淨佛刹已及當如是攝取功德復次舍利弗如我今時得阿耨多羅三藐三菩提已調伏無量衆生於二乘道皆獲果證及我聲聞所調伏者悉皆積聚方彼如來諸聲聞衆百分不及一千分不及一百千分億百千分數分筭分喻分鄔波尼殺曇分亦不及一何以故由數無量故若言解脫則無有異且止斯事舍利弗彼彌勒如來當出於世諸聲聞衆及彼調伏所餘聲聞以方不動如來聲聞之數

不及之分如上應知舍利弗由彼如來於一說法善能調伏無量有情然彼世尊之所攝受無有能知其數量者舍利弗我之聲聞及彌勒如來諸聲聞衆乃至賢劫諸佛世尊所有聲聞及彼聲聞當所調伏餘聲聞衆彼皆積聚比不動如來諸聲聞衆百分不及一乃至鄔波尼殺曇分亦不及一何以故其數多故解脫無異故時舍利弗白佛言世尊如我解佛所說義者應知彼阿羅漢刹非愚夫刹何以故彼佛刹中阿羅漢多故佛告舍利弗如是如是如汝所說彼佛刹中多漏盡阿羅漢故復次舍利弗此三千大千世界星宿數量不如彼佛聲聞衆多由彼如來於一說法無量有情得阿羅漢舍利弗此三千大千世界星宿猶有數量彼一一會無量有情得阿

羅漢故諸會聲聞無有數量復次舍利弗彼剎天人植衆善本餘界人天縱以天眼亦不能見舍利弗假令餘界諸天及人往彼剎中善男子善女人所盡其天眼亦不得見若人聞此功德稱揚法門聞已受持讀誦通利彼善男子等皆於不動如來往昔行菩薩行時皆已見聞是故聞此法門即得信心清淨舍利弗東方一切世界諸剎土中若菩薩乘人或聲聞乘人於此法門讀誦通利者其數甚多彼諸菩薩及聲聞人由願力故於不動剎中若已生現生當生唯除不退菩薩由彼菩薩於諸剎中當得阿耨多羅三藐三菩提故南西北方四維上下亦復如是舍利弗彼不動如來於妙喜世界及他方剎土在菩薩等乘中而爲上首舍利弗若有善男子善女人

聞不動如來功德法門善能受持讀誦通利願生彼剎者乃至命終不動如來常爲護念不使諸魔及魔眷屬退轉其心舍利弗應知是善男子或善女人乃至無上菩提無有退轉之怖亦無水火刀杖惡獸毒蟲之所損害亦不爲人非人等之所怖畏何以故由不動如來常加護念於彼佛剎當受生故舍利弗譬如日輪雖復遥遠與閻浮提衆生而作光明不動如來亦復如是雖在遥遠能與他界諸菩薩衆而作光明舍利弗譬如比丘有天眼者能見遠方諸善惡色不動如來雖在彼剎餘世界中諸菩薩衆所有形類等色皆悉能見舍利弗又如比丘得心自在獲彼神通波羅蜜者雖在遥遠了知一切有情之心不動如來亦復如是能知餘界諸菩薩心舍利

弗譬如比丘證得天耳身雖在遠能聞諸聲不動如來亦復如是餘世界中所住衆生作如是言我於彼刹願當生者彼佛皆聞舍利弗如是色類善男子善女人所有姓名不動如來皆悉了知若有受持讀誦通利此功德法門者此諸人等皆爲不動如來之所知見及已護念時舍利弗白佛言希有世尊乃至彼佛世尊護念彼諸菩薩摩訶薩如是曰已佛告舍利弗如是如是如汝所言彼菩薩摩訶薩如來之所護念何以故由護念菩薩故一切衆生皆得護念舍利弗譬如刹利灌頂大王多有倉廩盈儲穀豆嚴誡主司善令監守何以故於饑饉世當濟群生舍利弗是諸菩薩於彼如來滅度之後當證無上正等菩提能於正法饑饉之時作大豐稔如來亦復如是善能覆護此諸菩薩舍利弗於此世界有諸菩薩當聞不動如來功德法門能善受持讀誦通利於彼佛刹願欲受生應知此人得不退轉舍利弗若餘菩薩於此法門善能受持讀誦通利爲無量無數百千衆生開示演說亦令諸有情如是植衆善本使當親近無上菩提舍利弗若菩薩願速證無上菩提者應當受持讀誦通利如是法門爲諸衆生開示演說何以故菩薩摩訶薩應如是演說此功德門大智慧業當如是如是發起積集彼諸人等由發起積集故於其現身諸漏當盡舍利子是故聲聞乘者若聞彼法門應當受持讀誦通利廣爲衆生開示演說何以故此善男子善女人由受持如是正法於其現身當證無學舍利弗若有淨信男子女人於

此功德稱讚法門應當爲他時時演說彼諸人等不越兩生當於現身得盡諸漏復次舍利弗此不動如來所有功德稱讚法門非愚淺者之所能受其有智慧深廣方能受持舍利弗彼善男子善女人當見諸佛於此功德稱讚法門必當身得舍利弗譬若無價寶珠從海持來於意云何此無價寶何人先得舍利弗白佛言世尊有諸國王王子大臣此人先得佛告舍利弗彼佛功德法門亦復如是菩薩先得是諸菩薩當不退轉若聞此法必能受持讀誦通利爲無上菩提於真如性當勤修學舍利弗白佛言世尊若諸菩薩欲住不退地者聞此稱讚法門應當受持讀誦通利何以故菩薩摩訶薩住此法門於法性中當不退轉佛告舍利弗假使有人純以金寶滿閻浮提持用布施與聞此法終亦不聞何以故此功德法非薄福衆生當執持故復次舍利弗若聲聞乘人聞此功德法門受持讀誦爲無上菩提及真如相應故精勤修習彼於後身當得成就或於二生補處或復三生終不超過當成正覺彼若聞此稱讚法門讀誦通利復爲無量百千衆生開示演說舍利弗如轉輪王以先業感七寶現前不動如來亦復如是以本願力我今說此功德法門舍利弗若諸菩薩摩訶薩於此稱讚法門若已聞若當聞者彼皆由不動如來往昔行菩薩行時慈悲願力或當於賢劫中諸佛世尊之所預聞開示此之法門如我於今演說開示不增不減名數若干舍利弗是故菩薩摩訶薩欲速證無上菩提者於此功德稱讚法門

應當受持讀誦通利爲他廣説復次舍利弗若善男子善女人爲求此法門故於彼村落城邑聽聞受持讀誦通利雖出家菩薩居白衣家我説無過亦隨聽住何以故彼善男子善女人於命終後欲令此法當不隱没舍利弗若彼村邑在於遥遠是諸菩薩亦當應往及往彼中受持讀誦開示演説舍利弗彼善男子善女人於已流布稱讚法門或於他人有是經卷應可詣彼而書寫之彼人若有願求汝當斷貪或使經行若坐若立汝等應曲隨教命書寫是經若於彼村求不能得應詣隣境書寫受持讀誦通利復爲他人開示演説若往餘方勤求不獲彼人應發如是誓心我於無上菩提不應生於退轉之想由我已聞不動如來法門名號是人於我欲爲利益令我聽聞舍利弗如是稱讚法門有能演説及預聞者皆由如來威神之力時舍利弗白佛言世尊如來滅後由誰威力而當得聞舍利弗我滅度後由不動如來威神之力當復得聞或由四大天王釋提桓因等當勤加護令諸法師宣揚此法及彼菩薩本業成熟四天王等威加策進令諸菩薩而得聽聞舍利弗白佛言世尊如此法門能成就廣大功德佛告舍利弗如是如是如汝所言舍利弗若於國中雨雹爲災非時霹靂及餘種種可怖之事彼善男子善女人等應當專念不動如來及稱名號是諸災害皆得消除由彼如來往昔弘濟百千諸龍解脱衆苦又由慈悲本願誠諦不虚迴向善根要期圓滿故稱彼名號憂患自消唯除有情宿業成熟舍利弗白

佛言世尊是諸菩薩現身欲證無上菩提者應如不動如來往修願行佛告舍利弗如是如是如汝所言舍利弗少有菩薩摩訶薩已能如是具修淨刹及當淨修如不動如來者舍利弗彼諸菩薩皆當證得阿耨多羅三藐三菩提而於佛性及一切智攝受佛國悉皆同等菩薩聲聞非無優劣而於解脫則無有異爾時欲界諸天及梵衆天等皆向彼如來合掌頂禮而三唱言南無不動如來應正等覺甚爲希有又歸命此界釋迦牟尼如來應正等覺善能說彼稱讚法門爾時欲界諸天以曼陀羅華及諸天香以散佛上所散香華於虛空中合而成蓋復以諸天華香遥散彼佛以爲供養時天帝釋作如是念我此四衆及欲界諸天皆欲見彼不動如來應正等覺爾時世尊知彼釋天心之所念結跏趺坐安處虛空是諸大衆以佛神力亦住空中皆遥見彼妙喜世界不動如來及聲聞衆衆皆見已右膝著地向不動如來應正等覺爾時此界衆人皆作是念豈非三十三天爲見彼佛而來集會禮拜供養是時帝釋作如是念彼界諸天以人相而住我見彼諸人等服玩資具與彼諸天無少優劣爾時世尊攝神通已告天帝言彼諸人民皆受天樂汝應愛樂是諸人等見彼如來及愛樂彼受天資具者彼諸衆生從餘世界命終以後皆得往生不動佛刹爾時舍利弗告帝釋言汝見釋迦牟尼佛及不動如來由此緣故汝於此身得大善利況汝已得過人之法時天帝釋作如是念彼諸衆生聞此法門亦得善利何況得生不

動佛刹爾時佛告天帝釋言彼菩薩乘人當生彼佛刹者亦得善利何以故彼諸菩薩皆應得住不退轉故若餘菩薩於其現身願生彼佛國者應知皆是住不退轉佛說此法門時五百比丘於無漏法心得解脫五千菩薩六千比丘尼八千優婆塞十千優婆夷及欲界中無量天子於彼佛刹皆願受生如來是時皆與授記於彼佛刹當獲往生若餘有情當願生者如來亦當與記生彼佛刹是時三千大千世界六種震動所謂動徧動等徧動搖徧搖等徧搖震徧震等徧震由此法門所加持故佛說此經已舍利弗等及諸世間天人阿修羅乾闥婆迦樓羅緊那羅摩睺羅伽聞佛所說皆大歡喜信受奉行

大寶積經卷第二十

音釋

卍音萬 稔如甚切穀熟也

大寶積經卷第二十一

唐三藏法師菩提流志奉　詔譯

被甲莊嚴會第七之一

如是我聞一時佛住王舍城迦蘭陀竹林與大比丘衆及諸菩薩摩訶薩俱悉從種種佛刹來集爾時世尊無量百千衆所圍繞供養恭敬時彼衆中有菩薩摩訶薩名無邊慧即從座起偏袒右肩右膝著地稽首作禮合掌向佛白言世尊我有少疑請問如來願垂聽許爲我宣說爾時無邊慧菩薩摩訶薩而說偈言

大雄大丈夫　世間無與等　我爲衆生故
少疑當請問　不起師子座　現身偏十方
一切異論中　無能傾動者　智藏無邊際
諸力無有量　世尊一一力　普能度世間
善住一切智　善住於十力　無畏大師子
最勝無上尊　十八不共法　如來之所有
照明於世間　摧伏諸外道　了知一切法
是故無過上　無失大導師　我疑當請問
無邊離垢智　大海不動智　境界無礙智
我疑當請問　世尊善修習　於道無疑惑
安隱大導師　我疑當請問　已度諸暴流
已斷諸結縛　能拔衆毒箭　我疑當請問
已破無明瞖　已息煩惱熱　清涼善安住
我疑當請問　無畏無上智　無著無礙智
法海一切智　如來已證得　佛無量功德
智證悉圓滿　盡一切有漏　破諸煩惱見
世尊多積集　無量大功德　不思議法王
我疑當請問　世尊殊勝智　普能照世間
演暢法光明　無邊功德海　導師法光故

徧照於世間　是故世間中　佛法光明現
法海一切智　辯才無有上　精進不思議
清淨離諸見　佛眼無邊故　智境亦無邊
世間無等尊　我疑當請問　法王大牟尼
能斷衆生惑　導師我當問　願隨其意樂
我觀一切處　天上及人間　無有等如來
普徧照明者　善住諸功德　莊嚴大丈夫
不思議法王　仙中照耀者　譬如大雪山
衆寶端嚴處　世尊安法座　端嚴亦如是
妙音大精進　能宣悅意聲　衆生若得聞
善根悉清淨　世尊人中勝　時演法光明
以是諸衆生　隨意便開覺　知時知衆會
知人大導師　敷演法光明　以時智慧者
梵音大精進　願賜清淨言　如天雨大地
法潤徧霑洽　世尊處衆會　普宣法雨已
於此法希望　衆生皆滿足　最上勝安住
如王處妙高　惠施諸衆生　能令衆歡喜
大雄兩足尊　不思議境界　一切諸衆生
無有能知者　無量大丈夫　衆會已和合
依怙大牟尼　志求佛境界　我於佛境界
發趣故來集　導師無礙智　如何疾開覺
我隨其意樂　瞻顔欲請問　世尊願開示
爲斷諸疑惑　若聞無上法　便得心歡喜
踊躍充徧身　能斷衆疑網　法王無上尊
一切智無畏　一切知見者　我疑當請問
佛於一切法　無有少疑惑　精進大導師
我疑當請問　無上斷疑者　於法不疑惑
無邊功德海　我疑當請問　無邊大光明
無邊大功德　無邊清淨智　我疑當請問
無邊精進智　無邊境界智　無邊饒益智

我疑當請問　世尊無邊智　離邊及無邊
能斷一切疑　我疑當請問　不思議法王
垂哀聽我問　見許我當問　牟尼爲宣説
請問一切智　釋迦名稱尊　若垂聽許我
願決我疑網

爾時世尊告無邊慧菩薩摩訶薩言無邊慧汝今於我渴仰志求欲於如來幾何所問若有問者我當解説爾時世尊而説偈言

告無邊慧　汝欲何問　悉應問之　我當解説
如彼所問　一一發問　隨其樂欲　速爲開示
我爲汝説　一切無疑　如汝志求　稱汝所問
汝今時問　如時如義　以時問故　我決定説
如汝意樂　問所應問　我皆隨順　爲汝説之
汝今時問　我亦時説　斷汝疑網　當得無疑
我爲法王　了義究竟　於一切法　得無疑惑
我於諸法　正覺難思　如衆生意　所問爲説
我於諸法　悉無有疑　時而問者　速當爲説
我時爲説　無有疑惑　如其意樂　釋彼所疑
我常了知　時及衆會　諸衆生等　意趣不同
亦常觀察　一切衆生　有欲無欲　彼皆明見
若有智者　能善修行　我皆以時　正法開悟
若無智者　愚癡迷亂　彼無慧明　不尊重法
若無尊重　於法不求　雖聞此法　無大明智
法善巧者　於法希求　若聞此法　得大明智
樂大乘者　求人中尊　聞斯法已　得大明智
佛無上智　不思議智　而發趣者　聞皆滿足
樂無礙智　求最上尊　彼聞此法　得大饒益
若有智性　求不思議　彼聞此法　得無上智
若有衆生　求佛道場　轉無上輪　聞法歡喜
愛樂精進　於法尊崇　聞離垢法　欣然踊躍

若有衆生 樂善修習 以法光明 說無上法
荷諸重擔 無邊策修 彼聞法已 歡喜充滿
若有希願 善法思惟 於彼慈哀 爲之開釋
哀愍汝等 隨汝所問 我能決定 當斷汝疑
我多千歲 修行善巧 疑惑已除 知汝意樂
若有疑者 恣汝所問 當爲汝說 斷諸疑惑
若有疑者 恣汝所問 如其樂欲 我當說之
若有疑者 恣汝所問 我住於法 得無動搖

爾時無邊慧菩薩摩訶薩白佛言世尊如來應正徧知我於菩薩乘中少有所疑今當請問何等善丈夫遠離於怖畏一心正念爲諸衆生被大甲冑於大甲冑而莊嚴之起大愛樂而尊重之以不放逸乘此大乘以大清淨平正之道無諸堆阜瓦石荊棘衆惡雜穢諸見稠林亦無毒刺苦惱坑坎亦無繫執怖懼艱難正直無曲如理平道無障礙道剪諸稠林裂一切網遠離黒暗蠲除愛著捨和合故而發趣於阿耨多羅三藐三菩提世尊如來應正徧知我於此義故致斯問何等善丈夫何等大甲冑被此甲冑乘於大乘以斯大道而當發趣世尊應說諸菩薩摩訶薩甲冑莊嚴安住於道安住諸法理趣善巧於法理趣住善巧故而能起於諸法理趣善巧光明法光明故不捨甲冑乘於大乘以不退轉精進之力無忘念根相續慧力速能成就法界理趣分明善巧往詣道場轉於法輪爲諸衆生演說法故一切衆生如其所願如其發趣解脫生死世尊如來應正徧知此之大乘我欲利益安樂衆生故問斯義世尊如來一切知者一切見者以何等法成就諸菩薩摩訶薩

一切諸法海印三昧以三昧故令諸菩薩摩訶薩乃至未證阿耨多羅三藐三菩提猶不退轉世尊如來知見成就未曾有法善諸衆生智慧之藥故我問耳爾時無邊慧菩薩摩訶薩而說偈言

爲諸菩薩故　我問兩足尊　一切知見者
甚深佛法義　大乘所修行　何定能發趣
我今皆請問　饒益諸衆生　云何善丈夫
能被無邊甲　如是被甲已　云何當發趣
云何起樂欲　云何愛於彼　云何大精進
云何不放逸　云何諸菩薩　乘於此大乘
乘已復云何　此事應當說　云何乘大乘
發趣菩薩道　惟願世導師　速爲我宣說
云何平正道　平等而發趣　於諸見稠林
剪伐恒無倦　於諸境界中　云何得超越
云何以平等　裂見貪愛網　云何除黑暗
得大智光明　彼諸菩薩等　云何當發趣
云何能觀察　遠離衆結縛　云何諸菩薩
離縛善安住　云何諸菩薩　超過大怖畏
善巧諸法義　發趣於無上　菩薩被何等
無邊大甲胄　被斯甲胄已　乘於此大乘
云何諸菩薩　發趣平正道　我今所問者
世尊應演說　菩薩云何得　莊嚴大甲胄
莊嚴無上乘　世尊應演說　安住於斯道
及彼道莊嚴　諸法之善巧　世尊應演說
云何能了知　法界之理趣　法善巧光明
世尊應演說　云何諸菩薩　得此法光明
究竟一切法　世尊應演說　云何諸菩薩
得法光明已　不捨大甲胄　由是而發趣
云何諸菩薩　乘於此大乘　精進不退轉

由是而發趣　云何諸菩薩　志念常堅固
能以智慧力　而得善調伏　云何得法界
理趣之善巧　法王不思議　世尊願宣説
云何能速往　至於菩提場　轉于大梵輪
世無能轉者　云何無所動　演説於諸法
爲一切衆生　如其昔所願　演説諸法故
解脱於生死　云何令衆生　究竟獲安樂
饒益衆生故　我問世導師　一切知見者
願爲我宣説　當以何等法　成就諸菩薩
一切法大海　所作印三昧　樂求佛法者
渴仰大菩提　若聞此法者　舉身悉充悅

爾時世尊告無邊慧菩薩摩訶薩言善哉善哉無邊慧汝於往昔供養承事無量諸佛種諸善根集諸功德不可稱量於此深法欣求渴仰以大志樂成就衆生而興大悲問於如來汝今諦聽善思念之吾當爲汝説諸菩薩摩訶薩以功德成就而發趣於阿耨多羅三藐三菩提唯然世尊願樂欲聞爾時世尊告無邊慧菩薩摩訶薩言無邊慧諸菩薩摩訶薩爲阿耨多羅三藐三菩提被甲冑者爲欲攝取諸衆生故被大甲冑爲諸衆生布施清淨故被大甲冑爲諸衆生持戒清淨故被大甲冑爲諸衆生忍辱清淨故被大甲冑爲諸衆生精進清淨故被大甲冑爲諸衆生禪定清淨故被大甲冑爲諸衆生智慧清淨故被大甲冑爲諸衆生獲安樂故被大甲冑爲諸衆生起饒益事相應心故被大甲冑爲諸衆生貪瞋癡病作對治故被大甲冑爲大功德作善巧故被大甲冑爲無上智善圓滿故被大甲冑爲諸衆生生死怖畏作救護故被大

甲冑爲欲顯現無等等智善圓滿故被大甲冑於此三千大千世界所有諸魔若魔眷屬若魔使者住魔業者及行諸見稠林險徑一切外道諸遮羅迦出家吠陀烏摩利迦路伽耶陀及此外道相應之輩與交戰故被大甲冑諸菩薩摩訶薩如是被於大甲冑已不捨甲冑起大精進能入一切衆生界中以忍安住遠離怖畏不驚不懼不動不亂而復被於無邊甲冑所謂救護一切衆生甲冑剪一切見稠林甲冑破諸魔軍甲冑能授智慧甲冑無邊津梁甲冑度諸重擔甲冑增長淨信甲冑安住尸羅甲冑淨治業藏甲冑一切清淨力藏甲冑方便善巧力藏甲冑能斷一切執著甲冑不退不悔智慧甲冑諸菩薩摩訶薩被於如是大甲冑已亦不捨離乃至盡邊際堅固精進力曾不動搖而發趣於阿耨多羅三藐三菩提爾時世尊而說偈言

菩薩被甲冑　爲攝諸衆生　衆生無邊故
被甲亦無邊　布施清淨故　一切令充悅
爲利諸衆生　乃被斯甲冑　持戒清淨故
饒益於世間　爲利諸衆生　乃被斯甲冑
忍辱清淨故　勇猛善安住　爲利諸衆生
乃被斯甲冑　精進清淨故　成就不退轉
爲利諸衆生　乃被斯甲冑　禪定清淨故
所行境亦然　爲利諸衆生　乃被斯甲冑
智慧清淨故　無漏無過上　爲利諸衆生
乃被斯甲冑　一切諸衆生　樂具悉當與
善知此義故　乃被斯甲冑　菩薩於衆生
能爲饒益事　以清淨四攝　普徧諸有中
若病貪瞋癡　而爲對治者　授諸衆生藥

所患令消除　由是諸菩薩　善能被甲冑
於功德資粮　獲無邊善巧　衆生生死苦
逼迫不安隱　我常爲救護　被甲冑無邊
無邊生死苦　我能令解脫　愛見網所縛
一切皆當斷　於此煩惱網　一切能斷者
堅固精進力　勇猛而被甲　一切諸衆生
令住安樂道　以是趣涅槃　安隱而無上
以大精進力　乃被斯甲冑　當共一切魔
敵戰常無倦　若住於諸見　稠林而行者
路伽耶陀等　被甲利於彼　及餘無量衆
行諸非道者　於彼咸利益　故被甲無邊
如是被甲已　不捨於甲冑　起大精進力
被甲勝堅固　入於衆生界　以忍得安住
成就堅固忍　被甲無過上　遠離於怖畏
亦無有驚懼　被無邊甲冑　一切勤修習
善住於甲冑　常能正了知　寂然不動搖
不亂不退轉　被如是甲已　智者復當被
救護衆生甲　破壞衆魔甲　無邊津梁甲
一切悉當被　勇猛勝智人　被已得安住
爲大重擔故　被甲無有上　度一切衆生
苦擔悉令脫　增長清淨信　善住於六根
戒得共相應　被甲無過上　成就勇猛智
菩薩能安住　威儀戒相應　被甲無所動
於昔勝尊衆　清淨修諸業　是故被甲冑
而常不怯弱　以愛衆生慧　饒益諸世間
通達於方便　被甲善安住　於巧方便智
菩薩能通達　如是被甲已　斷除衆結縛
遠離一切執　正信不違背　被甲之智人
發趣於無上　菩薩能決定　自利及利他
以善精進力　堅固不退轉

復次無邊慧諸菩薩摩訶薩於無量劫荷諸重擔被大甲冑如是甲冑若魔若魔眷屬或魔使者及行邪見稠林惡積諸衆生等所不能見何以故無有形色不可示現無對無相捨相離相無名字故無邊慧假使飛箭量如須彌攢鋒激射無能中者設以三千大千世界所有衆生一一爲魔各有若干魔軍眷屬競共俱時發諸利箭亦如須彌彼終不能壞諸菩薩摩訶薩如是甲冑乃至不能損一毛端於諸菩薩摩訶薩意尚猶不能令有異念何況身也諸菩薩摩訶薩若有一心摧伏彼者能令衆魔退散消滅善能安住如是甲冑而不動揺一切衆生無能壞者何以故以無相故非諸衆生見所行故一切衆生不能見知諸菩薩摩訶薩而能了知一切法故如實知見被大甲冑爲欲救護諸衆生故於一切法無所執著爲欲饒益諸衆生故於一切法亦無所得是故衆生不能見知如是甲冑無有形相無有示現無言說故不與色相應不與受想行識相應不與內相應不與外相應不與亦內亦外相應不與非內非外相應不與界相應不與處相應不與地界相應不與水界相應不與火風空界相應不與欲界相應不與色無色界相應不與有作相應不與無作相應不與亦有作亦無作相應不與非有作非無作相應不與聲聞地相應不與獨覺地相應不與佛地相應不與語言道相應亦不與色因相應不與色相相應不與受想行識因相應不與受想行識相相應亦不與相非相相應亦不與一切法相應非不相應

無有繫縛無有解脫亦非筭數譬喻可知以一切法過諸數故如是甲冑一切法見皆不可得色見不可得受想行識見不可得乃至無少法見可得如是甲冑不與一切法相應非不相應不與色相應非不相應不與受想行識相應非不相應於一切法若相應不相應彼皆遠離如是甲冑亦無有作作者無故亦無有相相非有故無處所相無和合相無有分別無有動搖無有攀緣無性可見被甲冑者亦不可得如是被甲亦不可見何以故諸菩薩摩訶薩被甲冑時而不見有誰爲被甲何處被甲從何被甲亦不見有我能被甲我所被甲亦不見有此處被甲他處被甲亦不見有如是被甲所爲衆生於一切法無所行故無所見故諸菩薩摩訶薩被如是甲冑則被如來所被甲冑身不可得心不可得意不可得不可得故遠離分別諸菩薩摩訶薩若住少法若得少法現被甲冑當被甲冑不應說名被大甲冑若心超過乃可說名被不思議大甲冑也諸菩薩摩訶薩不爲少衆生故被大甲冑亦不爲一劫衆生故被大甲冑亦不爲百千劫百千俱胝劫百千那由他俱胝劫諸衆生故被大甲冑爲於無量無數劫中諸衆生故被大甲冑是故說名被於無量大甲冑也諸菩薩摩訶薩被甲冑時被於不住衆生想甲冑不起我想甲冑離衆生想甲冑滅我想甲冑知衆生性甲冑知我性甲冑過想受甲冑知一切法無作相甲冑空相甲冑無相相甲冑無願相甲冑知一切法無生相甲冑無滅相甲冑知一切法差別性相甲

胄無差別性相甲胄知一切法事相甲胄無事相甲胄無邊慧若住於事而被甲胄終不說名被大甲胄以諸菩薩摩訶薩不住於事求大智慧是故說於被大甲胄爾時世尊而說偈言

無量千劫中　被大無邊甲　爲欲令衆生
解脫諸苦惱　如是大甲胄　若魔若魔使
作諸魔業者　眼所不能見　及餘衆生等
行見稠林者　甲胄不思議　亦非彼所見
無色無形像　無對無相待　甲胄不思議
故非眼所見　無名亦無相　遠離一切相
甲胄無有邊　故無相見者　假如須彌箭
攢鋒來中射　甲胄不思議　令箭自摧折
世界所有魔　亦以須彌箭　於斯大甲胄
競共來激射　然於大甲胄　不損如毛端
甲胄不思議　無能摧壞者　由是諸菩薩
身心無變異　甲胄不思議　誰能傾動者
若以一念心　摧伏諸魔衆　菩薩不思議
魔軍咸退散　如是大甲胄　未曾有動搖
一切諸衆生　而無能見者　一切諸衆生
不知甲胄相　是故諸衆生　眼所不能見
菩薩爲依怙　能知一切法　猶若勝金剛
斯爲善被者　不受一切法　救護諸衆生
順諸佛法故　斯爲善被者　甲胄無所取
隨順一切法　甲胄不思議　斯爲善被者
甲胄無示現　淨治一切法　諸法離言說
無能示現者　不與色相應　不與受相應
不與想行識　相應及和合　不與內相應
不與外相應　不與內外俱　相應及和合
不與界相應　不與處相應　若界若處中

亦無有和合　不與地相應　不與水相應
不與火風空　相應及和合　不與欲相應
不與色相應　不與無色界　相應及和合
一切無所得　不與諸有作　不與諸無作
相應及和合　甲冑不思議　無住無和合
無縛無解脫　亦無不相應　甲冑無邊際
不共聲聞地　不共獨覺地　相應及和合
乃至諸佛地　及與一切法　一切不相應
一切不和合　種種言語道　而無能及者
甲冑無有邊　無體難思故　不與一切法
相應不相應　甲冑不思議　超過一切數
甲冑無有上　無縛無非縛　亦無有色相
受想行識相　不與彼諸相　相應及和合
不與諸法相　相應不相應　亦不與無相
相應及和合　甲冑無有上　無縛無解脫
一切諸法中　不墮一法數　一切諸法中
甲冑不可得　是故無有上　說名不思議
甲冑無有色　無受亦無想　無行亦無識
非諸蘊所攝　如是勇猛者　被斯大甲冑
身心無所得　不見微少法　過諸思擇故
清淨心安住　而常無怯弱　說名不思議
堅固被甲冑　其心無所動　不計諸劫量
說名不思議　甲冑無有量　不取法非法
以無時量故　說名不可量　不起衆生想
亦無有我想　能知此想故　一切想不生
亦知一切法　此法皆無相　如是被甲冑
說名不思議

復次無邊慧此大甲冑名曰妙法嚴具莊嚴亦名最上不可壞故亦名一切法無差別不於少法作差別故諸菩薩摩訶薩被此甲冑

持大慧力乘於大乘最上之乘無等等乘大攝受乘無邊攝受乘一切衆生乘此乘者於此乘中無不容受然於此乘不增不減能令衆生安樂而住亦令衆生安樂而出若有衆生乘此決定安樂乘者無有身心疲倦勞苦無邊慧此乘映蔽一切世間天人阿脩羅聲聞緣覺及餘諸乘而當出離此乘無來無去無住無見無知前際不可得後際不可得中際不可得三世平等猶如虚空不雜塵染無有相待無有障礙亦無執著以此乘故而當出離此乘無量不可量故本無礙相不住相故最上第一乘此乘者無怯弱心而發趣於阿耨多羅三藐三菩提無邊慧此乘如燈如日月輪爲諸衆生作大光明此之大乘亦復如是光照三千大千世界無能映蔽無能障礙能以無邊大功德海而發趣於阿耨多羅三藐三菩提無邊慧此乘離闇能除一切世間之病超過一切世間之法攝大衆生非諸下劣所能乘也唯除能被大甲胄者如我所說於無量劫救護衆生供養諸佛種諸善根資粮清淨之所能乘聲聞緣覺及餘下劣繫縛世間世間相應或增上慢慢所謂調伏一切外道無信之輩尚不欲聞此乘之名何況而能乘此乘也若有衆生遊戲不可思議境界乘此乘已如其勝願而發趣於阿耨多羅三藐三菩提無邊慧此乘無際初中後際不可了知此乘際斷際不可得無邊際是乘際無量際是乘際無邊慧乘無邊際亦無中際無有少際而可斷者言際斷者以無少際說爲際斷不分別際說爲際斷如是名爲此乘

際斷際無所有說爲中際際無所有說爲邊際際無所有以際說之於彼際中際不可得不可得故邊際中際無際無斷入於際門入際門故此乘超過於彼超過亦無所得無邊慧何者爲際謂斷常際入語言故際則非際彼斷常際無有邊際以彼際相相無邊故所言際者無有分別分別斷故超過於際遠離斷常無邊慧有身見者則於際門有所依止若無身見則於際門無所執著無執著故於斷常際乃能超過無邊慧斷常際者而無有實但誑語言於三有中分別二際於彼二際若不攝取若不相應乃能超過斷身見故於二際門而無所執無邊慧若諸菩薩摩訶薩未離身見則不名爲被大甲冑乘於大乘於彼際門則爲執著設欲斷際起斷際想於前後際而有分別若諸菩薩摩訶薩已離身見是則名爲被大甲冑乘於大乘於彼際門則無所執過二際已以安樂乘而發趣於阿耨多羅三藐三菩提無邊慧諸菩薩摩訶薩以大慧力能於一切住際之法不斷不破善巧方便攝取止觀修習無相得無相證則爲諸佛授法光明法光明故一切際斷於彼際斷亦無所執無有少際於彼際門若相應若不相應若憶念若不憶念於一切法善巧方便安住止觀便獲無邊大法光明法光明故遠離黑暗怖畏毛竪建大法幢出大梵音大師子吼告衆生言汝等速來於此大乘大安樂乘大調御乘大發趣乘而發趣於阿耨多羅三藐三菩提爲諸衆生演法光明法光明故能令衆生被大甲冑乘此大乘無邊慧諸菩

薩摩訶薩於此大乘此大甲冑勿生慳悋當願衆生發菩提心被此甲冑乘此大乘於此大乘此大甲冑亦勿慳悋而能展轉勸諸衆生復願衆生被此甲冑乘此大乘而當出離諸菩薩摩訶薩住是行時攝取佛國清淨佛國攝取聲聞及諸菩薩圓滿功德以此無邊大功德海而發趣於阿耨多羅三藐三菩提無邊慧此之大乘等于法界此岸彼岸無可得者然能運載一切衆生從此至於法界之中無處相應法界相應甲冑相應若於此乘等于法界勤修習者而發趣於阿耨多羅三藐三菩提無邊慧譬如法界無有塵染無能壞者無能染者此之大乘亦復如是無壞無染無壞染故而當趣於一切智智是故此乘說爲大乘此乘無礙一切世間天人阿脩羅不能退轉以無著故而當趣於一切智智是故此乘說爲大乘言大乘者謂大莊嚴一切莊嚴無不入此大乘中者爾時無邊慧菩薩摩訶薩白佛言世尊於此乘中豈有有爲諸莊嚴耶爾時世尊告無邊慧菩薩摩訶薩言如是如是無邊慧我隨世俗於此乘中亦說一切有爲莊嚴無邊慧若轉輪王帝釋梵王無不皆從此大乘出若已出者若當出者雖住轉輪釋梵尊位不爲生死煩惱過失之所染著能於諸欲一一稱量既稱量已則便猒捨於出離道而能了知無邊慧若諸菩薩摩訶薩乘此乘者雖受生死於一切處不爲染汙能見過患能知出離若我於此未說諸法及諸莊嚴以此乘相於彼諸法及諸莊嚴亦能了知而發趣於阿耨多羅三藐三菩提爾

時世尊而説偈言

大乘無上乘　此乘不思議　若有乘此乘
彼皆當出離　是大依止處　此乘不思議
無量無邊際　故名爲大乘　一切諸衆生
乘於此乘者　此乘無有減　亦復無有增
一切諸衆生　乘於此乘者　安樂而發趣
於中無苦惱　若諸菩薩等　於此乘發趣
直進無他行　身心不疲倦　照明於世間
天人阿脩羅　當於此大乘　無上而發趣
映蔽諸緣覺　及以聲聞乘　亦於此大乘
無上而發趣　無來亦無去　無住無前際
後際及中際　無得無所見　三世悉平等
猶若淨虛空　此乘亦如是　遠離諸煩惱
此乘無相待　無障無罣礙　一切悉能救
所向無執著　此乘無有量　亦無一切相
自性不可得　無畏不思議　若有乘此乘
得無所畏者　乃於佛法中　無障無罣礙
以此乘發趣　普明於世間　如日百千光
無時而不照　此乘不可壞　無能映蔽者
無量德資粮　無上而發趣　此乘超世間
出過於三界　遠離諸黑闇　能趣於無漏
此乘唯攝取　一切諸菩薩　其於衆生類
於中不容受　若有智慧者　無量千劫中
方便勤修習　乃乘於此乘　非諸聲聞衆
及以諸緣覺　一切外道輩　而能乘此乘
若有諸衆生　趣於非道者　斯人尠福德
不堪聞此乘　若有諸衆生　於不思議法
善巧而遊戲　安住於此乘　隨其所建立
殊勝之誓願　住斯正道中　無上而發趣
此乘無邊際　亦無有中際　邊際及中際

一切不可得　以際不可得　此乘無有際
一切際斷故　安樂而發趣　此乘無邊際
無邊是乘際　此乘無量際　無量是乘際
此乘無際斷　無際爲際斷　於際不分別
斷亦不可得　乘際無邊際　亦無有中際
亦無無際際　際性無所有　於際無際相
非際爲際相　於彼諸際中　際相無所有
非際說際門　此乘已超過　於彼所過量
相應不可得　我說斷常際　有邊無邊際
如是一切際　彼際悉非際　一切際無邊
際相無所有　一切際自性　於中不分別
如是諸際中　以斷於分別　邊際無邊際
一切悉能斷　若有有身見　則說諸際門
執著此諸際　爲無依怙者　若無有身見
不著諸際門　不執一切際　爲能照明者
一切際非際　諸際非眞實　一切際性相
彼皆無所有　不受一切際　於際悉超過
不著諸際門　能斷有身見　若於有身見
不斷不遠離　不被大甲冑　不乘於大乘
以受於諸際　分別諸際相　前際及後際
一切皆分別　若於有身見　一切已能斷
乃被無邊甲　乘於無上乘　不著諸際門
爲世智慧者　能於種種際　一切悉超過
由是佛法中　安樂而發趣　菩薩善觀察
能以大慧力　不得少有法　可斷可除滅
常以善方便　善攝於止觀　一相了知故
諸相皆了知　安住於正法　得大法光明
以是法光明　決了彼諸際　不見少有際
若際及非際　於彼可相應　一切無所著
若見苦衆生　慰喻而告言　汝來於此乘

安樂而出離　一切受生處　能作法光明
被甲乘大乘　亦以此開示　此乘此甲冑
於彼勿慳悋　亦令諸衆生　被甲乘大乘
乘此安樂乘　無上而發趣　如是諸菩薩
安住此修行　能於佛法中　以速而發趣
清淨佛國土　攝受諸聲聞　及諸菩薩等
功德莊嚴事

大寶積經卷第二十一

音釋

㱿克角切　胄音宙兜鍪也　荊棘荊音京楚大也棘訖力切小棗叢生曰棘　坑坎坑丘庚切塹也坎苦感切阱也　磧七迹切水渚有石曰磧　攢鋒攢徂官切簇聚也鋒敷容切攢鋒謂攢簇箭鋒以射也　摧折折音舌　慳悋慳丘閑切亦悋也悋良刃切鄙也又恨惜也

大寶積經卷第二十二

唐三藏法師菩提流志奉　詔譯

被甲莊嚴會第七之二

復次無邊慧我念往昔修菩薩行時被如是甲冑乘如是大乘超過諸際能滅黑闇能除怖畏以大精進乃於無量百千俱胝那由他佛所聞此菩薩摩訶薩甲冑莊嚴大乘莊嚴踊躍歡喜觀此法時於佛世尊恭敬尊重不作是念我被如是甲冑我有如是甲冑我得如是法我有如是法我有如是種類之法我於是時無有我想遠離身見遠離我慢心無高下亦無分別爲欲攝受一切衆生護持諸佛如來法藏成熟無量百千俱胝那由他衆生曾無一念勞倦之心我於爾時不捨甲冑乘無邊乘世世生中能破魔軍魔諸眷屬退敗消滅魔之使者怖畏馳散一切異道諸遮羅迦路伽耶陀波利婆羅遮伽及此外道相應之輩我皆降伏爲作安隱一切異論悉已摧殄一切外道悉已降伏邪趣衆生令於此乘住衆善軛爲諸衆生開示甲冑甲冑莊嚴亦爲衆生演說如是種類之法安樂大乘住此乘者便獲一切安樂資具所謂有爲安樂資具轉輪聖王安樂資具帝釋梵王安樂資具及得無爲安樂資具爲諸衆生說此法時令諸衆生入此法中生聖種性建大法幢作師子吼而發趣於阿耨多羅三藐三菩提無邊慧諸菩薩摩訶薩應被如是大甲冑已如理觀察而選擇之當於何法而發趣之於一切法盡能知見無有分別何以故諸菩薩摩訶薩安住正道如理知故正道發趣如理見

故如理清淨則不分別非不分別而於分別不分別中平等知見若見有法可求可覓則不平等不住如理清淨知見以無分別無不分別於彼分別不分別中而無執取以無執取遠離分別及不分別於此道中無有憐愍無有施爲亦無增益亦無取捨住平正道亦不分別過現未來徧能了知一切分別所有隨眠於一切法得住平等無顛倒義乃得名爲住斯道者無邊慧何等爲道及道清淨所謂說名八支聖道正見正思惟正語正業正命正精進正念正定正見能斷薩迦耶見超過一切見所行境一切諸見於一切處悉得清淨而能了知一切分別若勝分別若徧分別則無分別無勝分別無徧分別不住邪思斷邪思惟能見正命見正命想見命清淨住清淨命如理能見清淨身業清淨語業清淨意業住於正業正見語業於語業者悉能見知住於正語能淨對治正精進見善攝精進住正精進正見憶念而無有念亦無作意無所執取以清淨念住於正念正見三昧於三昧中無所依止而能清淨三昧之見住於正定無邊慧諸菩薩摩訶薩如是見時得一切處清淨正見住清淨道此清淨道爲善丈夫之所修行智者尊重衆聖悅可如來稱讚非一切魔魔民魔使魔天大衆之所行處亦非一切愛著外道依止諍論行見稠林趣諸非道路伽耶等之所行處亦非一切愛涅槃者之所行處何以故住無爲者則於涅槃有所分別涅槃分別則諸行分別何以故涅槃界中超過一切動念分別尚無無爲況有有爲

此道能淨一切分別乃無少有無爲分別寧有一切有爲分別若於聖道有分別者則不名爲住於聖道若斷一切動念分別是則名爲住於聖道住無畏道住安隱道住安樂道此道能至無老病死憂苦之處此道能至無有自性超過性處此道能至遠離一切性非性處此道能至無示現相非色相處此道如空徧一切處能至無上大宮殿中如是去者不復退還便獲若干安隱快樂彼大宮殿不可示現無諸事相無少有爲無少無爲已滅有爲已捨無爲不與衆生有爲安樂無爲安樂無邊慧諸有忻樂有爲涅槃彼尚不求有爲安樂况有能於大宮殿者大宮殿中無有施設清涼寂靜故名涅槃滅貪瞋癡斷諸隨眠裂愛見網竭無明流拔衆毒箭盡不善法故名涅槃遠離一切憍慢疾病衆苦逼惱故名涅槃非心意識心所所行故名涅槃息諸諍論一切結使乃至法想故名涅槃絕諸意樂意樂所求亦無分別所分別相故名涅槃無邊慧是爲大般涅槃體性涅槃無邊不可宣說若有所趣則非是道道亦無言不可宣說諸菩薩摩訶薩若以此道趣於涅槃大宮殿時亦令無量百千衆生住於斯道無邊慧諸菩薩摩訶薩於此道中而發趣時無有勞倦亦無憂惱隨欲所求隨欲莊嚴隨莊嚴處一一莊嚴隨攝衆生而爲說法令諸衆生皆得歡喜何以故此道無等能淨對治所作究竟諸佛世尊聲聞緣覺皆於此道而發趣之不相違背未到彼地未如其願終不相離何者爲地謂涅槃地大宮殿地譬如虛空不可

爲喻唯除虛空以喻虛空廣大空寂名曰虛空涅槃宮殿亦復如是爲大空寂無有主宰亦無我所一切衆生設入其中無能攝取一毛端量廣大空寂廣大無量名大涅槃名大宮殿無邊慧諸菩薩摩訶薩此殊勝道非諸聲聞緣覺所有住此道者成就一切功德資粮得不退轉爲諸衆生作大饒益以殊勝行爲大莊嚴以是道故而發趣之如彼莊嚴亦非聲聞緣覺所有諸菩薩摩訶薩住此道時若作輪王無所顧悋有大威德神通變現而能了知世出世間若作帝釋大梵天王無所耽著遠離憍慢樂見諸佛樂聞正法成熟無量百千諸天趣於阿耨多羅三藐三菩提爾時世尊而說偈言

菩薩殊勝道　世間無有上　衆聖及二乘
皆趣於斯道　一切諸菩薩　發趣大菩提
爲得道莊嚴　以斯道開示　若於斯道中
已趣今趣者　彼皆以正見　安住於斯道
一切諸菩薩　若住平等見　行於斯道中
安樂而發趣　斯道最殊勝　斯道爲無上
如實能誘進　於中無所執　若住於斯道
行於斯道中　一切諸智人　其意不傾動
不說於斯道　少有傾動者　由是無所動
於動常遠離　我說於斯道　無動無施爲
亦無有增益　斯道故無上　一切諸菩薩
善住於斯道　斯道無有愛　亦復無有憎
斯道非過去　斯道非未來　彼際不分別
如是而修習　斯道無煩惱　斯道無分別
於義不乖違　如是而安住　住於最勝道
無住爲安住　住於斯道者　能獲清淨性

我說八支道　衆聖之所行　住於斯道者
菩提不難得　菩薩依怙者　如是住斯道
能得道清淨　一一而進趣　斯之最上道
善士所修行　如來所稱讚　此智爲無上
魔及魔軍衆　魔之所攝者　外道餘衆生
非其所行處　分別涅槃者　不住斯勝道
愚爲分別害　不能趣涅槃　超過分別者
無想無分別　於斯大道中　以是而發趣
衆聖之勝道　愚夫皆遠離　若行此法者
斯道爲無上　斯之最勝道　能至無上處
其中無衰惱　無畏無災難　斯之無上道
無色無形相　不可以色相　而能示現者
斯之安隱道　正直無所畏　以斯道發趣
究竟大涅槃　斯之最淨道　猶若太虛空
一切無罣礙　常趣於涅槃　若至涅槃者
一往無復退　斯之大涅槃　最上勝安樂
涅槃大宮殿　空寂不可量　故名大涅槃
亦名大宮殿　斯大涅槃中　三毒煩惱滅
若至其中者　無退無受生　涅槃大空寂
猶若太虛空　廣大空寂故　於中無罣礙
涅槃大宮殿　永離苦憂惱　無邊境界處
說名爲涅槃　涅槃無數量　數量不可得
寂滅清涼性　說名爲涅槃　涅槃無施設
趣道亦無上　無量無分別　分別不可得
我爲諸菩薩　開示於斯道　若住斯道者
彼近於涅槃　若住於斯道　世間勝安樂
一切皆當得　說名無畏者　善住於斯道
其心無所染　由是道清淨　說名無畏者
以見平正道　一切能隨覺　一切資具中
一切不貪著　菩薩依怙者　殊勝真實道

饒益諸衆生　勇猛而發趣　若得無上道
最上道莊嚴　令世悉歡喜　斯道而發趣
斯道最殊勝　能令意清淨　隨其所樂求
一切當發趣　若得聖王位　轉輪大軍旅
能捨大王位　出家行學道　若得天帝釋
大梵天王位　於彼無耽著　斯爲善順者
世間諸學處　一切能明了　住於斯道中
乃爲實語者

復次無邊慧諸菩薩摩訶薩於此道中而發趣時爲欲攝取八正道故修行一法所謂不作諸不善法又爲攝取八正道故修行二法一者於内隨何善法如理思惟二者於外隨何善法如理請問又爲攝取八正道故修行二法一者如事了知諸法二者了知無事無住無所分別又爲攝取八正道故修行二法一者於内隨順覺知二者於外無所執著又爲攝取八正道故修行二法一者自信無所分別二者衆生若未有信我令安住於此道中又爲攝取八正道故修行二法一者能於所作之業如實知見二者能於所作之業而無執著又爲攝取八正道故修行三法一者於諸苦取藴中一一了知二者於諸無苦取藴勤求至樂三者於諸和合法中專修遠離又爲攝取八正道故修行三法一者宣説最上之法語不乖違隨説法義心無諍論二者不著一切文字三者攝取一切諸法又爲攝取八正道故修行四法一者於義正方便事二者隨義而作相應正方便事三者順法而作觀察正方便事四者不起一切執著正方便事又爲攝取八正道故修行四法一者能

以堅誓自守如說而行二者能以六根善巧於道發趣三者能令意樂清淨四者能住不放逸行無邊慧諸菩薩摩訶薩以此法行攝取道故乃可名爲隨順道者觀一切法性空故無名故無相故無願故無生故無作故猒故離故滅故出故得法光明觀生盡時不於無生而起生想便於爾時超昇離生出過非法得道清淨獲無生忍道清淨故過一切想不住非想滅於道想離於法想出無明網以明修習所應得法悉能得之明所修習得何等法謂明修習得想受滅得一切法決定善巧得隨祕密順於法性諸菩薩摩訶薩行此道時不住於處不爲相覆知一切法同於虛空生如空生性如空性無有少相而爲罣礙此道清淨不畏災患被大甲冑不爲執縛乘於大乘無所迷惑離諸障難猶如虛空於此道中而發趣之爲諸衆生作大光明無邊慧是爲諸菩薩摩訶薩殊勝之道非諸聲聞緣覺所行爾時世尊而說偈言

爲攝八正道　演說諸法行　若住此道中
斯爲大精進　善法修行者　能於一切時
不作不善法　斯行攝於道　菩薩修習者
於內如理思　於外求請問　斯行攝於道
菩薩觀察者　如事正了知　如理如法住
斯行攝於道　菩薩依怙者　於內隨覺知
於外無所執　斯行攝於道　菩薩無畏者
自信無分別　令他住淨信　斯行攝於道
菩薩思惟者　淨諸所作業　於業無所執
斯行攝於道　菩薩無繫者　常知苦取蘊
求無苦取蘊　斯行攝於道　菩薩善智者

修離和合行　能離於和合　斯行攝於道
菩薩思議者　隨義能了知　演說無違諍
斯行攝於道　菩薩具慧者　不著於文字
攝持一切法　斯行攝於道　菩薩行法者
能與法相應　亦隨義相應　斯行攝於道
菩薩順道者　正住於堅誓　如說而修行
斯行攝於道　菩薩道清淨　善淨於意樂
住法不放逸　斯行攝於道　菩薩一切時
勤修此諸行　身心獲安樂　斯行攝於道
菩薩正念者　住於清淨道　了知一切法
皆空無有相　菩薩觀察者　能令願清淨
亦不住無願　遠離於諸相　菩薩如理觀
理趣悉平等　於諸法不生　無有少疑惑
菩薩妙智者　能觀一切法　猒離寂滅故
明見而發趣　菩薩觀法者　如理見法生
不於生見生　不於盡見盡　菩薩精進者
如是觀察時　出離於非法　超昇正位中
菩薩妙智者　斯道爲清淨　速至大安隱
成就無上忍　菩薩妙智者　隨順觀諸法
超過一切想　常住於無想　菩薩妙智者
斯道能淨治　遠離於道想　亦不住法想
菩薩妙智者　斯道淨治故　出於無明網
獲大法光明　菩薩妙智者　能於明修習
教授諸衆生　由是而發趣　菩薩明修習
爲得一切法　決定甚深義　善巧大方便
菩薩明修習　方便離諸想　隨順祕密法
能知決定義　菩薩妙智者　以大法光明
能滅於想受　由是而發趣　菩薩妙智者
不住於斯道　不住斯道故　於道而發趣
菩薩無畏者　能知一切法　猶若淨虛空

諸相無所覆　菩薩知諸法　其性同虛空
諸法如空故　清淨而無垢　菩薩如是住
不爲相所礙　速爲諸衆生　演說而教授
菩薩妙智者　一切道清淨　於道無災患
無礙而發趣　如是清淨道　速往大菩提
能於無爲證　平等而發趣　菩薩大甲冑
大乘及大道　如空無罣礙　清淨而發趣
趣斯乘及道　如趣太虛空　遠離於衆相
無相而發趣　大乘平等乘　廣大如虛空
於斯清淨道　此乘當發趣　一切諸菩薩
尊重於斯法　爲諸衆生故　勇猛而發趣
若諸大菩提　住斯殊勝道　非諸二乘等
於斯能發趣　菩薩正憶念　能令道清淨
以斯清淨道　最上而發趣

復次無邊慧諸菩薩摩訶薩如是發趣之時能以善巧而正了知無量念處正斷根力覺分解脫等持等至神足止觀無量功德殊勝莊嚴爲欲降伏諸世間故被大甲冑出三界故乘於大乘攝受天人阿修羅故安住斯道而發趣於阿耨多羅三藐三菩提無邊慧諸菩薩摩訶薩被大甲冑乘於大乘住斯道時不以慈悲喜捨徧照衆生於諸衆生不愛如已如是甲冑大乘大道而於大地所不堪受一切衆生不任親近若以哀愍利益衆生被大甲冑乘於大乘安住斯道如是甲冑大乘大道一切世間天人阿脩羅所不能行一切愚夫耽著世間住世間者亦不能見又諸菩薩摩訶薩哀愍一切諸衆生故被大甲冑能以甲冑加持地界水火風界令此地界而不傾覆一切衆生不生恐怖能令水界火界風

界隨彼所應作所應作又諸菩薩摩訶薩始自初心發趣甲冑乃至今被斯大甲冑乘此大乘以清淨道而發趣於一生補處詣菩提樹坐道場時此三千大千世界之中金剛所成堅固塲地若不加持涌没傾覆雖以堅固金剛所成無堪荷負斯大甲冑大乘大道又諸菩薩摩訶薩往昔誓願於諸衆生起慈悲故十方諸佛諸大菩薩共稱讃故設復金剛大輪圍山須彌盧山一切寶山及餘山王若不加持亦無堪荷斯大甲冑大乘大道又諸菩薩摩訶薩本願力故諸佛如來本願力故於諸衆生不爲惱故不爲害故不爲損故不爲怨故不爲讎故不凌恃故不逼迫故爲令衆生獲安樂故被大甲冑乘於大乘住斯道中而發趣於阿耨多羅三藐三菩提無邊慧諸菩薩摩訶薩被甲冑時被慧甲冑持慧刀伏大慧迴向乘迴向乘趣慧光明住光明道以慧明眼觀察諸法而發趣於一切智智爲欲攝取一切智智爲諸衆生修行般若波羅蜜檀那波羅蜜尸羅波羅蜜羼提波羅蜜毗梨耶波羅蜜禪波羅蜜一切皆以慧爲先導慧爲修習慧爲攝持迴向阿耨多羅三藐三菩提爾時無邊慧菩薩摩訶薩白佛言希有世尊諸菩薩摩訶薩若干智慧徧一切處悉能攝持成就無量諸佛之法爾時世尊告無邊慧菩薩摩訶薩言無邊慧如是如是如汝所說諸菩薩摩訶薩若干智慧徧一切處攝一切法被大甲冑乘於大乘住斯大道一一皆以慧爲先導而發趣之無邊慧設有智慧無慧先導於此道中不能發趣若有智慧以

慧先導徧一切處隨轉隨行以慧攝持以慧防禦爾時乃名被大甲冑乘於大乘住斯大道以安隱法饒益世間能開慧眼以眼觀察慧身朗照放大光明而發趣於阿耨多羅三藐三菩提無邊慧是爲諸菩薩摩訶薩所被甲冑甲冑莊嚴所乘大乘大乘莊嚴所行大道大道莊嚴而發趣於阿耨多羅三藐三菩提無邊慧諸善丈夫甲冑莊嚴大乘莊嚴大道莊嚴一切功德種種莊嚴我若具說於無量劫不可窮盡爲令汝等而了知故亦爲未來諸善丈夫甲冑莊嚴大乘莊嚴大道莊嚴無邊功德資粮莊嚴我今於此略說少分彼善丈夫若聞我法亦當被大甲冑乘於大乘住斯大道功德莊嚴而發趣之爾時世尊而說偈言

我說一切斷　亦說四念住　一切善方便
斯由不放逸　具足正憶念　法善巧相應
勇進而出離　斯由不放逸　根力菩提分
被甲乘大乘　以此爲侍衛　菩薩當發趣
禪定勝解脫　等持及等至　以此爲侍衛
菩薩當發趣　大慈悲喜捨　被甲乘大乘
以此爲侍衛　菩薩當發趣　成就於止觀
神足及神變　以此爲侍衛　菩薩當發趣
無量諸功德　被甲乘大乘　於道無疲倦
菩薩當發趣　精進不放逸　被甲乘大乘
了知彼念處　菩薩當發趣　光明大甲冑
降伏諸世間　被斯甲冑已　乃名爲智者
正趣一切智　出過三界中　乘斯大乘已
乃名爲智者　大道清淨道　映蔽諸世間
天人阿脩羅　乃名徧聞者　如是諸菩薩

普爲諸衆生　能於一切時　精進被甲冑
菩薩不修習　大慈及大悲　大喜大捨等
大地不堪受　菩薩不修習　於彼諸衆生
知時饒益事　大地不堪受　菩薩不修習
於彼諸衆生　愛之如己者　大地不堪受
菩薩不修習　以慈乘大乘　諸山及大海
大地不堪受　菩薩不修習　慈念諸衆生
乘於此大乘　衆生不親近　若被斯甲冑
慈光不照明　於彼大甲冑　衆生不親近
若被斯甲冑　功德海無邊　加持四大界
彼乃堪荷負　攝取衆生故　普照以慈光
加持四大界　彼乃堪荷負　攝取衆生故
成就大菩提　加持四大界　彼乃堪荷負
不識惱衆生　被斯大甲冑　大乘而出離
斯名爲智者　善巧大方便　一切悉加持

無上而出離　斯名爲智者　田是此大地
不没亦不傾　水火風界等　能作所應作
然諸大菩薩　被甲乃無邊　乘於此大乘
以道而發趣　成就一生處　至於最後身
往詣樹王下　坐于堅固地　於此道場處
安住如金剛　身心不疲倦　現證一切智
菩薩無畏者　若不以加持　彼地當傾覆
壞已無復成　一切大地界　若不以加持
假使金剛成　無不傾覆者　菩薩於往昔
大誓願莊嚴　於諸衆生所　已起大慈念
現在十方界　諸佛刹土中　徧知兩足尊
一切皆護念　設復餘石山　須彌盧寶山
金剛輪圍山　堅固嶷然住　菩薩智慧者
若不以加持　於斯大甲冑　不堪爲荷負
諸佛諸菩薩　神力所加持　衆生及大地

堪近堪荷負　被斯大甲冑　不爲惱衆生
甲冑無有上　以乘當發趣　被斯大甲冑
不爲害衆生　甲冑不思議　以乘當發趣
被斯大甲冑　不爲讎衆生　爲除衆生病
以乘當發趣　具足殊勝道　無上最淨治
不惱不讎怨　不害正安住　被慧大甲冑
乘慧迴向乘　甲冑不可壞　迴向無過上
菩薩依怙者　住道慧光明　以慧觀諸法
無上而發趣　菩薩殊勝道　甲冑及大乘
斯由慧光起　是故心清淨　乘諸波羅蜜
趣佛大菩提　慧攝慧清淨　以慧爲先導
一切波羅蜜　以此慧爲先　慧攝慧清淨
能授無上智　菩薩不思議　能起慧光明
能然大慧燈　安樂而發趣　起慧光明故
慧眼由是開　於佛無上智　明見而發趣
菩薩勇猛者　甲冑乃無邊　無邊莊嚴故
名爲大甲冑　菩薩大智者　大乘大莊嚴
於佛一切智　無染而發趣　菩薩大智者
大道大莊嚴　殊勝不思議　清淨而發趣

大寶積經卷第二十二

音釋

摧殄（殄徒典切摧殄謂摧挫殄絕也）軶（音厄）薩迦耶（梵語具云薩迦耶達利瑟致此云身見）羼提（梵語也此云忍辱羼初限初澗二切）嶷（鄂力切山立貌）

大寶積經卷第二十三

唐三藏法師菩提流志奉　詔譯

被甲莊嚴會第七之三

復次無邊慧諸菩薩摩訶薩乃於無邊甲冑境界無邊大乘境界無邊大道境界而發趣之何以故於一切處能隨入故諸菩薩摩訶薩爲欲隨入一切法故被大甲冑爲欲隨入一切法故乘於大乘爲欲隨入一切法故住斯大道於一切法得平等故而發趣之然此甲冑不得少法若內若外若麤若細若遠若近過現未來有爲無爲住不住者若此甲冑於一切法不能選擇不能決了不能徧知不能隨入不能作證不能超過不可名爲被大甲冑於一切法若能選擇若能決了若能徧知若能隨入若能作證若能超過乃可名爲被大甲冑又此大乘亦無少法若內若外乃至回向一切智智徧知隨入作證超過是故此乘名爲大乘法善巧乘至涅槃乘無上上乘無等等乘又此大道亦無少法若內若外乃至能於一切諸法平正大道而發趣之此平正道無有少法不徧知者是故此道名無上道無數量道無等等道無邊慧諸菩薩摩訶薩被大甲冑徧能隨入一切衆生心心所行徧能清淨一切衆生雜染煩惱乘於大乘增長衆生一切善根住斯大道勸化衆生一切善法無邊慧諸菩薩摩訶薩爲一一衆生一一心行盡生死際長時流轉求智慧藥不捨甲冑而能堅固被大甲冑無量甲冑難思甲冑清淨甲冑無邊甲冑無取甲冑知衆生想甲冑知無衆生甲冑知無我甲冑知衆生

自性甲冑隨覺衆生自性甲冑知我自性甲冑隨覺我自性甲冑知内自性甲冑隨覺内自性甲冑知外自性甲冑隨覺外自性甲冑知内外自性甲冑隨覺内外自性甲冑知一切法自性甲冑隨覺諸法自性甲冑知一切法無所得甲冑知一切法自性無所得甲冑了知一切諸法甲冑無邊甲冑無中甲冑無中邊甲冑非過去甲冑非未來甲冑非現在甲冑無作甲冑無作者甲冑無邊慧諸菩薩摩訶薩於此甲冑亦無所被亦不隨覺亦不決了亦不出離亦不現證無甲冑故而被甲冑不隨覺故而能隨覺不決了故而能決了不出離故而能出離不現證故而能現證無所乘故而乘大乘不於大乘而有施設無所施設而爲施設然於大乘無少施設若有施設則非施設於彼施設不可得故不可見故亦無有乘以乘安住以無所得而住大乘遠離趣向不至究竟不到涅槃不可得故非道爲道於道發趣以平正故此平正道無所施設誰爲施設何處施設從何施設亦無有作亦無作者亦非和合非不和合一切猒離一切不求何以故此平正道與一切法不異不同不相應故不起法想離一切法無垢無淨法性亦爾無垢無淨是故此道名無染道以不可趣而爲進趣以不可攝而爲攝取此道甚深無生無起無出無作無得無行無處無住無障無事於一切事而能顯了於一切事而無差別不隨事轉以無事故至無上處無邊慧諸菩薩摩訶薩於此甲冑此乘此道應如是知然此甲冑此乘此道無所可見無所

可知不可得故誰爲被甲誰乘此乘誰行此道亦不可見亦不可知亦不可得無邊慧若諸菩薩摩訶薩聞斯法已不驚不怖讀誦宣說於法理趣無所乖違隨順修行而生愛樂入於勝解爲斯法故應勤精進若於斯法決定理趣善巧方便有堪能者被此甲冑乘於此乘行於此道於此深法無所得故而發趣之盡生死岸爲正覺者能以無邊功德莊嚴出現世間無邊慧諸菩薩摩訶薩於此法中應生愛樂起大精進而無放逸若有衆生於此深法纔生愛樂我說彼人得大饒益況能精勤不爲放逸戒行清淨而發趣者無邊慧汝觀斯法若干廣大若干殊勝若干清淨我於此法慇懃稱讚欲令衆生而生愛樂當得長夜利益安樂爲猒離故寂滅故徧知故無

邊慧汝當復觀斯法能授世間出世間具足安樂諸有若干匱乏衆生於此深法而退失故遠離世間及出世間一切具足豐饒安樂無邊慧汝當復觀如來現前此深法寶若干豐饒若干易得汝今於此甚深之法應勤修習諸有愚夫於我演說此法寶時尚不欲聞況能受持如來現前法寶豐饒不樂聽聞不欲諮問若於末世後五百歲正法滅時佛及法寶及持法者三不現前何能欲聞愛樂諮問無邊慧然於後時若爲如來善加持者此深法寶亦令可得無邊慧彼怖畏時此深法寶實無損減亦無滅盡但於此法無聽聞者無受持者唯除我前渴仰聽聞被甲冑者當於彼時乃能愛樂聽受斯法彼時衆生聞此法已能生淨信我說彼人當得成就斯廣大

法況於今時於此法中能生淨信勤修行者無邊慧諸菩薩摩訶薩被無上甲冑無量甲冑大甲冑時應作是念我爲一切匱乏衆生所謂乏於戒者乏於聞者乏於慧者乏解脱者乏於解脱知見者以此大法而豐足之由是大法豐足之故一切匱乏皆令捨離戒財聞財慧財解脱財解脱知見財皆令富饒貪嗔癡火皆令息滅一切衆病皆令除愈無上良藥皆令服之服斯藥故衆病消除獲大安樂永離有餘證清涼性無上涅槃無復有餘思惟觀察不求一切有爲無爲何以故以此涅槃最上安樂一切所求更無餘故所求永息已滅盡故無邊慧諸菩薩摩訶薩被於如是大甲冑已又爲哀愍攝取一切諸衆生故乘此大乘此大乘者過去諸佛已乘出離未來諸佛當乘出離現在諸佛今乘出離無有去者亦無有乘亦無出離何以故以空無相無願無生無作者故非已出離非今出離非當出離乘此乘者如是出離爲善出離而無執著於一切法非有和合非無和合無來無去此乘於道而出離時亦非和合無來無去此乘此道於大甲冑而出離時亦非和合非不和合無來無去不可得故無邊慧諸菩薩摩訶薩以此甲冑此乘此道而發趣之又此甲冑此乘此道而發趣時不作是念若凡夫法若聲聞法若緣覺法若諸佛法彼法於我若遠若近亦不作念若空無相無願無生無作彼法於我若遠若近亦不作念若猒若離若滅乃至大般涅槃彼法於我若遠若近無邊慧此大甲冑此乘此道一切菩薩一切聲

聞一切緣覺一切衆生所不能動而發趣於阿耨多羅三藐三菩提無邊慧諸佛世尊於此甲冑此乘此道得不動已而般涅槃何以故一切諸法不可動故一切法性法性之相相遠離故相清淨故徧清淨故不可以相而爲觀察爲勝觀察爲徧觀察一切法相法相之性不可以性而爲觀察爲勝觀察爲徧觀察一切諸法無性無相不可顯示不可言説是爲諸法真實性相無邊慧如此甲冑此乘此道眞實之相不可顯示不可言説亦復如是爲令衆生當了知故增長一切法光明故於此甲冑此乘此道假以施設而畧説之汝今若欲於此甲冑此乘此道隨義行者勿以施設勿以顯示勿以言説應隨義行隨義行者無少應行無少隨行若於非義不應隨行若於是義則應隨行隨義行時不隨聲行不隨字行不隨語行不隨行者不隨彼轉何者爲義謂祕密説於祕密説應隨覺了應以信行以信行者於是義中無所分別於無分別乃應隨行應隨行者乃爲不行亦不隨行何以故於是義中無少有行無少隨行無少徧行遠離行故不應隨行不隨菩提相應而行不隨流轉相應而行於彼相應及不相應皆非作意皆非正念念清淨故故不應行無邊慧於是義中汝應隨行勿異有行若異隨行則爲忘失隨逐音聲隨逐文字隨逐語言於彼語言不能捨離徧知音聲超過文字隨覺語言則不隨行則不流轉於是義中如是隨行如是隨入則無少行行止息故無邊慧於義行時勿復以行而行於義若不以行而行

於義則爲不來不復退還若得不來不復退還於此甲冑此乘此道隨順趣於阿耨多羅三藐三菩提爲諸衆生作大饒益無邊慧若於此法如是説者隨義行者能隨入者心不顚倒無有疑惑成就勝解於此甲冑此乘此道若未攝取能攝取之速當發趣若有未被斯甲冑者則能速被若有未乘於此乘者則能速乘若有未住於此道者則能速住無邊慧彼諸衆生當攝廣大福德資粮爲佛世尊之所護念於法無違與僧同行無邊慧汝已攝取無量善根於後末世當以此法攝諸衆生爲諸衆生荷負重擔所獲福德其量難説

爾時世尊而説偈言

菩薩無畏者　如是被甲時　爲利益衆生
乃被無邊甲　衆生若貧乏　弊苦無法財
無戒無多聞　無慧無解脱　被此無邊甲
令法致豐饒　以法豐饒故　一切獲安樂
爲捨諸貧苦　演説無上法　聞者皆離塵
住斯安樂道　戒蘊備充足　多聞如大海
便得最上慧　由斯能斷縛　解脱徧照明
解脱正知見　若能現證者　一切獲安樂
貪瞋癡大火　恒燒徧熾然　衆生由是苦
彼火我令滅　授諸衆生藥　一切病皆除
若病消除已　得至涅槃界　永捨一切餘
趣於安樂處　從彼安樂中　無有退還者
一切有爲樂　於彼不復求　無上大安樂
於彼皆當證　以無戲論法　成熟諸衆生
究竟大安樂　一切皆當得　如是發趣者
一往不復還　出過於發趣　常得勝安樂
於大安樂中　樂欲不樂欲　發趣無發趣

一切皆當斷　如是被甲已　當乘於此乘
爲愍諸衆生　一切皆攝取　過去正徧知
此乘已出離　未來正徧知　此乘當出離
現在佛世尊　此乘今出離　故於此大乘
無不皆乘者　一切諸最勝　世間大依怙
以此乘出離　不起於乘想　非乘以爲乘
非道以爲道　非出以爲出　出離故無上
此乘出離時　曾無少出離　以空無有相
無願無作故　非乘非出離　乃名爲大乘
一切悉平等　由是而發趣　此乘無和合
亦無不和合　發趣無上道　現證大安樂
此乘無相應　亦無不相應　無處無所依
由是而發趣　此道無有來　此道亦無去
得斯正道者　寂靜而發趣　我說於此道
此乘此甲冑　於法無所依　寂靜最無上
一切凡夫法　一切聲聞法　一切緣覺法
一切不可得　於佛一切法　離垢無上法
不遠亦不近　一切不可得　於空無相法
無願無作法　不遠亦不近　一切不可得
於猒離滅法　涅槃寂靜法　不遠亦不近
一切不可得　此乘此甲冑　此道無所取
無上不可動　畢竟不可得　一切法自性
眞實希有相　不可以施設　諸法性空故
此乘此甲冑　此道無顯示　如諸法自性
彼性亦如是　一切諸法中　相性不可得
於無相性法　我略爲開示　一切諸法中
一切自性相　於我如是說　畢竟無所有
此乘及此道　甲冑自性相　於彼求言說
畢竟亦非有　言說非有故　是爲希有相
於彼言說中　語相亦非有　諸法不可量

無勝無邊量　一切不可測　是故法無上
此乘此甲冑　此道亦如是　於彼無相中
如是應隨入　爲令諸衆生　徧知勤修習
速逮法光明　故我如是說　諸法無語言
一切不可說　於彼諸法中　一切應隨入
以法無言故　於彼應隨行　行無少有行
一切法無行　無求而樂求　無行而隨行
如是隨行者　於義不觀察　汝今於實義
一切應隨行　音聲及語言　於彼勿隨轉
音聲語言中　若得不隨轉　於義乃隨行
是爲求義者　何者名爲義　應知祕密說
以信無分別　是義乃隨行　明了如是義
能於祕密說　無執無所著　不行不隨轉
若有隨行者　彼則隨執著　若無隨行者
一切不隨轉　由是正憶念　遠離於隨轉
菩提及生死　二俱不相應　於彼亦無念
無念爲正念　於念清淨故　說爲清淨者
若異此修行　遠離無上法　汝應於是義
如說而修習　若隨語言者　是則隨音聲
於彼不超過　同於世間法　音聲及文字
不應隨彼轉　應知真實義　無行以隨行
實義無音聲　亦無有文字　超過語言故
乃名爲實義　是義應隨行　隨行無所有
以行止息故　乃名爲實義　於真實義中
不行以爲行　斯則不退轉　不捨於甲冑
隨順大甲冑　大乘及大道　趣於安樂處
利益諸衆生　此諸安隱法　我今爲汝說
汝當隨義行　能斷汝疑惑　若乘此乘者
乘已當發趣　速詣大菩提　現證無上覺
於此最上乘　不乘爲速乘　於道於甲冑

其義亦如是　於此無上法　精勤修習者
彼諸衆生等　爲佛之護念　於後怖畏時
汝當開此法　廣爲諸衆生　而作利益者
於後怖畏時　若能開此法　所生無上福
其數不可量

無邊慧諸菩薩摩訶薩所被甲胄名曰大勝亦名無邊勝亦名大莊嚴所乘之乘名曰大商亦名無邊光亦名妙莊嚴所行之道名曰無量莊嚴資粮亦名無量方便資粮以是道故諸善丈夫而發趣於阿耨多羅三藐三菩提復次無邊慧乃往古昔過無量劫復倍是數有佛出世號栴檀香光明如來應供正徧知明行足善逝世間解無上士調御丈夫天人師佛世尊劫名電光國名光明時彼剎土地平如掌無諸雜穢瓦礫荆棘黃金白銀而爲沙聚行列國界觀者欣悅時四天下其洲皆廣二億由旬一一洲中復有四萬八千大城其城一一廣十由旬長二十由旬垣墻周迴嚴麗峻極一一城有八俱胝人止住其中十千聚落一千園苑圍繞莊嚴而此國界復有種種花樹果樹香樹衣樹上味之樹及金剛樹間錯莊飾池沼泉流涯岸端直八功德水盈滿其中優鉢羅花波頭摩華拘物頭華芬陀利華雜色輝映靡不周徧彼栴檀香光明如來壽六十八俱胝那由他歲復有六十俱胝那由他諸聲聞衆以爲眷屬彼時人民顔貌端正安隱快樂薄貪瞋癡易可開示以少勸化而能徧知諸法性相無邊慧復於彼時有轉輪王名一切義成七寶具足四天歸化彼閻浮洲有一大城其城縱廣四十由旬

人民熾盛安隱豐樂宮城之内廣五由旬間以七寶而爲莊飾妙多羅樹垂諸鈴鐸眞金羅網彌覆其上王之正殿純紺瑠璃廣一由旬四面千柱其殿之上復有千樓高峻嚴麗衆寶裝飾於其殿前有大香池周環澄澈其傍復有十六香光小池七寶所成布列圍繞一一池間流渠激注出妙音聲如奏衆樂一一小池有八階道香光大池三十二道一一階道純金所成寶樹行列寶網彌覆上妙香氣徧滿城中故號彼池名曰香光無邊慧彼轉輪王有四夫人一名無邊音二名賢善音三名衆妙音四名鵝王音一一夫人各有二子一名不空勝二名賢勝三名龍勝四名勝音五名妙音六名梵音七名勝雲八名雲音婇女六億諸子十千爾時彼王於内宮中與其眷屬娛樂嬉戲忽於空中見一如來妙色之身時彼如來即告王言大王應被無上甲冑乘無上乘而發趣於阿耨多羅三藐三菩提授諸衆生智慧之藥勿得貪著人天五欲此大甲冑而能攝受無上安樂此無上乘而能誘入無上園苑入此中者不復退還一切人天種種諸欲皆是無常變壞之法勢不久住須臾磨滅無邊慧爾時一切義成大王聞此說已於彼如來而白言曰其誰能示斯大甲冑如彼甲冑而嚴被之其誰能示斯之大乘如彼大乘而乘御之其誰能示斯之大道如彼大道而發趣之時彼如來告一切義成大王言大王當知有栴檀香光明如來王應詣彼當爲大王演說斯法被大甲冑乘於大乘趣於大道時彼如來如是說已欻然不現

無邊慧爾時一切義成大王覩斯事已悚慄毛竪發希有心便生怖畏不樂人天種種欲樂猒捨一切諸行有爲求大甲冑大乘大道即與八子及四夫人并餘諸子婇女侍從俱往詣彼栴檀香光明如來所既到彼已與其眷屬恭敬作禮稽首佛足即以一百檀盧那七寶雜華散於如來應正徧知復以無量支婆羅奉獻如來及聲聞衆復以一切安樂資具滿十千歲而供養之從是以後棄捨王位與其眷屬於栴檀香光明如來法中出家無邊慧時彼栴檀香光明如來知一切義成比丘及其眷屬至樂之心便爲開示甲冑莊嚴大乘莊嚴彼既聞已發堅固心爲深法故盡其軀命端坐思惟精勤無退常近如來而於世間一切諸欲得無動念無邊慧時彼如來問一切義成比丘言善男子汝於今時被大甲冑乘於大乘發趣道耶以是道故而能成就一切智智無等等智汝當如理精勤修習彼一切義成比丘白栴檀香光明如來言世尊我於今時乃不見有名甲冑法亦不見有能被甲冑者亦不見有被甲所從亦不見有被甲之處世尊我不見有名乘之法亦不見有乘大乘者亦不見有乘之所從亦不見有乘大乘處世尊我不見有名道之法亦復不見由此道故已發趣者今發趣者亦不見有道之所從亦不見有道之處所世尊我於阿耨多羅三藐三菩提若遠若近若去來今無得無見如我今者作是觀時實無少法而可親近而可證者若我無證世尊寧當而問我言被大甲冑乘於大乘發趣道耶世尊一切

知者一切見者如我等比於法修行唯有如來乃能了知非諸聲聞緣覺境界無邊慧彼一切義成比丘於如來前作是說時與其眷屬便得菩薩無生法忍得法忍故皆不退轉爾時栴檀香光明如來悉爲授記過五百阿僧祇劫當證阿耨多羅三藐三菩提彼聞授記歡喜踊躍上昇虛空高七多羅即以偈頌讚如來曰

無量大名稱　挺特如山王　世尊一切智
能演諸功德　佛眼悉明見　猶如日照臨
尊嚴大會中　我禮如來足　無量德資粮
佛智已圓滿　我等亦當得　世尊無上智
無上大光明　普照於人天　開示諸法藏
無邊功德海　智慧常無失　正覺惟煩惱
慧光大精進　我禮深功德　大龍大莊嚴
衆相以嚴身　安住如須彌　御衆無倫匹
能爲世導師　映蔽人天衆　演說無所畏
我禮勝丈夫　世尊大牟尼　無邊功德海
能開我法眼　令我被甲冑　然我一切時
爲乘大乘者　常於此勝道　發趣更無餘
牟尼勇猛尊　覺知一切法　世無有過者
我等咸歸命

無邊慧彼栴檀香光明如來應正徧知說此法時成熟無量無數衆生一切義成比丘從是已後與其眷屬供養承事無量無數諸佛世尊過五百阿僧祇劫證阿耨多羅三藐三菩提號曰超無邊境界王如來彼佛刹土所有功德廣長之相亦如栴檀香光明如來應正徧知光明世界無有異也諸聲聞衆其數無量王之夫人諸子眷屬亦過五百阿僧祇

劫皆證阿耨多羅三藐三菩提無邊慧諸菩薩摩訶薩被大甲冑乘於大乘於此道中持大法炬作大法明放大法光建大法幢擊大法鼓乘大法船以攝大法而發趣之善丈夫戲而遊戲之霔以法雨潤於衆生皆令歡喜精勤勇進而發趣於阿耨多羅三藐三菩提無邊慧諸菩薩摩訶薩住此道時得法光明以光明故能見一切諸法緣起自性本空自性無相自性無起不於色中而見於色受想行識亦復如是不於識中而見於識異識緣起了知識相自性本空自性無相自性無起但屬衆緣見緣和合衆緣亦空無相無起作是見時不於眼中而見於眼耳鼻舌身意亦如是不於意中而見於意異意緣起了知意相自性本空自性無相自性無起乃至地界水界火界風界空界欲界色界及無色界無有作者無有受者不於少法見有少法異緣而起屬衆因緣自性無相自性無起緣性亦空無相無起無邊慧是爲諸菩薩摩訶薩住此道時觀察緣起作是觀已能以智慧於緣起中證眞實際以斯一切法光明故如來十力四無所畏十八不共大慈大悲大喜大捨乃至一切諸佛之法速得圓滿爾時世尊而說偈言

菩薩無畏者　如是能安住　作大法光明
妙智而發趣　建于大法幢　此幢無有上
一切佛法中　正念而發趣　智慧善遊戲
法施諸衆生　霔於大法雨　無畏而發趣
以法潤衆生　皆令得歡喜　以是諸菩薩
妙善而發趣　如是諸菩薩　得大法光明

能於正法中　勇猛善安住　由是法光明
了知一切法　以衆緣故起　一切無堅實
諸法自性空　自性無有相　自性無有生
自性無有體　諸法以衆緣　和合而共起
衆緣和合故　自性無所有　菩薩能觀察
了衆緣亦空　衆緣自性空　自性無有相
亦無有生起　亦非有所作　如是觀察者
於法勤修習　諸起無體故　衆緣亦非緣
如是如理觀　能知一切法　觀諸色受想
行識亦如是　皆以衆因緣　由斯諸蘊起
諸蘊無有實　自性本來空　性空故無相
一切無所起　諸蘊遠離相　離相則無生
無生則無滅　諸蘊如是相　無相妄有相
彼相從何有　諸法無體故　斯蘊亦無性
界處亦如是　一切從緣起　自性本來空
無相無有體　一切諸法中　法體不可得
了知一切法　名義思惟者　欲色無色界
一切從緣起　自性本來空　無相亦無體
觀此能觀智　何能知彼境　此智及彼境
自性常遠離　所起及衆緣　此二俱無作
能作如是知　斯爲眞實相　無相以相說
菩薩由斯入　而亦不分別　若相及無相
如斯善智者　能見眞實相　於諸法界中
不作少法相　若法及法界　此二俱無相
諸法遠離相　說名爲法界　說名法界者
無界無非界　雖名爲法界　然實不可得
思惟此義時　不念不可得　離諸分別故
獲大法光明　諸法無性故　光明亦無性
由斯觀察故　復得法光明　不見能觀智
斯見亦不見　見法虛妄故　說此名爲觀

光明不思議　無邊無有量　見諸法皆空
說名不分別　若法有諸相　常無證入者
聞斯淨法音　應生大歡喜　若法無有生
常無分別者　聞斯淨法音　寂然獲安樂
若後末世時　聞斯無上法　應說彼衆生
久集諸功德　若後末世時　聞斯無上法
當於此法中　以速而發趣

大寶積經卷第二十三

音釋

諮津私切訪卜、於善爲諮　匱乏匱求位切竭也乏扶法切空乏也　垣墻垣音園卑曰垣高曰墉墉墻也　優鉢羅梵語也亦云嗢鉢羅此云青蓮花　欻然欻許勿切欻然猶卒然也　悚慄悚荀勇切懼也慄力質切竦縮也　霔朱戍切灌注也

大寶積經卷第二十四

唐三藏法師菩提流志奉　詔譯

被甲莊嚴會第七之四

復次無邊慧諸菩薩摩訶薩如是觀察一切法時便於諸法得法光明不於空中而見於空亦不離空而見於空不見少法與空相應若不相應不以空空不見於空不見不空亦不以見觀一切法作是見時不於無相而見無相不異無相而見無相亦無少法而與無相若相應若不相應不於無相以無相見不於有相以有相見非有相見非無相見無生無作亦復如是不於盡中而見於盡亦不異盡而見於盡不見少法與盡相應若不相應亦不於盡而以盡見亦不於盡以無盡見亦非盡見非無盡見諸菩薩摩訶薩作是見時無有少法若可得見不可得見若可顯了不可顯了若可趣入不可趣入若可覺知不可覺知無邊慧是爲菩薩摩訶薩安住斯道大法光明法光明故見一切法悉無有邊於邊於中亦無所執無所執故於佛法中而發趣之爾時世尊而說偈言

不於空見空　不異空見空　能作如是見
說名爲見空　不住於少法　亦不見少法
於彼空相應　及以不相應　空以自性空
於空無所取　以無所取故　能知一切法
於見無所取　於觀無所執　能知見與觀
此二俱不受　於見悉清淨　於觀不可得
如是觀諸法　畢竟無所執　不以無相見
不以無相觀　亦不於無相　而作無相觀
無相無所顯　無願不可得　無有少法體

而可修習者　不念於無相　亦不念無願
如是無分別　顯了相無相　不趣於無相
亦不入無相　無趣無所入　顯了平等住
智人不見相　亦不見無相　不見不思惟
一切無顯了　若人常思惟　無思無顯了
於思及顯了　平等平等住　如是於無相
無作亦復然　雖顯無所顯　思惟了知故
無生亦如是　曾無少法生　自性無所有
顯了而無體　若生若無生　有作及無作
亦無少所執　智者不分別　念慧無所動
顯了無思擇　有體及無體　平等離諸性
不於盡見盡　亦不見無盡　顯了無所見
盡智無過上　若盡若無盡　二俱不分別
以無分別故　無念平等住　於盡無盡見
亦無無盡見　如是見盡時　不執盡無盡
若於盡無盡　一切無所執　以無所執故
盡智當顯了　盡智之境界　無畏之所得
顯了斯法故　菩薩善安住

爾時衆中復有菩薩摩訶薩名曰勝慧從座而起偏袒右肩右膝著地合掌向佛白言世尊諸菩薩摩訶薩爲欲攝取諸法智故起於修行乃能得此大法光明於法光明無少可見法光明故了一切法有爲無爲世間出世間若順若逆若有戲論若無戲論世尊此法光明豈諸菩薩摩訶薩無所修行而當得耶爾時世尊告勝慧菩薩摩訶薩言勝慧諸菩薩摩訶薩無少修行無勝修行不隨修行不徧修行能得無邊大法光明諸菩薩摩訶薩尚不可得不可見耳況菩薩行而當可得當可見乎如何乃見若干劫行能得無邊大法

光明諸菩薩摩訶薩一切行慧所行清淨得法光明法光明行非數量行非隨相行從何施設一切諸行然所修行非施設行而亦不離勝慧諸菩薩摩訶薩住此行時捨一切行無所執取具斯行者非數量行非隨相行無相無行乃能得此大法光明爾時世尊而說偈言

菩薩無所行　而亦無有行　得無有行者
無畏而發趣　未曾有勝行　亦無有徧行
無行無勝行　平等而發趣　此行無示現
亦無有諸相　無相無行者　斯爲行之相
菩薩無相行　不住於諸事　無行無所住
智者乃成就　無行則無動　斯行爲無上
能行不動行　勇進而發趣　菩薩不可得
行亦不可見　亦不見色身　斯爲善順者
無色無形相　故無一切行　於見無所取
斯爲無比行　菩薩無上行　不隨於施設
亦無有遷變　於中無所執　行無施設故
乃爲無上行　若得如是行　獲大法光明
菩薩所修行　無言無劫量　能以無量劫
顯說於諸行　菩薩行清淨　清淨妙安住
悉捨一切行　曾無攝取者　菩薩恒住捨
守護於諸行　已捨一切行　於捨妙安住
菩薩無邊行　離邊及無邊　彼行無所動
名爲無上行　菩薩無相行　斯行爲無上
修行此行時　超越諸魔界　菩薩無相行
明了於無相　若相及無相　一切無所依
菩薩住此智　此行善成就　無有少所行
說名不行者　菩薩常清淨　於行無所畏
正念而發趣　斯爲善安住

爾時勝慧菩薩摩訶薩復白佛言希有世尊諸善丈夫若干修行乃爲甚深非諸愚夫有相有爲所修行者少能行之世尊無有少法入此行中是故此行爲善丈夫平等之行世尊善丈夫行非諸數量邊際能測爾時勝慧菩薩摩訶薩即以偈頌讚如來曰

大雄正等覺　無上兩足尊　演說甚深行
饒益諸菩薩　世尊妙辯才　其量頗難測
無邊辯才者　最勝大丈夫　法王息譏論
斯由正徧知　乃爲諸菩薩　說此無上行
世尊能演說　滅行之方便　於行悉超過
智人當發趣　大龍不思議　無邊智境界
徧知兩足尊　善開斯妙行　世尊所開示
牟尼不動行　此行無能動　故名無比行
大雄大牟尼　往昔所修行　設以多劫行
無人能到者　菩薩聞斯法　雖住於世間
而於諸種智　不久亦當證　我等愍衆生
當於末世中　於此無上法　能爲護持者
我等聞斯法　當於末世中　爲諸衆生故
能行亦能說　我等以光明　當於末世中
爲諸求法者　而與大利益　我等發誓願
當於末世中　爲諸衆生故　護持而建立
我等常思念　當於末世中　供養佛法海
願持無上法　我等於法藏　當爲勝丈夫
願持此法門　守護令久住　我等於法水
擔願悉能飲　而於此法門　當爲守護者
我等聞法已　當於末世中　願爲大丈夫
受持佛正法　我等寧失命　不捨無上法
願於此法中　而爲持法者　我等持此法
未曾生喜足　渴聞斯甚深　決定契經故

我等於末世　爲求諸法者　當演斯正法
能令悉歡喜　法王叵思議　能作大依怙
願垂加護我　念我持法者
爾時世尊告勝慧菩薩摩訶薩言善哉善哉勝慧汝能於後末世之中爲欲護持此諸法故被大甲冑亦如往昔諸菩薩摩訶薩於最勝所供養承事種諸善根久修梵行被大甲冑護持諸佛世尊法者而無異也爾時世尊而說偈言
於後怖畏時　汝當持此法　爲利益衆生
以此法開示　於後末世時　汝持最勝法
若聞斯法者　悉當生愛樂　於後末世中
汝爲持法者　我說甚深法　汝當悉受持
祕密修多羅　汝聞當憶念　於斯理趣中
勿復有疑惑　決定甚深義　汝聞當憶念
饒益諸衆生　爲持法藏者　以法施一切
普潤諸衆生　聞已令充悅　身心徧歡喜
爲諸菩薩道　所行之理趣　及彼修多羅
究竟受持故　汝當能廣度　無量諸衆生
一切世間中　所不能度者　汝持此法故
饒益諸世間　獲勝衆福聚　以是而發趣
我今說此法　汝當悉受持　於後末世中
爲諸聰慧說　現在未來世　能持斯法者
則爲能受持　千佛之正法　爲諸衆生故
護持斯法門　於後末世中　而與大饒益
若能於末世　護持斯法者　彼不於一佛
親近而承事　若能於末世　護持斯法者
彼已多承事　善說斯法者　能於此法中
無有少疑惑　末世護持法　斯爲聰慧者
被大無邊甲　敵戰爲殊勝　而於末世中

乃能持此法　彼於佛正法　疑網悉已除
聞法無所畏　乃能持此法

是故勝慧若有善男子善女人勤求最勝大功德者於末世中爲深法故應被甲冑受持讀誦解說其義復次勝慧我念往昔過無量劫復倍是數有佛出世號曰徧照如來應供正徧知明行足善逝世間解無上士調御丈夫天人師佛世尊劫名超勝國名離垢其地平正廣博嚴淨七寶所成時彼大洲廣長延袤七萬由旬於中復有六萬大城一一大城縱廣正等十六由旬垣墻周帀樓雉嚴飾門剎殊勝覩者歡悅妙多羅樹行列圍繞百千園苑而共莊嚴諸園苑中臺座牀敷處處嚴設池沼渠流一一盈滿涯岸階砌飾以衆寶周迴平整出入安隱於其岸邊沉水栴檀多摩羅等雜香之樹扶踈布列彼一一城各有十千俱胝人民止住其中彼諸衆生悉已成就十善業故一切皆受如是安樂時彼如來始從初劫超二百劫於中出現是故彼劫名曰超勝於彼劫中有五百如來次第出現一一剎土皆七寶成其佛滅後正法住世各十千歲如是五百如來現化於世多有聲聞菩薩法會一一法會各有俱胝那由他數無量菩薩趣一乘道獲無生忍時彼劫中有轉輪王名勇猛軍七寶成就王四天下於閻浮提有一大城其城周迴六十由旬復有八萬俱胝人民止住其中安隱快樂豐饒熾盛七重隍壍七重行樹七重街道七重表剎七重鈴網一千園苑所共圍繞莊嚴大城一一園苑縱廣正等二十由旬其中各有七重垣墻七

重羅網種種莊嚴一一微妙衆寶珍玩猶如諸天各各復有一百池沼毗瑠璃寶以爲隄岸碼碯雜玉以爲階砌衆華敷榮寶樹行列於大城中王之正殿量七由旬黄金青寶間錯所成周以寶竿飾以瑠璃摩尼珠網彌覆其上諸多羅樹暉映莊嚴二十淵池園繞縈帶底布眞金覆以金網雜瑠璃寶以爲津橋純妙黄金而爲階道於其池中優鉢羅華拘勿頭華芬陀利華敷榮徧滿彼轉輪王二千婇女六萬諸子與其眷屬於彼園中五欲娛樂竊作是念諸欲無常不久變壞我當決定志求佛法若聞法已如教修行令我長夜利益安樂適思惟已忽然有天現虛空中告彼王言善哉丈夫今有徧照如來出現於世演說正法初中後善王應速詣於彼佛所當聞正法令王長夜利益安樂成就佛法圓滿佛法王聞天言踊躍歡喜與其眷屬侍從圍繞即往遍照如來之所頭面禮足而白佛言世尊以何等法能攝諸法善巧方便能令梵行速得圓滿我當修行如是問已時彼如來廣爲開示王聞法已與其眷屬悉捨安樂資生之具恭敬供養徧照如來及諸大衆滿二萬歲於徧照如來法中出家修行正法以聞法故於時獲得受法善根持法善根說法善根有所聞法思惟不忘無量功德精勤修習乃發誓願願持如來三時正法爲諸衆生種種宣說作是願已於超勝劫諸如來所一一親近供養承事彼諸如來現前正法中時正法後時正法悉能受持教化成熟四萬八千俱胝那由他衆生趣於阿耨多羅三藐三菩提

方便調伏無量衆生住於聲聞辟支佛乘彼劫之中最後如來號曰電光勇猛軍比丘聞電光如來説法之時獲無生忍電光如來即爲授記汝勇猛軍於未來世供養無量千佛世尊受持如來三時正法利益無量無數衆生安立百千俱胝那由他衆生於阿耨多羅三藐三菩提無量衆生住聲聞乘如是乃過阿僧祇劫證阿耨多羅三藐三菩提號曰無邊精進光明功德超勝王如來其佛刹土積集無量清淨功德安隱豐樂人民充滿多有聲聞及菩薩衆其佛壽命至五小劫滅後正法住一小劫法教流布天人受持舍利塔廟徧諸刹土是故勝慧諸菩薩摩訶薩於此清淨甚深之法應當尊重受持修習以法嚴具莊嚴其身法莊嚴故證得如來金剛所成大那羅延堅固之身假使三千大千世界一切衆生盡其軀力而欲破壞堅固之身乃無有能摧伏之者一切世間天人阿脩羅衆中演法光明亦無有能敵論之者若有衆生於此深法受持讀誦精勤修習隨其意樂生於清淨大族姓家乃至坐於菩提樹下名稱具足世界殊妙不雜異道尚無梵志遮羅迦名況有惡見邪求之輩諸不善法亦未嘗聞寧有習行不善根者能以足指放大光明徧照無邊一切世界一切衆生遇斯光者皆得安樂當證阿耨多羅三藐三菩提是故勝慧若諸菩薩摩訶薩於我法中勤修行者當獲如是殊勝功德我若具説不可窮盡爾時世尊告無邊慧菩薩摩訶薩言無邊慧若有住斯菩薩道者勤修如是清淨深法與空相應寂靜

相應得法光明以法光明見一切法自性無異性無異故所見清淨見清淨故則無法見亦無有法離自性見法見清淨亦無清淨無清淨者無清淨時能得清淨智之境界見諸法界非界非非界界見清淨遠離諸界種種性想離性想故於界理趣祕密言辭而能覺了亦能徧知諸法非界以見法界無差別故不可壞故不變異故便獲一切法界理趣善巧方便以善方便徧能了知法界理趣以等持力於諸法界差別理趣隨順能入住此行時以一切法善巧方便於一切法無住無著無所著故能於一切法界理趣隨其所應種種開示等持力故復能出生靜慮解脫等持等至遊戲神通變一爲多變多爲一山石墻壁飛行自在而無罣礙善巧能知四界和合不住於界知一切界與空界合於虚空界無著無繫以界和合善巧智故於一切界方便修習以脩習故決了水界能於水界或令起煙或令發焰或復於中煙焰俱熾乃至無量種種變現爲諸衆生作大饒益以能安住法界理趣善巧方便而無所動隨其意樂隨何佛剎能於諸有轉胎藏形受化生身常見十方一切世界諸佛如來彼諸如來如是名號如是族姓如是衆會如是說法悉分別知爾時衆中復有菩薩摩訶薩名無邊勝前白佛言世尊諸菩薩摩訶薩住何等法如佛所說能得如是最勝功徳爾時世尊告無邊勝菩薩摩訶薩言無邊勝諸菩薩摩訶薩於一切法無所住者如我所說能得如是最勝功徳無邊勝諸菩薩摩訶薩若住於色受想行識

若住地界水界火界風界空界若住欲界色界無色界我於此經則不說有斯諸功德然諸菩薩摩訶薩於一切法而無所住不入不出故我說彼當得無邊大功德海何以故諸菩薩摩訶薩無有少法可得可住亦無少法若入若出善能安住諸法理趣而無所動何以故諸菩薩摩訶薩無住無動以無動故無高無下無高下故遠離於高不住於下以不住故名善處住善處住者於無處住無處住者不住於處諸菩薩摩訶薩不於少法若有安立若有積集無處無住無起無作何以故處不可得以無處故則無分別無分別故不動處住如法界住無有處住則無有住於處無處無所執著名爲善住無邊勝諸菩薩摩訶薩於法理趣而安住者如是安立住於無住無住處住見一切法無有分別住於如是無分別行以如是行見一切法而無所動則與如理而住相應則與如理不動相應則與如理不取相應爾時世尊而說偈言

菩薩正憶念　於義善思惟　不住諸法中
說名爲智者　未曾有少法　可爲安立者
以無安立故　無畏而發趣　不立於諸色
亦不立諸受　諸想及諸行　識等亦如是
不住於諸蘊　諸界及諸處　若處若非處
亦常無所住　不住於地界　亦不住水界
火界及風界　亦常無所住　不住於欲界
色界無色界　得無安立故　不住於三界
及於虛空界　於彼無所住　以無有所住
平等而發趣　故無有少法　於中而可住
若得無所住　斯爲妙智者　妙智無所住

無住爲善住　能得如是住　則住法界中
無住相應故　彼常能善住　無住無依止
於法得安住　若得不依止　則常無所動
不入亦不出　平等善安住　於法如是住
斯爲勇猛者　一切法無高　一切法無下
如是無所動　法界善安住　安住不動故
便得無上住　不住住相應　斯爲勇猛者
不住於住處　於處無所動　成就無住處
而得善安住　若處若非處　一切無所動
住於不動處　乃名爲不動　若住不動處
一切無所住　不念處非處　常住無分別
不住於處故　則無有所動　於處無所動
一切得無住　若得不住處　處非處不動
若於處不動　乃善住於處　善住處安住
則住無所住　能見一切法　住法相應住
如是見諸法　種種無所住　無住無安住
善巧於法住　常住於諸法　而無有分別
離諸分別故　斯爲不動者　若能住不動
於行無分別　遠離處非處　斯爲觀察者
若能觀不動　一切無所動　諸法常平等
如是而發趣　如理住相應　如理而不動
得無動處者　常住於無處

爾時無邊勝菩薩摩訶薩復白佛言希有世尊乃能安立諸菩薩摩訶薩於法理趣無有繫縛無有解脫世尊諸菩薩摩訶薩於法理趣善巧安立不與少法若相應若不相應若和合若不和合若攝取若不攝取若有所歸若無所歸若貪離貪若嗔離嗔世尊諸菩薩摩訶薩於一切法理趣之中善巧安立設有衆生供養恭敬不生貪愛毀辱逼惱不生瞋

慧無種種想離一切法不見少法能與少法若相應若不相應超過相應不相應故遠離相應不相應想了知相應不相應想超過了知不於少法若進若退若有所趣若無所趣而作相應於一切法理趣之中而無妄念亦無所取以善方便不壞法性世尊諸菩薩摩訶薩於一切法如是住時能以善巧宣說一切法界理趣一切佛法速得圓滿爾時世尊告無邊慧菩薩摩訶薩言無邊慧諸菩薩摩訶薩於佛法中無所安立無所住時則見佛法無有安立無有所住亦無勝住亦無徧住見佛法住不傾動故不流轉故不變異故一切法界相應而住乃名一切法界理趣善巧安立無邊慧諸菩薩摩訶薩於佛法中無住無不住無勝住無徧住無處住無非處住亦無所動亦無分別無勝分別無徧分別乃名一切法界理趣善巧安立無邊慧諸菩薩摩訶薩不見少法能與少法而爲安立亦不見有一切法處爲勝安立亦無分別無勝分別無徧分別乃名一切法界理趣善巧安立無邊慧諸菩薩摩訶薩不見少法若住若去亦無分別無勝分別無徧分別見一切法如淨虛空光明顯照遠離煩惱於一切法光明照故乃名一切法界理趣得善方便不以安立而觀法界何以故不於法界少安立故譬如虛空及以風界無有處所亦無可見無安立處無依止處無可示現法界亦爾無可入處無可見處無安立處無依止處亦無了知亦無示現諸菩薩摩訶薩無示現故與如如界相應而住無邊慧一切法界無生無命無老

無死無昇無沉無示現界是爲法界無變異界是爲法界而法界者徧一切處無邊慧法界無去亦無去處無去處故乃名法界相應而住如如法界於中無處亦無非處何以故如如法界如如自性無所有故無邊慧諸菩薩摩訶薩聞我此說則於一切法界理趣便獲得無邊大法光明以法光明得無生忍速能圓滿如來十力十八不共一切佛法爲欲成熟一切衆生廣大善根勝資粮故如來種性無斷絶故速詣道場轉于法輪蔽諸魔宮摧伏異論作善丈夫大師子吼爲諸衆生演說妙法隨其樂欲隨其志願隨其發趣正解脫故皆令趣於阿耨多羅三藐三菩提爾時世尊而說偈言

一切菩薩　不住諸法　於佛法中　無所安立
一切菩薩　無安立故　於佛法中　無畏發趣
一切菩薩　見諸佛法　無住無處　妙善安立
一切菩薩　不住於處　能見諸法　無住無退
一切菩薩　見法無住　不動佛法　不求佛法
一切菩薩　見法不異　不動佛法　亦不推尋
一切菩薩　見法如是　於法善巧　方便而住
一切菩薩　見常平等　不住佛法　亦非不住
常無住處　亦非無處　常不分別　非不分別
種種分別　常無所有　一切菩薩　無住相應
於諸時處　而無所動　一切菩薩　於法理趣
平等住時　名爲善住　一切菩薩　於法理趣
不見少法　可平等住　一切菩薩　能見諸法
無有處所　亦不離處　得無所動　亦無親近
一切菩薩　於一切法　理趣善巧　方便安住
住無所住　名爲菩薩　一切菩薩　不於少法

若去若來　分別而住　爾時乃住　諸法理趣
一切菩薩　於法理趣　種種安住　能起無邊
大法光明　以法光明　住平等見　見一切法
及法理趣　如淨虛空　如影如像　平等無垢
一切菩薩　於見了知　亦無了知　遠離自性
一切菩薩　如是觀察　於一切法　理趣而住
能於法界　堅固勤修　說名法界　理趣方便
一切菩薩　不住法界　觀諸法界　畢竟非有
一切菩薩　決了法界　見一切法　如虛空風
無有安立　徧一切處　法界亦爾　徧一切處
法界難思　無可示現　於諸智者　不作親近
無示現界　乃爲法界　無有住處　名爲住者
法界無生　無命無老　無死無沉　亦無出離
法界難思　無來無去　法界非蘊　非界非處
亦不離處　而無所動　法界如如　自性非有
一切菩薩　如是了知　法界難思　得法光明
由是發趣　往詣道場　而於諸法　無有疑惑
不爲所動　以法光明　令諸衆生　獲大安樂
無邊慧諸菩薩摩訶薩能於如是甚深之法
勤修行者乃得如是大法光明以此智慧而
發趣於阿耨多羅三藐三菩提

大寶積經卷第二十四

音釋

譏　居依切譏誚也　延袤　袤莫候切延袤長也又東西曰廣南北曰袤　樓　樓盧侯切城樓也　雉　丈几切城高五版曰雉　王四　王于放切王四謂保有四天下也　隍塹　隍胡光切城池也有水曰池無水曰隍塹七豔切遶城水也

大寶積經卷第二十五

唐三藏法師菩提流志奉　詔譯

被甲莊嚴會第七之五

復次無邊慧我念往昔過二阿僧祇劫爾時有佛出現世間號曰月燈王如來應供正徧知明行足善逝世間解無上士調御丈夫天人師佛世尊劫名甘露國名清淨彼佛世界玻瓈所成常有光明徧照其土若有衆生遇斯光者淨妙端嚴是故世界名爲清淨無別城邑聚落之名交道殊妙金繩界飾諸交道間一一等量半俱盧舍一一道間光明寶柱雜多羅樹各八十四輝映行列復有四池堤塘圍繞七寶臺觀人民止住覆以鈴網懸諸繒帶華飾珍玩猶如諸天彼界衆生寂靜安樂十善業道悉已成就顏貌端嚴壽命長遠薄貪瞋癡易可開悟以少方便廣知諸法彼佛壽命十俱胝歲滅度之後正法住世一俱胝歲十會說法諸聲聞衆住學地者一一法會各有二十俱胝那由他諸菩薩衆趣一乘者其數無量無邊慧彼月燈王如來寶菩提樹周五十由旬高一百由旬珊瑚爲根瑠璃爲榦黃金爲枝碼碯爲葉道場縱廣一百由旬基陛周帀欄楯圍繞妙多羅樹布植行列金鈴寶網彌覆莊嚴大菩提座高三由旬細輭敷具張施其上妙衣百千間飾垂下幢旛二十樹列其傍月燈王佛於此座上證阿耨多羅三藐三菩提時彼國界無三惡趣及惡趣名亦無諸難及諸難名月燈王佛常於一切諸世界中化現其身轉于法輪無邊慧彼月燈王如來有二菩薩一名雲音二名無邊

音是二菩薩於彼如來白言世尊云何諸菩薩摩訶薩於一切法理趣之中而得善巧方便安立時彼如來欲令諸菩薩摩訶薩於一切法理趣之中而得善巧方便安立爲二菩薩廣説斯法時諸菩薩摩訶薩聞斯法已於一切法理趣之中便獲善巧方便安立是二菩薩從是已後於二萬歲無有睡眠無欲恚惱不起食想不生卧想亦無病緣湯藥等想不樂世間遊觀談戲於彼如來説法之時即於法座得無生忍時彼如來而問之曰善男子於一切法理趣之中如是善巧方便安立汝今求耶是二菩薩即白佛言世尊我尚不見有一切法理趣善巧安立之名亦復不見有一切法理趣善巧安立之法況一切法理趣善巧方便安立世尊我亦不得一切諸法

我亦不得諸法安立於一切法無住無不住世尊我如是見寧復説言於一切法理趣之中如是善巧方便安立爲求耶爲不求耶世尊我亦不見於一切法理趣之中如是善巧方便安立而作求者亦不見有若内若外若二中間若一切法若法理趣善巧方便而安立者亦不見法若内若外若二中間若一切法若法理趣善巧方便而可安立世尊我亦不見乃至少法内外中間理趣善巧方便安立而可趣向而可親近世尊既無少法而可趣向而可親近我於其中當何安立世尊我亦不見過現未來爲安立處若安立處無所有者我於何處而可安立世尊無安立故非住相應非不住相應無盡相應無生相應世尊我亦不見從誰由誰何處何時我心意識

若生若滅當何說言以心意識於一切法理趣善巧方便安立無邊慧是二菩薩於如來前如是說時一千菩薩得無生忍千俱胝菩薩發菩提心爾時月燈王如來復告之曰善男子汝以無住而住無處而住於一切法理趣善巧方便安立善男子一切諸法亦復如是如來隨順世俗道故現證阿耨多羅三藐三菩提若於如來不隨世俗現證阿耨多羅三藐三菩提亦復如是善男子諸法無處亦非無處若處無處皆隨世俗若隨世俗則於其中無有少法而可生者而可了者是故善男子應加精勤速於諸法速得解脫是二菩薩於如來前聞斯法已飛騰虛空即以偈頌讚如來曰

法王不思議　得未曾有法　徧知兩足尊
佛法無過上　以法無上故　如來世無等
一切法無生　我今獲此忍　我常不分別
若生若無生　如是亦不念　一切無分別
法王大牟尼　功德離言念　願說清淨法
令衆皆歡喜　於佛勝功德　欲知其邊際
設經無量劫　而亦不可得　功德無邊故
最勝無過上　一切法無生　我亦不分別
我於佛法中　未曾有毀壞　不謂衆善根
云何當可得　諸法無示現　無生亦無相
如是無相忍　於此亦皆證　我今所得忍
畢竟無退轉　故於一切智　以此生歡喜
我於如來法　決定不猶豫　亦於一切法
遠離衆疑惑　無上佛法中　我今得此忍
我亦不分別　亦無不分別

無邊慧是二菩薩說此偈已於月燈王如來

右繞三帀以天妙華栴檀末香而散佛上時彼如來即爲授記而告之曰汝雲音等過二萬劫當證阿耨多羅三藐三菩提是二菩薩聞如來記踴躍歡喜諦觀如來入於諸禪遊戲神通出没自在煙焰輝發復爲衆生說法開示令二十四俱胝人天趣於阿耨多羅三藐三菩提是二菩薩乃至盡命勤修梵行於彼如來中時正法後時正法悉能護持復於爾時教化成熟四俱胝衆生趣於阿耨多羅三藐三菩提是二菩薩次第供養親近承事多百千佛及諸如來三昧正法一一受持過二萬劫復值寶幢如來隨轉法輪教化成熟無量衆生趣於阿耨多羅三藐三菩提寶幢如來刹土清淨無諸聲聞唯有一生補處菩薩寶幢如來將滅度時乃爲授記我滅度後雲音菩薩次當現證阿耨多羅三藐三菩提號曰日燈王如來其佛刹土成就莊嚴積集無量無邊功德菩薩聲聞大衆圓滿日燈王如來滅度之後無邊慧菩薩次當現證阿耨多羅三藐三菩提無邊慧以此法門無所得故無言說故不可示現無生無滅諸菩薩摩訶薩當應如理精勤修習若有菩薩住一切法理趣善巧方便安立以無所得獲無生忍圓滿佛法無量功德以爲莊嚴而發趣於阿耨多羅三藐三菩提無邊慧我曾不說諸菩薩摩訶薩離此法外別有少法速能成就一切智智若有於此無生無滅甚深空法勤修行者速得菩薩法界理趣善巧方便及陀羅尼具足辯才無上攝化諸佛世尊之所稱讚以法嚴具而莊嚴之能圓滿施住清淨戒得

清淨忍無上精進無緣禪定以大智慧而發趣於阿耨多羅三藐三菩提於諸勝中最爲殊勝速得名爲一切智者坐于道場四大天王持蓋來詣請轉法輪爲諸人天作大光明皆令趣於阿耨多羅三藐三菩提復次無邊慧若諸菩薩摩訶薩於一切法海印三昧勤修行者見一切法同於法界如是見時不於法界見一切法不於諸法見於法界精進修習以一切法諸界和合善巧方便於一切法諸界和合無所執著亦無所動於一切法諸界和合善巧方便亦無執著亦無分别能於一法和合之中而見一切諸法和合能於一切諸法和合而復見於一法和合不於一切諸法和合而親近於一法和合不於一法和合之中親近一切諸法和合以能了知此一法故亦能了知一切諸法以能了知一切法故於此一法應了知處亦能了知不以諸法親近一法於諸取蘊和合之中悉能了知不於取蘊種種性相若有和合若無和合而生執著諸菩薩摩訶薩如是行時若有諸法以衆因緣和合而生若有諸法以衆因緣和合而成於彼諸法悉能了知若有諸法因緣和合以種種性相應而起於彼諸法亦能了知亦無執著隨順了知一切諸法施設之相亦能了知若相無相亦能了知諸界差别諸界種種性相差别亦能了知以誰爲因不以煩惱親近趣向諸緣起法亦於世間出世間法不相違背隨順了知世間出世間一切諸法世間相印皆徧了知以一法門而能了知一切法門以諸法門復能了知一法之門不以

一切諸法之門而親近於一法之門亦復不以一法之門而親近於諸法之門如是法門悉能淨治無邊慧諸菩薩摩訶薩於此法中勤修習者以一理趣言教之門而能了知一切諸法性同一味於一切法得勝無諍如理寂靜不相違背能於大會讚說斯法精勤修習得一切法海印三昧如是修習若有諍論若無諍論皆令寂靜如理而住隨順斷除憍慢放逸於決定説善能受持差別名言亦能覺了法界理趣方便勤修於諸法門善寂思念當以何法何法相應若不相應能以方便於決定義住清淨念無邊慧諸菩薩摩訶薩於此法門如是住者以少加行得一切法海印三昧以此無量法海三昧而發趣於阿耨多羅三藐三菩提爾時世尊而說偈言

汝觀一切法　流入法界中　諸法同法界
理趣悉平等　復觀於法界　流入諸法中
法界同諸法　理趣亦平等　不於法界中
觀察一切法　亦不離法界　而見於諸法
不於諸法中　觀察於法界　亦不離諸法
而見於法界　了知種種界　法界種種性
一切法和合　善巧無所住　一切時及處
種種性和合　無住無所依　亦無有所取
和合差別性　分別不分別　於彼二俱無
智者平等見　知一和合故　則知諸和合
知諸和合故　則知一和合　和合不和合
一性差別性　不近不分別　無執無所著
了知一切法　彼法無和合　亦不念和合
無執無所著　了知一切種　彼法施設相
亦不念親近　無執無所著　業及業果報

一切悉能知　於彼不相違　斯爲精進者
業及業作者　此二和合相　知彼相無相
斯爲精進者　於諸界和合　諸界差別性
知彼常平等　斯爲精進者　因果相繫屬
一切悉能知　於彼諸緣法　被甲如理住
能知出世法　於諸世間法　無有少相違
如是平等住　亦知世間法　於諸出世法
亦無少相違　如是平等住　世間所應作
一切諸相印　隨順能觀察　徧知平等住
能以一法門　了知諸法門　亦以諸法門
了知一法門　不以一法門　親近諸法門
不以諸法門　親近一法門　一切法門中
平等徧清淨　於法無異相　斯爲觀察者
於諸法言教　而能平等說　常住平等性
斯爲觀察者　於諸法言教　如理能知見
便得善相應　斯爲方便者　不起於諍論
不作諍因緣　一切不相違　斯爲相應者
常起於無諍　無諍得相應　平等不相違
斯爲智慧者　於法理趣中　永息諸諍論
被甲如理修　斯爲勇猛者　如是徧觀察
純一無違諍　能於法會中　讚說無上法
如是諸菩薩　成就一切法　大海印三昧
斯爲正念者　如是勤修習　純一無違諍
息諍論相應　成就此三昧　如理而安住
能知秘密說　知我及我慢　斷慢絶矜高
決定言教中　成就善方便　亦知差別名
斯爲有智者　諸法理趣中　如理勤修習
能見諸法門　斯爲見法者　如是勤修習
能知一切法　何法共相應　何法不相應
一切諸法中　念業清淨者　能於決定義

而得善方便　一切諸法中　精進思惟者
了知一切法　乃獲此三昧

復次無邊慧諸菩薩摩訶薩於此法中勤修習者復有能攝三昧之法諦聽諦聽善思念之吾當解說唯然世尊願樂欲聞爾時世尊告無邊慧菩薩摩訶薩言無邊慧有諸菩薩摩訶薩法光明門而能出生諸法理趣善巧方便亦能出生一切法印能入一切法印之門於一切法所應作者能了能入於法光明能得能說以法光明隨順趣入諸法句門何者名爲法光明門而能出生善巧光明謂能了知異名教門祕密教門異名事門攝取事門諸差別門云何於彼而得了知乃能出生三昧之門一切法界理趣之門入於一義能隨解了諸法光明無邊慧諸菩薩摩訶薩於此甚深諸法理趣善巧方便若現修行若當修行若現求者若當求者聞此法門以少加行得大光明入諸法門從此法門復起光明以是光明隨何法門隨何所行應入應行如其理趣以三昧力觀諸法門於三昧門出生智慧而能了知如實理趣三昧力故觀法門故生智慧故以三昧門了知法界住善方便能起一切法門光明得一切法海印三昧無邊慧云何法門謂阿字印印一切法無明所作行得圓滿阿字爲首無明止息無所作故諸菩薩摩訶薩應入無相印門以櫰字印印一切法業異熟果業所應作業果和合了知業果和合緣故諸菩薩摩訶薩應入無業無果無有和合無緣印門以諸行印印一切法於種種業業所應作起一切法智光明故諸

菩薩摩訶薩應入一切諸行善巧印門以攘字印印一切法以麼字助施設名言與種種法而作相應了知欀麼而相助故諸菩薩摩訶薩應入無合無助無名印門以無邊印印一切法一切分別而不可得離分別故諸菩薩摩訶薩應入無分別印門以無際印印一切法際不和合盡於際故諸菩薩摩訶薩應入無尋無伺無言說印門以無種種自性之印印一切法以一自性起作之相斷除種種自性想故諸菩薩摩訶薩應入種種自性印門以欲相應和合之印印一切法現起有爲諸行圓滿離欲寂靜無和合故諸菩薩摩訶薩應入盡欲智見無和合印門無邊慧是爲諸菩薩摩訶薩印門印一切法以此印門而應入於一切法中無邊慧復有無障礙門無和合門諸菩薩摩訶薩應隨悟入云何無障礙門無和合門謂虛空印印一切法諸菩薩摩訶薩應入無著印門以空閑印印一切法諸菩薩摩訶薩應入無二印門以寂靜印印一切法諸菩薩摩訶薩應入止息印門以無門印印一切法諸菩薩摩訶薩應入不動印門以無處印印一切法諸菩薩摩訶薩應入無染印門以性空印印一切法諸菩薩摩訶薩應入無得印門以無相印印一切法諸菩薩摩訶薩應入善巧修習方便印門以無願印印一切法諸菩薩摩訶薩應入善寂靜願光明印門以無貪印印一切法諸菩薩摩訶薩應入徧知分別如實印門以無生印印一切法諸菩薩摩訶薩應入生正智見無生印門以寂滅印印一切法諸菩薩摩訶薩應入

離蘊印門以盡相印印一切法諸菩薩摩訶薩應入生盡印門以法界印印一切法諸菩薩摩訶薩應入顯現法界善巧印門以無念印印一切法諸菩薩摩訶薩應入實無分別平等印門以離性印印一切法諸菩薩摩訶薩應入徧知一切自性印門以涅槃印印一切法諸菩薩摩訶薩應入如實寂靜順滅印門無邊慧是爲諸菩薩摩訶薩於一切法無障礙門不和合門超過一切斷常見門無邊際門前後際門以厭離故寂滅故止息故清涼故諸菩薩摩訶薩於此一切法印之門隨學隨入以善修行此諸法門得一切法海印三昧此三昧者如實相應能攝諸法善方便智是故諸菩薩摩訶薩於此印門應善修習住一切法海印三昧觀一切法而能出生無量無邊大法光明無邊慧譬如大海水乃無量而無有能測其量者一切諸法亦復如是終無有能測其量者又如大海一切衆流悉入其中一切諸法入法印中亦復如是故名海印印一切法悉入諸法海印之中於此印中見一切法同於法印又如大龍及諸龍衆諸大身衆能有大海能入大海於彼大海以爲住處諸菩薩摩訶薩亦復如是而於無量百千劫中善修諸業乃能入此三昧印門於彼印門以爲住處爲欲證得諸佛法故善巧圓滿一切智故成就如是諸法印門諸菩薩摩訶薩精勤修學此法門時則能修學一切法門見諸法門在此門故而能發起諸法光明入於一切法海之中是故此法名一切法海印三昧又如大海是大珍寶積集之處此

三昧者亦復如是是一切法及法善巧積集之處無邊慧若有衆生爲得無上佛之知見於此三昧若已求者若當求者若現求者彼則能求一切法海圓滿智慧以是義故我此法印付囑於汝汝於末世後五百歲正法滅時以此法印印諸衆生爲此法印而印之者皆於阿耨多羅三藐三菩提得不退轉成就佛法速詣道場轉無上輪紹隆佛種隨順住於一切智地能於無上大般涅槃而般涅槃令諸天人受持正法無邊慧諸菩薩摩訶薩若欲攝取如是無量殊勝功德於此深法精勤愛樂而無放逸復次無邊慧我念往昔過大無量阿僧祇劫復倍是數爾時有佛出現世間號曰超過須彌光王如來應供正徧知明行足善逝世間解無上士調御丈夫天人師佛世尊劫名善住國名悅意時彼劫中衆生壽命不可限量安隱豐饒住衆善法是故彼劫名爲善住彼佛國界廣博嚴飾多諸美妙見者和樂悅意名香周流普徧是故彼國名爲悅意時四洲中三洲等量八萬由旬一洲中有二萬城一一城量各十由旬唯有閻浮一洲廣量俱胝由旬有八萬城一一城量二十由旬重樓表刹垣墻周帀種種衣樹種種味樹諸雜花樹實多羅樹而莊嚴之國界安樂人民充滿其中復有最大都城周百由旬二萬園苑而圍繞之諸園苑中澄潭泝流處處盈注華藥甘實一一榮茂名香普熏聞者欣悅鳥獸和鳴其聲雅亮爾時彼佛住一園中爲衆說法無邊慧超過須彌光王如來壽十小劫滅度之後正法住世滿一小劫

時彼如來四會說法一一法會諸聲聞衆住學地者各有五百俱胝那由他諸阿羅漢及菩薩衆各有五十俱胝那由他時彼如來有二菩薩一名勇猛軍二名勇猛力是二菩薩具足神通得無生忍前白佛言世尊以何等法成就菩薩摩訶薩一切諸法海印三昧時彼如來以此句門廣爲宣說說此法時十千菩薩得無生忍是二菩薩證一切法海印三昧及證菩薩一切三昧以證諸法海印三昧及證菩薩諸三昧故能於一切佛刹土中現大神變放大光明出妙梵音爲諸衆生演說正法而能成熟八俱胝人趣於阿耨多羅三藐三菩提時彼如來即爲授記過一百劫皆當證於阿耨多羅三藐三菩提百劫之中於一一劫供養承事五百如來於彼如來中時正法後時正法悉能受持爲諸衆生作大饒益一一劫中一心不亂一一生處皆受化生一一生中不退三昧神變說法度諸衆生過百劫已復值無邊功德如來供養親近善能遊戲無量三昧神變解脫是二菩薩於彼佛所一名離憂二名善住能隨如來轉于法輪教化無量無數衆生令住三乘時彼如來復爲授記我滅度後離憂當證阿耨多羅三藐三菩提號曰無邊辯才如來滅度之後善住當證阿耨多羅三藐三菩提號曰最勝光明如來共壽一劫刹土積集無量功德是二菩薩於如來前受斯決已次第證於阿耨多羅三藐三菩提無邊慧若諸菩薩摩訶薩爲一切法海印三昧應生愛樂起大精進不惜身命以不放逸而修行之時彼衆中復有菩薩

摩訶薩名曰慧義即從座起前白佛言希有世尊乃能爲諸菩薩摩訶薩得一切法智善巧故及得如來一切智故說一切法海印三昧世尊若得諸法海印三昧決定當得諸法理趣善巧方便速詣道場以此無邊功德大海而發趣於阿耨多羅三藐三菩提常見諸佛勤修正法與僧同行能消如來最上之供超過聲聞緣覺之地爾時世尊告慧義菩薩摩訶薩言如是如是如汝所說慧義諸菩薩摩訶薩得一切法海印三昧則得無量殊勝功德若住諸法海印三昧能以諸法海印三昧善巧方便決定趣於阿耨多羅三藐三菩提慧義譬如須彌山王衆寶所成出于大海量高八萬四千由旬嶷然安住最極光明諸菩薩摩訶薩亦復如是以此三昧善發趣故出于一切法藏大海映蔽一切世間天人無上安住最極光明又如滿月衆星圍繞諸菩薩摩訶薩亦復如是能於一切世間天人大衆之中作大光明慧義汝觀斯法其誰於此不生愛樂不起精進而爲放逸唯除下劣薄福衆生若諸衆生有大智慧而能成就此廣大法廣大法者具足功德諸善丈夫之所攝取如我所說若能攝此廣大法財爲諸天人之所侍衛十方諸佛諸大菩薩之所護念爾時世尊告無邊慧菩薩摩訶薩言無邊慧諸菩薩摩訶薩若於此法勤修學者能爲衆生作大饒益除一切疑解一切結捨諸習氣斷諸隨眠超諸喜愛渡諸有海永滅黑闇永離驚怖速以善巧能知一切衆生之心爾時世尊說是語已放大光明其光徧照無數世界

映奪一切日月光明放斯光已復告無邊慧菩薩摩訶薩言無邊慧諸菩薩摩訶薩若能勤修海印三昧亦當如是現大神變放大光明大師子吼演說斯法超過三界作大照明如我今日而無異也時無邊慧菩薩摩訶薩白佛言世尊惟願如來加持此法於後末世若有衆生聞斯法名當獲無量無邊功德爾時世尊爲欲加持此法門故又放光明復以一指徧動三千大千世界令諸衆生得大安樂于時會中天龍夜叉乾闥婆阿脩羅迦樓羅緊那羅摩睺羅伽如是衆等散天妙華及天妙衣天諸妓樂俱時而作無量諸天手執天衣摇曳翩翻滿虛空中同聲唱言奇哉奇哉諸佛境界不可思議若有受持此深法者當知堪受一切衆生恭敬作禮爾時世尊復告無邊慧菩薩摩訶薩言無邊慧後末世時薄福衆生不得聞此甲冑莊嚴三昧莊嚴若諸衆生有善方便攝大資糧於後末世乃聞斯法若於斯法勤修行者則爲三世諸佛世尊之所攝受無邊慧於後末世大怖畏時我此法門付囑汝等我於無數俱胝那由他劫積集無上諸法寶藏具足功德無邊安樂汝今皆得一切苦蘊汝今皆捨汝以無邊功德大海而速趣於阿耨多羅三藐三菩提爾時無邊慧菩薩摩訶薩與五百菩薩摩訶薩及諸居士賢護商主等而爲上首頂禮佛足白言世尊我隨力能當持如來大菩提法於後末世爲諸衆生作大饒益爾時諸菩薩摩訶薩各從座起以諸雜華散於如來脫身妙衣持以供養作如是言世尊以此善根我皆回

向一切衆生願諸衆生悉得圓滿菩提分法成就如來一切法智於後末世一切衆生所有善根願皆成就爾時世尊爲令一切菩薩摩訶薩生歡喜故而說偈言

爲諸衆生故　當與大饒益　持我菩提法
法王師子吼　於後末世中　若諸求法者
聞斯廣大法　一切獲安樂　如我之所說
若有見此乘　聞斯契經法　得隨其所樂
若有智慧者　修習善方便　聞斯最上法
身心大歡喜　若在於此會　現前見我說
得聞斯法已　善能受樂者　於後末世中
生汝大福聚　無數無有量　廣大無邊際
於後末世中　若能受持此　法王所說法
爲佛之攝受　於後末世中　持我菩提法
則爲無量佛　最後持法者

爾時世尊說此法已無量菩薩得無生忍無量衆生成熟善根無邊慧菩薩摩訶薩及諸菩薩摩訶薩一切世間天人阿脩羅等聞佛所說皆大歡喜信受奉行

大寶積經卷第二十五

音釋

繒帶 繒慈陵切謂帛帶也 欄楯 欄郎干切木勾欄也楯竪尹切闌檻也縱曰檻橫曰楯 矜 矜居陵切驕矜自負也 [illegible] 字阿可切四十二字母中字也 [illegible] 那可切亦字母中字也 嶷然 嶷鄂力切山立貌

大寶積經卷第二十六

梁三藏法師曼陀羅奉　詔譯

法界體性無分別會第八之一

如是我聞一時佛在舍衛國祇陀林給孤獨園與大比丘八千人俱菩薩摩訶薩萬二千人從無量佛土而來集會復有三萬二千天子悉向大乘時大衆中有菩薩摩訶薩名文殊師利童子及寶上天子爾時寶上天子作是思惟若今世尊告文殊師利演說於法若告已說令諸魔宮皆悉闇蔽無復威德使魔波旬憂惱不悅令諸魔衆悉善調伏諸增上慢者破增上慢自記所得善修行者獲沙門果已得果者轉更增上使佛法僧種相續不斷令多衆生發菩提心此如來無量阿僧祇劫所集菩提令得久住若如來在世及滅度後常聞說此法隨所向乘疾得滅度爾時世尊於寶上天子所念即告文殊師利童子於此衆中可少說法今此大衆欲從汝聞爾時文殊師利童子即白佛言世尊當說何法佛言說於法界體性因緣文殊師利言世尊一切諸法界法界體性世尊出法界外無有所聞世尊云何言因法界演說於法佛言文殊師利憍慢衆生若聞此法生於驚怪文殊師利言世尊法界體性無有驚怪世尊是驚怪者即法界體性爾時大德舍利弗問於文殊師利童子文殊師利若一切法皆法界體性衆生何處有汙染淨法界體性無汙淨故文殊師利言大德舍利弗是諸衆生身見顛倒安住我勝我所勝是凡夫人發起我想是衆生等執著我想及著他想起心心數法是心

心數法造作諸業若善不善是諸衆生行業因故獲得果報大德舍利弗若已有生即有染汙是汙染者法界體性大德舍利弗若知汙染是法界體性是名白淨然第一義無有汙染若汙染法若白淨法文殊師利說是法時五百比丘悉斷諸漏得無漏心爾時大德舍利弗語文殊師利童子言所說法界無有錯謬說是法已過百比丘悉斷諸漏得無漏心文殊師利言大德舍利弗此法界者本是繫縛令得解耶舍利弗言文殊師利是法界者非本繫縛令得解脫大德舍利弗是諸比丘今於何處心得解脫舍利弗言文殊師利如是甚多調伏聲聞皆斷諸漏心得解脫文殊師利言大德舍利弗汝是世尊聲聞不耶舍利弗言文殊師利如是如是如汝所說我是世尊聲聞人也文殊師利言大德舍利弗汝斷諸漏得於無漏解脫心耶舍利弗言我得無漏解脫之心文殊師利言大德以何等心得於解脫爲過去心爲未來心現在心耶大德過去世心已滅之想未來世心未至之想現在世心不住之想云何大德心得解脫舍利弗言文殊師利非過去心得於解脫非未來現在心得於解脫文殊師利言大德汝云何言心得解脫舍利弗言文殊師利住世諦說心得解脫第一義中都無有心繫縛解脫文殊師利言大德舍利弗汝欲令法界體性有於世諦第一義諦耶舍利弗言文殊師利法界體性無有世諦第一義諦文殊師利言大德汝云何說住於世諦心得解脫舍利弗言文殊師利寧無有心得解脫耶文殊師

利言大德舍利弗若心有內有外中者是得解脱大德而是心者無內外中無繫縛解脱爾時衆中有二百比丘聞於文殊師利所説即從座起説如是言若無解脱無解脱心我等何故出家修道若無出世何故修道是諸比丘説麤獷語已背衆而去爾時文殊師利童子欲調伏是諸比丘故知諸比丘所去道前化一比丘是諸比丘到化比丘所在化比丘前如是問言大德從何處來是化比丘答諸比丘大德我於文殊師利所説不解不知不信不向以是緣故從彼衆來是諸比丘即復語此化比丘言大德我等亦爾不解不知不信不向以是緣故從彼衆來化比丘言大德於文殊師利所説法中云何不適違逆汝意從衆出來諸比丘言大德以文殊師利説無

向果無有證果又無解脱我等聞已作如是念若無向果無有證果無解脱者我等何義修行梵行若無出者何故修道思是義故出彼衆來是化比丘作如是言大德汝不解故爲誹謗故爲駡詈故出彼衆來諸比丘言我等亦不誹謗駡詈但以不見於解脱故出彼衆來是化比丘即便稱歎諸比丘言善哉善哉大德我等今當善共思議若非駡詈則非諍訟非諍訟者是第一義沙門法也汝等心者何等相耶爲青黄赤白紫玻瓈色實耶不實耶常耶無常耶色耶非色耶諸比丘言大德心者非色而不可見無有形照亦無觸對無處無教化比丘言大德而是心者實非是色而不可見無有形照亦無觸對無處無教而是心者內住外住內外住耶是諸比丘答

言不耶化比丘言大德汝心非色而不可見無有形照無有觸對無處無教非内外中是正成就不是諸比丘答言不也化比丘言大德汝心非色而不可見無有形照無有觸對無處無教非内外中是正成就不諸比丘答言不也化比丘言大德若心不實無成就者云何解脱是諸比丘答言不也化比丘言大德以是義故文殊師利說法界體性無汙染淨大德汝凡夫顛倒故執我我所而起於心行諸境界起攀縁心是盡能滅一切攀縁生滅不住變易之法若心縁出家受具足戒修道得果是心體性空無有實從妄想起若不實妄想則是不生不住不滅若其非是生住滅者無有繫縛亦無解脱無向無得大德以是義故文殊師利說法界體性無汙染淨亦無向得無解脱者是化比丘如是說時諸比丘等無漏解脱得解脱已即便還向文殊師利所到已各脱鬱多羅僧以用供養文殊師利說如是言文殊師利汝今善能守護我等我等不信向是甚深調伏法故遠離捨去爾時大德須菩提如是問言諸大德等爲何所得爲何所覺各各脱於鬱多羅僧以爲供養文殊師利諸比丘言大德須菩提我等今者無得無覺是故我等供養文殊師利童子大德須菩提我等以有所得想故於此衆中從坐起去我等已能捨離得想是故還此須菩提言何故汝等說如是語諸比丘言大德須菩提著名爲動揺愛著若有動揺有愛著者無向無得大德須菩提若無向得即於此處能斷一切動揺愛著須菩提言誰調伏汝諸

比丘言大德須菩提無有所得無所覺者是調伏我是人不生亦不滅度亦非禪定又非亂心須菩提言誰調伏汝諸比丘言可問文殊師利童子爾時大德阿難問文殊師利言此諸比丘誰所調伏文殊師利言大德阿難無陰界入者亦非凡夫非緣覺非聲聞非菩薩非如來非身相應非言相應非心相應阿難言文殊師利爾說誰耶文殊師利言大德阿難若如來化化而是化者有相應乎阿難言文殊師利化無有法可與相應不相應者文殊師利言大德阿難一切諸法體性是化阿難言文殊師利如汝所說一切諸法體性是化文殊師利言大德阿難是化調伏此諸比丘大德阿難如化調伏者一切聲聞亦復如是大德阿難如是調伏者正是調伏若不解如是調伏者當知名爲增上慢者爾時大德阿難問於文殊師利童子文殊師利是增上慢比丘可識知也文殊師利言大德阿難戒聚清淨即是動搖當知比即是增上慢定聚慧聚解脫聚解脫知見聚清淨即是動搖當知此即是增上慢我得我證如是思惟動搖妄想當知此即是增上慢驚畏身見亦空如空入一道亦空此說是正說當知此即是增上慢復次大德阿難若比丘云身見是空乃至入一道空如是之空是平等空當知此即是增上慢何以故大德阿難身見異空異故身見即是空空與異道不異道者即是空復次大德阿難若有驚畏無明有愛喜明解脫當知此即是增上慢何以故若有二相非是解脫復次大德阿難若有比丘畏貪瞋癡

喜三解脱驚畏四倒喜於四相驚畏五蓋喜於五根驚畏六入喜於六通驚畏七識住喜七助道法驚畏八邪喜八聖道驚畏九衆生居喜九次第定驚畏十不善喜十無漏善驚畏有爲界喜無爲法當知此即是增上慢何以故大德阿難而是一切皆是動摇皆是戲論大德阿難若有動摇若有戲論心即自高自在攝取依止妄想堪忍成就如是等法名爲自在自在故生於憍慢大德阿難如是比丘當知名有增上慢也所以者何大德阿難云何有爲界空是空入空當知此比丘有增上慢大德阿難問文殊師利云何比丘無增上慢文殊師利言大德阿難若有比丘寂靜於内則外寂靜一切境界若平等非平等若有若無若有爲無爲無有動摇亦無妄想無不妄想無二無一無莊嚴無不莊嚴非有戲論不執著始見於一切諸法平等亦無平等無不平等無有一法能作平等非平等者如是不動不摇無有妄想無不妄想又不執著亦不見妄想何況向解脱得果智證有動摇者無有是處大德阿難如是比丘無增上慢侣亦無戲論遠自他伴捨諸愛著一切愛著非愛著故離諸攀緣覺觀思惟思惟解脱解脱向無有取者悉皆寂靜因寂靜緣是我身我所身度到彼岸不見有法解向斷證若有比丘如是修行無增上慢空平等故解知一切諸法平等無有上下若善不善可作不可作有漏無漏若世出世有爲無爲如是等上下動摇無不妄想亦不見知如是諸法悉見平等喻如虚空大德阿難若有比丘如是解

者名善解脫如是比丘無增上慢以是義故如來說言若有比丘解諸法平等喻如虛空如動于虛空無所觸著沙門法者亦復如是說是語時二百比丘悉斷諸漏得於無漏解脫之法爾時寶上天子問文殊師利云何菩薩無增上慢願如實說文殊師利言天子若有菩薩一切智心無等等心三界最勝心過諸聲聞及緣覺外諸境界以安住心然亦修行一切善根爲增上故化衆生故攝正法故爲餘衆生爲他人說一切智心是心如實解本始平等如隨所聞其心體性解知一切衆生體性解知一切諸法體性故解知一切善根體性解知一切善根體性故解知演說菩薩體性天子是菩提薩埵如實說授記復次天子若菩薩布施隨所施與隨所願施及諸餘施一切無礙施無所依不著無覺無有解無有解故即是空也若能如是解施體性解施體性故解如實始體性解如實始體性故解諸法體性解諸法體性故解諸一切衆生體性解諸一切衆生體性故說菩薩體性天子是名菩薩施清淨故說授記也復次天子若有菩薩解知身者即解知戒解知口者即解知戒解知心者即解知戒解身口者解覺寂靜解覺寂靜故解衆生寂靜解衆生寂靜故解一切法寂靜解一切法寂靜故解如實始寂靜解如實始寂靜故得寂靜法因寂靜緣寂靜隨有所聞一切諸法能說寂靜天子是名菩薩戒清淨故如實說授記復次天子若有菩薩知於法性畢竟是空知於法性畢竟自在於諸衆生能忍衆惡心不起忍不思

外事不背衆生能滅一切衆惡如諸衆生性忍體性亦爾如忍體性菩提性亦爾如菩提性一切諸法體性亦爾如知一切諸法體性如實如法亦爾如所聞同盡法性法性界畢竟空法性畢竟空說行順忍天子是名菩薩真實淨忍說授記也復次天子菩薩知慎一切法行離諸思惟無諸莊嚴成捨進行如有所爲亦無所作其知堅固一切能離內性寂靜外化衆生知精進寂故知菩提寂知菩提寂故亦知一切諸法寂靜知諸法寂故知如實始如所聞法精進性寂故一切能說天子是名菩薩清淨精進如實知授記復次天子若菩薩入諸法平等無增減禪以禪力故其心安住止安住故識無所住識無所住故七覺心平等七覺心平等故得禪定平等得禪定平等故知菩提平等知菩提平等故知一切衆生平等知識一切衆生平等故知諸法平等若如是知諸法平等隨所聞法能說諸法體性平等天子是名菩薩清淨禪定如實說授記復次天子若有菩薩慧眼清淨如實知見於一切法隨所見法皆無所見無有動搖得無動智無行無因無緣行亦不行諸威儀法則亦非不行不行因緣知諸法平等不救不行何以故若不行者卽無分別斷諸妄想希望貪著是菩提薩埵離諸所有亦行一切衆生行處爲欲教化諸衆生故聚集一切助菩提法故攝取正法故不斷三寶種故如來所行者於一切法清淨體性無所分別以此般若體性淨故知菩提體性淨知菩提體性淨故知衆生體性淨知衆生體性淨故知

一切法體性淨知一切法體性淨故於諸法體性得如實智得如實智故隨所聞事是法界性說無分別天子是名菩薩慧眼清淨如實說授記復次天子菩薩觀身行身念處知過去身無有邊際知未來身無趣向者現在身者猶如草木瓦石墻壁身亦如是若能如是觀身身行是身體性凝行寂靜思惟並行亦無發起不思惟不起自在是名離我識無所住修身念處行亦無有法可修行者亦非不修知一切法無有體性非不有性如是觀身修於身行觀心如幻化知心如響應如實知心受樂不愛受苦不苦受不苦樂不失正念不執無明離受於受不爲所牽是名如實知見受念處若能如是觀受行者於諸受法心無所行心不安住是一切心亦不放捨菩提之心亦不失念亦不遠離是名觀心行心念處善知法知見法行法無念無思惟入於法法性無身受心非觀法相發起見行入於法性是名觀法行法念處是一切法體性和合聚集無物猶如虛空如所聞事無念無思惟自然說法念處天子是名知於淨法念處說授記也復次天子又是菩薩一切智心而得自在如所教誨正住不施不亂不失念於初發一切善根無垢心行隨所行處一切能捨訶犯戒心不依止戒忍無諍訟身口心意於諸衆生不生瞋心不起聲聞緣覺精進乘進不念思惟一切善法不依諸禪定次第定心無所行不見行諸見不行諸法入一切法如諸聖人於諸境界而無所行雖近非聖身口意業未曾被訶不以信故求於善法獨行無

侶欲自過世行精進行永斷貪欲瞋癡結故心無煩惱不破戒故亦不親近行惡行者無有諛諂內行淨故無散亂語者口業淨故無所求者自財知足故非驅使者非邪命活故無積聚者隨有所得皆知足故無希望者離三界欲故是知足者離惡求故是寂靜者解一切法皆寂靜故現瞋癡者捨世行故無戲論者斷諸戲論故是不還者斷欲瞋癡故貪嗜法者調伏憍慢故是易解者善調心故善守護者護戒聚故心善解脫者慧聚淨故是不捨者行聖種故無退轉者發菩提心畢竟故無所用者一切世行故無諍訟者等一切衆生故善自護者護他人故調自心者不求他過故離諸希望者護淨戒故廣說法者無悋惜故是愛護者護於一切衆生心故初

發心者集一切善法故無異行者於一切法得一味故不動揺者斷諸動故不觀種性者教化衆生故等衆生者攝取一切諸衆生故初觀空者一切法故調諸見者善教化故無想行者調伏行想諸衆生故知無願者所願滿足善調伏故一切知者觀無作故是行善者不知足故無物觀物者示現非物而是物故不思惟觀者我寂靜故無自我者觀化衆生以無我故無非道行者化諸衆生離結使故方便之心得畢竟者修行般若故定性無去者終不證觸一切聲聞緣覺乘故離道非道者第一義故離行非行者一切凡夫證正行故無莊嚴無不莊嚴者無不希望諸法故不自讚者不戲論他故無等等智者具佛法故無生法忍者一切諸法無生無滅忍故天

子是名菩薩得於自在天子菩薩者隨所生處非不知故生以知故生而是菩薩攝取生死得自在故亦得具足成就佛法而是菩薩非生死流轉以願力故在在處生得自在智是名菩薩得自在智菩薩非以得邊際故名自在智若不斷絶一切善根是名菩薩得自在智菩薩非得諸善根故名自在智於諸善根無厭足故名自在智菩薩非不生三界得名自在爲化衆生故生三界名爲自在菩薩非以離自結故得名自在爲諸衆生斷結使故勤修精進是名菩薩得自在智菩薩不以爲已身故得名自在爲於寂靜一切衆生諸苦惱故名爲自在菩薩非以捨故自在攝取教化衆生故名爲自在菩薩非斷自貪瞋癡得名自在斷諸衆生貪欲瞋癡諸結使故名爲自在菩薩非自證滅法故得名自在爲諸衆生證滅法故得名自在菩薩非自斷漏故得名自在菩薩爲諸善根增長不斷漏法名得自在菩薩非證三解脱故名得自在菩薩解了三解脱故名爲自在菩薩非自在寂滅五陰名得自在爲捨一切衆生重擔故名爲自在菩薩非以滅六根故名得自在知諸衆生上下根故名爲自在菩薩非以生分盡故名得自在菩薩不以斷絶生故名爲自在菩薩非得過於聲聞緣覺解脱名得自在菩薩道場得解脱果受用一切諸衆生故名爲自在演說如是自在品時於是衆中三萬二千諸天子等皆發無上正眞道心爾時世尊讃於文殊師利童子善哉善哉善說一切菩薩授記文殊師利若有菩薩聞說如是菩薩授

記一向信解不生驚畏諸佛世尊爲說眞實無上道記爾時寶上天子語文殊師利童子汝今演說於授記也文殊師利言天子我說授記我有是法有覺了者我說授記天子我今不得乃至一法亦無覺了云何說授記天子言文殊師利恒河沙等諸佛世尊豈無解向而得果耶文殊師利言天子諸佛世尊無解向得果天子諸佛世尊不爲解向得果說法天子言文殊師利諸佛世尊云何說法文殊師利言天子諸佛世尊亦不分別體性而說法也無生無滅無因無緣無去無來無有衆生非無衆生無汙染無白淨無生死無涅槃天子諸佛世尊如是說法天子問文殊師利言諸佛世尊不爲涅槃而說法者何以故名爲佛出世耶

大寶積經卷第二十六

音釋

錯謬（錯七各切差錯也 謬靡幼切誤謬也）罵詈（罵莫駕切詈力智切正斥曰罵旁及曰詈）鬱多羅僧（梵語也此云上著衣即七條也鬱紆勿切）薩埵（梵語也此云成衆生謂用佛道成就衆生也埵音垜）

大寶積經卷第二十七

梁三藏法師曼陀羅奉　詔譯

法界體性無分別會第八之二

文殊師利言天子覺了身見之體性故名佛出世天子示現無明有愛體性名佛出世覺了貪瞋癡體性故名佛出世天子示現顚倒體性平等名佛出世天子覺了諸見之體性故名佛出世天子示陰界入法界體性名佛出世天子佛出世者諸法無生是名演說無生法也是無生法都無生死亦無涅槃天子言文殊師利當爲衆生說莊嚴無上正眞道法何以故文殊師利諸佛出世無所增長文殊師利言天子知恩報恩者天子言有所作者當知報恩文殊師利言天子汝欲使如來有所作也天子言文殊師利如來者無有所作諸佛如來到於無爲無爲之道無有所作文殊師利言天子汝說無爲者無報恩非不報恩天子言文殊師利如此法者不應爲初發意者說何以故若聞是法生於驚畏便當退轉文殊師利言天子若有菩薩初發無上菩提之心驚畏退轉是人則住於退轉也天子言文殊師利何故說是文殊師利言天子若有菩薩初發道心驚畏聲聞緣覺地則便退轉若慳惜破戒瞋恚亂癡住於不退天子言文殊師利云何住也文殊師利言天子若有菩薩初發道心安住法界平等中故是名善住初發心菩薩名之爲住天子言文殊師利菩薩齊幾名初發心文殊師利言天子若有菩薩初發心者修行於空無相無作解一切法無生無滅是名菩薩初發心也天子言

文殊師利云何菩薩名爲久行文殊師利言天子一切凡夫名爲久行於生死中不知始故天子復問文殊師利云何菩薩名久行者文殊師利言天子若有菩薩行於愛染爲化愛染諸衆生故而亦不共是愛染住名菩薩久行行於嗔恚爲化嗔恚諸衆生故不共嗔住亦行愚癡爲化愚癡諸衆生故不共癡住亦行等分爲化等分諸衆生故而亦不共一切結住天子若有菩薩化衆生故觀一切相亦不分别法界體相名菩薩久行者天子言文殊師利云何菩薩名爲不退轉文殊師利言天子若有菩薩觀一切法無災無不災觀法界體性無災無不災是名菩薩不退轉也復次天子若有菩薩亦退不退是名菩薩不退轉也所以者何退者欲界退諸善故復次天子菩薩不知不解故退以知解故無有諍訟是名不退何以故解一切性法性我以能解了一切法性更不復退是名不退於佛法無疑不信他語離是不是初心清淨無有嫉妬亦無動揺智慧明照於一切法而得自在解了佛法是名菩薩不退轉也天子言文殊師利云何菩薩名爲一生文殊師利言天子菩薩若知一切諸生而亦不生亦知一切衆生生死於諸生中善能説法教化衆生生處無取亦取諸生離生死取不去不來不上不下一切諸法悉平等故亦知因緣和合增長一切衆生身口心意悉皆平等一切衆生無有境界住佛境界入於法界法界平等故平等解了衆生之心善解知時至於道場是名一生天子是則名爲菩薩一生爾時寶上天

子問於文殊師利童子云何名菩薩不生亦於一切而得自在文殊師利言天子若有菩薩知於行業非憍慢故是菩薩不生亦於一切而得自在復次天子菩薩能捨一切所有菩提之心畢竟不退是名不生若不共諸嫉妬結住是名一切而得自在若有菩薩威儀法則諸功德戒具成就行是名不生不共犯戒住是名一切而得自在心不捨背一切衆生是名不生不共一切無明瞋恚諸結使住是名一切而得自在於諸善根堅住不動是名不生於善根中發勤進勇意是名一切而得自在入諸禪定及次第定是名不生不味禪樂是名一切而得自在若勤精進求般若慧學問無厭是名不生不共癡住是名一切而得自在不瞋惱諍是名不生不共瞋惱諸諍訟住是名一切而得自在若如實語是名不生若如實住名得自在若內寂靜是名不生若不汙染外諸境界名得自在若能究竟一切智心是名不生不求下乘名得自在覺諸魔業是名不生降伏魔業名得自在得世光明是名不生世法不汙名得自在不逆所住是名不生不隨所作名得自在若離諸慢故放逸勢力是名不生若智慧識成就聖樂名得自在不退所揞是名不生所揞出世名得自在順行緣生是名不生不執緣生法名得自在若以盡智觀一切空是名不生具諸善根名得自在若方便智發起所作生大悲心修勤進行是名不生若能安住諸解脫法名得自在若不汙染於一切法名爲不生若斷諸見而爲說法名得自在若善思惟不見

諸法是名不生得力不證一切諸法名得自在若觀一切諸法性空是名不生若不放捨一切衆生名得自在若不住三界是名不生爲衆生故不入涅槃名得自在復次天子若有言語是動摇語是妄想語是執著語是有發起天子於一切法無有言語不行不動無諸戲論語不捨衆生亦不滅度無所言說天子若無言說亦無文字則無所說若有用者則有發起言說文字天子以是義故菩薩之行不可說用不可行念是名慈心是名不殺於諸聖中得名自在說是法已世尊讚言善哉善哉文殊師利善爲諸菩薩說不生自在文殊師利若菩薩行如是法自在無礙是菩薩疾得諸佛授無上道記聞此法時於是衆中有五百菩薩得無生法忍爾時世尊即與無上正眞道記各各佛土各各名字其甲如來爾時衆中有一天子如是思念是寶上天子當於幾時成無上道佛名何等佛土云何以佛力故爾時大德阿難白佛言世尊是寶上菩薩當於幾時得成無上正眞之道佛土云何得成道已其佛何名佛告阿難是寶上天子於百千劫當成無上正眞之道號寶莊嚴如來於此東方其佛國土名寶莊嚴劫名寶來阿難是寶莊嚴佛土豐樂甚可欣樂饒諸財寶多諸人民無有諸難亦無惡道阿難是佛土中無諸瓦石沙土荆棘山谷堆阜地平如掌三寶所成閻浮檀金瑠璃玻瓈互相間錯甚可愛樂以金網覆上阿難如化樂天宮殿園池衣服豐饒行來往返是寶莊嚴佛土人民亦復如是土無聲聞緣覺乘名唯有

菩薩受種種法樂入種種禪定莊嚴作於種種神通以自娱樂無有餘樂唯除法喜悦豫之樂是故世界名寶莊嚴彼佛壽命六十六億歲出家菩薩僧六十六億在家菩薩無量無邊是莊嚴如來爲諸菩薩演説法時上昇虚空高八十億多羅之樹結跏趺坐滿千國土出千光明照彼國土雨於天花天香末香天樂各各有百千種説法音聲普聞佛土説無盡主陁羅尼法何謂無盡主陁羅尼法一切諸法寂靜主故顯示身心寂靜之想一切諸法觀照主故顯示分别於一切法一切諸法善思惟主故顯示一切諸法寂靜一切諸法善行主故顯示一切可作之法光明照耀一切諸法智光明照平等主故顯示諸法無有增減一切諸法决定主故顯示一切諸法增長一切諸法智慧主故顯示一切法無諍訟一切諸法善觀主故顯示一切諸法無嗔一切諸法正念主故顯示一切法不失念一切諸法導引主故顯示一切諸法相義一切諸法慧分别主故顯示一切法清淨意一切諸法空寂主故顯示諸法斷諸見道一切諸法無相主故顯示一切諸法寂靜一切諸法無願主故顯示諸法斷於諸道一切諸法無作主故顯示諸法離於作者一切諸法無出主故顯示一切諸法無出一切諸法無生主故顯示一切諸法無盡一切諸法離欲主故顯示一切諸法無錯一切諸法無二主故顯示一切法現在智一切諸法無二主故顯示一切諸法離二一切諸法無依主故顯示一切諸法不動一切諸法無衆生主故顯示諸

法衆生平等一切諸法寂靜主故顯示一切諸法不變一切諸法不得主故顯示一切諸法無行一切諸法無居主故顯示一切諸法離處一切諸法無定主故顯示一切無法自在一切諸法因緣主故顯示一切諸法出過一切諸法勇猛主故顯示一切諸法不出一切諸法無過主故顯示一切諸法無起一切諸法如主故顯示一切諸法無不如一切諸法如始實主故顯示一切諸法無壞一切諸法法性主故顯示一切諸法一味一切諸法如實主故顯示諸法三世平等一切諸法不可說主故顯示不執一切諸法言語談論一切諸法禪定主故顯示一切諸法寂靜一切諸法法性主故顯示一切諸法無人一切諸法菩提主故顯示一切諸法平等一切諸法

無願主故阿難寶莊嚴如來坐空未起此無盡主陀羅尼陀羅尼主爲諸菩薩廣演說之彼土無量阿僧祇菩薩摩訶薩皆得法忍爾時大德阿難白佛言世尊未曾有也若諸如來自然無作過去未來現在法中得無礙智佛言阿難我今爲汝說諸如來自然無作過去未來現在法中得無礙智爾時大德阿難語寶上天子言天子汝得大利如來說汝無上道記天子言大德阿難都無有法不說受記何以故色非菩薩非說色記受想行識非菩薩非說識記地界非菩薩非說地界記水火風界亦非菩薩非說風界記眼非菩薩非說眼記耳鼻舌身意非菩薩非說意記名色非菩薩非說名色記過去未來現在非菩薩非說三世平等之記因見非菩薩非說因見

記生滅非菩薩非說生滅記大德阿難菩薩名者即是假名是寂靜句若法究竟是寂靜者無有受記大德阿難夫受記者攝取一切言所說法大德阿難亦無有法菩薩可執若內若外若善若不善若有爲無爲然後受記大德阿難菩薩記者一切諸法無有所屬名爲受記一切法不取是名受記一切法無處是名受記一切法無居是名受記一切法無出是名受記一切諸法無有妄想是名受記大德阿難夫菩薩者如是受記爾時世尊讚寶上天子言善哉善哉天子菩薩通達是諸法故則能如是說於受記如諸佛世尊說於無上菩提道記說是法時魔王波旬與諸眷屬各有所乘來至佛所到已却住一面說如是言世尊何因緣故說菩薩記不說聲聞波

旬問已佛即答言波旬是菩薩者三千大千世界國土所有人天悉善知之以是因緣故說菩薩記聲聞者非人天所識是故不記說菩薩記多諸衆生發菩提心以是因緣故說菩薩記說聲聞記者菩薩退轉是故不說爾時文殊師利童子語波旬言汝今何故來至此衆波旬答言文殊師利以佛世尊爲寶上天子說無上道記汝當作佛號寶莊嚴如來應供正偏知不說記聲聞我宮殿樓觀欄楯寶樹園林娛樂處互相振觸出如是音云釋迦如來應供正偏知爲寶上天子說無上道記又聞是音波旬汝今往至衆所勿令更受記菩薩來生汝宮文殊師利語波旬言說菩薩記汝今不喜也魔言文殊師利我實不喜爲閻浮提一切衆生說羅漢記我無愁惱說

一菩薩無上道記我之愁惱不可言也何以故文殊師利若說菩薩無上道記我諸魔宮闇蔽不明而是菩薩以三乘法拔濟無量阿僧祇諸衆生等出於三界文殊師利我以是事受諸憂惱文殊師利言波旬汝還所止汝無力勢能留難遮畢竟向於菩提之道成就方便具足般若波羅蜜行者何以故是諸菩薩離諸魔縛成畢竟行善知方便行般若波羅蜜時佛神力令魔波旬問文殊師利云何菩薩修畢竟行善知方便行般若波羅蜜文殊師利答言波旬若有菩薩離於一切諸少分行是名菩薩成畢竟行若見一切結使魔業悉能利益於無上道是名菩薩善知方便不共一切諸結使行是名菩薩行般若波羅蜜復次波旬若菩薩心畢竟拔濟諸衆生故以大莊嚴而自莊嚴是名菩薩畢竟心行若以四攝攝諸衆生是名菩薩善知方便若畢竟觀一切衆生體性寂滅是名菩薩行般若波羅蜜復次波旬若有菩薩捨於內外一切能施菩提之心畢竟究竟是名菩薩畢竟心行菩薩若爲一切衆生起受者心是名菩薩善知方便若有菩薩乞者受者知如實始行平等行是名菩薩行般若波羅蜜復次波旬若有菩薩於諸善法從初發心終不退轉是名菩薩畢竟行於菩提之心若有菩薩不爲他逼能捨自利是名菩薩善知方便菩薩念義不念文字是名菩薩行般若波羅蜜復次波旬若見乞者不背捨之是名菩薩畢竟心行若有菩薩集諸善根願求一切智是名菩薩善知方便菩薩善知諸法體性是名菩薩

行般若波羅蜜爾時寶上天子語文殊師利言是魔波旬眷屬乃可乘以神力内之腹中或能令諸善男子善女人向大乘者爲作留難文殊師利言天子不如汝言内魔波旬置菩薩腹復次天子汝所受持佛相莊嚴第一受樂令魔波旬坐師子座以佛力故佛辯説法爾時波旬聞是語已欲隱身出衆而不能隱文殊師利之所持故爾時文殊師利作是念已魔王波旬作佛身相坐師子座是時一切大衆見知是魔波旬文殊師利復言波旬汝今得諸如來道耶成佛色身坐師子座以文殊師利力所持故魔波旬言文殊師利世尊尚不得於菩提况我得也所以者何菩提者是報恩相非離欲得非解向得又菩提者得無爲相彼得無爲相故覺知空相是名菩提非空覺知空故覺知無相相是名菩提非以無相覺知無相相故覺知無願相是名菩提非無願相覺知無願相故覺知法界之體性者是名菩提非以體性覺知體性故覺知於如無分別相是名菩提非如覺知如故覺知住於如實始故是名菩提非住如實始覺知住於如實始故覺無我無有衆生無命無人丈夫體性是名菩提無覺知者故文殊師利若有菩薩聞説如是菩提之相聞已能於諸法體性無所分別即名爲佛魔以佛辯説是法時五百菩薩得無生法忍爾時大德舍利弗語文殊師利言未曾有也汝力持故令魔波旬作如來身身相具足坐師子座説是深法文殊師利言大德舍利弗一切草木樹林無心可作如來身相具足悉能説法我亦

能令大德舍利弗作如來身身相具足以佛辯說法爾時大德舍利弗即作是念我今可於此衆中沒文殊師利或能使我作如來身身相具足戲弄於我令聲聞人作世尊相文殊師利神力持故而不能隱時文殊師利知大德舍利弗心所念變大德舍利弗爲如來身身相具足坐師子座一切衆會亦悉見知爾時文殊師利童子語大德舍利弗汝可與魔波旬共說猶如如來共如來說爾時大德舍利弗如是問言波旬夫菩提者何等體性波旬答言覺知一切諸法平等是菩提體性覺知二法是菩提體性一切智觀是菩提體性非不體性非行非不行永斷一切諸行非行非道非不道是名諸佛世尊菩提波旬問言大德舍利弗諸佛如來住於何處舍利弗言住生死中平等住涅槃不動住一切諸見如實之性住於一切衆生結使亦住一切諸法根本住於有爲無爲二法諸住不住無有住故波旬諸佛如來如是住也時舍利弗問波旬言菩提者當何處求波旬答言大德舍利弗從身見根本求於菩提無明有愛求於菩提顛倒起結求於菩提障礙覆蓋求於菩提舍利弗言波旬何因緣故如是說也波旬答言大德舍利弗如實覺知如是諸法是名菩提說是法時八百比丘悉斷諸漏得無漏心諸天子等信舍利弗魔波旬故三萬二千諸天子等發阿耨多羅三藐三菩提心爲欲調伏諸天子故文殊師利童子令魔波旬及大德舍利弗作如來身身相具足文殊師利還攝神力大德舍利弗及魔波旬身復本相

爾時四方出千菩薩從諸佛土乘空而來至於佛所頂禮佛足右繞如來住一面已白佛言世尊我等聞説法界體性無分別經聞已來此守護正法世尊我等受持守護此經讀誦通利爲他廣説攝取正法爾時大德阿難白佛言世尊是諸菩薩從何處來佛告阿難是諸菩薩各各集在諸佛國土此等菩薩皆是文殊師利童子本所教化常爲説此法界體性無分別經以開化之是諸菩薩知報經恩故來至此及見如來禮敬圍繞亦欲供養禮拜文殊師利童子又願護此經是故來此阿難我涅槃後是諸菩薩於此閻浮提當廣流布護此正法阿難是諸菩薩於百千佛所志意勇猛護持正法是時衆中有釋梵護世諸天王等白言世尊我等若此若彼有護持法者是善丈夫善男子善女人等我當守護供給使令得無苦惱爾時世尊讃釋梵護世諸天王言善哉善哉汝能勇猛守護是諸愛護正法善丈夫等即是供養過去未來現在諸佛幷愛護正法爾時佛即告於文殊師利童子汝受持此經後末世時於閻浮提當廣流布文殊師利言世尊火災起時而此虚空都無受持亦不被燒世尊如虚空體性是一切法亦復如是而是諸法不生不滅若法無生無有滅者亦無受持諸法體性無受持故如法體性受持諸法亦復如是文殊師利即白佛言惟願世尊受持此經爲善男子善女人等種善根故若供養法者貪樂此經世尊如是如是受持此經調伏憍慢諸怨憎故無能留難於當來世此閻浮提廣行流布爾時

世尊身放光明是光徧照三千大千佛之世界皆作金色爾時佛告文殊師利童子如來光明一切普照而此經者亦復如是心行無礙者於佛法究竟是善男子善女人等手執此經爾時世尊復告阿難阿難受持此經讀誦通利爲他廣說阿難汝則供養去來現在諸佛世尊爾時阿難白佛言世尊此經何名云何受持佛告阿難汝受持此經名說法界體性無分別亦名寶上天子所問亦名文殊師利童子所說善受持之佛說是經已大德阿難文殊師利童子寶上天子及諸佛土諸來菩薩天人阿須羅及世間人皆大歡喜頂戴奉行

大寶積經卷第二十七

音釋

嫉妬（嫉音疾妬都故切害賢曰嫉害色曰妬）憍慢（憍堅堯切慢莫晏切謂憍傲倨慢也）振觸（振除庚切亦觸也又擊也）

大寶積經卷第二十八

元魏北天竺三藏佛陀扇多譯

大乘十法會第九

如是我聞一時婆伽婆住王舍大城耆闍崛山中與大比丘衆五百大阿羅漢俱菩薩摩訶薩無量無邊爾時會中有一菩薩摩訶薩名淨無垢寶月王光即從座起整服右肩右膝互跪蓮花臺上至如來所合掌向佛白言世尊行大乘住大乘比丘云何行大乘云何住大乘世尊以何義故此大乘名爲大乘復以何義名爲住大乘爾時世尊告淨無垢寶月王光菩薩摩訶薩言善哉善哉淨無垢寶月王光善男子汝善能問此甚深義諦聽諦聽善思念之我今爲汝分別解說時淨無垢寶月王光菩薩摩訶薩聞佛聽許即白佛言唯然世尊頂受聖教佛言善男子菩薩摩訶薩成就十法是行大乘是住大乘何等爲十一者信成就二者行成就三者性成就四者樂菩提心五者樂法六者觀正法行七者行法愼法八者捨慢大慢九者善解如來祕密之教十者心不希求聲聞緣覺乘時淨無垢寶月王光菩薩摩訶薩白佛言世尊云何菩薩摩訶薩信成就佛言善男子菩薩摩訶薩行不諂行得柔輭行彼菩薩信諸如來正眞正覺無上菩提信諸如來於一念中說三世事信如來藏不老不死無量無邊不生不滅不常不斷信諸佛實際法界一切智一切智人所知力無所畏不共佛法信諸如來無見頂相信諸如來三十二相八十種好莊嚴其身身有圓光信聲聞所說緣覺所說菩薩所

說及信所有善言說者信此世過世信正行者住正行者若有沙門若婆羅門信善業果甚可愛樂微妙最勝所謂若天天主若人人主信不善果不可愛樂苦惱無量或在地獄或在餓鬼或在畜生彼菩薩如是信已得離三法一疑二惑三不決定善男子菩薩摩訶薩成就如是信名爲信成就爾時世尊爲顯此義偈重說言

信爲增上乘　信者是佛子　是故有智者
應常親近信　信是世間最　信者無窮乏
是故有智者　應常親近信　若不信之人
不生諸白法　猶如燒種子　不生根芽等

善男子云何菩薩摩訶薩行成就善男子菩薩摩訶薩行成就故剃除鬚髮被正法服捨家出家既出家已修學菩薩戒行等事修學聲聞戒行等事修學緣覺戒行等事彼菩薩如是學已身口意等惡業悉滅何者名爲身不善業所謂殺生偷盜邪婬瓦石刀杖欺擲他人傷手足等若來若去行欺凌事善男子如是等名身不善業善男子何者名爲口不善業所謂妄言綺語兩舌惡口不善言說誹謗正法甚深經典說諸和尚阿闍棃等住正法者所有過短如是等名口不善業善男子何者名爲意不善業所謂妬悋邪見增上妬悋樂利樂稱樂親愛等家慢色慢恃少壯慢恃無病慢恃壽命慢恃多聞慢恃修行慢欲覺害覺嗔惱覺等及國土覺衣服等覺著處著乘著敷具等著飲著食及著兒女犂牛耕種諸所作等憂奴憂婢憂諸作者穀帛庫藏諸財物等彼菩薩如是著已於向所說種種

事中若失一事其心則生憂悲苦惱彼菩薩以愛潤心是故生於後有芽心善男子略說意業猶如輪轉如是名爲意不善業彼菩薩離身等業於和尚所起於尊想於阿闍梨起和尚想於餘若老若少起止恭敬彼菩薩在於獨處作是思惟我不應爾我已起度一切衆生救一切衆生心令一切衆生住正定行中彼菩薩作是思惟我今自身不調諸根不勤修行不覆諸根不調諸根彼菩薩作是思惟今我已作如是修行是諸衆生既見我已心即調伏隨順我教諸佛歡喜及諸天龍乾闥婆等悉皆歡喜善男子如是等名菩薩慚彼菩薩作是思惟勿令若道若俗於我若身若口若意等業諸威儀中訶責我者所謂毀壞戒行或作見行或作行行或行邪命彼行菩薩如是慚已日夜繫心觀察戒行觀戒行已無諸憂悔離諸障礙菩薩如是正修行已於諸如來正法之中而修諸行善男子如是等行名菩薩愧善男子菩薩摩訶薩成就如是行名爲行成就爾時世尊爲顯此義偈重說言

行爲增上乘　諸佛緣覺等　是故智者修
行等微妙事　菩薩大名稱　無畏行成就
是故證菩提　諸佛本所說

善男子云何菩薩摩訶薩性成就善男子菩薩摩訶薩性自少欲少嗔少癡不恪不澁不麤獷不我慢不卒暴調和柔輭善言輭語易共同止彼菩薩於一切上勝供養如心行施所有諸事衣服飲食分捨與他如是施已即生歡喜徧滿身心如是乃至捨上身分善男

子彼菩薩行如是行若見如來若見聲聞見已即生歡喜之心善男子菩薩摩訶薩成就如是法名爲性成就爾時世尊爲顯此義偈重說言

相煙即知火　見鴛鴦知水　異相知菩薩
菩薩大智慧　不澁不惱衆　捨諸諂曲行
善信衆生故　是名菩薩性

善男子云何菩薩摩訶薩樂菩提心善男子菩薩摩訶薩以有菩提相故發菩提心未發菩提心時或諸如來或諸聲聞勸發菩提心善男子此是菩薩初發菩提心相善男子彼菩薩聞有菩提聞菩提心有大功德聞發阿耨多羅三藐三菩提心此是菩薩第二發菩提心相善男子彼菩薩見諸衆生無主無親無救無護無能度之令至彼岸菩薩即爲彼諸衆生起慈悲心而作是言我當於彼無主無親無救無護諸衆生等而作救護爲彼因緣故發阿耨多羅三藐三菩提心此是菩薩第三發菩提心相善男子彼菩薩以見如來相具足身生歡喜心生勇悅心心生歡喜以是因緣故發阿耨多羅三藐三菩提心此是菩薩第四發菩提心相善男子彼菩薩爲彼衆生令得利益安隱樂故修行布施持戒忍辱修行精進禪定般若善男子云何菩薩修行布施善男子菩薩作是思惟我當云何行於布施即生念言須食施食須飲施飲須牀敷者施與牀敷須衣服者施與衣服指環臂釧若寶冠等所須之物皆施與之善男子菩薩乃至割自身肉施於衆生如是行施願取阿耨多羅三藐三菩提而不取著受者財物

不住事等是名菩薩修行布施善男子菩薩云何修持於戒善男子彼菩薩先自調順身業調順口業調順意業菩薩所有自身惡業一切捨離所有口惡業一切捨離所有意惡業一切捨離持戒不缺不漏不雜菩薩如是持禁戒已迴向阿耨多羅三藐三菩提而心終不取著於戒是名菩薩修持於戒善男子云何菩薩修行忍辱善男子菩薩爲聞若道若俗乃至毀罵聞說其惡若打繫閉若截手足皆能忍受爲彼前人起忍辱心菩薩如是修行忍已迴向阿耨多羅三藐三菩提不以彼忍而起慢心是名菩薩修行忍辱善男子菩薩云何修行精進善男子菩薩作是思惟如虛空界無量無邊衆生界亦無量無邊唯我一人獨無等侶令入無餘涅槃界中如是菩薩爲彼因緣發精進行初持自身持身行已觀受心法如是正觀受心法已行持心行菩薩既行持心行已次復修行見法等行菩薩如是持心意已爲令未生惡不善法斷不生故起欲勤精進爲令未生善法生故起欲勤精進菩薩如是次復修行初如意足如是修行第二第三乃至第四如意足分修如是行不起慢心是名菩薩修行精進善男子菩薩云何修行禪定善男子菩薩不著欲故不著滅故不著離欲故不著自身故不著他身故不著色受想行識不著欲界不著色界不著空不著無相無願不著此世界不著未來世界而行布施不依止施不依止戒不依止忍不依止精進不依止禪如是修行禪定迴向阿耨多羅三藐三菩提而不分別是名菩

薩修行禪定善男子菩薩云何修行般若善男子菩薩常作如是思惟而化衆生化衆生已復作是念我化無量無邊衆生界令入無餘涅槃界中而無一衆生入涅槃界者何以故如佛所説一切諸法無我無衆生無命無養育無富伽羅如是修慧而以彼慧迴向阿耨多羅三藐三菩提作如是願而於智慧不生分別是名菩薩修行般若善男子菩薩摩訶薩如是發菩提心名爲菩薩樂菩提心爾時世尊爲顯此義偈重説言

猶如眞寶珠　光明不捨離　又如鑛中金
治已轉增明　如是菩薩性　轉明菩提心
二邊清淨已　魔所不得便

善男子云何菩薩摩訶薩樂法善男子菩薩摩訶薩性自樂法喜法潤法若見沙門若婆羅門知法人已隨所有物而以奉上若飲食等一切施與乃至合掌生恭敬心生恭敬已從彼聞於未曾聞法菩薩如是求正法已如實修行菩薩於彼持法法器生於尊想生和尚想阿闍棃想起如是意我從昔來久失導師今忽遇之生導師想又作是念我常縛在世間牢獄無解無救無推訪者今忽遇之生推覓想又作是念我久遠來睡於世間愚癡盲目忽於今者令我目開即起覺想起開示想又作是念我久遠來没深泥中無拔濟者今忽遇之生拔濟想又作是念我久遠來失於導師引導衆生今忽遇之起導師想又作是念我久遠來閉在世間貧苦難處無救接者今忽遇之是故即生救接者想又作是念我久遠來遇難愈病無有良醫能療治者今

忽遇之起良醫想又作是念我久遠來爲貪欲火之所燒然未蒙雲雨今忽遇之是故即起大雲雨想菩薩如是爲彼因緣忍寒熱等諸苦惱事及諸衆生能惱人者若蚊䖟等皆能忍之亦能忍受飢渴等事見樂衆生不生著心彼菩薩作如是念我雖得受世間快樂若我得聞一句法已能成聞慧生聞慧想菩薩以是樂法因緣故行布施不生憂愁乃至無有憂苦等事菩薩如是遠離一切憂苦等事起如是心我爲得聞如來所說一句法故乃至入於阿鼻地獄壽命一劫若百千劫無疲倦無疲倦已然修行一切種智若有未得佛正法者能令得之善男子菩薩摩訶薩如是樂法名爲菩薩樂法爾時世尊爲顯此義偈重說言

大智求法者　所謂諸菩薩　求法無厭足
以恭敬心故　常求於正法　是名菩薩相
聞已常憶持　復如法修行

善男子云何菩薩摩訶薩觀正法行善男子菩薩摩訶薩作如是觀一切法如幻誑凡夫故愚癡覆心無正慧故一切法虛妄如夢以唯念故一切法如水中月非有事故一切法如鏡中像無衆生故一切法如響空聲生故一切法生滅因緣成故一切法不生眞如性故一切法不滅以無生故一切法無作以無作者故一切法如虛空以無染故一切法寂靜體性無染故一切法離垢離一切垢故一切法永滅以本滅煩惱故一切法無色不可見故一切法離心意意識以無身故一切法無住滅一切阿梨耶故一切法無求離此彼

親愛故一切法無著離一切煩惱境界故一切法如蛇以無方便呪術力故一切法如芭蕉以不實故一切法如水沫性無力故善男子菩薩摩訶薩如是觀正法行名爲菩薩觀正法行爾時世尊爲顯此義偈重說言

一切法如幻　覆衆生心故　虚妄猶如夢

應如是受持　諸法如水月　以影像起故

諸法如鏡像　智何不覺知

善男子云何菩薩摩訶薩觀法順法善男子菩薩摩訶薩觀色無常而不以滅色故證於法界以如實智於法界中所有諸法如實覺知諸法相已善記善修彼法界中所有諸相有所說者修者記者自然如是入法界行如是乃至想受行識以如實觀正觀察已而不滅識不厭離識證入法界所有法界一切諸法以實智慧如實證知彼諸法中有諸名字善說善知善修善記以善知故以善修故以善記故自然如是入法界行如知無常如是知苦無我不淨亦復如是觀色無常如實善知於彼色中不復生於恐怖之想何以故如實知色虚妄生故如是菩薩如實善知受想行識悉皆無常皆苦無我及不淨等於彼識中不復生於恐怖之想何以故如實知識是虚妄故菩薩如是如實善知善男子譬如善巧幻師幻師弟子幻作種種四兵等事所謂象兵馬兵車兵步兵智者見已不生恐怖何以故善知虚妄幻師所作誑惑衆生而示現之善男子菩薩如是觀色無常觀無常已於中不生恐怖之想何以故如實知色虚妄生故菩薩如是如實善知受想行識悉皆無常

觀無常已則於識中不生恐怖何以故如實知識虛妄生故菩薩如是如實善知善男子菩薩如是觀法順法爾時淨無垢寶月王光菩薩摩訶薩白佛言世尊云何菩薩觀色無常而不離色說於法界證於法界習學法界一切諸法以智慧力如實證知爾時世尊告淨無垢寶月王光菩薩摩訶薩言善男子爲汝問故我今說喻善男子譬如世間有智之人持諸毒藥持毒藥已或煎或熬或合餘藥合餘藥已爲財利故而衒賣之而不自食何以故彼人思惟勿令我身由此因緣而致斷命善男子菩薩摩訶薩心順向涅槃心潤向涅槃心潤流涅槃心正取涅槃菩薩摩訶薩而不證涅槃何以故菩薩思惟勿令我身由此因緣退轉菩提復次善男子我更說喻善男子譬如有人奉事於火彼事火已尊重敬順善將護之而不生於如是之心我供養火尊重讃歎善將護故二手捉之何以故彼人作念勿令我身由此因緣身苦心惱善男子菩薩摩訶薩雖心順向涅槃心潤向涅槃心潤向涅槃流心正取向涅槃順向涅槃岸而彼菩薩不證涅槃何以故菩薩思惟勿令我身以此因緣退菩提智爾時淨無垢寶月王光菩薩摩訶薩白佛言世尊如我解佛所說法義菩薩應當常住世間佛言善男子如是如是菩薩常應住於世間時淨無垢寶月王光菩薩摩訶薩白佛言世尊云何菩薩住於世間而不爲世間法之所染佛言善男子我今爲汝以譬喻說善男子譬如有人善解方便捉諸禽獸以呪力故共毒蛇戲捉諸毒蛇

若舍若磨種種弄之而終不以弄蛇因緣被害命終何以故以有善巧呪術力故善男子菩薩摩訶薩住於世間行世間法以有善巧大智方便呪術力故共諸煩惱惡毒藥戲弄煩惱蛇而不爲彼煩惱因緣退於菩提何以故菩薩成就善巧方便智慧力故爾時淨無垢寶月王光菩薩摩訶薩白佛言世尊甚奇世尊奇哉善逝最難有世尊最難有善逝世尊是諸菩薩摩訶薩雖心向涅槃而不證涅槃雖在世間而不爲世法之所染汙世尊我今歸依諸菩薩世尊若有善男子善女人得聞如此菩薩行已生歡喜心者彼人過去種諸善根何以故若聞此法門乃至一彈指頃生希有心世尊彼諸善男子善女人已爲如來之所記也何以故聞此法門至心諦聽故佛言善男子如是如是說此法門時五百比丘得無漏心得無漏心已從座而起整服右肩右膝著地合掌向佛白言世尊世尊諸菩薩可以正恭敬善逝可以禮敬諸菩薩佛言諸比丘如是如是善男子菩薩摩訶薩如是觀法順法名爲菩薩觀法順法爾時世尊爲顯此義偈重說言

應敬大智慧　應敬大無畏　應敬正服者

應敬佛所生　以方便力故　智慧善巧故

超過聲聞地　菩薩大智慧　善知諸陰虛

生滅不定故　見世間火然　是故不證滅

善男子如是名爲菩薩摩訶薩觀法順法善男子云何菩薩摩訶薩離慢大慢善男子所言慢者生如是心我今所有若家若姓若色及以種種金銀珍寶諸寶藏等象兵馬兵車

兵步兵不劣他人若人如是起憍慢心是名爲慢以其不生恭敬心故善男子何者大慢善男子若有菩薩作如是念唯我若家若姓若色若金銀寶藏象兵馬兵車兵步兵勝於他人是故不生恭敬之心是名大慢善男子如是憍慢及以大慢菩薩摩訶薩悉已捨離善男子菩薩摩訶薩如是離慢離於大慢爾時世尊爲顯此義偈重說言

離慢離大慢　常行慈悲心　以彼潤心故
於世不放逸　雖行乞食事　諸菩薩大事
說義利益事　若諸天及人

善男子云何菩薩摩訶薩善解如來祕密之教善男子菩薩摩訶薩於諸經中所有隱覆甚深密義於彼說中如實善知善男子何等是爲如來密教善男子我記聲聞得阿耨多羅三藐三菩提者此不應爾如言阿難我患背痛此不應爾語諸比丘我今老弊汝可爲我推覓侍者此不應爾語目連言汝可往問耆婆醫王我所有患當服何藥此不應爾善男子如來處處逐諸外道論義捔勝此不應爾善男子佉陀羅刺刺如來足此不應爾善男子如來又說提婆達多是我宿怨常相隨逐求覓我便此不應爾善男子如來昔日入舍衛城於奢犂耶婆羅門村周徧乞食空鉢而出此不應爾善男子旃遮摩那毗孫陀梨木器合腹以謗如來亦不應爾善男子如來昔在毗蘭多國受毗蘭若婆羅門請三月安居而食麥者此不應爾爾時淨無垢寶月王光菩薩摩訶薩白佛言世尊此向所說當云何取世尊何故記諸聲聞得阿耨多羅三藐

三菩提佛言善男子我記聲聞得阿耨多羅三藐三菩提者以見聲聞有佛性故時淨無垢寶月王光菩薩摩訶薩白佛言世尊此諸聲聞斷諸有漏離於三有生分已斷而有性故爲如來授阿耨多羅三藐三菩提記者此事云何佛言善男子我今爲汝說於譬喻善男子譬如灌頂轉輪聖王具足千子隨最大者授其王位然彼輪王以子根鈍應初教者而中教之應中教者而後教之一切工巧呪術等事然是王子以根鈍故應初學者而中學之應中學者而後學之善男子於意云何彼輪王子如是學已豈可非是王正子耶時淨無垢寶月王光菩薩摩訶薩言不也世尊不爾善逝是眞王子佛言善男子菩薩摩訶薩亦復如是以根鈍故應初學者而中學之應中學者而後學之如是依觀衆生五陰滅諸煩惱煩惱滅已然後得成阿耨多羅三藐三菩提善男子於意云何彼諸聲聞以此因緣得成正覺豈可得言聲聞不得成正覺耶時淨無垢寶月王光菩薩摩訶薩言如是世尊我曾不見若人若天若魔若梵是等衆中而有能說聲聞不得成正覺者若有能說無有是處除一闡提爾時如來告淨無垢寶月王光菩薩摩訶薩言善男子我今爲汝更說譬喻善男子利根菩薩住第十地除二無我坐道場者爲除故坐不除坐耶時淨無垢寶月王光菩薩摩訶薩言世尊已除故坐世尊已除故坐善逝佛言善男子彼利根者以此因緣豈可不得成正覺耶時淨無垢寶月王光菩薩摩訶薩言得成世尊得成善逝爾時

如來告淨無垢寶月王光菩薩摩訶薩言善男子此處亦如是爾時淨無垢寶月王光菩薩摩訶薩言世尊如來何故昔告阿難我患背痛佛言善男子我觀後世憐愍衆生作如是說言我背痛令諸病者作如是知佛金剛身尚有背痛何況我等及其餘者以是事故我說此言而諸愚人如實取之謂佛有病有背痛等則便自壞亦令他壞如來復告淨無垢寶月王光菩薩摩訶薩言善男子我於昔日告比丘言我今老弊汝可爲我推覓侍者善男子我說此言亦爲憐愍念後世故作如是說爲令後世聲聞弟子年老朽弊應須給侍故說此言我今老弊須覓侍者令未來世如是知已不生退轉以是義故我說此言我今老弊汝可爲我推覓侍者而諸愚人如實取之如來老弊故須侍者善男子云何當知佛告目連令到耆婆大醫王所問服藥法善男子此亦是我憐愍後世故作是說有諸聲聞假藥持身彼當憶我佛金剛身猶尚服藥何況我等及其餘者以是事故我說此言汝到耆婆大醫王所問服藥法而諸愚人如實取之謂如來身是病患身善男子如來昔告目連比丘令彼目連問耆婆藥耆婆無容故不正答唯作是言但當服酥但當服酥然是如來示業果報令諸弟子聞當憶知而不退還善男子如來處處逐諸外道尼乾子等捔勝論義此事云何善男子我觀後世愍念衆生故作是事令彼衆生作如是知諸佛如來正眞正覺尚有怨家何況我等及其餘者而諸愚人如實取之謂佛如來實有怨家善男

子轉輪聖王以少福故尚無怨家何況如來成就無量無邊功德善男子佉陀羅刺刺如來足是事云何善男子如來示現業果報故令未來世作如是知如來成就無量功德而有業報何況我等及其餘者以是因緣令彼息惡復爲因緣我作是說有是業報而諸愚人如實取之佉陀羅刺刺如來足時淨無垢寶月王光菩薩摩訶薩言世尊提婆達多是佛宿怨覓如來便佛言善男子若無提婆善知識者終不得知如來具有無量功德善男子提婆達多是善知識共我諍勝現作怨家得顯如來無量功德善男子提婆達多善友知識在於宫内語阿闍世王令害如來時王故放護財象王令滅如來善男子如來見象即調伏之爾時無量無邊衆生見象調伏生奇特心即生正信歸依三寶所謂佛寶法寶僧寶顯三寶故善男子如此之事應如是知提婆達多是善知識久來隨逐示現怨家而諸愚人如實取之作如是言提婆達多是害佛者是怨家者善男子乃至過去五百世中所生之處提婆達多是善知識示怨家事悉是示現顯諸菩薩及顯如來無量功德而諸愚人如實取之提婆達多是害佛者是怨家者以是不善取義因緣墮三途中所謂地獄餓鬼畜生諸苦惱處何以故善男子提婆達多善知識者善修無量諸勝功德善修善根親近諸佛宿植德本心向大乘順向大乘向大乘彼岸近於阿耨多羅三藐三菩提善男子彼壞心故於未來世生於地獄餓鬼畜生諸惡道中爾時淨無垢寶月王光菩薩摩訶

薩言世尊如來昔日入舍衛城於奢犂耶婆羅門村周徧乞食空鉢而出此事云何善男子我此所作亦爲慜念後世衆生故示是事令未來世作如是知如來具足無量功德尚空鉢出何況我等及其餘者善男子復有說言是魔波旬勸於婆羅門長者居士令其不肯供養如來此亦不爾何以故善男子魔王無力能勸長者令不供養如來食故善男子此事不應如是取之何以故魔王無力而能遮障如來供養乃是如來勸持魔王令語長者婆羅門等而不供養善男子如來已滅一切障礙成就無量諸勝功德而有能障如來供養無有是處如來無有實業果報爲彼衆生令得道故如來示現如是方便善巧諸事善男子如來若斷一飡食已令諸聲聞及魔波旬天龍八部及諸天子作如是念無令眷屬生憂苦心爲彼諸事是故如來日夜示現如是等事令發一念不善之心乃是如來斷於諸有如前示現後亦如是令未來世作如是知如來斷有尚有此事何況我等及其餘者現此事時七萬天衆於如來所起清淨心如來爾時知其心已種種說法彼聞法已得法眼淨善男子我觀後世故示是事如來無有如是業報爾時淨無垢寶月王光菩薩摩訶薩言世尊旃遮摩那毗孫陀梨木器合腹以謗世尊此事云何佛言善男子此亦不爾如來成就無量功德無業報患善男子乃是如來威神之力能令旃遮摩那毗孫陀梨等置過無量恒河等世界之外而被謗者乃是如來以方便力示業果報我諸弟子以薄福

故既得出家在我法中以被謗故則退我法以不思量如來言教作如是說我等今者已被謗故不應得在佛正法中令彼諸人聞教憶念諸佛如來具足成就一切白法滅諸惡法尚有如是惡對被謗何況我等及其餘者如是知已不復退還修淨梵行善男子旃遮摩那毗孫陀黎等起於惡心以佛力故令夢開悟我實謗佛我若捨身必墮三惡善男子如來若知可防護者必防護之是故示現如此之事善男子無一衆生如來捨者故現此事爾時淨無垢寶月王光菩薩摩訶薩言世尊如來昔在毗蘭多國受毗蘭若婆羅門請而食麥者此事云何佛言善男子我亦愍念後世衆生故現是事如來實知諸婆羅門居士等請而不供養而受其請彼處安居何以故善男子彼安居處有五百馬所有食麥施與衆僧令至三月善男子彼馬悉是大菩薩也宿值德本而值惡友造諸惡業生畜生中善男子彼五百馬有調馬者是日藏菩薩以願力故生在彼處善男子是日藏菩薩勸五百馬發菩提心爲令得脫故生彼處善男子以彼善調馬主力故彼五百馬皆憶宿命得菩提心還得本心善男子如來愍念彼五百馬故受彼請彼處安居調馬人麥與如來食五百馬麥諸弟子食善男子彼調馬者以馬音聲調五百馬皆令懺悔勸其發心復令彼馬於佛法中於三寶所起敬重心善男子過三月已彼五百馬捨身生於三十三天彼在畜生尚得是利如來爾時爲彼說法令得阿耨多羅三藐三菩提記善男子彼處所有調

五百馬防護馬者如來記彼當得成就自調伏心緣覺之道善男子世間無有是可食物如來食之而有不作微妙味者善男子假使如來食於土塊瓦石等物而無不作微妙味食善男子如來所食皆作上味無有世間三千大千世界之中所食之物而可比者何以故以如來得味中上味得食上味得大丈夫諸相好等善男子汝今應當如是正取如來所食悉微妙味無有可比善男子阿難比丘憐愍我故而作是言云何如來生轉輪聖王家捨王位出家而能食麥如來善知阿難心已故與一麥告言阿難汝當知之此是何味阿難食已生奇特心即語我言世尊我生在王家長養王家而未曾得如是上味善男子阿難比丘以彼食味身心得安七日不食善男子以是事故當知如來無有業報然彼居士婆羅門請諸有德清淨比丘不供養者諸比丘等受請往彼而不供養示現業報善男子汝應當觀如來神力彼婆羅門請佛及僧而不供養如來記彼不墮惡道善男子共佛受請彼處安居五百比丘於中乃有四十比丘多有貪心不能觀察不淨行故若得稱意微妙食者悉皆退轉食馬麥故不生欲心過七日已得阿羅漢果善男子如來善巧知衆生心故受彼請爲度彼故善男子菩薩摩訶薩善巧成就如是甚深祕密法教示現之事若如是知名爲善解如來密教爾時世尊爲顯此義偈重說言

善知漸法門　及以頓所說　内心善巧知
諸菩薩示現　善巧知祕密　遠離諸疑惑

善知諸佛說　所有祕密教

爾時淨無垢寶月王光菩薩摩訶薩白佛言世尊云何菩薩摩訶薩不求聲聞緣覺乘佛言善男子菩薩摩訶薩在於地獄餓鬼畜生諸惡道中雖在彼處受極重苦不可具說而心不求聲聞緣覺乘亦無心求自得解脫不念少欲不念少作不行少欲不行少作事善男子菩薩於彼善業衆生而與同事然是菩薩於彼衆生善勸化之令其修行發阿耨多羅三藐三菩提心善男子菩薩摩訶薩成就如是法故不求聲聞緣覺菩提爾時世尊爲顯此義偈重說言

常化諸衆生　心不生疲倦　於無上菩提

堅固不退轉　其心不可動　猶如妙山王

修行慈悲心　不求二乘道

爾時淨無垢寶月王光菩薩摩訶薩白佛言世尊如來已說菩薩成就如是等法是故名爲行大乘住大乘而如來不說以何義故此大乘名爲大乘爾時世尊告淨無垢寶月王光菩薩摩訶薩言我今問汝隨汝意說善男子於意云何轉輪聖王所行之道具四兵衆所行處道以何而說時淨無垢寶月王光菩薩摩訶薩言世尊是名王道是名大道是無畏道是無礙道是勝一切諸國王道佛語淨無垢寶月王光菩薩摩訶薩言善男子諸佛如來正眞正覺所行之道彼乘名爲大乘名爲上乘名爲妙乘名爲勝乘名無上乘名無上上乘名無等乘名不惡乘名爲無等等乘善男子以是義故名爲大乘時淨無垢寶月王光菩薩摩訶薩白佛言善哉世尊善哉善

逝善哉世尊快說如是大乘名義如來說是十法法門時魔波旬作是念言今日沙門瞿曇過我境界若我具備四種兵衆惱彼瞿曇令其不得說此法門時魔波旬作是念已即具四兵至王舍城耆闍崛山時淨無垢寶月王光菩薩摩訶薩遥見波旬具四兵衆爲惱如來令不得說此法門故欲來至此時淨無垢寶月王光菩薩摩訶薩即現神通現神通已令魔波旬至王舍城四衢道頭唱如是言汝王舍城諸人民等當知今日沙門瞿曇在王舍城耆闍崛山爲諸四衆具說正法初中後善文義俱深淳備具足清淨梵行汝等諸人可往詣彼沙門瞿曇聽其說法令汝長夜成大安樂諸利益事爾時王舍大城之中諸婆羅門刹利長者及居士等被魔勸已手執香華塗香末香燒香寶幢寶蓋出王舍城至耆闍崛山到如來所頂禮佛足尊重讚歎却坐一面時魔波旬亦具四兵從王舍城出至耆闍崛山到如來所化作曼陀羅華散如來已與四兵衆却坐一面時淨無垢寶月王光菩薩摩訶薩知魔波旬坐一面已即語魔言汝魔波旬以何因縁將四兵衆惱亂如來并障如來說此法門汝今應當於如來所生慚愧心起懺悔心無令汝於長夜得無利益成大苦報時魔波旬聞淨無垢寶月王光菩薩語已即合十指爪掌拄地禮如來足於如來所生慚愧心起懺悔心而作是言我於今者甚畏如來甚奇善逝惟願大慈受我懺悔我甚愚癡無有智慧無善巧智不自惜身而於如來起於惡心復欲令此法門絶滅善哉世

尊重受我懺佛言波卑掾善哉善哉長養善根若我法中有善男子若善女人能起心懺悔以求清淨善哉波卑掾時魔波旬至佛所立白言世尊如來諸經皆斷惡語不善語耶如來答言如是如是魔波旬言云何如來法王法主得法自在而語稱我言波卑掾如是喚我佛言波卑掾我今爲汝說於譬喻善男子譬如長者居士財富無窮唯有一子甚愛念之不用離目以命繫子然彼一子諸根不調甚惡諂曲長者居士愛念心故以杖打之或瓦或石欲令此子息彼事故善男子於汝意云何是長者居士撾打其子有惡心不魔波旬言不也世尊欲令成就愛念子故作如是事佛言波旬當知如來正眞正覺善知衆生心性根欲是故觀察應以惡言而得度者即說惡言應以默然無所言說而得度者即爲默然應以驅遣而得度者即驅遣之應以說法而得度者即爲說之應以攝受而得度者即攝受之應見色身而得度者即現色身令彼見之應聞聲香若得味觸而得度者即爲現聲而爲說法至香味觸現令得度時魔波旬歡喜踊躍復合十指爪掌頂禮佛足白言世尊隨所有處若村若城若在王都說此法門我爲聽受此法門故當往其所護此法門亦爲護彼持法法器世尊我至彼時必有衆相諸衆寂定離睡眠蓋復令諸方上勝法器而來問法若讀若誦若受持者身心俱安不起慢心隨說此法若廣說者若略說者於如來所生歡喜心又復如來於諸衆生起歡喜心彼諸衆生心歡喜已善根增長惡法消

滅時大衆中有諸外道尼乾子等聞魔波旬如是懺悔心大歡喜踊躍無量得無生忍爾時尊者阿難白佛言世尊以何因緣說此法時此諸外道得無生忍佛言阿難乃往過去過無量劫此王舍城耆闍崛山爾時有佛名上力足正眞正覺在此說法佛說法已有諸外道來向佛所欲惱如來復欲障說此法門故來至佛所既聞法已心生歡喜即言世尊快說此法於如來所生奇特心以是因緣六十劫中不墮地獄餓鬼畜生唯生人天所生之處憶念彼佛雖憶念佛而無善友阿難於意云何彼諸外道尼乾子等豈異人乎今此衆中諸外道是何以故此諸善男子當爾之時具足惡見故欲惱如來并障此法彼既聞法生大歡喜以是因緣今蒙佛記是諸外道當得阿耨多羅三藐三菩提何況於今得無生忍說此法門時萬二千衆生遠塵離垢得法眼淨二萬衆生發阿耨多羅三藐三菩提心爾時尊者阿難白佛言世尊若有善男子若善女人於此法門起一念信功德無量況復讀誦受持擁護廣爲人說佛言阿難若有善男子善女人勸無餘衆生界令發阿耨多羅三藐三菩提心若復有善男子善女人於此法門起一念信若讀若誦廣爲他說此人得福過前說者何以故阿難以此法門是一切智智道處阿難若有男子女人聞此法門及見持此法門法師若起惡心得罪過前爾時淨無垢寶月王光菩薩摩訶薩言若有男子女人謗此經者如來已說得罪過前佛告淨無垢寶月王光菩薩摩訶薩言若男子女

人一時挑却一切衆生所有眼目若復有男子女人於此法門及持法者起一惡心得罪過彼何以故阿難以此法門名爲光明能施一切衆生慧目尊者阿難白佛言世尊此法門不應於不信男子女人前說何以故須護衆生故世尊我見如是謗法業緣生於地獄餓鬼畜生惡道中故佛言阿難應說此法門不應不說何以故以此名爲彼者因故令修行已得阿耨多羅三藐三菩提故阿難白佛言世尊當以何名名此法門云何奉持佛言阿難阿難當知以說十法是故名爲十法法門如是受持亦名淨無垢寶月王光菩薩所問如是受持佛說此法門時尊者阿難淨無垢寶月王光菩薩摩訶薩并衆會中諸大菩薩及聲聞衆天龍八部聞佛所說皆大歡喜頂受奉行

大寶積經卷第二十八

音釋

耆闍崛 梵語也亦云姞栗陁羅矩吒此云鷲峯亦云鷲臺崛渠勿切　獷 古猛切麤惡也　釧 樞絹切臂環也　鑛 古猛切金鐵之樸也　蚊蝱 蚊音文蝱音莫庚切並齧人之飛蟲也　熬 牛刀切乾煎也　衒 熒絹切衒鬻也　捔 訖嶽切競也校也　刺刺 上刺音次下刺七息切　闡提 梵語也此云信不具闡齒善切　瞿曇 梵語也此云純淑亦云地最勝瞿其俱切曇徒含切　波卑掾 梵語也亦云波旬正言波卑夜此云殺者亦云極惡斷人善因故名殺者遠佛亂僧罪莫之大故名極惡也

大寶積經卷第二十九

唐三藏法師菩提流志奉　詔譯

文殊師利普門會第十

如是我聞一時佛在王舍城耆闍崛山中與大比丘衆八百人俱菩薩摩訶薩四萬二千時有菩薩名無垢藏與九萬二千諸菩薩衆恭敬圍繞從空而來爾時世尊即告大衆彼諸菩薩爲徧清淨行世界普花如來勸發來此娑婆世界令於我所聽受普入不思議法門其諸菩薩亦當集會說是語已無量無邊他方比界諸菩薩衆悉來集會耆闍崛山頂禮佛足却住一面爾時無垢藏菩薩手持七寶千葉蓮花至如來所頭面禮足白佛言世尊徧清淨行世界普華如來以是寶華奉上世尊致問無量少病少惱起居輕利安樂行不作是語已即昇虚空結跏趺坐爾時文殊師利菩薩摩訶薩於大衆中即從座起偏袒右肩右膝著地合掌恭敬而白佛言我念過去久遠世時曾於普燈佛所聞說普入不思議法門我於爾時即便獲得八千四百億那由他三昧又能了知七十七萬億那由他三昧善哉世尊願垂哀愍爲諸菩薩說此法門爾時佛告文殊師利汝今諦聽善思念之當爲汝說文殊師利言唯然世尊願樂欲聞佛言若諸菩薩欲學此法應當修習諸三昧門所謂色相三昧聲相三昧香相三昧味相三昧觸相三昧意界三昧女相三昧男相三昧童男相三昧童女相三昧天相三昧龍相三昧夜叉相三昧乾闥婆相三昧阿脩羅相三昧迦樓羅相三昧緊那羅相三昧摩睺羅伽

相三昧地獄相三昧畜生相三昧閻魔羅界三昧貪相三昧瞋相三昧癡相三昧不善法三昧善法三昧有爲三昧無爲三昧文殊師利若諸菩薩於如是等一切三昧善通達者是則已爲修學此法文殊師利云何名爲色相三昧即說頌曰

觀色如聚沫　中無有堅實　不可執持故
是名色三昧

復次文殊師利云何名爲聲相三昧即說頌曰

觀聲如谷響　其性不可得　諸法亦如是
無相無差別　了知皆寂靜　是名聲三昧

復次文殊師利云何名爲香相三昧即說頌曰

假令百千劫　常嗅種種香　如海納衆流
而無有厭足　其香若是實　則應可滿足
但有假名字　其實不可取　以不可取故
鼻亦無所有　了知性空寂　是名香三昧

復次文殊師利云何名爲味相三昧即說頌曰

舌根之所受　鹹醋等諸味　皆從衆緣生
其性無所有　若能如是知　因緣和合起
了此不思議　是名味三昧

復次文殊師利云何名爲觸相三昧即說頌曰

觸但有名字　其性不可得　細滑等諸法
皆是從緣生　若能知觸性　因緣和合起
畢竟無所有　是名觸三昧

復次文殊師利云何名爲意界相三昧即說頌曰

設集三千界　無量諸衆生　一心共思求
意界不可得　不在於内外　亦不可聚集
但以於假名　説有種種相　猶如於幻化
無住無處所　了知彼性空　是名意三昧

復次文殊師利云何名爲女相三昧即説頌曰

四大假爲女　其中無所有　凡夫迷惑心
執取以爲實　女人如幻化　愚者不能了
妄見女相故　生於染著心　譬如幻化女
而非實女人　無智者迷惑　便生於欲想
如是了知已　一切女無相　此相皆寂靜
是名女三昧

復次文殊師利云何名爲男相三昧即説頌曰

自謂是男子　見彼爲女人　由斯分別心
而生於欲想　欲心本無有　心相不可得
由妄分別故　於身起男想　是中實無男
我説如陽焰　知男相寂靜　是名男三昧

復次文殊師利云何名爲童男相三昧即説頌曰

如樹無根枝　花則不可得　以花無有故
其果亦不生　由無彼女人　童男亦非有
隨於分別者　假説如是名　了知彼女人
及童男非有　能如是觀察　是童男三昧

復次文殊師利云何名爲童女相三昧即説頌曰

如斷多羅樹　畢竟不復生　何有智慧人
於中求果實　若有能了知　諸法無生者
不應起分別　童女爲能生　又如焦穀種
其芽本不生　女人亦復然　是童女三昧

復次文殊師利云何名爲天相三昧即說頌曰

因清淨信心　及以衆善業　受諸天勝報
端正殊妙身　珍寶諸宮殿　非由造作成
曼陀羅妙華　亦無種植者　如是不思議
皆因業力起　能現種種相　猶如淨瑠璃
如是殊妙身　及諸宮殿等　皆從虛妄生
是名天三昧

復次文殊師利云何名爲龍相三昧即說頌曰

受此諸龍身　由不修於忍　興澍大雲雨
徧滿閻浮提　不從前後際　亦不在中間
而能出此水　復歸於大海　如是諸龍等
積習性差別　起於種種業　業亦無有生
一切非眞實　愚者謂爲有　能如是了知
是名龍三昧

復次文殊師利云何名爲夜叉相三昧即說頌曰

是大夜叉身　從於自心起　是中無有實
妄生於恐怖　亦無有怖心　而生於怖畏
觀法非實故　無相無所得　空無寂靜處
現此夜叉相　如是知虛妄　是夜叉三昧

復次文殊師利云何名爲乾闥婆相三昧即說頌曰

彼實無所趣　名言假施設　了知趣非趣
乾闥婆三昧

復次文殊師利云何名爲阿脩羅相三昧即說頌曰

脩羅相所印　其相本無生　無生故無滅
阿脩羅三昧

復次文殊師利云何名爲迦樓羅相三昧即說頌曰
無身以爲身　名字假施設　名相無所有
迦樓羅三昧
復次文殊師利云何名爲緊那羅相三昧即說頌曰
法無作而作　說爲緊那羅　了知此不生
緊那羅三昧
復次文殊師利云何名爲摩睺羅伽相三昧即說頌曰
彼由於名字　隨世而安立　是中無有法
而妄起分別　了知此分別　自性無所有
彼相寂靜故　摩睺羅三昧
復次文殊師利云何名爲地獄相三昧即說頌曰
地獄空無相　其性極清淨　是中無作者
從自分別生　我坐道場時　了此無生相
無相無生故　其性如虛空　此相皆寂靜
是地獄三昧
復次文殊師利云何名爲畜生相三昧即說頌曰
如雲現衆色　是中無有實　能令無智人
於此生迷惑　於彼畜生趣　而受種種身
猶如虛空雲　現於諸色像　了知業如幻
不生迷惑心　彼相本寂靜　是畜生三昧
復次文殊師利云何名爲閻魔羅界三昧即說頌曰
造作純黑業　及以雜業者　流轉閻羅界
受於種種苦　實無閻羅界　亦無流轉者
自性本無生　諸苦猶如夢　若能如是觀

闇羅界三昧

復次文殊師利云何名爲貪相三昧即説頌曰

貪從分別生　分別亦非有　無生亦無相
住處不可得　貪性如虛空　亦無有建立
凡夫妄分別　由斯貪染生　法性本無染
清淨如虛空　十方徧推求　其性不可得
不了性空故　見貪生怖畏　無畏生畏想
於何得安樂　譬如愚癡人　怖畏於虛空
驚懼而馳走　避空不欲見　虛空徧一切
於何而得離　愚夫迷惑故　顛倒分別生
貪本無自性　妄生厭離心　如人欲避空
終無能脫者　諸法性自離　猶如於涅槃
三世一切佛　了知貪性空　住此境界中
未曾有捨離　於貪怖畏者　思惟求解脫
如是貪自性　究竟常清淨　我證菩提時
了達皆平等　若執貪爲有　於彼當捨離
由妄分別故　而言捨離貪　此唯分別心
實無有捨離　其性不可得　亦無有滅壞
平等實際中　無解脫分別　若於貪解脫
於空亦解脫　虛空及與貪　無盡無差別
若見差別者　我說令捨離　貪實無有生
妄起生分別　彼貪本性空　但有假名字
不應以此名　而生於執著　了貪無染故
是則畢竟空　不由滅壞貪　而得於解脫
貪法與佛法　平等即涅槃　智者應當知
了貪寂靜已　入於寂靜界　是名貪三昧

復次文殊師利云何名爲瞋相三昧即說頌曰

以虛妄因緣　而起於瞋恚　無我執爲我

及由麤惡聲　起猛利瞋心　猶如於惡毒
音聲及瞋恚　究竟無所有　如鑽木出火
要假衆緣力　若緣不和合　火終不得生
是不悦意聲　畢竟無所有　知聲性空故
瞋亦不復生　瞋不在於聲　亦不身中住
因緣和合起　離緣終不生　如因乳等緣
和合生酥酪　瞋自性無起　因於麤惡聲
愚者不能了　熱惱自燒然　應當如是知
究竟無所有　瞋性本寂靜　但有於假名
瞋恚即實際　以依眞如起　了知如法界
是名瞋三昧
復次文殊師利云何名爲癡相三昧即說頌
曰
無明體性空　本自無生起　是中無少法
而可說爲癡　凡夫於無癡　而妄生癡想
於無著生著　猶若結虛空　奇哉愚癡人
不應作而作　諸法皆非有　雜染分別生
如欲取虛空　安置於一處　設經千萬劫
終無有積聚　愚夫從本來　經不思議劫
所起於癡結　而無少分增　如彼取虛空
終無有增減　多劫集於癡　增減亦如是
又如於橐籥　受風無際限　愚癡著欲樂
無有厭足時　是癡無所有　無根無住處
以根非有故　亦無癡可盡　以癡無盡故
邊際不可得　是故諸衆生　我不能令盡
設我一日中　能度三千界　所有諸衆生
皆令入涅槃　復經不思議　無量千萬劫
日日如是化　衆生界不盡　癡界衆生界
是二俱無相　彼皆如幻化　故不能令盡
癡性與佛性　平等無差別　若分別於佛

彼則住愚癡　癡及一切智　性皆不可得
然彼諸衆生　皆與癡平等　衆生不思議
癡亦不思議　以不思議故　不應起分別
如是思惟心　思量不可得　癡亦不可量
以無邊際故　旣無有邊際　從何而得生
自性無生故　相亦不可得　了癡無有相
觀佛亦復然　應當如是知　一切法無二
癡性本寂靜　但有於假名　我證菩提時
亦了癡平等　能作如是觀　是名癡三昧

復次文殊師利云何名爲不善三昧即說頌曰

知彼貪瞋癡　種種諸煩惱　所有諸行相
虛妄無眞實　能如是觀察　是不善三昧

復次文殊師利云何名爲善法三昧即說頌曰

汝等應當知　諸善意樂者　心行各差別
皆同於一行　以一出離相　了知於一切
皆悉寂靜故　是名善三昧

復次文殊師利云何名有爲三昧即說頌曰

汝等應當知　一切有爲法　非是所造作
亦無可稱量　我了知諸行　性無有積集
一切皆寂靜　名有爲三昧

復次文殊師利云何名無爲三昧即說頌曰

無爲性寂靜　於中無所著　亦復無出離
但有假名字　爲執著衆生　而說彼名字
能如是了知　名無爲三昧

爾時世尊說如是等不可思議微妙偈時九萬二千菩薩得無生法忍三萬六千比丘而於諸漏心得解脫七十二萬億那由他諸天及六千比丘尼一百八十萬優婆塞二千二

百優婆夷等皆發阿耨多羅三藐三菩提心爾時文殊師利菩薩復白佛言惟願世尊爲諸菩薩演説種種三昧名字令其聞者諸根通利而於諸法得智慧明不爲一切邪見衆生之所摧伏亦令證得四無礙辯於一文字而能了知種種文字於諸文字了一文字復以無邊辯才爲諸衆生善説法要亦令證得甚深法忍於一刹那了一切行是一切行各各復有無邊行相皆能了知佛言文殊師利有三昧名無邊離垢若菩薩得此三昧能現一切諸清淨色復有三昧名可畏面得此三昧有大威光映蔽日月復有三昧名出焰光得此三昧能蔽一切釋梵威光復有三昧名爲出離得此三昧令諸衆生出離一切貪恚愚癡復有三昧名無礙光得此三昧則能照曜一切佛刹復有三昧名無忘失得此三昧能持諸佛所説教法亦能爲他敷演斯義復有三昧名曰雷音得此三昧善能顯示一切言音上至梵世復有三昧名爲喜樂得此三昧令諸衆生喜樂滿足復有三昧名喜無厭得此三昧其見聞者無有厭足復有三昧名專一境難思功德得此三昧而能示現一切神變復有三昧名解一切衆生語言得此三昧善能宣説一切語言於一字中説一切字了一切字同於一字復有三昧名超一切陀羅尼王得此三昧能善了知諸陀羅尼復有三昧名爲一切辯才莊嚴得此三昧善能分別一切文字種種言音復有三昧名爲積集一切善法得此三昧能令衆生悉聞佛聲法聲僧聲聲聞聲緣覺聲菩薩聲波羅蜜聲如

是菩薩住三昧時令諸衆生聞聲不絶爾時文殊師利白佛言惟願世尊加威護念令我獲得無礙辯才說此法門殊勝功德佛言善哉隨汝所願文殊師利復白佛言若有菩薩於此法門受持讀誦無疑惑者當知是人於現身中決定獲得四種辯才所謂捷疾辯才廣大辯才甚深辯才無盡辯才於諸衆生心常護念隨所修行欲毀壞者皆能覺悟令無毀壞爾時世尊讚文殊師利菩薩言善哉善哉汝於斯義能善分別如布施者獲大財富持禁戒者決定生天若能受持此經典者現得辯才必無虛妄如日光出能除諸瞑亦如菩薩坐菩提座成等正覺決定無疑受持讀誦是經典者現得辯才亦復如是文殊師利若復有人於現身中欲求辯才當於此經心

生信樂受持讀誦廣爲人說勿生疑惑爾時無垢藏菩薩白佛言世尊若諸菩薩佛涅槃後於此法門心無疑惑受持讀誦爲他廣說我當攝受加其辯才爾時天魔波旬愁憂苦惱悲涕流淚來詣佛所而白佛言如來昔證無上菩提我於爾時已懷憂惱復於今者說此法門倍生大苦如中毒箭若諸衆生聞是經典決定當於阿耨多羅三藐三菩提無有退轉入般涅槃令我境界皆悉空虛如來應正等覺能令一切諸苦衆生咸得安樂願垂哀愍興大慈悲不於此經加威護念令我安隱憂苦皆除爾時世尊告波旬言勿懷憂惱我於此法不作加護諸衆生等亦不涅槃天魔波旬聞是語已歡喜踴躍憂惱悉除即於佛前忽然不現爾時文殊師利菩薩前白佛

言如來今者有何蜜意告波旬言我於此法不作加護佛言文殊師利以無加護加護此法是故爲彼說如是言以一切法平等實際皆歸眞如同於法界離諸言說不二相故無有加護以我如是誠實之言無有虛妄能令此經於閻浮提廣行流布爾時世尊說是語已告阿難言此經名爲普入不思議法門若能受持如是經典則爲受持八萬四千法門等無差別何以故我於此經善通達已方能爲彼諸衆生等演說八萬四千法門是故阿難汝於此法當善護持讀誦流通無令忘失佛說是經已文殊師利菩薩無垢藏菩薩尊者阿難及諸世間天人阿修羅乾闥婆等聞佛所說皆大歡喜信受奉行

大寶積經卷第二十九

音釋

鹹 音咸鹽味也

澍 音注澍降也

橐籥 橐闔各切無底囊也籥弋約切躍也氣躍而出也橐籥猶鞴也鞴次火之韋囊也

大寶積經卷第三十

唐三藏法師菩提流志奉　詔譯

出現光明會第十一之一

如是我聞一時佛在王舍城耆闍崛山與大比丘衆五百人俱一切皆悉得大自在復有八十那由他菩薩摩訶薩皆是一生補處彌勒菩薩而爲上首復有四十那由他諸大菩薩文殊師利法王子等而爲上首爾時會中有一童子名爲月光即從座起偏袒右肩右膝著地頂禮佛足合掌恭敬而白佛言世尊如來往昔修何等業能得如是決定光明攝取光明發起光明顯現光明種種色光明無雜色光明狹小光明廣大光明清淨光明徧清淨光明無垢光明極無垢光明離垢光明漸增長光明鮮淨光明極鮮淨光明無邊光明極無邊光明無量光明極無量光明無數量光明極無數量光明速疾光明極速疾光明無住光明無處光明熾盛光明照曜光明愛樂光明到彼岸光明無能障光明不動光明正直光明住無邊處光明色相光明種種色相光明無量色相光明青黃赤白色相光明紅色相光明玻瓈色相光明虛空色相光明如是等種種光明一一皆與五色光明和合顯現乃至青黃赤白等事一一亦與無量無邊種種色光和合顯現爾時世尊即爲月光而說偈言

我以不思議　善業因緣故　遠離諸迷惑
成就種種光　復以種種行　安住於佛道
以空無作慧　而現和合光　譬如外法中
種種相差別　於中空無我　無作無心意

又如內身中　空無我無作　於中能示現
種種諸音聲　由如是無作　現無邊色光
隨其所意樂　皆令得滿足　或於一光中
出生二種色　各有上中下　差別而顯現
或於一光中　出生三種色　各有上中下
差別而顯現　或於一光中　出生四種色
各有上中下　差別而顯現　或於一光中
出生五種色　各有上中下　從於淨業生
或於一光中　出生六種色　各有上中下
從於方便生　或於一光中　出生七種色
各有上中下　從於善業生　或於一光中
出生八種色　各有上中下　從於勝善生
或於一光中　出生九種色　各有上中下
從於資糧生　或於一光中　出生十種色
各有上中下　從於布施生　或於一事中
出生二十色　各有上中下　從於持戒生
或於一事中　出生三十色　各有上中下
從於忍辱生　或於一事中　出生四十色
各有上中下　從於精進生　或於一事中
出生五十色　各有上中下　從於禪定生
或於一事中　出生六十色　各有上中下
從於智慧生　或於一事中　出生七十色
各有上中下　從於慈心生　或於一事中
出生八十色　各有上中下　從於悲心生
或於一事中　出生九十色　各有上中下
從於喜心生　或於一事中　出生百種色
各有上中下　從於捨心生　或於一事中
出生千種色　各有上中下　從千功德生
或於一事中　出生萬種色　各有上中下
從福資糧生　或於一事中　現一俱胝色

各有上中下　從於淨信生　或於一事中
現二俱胝色　各有上中下　從於隨喜生
或於一事中　現三俱胝色　各有上中下
從於輕安生　或於一事中　現四俱胝色
各有上中下　從尊重佛生　或於一事中
現五俱胝色　各有上中下　從尊重法生
或於一事中　現六俱胝色　各有上中下
從尊重僧生　或於一事中　現七俱胝色
各有上中下　從尊重戒生　或於一事中
現八俱胝色　各有上中下　從尊重定生
或於一事中　現九俱胝色　各有上中下
從普憐愍生　或於一事中　現十俱胝色
各有上中下　從無放逸生　又從一毛孔
所現諸光明　彼光種種名　今當爲汝說
我有一光明　名爲雲淨照　其光由積集
無量善根生　以於往昔時　見有衆生類
種種多病惱　皆生憐愍心　給施諸醫藥
令彼悉除愈　以此因緣故　得如是光明
我復有光明　名爲眼清淨　以燈明施佛
由是故得生　我復有光明　名爲耳清淨
以音聲供養　由是故得生　我復有光明
名爲鼻清淨　以香水供養　由是故得生
我復有光明　名爲舌清淨　以上味供養
由是故得生　我復有光明　名爲身清淨
以衣服供養　由是故得生　我復有光明
名爲心清淨　於佛常信樂　由是故得生
我復有光明　名爲色清淨　綵畫於佛像
由是故得生　我復有光明　名爲聲清淨
於法常稱讚　由是故得生　我復有光明
名爲香清淨　於僧常恭敬　由是故得生

我復有光明　名爲味清淨　隨意皆施與
由是故得生　我復有光明　名爲觸清淨
以塗香供養　由是故得生　我復有光明
名爲法清淨　以攝受諸法　由是故得生
我復有光明　名爲地清淨　塗掃佛僧地
由是故得生　我復有光明　名爲水清淨
以井泉供養　由是故得生　我復有光明
名爲火清淨　持火而奉施　由是故得生
我復有光明　名爲風清淨　持扇而奉施
由是故得生　我復有光明　名爲蘊清淨
以身供養佛　由是故得生　我復有光明
名爲界清淨　常修於慈心　由是故得生
我復有光明　名爲諦清淨　常離於妄語
由是故得生　我復有光明　名爲刹清淨
常行於布施　由是故得生　我復有光明

名爲聲清淨　以稱歎諸佛　由是故得生
我復有光明　名爲念清淨　以稱歎三昧
由是故得生　我復有光明　名爲辯清淨
以稱歎總持　由是故得生　我復有光明
名爲日和合　以和合乖諍　由是故得生
我復有光明　名爲顯現義　以通達空性
由是故得生　我復有光明　名爲青色相
以青蓮供養　由是故得生　我復有光明
名爲黃色相　以瞻蔔供養　由是故得生
我復有光明　名爲赤色相　以眞珠供養
由是故得生　我復有光明　名爲白色相
以金華供養　由是故得生　我復有光明
名爲勝功德　以衆彩嚴飾　由是故得生
我復有光明　名爲龍威力　以龍旛供養
由是故得生　我復有光明　名爲象威力

以象旛供養　名爲師子王　我復有光明　由是故得生　灑掃於佛塔　名爲龍調伏　我復有光明　由是故得生　以離於女相　名爲覺悟男　我復有光明　由是故得生　以開示世報　名覺悟眞實　我復有光明

由是故得生　師子旛供養　名之爲牛王　我復有光明　由是故得生　以繒帶奉施　名夜叉調伏　我復有光明　由是故得生　以離於男相　名金剛威力　我復有光明　由是故得生　以離於顚倒　名顯示佛語

我復有光明　由是故得生　牛王旛供養　名爲月清淨　我復有光明　由是故得生　以能諦觀察　名爲覺悟女　我復有光明　由是故得生　以業智清淨　名爲顯現空　我復有光明　由是故得生　以讚於法界

由是故得生　以讚於勝解　名莊嚴普照　我復有光明　由是故得生　以讚前際智　名爲離諸著　我復有光明　由是故得生　以讚於苦智　名爲佛神變　我復有光明　由是故得生　以讚於神足　名爲樂善友

我復有光明　由是故得生　以讚施燈燎　名爲離恩愛　我復有光明　由是故得生　以讚無生智　名爲離諸趣　我復有光明　由是故得生　以讚神通力　名爲超戲論　我復有光明　由是故得生　以讚於覺性

名爲離諸過　我復有光明　由是故得生　以讚於定慧　名爲離諸習　我復有光明　由是故得生　以讚漏盡智　名爲捨離處　我復有光明　由是故得生　以讚一切智　名爲現衆色　我復有光明　由是故得生

我復有光明　名爲眼前際　以讚眼前際
由是故得生　我復有光明　名爲眼盡際
以讚於無盡　由是故得生　我復有光明
名之爲有際　以讚於無有　由是故得生
我復有光明　名爲不可壞　以讚於滅性
由是故得生　我復有光明　名爲無邊際
以讚於無際　由是故得生　我復有光明
名之爲無相　以讚於無爲　由是故得生
我復有光明　名爲無變異　以讚無差別
由是故得生　我復有光明　名之爲不入
以讚於無著　由是故得生　我復有光明
名之爲不出　以讚於無起　由是故得生
我復有光明　名之爲無起　以讚不出現
由是故得生
我有光名無表示　而能成熟諸群生

我有光名法本性　其光能動俱胝刹
我有光名調伏魔　其光威德令魔怖
我有光名福德幢　持其名者離危厄
我有光名有力幢　持其名者離怨對
我有光名寂靜幢　持其名者離貪欲
我有光名禪定幢　持其名者離邪行
我有光名多聞幢　持其名者得稱讚
我有光名悅意幢　持其名者無憂惱
我有光名淨戒幢　持其名者離毀禁
我有光名妙香幢　持其名者無臭穢
我有光名法甚深　持其名者無疑惑
我有光名無所住　持其名者離諸有
我有光名離分別　持其名者無執取
我有光名妙高山　持其名者無能動
我有光名秘密行　持其名者無所著

我有光名解脱行　持其名者無繫縛
我有光名善調伏　持其名者得柔輭
我有光名無動揺　持其名者離貪染
我有光名善調順　持其名者戒圓滿
我有光名衆善行　持其名者無所染
我有光名多利益　聞其名者離諸過
我有光名勝知見　聞其名者無迷惑
我有光名求利益　聞其名者無瞋恚
我有光名心適悦　聞其名者得安樂
我有光名無熱惱　持其名者了空性
我有光名空無性　持其名者超戲論
我有光名無依止　持其名者不動揺
我有光名離迷惑　持其名者不猶豫
我有光名無住處　持其名者離愚闇
我有光名厭肉身　持其名者當不受

我有光名無所取　持其名者離文字
我有光名無有礙　持其名者離言説
我有光名無去處　持其名者知未來
我有光名普邊際　持其名者知過去
我有光名無與等　持其名者了無漏
我有光名證聖者　持其名者知最上
我有光名無垢染　持其名者離諸著
我有光名離塵坌　持其名者無闇蔽
我有光名無愛戀　持其名者離所依
我有光名最勝上　持其名者摧他論
我有光名少壯年　持其名者成六行
我有光名最尊勝　持其名者智無礙
我有光明名速疾　持其名者成勝僧
我有光明名有相　持其名者了深法
我有光明名無相　持其名者離於慢

我有光明名無生　持其名者獲無得
我有光明名念佛　爲諸如來之所讚
於多佛所修諸行　爾乃得成如是光
佛身所現諸光明　千俱胝刹微塵數
如是無量俱胝刹　其數又如大海沙
一一微塵諸光明　各有若干諸眷屬
其光徧往無佛刹　化作如來清淨身
演說甚深微妙法　安住衆生忍辱中
我有光明名爲佛　令諸衆生住佛道
我有光明名爲法　清淨照曜無瑕垢
我有光明名爲僧　諸佛如來所稱歎
我有光明名清淨　其光殊勝甚難得
我有光明名爲華　利益衆生得成熟
我有光明名爲梵　或名帝釋或名天
名月名龍名夜叉　名阿修羅迦樓羅
或有名王名婦女　或名童女或童男
如是種種諸光明　各有善法化同類
能令無量俱胝衆　皆得成就於菩提
我有光明名智慧　或有名戒或名慈
或名悲喜或名燈　或號塗香或音樂
如是等類諸光明　各隨本行爲其稱
皆攝無量群生類　由是成就此光明
我有光明名尊重　諸佛如來之所讚
於佛教法常恭敬　由是成就此光明
佛眼所見衆生數　一毛孔現若干光
而彼一一諸光明　各有眷屬共圍繞
隨諸衆生心所念　蒙佛光明皆成熟
若有聞說此光明　能生歡喜深愛樂
是人往昔諸佛所　已曾得聞如是經
我有光明名最勝　眷屬八十俱胝數

昔曾一偈讚於佛　是故成就此光明
我有光明名無憂　眷屬八十那由衆
持一如來所說法　是故成就此光明
我有光明名勝淨　眷屬八十俱胝數
若能受持一三昧　是故成就此光明

過去有佛名爲最勝　彼佛住世壽命無量
最初成道法會之中　時有八十那由他衆
爾時於此閻浮提中　有一國王名爲樂聲
其王復有五百王子　顏貌端正見者歡喜
是時父王威德自在　於三寶所深生信樂
其王所有勝妙園苑　悉皆奉施彼佛世尊
是園苑中經行之處　復有無量瞻蔔迦樹
拘律陀樹甄叔迦樹　優曇鉢羅波羅波吒
及尸利沙無憂樹等　其數各有八十俱胝
如是諸樹冬夏敷榮　華果枝葉光色鮮茂
出微妙香熏如來身　有諸比丘身眞金色
各各皆坐是林樹下　勇猛精進得陀羅尼
爾時彼佛愍其父王　及諸王子并餘大衆
演說如是決定光明　其王聞已心生歡喜
以無量偈稱讚如來　其王復以八十俱胝
微妙寶蓋奉獻於佛　一一寶蓋以摩尼珠
於其網間周帀嚴飾　是摩尼寶一一價直
八十俱胝閻浮檀金　是一一蓋八十俱胝
摩尼寶珠以爲瓔珞　是摩尼寶色澤鮮潤
無有晝夜常放光明　一一光明照百由旬
其光顯曜蔽於日月　其蓋復以八十俱胝
師子寶帶八十俱胝　金縷寶鬘四面嚴飾
復以種種妙色珍奇　間錯莊嚴眞珠寶網
以如是蓋周覆園苑　其上復有蘇摩那華
阿提目多目眞隣陀　優曇鉢羅青蓮華等

如是種種 無量華蓋 一一皆悉 稱其寶網
復以金縷 俱吒摩衣 以爲繒蓋 而覆其上
復有金足 栴檀寶牀 其數亦有 八十俱胝
其牀復以 八十俱胝 繒綵茵褥 而嚴飾之
是時一切 諸衆生類 乃至有頂 皆來集會
於如來所 聽是經典 天龍夜叉 乾闥婆王
摩睺羅伽 阿脩羅等 聞是經已 生歡喜心
以百千偈 稱讚如來 一切皆發 大菩提願
諸天龍神 及阿脩羅 以殷淨心 雨曼陁華
眞珠等寶 而爲供養 爾時復有 八十俱胝
大威力天 聞是經已 心生歡喜 發菩提願
於未來世 得斯光明 是時如來 知彼意樂
即授其記 當得作佛 爾時復有 八十俱胝
釋提桓因 幷諸梵衆 聞説如是 現光經典
亦生歡喜 發菩提心 皆得受記 當來作佛
爾時復有 八十俱胝 那由他龍 聞是經已
發菩提心 皆蒙受記 爾時復有 八十俱胝
金翅鳥王 聞是經已 堅持五戒 亦受其記
爾時復有 八十俱胝 乾闥婆王 聞是經已
奏千種樂 出微妙聲 供養於佛 而得受記
復有八十 那由他數 夜叉鬼王 聞是經已
於佛智慧 深生淨信 一切皆得 受菩提記
月光當知 時樂聲王 種種供養 彼如來者
豈異人乎 即汝身是 汝因往昔 聞是經典
是故今者 還復諮問 若人於我 般涅槃後
法輪將欲 滅壞之時 於是教中 生淨信者
則能廣説 如是經典
若於未來説是經 則爲護持於我法
猶如衆商善導師 亦名護持於寶藏
若於末世聞此經 如彈指頃生欣樂

當知皆是佛威神　亦由文殊所加護
是人則爲見諸佛　授其秘法令聰慧
若人質直心柔輭　常勤供養於諸佛
修行無我生慈忍　是人愛樂於此經
若人常懷不善心　貪求利養無厭足
於諸寂靜無欣慕　是人不樂於此經
若人供養諸如來　善能了知深妙法
於佛正智生淨信　是人愛樂於此經
若人散亂無淨心　常行魁膾難調伏
於諸欲境爲僮僕　是人不樂於此經
若人常樂阿蘭若　獨處空閑心寂靜
不著利養及親屬　是人愛樂於此經
若人隨順惡知友　損壞自他諸善法
彼於戒定多退失　是人不樂於此經
若人意樂極清淨　常以智慧觀諸法
爲善知識之所護　是人愛樂於此經
若人繫著親友家　與之花果令歡喜
心無正直懷諂曲　是人不樂於此經
若人常念諸佛恩　於勝善根生愛樂
回向菩提無諂曲　是人愛樂於此經
若人戀著於婦女　種種上服而嚴飾
常願與彼同遊戲　是人不樂於此經
若人深心無所依　於諸欲境曾無染
不以飲食生諛諂　是人愛樂於此經
若人教導諸群生　而言婬欲無諸過
則爲誹謗三世佛　是人不樂於此經
若人信樂常堅固　發起精進求諸法
不生疲倦及輕慢　是人愛樂於此經
若人繫著諸婦女　常於欲境懷思念
不修智慧廣饒益　是人不樂於此經

若人宴坐山林中　修習智慧皆清淨
不貪一切資生具　是人愛樂於此經
若人於眼前後際　而常迷惑不能了
彼則愚癡爲魔羂　是人不樂於此經
若人於眼前後際　而常通達無迷惑
彼則解脱諸魔羂　是人愛樂於此經
若人於眼有無邊　而常迷惑不能了
彼則愚癡爲魔羂　是人不樂於此經
若人於眼有無邊　而常通達無迷惑
彼則解脱諸魔羂　是人愛樂於此經
若人於眼成壞相　而常迷惑不能了
彼則愚癡爲魔羂　是人不樂於此經
若人於眼成壞相　而常通達無迷惑
彼則解脱諸魔羂　是人愛樂於此經
乃至耳鼻舌身心　色聲香味幷觸法

地水火風與體性　事物衆生及以苦
蘊界世生聲名諦　貪瞋癡慢愛覆憍
慳嫉諂誑幷忿等　當知一一皆如是
若人於彼眼盡邊　而常迷惑不能了
彼則墮諸凡夫行　是人不樂於此經
若人於彼眼盡邊　而常通達無迷惑
彼則離諸凡夫行　是人愛樂於此經
若人於彼眼滅壞　而常迷惑不能了
彼則墮諸凡夫行　是人不樂於此經
若人於彼眼滅壞　而常通達無迷惑
彼則離諸凡夫行　是人愛樂於此經
若人於彼眼寂滅　而常迷惑不能了
彼則墮諸凡夫行　是人不樂於此經
若人於彼眼寂滅　而常通達無迷惑
彼則離諸凡夫行　是人愛樂於此經

若人於眼無去來　而常迷惑不能了
彼則墮諸凡夫行　是人不樂於此經
若人於眼無去來　而常通達不迷惑
彼則離諸凡夫行　是人愛樂於此經
若人不了眼無我　於眼盡性常迷惑
彼則墮諸凡夫行　是人不樂於此經
若人能了眼無我　於眼盡性常通達
彼則離於凡夫行　是人愛樂於此經
若人不了眼無我　於忍行處常迷惑
彼則墮諸凡夫行　是人不樂於此經
若人能了眼無我　於忍行處常通達
彼則離諸凡夫行　是人愛樂於此經
若人不了眼盡性　彼不成就無依戒
以不成就無依戒　是人不樂於此經
若人能了眼盡性　彼則成就無依戒
以能成就無依戒　是人愛樂於此經
若人不了眼盡性　彼不成就無漏戒
以不成就無漏戒　是人不樂於此經
若人能了眼盡性　彼則成就無漏戒
以能成就無漏戒　是人愛樂於此經
若人不了眼盡性　彼不成就無漏慧
以不成就無漏慧　是人不樂於此經
若人能了眼盡性　彼則成就無漏慧
以能成就無漏慧　是人愛樂於此經
若人不了眼盡性　於眼空性常迷惑
彼不能生總持智　是人不樂於此經
若人能了眼盡性　於眼空性常通達
彼則能生總持智　是人愛樂於此經
若人了知眼盡性　彼則成就總持智
乃至無上無著智　是人愛樂於此經

若人不樂於此經　於眼盡性常迷惑
彼則退失諸禪定　證無上智實爲難
若人愛樂於此經　於眼盡性能通達
彼則成就諸禪定　證無上智不爲難
若人了知眼盡性　於無我相能通達
彼則常聞如是法　深生信解得無疑
若人思惟眼盡性　晝夜精勤無懈倦
彼則成就總持辯　常能演說於此經
若人思惟於此經　成就出現光明智
彼則顯發諸如來　於眼空性能通達
假使建立百千塔　供養一切諸世尊
若人思惟於此經　所獲功德復過彼
假使百千諸妓樂　供養如來之舍利
若人得聞於此經　所獲功德復過彼
佛眼所見諸衆生　皆同如來而供養
過於無量俱胝劫　不如受持於此經
若人於此契經中　受持演說四句偈
當於是人生恭敬　猶如最勝大悲尊
我於徃昔百千劫　流轉三有生死中
曾於無量諸佛所　爲是經故而供養
或然無量百千燈　其炷各等由旬量
爲於此經得自在　是故供養大導師
或以瞻蔔婆利花　蘇摩那花無憂花
以此花鬘及幢蓋　種種供養如來塔
我於徃昔生死中　有來求者咸能施
或施花果諸林苑　或施橋梁及井泉
或施白象及騏驎　或施寶馬并綵女
或施金牀珍寶帳　或施瓔珞雜花鬘
如是一一滿百千　爲此經故心無悋

大寶積經卷第三十

音釋

瞻蔔梵語也此云黃花瞻音占蔔蒲墨切燎力弔切大燭也甄叔迦梵語也此云赤色甄音堅茵褥茵伊真切席也褥而六切藉也魁膾魁枯回切凡為首者曰魁膾古外切切肉也謂宰殺者罥現縣切網也騏驎騏渠羈切驎離珍切騏驎仁獸也雄曰騏雌曰驎

大寶積經卷第三十一

唐三藏法師菩提流志奉　詔譯

出現光明會第十一之二

我昔爲是經　護持清淨戒　常修於定慧
及施諸衆生　我昔爲是經　惡人來毀罵
我時生憐愍　於彼不加害　我昔爲是經
求者皆施與　各隨其所樂　悉令得歡喜
我昔爲是經　奉施諸宮殿　莊嚴衆寶網
供養於諸佛　我昔爲是經　捨種種珍玩
及以摩尼寶　供養於諸佛　我昔爲是經
有恩常憶念　乃至聞一偈　於彼恒尊重
我昔爲是經　尊重持戒者　乃至經行處
於彼常恭敬　我昔爲是經　或處於生死
乃至有少恩　於彼常懷報　我昔爲是經
不求利謗法　哀愍於親友　乃至諸衆生
我昔爲是經　具多聞善說　於法無所著
不慳親友家　我昔爲是經　若心生不善
速懺令除滅　終不使增長　我昔爲是經
身爲王太子　所得諸珍寶　塗香及末香
我時生淨心　迴施於諸佛　我昔爲是經
愍諸囚徒類　種種加楚毒　以身而代受
我昔爲是經　捨諸五欲樂　常於月六齋
受持諸禁戒　我昔爲是經　常修行忍辱
乃至於妻室　亦不生貪悋　我昔爲是經
令諸貧乏者　皆悉得安樂　豐足諸財寶
我昔爲是經　攝受於一切　沙門婆羅門
種種羣生類　我昔爲是經　利益於一切
常爲大施主　求者心無悋　或時於華果
不令人翦伐　普施諸衆生　隨意皆充足
我昔布施時　其心常平等　持戒具功德

破戒無慚愧　或證大神通　下至凡愚類
皆生希有心　恭敬而周給　我昔布施時
其心無高下　不求生善趣　志樂於此經
或令國界中　一切無怨敵　調伏諸龍衆
應時霔甘雨　月光汝當知　我於無量刼
爲求是經故　修習諸苦行　設於百千刼
宣說不能盡　汝已住淨信　當來末世時
應生正念心　演說是經典　我以佛眼觀
明見未來世　隨其種種行　一切皆了知
若有諸比丘　爲求無上智　能以淨信心
演說此經典　是人及方所　一切皆了知
若於末世時　聞是經愛樂　志願及方便
一切皆了知　若諸下劣人　不聞是經典
誹謗宣說者　一切皆了知　若有諸比丘
及諸比丘尼　得聞於是經　悲感而涕泣
我皆與授記　得見最勝尊　月光汝當知
諸佛神通力　若人意清淨　或有不清淨
乃至於信解　一切皆了知　若有諸衆生
志樂常寂靜　安住諸禪定　不著生死中
乃至於習氣　究竟皆永斷　如是等功德
一切皆了知　或有諸衆生　耽著虛妄法
或有諸衆生　於佛生欣樂　如是未來事
一切皆了知　若有諸衆生　染著世間樂
於佛菩提種　不能善開發　以是因緣故
退失諸方便　若有能了知　諸佛菩提種
是人當獲得　清淨無邊光　月光汝當觀
如是光明等　一一諸因緣　各各有差別
汝以智慧力　一切應了知　若捨惡知識
親近於善友　護持清淨戒　成就佛光明
汝當護諸根　捨離無慚愧　修行於善法

隨護諸衆生　汝當捨違諍　了達於性空
不貪著利養　具多聞善說　汝當觀利養
猶如於糞穢　無以利養垢　染汙清淨心
常求於明脫　當得無上利　汝當修佛道
觀佛同法性　常然大法炬　普照於世間
汝當如山王　其心安不動　毀罵及捶打
一切皆能忍　汝當爲衆生　作眞實善友
應捨下劣心　常修於淨業　汝以堅固心
演說無上法　如是微妙經　當授慈心者
欲求無上智　勿怖於生死　由此捨諸惡
當得於勝利　譬如明智人　善能用於火
成熟種種味　不爲火所燒　若諸愚癡人
無有善方便　將火置於掌　便爲人所燒
亦如人中毒　迷悶心狂亂　以火而灸療
因此得除愈　月光汝當知　智者亦如是

依意了意空　故處於生死　依眼了眼空
於眼無執著　若能如是知　住眼亦無惱
若了眼性空　成就眞實智　以眞實智故
當得出現光　若了眼性空　永滅於貪欲
以無貪欲故　當得出現光　如是瞋與癡
我執并覆惱　慳嫉無慙愧　不忍將貢高
憍慢及增上　諂誑兼放逸　乃至矯詐等
一一如貪說　若得眞實智　了知眼寂滅
以知寂滅故　當得出現光　若得眞實智
住佛理趣中　以住理趣故　當得出現光
若得眞實智　住佛方便中　以住方便故
當得出現光　若不修實智　永離於障惱
成就出現光　我昔未聞見　若勤修實智
永離於障惱　能順於是行　當得出現光
若求最勝行　當學於此經　供養諸如來

得實智方便　若修眞實智　當供養諸佛
成就出現光　猶如掌中果　若迷眼無我
退失沙門法　彼人不能得　如是出現光
若了眼無我　成就沙門法　彼人當證得
如是出現光　若了眼盡際　亦了耳生邊
由了耳生邊　是大沙門法　若不遍了知
眼性之邊際　於眼生邊際　亦不能遍知
彼人不能得　如是出現光　若能遍了知
眼性之邊際　於眼生邊際　亦能遍了知
彼人當證得　如是出現光　若不善了知
眼性之邊際　於眼生邊際　亦不能善知
彼人不能得　如是出現光　若能善了知
眼性之邊際　於眼生邊際　亦能善了知
彼人當證得　如是出現光　若不現了知
眼性之邊際　於眼生邊際　亦不能現知
彼人不能得　如是出現光　若能現了知
眼性之邊際　於眼生邊際　亦能現了知
彼人當證得　如是出現光　若不善了知
眼性之邊際　於眼生邊際　亦不能遍知
彼人不能得　如是出現光　若能善了知
眼性之邊際　於眼生邊際　亦能現了知
彼人當證得　如是出現光　若不善了知
眼性之清淨　於耳性清淨　亦不能善知
彼人不能得　如是出現光　若能善了知
眼性之清淨　於耳性清淨　亦能善了知
彼人當證得　如是出現光　乃至耳鼻舌
身意與色聲　香味并觸法　地水若火風
性事世間苦　蘊界世將生　及以聲香等
一切皆如是

爾時世尊告月光童子言善男子若有衆生

發趣大乘爲欲圓滿成就如是出現光者有八十種善根資粮云何八十所謂護念衆生心無損害於清淨戒奉持無缺其心平等無有諂曲亦無慳嫉貪誑之心深信大乘微妙經典亦不耽愛當貴憍逸忍力具足志願無退意樂清淨住阿蘭若不依眷屬利養名聞安住諸禪現光三昧於有戒者無諂承事於同梵行起勝意樂以敬法故常於和尚阿闍棃所深生尊重了達契經善巧宣說所言誠諦住正思惟勤種善根常行惠施覺知魔業密護諸根言詞安審善解眞諦亦能了知諸地自相求無盡色不惜身命教於四衆絶世思惟離諸邪見無後世法不於未學矯現其相常於已學任力開示曾不讚美歌詠音聲亦不稱譽莊嚴資具證入諸諦具足多聞捨離睡眠勤求正法於佛尊重發菩提心捨於世業修諸學處爲愛法故依於勝友求諸善根心無厭足愛樂出家護持佛法不起惡業於教無疑善說譬喻開示祕密於大菩提志求無倦所受經典未甞忘失不捨自學摧伏他論求出離道修無量行於彼法智其心決定明見因果相續輪迴不著三有離增上慢於不信者建立對治了達未來果報差別善知前際不假他緣於遠離行精勤修習於佛相好具足莊嚴是爲八十復次月光此八十法入於五法云何爲五所謂知生死知涅槃知煩惱盡知增上知福果復次月光如是五法入於二法云何爲二所謂心清淨莊嚴色清淨莊嚴復次月光如是二法入於一法云何爲一所謂能成諸佛如來無礙解脫復次

月光復有八十種法善能成就諸佛如來無礙解脫云何八十所謂布施資粮廣大智慧修清淨戒離煩惱熱摧伏憍慢柔輭言詞於種種事無不知時亦知善友發趣大乘被精進甲威儀利物墮煩惱者令斷疑惑毀諸不善修行白法不與惡人而爲伴侶種諸善根無有厭足發菩提心勇猛精進覺知魔事證於諸諦眞實供養決了無疑心念衆生常懷濟度不著諸有起於大心不善衆生示其過惡捨貪瞋癡不求欲利成熟衆生修治佛塔於諸聖者尊重恭敬住大乘者親近承事終不讚歎下劣乘人遠離聲聞摧伏怨敵於世尊所廣大供養以殊勝心種種奉施得無礙智具足辯才以諸譬喻開示正法而於性空不相違背求法無懈顯發深義具大總持說法無染能廣流布化導無厭圓滿諸行有大威德辯才無滯成就多聞不讚惡人修於善業解了諸蘊捨離諸見通達因性超過所行遠離非境生清淨信住於正道愛樂大乘平等攝受不著無我不厭生死樂求涅槃以少欲故住阿蘭若常行乞食無有懈倦隨有所得心生喜足離無慚愧親近於佛善友同止捨於非類愍諸凡夫同衆生行於佛淨信離於非器有相違者不與言說不來求者不爲開曉若有來求如應爲說於食平等常施等施開門大施如是童子此八十法能得諸佛無礙解脫爾時月光童子得聞是法生大歡喜即於佛前以偈讚曰

如來了知眼盡邊　故能出現清淨智
以能出現清淨智　具足如來清淨光

如來了知眼無我　故能出現清淨音
以能出現清淨音　具足如來梵音相
佛於往昔利衆生　故能成就語清淨
以能成就語清淨　饒益無量諸世間
如來了知眼性空　故能成就總持智
以能成就總持智　出現如來無量光
如來了知眼差別　眼名差別亦無邊
以知名字無邊故　出現如來無量光
佛知文字差別門　即知眼空離文字
以知眼空離文字　出現如來無量光
若人思惟眼無我　即了佛語爲眞實
以能知佛語眞實　出現如來決定光
如來成就勝神通　即了無邊眼滅壞
以能了知眼滅壞　利益一切諸世間
大悲最勝兩足尊　了達無邊眼生起
如佛能知眼生起　願我不久亦當然
如是耳鼻舌身心　色聲香味并觸法
乃至世生聲名等　當知一切皆應作
大悲最勝兩足尊　已具布施波羅蜜
如佛布施波羅蜜　願我不久亦當然
大悲最勝兩足尊　已具淨戒波羅蜜
如佛淨戒波羅蜜　願我不久亦當然
大悲最勝兩足尊　已具忍辱波羅蜜
如佛忍辱波羅蜜　願我不久亦當然
大悲最勝兩足尊　已具精進波羅蜜
如佛精進波羅蜜　願我不久亦當然
大悲最勝兩足尊　已具禪定波羅蜜
如佛禪定波羅蜜　願我不久亦當然
大悲最勝兩足尊　已具智慧波羅蜜
如佛智慧波羅蜜　願我不久亦當然

大悲最勝兩足尊　已具法身波羅蜜
如佛法身波羅蜜　願我不久亦當然
大悲最勝兩足尊　已具無邊清淨色
如佛已具清淨色　願我不久亦當然
大悲最勝兩足尊　已具無邊清淨意
如佛已具清淨意　願我不久亦當然
大悲最勝兩足尊　已具無邊勝功德
如佛已具勝功德　願我不久亦當然
大悲最勝兩足尊　已具無邊諸色相
如佛已具諸色相　願我不久亦當然
大悲最勝兩足尊　已具無邊聲清淨
如佛已具聲清淨　願我不久亦當然
大悲最勝兩足尊　已具無邊大神變
如佛已具大神變　願我不久亦當然
大悲最勝兩足尊　爲化衆生處三有
如佛化彼衆生類　願我不久亦當然
大悲最勝兩足尊　已度無邊生死行
如佛已度生死行　願我不久亦當然
大悲最勝兩足尊　已度無邊貪欲行
如佛度於貪欲行　願我不久亦當然
大悲最勝兩足尊　已度無邊瞋恚行
如佛度於瞋恚行　願我不久亦當然
大悲最勝兩足尊　已度無量愚癡行
如佛度於愚癡行　願我不久亦當然
大悲最勝兩足尊　已度無量貪瞋行
如佛度於貪瞋行　願我不久亦當然
大悲最勝兩足尊　已度無量瞋癡行
如佛度於瞋癡行　願我不久亦當然
大悲最勝兩足尊　已度無量貪瞋癡行
如佛度於貪癡行　願我不久亦當然

大悲最勝兩足尊　已度無邊等分行
如佛度於等分行　願我不久亦當然
導師已度於貪欲　普能饒益諸世間
如佛饒益諸世間　願我亦成如是智
導師已度於瞋恚　普能饒益諸世間
如佛饒益諸世間　願我亦成如是智
導師度於愚癡行　普能饒益諸世間
如佛饒益諸世間　願我亦成如是智
導師已度貪瞋行　普能饒益諸世間
如佛饒益諸世間　願我亦成如是智
導師已度瞋恚行　普能饒益諸世間
如佛饒益諸世間　願我亦成如是智
導師已度貪癡行　普能饒益於世間
如佛饒益諸世間　願我亦成如是智
導師已度等分行　普能饒益諸世間

如佛饒益諸世間　願我亦成如是智
如來具足殊勝智　調伏一切諸天衆
我亦願成如是智　得爲調御天人師
如來具足殊勝智　調伏一切諸龍衆
我亦願成如是智　得爲調御天人師
如來具足殊勝智　調伏一切夜叉衆
我亦願成如是智　得爲調御天人師
如來具足殊勝智　調伏一切乾闥婆
乃至無量鳩槃茶　所有若干諸眷屬
我亦願成如是智　得爲調御天人師
如來具足殊勝智　了知諸法眞實義
我亦願成如是智　於彼眞實得無疑
如來善了苦無邊　利益一切羣生類
我亦願成如是智　於彼苦盡得無疑
如來善了因盡邊　利益一切羣生類

我亦願成如是智 於彼因盡得無疑
如來具足殊勝智 了達世間之所行
我亦願成如是智 於世間行得無疑
如來具足殊勝智 了達世間處非處
我亦願成如是智 利益一切諸世間
如來具足殊勝智 了達世間諸業果
我亦願成如是智 利益一切諸世間
如來具足殊勝智 了達世間種種性
我亦願成如是智 利益一切諸世間
如來具足殊勝智 了達一切諸趣行
我亦願成如是智 利益無量諸世間
如來具足殊勝智 了達世間諸勝解
我亦願成如是智 利益一切諸世間
如來具足殊勝智 了達一切諸根性
我亦願成如是智 利益一切諸世間

如來具足殊勝智 了達靜慮之所行
我亦願成如是智 利益一切諸世間
如來具足殊勝智 了達解脫之所行
我亦願成如是智 利益一切諸世間
如來具足殊勝智 了達等分之所行
我亦願成如是智 利益一切諸世間
如來具足殊勝智 了達等至之所行
我亦願成如是智 利益一切諸世間
如來善了於生死 流轉皆因煩惱生
我亦願成如是智 利益一切諸世間
如來一切皆了知 利益世間無與等
我亦願成如是智 利益一切諸世間
如來善住於等持 發起殊勝方便智
我亦願成如是智 利益一切諸世間
如來具足殊勝智 了達無邊宿住行

我亦願成如是智　利益一切諸世間
如來具足殊勝智　了達生死無有邊
我亦願成如是智　利益一切諸世間
如來具足殊勝智　了達一切煩惱盡
我亦願成如是智　利益一切諸世間
如來具足殊勝智　成就無上正等覺
我亦願成如是智　利益一切諸世間
如來具足殊勝智　離諸煩惱并習氣
我亦願成如是智　利益一切諸世間
如來具足殊勝智　了知欲染障菩提
我亦願成如是智　利益一切諸世間
如來具足殊勝智　了知出離生死法
願我亦成如是智　利益一切諸世間
如來善了於法義　覺悟無量諸衆生
我亦願成如是智　利益一切諸世間
如來善了於法性　如幻如夢如陽焰
我亦願成如是智　利益一切諸世間
如來善了於世間　一切文字并言說
我亦願成如是智　利益一切諸世間
如來具足勝辯才　開示甚深微妙法
我亦願成如是智　利益一切諸世間
如來善調身語意　一切皆隨智慧行
我亦願成如是智　利益一切諸世間
如來善了於三世　無取無著無罣礙
我亦願成如是智　利益一切諸世間
如來善修戒定慧　於彼一切無退轉
我亦願成如是智　得爲三界大悲尊
如來善修於解脫　解脫知見無退轉
我亦願成如是智　得爲三界大悲尊
如來善修於正觀　天人世間無等倫

我亦願成如是智　得爲三界大悲尊
如來具足殊勝智　於諸世法無所染
我亦願成如是智　得爲三界大悲尊
如來善了於世間　種種諸趣皆明見
我亦願成如是智　於彼諸趣得無疑
如來善了盡生邊　是故於彼無迷惑
我亦願成如是智　於盡生性得無疑
如來善了寂靜邊　是故於彼無迷惑
我亦願成如是智　於彼寂靜得無疑
如來善了流轉邊　是故於彼無疑惑
我亦願成如是智　於彼流轉得無疑
如來善了前後際　是故具足無師智
我亦願成如是智　於前後際得無疑
如來善了轉生邊　是故具足無師智
我亦願成如是智　於彼生轉得無疑
如來善了前後際　於眼斷常無所執
我亦願成如是智　於前後際得無疑
如來善了盡生邊　於眼斷常無所執
我亦願成如是智　於盡生性得無疑
若人不了前後際　彼則於貪生取著
如來於彼能證知　是故於貪無所染
若人不了有無邊　彼則於貪生取著
如來於彼能證知　是故於貪無所染
若人不了盡無盡　彼則於貪生取著
如來於彼能證知　是故於貪無所染
若人不了轉無轉　彼則於貪生取著
如來於彼能證知　是故於貪無所染
瞋癡忿覆幷嫉誑　諂曲貢高與慢憍
布施持戒將忍辱　禪定智慧皆如是

爾時世尊知月光童子深心所念熈怡微笑

放金色光其光普照無量無邊諸佛國土於彼國界作利益已遶佛三帀還從如來頂上而入是時彌勒菩薩即從座起偏袒右肩右膝著地頂禮佛足合掌恭敬以諸偈讚而問佛言

雲雷師子吼　迦陵頻伽聲　出大法鼓音
何緣現微笑　殊勝百千日　清淨妙音聲
功德甚希有　何緣現此光　施戒忍精進
定慧等莊嚴　一切皆圓滿　何緣現此光
如來柔輭音　常遠離麤語　善療衆生病
何緣現此光　大悲兩足尊　知眼常空寂
以清淨梵音　爲衆生演說　耳鼻舌身心
乃至聲名等　并諸集滅道　智忍亦如是
大悲兩足尊　知眼盡生際　寂靜及流轉
一切皆空寂　耳鼻舌身心　色聲香味觸
乃至聲名等　一切皆如是　又說因緣法
遠離於斷常　非自非他作　衆緣之所生
或以種種門　開示於苦本　或以種種義
稱讚佛光明　以無量言詞　演說寂滅法
無人無壽者　無我無衆生　過去無量佛
亦以不思議　百千諸偈頌　演說如是法
如來所演說　眞實功德法　無說無說者
所說法亦無　佛說最勝法　覺悟於羣生
諸天及夜叉　聞者皆能了　一切阿脩羅
意樂已清淨　無量諸人衆　疑網悉皆除
了知貪自性　滅壞瞋與癡　愛慢及無明
諂嫉并戲論　乃至苦蘊等　一切皆捨離
如是諸句義　究竟悉清淨　如來於一法
通達種種名　其數百千萬　乃至不思議
於無量佛所　善學如是法　而於一法中

演說無窮盡 如來善了達 種種諸法門
亦能分別知 名句上中下 修學於一切
種種異言詞 善巧而宣說 微妙第一義
如是清淨音 因緣和合起 亦不依喉舌
乃至於身心 其地六種動 十方衆咸集
合掌瞻仰佛 願爲除衆疑 如來善了知
眼盡生邊際 自性常空寂 無去亦無來
無住無處所 深入於實際 佛眼無障礙
是故我今問 如來善了知 眼性前後際
盡無盡流轉 自性常空寂 開示諸法義
令世間歡喜 牟尼美妙音 何緣現微笑
佛知前後際 眼性常空寂 離分別言詞
何緣現微笑 佛知眼無量 種種言宣說
本性常空寂 何緣現微笑 佛知盡生邊
眼性常空寂 捨離諸煩惱 證佛菩提智

具足勝名聞 何緣現微笑 如來久修學
演說不思議 了達眼性空 離垢常清淨
無量諸心行 一念皆了知 光明照世間
爲是何瑞相 大仙等正覺 最勝兩足尊
煩惱悉已除 其心常寂靜 如來殊勝智
深達眼盡邊 復以何因緣 而今現微笑
耳鼻舌身心 六塵并四大 乃至聲名等
一切皆如是 佛知眼無我 亦達耳無常
及了鼻性空 何緣現微笑 佛知舌無我
亦達身無常 及了心性空 何緣現微笑
佛知色無我 亦達聲無常 及了香性空
何緣現微笑 佛知味無我 亦達觸無常
及了法性空 何緣現微笑 佛知地無我
亦達水無常 及了火性空 何緣現微笑
佛知風無我 亦達性無常 及了事性空

何縁現微笑　知世間無我　亦達苦無常
及了蘊性空　何縁現微笑　佛知界無我
亦達世無常　及了生性空　何縁現微笑
佛知聲無我　亦達名無常　及了道性空
何縁現微笑　佛知智無我　了寂靜無常
及衆生性空　何縁現微笑　佛知性無性
亦知我非我　及了意樂空　何縁現微笑
觀生死無我　亦達常無常　及了涅槃空
何縁現微笑　如來心解脱　名聞滿三界
帝釋與人王　龍神咸供養　如來善了知
眼盡生邊際　乃至於寂靜　何縁現微笑
無量諸佛子　俱集於衆會　從佛口所生
從法變化生　皆來佛前住　合掌而尊重
爲於彼衆故　問此光因縁　如來善了知
眼性空無我　超過於一切　在家修學者
佛以平等智　了法無差别　如來意樂知
非是神通見　佛知眼無我　性空無去來
清淨智無邊　何縁現微笑

大寶積經卷第三十一

音釋

珍玩 珍知隣切寶也玩五換切觀玩也　蒔 時吏切種也植立也　耽著 耽都含切樂也著直畧切附也黏也　捶打 捶主蘂切打音頂以杖擊也　灸療 灸居又切療力吊切灸療謂灼體療治也　諂誑 諂丑琰切諛也佞言曰諂誑古況切欺也　矯詐 矯舉夭切妄也詐側嫁切偽也　阿蘭若 梵語也此云閑靜處若爾者切　熈怡 熈虛其切喜也又和樂貌怡盈之切悦樂也

大寶積經卷第三十二

唐三藏法師菩提流志奉　詔譯

出現光明會第十一之三

如來已盡於生際　大悲普覆諸世間
法王最勝人中尊　願說何緣現微笑
無量無邊大菩薩　并餘威德諸天衆
悉於空中持妙蓋　而此大地皆震動
誰於往昔如來所　長夜修行諸善法
平等悅意大悲尊　願說何緣現微笑
誰於往昔供諸佛　得聞此法生歡喜
導師最勝人中尊　願說何緣現微笑
世尊音聲悅衆意　猶如鴈王聲美妙
自然無量音和雅　願說何故放斯光
無量俱胝諷誦言　勸讚悅可相應語
拘枳羅聲殊勝類　願說何故放斯光
雷鼓深遠說法聲　普聞無邊千億界
慈心麤言或輭語　何故現斯金色光
了生無生盡無盡　知眼性離無來去
爲世照明甘露法　何故現斯金色光
知眼起作常空寂　無去無來無住處
猶如陽焰水泡沫　示現微笑何因緣
如是耳鼻舌身意　色聲香味并觸法
乃至音聲及名等　當知一切亦復然
金剛常身不壞身　具足百千殊勝相
體無機關而運動　願說微笑何因緣
髀膊牖滿足跟長　腹相不現如師子
臍深妙好腰圓滿　願說微笑何因緣
金色淨身離塵垢　一一衆毛紺青色
右旋上靡香芬馥　願說微笑何因緣
妙身圓滿常安住　猶如尼拘陀樹王

一切功德以莊嚴　音聲恱衆令欣樂
脩臂牖圓肩妙好　項約圓滿螺文現
遊步無邊百千刹　示諸衆生邪正道
齒白無垢如珂雪　舌相廣長周覆面
師子頬輔鼻脩直　皆從方便淨心生
優鉢羅香從口出　栴檀香氣遍於身
已於往昔廣修慈　清淨意樂常相續
如來足下善安平　隨所履地無窊曲
猶如師子象王步　超過一切諸世間
千輻輪相妙端嚴　殊勝光文常炳著
所行善利諸羣品　見者皆生淨信心
一指能出百千光　普照無邊諸佛刹
往昔勤修衆善行　獲此種種相莊嚴
成就色身無等倫　面相端嚴最殊勝
神變利益諸世間　願說何縁現微笑

䠣牖平正如鹿王　身不低屈猶師子
出興為世作燈明　願說何縁現微笑
馬王隱相無塵染　掌中平滿手過膝
希有最勝人師子　願說微笑何因縁
從身出現無邊光　妙色寂靜而恒照
其心清淨常相續　演說無邊諸契經
非彼安住斷常人　所能淨修如是法
若能捨離諸邊見　速成如來清淨身
天鼓雲雷聲遠震　迦蘭陀鴻響清徹
天樂音聲千萬種　願說何故現斯光
導師一音演說法　令諸毀戒斷相續
如來所說妙言音　皆是甚深希有法
牛王眉間白毫相　遍至百千諸佛刹
妙眼猶如紺青色　頂相空天無能見
齒白齊密具四十　猶如清淨頗胝寶

皆從無量善業生　願說何緣現微笑
如來圓滿功德身　成就無邊微妙色
出現希有淨光明　願說何緣現微笑
大悲最勝兩足尊　了達衆生心志樂
已得無礙妙辯才　願說何緣現微笑
如來已到於彼岸　具足三明及六通
示現無邊清淨光　願說何緣現微笑
佛於往昔無量劫　供養百千諸世尊
如是因果不敗亡　願說何緣現微笑
佛於往昔無量劫　安住微妙諸等持
知眼生邊及盡邊　願說何緣現微笑
過去未來現在世　導師於彼悉能了
淨智無礙不思議　願說何緣現微笑

爾時世尊於大衆中以金色手摩月光頂而說偈言

童子諦聽　吾今付汝　此菩提法　出現光經
於後惡世　法欲滅時　當爲衆生　開示演說
我以佛眼　見未來世　於是微妙　甚深經典
若樂不樂　皆悉了知　若有衆生　志求佛道
常念諸佛　當授此經　若壞淨信　樂於憒閙
長夜惛睡　不樂斯經　於我法中　雖得出家
於涅槃法　不生欣樂　如是癡人　虛食信施
聞有爲法　多諸過患　猶著世間　不生驚怖
如是癡人　智者呵責　雖服法衣　而無智慧
牟尼所說　眞實之言　無智若聞　不能信受
如是愚人　勿與同止　若有得聞　此殊勝法
不生歡喜　愛樂之心　如是等人　我所呵責
雖得人身　則爲空過　若有得聞　此甚深法
能生歡喜　愛樂之心　是人已曾　值遇諸佛
決定當得　無上菩提　若人愚癡　惡見所害

斷於慧命　遠離菩提　是故應當　捨惡知識
親近恭敬　明慧之人　一切世間　無量過患
衆生常没　三惡趣中　皆從癡惑　因緣所起
隨惑流轉　不得自在　棄捨正法　行於非法
是故當離　愚小之人　猶如御者　自折其軸
既作惡業　生地獄中　口出惡言　恒自傷害
如持利斧　自伐其身　不知諸法　因緣所造
隨業受報　無能救者　親近世仙　以爲善友
而便自謂　修習於空　已證無爲　生斷滅見
如身器破　心亦隨滅　多所樂説　綺飾言辭
於此味著　終無義利　雖爲毒蛇　之所螫害
終不令人　墮於惡趣　愚者説法　壞人善根
令無量衆　墮於地獄　汝等大衆　應當觀察
如是童子　令在我前　往昔已曾　供養無量
恒河沙數　諸佛世尊　堅固修行　求無上智

心不依止　一切諸有　知眼生邊　畢竟清淨
離諸戲論　無所染著　爲欲利益　無量衆生
演説無上　現光經典　愚人不能　修學是法
於修行者　見其過失　是故應捨　愚癡之人
不應親近　修學是法　愚癡之人　樂於諍論
不能勤修　無諍論行　彼諸人等　無如理心
是故不應　恭敬稱讚　愚癡之人　懈怠懶惰
常行不善　身語意業　無有淨戒　智慧多聞
常思欲境　樂於憒閙　汝等應觀　如是愚人
種族及身　皆悉鄙惡　瞋恚狠戾　形貌醜陋
設生善處　身常下劣　執著我相　迷於真理
無有智慧　分別語言　聞性空法　不生愛樂
如來世尊　久已遠離　一切世間　語言戲論
凡夫於此　深生染著　盡其壽命　不能了知
雖讚持戒　不修梵行　口説於法　身行非法

自說是律　常行非律　佛教弟子　著壞色衣
破戒之人　而披此服　增長憍慢　放逸之心
所食信施　如吞猛火　旣捨居家　無五欲樂
又於佛法　無勝妙樂　樂於雜行　不離二邊
所有意樂　皆不清淨　如是愚人　處在大衆
猶如野干　入師子羣　雖說如是　寂靜之法
不能了知　眞實空義　爲衆稱讚　生貢高心
不念大師　慙愧謙下　受不淨物　如得摩尼
歡喜執持　心無暫捨　是輩下劣　雖復出家
守護威儀　執持衣鉢　但有形像　無實智慧
雖復剃髮　不捨惡心　墮於倒見　非沙門法
退失寂靜　涅槃之道　亦無沙門　所證之果
無明煩惱　不滅微塵　遊行聚落　自稱寂靜
愚人無智　不知正趣　心所樂欲　皆爲不善
因利養故　住阿蘭若　不爲修習　涅槃之因
惛沉喜睡　但念安身　常樂修行　如是等事
雖住蘭若　經歷多年　以倒見故　失涅槃道
終不能得　沙門道果　毀破正見　違犯禁戒
愛好衣服　莊嚴其身　於諸欲樂　常生愛染
若入城邑　現憍慢相　放縱身業　不住威儀
或入城邑　遊行自說　彼阿蘭若　山窟之中
汝等當知　是我所住　徐行低視　進止安庠
發言詭異　現羅漢相　令白衣衆　咸相謂言
蘭若比丘　是眞聖者　或復在彼　阿蘭若處
見有人來　即便指示　我於是處　晝夜經行
或施輭草　宴坐之所　或入聚落　詣白衣家
詐現慇懃　問訊安隱　說於世俗　王賊之事
或以染心　於女人前　種種方便　自讚其德
我能爲世　作大福田　我捨王位　出家修道
宮人婇女　皆悉生天　彼人聞巳　益加恭敬

衣服飲食　種種供養　大德哀愍　數來我所
貪著美味　不知過患　爲魔得便　如龜墮網
於蘭若衆　矜高利養　輕毀誹謗　精進比丘
心迷名利　轉生貪著　爲活命故　常行欺誑
增長身語　不善之業　若有施主　淨心供養
由懈怠故　損減其福　如是愚人　常生惡欲
於此空法　無順忍心
若於我法中　能離如是過　勤修不放逸
得此法非難　於利與非利　稱譏苦樂等
世法不能動　得此法非難　觀身不淨想
諸蘊瘡疣想　受食塗瘡想　得此法非難
雖受好衣服　亦不生憍慢　爲遮慙恥故
得此法非難　不矜恃色力　於食無貪著
爲存壽命故　得此法非難　了知諸有空
於欲無取捨　常修空寂行　得此法非難
去一由旬山　獨坐修禪定　觀有爲無我
得此法非難　觀眼盡生邊　及眼流轉相
勤修眼淨道　得此法非難　耳鼻舌身心
色聲香味觸　乃至音聲名　一切皆如是
如是未來世　無量諸比丘　精勤懈怠者
一切皆應了　彼遇善惡友　修習不修習
生信及不信　一切皆應了　彼遇善惡友
於諸根盡道　修習不修習　一切皆應了
若愛樂菩提　或一二三月　後時還退失
一切皆應了　若人聞此法　能生愛樂心
設令時退失　還得於淨信　若人聞此法
不能離放逸　便生是念言　此經非佛說
若人聞此法　爲魔所攝持　初雖起信心
後則還棄捨　於法無欣樂　虛誑求名利
遊行於聚落　讚說陀羅尼　三昧總持光

彼實不能了　纏縛於五欲　貪求諸世業
以分別言說　誹謗修空者　無有念慧心
盡壽爲空過　愚人捨空法　是則爲破戒
當墮阿鼻獄　終不得生天　若於一刹那
造立於千塔　不如聞是經　受持四句偈
以百千華鬘　供養於佛塔　不如聞是經
思惟四句偈　若人造寶塔　其數如恒沙
不如刹那頃　思惟於此經　於百億佛刹
散華以供養　不如刹那頃　思惟於此經
袈裟百萬億　奉施於諸佛　不如刹那頃
思惟於此經　佛眼勝清淨　無所不知見
若愛樂此經　當得如來眼　過去無數劫
有佛名然燈　我爲摩納仙　持華來供養
便記我成佛　號釋迦牟尼　當坐於道場
演說此經典　汝時爲童子　聞我得受記

歡喜生淨心　合掌而發願　若摩納成佛
我當助宣化　乃至滅度後　護持於法藏
如彼然燈佛　所說現光經　摩納與童子
爾時俱聽受　我曾於往昔　以優鉢羅華
供養於彼佛　汝時在此會　即發如是願
於我末法中　受持此經典　廣宣說流布
若有聞是法　心不生瞋恚　能受持讀誦
是名善丈夫　汝當於後世　持此難聞法
廣爲諸衆生　分別其義趣　我亦於過去
正法欲滅時　持此現光經　廣爲衆生說
愚人不勤修　於此生誹謗　我雖聞此言
亦不生瞋恚　我常修忍力　饒益諸世間
由忍力成就　相好莊嚴身　童子汝當觀
佛身妙圓滿　金色最清淨　皆從忍力生
我足指按地　震動無邊刹　衆生不顛墜

皆從忍力生　我從一毛孔　出百千光明
清淨照一切　皆由勝忍力　羅刹甚可畏
吸人精氣者　常慈心敬我　皆由勝忍力
我所有眷屬　善能調伏心　尊重於如來
皆由勝忍力　百千諸音樂　遍於大衆中
稱讚佛功德　皆由勝忍力　百千諸龍王
瞋毒甚可畏　見佛生歡喜　皆由勝忍力
羅刹夜叉等　持百千華鬘　悉來供養我
皆由勝忍力　無量百千刹　現在諸如來
稱讚我功德　皆由勝忍力　八千鳩槃茶
及阿吒嚩迦　散華供養我　皆由勝忍力
六十百俱胝　諸夜叉王等　悉來供養我
皆由勝忍力　復有千龍王　摩那婆伽等
赤眞珠奉我　皆由勝忍力　百千兜牟盧
及與尸棄毗　音樂供養我　皆由勝忍力

百千鳩槃茶　毗盧釋迦等　香華供養我
皆由勝忍力　持大地龍王　示現於半身
合掌恭敬我　皆由勝忍力　有百千俱胝
無身羅怙等　淨心供養我　皆由勝忍力
童子汝當觀　如來光所照　離苦得安樂
皆由勝忍力　百千三暮多　風天遍虛空
雨香供養我　皆由勝忍力　百千諸天衆
散天華供養　悉捨諸愛著　親近於如來
汝觀佛神通　所說施戒聲　周聞於一切
皆由勝忍力　演說蘊界聲　及四諦音聲
周聞於一切　皆由勝忍力　由我神通力
聞空中演說　眼盡邊寂靜　生邊亦復然
由我神通力　聞空中演說　眼從因緣生
無來亦無去　由我神通力　聞空中演說
眼觀察寂靜　諸佛由是生　由我神通力

聞空中演說　眼盡邊寂靜　諸佛由是生
由我神通力　聞空中演說　眼邊際寂靜
諸佛由是生　由我神通力　聞空中演說
眼生邊寂靜　諸佛由是生　由我神通力
聞空中演說　眼流轉寂靜　諸佛由是生
由我神通力　聞空中演說　眼無生寂靜
諸佛由是生　由我神通力　聞空中演說
眼寂滅寂靜　諸佛由是生　耳鼻舌身心
色聲香味觸　乃至音聲名　一切皆如是
貪癡瞋忿覆　嫉妬及諂誑　貢高憍慢等
廣說亦復然

爾時月光童子聞說如是最勝之法歡喜合掌而白佛言世尊我於明日欲請如來并諸大衆惟願哀愍而受我食爾時世尊知彼童子意樂清淨亦知饒益無量衆生起大慈心默然受請是時童子即從座起頂禮佛足右遶三帀歡喜還家與其眷屬及諸天龍夜叉羅刹鳩槃茶等皆共嚴飾王舍大城於四衢道張施綵幔其幔高廣普覆一切金繩交絡珠瓔垂布師子旛帶金華鉤鬘百千萬種而校飾之復有寶華其色殊特叢廁錯糅以爲華鬘瞻蔔迦華鬘目眞鄰陀華鬘如是種種無量無數於寶帳間周帀垂下普遍大會一切莊嚴又於其下敷諸牀座燒衆寶香畢力迦香都摩遮香栴檀鬱金清淨悅意如是種種和合妙香而爲供養復以香水遍灑街道雜華覆地處處充滿爾時諸天童女阿修羅女摩睺羅女其數無量心生歡喜爲欲成就菩提因故俱來嚴飾最勝大城月光童子知是城中普遍嚴淨食時已到前白佛言願爲

利益諸衆生故入是大城爾時如來與其大衆前入城門當下足時城中大地普皆震動周遍十方百千億刹悉亦震動於是時中盲者能視苦者得樂聾者能聽色下劣者得妙好色無財物者而得財物無子得子無衣得衣無金寶者得諸金寶無親屬者得諸親屬若乏一切嚴身具者普皆令得嚴身之具復有諸鳥拘枳羅鳥鸚鵡孔雀舍利迦羅是諸衆鳥見如來已生歡喜心出勝妙音聞是音者能令意悅如來復以神通之力化作無量瞻蔔迦樹百千衆生持彼淨華并餘妙香散佛供養復有百千阿脩羅女摩醯首羅持赤眞珠及栴檀末於如來上歡喜奉散阿脩羅衆及餘諸天執持寶蓋皆是黃金白銀之所校飾於虛空中覆如來上世尊復以神變之力化作無量栴檀香樹百千金剛樹寶器衣服如是等樹無量無邊珍寶莊嚴華葉繁茂一切衆生福德之果而共成熟微風吹動最勝妙香流溢普遍無量佛土百千衆生俱持散佛如是無量情與非情皆是如來神通道力之所變化若有希求以神變故隨彼意樂悉令充足佛入城時一切大衆於虛空中聞殊妙聲其聲演暢不可思議亦復不知彼從何出以百千頌宣說諸法

爾時世尊方入城　空中有聲如是說
了貪盡邊常空寂　證其實性得菩提
爾時世尊方入城　空中有聲如是說
了貪生邊常空寂　證其實性得菩提
爾時世尊方入城　空中有聲如是說
了貪邊際常空寂　證其實性得菩提

爾時世尊方入城　空中有聲如是說
了貪寂靜常空寂　證其實性得菩提
爾時世尊方入城　空中有聲如是說
了貪流轉常空寂　證其實性得菩提
爾時世尊方入城　空中有聲如是說
了貪無有常空寂　證其實性得菩提
爾時世尊方入城　空中有聲如是說
了貪無生常空寂　證其實性得菩提
爾時世尊方入城　空中有聲如是說
了貪寂滅常空寂　證其實性得菩提
瞋癡忿覆并嫉誑　諂曲貢高憍慢憂
苦集滅道及有情　童男童女并婦女
丈夫養育兼六根　六塵四大性事物
世間苦蘊界世生　音聲名等亦如是
法王演說微妙音　一切衆生悉歡喜
諸天世人共聞已　樂欲住於如來乘
爾時世尊方入城　空中有聲如是說
佛於施力深愛樂　由施力故證菩提
爾時世尊方入城　空中有聲如是說
佛於淨戒深愛樂　由淨戒力證菩提
爾時世尊方入城　空中有聲如是說
佛於忍辱深愛樂　由忍辱力證菩提
爾時世尊方入城　空中有聲如是說
佛於精進深愛樂　由精進力證菩提
爾時世尊方入城　空中有聲如是說
佛於禪定深愛樂　由禪定力證菩提
爾時世尊方入城　空中有聲如是說
佛於智慧深愛樂　由智慧力證菩提
神通福德智住力　方便色力名稱力
業因緣力淨信聞　施相應力寂靜力

調伏實際諦善力　所畏歡喜利愛樂
慈悲喜捨忍無惱　空無相等亦如是
十力聖主天中尊　功德名聞無等量
當入勝城初下足　廣爲饒益諸衆生
昔於三有修淨業　增長諸天衆善行
一切世間普宗仰　聞我此説咸歡喜
如來入城當下足　城邑大地皆震動
咸覩世尊清淨光　靡不渴仰生欣躍
世尊入城廣饒益　人天大衆心歡喜
地及空行三有中　皆歎如來善安樂
世尊足輪初按地　淨光普照未曾有
善馬城中出妙聲　衆鳥於空亦歡喜
復有清淨女人衆　手足環釧及瓔鬘
如是種種寶莊嚴　不擊自生微妙響
各各互來相慶美　同聲共歎勝吉祥

聾盲殘缺得諸根　皆是如來殊勝果
世尊入城咸慶悦　天人散華以供養
普遍空中出妙聲　無量諸天大歡喜
復有失念諸衆生　狂亂已除相慶慰
女人懷妊生憂懼　蒙光離苦得安樂
或有慙愧諸男女　爲説離於垢染法
皆生歡喜清淨心　頂禮最勝牟尼足
或求如來無上道　或求菩薩聲聞乘
猶入最勝栴檀城　瞻仰尊容自欣慶
佛慧善了於他行　隨順世間作饒益
殊勝法財與菩薩　上妙珍寶施衆生
世尊當入城　空中如是説　若愛眼盡邊
於佛能尊重　世尊當入城　空中如是説
若愛眼盡邊　於佛生淨信　若愛眼盡邊
得佛不壞信　於淨信相續　由觀眼盡邊

若愛眼盡邊　得法不壞信　於淨信相續
由觀眼盡邊　若愛眼盡邊　得僧不壞信
於淨信相續　由觀眼盡邊　若愛眼盡邊
得戒無取著　於淨戒相續　由觀眼盡邊
若愛眼盡邊　離惡趣貪欲　捨離貪相續
由觀眼盡邊　若愛眼盡邊　離惡趣瞋恚
捨離瞋相續　由觀眼盡邊　若愛眼盡邊
離惡趣愚癡　捨離癡相續　由觀眼盡邊
若愛眼盡邊　則住菩提智　菩提智相續
由觀眼盡邊　乃至眼生邊　邊際及流轉
寂靜并無有　無生將寂滅　如是等諸門
皆同眼盡說　若愛眼盡邊　彼常無疑惑
以無疑惑故　即得佛神通　若愛眼生邊
彼常無疑惑　以無疑惑故　即得佛神通
若愛眼邊際　彼常無疑惑　以無疑惑故
即得佛神通　若愛眼流轉　彼常無疑惑
以無疑惑故　即得佛神通　若愛眼寂靜
彼常無疑惑　以無疑惑故　即得佛神通
若愛眼無生　彼常無疑惑　以無疑惑故
即得佛神通　若愛眼無有　彼常無疑惑
以無疑惑故　即得佛神通　若愛眼寂滅
彼常無疑惑　以無疑惑故　即得佛神通
耳鼻舌身心　色聲香味觸　乃至音聲名
一切皆如是　知眼生無邊　發起無邊智
以智無邊故　說此法亦然　知眼盡無邊
於眼無障礙　以無障礙故　得佛無礙智
耳鼻舌身心　色聲香味觸　乃至音聲名
一切皆如是　世尊入城時　百千衆生類
聞空聲說法　於佛德無疑　或雖起貪欲
於佛智不壞　或有起貪欲　退失佛功德

或雖起貪欲　而求無上智　勤修不共法
不樂聲聞乘　愚人修習禪　樂於禪定樂
便起增上慢　謂得沙門果　愚人修習禪
無眼盡邊智　設於百千劫　彼終無解脫
一切愛生者　於中皆染著　若了生性空
所見常清淨　若復修四禪　無眼盡邊智
設經百千劫　於禪不清淨　若證於等引
無證盡邊智　不知證盡故　常行於證漏
若執著於想　無想盡邊智　不知想盡故
常行於想漏　若樂著世間　無世盡邊智
不知世盡故　常行於世漏　若住有漏心
無心盡邊智　不知心盡故　常行於心漏
若住有漏法　無法盡邊智　不知法盡故
常行於法漏　若具頭陀法　無眼盡邊智
不知眼盡故　非實頭陀者　雖著壞色衣
無眼盡邊智　不知眼盡故　非實應法服
雖生貴族家　無眼盡邊智　不知眼盡故
彼非家清淨　雖多畜眷屬　無眼盡邊智
速墮惡趣中　眷屬無能救　雖善聲明論
無眼盡邊智　不知眼盡故　非達聲明者
雖善諸工巧　無眼盡邊智　不知眼盡故
彼非工巧者　雖於多問難　一字廣分別
無眼盡邊智　彼非隨義說　雖學智者說
不知容非容　無眼盡邊智　於法無所得
雖了種種言　世論及諸法　無眼盡邊智
如墜險攀藤　雖善於聲明　推步吉凶相
及文字音韻　讀誦皆窮了　不知眼盡邊
彼等終無智　雖明女人相　邪語令迷惑
按摩蠲勞法　祕密之幻術　不知眼盡邊
彼等終無智　雖演說百宗　一字無遺失

不知眼盡邊　所說終無義　如是眼生邊
邊際與流轉　乃至於寂滅　當知亦復然
耳鼻舌身心　色聲香味觸　乃至音聲名
一切皆如是　雖讀誦聲論　而悉了其義
不知眼盡邊　彼終爲下劣　雖誦四韋陀
及呪皆通利　不知眼盡邊　彼終爲下劣
如是眼生邊　邊際與流轉　乃至於寂靜
當知亦復然　耳鼻舌身心　色聲香味觸
乃至音聲名　一切皆如是

大寶積經卷第三十二

音釋

俱胝梵語也此云百億胝張尼切
拘枳羅梵語也此云好聲鳥枳音止
䏶膞䏶部禮切股也膞市兗切腓腸也
臃丑容切均也圓直也
臍音齊肚臍也
紺古暗切含也謂青而含赤色也
靡毋鄙切偃也又順也
芬馥芬數文切馥房六切芬馥謂花草芬芳香氣馥郁也
頰吉協切面旁也又輔頰也
窊烏瓜切不滿貌
踹市兗切膞同
頗胝梵語具云塞頗胝迦亦云頗梨此云水精頗普禾切胝張尼切
憒閙憒古對切閙女教切憒閙謂心亂煩閙也
軸音逐車轂也
斧音府斧斤也
螫施隻切蟲行毒也
很戾很下懇切不聽從也戾郎計切乖也違也
矜居陵切驕矜自負也
瘡疣瘡初莊切瘡也疣音尤贅也
鬘莫班切
吸迄及切口吸也
羅怙梵語具云羅怙羅亦云羅睺羅此云覆障能障日月之明也怙侯古切
幔莫半切幕也帷也
校飾校音教正作鉸裝鉸也飾音式粧飾也
叢廁叢徂紅切廁初吏切雜也
錯糅錯七各切間錯也糅女救切雜糅也
瞻蔔梵語也此云黃花生西域海岸瞻音占蔔步墨切
鸚鵡鸚么莖切鵡罔甫切鸚鵡能言鳥也
摩醯首羅梵語也此云大自在醯馨夷切
環釧環音還鐶也圓成無端者爲鐶釧樞絹切臂鐶也
懷妊妊如鴆切懷孕也
攀藤攀披班切手攀引也藤徒登切藟也草蔓莚如藟者爲藤

大寶積經卷第三十三

唐三藏法師菩提流志奉　詔譯

出現光明會第十一之四

世尊入城時　無量諸衆生　聞空中所說
得眼盡邊智　世尊入城時　無量諸衆生
聞空中所說　了知眼自性　畢竟空無我
皆獲眼清淨　耳鼻舌身心　色聲香味觸
乃至音聲名　一切皆如是　貪瞋癡忿慢
慳嫉誑貢高　乃至於放逸　當知亦復然
世尊入城時　無量衆生類　於上虛空中
聞佛種種名　或聞滅壞貪　無有等比名
或聞滅壞瞋　利益世間名　或聞了愚癡
摧伏憍慢名　或聞示世間　寂靜導師名
或聞現智慧　利益世間名　或聞現方便
饒益衆生名　或聞降伏魔　無有懟恨名
或聞以教法　示現解脫名　或聞廣度脫
諸苦衆生名　或聞人中尊　運濟世間名
聞是諸名已　皆得眼清淨　虛空及海水
乃至於須彌　一切皆可量　佛智無窮盡
若於眼盡得決定　成就法身不爲難
若能成就勝法身　當獲無邊總持智
若獲無邊總持智　彼悟無量諸契經
若悟無量諸契經　於佛神通不難得
若於眼生得決定　成就法身不爲難
若能成就勝法身　當獲無邊總持智
若獲無邊總持智　彼悟無量諸契經
若悟無量諸契經　於佛神通不難得
如是耳鼻舌身心　色聲香味并觸法
乃至音聲及名等　當知一切亦復然
爾時大地皆震動　大海諸山亦如是

阿脩羅衆及諸天　一切皆悉生歡喜
魔及魔軍摧諂曲　咸求成就佛莊嚴
諸天各處妙宮殿　淨心歡喜相慶言
導師今已出世間　爲利一切人天衆
地居天衆在本宮　亦以淨心相慶慰
善哉導師今出現　普爲世間安樂因
空行天衆聞是言　咸皆歡喜生淨信
以悅意聲稱歎佛　導師出現利世間
四天王衆聞是言　咸皆歡喜生淨信
以殊勝音稱歎佛　導師出現利世間
忉利天衆聞是言　咸皆歡喜生淨信
以殊勝音稱歎佛　導師出現利世間
夜魔天衆聞是言　咸皆歡喜生淨信
以殊勝音稱歎佛　導師出現利世間
我等當發菩提心　志求如來無上智
依止天人最勝尊　度脫一切衆生類
兜率天衆聞是言　咸皆歡喜生淨信
以殊勝音稱歎佛　導師出現利世間
如來往昔俱胝劫　修習無邊殊勝行
示若衆生安隱道　令超生死證涅槃
化樂天衆聞是言　咸皆歡喜生淨信
以殊勝音稱歎佛　導師出現利世間
他化天衆聞是言　咸皆歡喜生淨信
以微妙聲稱讚佛　導師出現利世間
如來已度於生死　降伏衆魔并外道
成就無上佛菩提　拯濟羣生登彼岸
諸梵天衆聞是言　咸皆歡喜生淨信
以微妙聲稱讚佛　導師出現利世間
如是展轉聲遞聞　諸梵眷屬皆欣慶
導師出現利世間　魔軍怖畏咸憂慼

上至有頂諸天衆　聞佛出現利世間
如是展轉聲遍聞　脩羅損減天增長
惡魔宮殿悉空虛　諸天眷屬皆充滿
以無畏力降邪衆　速成最勝大菩提
如是剎那天遍知　世尊出現利羣品
善哉世間開導者　以清淨眼施衆生
世尊入城時　貪欲逼惱者　聞說不淨觀
貪欲滅無餘　世尊入城時　瞋恚逼惱者
聞說慈悲法　瞋恚滅無餘　世尊入城時
愚癡逼惱者　聞說智慧法　愚癡滅無餘
世尊入城時　憍慢逼惱者　聞說離慢法
憍慢滅無餘　世尊入城時　嫉妬逼惱者
聞說離嫉法　嫉妬滅無餘　世尊入城時
忿怒逼惱者　聞說離忿法　忿怒滅無餘
世尊入城時　慳悋逼惱者　聞說離慳法
慳悋滅無餘　若修調伏行　聞此無邊法
便入多聞海　成就總持門　又聞空中說
以華供養佛　成就勝功德　大悲神變說
又聞空中說　讚歎如來身　生處及種族
言音悉殊勝　如彼衆生趣　神通隨類說
眼耳鼻舌身　若色若聲等　屈伸或俯仰
所現皆殊勝　如來超世間　而作世燈炬
示現諸色像　皆佛神通力　凡夫樂著色
爲現種種身　隨彼衆生類　說色無堅固
若人多執著　如來現神力　隨彼器非器
爲說相違法　衆生無量世　未曾供養佛
剛強難調伏　爲說於地獄　若人迷業道
依見樂戲論　世尊令彼聞　息見戲論聲
又聞空中說　眼性決定空　無來亦無去
無相無所有　又百千衆生　聞空中演說

肉眼及慧眼　乃至於法眼　世尊神變力
聞說戒定聲　智慧及解脫　解脫知見聲
衆生若干種　如應現神變　以隨類言音
演說眞實法　若有諸衆生　樂修施戒忍
神通隨類說　施戒忍辱聲　世尊神變力
隨衆生根性　皆爲廣分別　令受持演說
世尊神變力　聞說蘊界處　縛解若遠近
地位差別相　又聞說諸地　無量智光明
亦聞煩惱習　有離有非離　世尊神變力
聞說人天性　由業果不同　受生有差別
或於女人衆　化女莊嚴身　空聲說厭離
聞者除貪欲　若於舍利子　深心有淨信
大悲隨應現　爲說無上法　拘律陀迦葉
劫賓那難陀　摩訶迦葉波　及憍陳如等
隨彼所愛樂　聞說聲聞法　天及阿脩羅

及諸夜叉衆　毗婁迦眷屬　無量鳩槃茶
以佛神力聞　陀羅彌拏呪
一致徙一 畢致徙二 毉囉上 蘇上 毉囉三 汙上 囊徙四 曼去 囊上 徙五 汙企六上 阿惄企七上 阿乞差羅忙囊夷八 陀羅尼你瑟咤你名九上 多迦你十 伊上 名滿多囉十一 你呵引上 囉十二 阿不剌步底十三 你囉阿去察囉十四 微耶乞里夜帝十五 阿去察囉縛囉耳帝十六 迦上 囉嚩四去 寧十七 薩攘微蛇呢底攘曩十八 鉢囉舍薩帝舍薩多十九 鉢囉舍薩多二十 多囉孽多部名二十一上 暗嚩囉暗嚩囉二十二 麗羅嚩曩室者二十三 質多微嚩耳多二十四 質多阿難上 多二十五 烏閉囉呵嚩耳多部名二十六上 曩南二十七上 迦上 尼上 阿迦上 尼上 微嚩耳多二十八 室麗瑟咤二十九 阿麽羅寧麽羅三十 弗㘃奇 沒 理底曩囉始者三十一

一呵呵里三十二摩摩上里三十三吠囉妮三十四底瑟咤三十五斫芻怩呵囉三十六烏地哩多嚩枳三十七安吒哩三十八句吒哩三十九計都四十蘇計都四十一素頗囉妳四十二迦囉妳四十三句素磨上伱曳四十四迦迦嘌四十五却佉嘌四十六嗚般羅暮嘌四十七底瑟咤四十八陀囉尼四十九那迦眠呵囉五十般囉羅也底五十一阿底般囉羅也底五十二頞哆囉般提五十三安多囉多嚩地失遮五十四呵哩五十五摩佉里五十六豎妮三婆去嘌五十七底瑟咤五十八陀羅妮五十九鵮多霖切蒱盧若提六十

又以毗沙門　提頭賴吒等　無數殊妙聲
說眞實呪法　如是無量聲　善逝神通說
神通無有量　所說亦無邊　或於無佛剎
遊戲神通力　佛身衆圍繞　亦如今所見
於不思議剎　現無量變化　初生行七步
捨王位出家　道場成正覺　思惟所得法
爲衆轉法輪　示現入涅槃　及以神變力
演說種種法　令無量衆生　成就殊勝智
爾時大悲現　諸梵衆圍遶　爲說修慈法
增廣於慈心　爾時大悲現　諸天衆圍遶
爲說四攝法　增廣四攝行　爾時大悲現
諸龍衆圍遶　爲說瞋恚過　令捨瞋恚心
爾時大悲現　夜叉衆圍遶　爲說損害過
令捨損害心　爾時大悲現　脩羅衆圍遶
爲說鬬諍過　稱讚修忍心　爾時大悲現
迦樓羅圍遶　爲說乖違過　稱讚和合心
爾時大悲現　乾闥婆圍遶　以無邊愛語
稱讚於如來　爾時大悲現　摩睺衆圍遶
呵毁外道法　稱讚如來教　爾時大悲現

鬼神衆圍遶　廣稱讚如來　希有諸功德
大悲現神變　令百千衆生　聞說眼盡邊
究竟能通達　大悲現神變　令百千衆生
聞說眼生邊　究竟能通達　大悲現神變
令百千衆生　聞說眼邊際　究竟能通達
大悲現神變　令百千衆生　聞說眼流轉
究竟能通達　大悲現神變　令百千衆生
聞說眼寂靜　究竟能通達　大悲現神變
令百千衆生　聞說眼無有　究竟能通達
大悲現神變　令百千衆生　聞說眼無生
究竟能通達　大悲現神變　令百千衆生
聞說眼寂滅　究竟能通達　大悲現神變
令百千衆生　聞說眼無我　究竟能通達
大悲現神變　令百千衆生　聞說眼無人
究竟能通達　大悲現神變　令百千衆生
聞眼無衆生　究竟能通達　大悲現神變
令百千衆生　聞眼無命者　究竟能通達
大悲現神變　令百千衆生　聞眼無養育
究竟能通達　大悲現神變　廣爲諸衆生
呵責於世智　不令起愛著　大悲現神變
廣爲諸衆生　呵責於世利　讚無爲功德
大悲現神變　廣爲諸衆生　呵責有漏智
讚諸無漏慧　大悲現神變　廣爲諸衆生
呵責世間禪　稱揚出世定　大悲現神變
廣爲諸衆生　呵責有漏戒　讚無漏學處
大悲現神變　廣爲諸衆生　呵責小心過
稱揚大心德　大悲現神變　稱讚修身戒
乃至於心慧　無漏無所依　大悲現神變
稱讚滅苦道　樂著戲論人　諸佛所呵責
大悲現神變　廣爲諸衆生　分別眼斷過

開示寂滅相　耳鼻舌身心　色聲香味觸
乃至音聲名　一切皆如是　大悲現神變
廣爲諸衆生　盛年少壯者　示以無邊過
大悲現神變　廣爲諸衆生　生處憍逸者
示以無邊過　大悲現神變　廣爲諸衆生
種性憍逸者　示以無邊過　大悲現神變
廣爲諸衆生　受用放逸者　示以無邊過
大悲現神變　廣爲諸衆生　自在放逸者
示以無邊過　大悲現神變　廣爲諸衆生
於色放逸者　示以無邊過　大悲現神變
廣爲諸衆生　女人放逸者　示以無邊過
大悲現神變　廣爲諸衆生　衣服放逸者
示以無邊過　大悲現神變　廣爲諸衆生
於酒放逸者　示以無邊過　大悲現神變
廣爲諸衆生　爲王放逸者　示以無邊過

大悲現神變　廣爲諸衆生　於戒放逸者
示以無邊過　大悲現神變　廣爲諸衆生
智慧放逸者　示以無邊過　如是覺神變
禪巧增上慢　財說明眷屬　音樂及歌詠
是名稱讃歎　供養幷利養　美妙誑諂憍
無慙及無愧　貢高具足慢　放逸貪亦然
大悲現神變　開示諸衆生　心意下劣者
爲說殊勝想　大悲現神變　開示諸衆生
自輕退屈者　爲說精進力　大悲現神變
開示諸衆生　貪著財物者　爲說知足法
又化香宮殿　及以華宮殿　皆挾妙樓閣
化佛於中坐　又化諸天女　住瞻蔔華宮
皆現於半身　持華鬘供養　又化諸天女
住婆師華宮　皆現於半身　持金鬘供養
又化脩羅女　住摩利華宮　皆現於半身

持華鬘供養 又化諸天女 住青蓮華宮
皆現於半身 稱讚佛功德 又化諸梵天
坐眞金宮殿 而現於全身 慈聲稱歎佛
又化諸天女 種種莊嚴身 環珮互撐觸
出微妙音聲 說諸有爲法 遷變無堅固
愚人妄分別 不能如實知 如是嚴具聲
不從身心出 無去亦無來 亦無有方所
乃至於色心 一切皆如是 愚者不能思
於此生疑惑 如是莊嚴具 所出妙音聲
聞于百千刹 解脫無量衆 汝等當觀察
導師自然智 無邊功德身 超過愛戲論
寂靜無諸過 離見治心翳 相好以莊嚴
身意皆清淨 汝觀佛入城 猶如師子步
鵝王象王行 滿足衆生願 成就殊勝福
眞實相莊嚴 普令諸衆生 瞻仰無厭足

汝觀兩足尊 具大慈心者 雖以少物施
獲無量功德 能令諸衆生 於多百千劫
乃至證涅槃 果報無窮盡 汝觀兩足尊
成就無漏戒 令諸衆生等 恭敬而頂禮
無量諸天衆 各捨其宮殿 不躭樂遊戲
親近於導師 汝觀魔及民 於佛生信樂
咸持金柄扇 侍奉於左右 五百諸魔子
以天悅意華 共散於如來 希求無上慧
曾於過去佛 稱讚而供養 今者遇世尊
各各懷欣慶 亦以無量辯 讚歎於如來
爾時有魔子 名爲捨愛者 最初稱讚佛
能知眼盡邊 亦了眼生邊 乃至寂滅相
又知眼盡等 無邊名義句 以善巧言詞
爲衆生演說 而於名義中 無著無疑惑
了知無去來 無取亦無捨 自性常空寂

遠離於文字　亦無能受持　讀誦修行者
往昔諸如來　已曾廣開示　但以假名字
而實無所説　如是自性空　超過藴界處
無妄無真實　亦無處非處　乃至言語斷
心行處亦滅　愚夫著相故　見佛有入城
世尊離諸相　愚人妄分别　世尊入城時
若人生歡喜　是則相分别　當必懷憂慼
若離相分别　則不見入城　乃至行動相
得無分别慧　若以相見佛　則見有入城
於生轉法輪　一切皆分别　若以相見佛
乃至生歡喜　彼人住魔行　魔境常現前
若以相見佛　當見於變異　是人懷憂慼
智者應憐愍　於法若見得　便有失法憂
於佛若見生　則有涅槃苦　若多劫修行
了知一切相　不分别入城　亦無涅槃想

若了心相空　則住佛行處　不分别入城
亦無涅槃想　若人如是知　則見於諸佛
亦能了性空　畢竟無生滅　世尊無量劫
修習諸苦行　爲證於性空　愚人不能了
世尊入城時　百千衆圍遶　人及非人等
淨心而供養　若於刹那頃　思惟眼盡邊
了達諸相空　其福復過彼　乃至筭數分
皆所不能及　如是眼生邊　邊際與流轉
乃至於寂滅　當知亦復然　耳鼻舌身心
色聲香味觸　乃至音聲名　一切皆如是
爾時世尊　當入城時　以足按地　普皆震動
諸山傾靡　悉向於佛　人天爲法　咸來恭敬
爾時世尊　當入城時　天王人王　阿脩羅衆
幷諸夜叉　各捨本城　來詣佛所　歡喜供養
爾時世尊　當入城時　復有無量　異類諸鳥

鸚鵡孔雀 迦陵頻伽 覩佛如來 殊勝功德
於虛空中 歡喜遊戲 皆出種種 微妙音聲
爾時世尊 當入城時 以佛功德 威神力故
能令無量 百千衆生 盲者能視 聾者能聽
不完具者 令得完具 不安樂者 令得安樂
爾時世尊 當入城時 於虛空中 聞如是說
若以諸相 分別如來 是人不名 供養於佛
亦不了知 眼盡邊性 若離諸相 殖衆德本
則能了知 眼盡邊性 以能了知 眼盡邊故
則能了知 諸佛功德 於眼盡邊 無有執藏
於眼生邊 無有依止 於眼寂靜 無有動念
是人則爲 見於如來 於眼生邊 無有分別
於眼邊際 無有意謂 於眼滅壞 無有表示
是人則爲 見於如來 於眼無有 無有染著
於眼無生 無有攝受 於眼寂滅 無有所執

是人則爲 見於如來 知眼盡故 於根修習
知眼邊故 於根決定 知眼生故 於根自在
是人則爲 見於如來 知眼無有 於色了達
知眼滅壞 於法觀察 知眼無生 於道修習
是人則爲 見於如來 如實了知 眼盡邊故
於業差別 亦能了知 以能了知 業差別故
是人則爲 見於如來 如實了知 眼生邊故
於苦差別 亦能了知 以能了知 苦差別故
是人則爲 見於如來 如實了知 眼滅壞故
於苦滅壞 亦能了知 以能了知 苦滅壞故
是人則爲 見於如來 如實了知 眼無有故
於離諸相 亦能了知 以能了知 離諸相故
是人則爲 見於如來 如實了知 眼無生故
於離習氣 亦能了知 以能了知 離習氣故
是人則爲 見於如來 又如實知 限無常性

於離障礙　亦能了知　以能了知　離障礙故
是人則爲　見於如來　又如實知　眼無文字
於佛智力　亦能了知　以能了知　佛智力故
是人則爲　見於如來　又如實知　眼不來性
於離諸欲　亦能了知　以能了知　離諸欲故
是人則爲　見於如來　又如實知　修習禪定
於離煩惱　亦能了知　以能了知　離煩惱故
是人則爲　見於如來　彼人亦能　成就如是
眼前際智　眼無住智　眼無生智　佛神通智
眼下劣智　眼殊勝智　智下劣智　智清淨智
戒清淨智　身律儀智　聲清淨智　語律儀智
心清淨智　處差別智　諸心法智　心過失智
業清淨智　心律儀智　智過失智　聲清淨智
蘊差別智　蘊因緣智　眼遍知智　苦出生智
無漏戒智　戒因緣智　苦因緣智　苦因盡智
諸有爲智　盡無盡智　又如實知　十二因緣
有所行智　無所行智　有相無相　有爲無爲
建立攝受　自他心智　又如實知　眼盡生邊
邊際寂靜　乃至流轉　無有無生　寂滅之性
令諸衆生　得清淨智　諸勢力智　精進之智
又如實知　一異門智　一切衆生　意樂之智
又如實知　一切衆生　殊勝意樂　心清淨智
業異熟智　諸根界智　心變異智　慧解脫智
遍解脫智　勝辯才智　又如實知　諸惡衆生
不樂法者　令渴仰智　又如實知　於諸理趣
知時修習　無懈怠智　又如實知　神通之力
分析諸法　無障礙智　又如實知　於廣大義
及以言教　隨解了智　又如實知　善友同處
衣服飲食　節量之智　又如實知　於諸無作
陀羅尼法　勤修習智　又如實知　身心無過

遠離增減　求無上智　又如實知　神通威力
於虛空中　現變化身　成就無量　百千衆生
皆令歡喜　發淨信智　於諸如來　樂尊重智
於離欲法　樂修習智　於諸聖衆　樂供養智
於大菩提　樂迴向智　於陀羅尼　樂演說智
於諸意樂　善觀察智　於聖者定　善了知智
於諸護念　能決定智　於無邊心　善趣入智
於無邊頌　能演說智　於諸欲結　能覺悟智
於下劣趣　不墮落智　於惡知識　應捨離智
於善知識　能親近智　於諸問答　能決擇智
於處非處　能解了智　於地非地　能了知智
於上中下　能分別智　有爲之智　無爲之智
事物之智　非事物智　攝受之智　非攝受智
修習之智　非修習智　眼非眼智　眼共相智
眼差別智　眼自性智　耳鼻舌身　乃至名等

二十五法　亦復如是　若人思惟　眼因緣性
眞實空寂　畢竟無我　是人則能　成就如是
眞實決定　心三摩地　若人思惟　眼因緣起
決定了知　眼無常相　是人則能　如實了知
眼及因緣　畢竟無有　耳鼻舌身　乃至名等
二十五法　亦復如是　爾時世尊　當入城時
以足按地　現希有事　我今略說　少分功德
普令衆生　聞者歡喜　天人導師　從一毛孔
出現無量　百千光明　一一光明　遍無量刹
爲諸衆生　而作佛事　若人往昔　供養諸佛
長夜修行　布施持戒　彼人得聞　如是所說
神變之事　歡喜愛樂　若人了知　諸佛神變
非諸聲聞　所行境界　彼人得聞　如是神變
當生信解　發希有心　天人導師　不思議力
現如是等　種種神變　能令無量　百千衆生

於諸如來　親近供養　天人導師　不思議力
演說無量　百千契經　令諸衆生　聞其所說
皆能信受　心生歡喜　爾時世尊　當入城時
以神通力　於虛空中　作如是說　知眼盡邊
乃至寂滅　眼性所因　無去無來　畢竟空寂
耳鼻舌身　乃至名等　二十五法　亦復如是
爾時世尊　當入城時　於虛空中　出微妙聲
稱讚如來　種種名號　令諸大衆　生信解心
今現在世　人中師子　名爲摧伏　魔軍法王
若有得聞　如是名者　則能降伏　一切邪衆
今現在世　人中師子　名爲摧滅　貪欲法王
若有得聞　如是名者　則能捨離　一切貪欲
今現在世　人中師子　名爲摧滅　瞋恚法王
若有得聞　如是名者　則能捨離　一切瞋恚
今現在世　人中師子　名爲摧滅　愚癡法王

若有得聞　如是名者　則能捨離　一切愚癡
今現在世　人中師子　名爲摧滅　憍慢法王
若有得聞　如是名者　則能捨離　一切憍慢
今現在世　人中師子　名爲摧滅　忿恚法王
若有得聞　如是名者　則能捨離　一切忿恚
今現在世　人中師子　名爲摧滅　嫉妬法王
若有得聞　如是名者　則能捨離　一切嫉妬
今現在世　人中師子　名爲摧滅　虛誑法王
若有得聞　如是名者　則能捨離　一切虛誑
今現在世　人中師子　名爲摧滅　諸見法王
若有得聞　如是名者　則能捨離　一切諸見
今現在世　人中師子　名爲摧滅　戲論法王
若有得聞　如是名者　則能捨離　一切戲論
今現在世　人中師子　名爲正法　清淨法王
若有得聞　如是名者　則能解了　清淨之法

令現在世　人中師子　名爲通達　諸業法王
若有得聞　如是名者　則能解了　一切諸業
令現在世　人中師子　名爲具足　神通法王
若有得聞　如是名者　則能成就　威德神通
令現在世　人中師子　名爲具足　諸度法王
若有得聞　如是名者　則能成就　六波羅蜜
令現在世　人中師子　名爲了達　諸行法王
若有得聞　如是名者　則能了達　一切諸行
令現在世　人中師子　名生清淨　光明總持
若有得聞　如是名者　則能成就　殊勝受生
令現在世　人中師子　名色清淨　光明總持
若有得聞　如是名者　則能成就　殊勝妙色
令現在世　人中師子　名身清淨　光明總持
若有得聞　如是名者　則能成就　殊勝色身
令現在世　人中師子　名姓清淨　光明總持
若有得聞　如是名者　則能成就　殊勝種族
令現在世　人中師子　名爲名稱　光明總持
若有得聞　如是名者　則能成就　廣大名稱
令現在世　人中師子　名爲布施　持戒忍辱
精進禪定　智慧總持　若有得聞　如是名者
則能成就　布施持戒　乃至智慧　陀羅尼門
令現在世　人中師子　名爲成就　空性法王
若有能持　如是名者　則能演說　諸法空義
令現在世　人中師子　名爲成就　無我法王
若有能持　如是名者　則能演說　無生滅義
令現在世　人中師子　名眼清淨　總持法王
若有能持　如是名者　則能演說　眼盡邊義
耳鼻舌身　乃至名等　二十五法　并華鬘香
燈傘衣服　悉皆如是

大寶積經卷第三十三

音釋

憝 杜對切怨憝也 拯濟 拯之慶切拯救也濟子計切賙濟也 遞 音第傳遞也 珮 蒲昧切王珮也又服之也 撐觸 撐抽庚切邪柱也觸樞王切第也 柄 陂病切把也 分析 析先的切分判也

大寶積經卷第三十四

唐三藏法師菩提流志奉　詔譯

出現光明會第十一之五

爾時世尊　當入城時　以不思議　神通之力
於虛空中　出微妙聲　演說種種　陀羅尼行
令諸大衆　聞如是言　是陀羅尼　於眼盡邊
生邊邊際　寂靜流轉　乃至寂滅　如是諸法
皆能通達　究竟安住　以布施力　究竟攝取
以持戒力　究竟成就　以忍辱力　究竟莊嚴
以精進力　究竟發起　以智慧力　究竟宣說
離諸文字　語言音聲　乃至色心　究竟清淨
有漏無漏　若義若利　皆悉空寂　究竟清淨
亦不依止　一切諸有　究竟安住　總持三昧
無去無來　非善不善　乃至無記　自利利他
如是諸相　究竟清淨　亦不安住　自在威德

聲聞凡夫　諸佛之法　亦不安住　於眼盡邊
生邊邊際　乃至寂滅　如是諸行　究竟寂靜
若生不生　是苦是樂　稱讚毀謗　皆悉捨離
究竟清淨　究竟照明　空陀羅尼　之所解了
此即住佛　所行之處　此即住佛　遊戲之處
此即安住　諸佛神通　此即安住　諸佛智慧
安住如是　眼盡邊力　安住如是　眼生邊力
安住如是　眼邊際力　乃至安住　寂滅之力
耳鼻舌身　乃至名等　二十五法　亦復如是
是陀羅尼　成就如來　殊勝之力　是陀羅尼
成就如是　威德之力　入諸如來　一切行處
住諸如來　一切境界　令諸世間　於脩羅衆
離堅固心　住梵天行　能令無量　百千夜叉
及鳩槃荼　皆生歡喜　亦令無量　乾闥婆衆
并諸羅刹　愛樂調伏　假使梵衆　以妙音聲

於其句義不能宣說　非諸心法之所計度
亦非心法之所受持　是陀羅尼　非眼所得
是陀羅尼　亦不至身　是陀羅尼　非眼所得
亦不至於眼所行處　耳鼻舌身乃至名等
二十五法　亦復如是　又說於眼　盡邊生邊
邊際流轉　乃至寂滅　無我無人　衆生壽者
乃至無有　補特伽羅　無相無爲　不來不去
如是等相　皆悉了知　又說了知　法性之眼
又說了知　法成就眼　智眼慧眼　梵眼天眼
梵生得眼　天生得眼　梵異熟眼　天異熟眼
梵因生眼　天因生眼　天神變眼　天精進眼
下劣生眼　殊勝生眼　捨離闇羅　世間之眼
龍夜叉眼　鳩槃茶眼　熱惱之眼　非熱惱眼
清淨之眼　非清淨眼　廣狹之眼　聲聞乘眼
禪定之眼　三摩地眼　境界之眼　想出生眼

貪出生眼　貪捨離眼　從因生眼　非因生眼
相應之眼　不相應眼　依門生眼　非門生眼
因緣生眼　因門生眼　非肉成眼　智清淨眼
無所有眼　不可得眼　耳鼻舌身　乃至名等
二十五法　亦復如是　爾時世尊　於虛空中
復出無量　微妙音聲　演說殊勝　陀羅尼法
皆是如來　之所變化　陀羅尼曰

呬麗一　磨麗磨麗二　賜上第三　伊去泥四　弭上泥五　句路你庚二合六　句路你庚二合七　句麗八　磨麗九　句拏上帝十　阿囉二合藝十一　阿呬麗十二　弭弭麗帝十三　素弭麗十四　弭麗弭麗十五　弃比麗十六　阿比麗十七　素帝替十八　馱妳十九　磨妳二十　伽上妳二十一　伽上唎帝二十二　素伽上嚩二十三　鉢唎二合野　然曩泥二十四　阿努盧弭計上二十五　微路迷去二十六　素婆涅里二合二十七　阿施唎麗二十八

薩麼鉢囉二合本帝二十九鉢囉尼醯三十陀羅尼三十一底瑟恥呵三十二素底引阿替三十三步攞伽上伽曩三十四躬去盤拏三十五阿囀娑引囀曩三十六播剌姤引里野二合寧三十七鉢剌伽上拏寧三十八麼曩娑三十九素路指多四十鉢那四十一惡察囉四十二阿毗羅引比野二合四十三鉢囉二合底瑟吒訶四十四陀羅尼四十五阿引耳多四十六虞泥去毗四十七

如是陀羅尼　諸佛之所得　具足大威神
智慧無邊量　遠離於執著　念處悉清淨
無色無去來　非方及方所　無相離言說
超過諸戲論　菩薩勤修習　究竟得清淨
假使以百千　那由他偈頌　演說於一句
不能得其邊　衆聖之所讚　清淨無染著
一切諸衆會　皆悉生尊重　如是陀羅尼
善法威神力　能摧滅煩惱　令得於勝利
功德及智慧　廣大猶如海　成就忍辱力
其心安不動　菩薩常修習　智者所稱歎
捨離於貧窮　當獲大財寶　如是陀羅尼
增長諸功德　常以空性等　眞實句莊嚴
以捨於文字　名之爲空性　以捨於心識
名之爲法性　如是陀羅尼　離垢常清淨
安住於實智　現種種饒益　令諸衆生等
歡喜發淨心　無量夜叉衆　及於鳩槃荼
如是衆鬼王　亦生大歡喜　如是陀羅尼
寂靜無戲論　愛樂於衆生　普皆與安樂
於多百千劫　常在於諸趣　作無量利益
清淨無所染　或以百千偈　演說甘露法
令無量衆生　皆生大歡喜　往昔無量佛
以清淨意樂　於是陀羅尼　常思惟法性

釋梵諸天衆　龍王阿脩羅　聞此陀羅尼
心生大歡喜　如是陀羅尼　所經諸國土
常無有災難　病苦及憂惱　一切諸衆生
各各皆欣樂　願此陀羅尼　常住於我心
如是陀羅尼　隨所在身心　喉齶及脣舌
生無量功德　若能常受持　獲無量功德
利益多衆生　皆令得歡喜　如是陀羅尼
捨離諸過惡　演說微妙法　得無盡辯才
令百千衆生　皆斷除疑惑　摧破諸憍慢
獲無量功德　如是陀羅尼　甚深微密法
智者常思惟　勇猛勤修習　被於智慧甲
摧滅諸煩惱　增長功德心　愛樂無厭足
如是陀羅尼　具廣大名稱　能了盡無盡
生邊無生邊　以如是智慧　種種自莊嚴
百千諸如來　尊重而供養　如是陀羅尼
明行爲兩足　依止於勝定　趣向菩提道
隨順於止觀　通達無漏慧　以淨信根力
成就於二手　以精進忍辱　成就於兩乳
智慧波羅蜜　而爲其頂相　修多羅爲線
貫穿四辯鬘　往昔所修行　種種諸功德
及無量譬喻　一切悉莊嚴　如是陀羅尼
具無量功德　於眼前後際　盡邊無盡邊
若生若無生　邊際非邊際　寂靜不寂靜
流轉非流轉　無有及無起　寂滅并無我
無人無壽者　乃至無衆生　如是無量門
一切皆解了　耳鼻舌身心　六塵并四大
乃至世生名　一切皆如是　如上所稱歎
微妙陀羅尼　寂靜勝功德　諸佛之境界
陀羅尼實義　非文字詮表　隨順於世間
但以假名說

爾時世尊與諸大衆到童子家敷座而坐是時月光童子知佛坐已躬自齋持微妙供具奉獻如來及諸大衆其供純以禪定福德殊勝善根不思議力之所成熟如是施時亦不爲已普令一切無量衆生發趣菩提獲大善利其供周遍皆悉充足爾時世尊飯食已訖於衆會中告月光童子言童子若善男子善女人等住大乘者行施資粮有八十種殊勝功德云何八十所謂成熟衆生善言攝受妙相圓滿諸根無缺捨離生死證於涅槃盡諸結使得勝自在具足功德莊嚴佛土眷屬清淨有大威德具足智慧成就最上殊勝之行圓滿無上無等等行除滅習氣增長如來一切智行身及舍利爲諸世間聲聞緣覺之所供養摧破惡人能令人王天龍夜叉阿脩羅王迦樓羅王及梵天王皆生淨信有大威德宣說契經應頌受記自說諷誦譬喻因緣本事本生方廣希法乃至論義受持演說心無懈倦於法無悋安住佛道世界最勝名色清淨證於法身得無所畏成就福德蔽諸外道具善人法捨惡人行信福智因和合佛法降伏衆魔於佛所說安樂之法無有疑惑摧破惡欲具大威德修菩薩行得勝神通捨離生死成就衆生讚無邊行攝受功德慰喻衆生受用法樂修行惠施入大智門住於暖法種性決定修行法忍安住佛道童子若善男子善女人等修施資粮具足成就是八十種殊勝功德爾時世尊復說偈言

大智諸菩薩　具足施資粮　勝利有八十
我今已略說　復有諸功德　無量難思議

皆從布施生　今當少宣說　汝以平等施
普遍於大會　如是施資粮　智者應修習
此施能積集　福聚不思議　相好莊嚴身
一切皆圓滿　生處及種族　國土若居家
名稱與色心　一切皆清淨　諸天神變事
及宮殿婇女　清淨無礙辯　皆從布施生
布施勝資粮　諸佛咸稱歎　此即是菩提
最初安住本　精進諸菩薩　於施無疑惑
安住決定心　勤修於布施　如是布施心
成就殊勝福　菩薩勤修習　當證佛菩提
由布施威力　成就勝神通　震動俱胝刹
不損諸衆生　由布施能引　淨戒及多聞
正信與精進　三昧無漏慧　由布施能引
根力菩提分　正斷及神足　遠離諸習氣
由布施能引　清淨妙音聲　於百俱胝刹
開示無邊法　由淨信行施　速得諸神通
爲成就神通　應勤修布施　無量諸天衆
百千阿脩羅　龍神及夜叉　眷屬共圍遶
咸乘妙樓閣　自在而遊戲　如是等諸王
見勤行施者　皆當起遠迎　敷座而供養
如是行施人　具足大威德　自在神通力
攝受諸天王　鳩槃荼夜叉　皆悉來歸伏
及乾闥婆衆　亦獻諸音樂　賊害起慈心
惡人當遠離　珍財無損減　庫藏悉充盈
以修布施故　成就勝資粮　乃至於佛智
不行外道法　是人無病惱　守護陀羅尼
得諸殊勝力　皆由布施生　如是行施人
修習菩提道　不遇惡知識　得同類善友
復有諸菩薩　積集施資粮　成就不思議
陀羅尼智慧　以無量偈頌　演說於總持

一切無罣礙　不失於本義　廣大菩提心
志願常堅固　具足於淨戒　捨離諸魔業
不著五欲樂　專勤求正念　心常無迷惑
亦不生貪愛　瞋恚諸煩惱　如實皆了知
於一切境界　不著不迷惑　是人善了知
如是諸煩惱　以因緣和合　能生諸過失
乃至於佛法　若因若因因　如是因作用
一切皆能了　是人能了知　眼盡邊因性
遠離諸迷惑　於眼無所染　是人能了知
眼生邊邊際　寂靜與流轉　無有及無生
乃至於寂滅　如是等因性　遠離諸迷惑
於眼無所染　是人能了知　眼前際言說
隨世假安立　於中無有實　是人能了知
眼後際言說　隨世假安立　於中無有實
是人能了知　眼生邊邊際　寂靜與流轉

無有及無生　乃至於寂滅　如是等言說
隨世假安立　於中無有實　是人能了知
眼前際言說　但因緣和合　於中無所著
是人能了知　眼後際言說　但因緣和合
於中無所著　是人能了知　眼生邊邊際
寂靜與流轉　無有及無生　乃至於寂滅
如是等言說　但因緣和合　於中無所著
是人能了知　眼前際言說　自性無表示
於中無所染　是人能了知　眼後際言說
自性無表示　於中無所染　是人能了知
眼生邊邊際　寂靜與流轉　無有及無生
乃至於寂滅　如是等言說　自性無表示
於中無所染　耳鼻舌身心　六塵并四大
乃至世生名　一切皆如是　是人能了知
貪欲即佛道　自性無差別　於貪無所染

一切諸佛道　當於煩惱求　知性無差別
是入總持門　說貪是總持　總持即是貪
知性無差別　是學總持門　如是供養貪
即爲供養佛　以供養佛故　成就總持門
是人能了知　瞋恚即佛道　自性無差別
於瞋無所染　瞋即是總持　總持即是瞋
知性無差別　是學總持門　如是供養瞋
亦爲供養佛　以供養佛故　成就總持門
是人能了知　愚癡即佛道　自性無差別
於癡無所染　若如實了知　癡性之邊際
是則修佛道　成就總持門　癡即是總持
總持即是癡　知性無差別　是學總持門
如是供養癡　即爲供養佛　以供養佛故
成就總持門　如是供養癡　即爲供養法
以供養法故　成就總持門　如是供養癡

即爲供養僧　以供養僧故　成就總持門
如是供養癡　即爲供養戒　以供養戒故
成就總持門　如是供養癡　即供養精進
供養精進故　成就總持門　如是供養癡
即供養讚歎　供養讚歎故　成就總持門
如是供養癡　即供養佛法　供養佛法故
成就總持門　如是供養癡　即供養法性
供養法性故　成就總持門　如是供養癡
即供養眞如　供養眞如故　成就總持門
如是供養癡　即供養無生　供養無生故
成就總持門　如是供養癡　即供養無滅
供養無滅故　成就總持門　如是供養癡
即供養無盡　供養無盡故　成就總持門
如是供養癡　即供養無有　供養無有故
成就總持門　如是供養癡　即供養無邊

供養無邊故　成就總持門　如是供養癡
即供養三有　供養三有故　成就總持門
如是供養癡　即供養寂靜　供養寂靜故
成就總持門　如是供養癡　即供養流轉
以供養轉故　成就總持門　如是供養癡
即供養無轉　供養無轉故　成就總持門
如是供養癡　即供養無有　供養無有故
成就總持門　如是供養癡　即供養無起
供養無起故　成就總持門　如是供養癡
即供養寂滅　供養寂滅故　成就總持門
如是供養癡　即供養不來　供養不來故
成就總持門　如是供養癡　即供養無行
供養無行故　成就總持門　如是供養癡
即供養無爲　供養無爲故　成就總持門
如是供養癡　即供養苦等　以供養苦等

成就總持門　如是供養癡　即供養苦智
供養苦智故　成就總持門　如是供養癡
即供養集智　供養集智故　成就總持門
如是供養癡　即供養滅智　供養滅智故
成就總持門　如是供養癡　即供養道智
供養道智故　成就總持門　如是供養癡
即供養法智　供養法智故　成就總持門
如是供養癡　即供養類智　供養類智故
成就總持門　如是供養癡　供養無生智
供養無生故　成就總持門　如是供養癡
即供養盡智　供養盡智故　成就總持門
如是於正斷　念住并神足　五根及五力
七覺八道支　兼彼奢摩他　毗般舍那等
於斯九種法　一切皆如是
爾時世尊告月光童子言善男子若有衆生

住於大乘爲欲成就如上所説陀羅尼者應當遠離八十種人云何八十所謂殺父害母殺阿羅漢以屠害心出佛身血破和合僧賊住出家無根二根邪見邪思惟邪語邪業邪命邪精進邪念邪定不知處不知時不知法不知道不知量不知自他於佛法僧并諸學處不能尊重於不放逸及殊勝境亦不宗仰不知法不知律不知學處不知其罪若重若輕不知其戒是毀是缺又不知行若細若麤亦不知業未來現在於下劣事亦不了知讃聲聞乘毀如來法勸導開示辟支佛乘遠離厭捨無上正道破戒破見破諸威儀行於非道説有我人説有衆生説有命者説有補特伽羅志意下劣起貪瞋癡斷見常見空無因見不見有不見無不見業不見精進不知業不知業因不知異熟不知異熟因不知諸根不知諸根因不知界不知界因不知解脱不知解脱因不知道不知道因不知煩惱不知煩惱因不知施不知施因不知前際及於後際不知前際及後際因不知生死不知生死因不知有漏不知有漏因不知盡非盡不知有非有不知邊際非邊際不知寂靜非寂靜不知轉非轉不知性非性不知生非生不知滅非滅童子若善男子善女人等爲欲成就如上所説陀羅尼者應當捨離是八十種非法之人爾時世尊復説偈言

若不了於眼　生盡之邊際　是人迷總持
智者應遠離　若能了於眼　無我無衆生
是人住總持　智者應親近　若能了於眼
生盡離文字　是人住總持　智者應親近

若能了於眼　寂靜無所住　是人住總持
智者應親近　若能了於眼　自性無所住
是人住總持　智者應親近　若能了於眼
無轉無色相　是人住總持　智者應親近
若能了於眼　無生性寂滅　是人住總持
智者應親近　若能了於眼　自性離名相
諸佛無能說　稱歎及表示　是人住總持
智者應親近　若能了於眼　自性離名相
無有能思惟　受持及演說　是人住總持
智者應親近　如是總持性　非文字詮辯
無有諸方所　亦非心所到　是法無歡喜
亦不住瞋恚　不動如山王　雖說無所得
總持實無有　乃至我亦無　若我自性空
總持亦無有　總持自性空　愚者計為有
由是妄分別　不聞生憂惱　若分別貪性
及以總持空　如是二分別　畢竟不可得
若了空性空　總持亦非有　乃至菩提分
三摩地亦空　若有能了知　總持及空性
乃至三摩地　於眼亦了知　若於眼盡邊
如實善了知　則於總持門　究竟能成就
若於眼生邊　如實善了知　則於總持門
究竟能成就　若於眼邊際　如實善了知
則於總持門　究竟能成就　若於眼寂靜
如實善了知　則於總持門　究竟能成就
若於眼流轉　如實善了知　則於總持門
究竟能成就　若於眼無有　如實善了知
則於總持門　究竟能成就　若於眼無生
如實善了知　則於總持門　究竟能成就
若於眼寂滅　如實善了知　則於總持門
究竟能成就　若於眼變異　如實知盡邊

則於總持門　究竟能成就　若於眼變異
如實知生邊　則於總持門　究竟能成就
若於眼變異　如實知邊際　則於總持門
究竟能成就　若於眼變異　如實知寂靜
則於總持門　究竟能成就　若於眼變異
如實知流轉　則於總持門　究竟能成就
若於眼變異　如實知無有　則於總持門
究竟能成就　若於眼變異　如實知無生
則於總持門　究竟能成就　若於眼變異
如實知寂滅　則於總持門　究竟能成就
耳鼻舌身心　六塵并四大　乃至世生名
一切皆如是　若於眼前際　無變無異相
無取無分別　是住總持門　若於眼盡邊
無變無異相　無取無分別　是住總持門
若於眼生邊　無變無異相　無取無分別

是住總持門　若於眼邊際　無變無異相
無取無分別　是住總持門　若於眼寂靜
無變無異相　無取無分別　是住總持門
若於眼流轉　無變無異相　無取無分別
是住總持門　若於眼無有　無變無異相
無取無分別　是住總持門　若於眼無生
無變無異相　無取無分別　是住總持門
若於眼寂滅　無變無異相　無取無分別
是住總持門　耳鼻舌身心　六塵并四大
乃至世生名　一切皆如是　貪瞋癡忿慢
嫉誑慳憂惱　過失垢毒箭　暴流黑白業
不生亦不滅　不去亦不來　不動亦不異
非作亦非行　非明亦非暗　非流捨暴流
無盡及無住　非行非不行　非字非攀緣
非出亦非入　分別妄想等　六十二諸門

各隨其義理　一切皆如是　若知眼前際
乃至於上下　無取無分別　是住總持門
若知眼盡邊　乃至於上下　無取無分別
是住總持門　若知眼生邊　乃至於上下
無取無分別　是住總持門　若知眼邊際
乃至於上下　無取無分別　是住總持門
若知眼寂靜　乃至於上下　無取無分別
是住總持門　若知眼流轉　乃至於上下
無取無分別　是住總持門　若知眼無有
乃至於上下　無取無分別　是住總持門
若知眼無生　乃至於上下　無取無分別
是住總持門　若知眼寂滅　乃至於上下
無取無分別　是住總持門　耳鼻舌身心
六塵并四大　乃至世生名　一切皆如是
於地不變異　無取無分別　如是了知者
成就總持門　於地無生相　無取無分別
如是了知者　成就總持門　於地無滅相
無取無分別　如是了知者　成就總持門
於地證入相　無取無分別　如是了知者
成就總持門　於地出離相　無取無分別
如是了知者　成就總持門　於地無願相
無取無分別　如是了知者　成就總持門
於地無住相　不來亦不去　無邊與無盡
相應不相應　離名字計度　觀察與流轉
無有及修治　無言說表示　寂靜無所依
念住并正斷　神足及根力　覺支無畏道
如是諸地法　無取無分別　如是了知者
成就總持門　若於我無入　無取無分別
如是了知者　成就總持門　若於我無出
無取無分別　如是了知者　成就總持門

若於我無相　無取無分別　如是了知者
成就總持門　若於我無願　無取無分別
如是了知者　成就總持門　若於我無住
無取無分別　如是了知者　成就總持門
若於我無生　無取無分別　如是了知者
成就總持門　若於我無滅　無取無分別
如是了知者　成就總持門　若於我文字
無取無分別　如是了知者　成就總持門
若我離文字　無取無分別　如是了知者
成就總持門　知眼前後際　遠離於斷常
因緣自性空　導師方便說　若演說法時
分別於眼相　是人妄分別　不名眞說法
若思惟法時　分別於眼相　是人妄分別
不名思惟法　若修習法時　分別於眼相
是人妄分別　不名修習法　若了眼空性

即不趣菩提　諸佛於是人　常現前說法
若不了知眼　亦不了知色　若能了知眼
於色亦了知　若能了於眼　於色亦了知
若於色了知　於眼亦能了　耳鼻舌身心
六塵并四大　乃至世生名　一切皆如是
若演說法時　分別於因相　是人妄分別
不名爲說法　若演說法時　分別寂靜相
是人妄分別　不名爲說法　若演說法時
分別於道相　是人妄分別　不名爲說法
若演說法時　分別於空相　是人妄分別
不名爲說法　若演說法時　分別於積集
是人妄分別　不名爲說法　若演說法時
分別於事物　是人妄分別　不名爲說法
若演說法時　分別眼攝取　是人妄分別
不名爲說法　於眼不了知　是則生貪欲

若能了知眼　貪欲則不生　耳鼻舌身心
六塵并四大　乃至世生名　一切皆如是
若演說法時　分別種種界　是人妄分別
不名爲說法　不退於志願　了達於性空
得諸三昧門　彼能善說法　不退於志願
於眼離分別　以無分別故　彼能善說法
不了眼性空　亦迷眼自性　以不了知故
是不應說法　若了眼性空　即知眼自性
以能了知故　是人應說法　不了眼性空
亦迷句自性　以不了知故　是不應說法
若了眼性空　即知句自性　以能了知故
是人應說法　不了眼性空　亦迷文自性
以不了知故　是不應說法　若了眼性空
即知文自性　以能了知故　是人應說法
不了眼性空　亦迷名自性　以不了知故
是不應說法　若了眼性空　即知名自性
以能了知故　是人應說法　不了眼性空
亦迷色自性　以不了知故　是不應說法
若了眼性空　即知色自性　以能了知故
是人應說法　不了眼性空　依世相分別
不能善隨順　調伏諸衆生　若了眼性空
不依相分別　即能善隨順　調伏諸衆生
不了眼有無　處衆而說法　是人貪利養
一切無信受　若了眼有無　處衆而說法
是人不貪著　一切皆信受　不了眼性空
而處於法座　雖說多譬喻　一切無信受
若了眼性空　而處於法座　所說諸譬喻
一切皆信受　耳鼻舌身心　六塵并四大
乃至世生名　一切皆如是

爾時世尊說是經已月光童子及諸大衆一

切世間天人阿脩羅乾闥婆等聞佛所說皆大歡喜信受奉行

大寶積經卷第三十四

音釋

喉齶（喉胡溝切咽喉也齶逆各切齒根肉也齦齶牙牀也）齎（牋西切送也遺也）屠（同都切殺也）

大寶積經卷第三十五

唐三藏法師玄奘奉　詔譯

菩薩藏會第十二之一

開化長者品第一

如是我聞一時薄伽梵於室羅筏國而安居過三月迄舉已作衣服竟與大苾芻衆千二百五十人俱遊化諸國是薄伽梵成就廣大微妙名稱出現世間爲諸天人之所讃頌所謂如來應正等覺明行圓滿善逝世間解無上丈夫調御士天人師佛薄伽梵深住自證具足神通威德映蔽諸天世間魔王梵王阿素洛等常爲衆生說微妙法開示初善中善後善文義巧妙純一圓滿清白梵行時四部衆國王大臣種種外道沙門婆羅門及諸長者天龍藥叉人非人等以無量上妙衣服飲食卧具醫藥種種供具奉獻如來爾時世尊大衆圍遶供養恭敬尊重讃歎漸次遊行至摩竭陀國詣王舍大城住鷲峯山時王舍城中有大長者名曰賢守已曾親覲過去諸佛宿植善根福感通被大族大富資產財寶無不具足時彼長者聞大沙門出釋氏宫證於無上正等菩提與諸大衆來遊此國彼佛世尊有如是等廣大名稱出現世間十號具足成就通慧說微妙法乃至圓滿清白梵行時彼長者作是思惟我今當往鷲峯山王爲欲奉見彼如來故若我見者必獲善利作是念已與五百長者出王舍城將往佛所爾時世尊於日初分服僧伽胝執持衣鉢諸苾芻僧時從圍遶在大衆前威儀嚴整進止安庠正智而行顧視屈伸端嚴殊異爲化衆生現乞

食法方欲入城處於中路時賢守等五百長者遥見如來威嚴超挺衆所樂觀成就金色之身大丈夫相三十有二諸根寂定神慮憺怕逮得上勝調順寂止攝護諸根如大龍象清淨無撓如澄泉池足蹈七寶所成百千億葉紅蓮華上爲諸無數天人藥叉之所供養雨大天華散如來上其華若流彌滿于地諸長者等旣覩世尊以無量百千功德莊嚴從遠而來歎未曾有以清淨心往如來所頂禮佛足却住一面爾時賢守等五百長者白佛言世尊未曾有也如來神力映奪天仙吉祥魔梵如來威德具大名稱圓光妙色蔽諸大衆世尊體相如大金山容貌端嚴無等等者世尊成就一切世間甚希奇法我惟世尊威德如是觀何等相棄捨家法悟大菩提爾時賢守長者即於佛前而說頌曰

我昔曾聞最勝尊　吉祥妙色大名稱
今覩威光勝所聞　如眞金像備衆德
如來色像喻金山　高廣嚴淨觀無厭
威德莊嚴蕊芻衆　猶如滿月處衆星
世尊頂相無能見　高顯映發踰山王
頂髻周圓漸次斂　其相平偃猶天蓋
紺髮輭膩而右旋　如安繕色帝青寶
鮮淨光踰孔雀項　我今瞻仰無厭足
面貌端嚴額平正　眉相皎淨若天弓
白毫映徹無瑕穢　光潔照耀如星王
發喜淨眼甚微妙　衆覩皆生欣樂心
我今奉觀無暫捨　頂禮淨眼世間依
鼻相高平脩且直　漸廣圓成如鑄金
脣相丹暉極清淨　喻頻婆果末尼等

妙齒鮮白含光潤　等鶴牛乳蓮華根
堅密齊平極明淨　調順奢摩他所感
齒及隨齒根深固　斷際上下皆齊整
佛牙光白最超勝　如彼鴈行王處中
善逝廣長之舌相　覆面薄淨如蓮華
赤銅赤色末尼寶　含暉皎鏡如初日
世尊耳相極端嚴　梵世天人不聞見
喬答摩種狻猊頷　無畏猶如師子王
我觀善逝咽喉相　能引世間甘露味
清淨映徹無瑕穢　具大神力不思議
頸前橫約脩且直　處中都無纖雜文
現人中勝天中天　恒食味中第一味
肩髆充圓悉成滿　胷臆雄猛威容盛
人中尊相世未聞　如山頂日光流照
手足兩肩及項後　七處光淨恒平滿

脩臂傭圓象王鼻　雙掌垂下摩于膝
上身廣厚如獸王　瞿陀樹相周圓滿
那羅延力合成身　具足大力及忍力
無垢身毛皆上靡　隨現一孔一毛生
煙塵不汙如蓮華　右旋相成而細輭
我昔傳聞隱密相　陰藏深如天馬王
髀腨周圓漸次斂　其相猶如天鹿王
足厚隆起跟圓長　手相網縵如鴈王
平滿纖長二十指　赤銅甲色如蓮華
雙跖千輻金輪相　光淨微妙具莊嚴
如來遊步於世間　瞿拉坡相不相觸
去地四指蹈空行　衆寶紅蓮隨足現
顧視安行象王步　進趣端肅如天主
大聖威嚴無所畏　處衆踰於師子王
妙色映蔽毗沙門　威光超勝百千日

梵世天人尚無等　何況出過如來者
行住說法度衆生　天仙龍神咸恭敬
或散天華奏天樂　紛然繁會滿虛空
令覩世尊大神變　故我竊懷疑惑心
本觀何等勝功德　出家趣於無上道

爾時世尊告賢守長者曰長者當知我觀世間一切衆生爲十苦事之所逼迫何謂爲十一者生苦逼迫二者老苦逼迫三者病苦逼迫四者死苦逼迫五者愁苦逼迫六者怨恨逼迫七者苦受逼迫八者憂受逼迫九者痛惱逼迫十者生死流轉大苦之所逼迫長者我見如是十種苦事逼迫衆生爲得阿耨多羅三藐三菩提出離如是逼迫事故以淨信心捨釋氏家趣無上道爾時世尊欲重宣此義而說頌曰

我觀諸凡夫　閉流轉牢獄　常爲生老病
衆苦所逼迫　愁憂及怨恨　死苦等所牽
爲除牢獄怖　令欣出離法

復次長者我觀世間一切衆生爲十惱害互相憎嫉何謂爲十一者曾於我身作不饒益心生惱害二者今於我身作不饒益心生惱害三者當於我身作不饒益心生惱害四者曾於我之所愛作不饒益心生惱害五者今於我之所愛作不饒益心生惱害六者當於我之所愛作不饒益心生惱害七者曾於我所不愛而作饒益心生惱害八者今於我所不愛而作饒益心生惱害九者當於我所不愛而作饒益心生惱害十者於諸過失作不饒益心生惱害長者我見如是十種惱害惱害世間一切衆生爲得阿耨多羅三藐三菩

提出離如是惱害事故以淨信心捨釋氏家趣無上道爾時世尊欲重宣此義而説頌曰

衆生互憎嫉　皆由十惱生　於我及我親
三世俱惱害　或於我非親　起諸饒益相
怨憎由此生　三世俱惱害　第十諸過失
生長怨憎苦　我觀如是過　厭患故出家

復次長者我觀世間一切衆生入於十種惡見稠林由異見故不能自出何謂爲十一者我見惡見稠林二者有情見惡見稠林三者壽命見惡見稠林四者數取趣見惡見稠林五者斷見惡見稠林六者常見惡見稠林七者無作見惡見稠林八者無因見惡見稠林九者不平等因見惡見稠林十者邪見惡見稠林長者我見衆生入於十種惡見稠林不能得出爲得阿耨多羅三藐三菩提永斷如是諸惡見故以淨信心捨釋氏家趣無上道爾時世尊欲重宣此義而説頌曰

一切愚凡夫　入惡見稠林　我見有情見
及以壽命見　斷見與常見　依無作見等
爲安立正見　是故我出家

復次長者我觀世間一切衆生於無數劫具造百千那庾多拘胝過失常爲十種大毒箭所中何謂爲十一者愛毒箭二者無明毒箭三者欲毒箭四者貪毒箭五者過失毒箭六者愚癡毒箭七者慢毒箭八者見毒箭九者有毒箭十者無有毒箭長者我見衆生爲於十種毒箭所中求阿耨多羅三藐三菩提永斷如是諸毒箭故以淨信心捨釋氏家趣無上道爾時世尊欲重宣此義而説頌曰

愛箭毒衆生　過拘胝大劫　無明之所盲

從暗入於暗　欲箭中諸蘊　吸染名貪箭
悶亂過失箭　被服愚癡箭　陵高發慢箭
違諍起見箭　因有無有箭　墮有及無有
諸愚癡凡夫　鋒刃由其口　更相起諍論
此實此非實　爲拔毒箭故　如來興世間
救諸中箭者　出家成聖道

復次長者我觀世間一切衆生由十種愛建立根本何者爲十所謂緣愛故求緣求故得緣於得故便起我所緣我所故起諸定執緣諸定執故起欲貪緣欲貪故起深躭著緣深躭著故起慳悋緣慳悋故起於聚斂緣聚斂故起諸守護緣守護故執持刀杖諍訟讒謗起種種苦又因此故興別離語長養諸惡不善之法長者我見衆生由此十種愛根本法之所建立求於阿耨多羅三藐三菩提爲得無根無所依法故以淨信心捨釋氏家趣無上道爾時世尊欲重宣此義而說頌曰

愛所呑衆生　尋逐於諸欲　得利與我所
從此生定執　我當作所作　欲貪轉增長
躭著慳悋等　相續次第生　慳過染世間
能起堅積聚　聚斂故守護　遍生無有間
守護在愚夫　刀杖相加害　種諸不善業
因此生衆苦　觀愛因緣已　衆苦則不生
無根無住覺　諸覺中最上

復次長者我觀世間一切衆生皆由十種惡邪性故建立邪定何等爲十一者邪見二者邪思惟三者邪語四者邪業五者邪命六者邪精進七者邪念八者邪定九者邪解脫十者邪解脫智見長者我觀衆生由如是等十邪性故建立邪定爲欲證得阿耨多羅三藐

三菩提出離如是諸邪性故以淨信心捨釋氏家趣無上道爾時世尊欲重宣此義而說頌曰

懷邪見衆生　邪思惟境界　宣說於邪語
及行諸邪業　邪命邪精進　邪念與邪定
成就邪解脫　及趣邪智見　邪性決定聚
愚夫之所依　爲令住正性　故趣無上道

復次長者我觀世間一切衆生由於十種不善業道而能建立安處邪道多墮惡趣何等爲十一者奪命二者不與取三者邪婬四者妄語五者離間語六者麤語七者綺語八者貪著九者瞋恚十者邪見長者我見衆生由是十種不善業故乘於邪見多趣多向多墮惡道爲欲證得阿耨多羅三藐三菩提超出一切諸邪道故以淨信心捨釋氏家趣無上道爾時世尊欲重宣此義而說頌曰

諸害命衆生　劫盜他財物　行諸邪欲行
速墮於地獄　麤言離間語　妄語乖寂靜
綺語等凡夫　愚癡之所縛　貪著他資財
數起於瞋恚　與種種邪見　是人趣惡道
三種由身起　四種語業生　意能成三惡
故名惡行者　行諸惡業已　牽趣惡道中
吾今現世間　拔濟令出離

復次長者我觀世間一切衆生由於十種染汙法故處在煩惱墮煩惱垢中何謂爲十一者慳垢染汙二者惡戒垢染汙三者瞋垢染汙四者懈怠垢染汙五者散亂垢染汙六者惡慧垢染汙七者不導尊教垢染汙八者邪疑垢染汙九者不信解垢染汙十者不恭敬垢染汙長者我見衆生以如是等十染汙法

之所染汙爲得阿耨多羅三藐三菩提證於無染無上法故以淨信心捨釋氏家趣無上道爾時世尊欲重宣此義而說頌曰

世多分衆生　十染所逼迫　樂有爲煩惱
曾不生厭離　慳垢所染汙　一切愚凡夫
犯戒非寂靜　不習三摩地　瞋垢背忍辱
懈怠退正勤　其心不專住　惡慧愚鈍者
於父母師長　不遵奉言教　疑見網衆生
不求照世覺　誹謗於甚深　佛所說妙法
被服無明蘊　聖蘊懷輕賤　觀是染汙已
誰樂處有爲　當勤證寂滅　無爲無染汙

復次長者我觀世間一切衆生爲十種纏縛之所纏縛何謂爲十一者由慳嫉網之所纏縛二者由無明膜之所覆翳三者煩惱迷醉墮愚癡坎四者愛欲駛流之所漂没五者末摩死節邪箭所中六者忿恨窖煙之所熏焠七者貪欲盛火之所燒然八者過失毒藥之所悶亂九者諸蓋毒刺之所遮礙十者常處生死流轉飢饉曠野正勤疲怠長者我觀衆生爲如是等十種纏縛所纏縛已求阿耨多羅三藐三菩提爲證無纏無縛法故以淨信心捨釋氏家趣無上道爾時世尊欲重宣此義而說頌曰

老呑少盛年　老壞淨妙色　老損念定慧
終爲死所呑　病能摧勢力　刼奪勇猛心
壞諸根聚落　羸劣無依怙　死如羅刹女
猛健甚可畏　常隨逐世間　飲竭衆生命
我已厭世間　老病死逼迫　爲求無老死
清安法出家　世爲三火燒　我觀無救者
雨甘露法雨　滅除三毒焰　觀諸失道者

生盲癡瞽等　爲與世間眼　示導故出家
衆生疑乳養　蘊蓋所蔽障　爲彼除悔惱
說法故出家　愚夫互違反　伺隙興加害
爲和怨憎故　利世故出家　於父母師長
力慢無恭敬　爲摧憍慢幢　是故我出家
觀貪障世間　由財相損害　爲得七聖財
斷諸法貪者　或致相刑殘　利己終非益
我觀定捨身　求離三有獄　三有昔未知
眞實利益事　爲開眞實益　是故我出家
觀趣地獄者　惡業因熾然　受無邊重苦
爲脫故出家　觀諸畜生趣　互相加殺害
無依爲作依　悲心故出家　觀焰魔鬼趣
飢渴大苦逼　爲證妙菩提　施不死甘露
人道追求苦　諸天捨命苦　觀苦遍三有
爲濟故出家　我觀躭欲者　遠離諸慙愧
陵逼於尊親　荒婬甚猪狗　又觀諸愚夫
女媚所吞食　放逸造非義　爲捨故出家
觀劫濁衆生　惡法嬈魔使　我爲摧伏故
趣成無上覺　在家衆過本　出家趣菩提
故捨大地等　爲窮生死際

爾時五百長者聞佛所說得未曾有方知如來是眞覺者即於佛前異口同聲而說頌曰

我等怖畏老死逼　願宣妙法盡其際
世尊諸有趣清淨　離有性淨超諸有
願拔諸有令不有　及在禁閉有家者
世雄離染最解脫　遠離塵垢心清淨
調御法中大調御　願開微妙甘露門
備上妙色勝丈夫　天人世間無等者
世無等等最勝尊　願說妙法濟羣有
三垢永滅吐諸過　慧眼清淨翳障消

淨塵離闇開癡網　願無等尊宣妙法
衆生苦聚無依怙　溺大有池無救者
願起慈悲廣濟心　速拔高昇安隱岸
有河憍慢癡洄澓　鬪訟病苦波濤盛
衆生漂没無依救　願發慈心濟有流
朗日千億曜金山　佛身光盛踰於彼
願以勝妙梵音聲　宣布端嚴最上法
諸法自性本清淨　體相洞徹等明珠
無有作者無受者　不從他聞遍照覺
自然具足力無畏　行妙淨行稱無邊
無邊智解如遊空　願大法王宣妙法

爾時世尊作如是念是五百長者善根已熟堪任法化我今當爲如應說法令諸長者即於此處除捨俗相以信出家斷諸煩惱得漏盡慧作是念已即昇虚空結跏趺坐諸長者等既覩神變歎未曾有於如來所倍生敬重信仰之心爾時世尊告諸長者汝等善聽世有十種逼迫苦事所謂生苦老苦病苦死苦愁苦怨苦苦受憂受痛惱生死如是十種逼迫苦事逼迫衆生汝等今者欲解脱不復次諸長者世有十惱害事所謂曾於我身作不饒益今於我身作不饒益當於我身作不饒益於我曾愛作不饒益於我今愛作不饒益於我當愛作不饒益我曾不愛而作饒益我今不愛而作饒益我當不愛而作饒益又於一切不饒益過心生惱害如是十種惱害之事汝等今者欲解脱不復次諸長者世有十種異見惡見稠林所謂我見衆生見壽命見數取見斷見常見無作用見無因見不平等見邪見如是十種惡見稠林汝等今者欲解

脱不復次長者世爲十種大毒箭所中所謂愛毒無明毒欲毒貪毒過失毒愚癡毒慢毒見毒有毒無有毒如是十種大毒之箭汝等今者欲解脱不復次諸長者世有十種愛根本法所謂緣愛故求緣求故得緣於得故便起我所緣我所故起諸定執緣諸定執故起欲貪緣欲貪故起深躭著緣深躭著故便起慳悋緣慳悋故起於聚歛緣聚歛故便起守護緣守護故執持刀杖譏謗諍訟起別離語種種諸苦惡不善法並因斯起如是十種愛根本法汝等今者欲解脱不復次諸長者世有十種邪性所謂邪見邪思惟邪語邪業邪命邪勤邪念邪定邪解脱邪解脱智見如是十種邪性汝等今者欲解脱不復次諸長者世有十種不善業道所謂害命不與取行邪婬妄語離間語麤惡語綺語貪恚邪見如是十種不善業道汝等今者欲解脱不復次諸長者世有十種染汙垢法所謂慳垢惡戒垢瞋垢懈怠垢散亂垢惡慧垢不遵尊教垢疑垢不信解垢不恭敬垢如是十種染汙垢法汝等今者欲解脱不復次諸長者世有十種生死流轉大怖畏事所謂纏縛慳嫉之網覆翳無明之膜墮墜愚癡深坑漂沒愛欲駛流末摩邪箭所中熏焠忿恨容煙焚燒貪欲盛火迷悶過失毒藥遮障諸蓋毒刺飢饉流轉曠野如是十種生死流轉大怖畏事汝等今者欲解脱不爾時五百長者一心同聲白佛言世尊我等今者願欲解脱所說十種逼迫苦事所謂生老病死愁怨憂苦惱害生死如是廣說乃至流轉飢饉曠野諸逼迫事我等

皆當願得解脫爾時世尊告是五百諸長者曰汝等善聽吾今當說正法之要諸長者眼不求解脫何以故眼無作無用故眼不能思不能了別是故諸長者眼非是我應如是持如是耳鼻舌身意意不求解脫何以故意無作無用故意不能思不能了別是故諸長者意亦非我應如是持復次諸長者色不求解脫何以故色無作無用故色不能思不能了別是故諸長者色亦非我應如是持如是聲香味觸法法不求解脫何以故法無作無用故法不能思不能了別是故諸長者法亦非我應如是持復次諸長者色蘊不求解脫何以故色蘊無作無用故色蘊不能思不能了別是故諸長者色蘊非我應如是持如是受蘊想蘊行蘊識蘊識蘊不求解脫何以故識蘊無作無用故識蘊不能思不能了別是故諸長者識蘊非我應如是持復次諸長者地界不求解脫何以故地界無作無用故地界不能思不能了別是故諸長者地界非我應如是持如是水界火界風界空界識界識界不求解脫何以故識界無作無用故識界不能思不能了別是故諸長者識界非我應如是持復次諸長者諸法不實分別所起依於衆緣無能無力從衆緣轉若有衆緣假設諸法若無衆緣則無假法諸長者一切諸法唯假施設此中都無生者老者死者盡者起者唯有永斷諸趣清淨寂滅可以歸依是故汝等應如是知是故諸長者一切諸法不實分別之所生起依於衆緣羸劣無力從衆緣轉若有衆緣假立諸法若無衆緣則無假法諸

長者一切諸法唯是假立此中都無生者老者死者盡者起者唯有永斷諸趣清淨寂靜可以歸依如是諸長者若有不實分別則有假立不正作意若無不實分別則無假立不正作意若有不正作意則有假立無明若無不正作意則無假立無明若有無明則有假立諸行若無無明則無假立諸行若有諸行則有假立於識若無諸行則無假立於識若有假識則有假立名色若無有識則無假立名色若有名色則有假立六處若無名色則無假立六處若有六處則有假立於觸若無六處則無假立於觸若有於觸則有假立於受若無於觸則無假立於受若有於受則有假立於愛若無於受則無假立於愛若有於愛則有假立於取若無於愛則無假立於取若有於取則有假立於有若無於取則無假立於有若有於有則有假立於生若無於有則無假立於生若有於生則有假立老死若無有生則無假立老死如是諸長者云何爲老所謂情識惛耄頭白髮落皮緩面皺壽命損減諸根衰熟諸行朽故是名爲老云何爲死所謂喪滅轉世休廢隳墜落諸蘊散壞委棄於地捨衆同分是名爲死若老若死合名老死諸長者生若是有有假老死生若是無無假老死云何爲生所謂是生等生趣起諸蘊出現及得諸處會衆同分是名爲生諸長者有若是有則有假生有若是無則無假生云何爲有所謂欲有色有及無色有有福及非福不動業等是名爲有諸長者取若是有則有假有取若是無則無假有云何爲取所謂欲

取見取戒禁取我取故名爲取諸長者愛若是有則有假取愛若是無則無假取云何爲愛所謂色愛聲愛香愛味愛觸愛法愛是名爲愛諸長者受若是有則有假愛受若是無則無假愛云何爲受所謂眼觸所生受耳觸鼻觸舌觸身觸意觸所生受是名爲受諸長者觸若是有則有假受觸若是無則無假受云何爲觸所謂眼觸耳觸鼻觸舌觸身觸意觸是名爲觸諸長者六處若有則有假觸六處若無則無假觸云何爲六處所謂眼處耳處鼻處舌處身處意處是爲六處諸長者名色若有有假六處名色若無無假六處云何爲名色所謂受想思觸作意四大界及四大界之所造色是名名色諸長者識若是有有假名色識若是無無假名色云何爲識所謂眼識耳識鼻識舌識身識意識是名爲識諸長者行若是有則有假識行若是無則無假識云何爲行所謂色思聲思香思味思觸思法思是名爲行諸長者無明若有則有假行無明若無則無假行云何爲無明所謂前際無知後際無知前後際無知內無知外無知內外無知苦無知集無知滅無知道無知緣無知緣起無知於緣生法若黑若白有緣無緣有光影無光影有罪無罪可親近不可親近無知無見無對觀無達解如是等相是名無明諸長者不正作意若有則有假立無明若無不正作意則無假立無明云何名爲不正作意所謂我於過去是何等性是何等處是何等類我往未來是何等性是何等處是何等類復於內身多起疑惑云何名我我爲

是誰爲有爲無爲虚爲實是何等性是何等處是何等類我昔何處住於彼處起如是等不正作意從六見中隨生一見執有我見執無我見或依我故而觀我見或不依我而觀我見又復虚妄起如是見我即世間或當緣起爲常爲恒不轉不變永正住止如是諸見是名不正作意諸長者不實分別若有則有假立不正作意不實分別若無則無假立不正作意云何名爲不實分別謂我有情命者丈夫數取生者意生摩納婆作者受者是名不實而諸無聞凡夫妄起如是我分別有情分別命者分別丈夫分別數取分別生者分別意生分別摩納婆分別作者分別受者分別等分別故是爲不實分別諸長者如是不實分別若有則有假立不正作意不實分別若無則無假立不正作意諸長者不正作意若有則有假立無明不正作意若無則無假立無明無明若有則有假立諸行無明若無則無假立諸行如是乃至生若是有則有假立老死生若是無則無假立老死爾時佛告諸長者汝今當知一切諸法不實分別所起依於衆緣羸劣無力從衆緣轉衆緣若有則有假法衆緣若無則無假法諸長者一切諸法唯是假立此中都無生者老者死者盡者及以起者唯有永斷諸趣清淨寂滅可以歸依諸長者於意云何譬如大池所生諸魚水族之屬依何力住長者白言世尊此諸魚等依水力住佛言如是如是諸長者此水頗有思念爲有力不長者白言世尊此水無力無能何所思念佛言如是如是諸長者不實分

別所起諸法亦復如是但假施設無力無能從衆緣轉衆緣若有則有假法衆緣若無則無假法諸長者一切諸法唯是假立此中都無生者老者死者盡者起者唯有永斷諸趣清淨寂滅可以歸依是故諸長者汝等應正觀察如是衆緣非安隱處難可保持深生怖懼逃走遠避復應觀察此是何法因怖何法而來至此汝等如是正觀察時無法可得無怖無捨何以故一切諸法皆不可得一切種求不可得故諸法無我離塵垢故諸法無衆生遠離我故諸法無命出過生老病死愁憂苦惱逼迫等故諸法無數取三世斷故諸法無字一切言音不可說故諸法無著無所緣故諸法寂靜寂滅相故諸法普遍虛空性故諸法性空無定屬故諸法無動無所依故諸法依實際住善住無動相應故諸法不可開闡離相波浪故諸法不可顯示無相無形無有光影離諸行故諸法非我所有離我所故諸法不可分別離心意識故諸法無有愛藏超過眼耳鼻舌身意識故諸法不可舉移離生住壞故諸法無作無用離心意識故諸法屬緣性羸劣故諸長者我說是眼四大所造無常無住無恒不堅之法羸弱速朽難可保信衆苦所集多病多害汝諸長者眼爲如是不應依止耳鼻舌身意亦復如是不應依止當如是觀復次諸長者眼如聚沫不可撮摩眼如浮泡不得久住眼如陽焰業感愛生眼如芭蕉性不堅固眼如幻術從顛倒起是眼如夢唯虛妄見是眼如響繫屬衆緣眼如光影業光影現眼如浮雲聚亂散相眼如流電

刹那便滅是眼無主猶如地是眼無我猶如水眼非有情猶如火眼非壽命猶如風眼非數取猶如空眼爲不實依藏諸大是眼爲空離我我所是眼無知如草木土石是眼無作機關風轉是眼虛假朽穢所聚是眼浮僞摧散破壞滅盡之法眼如丘井常爲老逼眼無住際終歸磨滅諸長者眼爲多過應如是觀乃至於意一切諸法亦復如是復次諸長者一切諸法唯有妄欲異生愚夫不知妄欲故妄謂是眼妄謂是耳乃至妄謂是意諸長者但有妄欲異生愚夫不知妄欲故謂此是色謂此是聲香味觸法亦復如是諸長者但有妄欲異生愚夫不知妄欲故謂此色蘊謂此受蘊想行識蘊亦復如是諸長者但有妄欲異生愚夫不知妄欲故謂此地界謂此水界火風空識亦復如是諸長者一切諸法唯有妄欲異生愚夫不知妄欲故謂此有爲謂此無爲乃至一切諸法亦復如是諸長者汝等今者應捨妄欲趣於無欲於諸妻子家宅財物深知虛妄不應執著不執著故以淨信心捨離家法趣於非家當得無欲諸長者何等名爲出家無欲謂住尸羅別解脫戒具足攝持威儀行處見於小犯生大怖畏受學律儀成就戒蘊諸長者汝等若能奉持戒已於是六根六境五蘊六界深知虛假皆不執著以不著故是名出家無欲之法諸長者若不著眼乃至識界以不著故則不保護何者不保護眼不保護耳鼻舌身意不保護色不保護聲香味觸法不保護色蘊不保護受想行識蘊不保護地界不保護水火風空識界不保

護以不保護則無煩惱若無煩惱則名爲輕云何爲輕謂無所見若無所見則不依物起瞋害心由無瞋害則不自害不思害他不思俱害以無害故則於無餘大涅槃界而便入證諸長者汝等應知誰於寂滅而便入證諸長者眼不入寂滅耳鼻舌身意不入寂滅然因於眼起諸妄執或計爲我或計我所若遠離者即是寂滅遠離何等而爲寂滅若遠離貪即是寂滅若遠離瞋即是寂滅若遠離癡即是寂滅若離無智即是寂滅復次諸長者過去無智不可遠離未來無智不可遠離現在無智不可遠離然要因於遠離無智而正智起諸長者何等爲智所謂盡智何等盡智過去非盡智未來非盡智現在非盡智然諸長者因離無智而此智生此智不遠離智因離眼無智而此智生又諸長者眼非我所若非我所則不取著若不取著即是最上若是最上即是解脫何處解脫於我執所而得解脫有情執所壽命執所數取執所斷常執所一切執所乃至分別執所而得解脫行者若能於執解脫則不分別若不分別則非分別非不分別何等不分別所謂不分別我及以我所行者爾時於一切法離散不積捨而不取捨故寂滅解脫除遣最勝解脫離諸繫縛於何等處名爲除遣一切苦處而得除遣汝諸長者若求出離勿於一法而生取著何以故若有取著則有怖畏若無取著則無怖畏復次諸長者眼非寂滅耳鼻舌身意亦非寂滅色非寂滅乃至識界亦非寂滅然諸長者因於識界起不實執或計爲我及以我所若

離於此即是寂滅遠離何等而得寂滅謂遠離貪而得寂滅離瞋離癡及以無智而得寂滅復次諸長者過去無智不可遠離未來無智不可遠離現在無智不可遠離然離無智而得智生諸長者何等爲智所謂盡智何等盡智過去非盡智未來非盡智現在非盡智然諸長者因離無智而智得生此智不遠離智因離識無智故而智得生而此識界非是我我所若非我所則不取著若不取著即是最上若是最上是即解脫何處解脫於我執所而得解脫有情壽命乃至於一切分別執所而得解脫行者若能於執解脫則不分別若不分別則非分別非不分別何等不分別謂不分別我及我所行者爾時離散不積捨而不取捨故寂滅解脫除遣最勝解脫離諸繫縛於何除遣一切苦處而得除遣汝諸長者若求出離勿於一法而生取著何以故若有取著則有怖畏若無著者則無怖畏爾時世尊欲重宣此義而說頌曰

取著生怖畏　由斯趣惡道　觀此有怖畏
智者不應取　汝修諸聖道　應當善觀察
如是觀便得　異此則不可　一切處皆空
虛動非堅實　愛誑惑世間　勿於此生亂
我已知空法　了諸法不堅　湛然獲安泰
證無動妙樂　若如是了知　諸法唯空者
彼解脫衆苦　及滅於諍論　欲攝受一切
生諸災橫者　攝受故取著　著故生諸有
從有生於生　由生遠寂滅　生者老病死
如是大苦逼　無欲故無取　無取故無有
無有故無生　老病死亦爾　聚集資生具

一時皆棄捨　并捨愛妻子　趣苾芻威儀
勿貪親與財　咄哉念知足　勿如旃荼羅
下賤心來往　勿自恃持戒　輕毀犯戒者
恃戒陵於人　是名真破戒　譬如鹿被弶
若縛若致死　處魔冐慢者　縛害亦如是
慢能壞善心　又損自他善　故勿輕毀戒
況持戒梵行　當學大仙子　常住空閑處
勿顧於身命　趣寂靜解脫　應離無義本
順世尼乾論　愛敬演甚深　空相應妙法
內外十二處　我說心爲本　彼復因業生
業由思久住　眼色俱爲緣　而生起於識
緣缺則不生　譬如薪之火　如是生諸法
和合互相生　無作無受者　現作用如幻
一切內外法　我已知空幻　愚夫顛倒執
分別我我所　眼中無有情　外諸處亦爾
非我作壽者　諸法類應知　眼不思解脫
耳鼻舌亦然　身意等無作　諸法觀如是
譬如巨海中　鼓濤成沫聚　明眼者察知
審其非堅實　如是五蘊體　達者知非固
當解脫生老　愁憂災橫等　我法中出家
知諸法如幻　不虛彼信施　即名供諸佛

爾時五百長者聞是法已即於此處遠塵離垢於諸法中得法眼淨如無黑淨衣置染器中速受染色如是諸長者法眼清淨亦復如是爾時世尊復爲長者宣說妙法示教讚喜諸長者我說此眼自性是苦而復熾然何等熾然所謂貪火瞋火癡火之所熾然生老病死愁歎憂苦不安等法之所熾然如是諸長者我說此耳鼻舌身意自性是苦而復熾然何等熾然所謂貪火瞋火癡火生老病死愁

歎憂苦不安等法之所熾然諸長者我說此色自性是苦而復熾然何等熾然所謂貪火瞋火癡火之所熾然乃至聲香味觸法亦復如是諸長者我說色蘊自性是苦而復熾然何等熾然所謂貪火瞋火癡火之所熾然乃至受想行識蘊亦復如是諸長者我說地界自性是苦而復熾然何等熾然所謂貪火瞋火癡火之所熾然如是乃至水火風空識界自性是苦而復熾然何等熾然所謂貪火瞋火癡火生老病死愁歎憂苦不安等法之所熾然是故諸長者我今不執眼耳鼻舌身意汝等亦應如是隨學我今不執色聲香味觸法乃至不執色等諸蘊地等諸界此世他世汝等亦應如是隨學諸長者汝等若於眼耳鼻舌身意不執著者則不依眼住不依耳鼻舌身意住汝等不依色聲香味觸法時汝等則不依於一切法住汝等不依色蘊乃至不依識蘊住者則不依色蘊乃至識蘊住汝等不依地水火風空識界時則不依地界乃至識界住汝等不依此世他世及以一切世間住者如是汝等不取一切法時則不依於一切法住若能不依一切法住者是則名爲非當有非不當有汝等若悟非當有非不當有者我說汝等解脫生老病死諸苦爾時世尊欲重宣此義而說頌曰

生死所熾盛　燒然諸世間　受苦無能救
喪失於聖道　照世諸如來　時乃一興現
無刹那遠離　當起堅精進　修習於正行
慧觀應察知　如慧觀當得　異此非所獲
若於此修習　應知一切空　了達空法已

非心空菩提　貪瞋及與癡　是三毒大火
燒諸世愚者　長眠而不覺　生老病及死
愁歎諸苦等　知世逼迫已　勿依諸法住

爾時五百長者白佛言世尊我等今者欲於佛所出家受具足戒修清淨行未審世尊垂愍聽不佛言善來苾芻即名出家具足戒已成苾芻法爾時世尊欲重宣此義而說頌曰

袈裟執受已　其髮自然斷　一切皆持鉢
即座成羅漢　知得羅漢已　於苾芻衆前
及對諸天等　大師無問說　昔於世依怙
廣行諸布施　隨其所生處　常感多安樂
彼今得見我　復生清淨心　由彼心清淨
故為說妙法　聞說得羅漢　永離於我見
證空法現前　解脫諸生死

大寶積經卷第三十五

音釋

室羅筏梵語也亦云舍婆提此云聞物國名也筏音伐　僧伽胝梵語也舊訛云僧伽梨此云重複衣又云合云重謂割之合成也伽求加切胝張尼切　超挺超蚩招切越也逸也挺他頂切直也又拔也　憺怕憺徒覽切怕音泊憺泊恬靜無為之貌　撓女巧切擾也　蹈大到切踐也　踰音俞越也　歛力冉切收歛也　鑄音注鎔鑄也　齗音銀齒根肉也　狻猊狻音酸猊音倪狻猊能食虎豹之獸也　頷戶感切口下曰頷　髆音博肩髆也　髀部禮切股骨也　網縵縵謨官切網縵謂佛指間相連如鵝鴈掌也　雙跖跖音隻足底也　瞿拉坡梵語也此云兩踝骨拉音臘坡普禾切　稠音紬密也　坎苦感切小阱也　駃音夬疾也　⿰火孛音孛起貌　伺隙伺相吏切偵候也隙乞逆切釁隙也　洄濩洄胡瑰切泝洄也逆流而上曰泝洄濩音服亦洄也　惛耄惛呼昆切不明了也耄莫報切人年八十九十曰耄　面皺皺側救切皺也皮細起也　羸劣羸倫為切瘦也劣力報切弱也　撮摩撮麁括切兩指撮也又蹙聚而捎取之也摩眉婆切揩也相切也　被弶被平義切々也弶其亮切第也　罥古泫切網也

大寶積經卷第三十六

唐三藏法師玄奘奉　詔譯

菩薩藏會第十二之二

金毗羅天受記品第二

爾時世尊於彼中道不移其處令諸長者建立聖果以如来威勢入王舍城四衆圍繞容儀庠序時有護王舍城諸天藥叉大善神王名金毗羅作如是念今者如來形相殊異於世間中最勝難遇堪受人天之所供養我等今當應以種種上妙供具奉獻如來作是念已便以最勝飲食具足香味成就妙色奉上於佛爾時世尊愍其所獻故爲納受時金毗羅王所領大藥叉衆六萬八千在虚空中咸生隨喜以清遠音唱言善哉善哉時金毗羅即以此義告其衆曰我已奉佛上妙供具汝等亦應以諸供養施苾芻僧當令汝等於長夜中利益安樂諸藥叉衆受王教已即以上供施苾芻僧時諸僧衆哀受其供爾時世尊爲乞食故入王舍城既得食已將還所止時有無量千衆天龍藥叉揵達縛阿素洛揭路荼緊捺洛牟呼洛伽及無量千人與非人又有無量拘胝那庾多百千衆生隨從佛後爾時如來往彼最勝寛廣之地敷如常座而坐其上時金毗羅與其部從即持種種天曼陀羅華殟鉢羅華鉢特摩華拘貿陀華奔荼利華復持種種天旃檀末諸供養具而散於佛所謂勝散大勝散妙散大妙散作如是等慇懃散已合掌佛前禮敬而住爾時如來知金毗羅及其大衆心之所念即便微笑諸佛常法現微笑時從其面門出種種無量色光所

謂青黃赤白紅色銀色及水精色其光遍照無量無邊一切世界日月威光掩蔽不現下照地獄令彼悅樂乃至上涌至於梵世所應作已而復還來右繞七帀或於世尊頂上而没或從兩肩或從兩膝而滅没者諸佛常法若授地獄衆生記時爾時光明兩足下没若授畜生光從背没若授鬼趣從身前没若授人道從左脅没若授天趣從右脅没若授聲聞從兩膝没若授獨覺從兩肩没若佛世尊授諸菩薩摩訶薩阿耨多羅三藐三菩提記時爾時光明從頂上没時長老阿難陀既覩世尊微笑光明以七條衣覆左肩已偏袒右肩右膝著地合掌禮足以頌問曰

照世依怙者　何故放光明　利益世間尊
何緣現微笑　誰今下聖種　爲佛菩提因
今爲誰授記　誰應住解脫　大雄猛導師
非無因而笑　願牟尼當說　現光之所爲

爾時世尊即便以頌報阿難曰

金毗羅淨心　奉獻諸供具　救世依怙者
故現斯微笑　捨神王報已　往三十三天
受彼天福盡　上生焰摩天　又生覩史天
受諸天欲樂　福盡生人中　興爲智慧王
王四洲人主　自在轉輪帝　捨後人王已
便生梵世天　天上及人中　數往來不息
二十拘胝劫　常感諸妙樂　最後捨王位
出家求佛道　衆緣具足已　成究竟菩提
三萬諸藥叉　由奉養於佛　便捨藥叉報
生三十三天　後見慈氏尊　復獲阿羅漢
既蒙授道化　即名供諸佛　滿千藥叉衆
爲住大菩提　由是善根故　不生諸惡趣

或有千藥叉　當供佛導師　求無上菩提
利益衆生故　或有二三千　持香華鬘等
當供養諸佛　爲得佛菩提　或有千拘胝
當供諸佛已　修自體清淨　後證大菩提
金毗子世羅　具大神通力　亦發大願心
我當成等覺　曾供養諸佛　遍起於弘誓
今復供養我　心趣無上道　由此善根力
捨諸弊惡趣　當見慈氏尊　又獻拘胝蓋
獻拘胝蓋已　復獻拘胝衣　獻拘胝衣已
爾時便出家　具滿五百歲　專修行梵行
求最上菩提　利益衆生故　當成彼願故
修行施戒等　如殑伽沙劫　精勤常不斷
如是汝當知　爲示現故說　彼修行勝行
倍增過上數　如前說譬喻　殑伽沙劫數
得見彼諸佛　當修大供養　奇哉勝妙智
奇哉無上心　諸衆大導師　名所不能顯
後當成正覺　一切衆生尊　號名曰醫王
普聞十方界　七十拘胝歲　說法度衆生
其兩足世尊　久當入寂滅　二十大集會
調伏衆生心　最後一大會　經二百億歲
如所說大會　度無量聲聞　如聲聞數量
菩薩衆亦爾　利益衆生已　如來方涅槃
正法住世間　經於百千歲　滿五百劫中
是苾芻成佛　於彼一一劫　千如來出現
諸有智慧者　當思法水灌　應生勇猛心
行多聞正理　遠於非正理　常修正理法
應修習多聞　由此慧增長　四根本法義
濟度諸菩薩　施戒聞捨法　賢善菩提道
爲衆說是法　最勝無上乘　演布聲聞道
善斷諸疑網　諸有請問者　我今悉開許

能說深妙法　照世者難遇
爾時金毗羅子世羅即於佛前聞佛授記歡喜踊躍得未曾有作如是念今者世尊將往鷲峯山王我當復應於如來所殖少善根作是念已告其衆曰卿等當知如來當發王舍大城昇鷲峯山卿等宜可發勇猛心隨其力能辦諸供養時彼世羅即與官屬從王舍城至鷲峯山中間道路屏除草穢瓦礫石株杌毒刺極令遍淨如明鏡面又以香水霑灑其地敷勝妙衣遍于中路散布名華量與人等燒妙堅香順路普熏列樹幢旛懸諸寶蓋於虛空中張施繒綵條別間設羅布其上又作種種天諸音樂前後充滿其路極廣盡一箭道皆遍覆以水生諸華所謂殟鉢羅華鉢特摩華拘貿陀華奔茶利華又以鴛鴦勝鳥間錯其華行列道側於彼道上又以金縷繒綵而用敷之上施七寶所成殊妙等網遍覆于道時彼世羅於佛由路作如是等大莊嚴已自化其身極令姝大與諸官屬歡喜踊悅倍生欣慶發諸勝心所謂暢適心調善心柔輭心清淨心離蓋心充美心歸依佛心歸依法心歸依衆心不動菩提心不退轉心無等心無等等心超過一切三界心於一切衆生起大慈心起大悲心起大喜心起大捨心起一切佛法器心堅心固心不可壞心不朽敗心捨離聲聞獨覺地心成立一切菩薩地心彼住如是諸勝心已往如來所頂禮佛足右繞三帀却住一面合掌向佛而說頌曰
我已爲世依　辦無上供養　佛爲世間尊
演最上法者　十力皆成就　安住諸無畏

利益衆生事　如導師所作　具相三十二
八十隨形好　世怙猶如日　流光遍於世
轉於妙法輪　最勝十二行　宣布深妙法
利益群生故　顯示諸神變　如佛之儀式
爲多拘胝衆　作諸利益事　未來諸大雄
祐世間如日　宣揚彼聖法　悟成無上智
爲舍爲救援　爲道爲歸趣　爲諸生盲衆
導之施慧眼　五趣衆生類　我當作依怙
解脱諸苦聚　如先佛所離　我爲兩足尊
天中天日月　天帝那伽衆　阿素洛奉敬
所設諸供具　世無有等者　我作上妙業
無有相似者　如法王世尊　具足三十二
上微妙福相　世無與等者

爾時世尊爲金毗羅子世羅而說頌曰

諸供大師者　爲最上法因　彼有情中勝
菩提不難得　供養照世間　光性世依怙
諸天龍及人　所應供養者　悟上妙菩提
坐最勝道樹　摧伏諸惡魔　爲衆生說法

爾時世尊與無量百千天龍藥叉羅刹揵達縛緊捺洛牟呼洛伽人與非人復有無量百千那庾多拘胝諸衆生等前後圍繞佛於其中最居衆首以如來大威德故大神通故大宗勢故種種自在大變化故放大光明震動大地雨大蓮華滿虛空中鼓於百千那庾多拘胝天諸妓樂時諸大衆歎未曾有既覩神變倍加恭敬爾時如來足步蓮華大如車輪隨莊嚴道往鷲峯山王既到彼已告長老阿難陀曰汝爲如來敷置勝座所謂最上之座法座微妙座勝過一切三界座尊勝座佛座如來之座我當於此坐爲欲利益一切衆生

故說大乘菩薩行所依經名微妙吉祥大菩薩藏此經能令一切衆生疑山崩墮此經能令一切衆生疑網斷絶此經能令一切衆生疑根不生此大乘經利益安樂諸衆生故哀愍大衆及諸天人是故如來方爲開闡爾時長老阿難陀如佛所教敷施法座時彼衆中有六十八拘胝天子各捨上衣爲如來故敷法座上佛於其上如常敷座顧諸天子而說頌曰

諸天敷衣服　最勝上微妙　救世大導師
安處此法座　到諸法彼岸　如來昇座已
大地六種動　令衆皆歡喜　放光照佛土
并曜諸山王　世尊現神通　濟度樂法者
諸天龍及人　鳩槃荼餓鬼　布怛那等衆
互相見無障　百千那庾多　拘胝諸天等
覩佛放光明　此時甚難遇　頻毗娑羅王
諸大臣圍繞　來詣世依怙　最勝如來所
佛知天龍人　大衆皆坐已　爲利諸衆生
顧視於四方　告諸有疑者　當問兩足尊
我將導世間　善斷諸疑網

爾時三千大千世界所有衆生爲聽法者皆來集會既聞如來說是法已爲聞法故靜息外緣心住一境攝念而住爾時世尊告長老大目揵連汝今當知有誰苾芻住在遠處未來會坐當召令集時長老大迦葉在大雪山南面而住大目揵連憶念知已以神通力往彼白言如來今者在鷲峯山於大衆前爲諸天魔梵沙門婆羅門天人阿素洛等當說妙法正待仁者可共往彼勿令我等於法障礙時大迦葉語大目揵連言汝且前往吾尋後

至作是語已時大迦葉不起于座化神通力入王舍城將從四部導衆而行往鷲峯山頂禮佛足於大衆中對於佛前不遠而坐時大目揵連覩斯化已以神通力來至佛所乃見迦葉先已處座白迦葉言尊者成就速疾大神通力乃能不起本座現斯神化大迦葉言世尊說汝神通第一吾今微現未可涉言

試驗菩薩品第三

爾時長老舍利子即從座起以鬱多羅僧覆左肩上偏袒右肩以右膝輪而置於地向佛合掌恭敬而住白佛言世尊我今欲有少問惟願如來應正遍知哀愍聽許爲我解說佛告長老舍利子言恣汝所問如來今者當爲解說令汝心喜舍利子白佛言世尊菩薩摩訶薩成就幾法身業無失語業無失意業無失成就幾法身業清淨語業清淨意業清淨成就幾法身業不動語業不動意業不動不爲天魔及魔軍衆之所嬈轉從初發一切智心修行正行地地增勝善巧方便爲一切衆生作勝導師爲普導師爲大照炬爲大梯隥爲橋爲船爲濟度者爲彼岸者爲舍爲救爲歸爲趣而能不捨一切智心爾時舍利子欲重宣此義以頌問曰

菩薩何等義　能住大菩提　何名德及法
由此悟無上　又行何等行　利益諸衆生
修習何法已　成佛人中勝　云何伏惡魔
住最勝菩提　震動拘胝土　悟無上正覺
菩薩者何義　如是句云何　云何爲菩提
及無上佛法　云何行世間　利益群生類
不染如蓮華　解脫拘胝衆　云何爲天龍

非人等供養　我諸所請問　慈悲願爲説
爾時佛告長老舍利子善哉善哉吾今當爲分別解説舍利子菩薩摩訶薩成就一法則能攝受汝所問法及餘無量無邊佛法何者一法謂菩提心及備信欲舍利子是名菩薩摩訶薩成就一法則能攝受無邊佛法舍利子白佛言世尊何等名爲信欲具足復以何義名菩提心佛告舍利子信欲具足者是謂堅實不可壞故是謂牢固不可動故言不動者無蹶失故無蹶失者能善住故能善住者不退轉故不退轉者觀衆生故觀衆生者大悲根本故大悲根本者不疲倦故不疲倦者成熟衆生故成熟衆生者善知自樂故善知自樂者無希望故無希望者不染資具故不染資具者爲衆生依故爲衆生依者觀待下劣衆生故觀待下劣衆生者爲救濟故爲救濟者爲歸趣故爲歸趣者不卒暴故不卒暴者善觀察故善觀察者無怨嫌故無怨嫌者善調信欲故善調信欲者無所存故無所存者善清淨故善清淨者妙鮮白故妙鮮白者内離垢故内離垢者外善清淨故舍利子如是堅實難壞乃至内離於垢外善清淨者是名信欲具足也佛復告舍利子菩提心者何相何貌舍利子菩提心者無有過失不爲一切煩惱之所染故菩提心者相續不絶不爲餘乘中所證故菩提心者堅固難動不爲異論所牽奪故菩提心者不可破壞一切天魔不傾敗故菩提心者常恒不變善根資粮所積集故菩提心者不可摇動必能獨證諸佛法故菩提心者妙善安住於菩薩地善安住

故菩提心者無有間斷不爲餘法所對治故菩提心者譬如金剛善能穿徹佛深法故菩提心者勝善平等於諸衆生種種欲解無不等故菩提心者最勝清淨性不染故菩提心者無有塵垢發明慧故菩提心者寬博無礙含受一切衆生性故菩提心者廣大無邊如虛空故菩提心者無有障礙令無礙智遍行一切無緣大悲不斷絶故菩提心者應可親近爲諸智者所稱讚故菩提心者猶如種子能生一切諸佛法故菩提心者爲能建立建立一切喜樂事故菩提心者發生諸願由戒淨故菩提心者難可摧滅由住忍故菩提心者不可制伏由正勤故菩提心者最極寂靜由依一切大靜慮故菩提心者無所匱乏由慧資粮善圓滿故復次舍利子菩提心者即是如來尸羅蘊三摩地蘊般羅若蘊解脱蘊解脱知見蘊之根本也又菩提心者即是如來十力四無所畏十八不共佛法之根本也舍利子言菩提心者謂以此心用菩提爲生體故名菩提心如是舍利子諸菩薩摩訶薩成就信欲菩提心故是名菩提薩埵是名廣大薩埵是名極妙薩埵是名勝出一切三界薩埵是名身業無失語業無失意業無失是名身業清淨語業清淨意業清淨是名身業無動語業無動意業無動菩薩摩訶薩以具如是諸業淨故不爲天魔及魔軍衆之所嬈轉從初發一切智心修行正行地地增勝善巧方便不爲一切世法所染能爲衆生作大導師作勝導師作普導師爲大照炬爲大梯隥爲橋爲船爲濟度者爲彼岸者爲舍爲救

爲歸爲趣舍利子菩薩摩訶薩如是發一切智心故魔及魔軍不能傾動爾時佛告舍利子諸菩薩摩訶薩由具如是淨信欲故發阿耨多羅三藐三菩提心已心多淨信樂覲賢聖樂聞正法樂不慳悋開舒心手而行大施欣樂大捨樂均普施於諸衆生心無罣礙心無穢濁心無憒亂心不間雜於業業報深心奉敬無疑無慮知黑白法果報不壞乃至命難不起諸惡永離殺生不與取邪淫行妄語乖離語麤惡語綺語貪染瞋恚愚癡邪見爲斷如是不善業道受持奉行十善業道由具信故於諸沙門若婆羅門正至正行具德具戒其心純淨成調順法具足多聞勤行諮問修正作意調善寂靜親近寂滅不起諍訟非不愛語善知信欲非不善知善法相應遠諸惡法不掉不高性離躁動性離麤言語無浮雜守念正住心安妙定善斷有本不中毒箭捨離重擔超度疑慮及以後有諸佛世尊菩薩摩訶薩聲聞獨覺於如是等善知友所如實覺已親覲敬仰奉事將遇行者如是於善知友身行奉事復以法施而攝受之宣說妙法示教讚喜所謂若行枕那得大財富若行尸羅得生天樂若好多聞獲得大慧若修諸定便離繫縛復爲開顯種種微妙清淨勝法此是布施此布施報此是慳悋此慳悋報此是尸羅此尸羅報此是犯戒此犯戒報此是忍辱此忍辱報此是瞋恚此瞋恚報此是正勤此正勤報此是懈怠此懈怠報此是靜慮此靜慮報此是亂心此亂心報此是智慧此智慧報此是惡慧此惡慧報此身妙行此身

妙行報此身惡行此身惡行報此語妙行此語妙行報此語惡行此語惡行報此意妙行此意妙行報此意惡行此意惡行報此善此不善此應作此不應作此若作已感得長夜義利安樂此若作已感得長夜非義非利非安樂果舍利子行者如是爲諸善友宣說是法示教讚喜已覺知堪任大法器者即爲開示甚深微妙空相應法所謂空法無相法無願法無行法無生法無起法無我法無數取法無壽命法無衆生法復爲開示甚深緣起所謂此有故彼有此生故彼生無明緣行行緣識識緣名色名色緣六處六處緣觸觸緣受受緣愛愛緣取取緣有有緣生生緣老死愁歎憂苦身心焦惱如是種種生起純大苦聚又此無故彼無此滅故彼滅謂無明滅故行滅行滅故識滅乃至生滅故老死滅如是乃至純大苦聚滅舍利子又應爲說此中無有一法是有可得而可滅者何以故由彼諸法從因緣生無有主宰無有作者無有受者從因緣轉又無一法流轉旋還亦無隨轉由癡妄故假立三界從煩惱苦之所流轉但假施設行者如是如實觀察癡妄之時無有一法能作餘法若於是中無有作者作者不可得故乃至無有一法流轉旋還流轉旋還不可得故舍利子行者若聞如是甚深法已無疑無慮善入諸法無罣礙性是人不著於色不著受想行識不著眼色及以眼識不著耳鼻舌身意法及以意識皆不可得故復次舍利子菩薩摩訶薩信受如是性空法已不退見佛不退聞法不退奉僧在在所生不離見

佛不離聞法不離奉僧而生佛前猛勵正勤志求善法是人住正勤已不戀居家男女眷屬奴婢僕使及諸資具是人不爲婬欲所嬈速於今生捨盛年樂以淨信心於佛法中出家入道既出家已得善知識善伴善友善住思惟善住信欲由善住信欲故善聽聞法堅奉修行不但言說以爲宗極覺慧成就樂求多聞無有厭足如所聞法以無染心爲他廣演於諸利養恭敬名譽情無希望不捨正義妄爲他說如其所聞如其所住而爲說法於聽法衆起大慈心於諸衆生起大悲心舍利子行者如是有多聞故不顧身命少欲知足寂靜欣樂易滿易養樂處空閑如所聞法觀察其義依於實義不依於文爲諸天人阿素洛界之所依止不專爲已爲諸衆生求於大乘所謂佛智無等智無等等智勝出一切三界之智舍利子我說是人獲得第一不放逸法舍利子云何名爲不放逸法所謂諸根寂靜何等諸根寂靜所謂眼見於色不取相貌如實覺知色味色患及色出離如是耳所聞聲鼻所齅香舌所嘗味身所覺觸意所識法不取相貌如實覺知法味法患及法出離舍利子如是名爲心不放逸復次不放逸者調伏自心善護他心除樂煩惱趣樂正法不行欲覺恚覺害覺不行貪不善根瞋不善根癡不善根不行身惡行語惡行意惡行不行不如理作意不行一切惡不善法此則名爲不放逸也如是舍利子是諸菩薩摩訶薩既不放逸能勤修習如理作意若法是有如實知有若法是無如實知無觀察此中何者是有

何者是無即以慧力如實能知正修習者聖解脫有邪修習者聖解脫無無業報者此則是有有業報者此則是無復次眼爲是有有眼者無耳鼻舌身意意爲是有有意者無復次色爲無常苦變異法此則是有色爲常住不變不壞此則是無受想行識無常苦變異法此則是有受想行識常住不變不壞此則是無復次無明爲緣諸行則有若無無明諸行則無乃至以生爲緣老死則有若無生者老死亦無復次施感大財此則是有施感貧窮此則是無持戒生天此則是有犯戒生天此則是無聞生大慧此則是有諸惡慧者能生大慧此則是無修定離縛此則是有修定繫縛此則是無復次若如理作意而有繫縛不如理作意離繫縛者此二俱無若諸菩薩

發起正勤菩提則有若起懶惰菩提則無若無憍慢出家授記是名爲有若憍慢者寂滅則無復次遍一切處空性是有遍一切處有我數取衆生壽命丈夫等類此則爲無如是舍利子若諸菩薩摩訶薩行不放逸能善修習如理作意世間智者同知是有施設爲有世間智者同知是無施設爲無舍利子若定說有非正了知若定說無是亦名爲非正了知何以故諸佛世尊所說實義能隨覺了故舍利子諸佛世尊具大智力總攝諸法安處四種鄔柁南中何等爲四所謂一切行無常一切行苦一切法無我涅槃寂滅舍利子所演一切行無常者如來爲諸常想衆生斷常想故所演一切行苦法者如來爲諸樂想衆生斷樂想故所演一切無我法者如來爲諸

我想衆生斷我想故所演寂滅涅槃法者如來爲諸住有所得顛倒衆生斷有所得顛倒心故舍利子是諸菩薩摩訶薩若聞如來說一切行爲無常者即能善入畢竟無常若有聞說一切行苦則能與厭起離願心若有聞說諸法無我則能修習於三摩地妙解脫門若有聞說寂滅涅槃則能修習無相三摩地而不非時趣入眞際如是舍利子若諸菩薩摩訶薩能善修習如是法者終不退失一切善法速能圓滿一切佛法

大寶積經卷第三十六

音釋

庠序 庠徐羊切序象呂切庠序謂安詳而有次序也
揭路荼 梵語也亦云迦樓羅此云金翅鳥揭居謁切荼同都切
緊捺洛 梵語也亦云緊那羅此云疑神又云人非人捺乃八切
殟鉢羅 梵語也此云青蓮花殟烏骨切
拘貿陀 梵語也此云黃蓮花貿音戊
脅 虛業切腋下也
殑伽 梵語也此云天堂來河名也以從高處來故殑其陵其拯二切伽求迦切
殖 丞職切種也
屛除 屛必郢切亦除也又斥也
甎 朱遄切甓也
磔 音歷小石也
株杌 株追輸切木根也入土內曰根在上上曰株杌五忽切樹無枝也
刺 七賜切芒刺也
姝 春朱切美好也
鬱多羅僧 梵語也此云上著衣即七條也鬱紆勿切
梯隥 梯天黎切木階也隥丁鄧切登陟之道也
蹶 居月切僵也又失足也
匱乏 匱求位切竭也乏扶法切空乏也
薩埵 梵語也此云成衆生謂用佛道成就衆生也埵音朶
躁 側到切動也不安靜也
柁那 梵語也亦云檀那此云施柁待可切
齅 許救切以鼻攬氣曰齅
鄔柁南 梵語也此云自詵鄔安古切

大寶積經卷第三十七

唐三藏法師玄奘奉　詔譯

菩薩藏會第十二之三

如來不思議性品第四之一

爾時佛告舍利子是諸菩薩摩訶薩善住如是清淨信已復能信受如來應正遍知十種不可思議法諦奉清淨無惑無疑不異分別倍復踊躍深生歡喜發希奇想舍利子何等名爲如來十種不思議法舍利子一者信受如來不思議身二者信受如來不思議音聲三者信受如來不思議智四者信受如來不思議光五者信受如來不思議尸羅及以等觀六者信受如來不思議神通七者信受如來不思議力八者信受如來不思議無畏九者信受如來不思議大悲十者信受如來不思議不共佛法舍利子是名十種不思議法若有菩薩摩訶薩爲求法故興起正勤不怯不退不生捨離發如是心我今未得不思議法寧使風所轉身皮肉筋骨受大苦惱或復血肉乾枯竭盡要必勤行精進中無暫廢如是舍利子已得信解諸菩薩摩訶薩若聞如是如來十種不思議法信受諦奉清淨無疑倍復踊躍深生歡喜發希奇想爾時世尊欲重宣此義而說頌曰

佛身難思議　爲眞法身顯　無相不可觀
唯佛子能信　諸趣雜種類　音聲不可思
隨音爲說法　信諸佛境界　一切種羣生
三世諸根異　佛皆能覺了　信是不思議
諸佛無邊光　光網不思議　遍滿十方界
無邊佛土海　佛戒超世間　不依止世法

神足不思議　菩薩能信受　衆生不能知
如來之境界　如來常在定　解脫不思議
法界不相雜　唯佛力能知　大仙諸智力
猶若空無際　爲利一衆生　住無邊劫海
令其得調伏　大悲心如是　一切諸羣生
種種問難法　一音令悅解　無畏不思議
成一切種智　隨覺於諸法　及不共佛法
遍智皆能見　一切難思議　諸佛法如是
有能奉信者　是爲善住信

爾時佛告舍利子云何菩薩摩訶薩於如來不思議身信受諦奉清淨無疑倍復踊躍深生歡喜發希奇想舍利子所謂如來身者永斷一切惡不善法何以故由能成就一切微妙諸善法故如來身者遠離一切不淨洟唾痰癃膿血大小便利何以故如來久已解脫一切骨肉筋脉故如來身者自性清澈何以故如來久已遠離一切煩惱諸垢穢故如來身者出過世間何以故不爲世法之所染汙故如來身者無量功德久已積集福智資粮一切衆生慧命依止如來身者無量淨戒之所熏修無量等觀及無量慧解脫解脫知見之所熏修如來身者諸功德華之所嚴飾如來身者如淨鏡中微妙之像如淨水中明滿之月又如光影之所照曜如來身者不可思議等虛空界極法界性如來身者清淨無染遠離一切諸染穢濁如來身者即是無爲遠離一切諸有爲相如來身者是虛空身是無等身無等等身一切三界無與等身如來身者無譬喻身無相似身如來身者清淨無垢離諸煩惱自性清澈又舍利子如來身者不

可以前際求不可以後際求不可以現在求不可以生處種姓求如來身者不可以色求不可以相求不可以好求如來身者不可以心求不可以意求不可以識求如來身者不可以見求不可以聞求不可以念求不可以了別求如來身者不可以蘊求不可以界求不可以處求如來身者不可以生求不可以住求不可以壞滅求如來身者不可以取求不可以捨求不可以出離求不可以行求如來身者不可以顯色求不可以相貌求不可以形色求不可以來求不可以去求如來身者不可以淨戒作意求不可以等觀作意求不可以正慧作意求不可以解脫作意求不可以解脫知見作意求如來身者不可以有相求不可以無相求不可以諸法相求如來身者不可以力增益求不可以無畏增益求不可以無礙辯增益求不可以神通增益求不可以大悲增益求不可以不共佛法增益求舍利子菩薩摩訶薩欲求如來身者當應如幻如焰如水中月如是自性求如來身舍利子如來身者即是空無相無願解脫之身無變異身無動壞身無分別身無依止身無思慮身如來身者即是安住善住得不動身如來身者即是無色色自性身即是無受受自性身即是無想想自性身即是無行行自性身即是無識識自性身舍利子如來身者無有無生無四大身如來身者即是希有希有法身如來身者非眼所起不在色中亦不在外不依於耳不在聲內亦不在外非鼻所知不在香內亦不在外非舌所顯不在味中

亦不在外不與身合不在觸中亦不在外如來身者不依心轉不依意轉不依識轉安住不動非是旋還亦不隨轉舍利子如來身者等量虛空如來身者極於法界如來身者盡虛空界舍利子是名第一如來不思議身是諸菩薩摩訶薩聞如來不思議身如虛空已信受諦奉清淨無疑倍復踊躍深生歡喜發希奇想爾時世尊欲重宣此義而説頌曰

拘胝那庾劫　行無量大行　善淨身三業
獲無等佛身　慈心遍十方　起大悲行施
常離邪婬行　得勝虛空身　於世尊福田
佛子廣行施　捨淨珍服等　如無量殑沙
奉持於淨戒　如犛牛護尾　假使碎身苦
於怨大忍生　正勤波羅蜜　修行極疲苦
發弘大誓願　求常住佛身　樂觀諸定境
樂廣慧方便　樂觀於法界　願等法界身
於佛行善已　成無等妙覺　獲大虛空身
清白離塵染　無我人性空　無相不可説
證是牟尼身　過諸眼境界　意淨離色聲
本空無起作　見眞如身者　則見十方佛
如種種幻化　象馬狂夫等　誑惑愚倒者
如是觀十方　三世無量佛　同處法性身
無等等虛空　極清淨法界

如是舍利子是名如來不可思議身菩薩摩訶薩信受諦奉清淨無疑倍復踊躍深生歡喜發希奇想爾時佛告舍利子云何菩薩摩訶薩於如來不思議音聲信受諦奉清淨無疑乃至發希奇想舍利子如來出世愍諸含識敷演法化所發音聲齊於衆會由所調伏衆生力故如來音聲普遍十方無量世界令

諸衆生心歡喜故舍利子然諸如來所出音聲雖遍世界不作是念我爲苾芻衆說法我爲苾芻尼衆說法我爲鄔波索迦衆鄔波斯迦衆婆羅門衆刹帝利衆長者衆天衆梵衆如是等衆而爲說法亦不作是念我今演說契經應頌記別伽他自說緣起本事本生方廣希法譬喻解釋如是等趣十二分教初未生念爲之敷演舍利子如來隨諸衆集所謂苾芻乃至梵衆如其所聞種種正勤而爲說法是諸衆生樂聞法故各自謂聞如來法聲面門而發然是法聲於其所說種類言詞不相障礙各别悟解自所了法是則名爲不可思議舍利子諸佛如來先福所感果報音聲其相無量所謂慈潤聲可意聲意樂聲清淨聲離垢聲美妙聲喜聞聲辯了聲不軟聲不澀聲令身適悅聲心生踊躍聲心歡悅豫聲發起喜樂聲易解聲易識聲正直聲可愛聲可喜聲慶悅聲意悅聲師子王吼聲大雷震聲大海震聲緊捺洛歌聲羯羅頻伽聲梵天聲天鼓聲吉祥聲柔輭聲顯暢聲大雷深遠聲一切含識諸根喜聲稱可一切衆會聲成就一切微妙相聲舍利子如是等如來音聲具足如是殊勝功德及餘無量無邊功德之所莊嚴舍利子是名第二如來不思議音聲是諸菩薩摩訶薩聞如來不思議音聲具足無量殊勝功德信受諦奉清淨無疑倍復踊躍深生歡喜發希奇想爾時世尊欲重宣此義而說頌曰

導師演妙音　所謂梵音聲　由是法具足
令諸梵歡喜　牟尼演妙音　從大悲流涌

謂與慈相應　喜捨亦如是　如是具足音
滅衆生貪火　息除瞋恚毒　壞裂諸癡暗
假使贍部洲　無量種人聲　縱獲遍聞已
終不悟解脫　天地虛空聲　不悟亦如是
若聞聖主聲　必能證寂滅　二足及四足
多足及無足　悉同彼音轉　悟之善惡法
三千世界內　下中上音聲　隨彼種類音
化令證解脫　演無分別聲　無縛無攝受
處定聞眞諦　聞者息煩惱　無邊衆生聞
佛法僧音聲　及施戒聞忍　如來聲如是
彼聲非有量　聲智俱無邊　信佛聲無疑
唯聰慧菩薩

爾時佛告舍利子云何菩薩摩訶薩於如來不思議大智信受諦奉清淨無疑倍復踊躍深生歡喜發希奇想舍利子如來無礙智見不可思議於一切法中依之而起諸菩薩摩訶薩則能信受諦奉乃至發希奇想舍利子如來爲生信故依如來智波羅蜜多廣說譬喻諸有智者便得開解舍利子假使有人以殑伽沙等世界中所有草木莖幹枝葉下至量齊四指積爲大聚以火焚之乃變成墨擲置他方殑伽沙等世界海中於百千歲就以磨之盡爲墨汁舍利子如來成就如是無礙智見以是智故從彼如是大海之中取一墨滴以智力故分析了知是某世界如是樹成某根某莖某枝某條華果葉等類別所作皆悉了知何以故舍利子由如來善通達法界故而能如是了知此墨從某世界某樹而來如是次第乃至廣說舍利子是名如來應正遍知具足如是大神通力具足如是大威德

力具足如是大宗勢力是故舍利子若有善男子善女人於如來大智清淨信受又於佛所起愛敬心者彼善男子善女人所有善根叵知其邊速盡苦際何以故舍利子如來善通達法界故由通達故若有衆生於如來所起微善者盡於苦際畢竟不壞舍利子我今爲汝復說譬喻令有智者因此喻故於義解了舍利子如有男子壽命百年此人持一毛端散分以爲百五十分取毛一分霑水一滴來至我所而作是言敢以滴水持用相寄後若須者當還賜我爾時如來取其滴水置殑伽河中而爲彼河流浪迴澓之所旋轉和合引注至于大海是人滿百年已來至我所而白我言先寄滴水今請還我舍利子如來成就不思議智由是智故如來應正等覺知彼水滴在于大海便以一分毛端就大海内霑本水滴用還是人舍利子此譬喻者義何謂耶所謂衆生曾以一滴微善之水寄置如來福田手中久而不失如是舍利子若有善男子善女人於如來不思議智清淨信受起愛敬心緣念如來與諸供養又以名華散空奉獻是人所有善根叵知其邊速盡苦際何以故舍利子如來善通達法界故若人於如來所起一念善心者盡於苦際畢竟不壞爾時長老舍利子白佛言世尊如來不思議大智離識而轉不佛言不也舍利子復白佛言世尊若如是者云何爲智云何爲識佛言舍利子有四識住識住識依此住故名識住何者爲四所謂色識住者識緣於色識住色中由如此故生喜住著轉加增長堅固廣大受識住者

識緣於受識住受中由如此故生喜住著轉加增長堅固廣大想識住者識緣於想識住想中由如此故生喜住著轉加增長堅固廣大行識住者識緣於行識住行中由如此故生喜住著轉加增長堅固廣大舍利子如是等相名之爲識復以何等名之爲智所謂不住五受蘊中了達識蘊是名爲智又舍利子所言識者謂能了別地界水界火界風界是名爲識所言智者若有不住四大界中能善通達識之法界不相雜者是名爲智又舍利子所言識者謂能了別眼所知色耳所知聲鼻所知香舌所知味身所知觸意所知法是名爲識所言智者於內寂靜不行於外唯依於智不於一法而生分別及種種分別是名爲智又舍利子從境界生是名爲識從作意生是名爲識從分別生是名爲識無取無執無有所緣無所了別無有分別是名爲智又舍利子所言識者住有爲法何以故無爲法中識不能行若能了達無爲之法是名爲智又舍利子住生滅者名之爲識不生不滅無有所住是名爲智舍利子如是諸相若識若智是名如來第三不思議大智若諸菩薩摩訶薩聞如是不思議大智無障無礙一切法中依之而起信受諦奉清淨無疑倍復踊躍深生歡喜發希奇想爾時世尊欲重宣此義而說頌曰

無量殑伽沙　十方界草木　盡焚成墨灰
億載磨于海　十力智深妙　取滴示含生
如實分別知　此其界樹等　如是十方界
塵水示如來　佛智等虛空　遍曉無疑滯

十方衆生心　發貪瞋癡行　如實悉能知
無增減解脫　十力世尊智　照明於法界
無分別離思　佛子能信受

爾時佛告舍利子云何菩薩摩訶薩於如來不思議大光信受諦奉清淨無疑倍復踊躍深生歡喜發希奇想舍利子諸佛如來善通達法界故不可思議由通達故一切如來放大光明遍照三千大千佛之世界而無障礙舍利子譬如空中無諸雲霧日輪炎盛放大光明遍照於世如是舍利子如來應正等覺放大光明遍照一切亦復如是又舍利子如世間中燈油之光於螢火光爲廣爲大顯照明淨超過最勝燭炬之耀超勝燈光庭燎火聚又勝燭炬藥草發光踰於火聚星宿之光倍過藥草滿月流光又過星耀炎盛日光踰超於月四天王天身所發光宫殿光牆壁光莊嚴具光倍勝於前不可爲喻如是展轉乃至他化自在天身宫殿牆壁身莊嚴具皆發光明又倍於上梵身天光梵輔天光梵衆天光大梵天光如是少光無量光光淨少淨乃至遍淨廣果有想無想無煩無熱善現善見色究竟天所有身光宫殿光牆壁光莊嚴具光比前諸光爲最第一如是色究竟天所有光明比於如來正遍知光而如來光超過於彼微妙顯照最勝明淨廣大第一不可爲喻何以故舍利子如來光者不可思議從無量戒聚生從等持聚生慧聚解脫聚解脫知見聚生從如是等無量功德之所由生又舍利子三千大千世界所有諸光比如來光百倍不及其一乃至優波尼商倍不及其一如是

筭數譬喻所不能及復次舍利子如贍部捺陀金置凡金中令彼凡金猶如墨聚失於明照如是舍利子於此三千大千世界中所有光明若於如來光前不能明照亦復如是又一切世間所有諸光於如來光前不可說言有光有淨有勝有上有無上也復次舍利子汝今當知如來不爲憐愍衆生攝持此光令周一尋者但以一分業所生光則能遍照三千大千佛之世界令日月光悉不復現若如是者不可分別有晝有夜不可分別有月半月及以時節歲數分齊但爲憐愍諸衆生故現周一尋舍利子若如來應正遍知發意欲以光明遍滿無量無數無邊世界則能遍照何以故舍利子如來以得第一般若波羅蜜多故舍利子我今爲汝更說譬喻重明此義諸有智者倍增顯了舍利子假使有人以此三千大千世界碎爲微塵置衣襟中往至東方過爾所微塵數世界乃下一塵如是展轉盡此微塵而此東方所有世界未盡其邊如是南西北方四維上下亦復如是舍利子於汝意云何頗有人能得是世界諸邊際不舍利子言不也薄伽梵不也蘇揭多舍利子是諸世界所有諸光無量無邊不可思議而如來光最爲第一彼一切光於如來光百倍不及其一乃至優波尼商分不及其一如是筭數譬喻所不能及舍利子如來發意欲以光明遍照一切世界則能遍照何以故由如來得第一般若波羅蜜多故舍利子如來光者無有障礙所有牆壁若樹若木若輪圍山大輪圍山乾陀摩達那山目脂隣陀山大目脂

隣陀山伊沙陀羅山雪山黑山及蘇迷盧山王如是等皆不能障佛之光明悉能洞徹遍照三千大千世界舍利子少智衆生不能信解如來光者或有衆生見如來光唯照一尋次有智者見如來光照於二尋次有智者見如來光照拘盧舍次大智者乃至能見如來光明遍照三千大千世界舍利子乃至百千世界主梵天王能見如來光明遍照百千世界如是展轉乃至已登上地諸大菩薩摩訶薩能見如來光明遍照無量無邊世界舍利子如來爲欲憐愍諸衆生故又放光明遍照如虛空等諸衆生界舍利子是名第四如來不思議光諸菩薩摩訶薩聞如來說是大光不可思議如虛空已無惑無疑清淨信受倍復踊躍深生歡喜發希奇想爾時世尊欲重宣此義而說頌曰

日月等光明　及諸釋梵等　乃至色究竟
無光等佛者　色究竟天光　遍照三千界
比佛一毛光　十六不及一　如來所放光
遍滿虛空界　諸大慧衆生　方能見如是
佛光無有邊　量等虛空性　隨所化衆生
見光有差別　如有生盲者　不見日光明
彼不見光照　謂日光無有　下劣諸衆生
不見佛光明　彼不見光照　謂佛光無有
或見光一尋　或見拘盧舍　或及一由旬
或滿三千界　已住於大地　大慧光菩薩
或住八九地　至于十地者　如來超彼地
光輪無有邊　不思議佛土　施作諸佛事
諸佛不思議　佛光不思議　信者及獲福
亦爾難思議

爾時佛告舍利子云何菩薩摩訶薩於如來不可思議淨尸羅衆及三摩地衆信受諦奉清淨無疑倍復踊躍深生歡喜發希奇想舍利子汝等應知如是正說若諸含識在于世間奉持尸羅清淨無染由清淨故當知是人成就清淨身業成就清淨語業成就清淨意業是人雖復常處世間而不爲彼世法所染當知是人爲婆羅門爲離諸惡爲沙門者爲寂靜者是名第一修靜慮者得第一三摩地波羅蜜多者舍利子如是含識則是如來如是說者是名正說何以故舍利子我初不見諸天世間若魔若梵若沙門若婆羅門及餘天人阿素洛等具有如是無量無邊不可思議清淨尸羅三摩地衆等如來者何以故舍利子如來以得第一尸羅三摩地波羅蜜多故舍利子汝今欲聞佛說如來尸羅波羅蜜多譬喻不舍利子言今正是時薄伽梵今正是時蘇揭多世尊若諸苾芻聞佛所說如來尸羅波羅蜜多譬喻者如所聞已當共受持佛告舍利子善哉善哉吾當爲汝分別解說舍利子於汝意云何諸衆生界與大地界何者最多舍利子言如我解佛所說義者衆生界多非地界也佛言如是如是舍利子衆生界多非如地界舍利子假使三千大千世界所有衆生卵生胎生濕生化生若有色若無色若有想若無想若非有想非無想所有衆生彼一切衆生於一刹那頃或一牟呼羅多頃或一羅婆頃假使同時皆得人身舍利子彼一切衆生得人身已於一刹那乃至一羅婆頃假使同時悉成阿耨多羅三藐三菩提

是一一如來復化作爾所如來是一一所化如來各有千頭是一一頭各有千口是一一口各有千舌時彼一切諸化如來皆悉成就如來十力四無所畏四無礙解又成就佛無障無礙無盡辯才舍利子是諸如來以爾所舌布演無礙無盡辯才依一切如來尸羅波羅蜜多衆無量稱讚雖經拘胝那庾多百千大劫如是稱讚而如來戒衆猶不能盡舍利子如來戒衆無量無邊無有窮盡不可思議是諸如來無上智慧無礙無障無盡辯才亦無窮盡不可思議乃至諸化如來未至同時入大涅槃讚說如來戒衆亦不能盡何以故如來戒衆及諸世尊無上智慧無礙辯才此二俱是不可思議故無量無數與虛空界平等平等舍利子且置三千大千世界所有衆生假使東方殑伽沙等世界中所有衆生如是南西北方四維上下十方殑伽沙等世界中所有衆生彼一切衆生於一刹那頃乃至羅婆頃同時皆得人身俱成阿耨多羅三藐三菩提如是廣說乃至如來戒衆及諸如來無上智慧無礙辯才俱是不可思議無量無數與虛空界平等平等何以故舍利子由如來證得第一尸羅波羅蜜多故爾時佛告舍利子汝今欲聞佛說如來三摩地波羅蜜多譬喻不舍利子言今正是時若諸苾芻聞佛所說如來三摩地波羅蜜多譬喻者如所聞已當共奉持佛告舍利子假使有時於此世間劫將欲燒由第七日彼日出故三千大千世界一時燒然如是極然遍極然大洞然舍利子當知如來於此大洞然等世界之內隨

於一處假使如來在中若依經行若住若坐若卧當知此處成就十種甚希奇法不可思議舍利子何等名爲十希奇法所謂如來遊止之處不加功力坦然平正猶如掌中舍利子是名此處成就第一甚希奇法復次舍利子假使如上世界乃至大洞然等如來在中若依經行若住坐卧其處自然高踊顯敞無雜瓦石舍利子是名此處成就第二甚希奇法復次舍利子假使如上世界乃至大洞然等如來在中若依經行若住坐卧其處自然平博嚴淨而爲如來之所受用舍利子是名此處成就第三甚希奇法復次舍利子假使如上世界乃至大洞然等如來在中若依經行若住坐卧其處自然生諸香草光色青翠卷叓右旋具細滑觸如迦遮隣地舍利子是名此處成就第四甚希奇法復次舍利子假使如上世界乃至大洞然等如來在中若依經行若住坐卧其處自然八功德水出現於地所謂一輕二冷三叓四澄靜五無穢六清淨七樂飲八多飲無患舍利子是名此處成就第五甚希奇法復次舍利子假使如上世界乃至大洞然等如來在中若依經行若住坐卧其處自然涼風和暢輕靡相發此是如來先業所感舍利子譬如極炎熱時於日後分有一丈夫熱所逼故奔趣殑河投于水中沐浴身體熱乏既息清涼悦樂往返遊戲度至餘岸經行往來遥見不遠有大樹林枝葉翠盛陰影厚密便往林中復見施妙牀座敷勝氍毹上加綿褥覆以迦遮隣地之帔輕妙鮮支重覆其上細叓倚枕置牀兩頭彼大丈

夫昇于此牀若坐若卧於牀四面清風微動輕扇相續如是舍利子如來於此大洞然等世界之中行住坐卧自然涼風微扇相續亦復如是舍利子是名此處成就第六甚希奇法復次舍利子假使如上世界乃至大洞然等如來在中若依經行若住坐卧其處自然江河池沼有水生華種種出現所謂殟鉢羅華鉢特摩華拘貿陀華奔荼利華其華芬馥光彩映發見者悅樂舍利子是名此處成就第七甚希奇法復次舍利子假使如上世界乃至大洞然等如來於中行住坐卧其處自然原陸陵阜皆生妙華種種出現所謂阿底目多迦華瞻博迦華蘇末那華婆使迦華阿輸迦華波吒羅華迦臓羅華怛羅尼華瞿怛羅尼華如是等華開敷鮮榮色香具足衆生見者得未曾有舍利子是名此處成就第八甚希奇法復次舍利子假使如上世界乃至大洞然等如來於中行住坐卧其處自然金剛爲體堅固難壞舍利子是名此處成就第九甚希奇法復次舍利子假使如上三千大千世界刼欲盡時乃至燒極燒遍極燒然極然遍極然大洞然等是諸世界如來在中若依經行若住坐卧當知其處是佛靈廟諸天世間若魔若梵若沙門若婆羅門天及人民阿素洛等恭敬供養尊重之處舍利子是名此處成就第十甚希奇法復次舍利子汝今當知如是十種甚希奇法皆是如來先世業力之所成就何以故舍利子如來善通達法界故由通達故如來應正遍知入是三摩地依此定心受樂不退雖經殑伽沙等諸大刼

住然如來未曾退起三摩地心舍利子如來應正遍知依此定心經一食頃或住一劫百劫千劫或住百千劫或住一拘胝劫百拘胝劫千拘胝劫百千拘胝劫或復乃至過於上數何以故如來應正遍知成就第一三摩地波羅蜜多故由成就故如來具足如是大神通力具足如是大威德力具足如是大宗勢力舍利子如彼非想非非想處諸天子生識緣一境經八萬四千劫住乃至三摩地壽命未盡已來此識不爲餘境界識之所移轉舍利子彼諸天子尚以世定之力經爾所時何況如來三摩地波羅蜜多而無久住復次舍利子如來應正遍知初證阿耨多羅三藐三菩提夜乃至入無餘大般涅槃界夜於其中間如來之心於三摩地未曾有起故名此定

無迴轉心無所行心無觀察心無動慮心無流蕩心無攝聚心無散亂心無高舉心無沉下心無防護心無覆藏心無欣勇心無違逆心無萎悴心無動揺心無驚喜心無惛沉心無分別心無異分別心無遍分別心又此定者不隨識心不依眼心不依耳鼻舌身意心不依色心不依聲香味觸法心不趣諸法心不起智心不觀過去心不觀未來心不觀現在心舍利子如來應正遍知住三摩地如是離心無有一法而可得者於一切法中無礙智見生以無功用故又舍利子如來不起於三摩地離心意識而能作諸佛事以無功用故如是舍利子是諸菩薩摩訶薩聞如來不思議尸羅及三摩地已信受諦奉清淨無疑倍復踊躍深生歡喜發希奇想爾時世尊欲

重宣此義而說頌曰

無量無等百千劫　昔有趣中行覺行
戒聞定忍不放逸　導師能修妙覺因
最勝業果淨如是　妙廣淨戒超諸有
十力尊戒如空淨　難說無垢譬虛空
從佛初得菩提夜　至後入於寂滅夜
佛心無行無異行　大靜慮定未曾起
十力戒聚無退分　解脫神力亦如是
一心住經無量劫　大聖無思無異思
佛智如空非思境　明達無緣照三世
無心意思無改變　唯有佛子能信受

爾時佛告舍利子云何菩薩摩訶薩於如來不思議神力信受諦奉清淨無疑倍復踊躍深生歡喜發希奇想舍利子如來應正遍知所獲神通不可思議不可宣說今當爲汝方便開顯舍利子如來常說我聲聞衆中得神通者所謂長老大目揵連最爲第一舍利子如是所得神通若以稱量觀察聲聞神通不見有與菩薩神通等者若以稱量觀察聲聞菩薩所得神通不見有與諸佛如來神通等者舍利子是名如來不可思議神通是諸菩薩摩訶薩爲欲證得如來神通者倍應發起上品正勤則能獲證舍利子汝等今者欲於如來所聞說不思議神通譬喻不舍利子言今正是時若諸苾芻聞佛所說神通譬喻者如是聞已當共受持佛告舍利子諦聽諦聽當爲汝說舍利子言如是世尊願樂欲聞佛告舍利子於汝意云何尊者大目揵連有大神通不舍利子言我昔從佛受持是語尊者大目揵連於聲聞僧中神通第一佛言如是

如是舍利子今當爲汝廣説譬喻假使三千大千世界滿中聲聞皆得神通如大目揵連譬如甘蔗竹葦稻麻叢林是諸聲聞以諸正勤迅速勢力神通變化顯現之時欲比如來神通變化百分千分百千萬分不及其一拘胝分百拘胝分千拘胝分百千拘胝分不及其一如是僧佉分迦羅分伽拏那分漚波摩分優波尼商分不及其一何以故如來應正遍知以得第一神通變化波羅蜜多故復次舍利子假使如來以一芥子投之于地彼聲聞衆以諸正勤迅速勢力神通變化大顯現時終不能動所投芥子如毛端許何以故如來應正遍知以得第一神通變化故又舍利子且置三千大千世界假使東方乃至如殑伽沙等世界中所有衆生如是十方殑伽沙等世界衆生若卵生若胎生乃至非想非非想處一切衆生俱是聲聞成就第一神通變化皆如尊者大目揵連如是聲聞以諸正勤迅速勢力神通變化大顯現時終不能動所投芥子如毛端許何以故如來以得第一波羅蜜神通波羅蜜多故舍利子是名如來具足如是大神通力具足如是大威德力具足如是大宗勢力爾時薄伽梵復告長老舍利子言舍利子汝頗曾聞風劫起時世有大風名僧伽多彼風所吹舉此三千大千世界蘇迷盧山王輪圍山大輪圍山及四大洲八萬小洲大山大海舉離本處高踰繕那碎爲末不舍利子言我昔面於佛前親聞受持如是之事佛言如是如是舍利子又風災起更有大風名僧伽多彼風所吹舉此三千大千世

界并蘇迷盧山輪圍山等及諸大海舉高百踰繕那已碎末爲塵或復舉高二百踰繕那或高四百五百乃至舉高千踰繕那或高三千四千踰繕那已碎末爲塵乃至或高無量百千踰繕那已碎末爲塵而此諸塵隨風散滅了不可得何況山石當有存者此風又上擊散壞滅焰摩天宫乃至諸塵散滅何況宫殿當有存者如是展轉次第而上擊散壞滅覩史多天樂變化天他化自在天魔羅衆天婆摩天淨光天遍淨天所有宫殿乃至彼諸微塵亦皆散滅不可而得何況宫殿牆壁而可存者舍利子假使如上大風卒起摧壞世界即以此風吹如來衣一毛端際尚不能動何況衣角及全衣者何以故如來應正等覺成就不可思議神通不可思議威儀不可思議妙行不可思議大悲故復次舍利子假使十方如殑伽河沙等世界有如是等大風輪起將欲吹壞此諸世界爾時如來以一指端持此世界往至餘處或令風輪無力能吹颯然還返然於如來神通變化及一切力無有退減舍利子如來神通不可思議難聞難信唯有諸大菩薩摩訶薩乃能信受諦奉清淨無惑無疑倍復踊躍深生歡喜發希奇想爾時世尊欲重宣此義而說頌曰

假使三界諸含靈　一切變成聲聞衆
盡得神通波羅蜜　譬如尊者目揵連
獲大神通力如來　以一芥子投于地
一切聲聞現神通　未能摇轉毛端量
假使十方世界中　所有殑伽河沙等
吹嵐僧伽大猛風　吹碎如斯諸世界

如是諸風大猛盛　將吹一切智衣服
盡其勢力不能動　乃至如一毛端量
大牟尼尊以一毛　能障彼風令不起
佛具如斯大神力　等彼虛空無邊際
如是舍利子是名如來不可思議大神通力
菩薩摩訶薩信受諦奉清淨無疑倍復踊躍
深生歡喜發希奇想

大寶積經卷第三十七

音釋

怯 乞業切畏懦也 洟唾 洟延知切鼻液也唾吐卧切口液也 痰癊 痰音談病液也癊於禁切心中病也 筋脈 筋音斤骨絡也脈音麥幕也謂幕絡一體也 犛牛 犛音茅獸名其尾可為旌旄 鞕 魚孟切堅也 澀 色立切不滑也 莖幹 莖何耕切小枝也幹居案切木旁生者為枝正出者為幹 擲 直炙切投也抛也 汁 音執液也 析 先的切分析也 叵 普火切不可也 庭燎 燎力照切束麻葦為燭也植於門外曰大燭門內曰庭燎 分齊 分扶問切齊才詣切分齊限量也 卷耎 卷古轉切曲卷也耎乳兗切柔軟也 氍毹 氍音劬毹音俞氍毹織毛褥也 帔 披義切帊帔也 萎悴 萎於危切枯也悴秦醉切憔悴也 蕉 之夜切 葦 羽鬼切葦葦也 迅 音信疾也 颯然 颯悉合切翔風也 吠嵐 梵語也此云迅猛風吠音發嵐盧含切

大寶積經卷第三十八

唐三藏法師玄奘奉　詔譯

菩薩藏會第十二之四

如來不思議性品第四之二

爾時佛告舍利子云何菩薩摩訶薩於如來不思議力信受諦奉清淨無疑倍復踊躍深生歡喜發希奇想舍利子諸佛如來具足成就如是十力由成就故如來應正等覺於大衆中正師子吼自稱我處大仙尊位轉大梵輪一切世間所有沙門婆羅門若天若魔若梵等不能如法而轉舍利子何等名爲如來十力所謂處非處智力業報智力種種界智力種種解智力種種根智力一切遍行行智力靜慮解脫三摩地三摩鉢底雜染清淨智力隨念前世宿住作證智力死生作證智力漏盡作證智力舍利子如來成就如是十力故乃至於大衆中能轉梵輪一切世間所不能轉復次舍利子云何如來是處非處智力舍利子如來無上智力處非處者所謂於是處如實知是處於非處如實知非處舍利子何等爲是處何等爲非處舍利子言非處者無所攝受謂身惡行語惡行意惡行能感可喜可樂可愛可意報者無有是處言是處者有所攝受謂身惡行語惡行意惡行能感不可喜不可樂不可愛不可意報者斯有是處又舍利子言非處者無所攝受謂身妙行語妙行意妙行能感不可喜不可樂不可愛不可意報者無有是處言是處者有所攝受謂身妙行語妙行意妙行能感可喜可樂可愛可意報者斯有是處復次舍利子言非處者

無所攝受謂由慳故能感大富由犯戒故得生人天由瞋恚故感得端正由懈怠故能得對觀謂心亂者入正決定由惡慧故永斷一切相續習氣如是說者無有是處言是處者有所攝受謂由慳故能感貧窮由毀犯戒便感地獄畜生鬼趣由瞋恚故感醜陋報由懈怠故不得對觀由心亂故不入正定由惡慧故不斷一切相續習氣如是說者斯有是處又舍利子言非處者無所攝受謂由布施能感貧窮由持戒故墮於地獄畜生鬼趣由舍忍故感得醜陋由正勤故不得對觀由心一緣不入正定由聖慧故不斷一切相續習氣如是說者無有是處言是處者有所攝受謂由布施能感大富由持戒故得生人天由懐忍故感得端正由正勤故能得對觀由心一

緣入正決定由聖慧故永斷一切相續習氣如是說者斯有是處復次舍利子言非處者無所攝受謂因殺生而感長壽不與取者能得大富行邪欲者感貞良妻如是說者無有是處言是處者有所攝受謂殺生者能感短壽不與取者能感貧窮行邪欲者妻不貞良如是說者斯有是處又非處者無所攝受謂離殺者能感短壽離不與取能感貧窮離於邪欲妻不貞良如是說者無有是處言是處者有所攝受謂離殺者能感長壽離不與取能感大富離邪欲者感貞良妻如是說者斯有是處復次舍利子如是一切善不善業道是處非處今當略說顯示其要謂妄語者不感誹謗無有是處若能感者斯有是處離妄語者能感誹謗無有是處不感誹謗斯有是

處離間語者若能感得不壞眷屬無有是處不能感者斯有是處遠離間語感壞眷屬無有是處感不壞眷屬斯有是處麤惡語者若得常聞可意之聲無有是處聞不可意聲斯有是處離麤惡語聞不可意聲無有是處若不聞者斯有是處若懷綺語感說言教令他信受無有是處若不信受斯有是處若離綺語所說言教令他不受無有是處若信受者斯有是處又舍利子若貪著者感財不散無有是處若感散失斯有是處若離貪著感財散失無有是處若不能感斯有是處若心瞋恚不趣地獄無有是處若有趣者斯有是處若離瞋恚不生善趣無有是處若往生者斯有是處若與邪見受邪見因能得道者無有是處不能得道斯有是處謂正見者受正見

因不得聖道無有是處能得聖道斯有是處復次舍利子造無間者心得安住無有是處若不安住斯有是處又舍利子若戒淨者心不安住無有是處若得安住斯有是處又舍利子若住有所得見能得順忍無有是處若不得者斯有是處若信解空不得順忍無有是處若有得者斯有是處又舍利子若住惡作得心安息無有是處若不能得斯有是處若繫心者不得心安無有是處若能得者斯有是處又舍利子若有女人爲轉輪王爲釋天主爲梵自在無有是處若丈夫作斯有是處若有女人出世作佛無有是處轉女身已出世作佛斯有是處又舍利子若第八人未證於果而出定者無有是處證果已出斯有是處若至聖流受第八有無有是處即此諸

蘊而般涅槃斯有是處若一來人受第三有無有是處即此諸蘊而般涅槃斯有是處若不還人復還於此無有是處即於彼處而般涅槃斯有是處若阿羅漢更續生有無有是處若不更續斯有是處又舍利子若諸聖人更求邪師受邪慓幟無有是處不求邪師及邪慓幟斯有是處又舍利子若得無生法忍菩薩有退轉者無有是處定得菩提無有退轉斯有是處復次舍利子言非處者無所攝受若諸菩薩安坐道場不證菩提中而起者無有是處言是處者有所攝受若諸菩薩坐於道場證佛道已而便起者斯有是處又舍利子言非處者若謂如來習氣相續無有是處言是處者一切如來習氣永斷斯有是處又舍利子若謂如來智有礙者無有是處佛智無礙斯有是處又舍利子若有能觀如來頂者無有是處無有能觀斯有是處又舍利子若有能知如來心住無有是處若不能知斯有是處又舍利子若言如來有不定心而可得者無有是處諸佛世尊心恒在定斯有是處又舍利子若諸如來行不實語無有是處若諸如來是眞語者是實語者是諦語者不異語者斯有是處又舍利子諸佛如來誤失可得無有是處由無誤失故名爲佛及薄伽梵斯有是處舍利子如是四無所畏十八不共佛法亦應如是廣分別說復次舍利子言非處者無所攝受乃至如來於現在世有障有礙智見轉者無有是處言是處者有所攝受佛薄伽梵於現在世無障無礙智見轉者斯有是處舍利子是名如來處非處智力

不可思議無量無邊譬如虛空無邊無際如是如來處非處智力無邊無際亦復如是若有欲求如來應正等覺處非處智力邊際者不異有人求虛空際舍利子菩薩摩訶薩聞諸如來不可思議是處非處智力如虛空已信受諦奉清淨無疑倍復踊躍深生歡喜發希奇想爾時世尊欲重宣此義而說頌曰

十方虛空無邊量　處非處智亦無邊
如實知處非處已　爲衆廣宣微妙法
解脫道器成就人　佛知其行方爲說
若非解脫道器者　知非處已便捨離
假使虛空可移動　十方大地同時裂
世出世間大聖尊　處非處智皆如實

舍利子此謂如來第一處非處智力由成就故如來應正等覺於大衆中正師子吼自稱我處大仙尊位轉大梵輪於諸世間所有沙門婆羅門若天魔梵等一切不能如法而轉復次舍利子云何如來業報智力舍利子如來應正等覺以無上智力如實能知去來今業及於業受若因若處若諸異報皆能了知舍利子云何如來如實知耶所謂如來應正等覺如實能知過去業受得於善因遠離不善於未來世當與善根爲因若於過去業受得不善因遠離於善在未來世當與不善根爲因如是等相如來於此如實知之若諸業受於未來世當順劣分若諸業受於未來世當順勝分如是等相如來於此如實知之又舍利子若諸業受於現在世順下劣分於未來世當順勝分若諸業受於現在世隨順勝分於未來世順下劣分若諸業受於現在世

順下劣分於未來世亦順劣分若諸業受於現在世隨順勝分於未來世亦順勝分如是等相如來於此如實知之又舍利子若諸業受於過去世狹劣方便於未來世廣大方便若諸業受少有所作獲大勝進若諸業受廣有所作得少勝進如是等相如實知之又舍利子若諸業受當得聲聞性因當得獨覺性因當得佛性因者如是等相如來於此如實知之又舍利子若諸業受現在世苦能於未來感樂異報若諸業受現在世樂能於未來感苦異報若諸業受現在世苦能於未來感苦異報若諸業受現在世樂能於未來感樂異報如是等相如來於此如實知之復次舍利子如來如實能知過去未來現在一切有情若業若因若諸異報若即若離若有隨順不異分者如是等相如來知已爲諸有情如實宣說舍利子如來應正遍知去來今業及業受因處所異報智無量無邊不可思議譬如虛空無邊無際如是如來業異報智力無邊無際亦復如是若有欲求如來應正等覺業異報智力邊際者不異有人求虛空際舍利子菩薩摩訶薩聞諸如來業異報智力如虛空不可思議已信受諦奉清淨無疑倍復踊躍深生歡喜發希奇想爾時世尊欲重宣此義而說頌曰

如來善知因異報　明眼如實了諸業
最勝三世無有礙　有情諸行如實知
一切含靈於五趣　當得成諸苦樂因
若能轉因所轉苦　明照善逝如實知
黑白異報一切業　隨其所應因異報

猶若掌中如意寶　善逝了觀如實知
諸異報業因雖少　當來獲果無有量
或無量因感少果　善逝遍能如實知
若因當證聲聞果　及當證於獨覺果
能感無上妙智力　善逝無餘如實知
若業成熟因時苦　此業當獲於樂果
若業成熟因時樂　當獲苦果如實知
若業因果皆住苦　若業因果皆住樂
若業自體因自體　善逝相應如實知
苦果循環於三世　有情流轉五趣中
最勝圓滿菩提智　皆能不異如實知

舍利子是名第二如來業異報智力由成就故如來應正等覺於大衆中正師子吼自稱我處大仙尊位轉大梵輪於諸世間所有沙門婆羅門若天魔梵等一切不能如法而轉

復次舍利子云何如來種種解智力舍利子如來應正等覺以無上智力能如實知彼有情類彼數取趣非一欲解種種欲解如來於此能並了知舍利子吾更爲汝廣分別說彼數取者或住貪欲起瞋恚解或住瞋恚起貪欲解乃至住於愚癡起貪瞋解如是等相如來如實皆能了知又舍利子若數取者住於不善起不善解或住善法而起善解是亦如來如實了知若數取者住於下劣方便起廣大解或住廣大方便起下劣解或由此解下劣方便當住勝進或由此解勝進方便當住下劣是亦如來如實了知又舍利子若由此解當殖邪定種若由此解當殖正定種若由此解當殖正定解脫種者是亦如來如實了知又舍利子若由此解當趣欲界或趣色界

或無色界若由此解遍趣三界是亦如來如實了知又舍利子若由此解順下劣分當獲勝進或得勝進當住下劣是亦如來如實了知又舍利子若由此解當於來世受種種生受種種類種種受用是亦如來如實了知又舍利子若由此解當退墮頂或由此解殖解脫種是亦如來如實了知既了知已如其所應廣爲有情如法演說如是舍利子如來非一解種種解智力不可思議無邊無際與虛空等是諸菩薩摩訶薩聞如來種種解智力如虛空不可思議已信受諦奉清淨無疑倍復踊躍深生歡喜發希奇想爾時世尊欲重宣此義而說頌曰

世間種種解　過現無有量　彼種種解心　導師皆能了
若有貪解者　復當住瞋恚　或現住瞋恚　癡解如實知
住癡起貪解　心注不思議　間雜流轉起　導師悉能知
諸下劣方便　而起廣大解　或增上方便　導師悉能知
隨入於邪性　復入所不趣　解脫三界解　如來悉能知
種種生及類　諸受用差別　若退墮於頂　兩足尊能知
知種種解已　導師如法說　是第三佛力　最勝子能信

舍利子是名如來第三種種解智力由成就故如來應正遍知於大衆中正師子吼自稱我處大仙尊位能轉梵輪一切世間沙門婆羅門及天魔梵不能如法而轉復次舍利子云何如來種種界智力舍利子如來應正等覺以無上智力如實了知一切世間種種諸界由此界故世間含生集起福行集非福行

集不動行或由此界殖出離種如是等界如來於此如實了知又舍利子如來如實了知眼界色界及眼識界如是等界云何知耶謂如實知由内空外空内外空故乃至如實了知意界法界及意識界如是等界云何知耶謂如實知由内空外空内外空故又如實知地界水界火界風界如是等界云何知耶謂如實知如空界故如是欲界色界及無色界如實了知遍分別所起故又如實知有爲界造作相故無爲界無造作相故雜染界煩惱所引相故清淨界自體光淨相故又如實知諸行界不順理無明相故涅槃界順理明相故如是諸界皆能明了是故舍利子若界能安立世間此界世間之所依住如是若界能發牽引若界能與建立若界能起方便若界能生意欲若界能起熾然若界能爲依止舍利子如是等界無量無邊是亦如來如實明了既明了已如其所應廣爲有情如法演説舍利子如來非一界種種界智力不可思議無有邊際與虛空等若有欲求如來種種界智力邊際者不異有人求於空際如是舍利子是諸菩薩摩訶薩聞如來種種界智力如虛空不可思議已信受諦奉清淨無疑倍復踊躍深生歡喜發希奇想爾時世尊欲重宣此義而説頌曰

世間諸含生　依止種種界　隨其所流轉
最勝悉能知　福非福不動　及順於出離
住如是界已　證寂靜涅槃　若眼界色界
及以眼識界　耳鼻舌身意　諸界悉能知
又知於法界　及以意識界　内外界悉空

佛能如實知　地界及水界　火界與風界
四界同空相　如是悉能知　若欲界色界
及以無色界　遍分別所起　佛能如實知
如虛空無邊　界無邊亦爾　佛皆能照了
不謂我能知　諸界本無生　亦無有滅者
是謂涅槃界　勝丈夫能知　如空量無邊
諸佛智如是　由智能了知　變異於諸界
已知種種界　調伏諸含生　是佛第四力
最勝子能信

舍利子是名如來第四非一界種種界智力由成就此力故如來應正等覺於大衆中正師子吼自稱我處大仙尊位能轉梵輪一切世間沙門婆羅門及天魔梵所不能轉復次舍利子云何如來非一根種種根智力舍利子如來應正等覺以無上智力故如實能知若他有情若數取者種種諸根差別之相如來皆能分別了知舍利子如是等相云何知耶所謂了知鈍根中根利根勝根劣根由隨遍分別根故能知衆生起極重貪起極重瞋起極重癡如是諸相是亦如來如實了知又舍利子由隨遍分別根故如來能知或起假立貪瞋癡或起微薄貪瞋癡或起顛倒貪瞋癡或起摧伏貪瞋癡如是等相是亦如來如實了知又舍利子若不善因所生諸根若由善因所生諸根若不動因所生諸根若出離因所生諸根是亦如來如實了知又舍利子如來如實了知眼根耳根鼻根舌根身根意根女根男根命根樂根苦根憂根喜根捨根信根正勤根念根慧根三摩地根未知當知根知根知已根如是諸根差別之相是亦如

來如實了知又舍利子如來如實知彼諸根因於眼根當住耳根而不住彼鼻舌身根或因耳根當住鼻根或因鼻根當住舌根或因舌根當住身根或因身根當住眼根如是等根如來於此如實知之復次舍利子若諸有情住布施根修戒方便爾時如來以勝劣根智爲說布施若住戒根修施方便爲說於戒若住忍根修勤方便爲說忍法住正勤根修忍方便爲說正勤住靜慮根修慧方便爲說靜慮若住慧根修定方便爲說正慧如是一切菩提分法諸根差別如實了知皆應廣說又舍利子若諸有情住聲聞根而返修於獨覺方便如來以諸根智爲說下乘住獨覺根而修聲聞智方便者以諸根智爲說中乘住大乘根而修二乘智方便者以諸根智爲說大乘住下劣根修大乘行以諸根智爲說二乘若諸有情無堪任根無堪任相如來如實知無堪任非法器已而便捨置若諸有情有堪任根有堪任相如來如實知有堪任是法器者即便殷勤鄭重說法令其悟入如是舍利子如來了知一切有情諸根純熟及不純熟諸根出離及不出離舍利子諸有情根如來如實一切了知住如是相如是方便如是信解如是本因如是所緣如是等流如是究竟舍利子如來種種根智不可思議無邊無際與虛空等若有欲求如來諸根智力邊際者不異有人求虛空際諸菩薩摩訶薩聞是根力如虛空已信受諦奉清淨無疑倍復踊躍深生歡喜發希奇想爾時世尊欲重宣此義而說頌曰

到根彼岸舍靈尊　善達有情意性行
隨諸衆生根所堪　人中師子爲說法
下中上根所堪任　善逝勝智根中起
觀彼解脫器心已　知行慧者爲說法
若人諸根能發起　至極相續微煩惱
善達彼人所有根　知行隨順爲說法
若諸丈夫有善根　隨勤信欲廣開示
又隨根行相差別　說諸勝義定慧等
若人發起於信欲　慧者隨根說淨道
知彼所行衆行已　爲說勝法超諸若
有定住佛菩提根　迷倒誤轉聲聞智
爲說大乘成正覺　此佛難伏第五力

舍利子是名如來第五種種根智力由成就此力故如來於大衆中正師子吼自稱我處大仙尊位能轉梵輪一切世間沙門婆羅門及天魔梵不能如法而轉復次舍利子云何如來遍趣諸行智力舍利子如來應正等覺以無上智力故如實了知遍行諸行舍利子如是等相云何了知謂能了知有情性等正定之性不正定性及邪定性舍利子云何名爲正定之性謂由因力先世方便開智利根之所生故若諸如來爲彼說法若不說法如來如實知彼有情前世因果堪任法器隨應說法令速解脫舍利子云何名爲不定之性由外緣力而成熟相若得如法教授教誡可得解脫不得如法教授教誡不得解脫如來爲說隨順緣因相應之法彼諸有情聞正法已如理修行證解脫果爲如是等得義利故諸佛世尊出興于世舍利子云何名爲邪定之性謂有情性煩惱所蔽不修淨業識性薄

弱愚癡深厚住邪見網非正法器若使如來爲彼說法若不說法終不堪任證於解脫如來如實知彼有情非法器已而復捨置是故舍利子諸菩薩摩訶薩愍此有情作利益故被弘誓鎧入邪見軍教化摧伏又舍利子如來如實了知三種貪行或淨美相起於貪行或愛戀相起於貪行或先世因起於貪行又能了知三種瞋行或損害相起於瞋行委練觀察起於瞋行先世隨眠起於瞋行又能了知三種癡行或有癡行因無明生或有癡行因妄有身見生或有癡行因疑而生如是一切如來如實皆能了知復次舍利子如來如實了知諸行苦樂二行俱能速通諸根利故苦樂二行俱是遲通諸根鈍故又如實知遲行遲通捨所緣故遲行速通道不息故速行遲通勇決進故速行速通非彼性故又如實知或有諸行揀擇力滿非修習力或有諸行修習力滿非揀擇力或有諸行揀擇修習二力俱滿或有諸行揀擇修習力俱不滿如是諸相如來如實皆能了知又如實知或有諸行信欲具足非方便具足或有諸行方便具足信欲不具足或有諸行信欲方便俱不具足或有諸行信欲方便二俱具足如是一切皆能了知又如實知或有諸行身業清淨非由語心或有諸行語業清淨非由身心或有諸行心業清淨非由身語或有諸行非身語心或有諸行由身語心而得清淨舍利子如是乃至一切有情所有諸行或因流轉或因不流轉或因流轉及不流轉如來以無礙智見故於如是等一切處轉如是舍利子如來

遍趣行智力不可思議無邊無際與虛空等諸菩薩摩訶薩聞是智力不可思議如虛空已信受諦奉清淨無疑倍復踊躍深生歡喜發希奇想爾時世尊欲重宣此義而說頌曰

善逝如實了諸行　能知定因有情性
又知不定成熟相　及諸根因相應法
諸行三種貪相應　及與三種瞋癡合
無邊廣惑相應行　緣因大師如實知
諸有苦行而根利　及有此行而鈍根
諸有樂行根利鈍　世大依怙如實知
諸有鈍行及鈍修　或復行鈍而修利
或復行速而修遲　或有俱速非彼性
或有諸行揀擇生　不由修習道力起
或修習生非揀擇　俱生別異共相應
或有諸行信欲轉　清淨而非方便淨
或有返此俱不俱　佛遍智者能明了
復有淨修於身業　非語非心業清淨
或復語淨及身淨　而彼心體非清淨
或有內心常清淨　身語二業非清淨
或復語淨及心淨　而彼身業未嘗淨
或身語心淨不淨　諸行流轉及寂滅
遍智見者如實知　是爲如來第六力

舍利子是名如來第六遍趣行智力由此力故如來自稱處仙尊位轉大梵輪乃至無有如法轉者復次舍利子云何如來靜慮解脫三摩地三摩鉢底發起雜染清淨智力舍利子如來應正等覺以無上智力故如實了知若自若他一切靜慮解脫三摩地及三摩鉢底發起雜染清淨之法舍利子如是等相云何知耶謂如實知由因由緣一切有情能令

雜染又如實知由因緣故一切有情能令清淨舍利子何因何緣能令雜染舍利子由不稱理作意爲因無明爲緣令諸有情發起雜染如是無明爲因諸行爲緣諸行爲因識爲其緣以識爲因名色爲緣名色爲因六處爲緣六處爲因諸觸爲緣諸觸爲因受爲其緣以受爲因愛爲其緣以愛爲因取爲其緣以取爲因有爲其緣以有爲因生爲其緣以生爲因老死爲緣煩惱爲因諸業爲緣諸見爲因愛爲其緣隨眠爲因諸纏爲緣舍利子由如此等諸因緣故令諸有情發起雜染如是等相是亦如來如實了知舍利子何因何緣能令清淨舍利子有二因二緣能令一切有情清淨所謂由他順音及由內自如理作意又奢摩他緣於一境及毗鉢舍那善巧方便

復有二因二緣能令清淨謂不來智及不去智復有二因二緣能令清淨謂無生觀及證正定復有二因二緣能令清淨謂行具足及明無明解脫作證復有二因二緣能令清淨謂修解脫門及性解脫智復有二因二緣能令清淨謂隨覺諦及隨得諦舍利子如是諸因諸緣能令一切有情清淨是亦如來如實了知復次舍利子如來如實知諸有情雜染境界知諸有情清淨境界或有雜染境界入於清淨境界或有清淨境界入於雜染境界如是皆由如實觀故或有雜染境界入於雜染境界或有清淨境界入於清淨境界如是皆由增上慢執故如來於中如實智轉又舍利子如來以如實智於諸靜慮超越間雜差別中轉所謂離欲惡不善法有尋有伺離生

喜樂具足安止最初靜慮如來安住初靜慮已從滅定出如是乃至入滅定已從初靜慮出又舍利子如來以如實智於八解脫或順次入或復逆入或順逆入或間雜入舍利子如是解脫何等爲八謂有色觀諸色是初解脫內無色相外觀諸色是第二解脫於淨解脫或於淨性起於淨解是第三解脫虛空想處定是第四解脫識想處定是第五解脫無所有處定是第六解脫非有想非無想處定是第七解脫若想受滅是第八解脫又舍利子如來以如實智或安住一三摩地中而復示現餘三摩地及三摩鉢底又復示現種種觀解而諸如來於諸等持未曾混亂又舍利子諸佛如來不緣三摩地故入於三摩地或依一三摩地故成就一切餘三摩地或不起

一三摩地而能遍入諸三摩地又諸如來心常住定無展轉緣又諸如來無不定心而可得者諸佛如來住定深妙無有能觀如來所得三摩地者舍利子聲聞所得三摩地爲獨覺三摩地之所映奪獨覺所得三摩地爲諸菩薩三摩地之所映奪菩薩所得三摩地爲諸佛三摩地之所映奪如來所得三摩地無映奪者何以故以諸如來無映奪智常現轉故舍利子如來如實了知如是教授如是教誡而能發起聲聞獨覺諸三摩地又以如是教授教誡而能發起諸菩薩等妙三摩地諸佛如來如實知已便作如是教授教誡舍利子如來靜慮解脫三摩地三摩鉢底雜染清淨發起智力不可思議無邊無際與虛空等若有欲求如來定力邊際者不異有人求空

邊際舍利子諸菩薩摩訶薩聞是諸定智力不可思議如虛空已信受諦奉清淨無疑倍復踊躍深生歡喜發希奇想爾時世尊欲重宣此義而說頌曰

由此有情與雜染　由此有情得清淨
大雄如是了知已　廣爲宣揚微妙法
由彼違理作意因　無明爲緣生雜染
復因無明諸行緣　乃至展轉生諸苦
違理作意及無明　爲彼有支生根本
諸佛如實了知已　隨其所應宣妙法
一切雜染之根本　所謂業行及無明
復從此緣生諸識　如是展轉興諸苦
由彼所說隨順音　及由內懷如理觀
如斯二因二緣故　一切含靈證清淨
由奢摩他如理因　及由毗鉢舍那緣
如是含靈證解脫　大師如實皆能了
行者安住淨尸羅　觀察諸法皆空寂
已善修習解脫門　遠離諸有迫迮苦
此皆諸佛如實知　一切有情清淨行
空無相願解脫門　善逝隨根而顯示
獨覺最勝及聲聞　順逆履遊諸靜慮
如來宣示彼所證　如有毒刺及怨讎
諸佛所證定解脫　究竟無怨無毒刺
當知第七如來力　不爲異證所摧伏

舍利子是名如來第七諸定智力由得此力故如來自稱處仙尊位轉大梵輪乃至無有如法轉者復次舍利子云何如來宿住隨念作證智力舍利子如來應正等覺以無上智力故隨所憶念如實了知舍利子如來如是如實了知若自若他一切有情無量宿住或

念一生十生百生千生乃至無量拘胝那庚多百千生悉皆隨念而能知之又隨念知劫壞劫成或劫成壞或無量劫壞無量劫成無量劫成壞或復隨念百拘胝劫乃至無量百千拘胝那庚多劫皆能了知又能隨念我於先世曾彼彼處如是名如是姓如是種類如是飲食如是色如是相如是形貌如是壽量如是久住如是苦樂我於彼彼處終生彼彼處復於彼彼處終來生此處如是若自若他并諸形相處所流類無量宿住悉能隨念而並知之又舍利子如來如實了知一切有情隨其往因以此因故如是有情來生於此知此因已隨應說法又能了知一切有情於過去世諸心相續此心無間緣如是境如是心生由是所緣不具足故如是心滅如是一切如來如實隨念了知又舍利子若一有情心生展轉從如是心無間次第如是相續於如殑伽沙劫種種言說不能令盡如一有情心相如是一切有情其心亦爾如來隨彼所有一切心相隨念悉能如實了知又舍利子如來依諸有情諸心展轉盡於後際拘胝劫數說不能盡而如來智亦無有盡復次舍利子如來宿住隨念作證智力不可思議無有等者無等等者無量無數不可宣說又不可說有邊盡際舍利子如來以佛神力加諸有情令念宿住而告之曰汝今應念於過去世已種如是諸善法根或於佛所或聲聞所或獨覺所或於正法種諸善根如是善根悉當憶念彼諸有情以如來力隨念皆知舍利子如是如來以佛神力加彼有情令知宿住無量

善根所緣境已如其所應而爲説法舍利子若諸有情於阿耨多羅三藐三菩提得不退轉隨其欲解而求出離或依聲聞乘或依獨覺乘或發阿耨多羅三藐三菩提心者如是如來隨念智力如實了知如是舍利子如來宿住隨念作證智力不可思議無量無數無有邊際與虚空等諸有欲求如來宿住隨念邊際者不異有人求空邊際舍利子諸菩薩摩訶薩聞是宿住智力不可思議如虚空已信受諦奉無惑無疑乃至踊躍歡喜發希奇想爾時世尊欲重宣此義而説頌曰

不思那庾拘胝劫　照世明燈悉隨念
亦念過往自他生　如觀掌内五菴果
隨念名姓色分别　住壽命盡諸生趣
含靈具足如是因　知時如應爲説法
諸過去世無邊際　衆生所有心心法
是心無間是心生　最勝大智皆能了
善逝了知一有情　過往無間心相續
如殑伽沙拘胝劫　不能説盡其邊際
乃至後際拘胝劫　演諸含靈往所行
而無與等智無盡　是名諸佛智海量
一切有情善信欲　已曾供養諸世尊
佛威神力所加被　令緣過去修淨行
大師隨念彼所受　過去曾修諸福行
念彼所住三乘智　不退解脱所依處
善逝稱往無邊智　諸有情界難思議
無邊名稱第八力　最勝長子能信受

舍利子是名如來第八宿住智力由得是力故如來自稱處仙尊位轉大梵輪乃至不能如法而轉復次舍利子云何如來天眼通作

證智力舍利子如來應正等覺以無上智力清淨天眼超過於人觀諸有情死此生彼若劣若勝好色惡色如其習業或往善趣或往惡趣如是等相如來明見如實了知又能如實知諸含靈所造業行如是有情成就身惡行成就語惡行成就意惡行誹謗賢聖起諸邪見彼乘如是邪見業受因故身壞命終墮諸惡趣或生地獄或生畜生或生鬼趣如來又知如是有情成就身妙行成就語妙行成就意妙行不謗賢聖修行正見彼乘如是正見業受因故身壞命終往諸善趣若生天上樂世界中又復如來以淨天眼觀於十方不可宣說過殑伽沙數盡虛空際窮法界量諸佛世界種種相狀或復現見諸佛刹土有洞然者或見刹土有正壞者或見刹土有正成者又復現見一切含識死時生時或復現見諸大菩薩從覩史多天降神毋胎或復現見出毋胎者或觀諸方各行七步或復現見入處内宫或見出家現修苦行或見諸佛悟大菩提或復現見轉大法輪或復現見捨諸壽行入大涅槃或復現見諸聲聞衆一切畢竟入般涅槃或復現見一切獨覺示諸神通報淨施福而涅槃者又諸有情非可現見而爲如來天眼所見亦非彼外五通仙眼之所能見亦非聲聞獨覺菩薩等眼之所能見彼一切如來天眼悉能現見如是非所現見微細衆生如車輪量如來以天眼觀之多於三千大千世界所有人天如是一切無量無邊不可思議如來悉能如實明見舍利子如來以淨天眼觀察一切無量佛土諸含靈性何等

衆生是如來化何等衆生見如來已方調伏者如來爾時隨應利現即於前住令彼悟解非餘衆生之所能知如是舍利子如來天眼隨念作證智力不可思議無有邊際與虛空等諸有欲求如來天眼智力邊際者不異有人求空邊際舍利子諸菩薩摩訶薩聞如是力不可思議如虛空已信受諦奉乃至發希奇想爾時世尊欲重宣此義而說頌曰

善逝天眼淨無垢　淨業修治無量劫
最勝由是觀十方　無垢難思諸佛土
或壞或成或成壞　乃至起住火洞然
或有佛住或無佛　自然尊眼悉能見
有情性廣難思議　乃至有色及無色
若墮惡趣善趣生　自然尊眼悉能見
或多拘胝佛現在　或現如來入涅槃
并及緣覺若聲聞　自然尊眼悉能見
或爲利生諸菩薩　或行近妙菩提行
住諸如來無障處　自然導師皆能見
善逝如是眼無垢　能見極細諸衆生
第九眼力不思議　最勝聰慧子能信

舍利子是名如來第九天眼智力由此力故自稱我處大仙尊位轉大梵輪乃至一切世間不能如法而轉復次舍利子云何如來流盡作證智力舍利子如來應正等覺以無上智力如實了知爲盡諸流無流心解脫慧解脫自然通慧作證具足而住如實了知我生已盡梵行已立所作已辦不受後有舍利子如來流盡智力清淨無垢光潔圓照永斷一切相續習氣諸聲聞乘雖復流盡唯能斷除少分習氣諸獨覺乘雖復流盡亦能斷除少

分習氣而遠離大悲及諸才辯唯有如來諸流永盡具一切種微妙佛法斷除一切相續習氣大悲所攝無畏才辯之所觀察一切世間諸有含識不能映奪一剎那心而常具足相應無異何以故由如來無業無煩惱無忘失威儀諸習氣故舍利子譬如清淨虛空不與一切煙塵雲霧而共住止如是如來流盡智力不與一切煩惱習氣而共住也舍利子諸佛如來住如是等流盡智已復能爲彼有流有取一切衆生說流盡法及說永斷一切取法一切衆生諸流諸取皆從虛妄遍分別起如來如實觀察是已欲令一切不復起故如其所應以諸譬喻而爲說法令如實知諸流虛妄由知是已不取諸法由不取故則能畢竟入般涅槃又舍利子如來如實了知一切有情諸流起滅諸流趣行如實知已爲諸有情如應說法如是舍利子如來流盡作證智力不可思議無有邊際與虛空等若有欲求如來流盡智力邊際者不異有人求於空際舍利子諸菩薩摩訶薩聞如來流盡作證智力不可思議如虛空已信受諦奉心慮清淨無惑無疑倍復踊躍深生歡喜發希奇想

爾時世尊欲重宣此義而說頌曰

導師流盡智無垢　無量廣大淨無障
由成如是第十力　故說寂靜妙菩提
諸聲聞乘流盡智　有量習氣隨繫縛
人中最勝大導師　無量結習同灰燼
有證緣覺菩提者　遠離大悲才與辯
唯薄伽梵諸流盡　大悲才辯無有量
諸佛安住流盡智　了知衆生流盡相

皆從虛空諸法生　彼未解斯眞理趣
如來起悲爲敷演　無常不淨無我法
彼觀諸法空無性　當證如來寂靜地
無我無壽無數取　無人摩納作受者
虛妄遍入諸法中　起大悲心說令脫
善逝慈悲無厭倦　眞智常流無忘失
由是最勝恒方便　爲利衆生開妙法
能伏他論第十力　無有邊際等虛空
世尊常住十力故　無等法輪恒轉世

舍利子是名如來第十流盡智力由成就此力故如來應正等覺自稱我處大仙尊位於大衆中正師子吼轉大梵輪一切世間沙門婆羅門諸天魔梵不能如法而轉如是舍利子諸菩薩摩訶薩由聞如來功德不可思議故於如來十力信受諦奉心慮清淨無惑無疑倍復踊躍深生歡喜發希奇想

大寶積經卷第三十八

音釋

幖幟 幖卑遥切立木爲表繫綵其上謂之幖幟幟昌志切旗也旛也
迫迮 迫音百窘也急也迮音責迮狹也
灰燼 燼徐刃切火餘也

大寶積經卷第三十九

唐三藏法師玄奘奉　詔譯

菩薩藏會第十二之五

如來不思議性品第四之三

爾時佛告舍利子云何菩薩摩訶薩於如來不思議無畏信受諦奉心志清淨無惑無疑倍復踊躍深生歡喜發希奇想舍利子如來應正等覺有四種不思議無畏由成就是四無畏故如來應正等覺於大衆中自稱我處大仙尊位正師子吼轉大梵輪一切世間沙門婆羅門諸天魔梵不能如法而轉舍利子何等名爲四無所畏舍利子如來應正等覺成就無上智力故於大衆中自稱我是正等覺者此中諸天世間不見有能於如來前立如是論汝於此法非正等覺舍利子云何如來名正等覺舍利子如來能於一切諸法平等正覺無非平等若凡夫法若諸聖法若諸佛法若諸學法若無學法若獨覺法若菩薩法平等平等若世間法若出世間法若有罪無罪有流無流有爲無爲如是等一切諸法如來悉能平等正覺是故名爲正等覺者舍利子云何名爲平等之性舍利子諸見自體與彼空性其性平等諸相自體與彼無相其性平等三界自體與彼無願其性平等生法自體與彼無生其性平等諸行自體與彼無行其性平等起法自體與彼不起其性平等貪性自體與彼無貪其性平等三世自體與彼眞如其性平等無明有愛自體與明解脫其性平等生死流轉自體與彼寂靜涅槃其性平等如是舍利子如來能於一切諸法平

等正覺是故如來名正等覺復次舍利子此如來無畏不可思議又以大悲而爲方便眞如平等眞性如性非不如性不變異性無覆藏性無怖畏性無退屈性無違諍性由如是故光顯大衆能令悅豫遍身怡適心生淨信踊躍歡喜舍利子世間衆生無有能於如來無畏起違諍者何以故由如來無畏不可爲諍故如性平等處法界性流布遍滿諸世界中無能違害舍利子如如來無畏於一切甚深微細難可知法能正等覺如是如來安住大悲種種言音種種法門爲彼有情開示妙法若能依此修遠離行速盡苦際若諸舍識實非大師自稱大師非正等覺稱正等覺以如來不思議無畏故悉皆映奪令彼衆生傲慢摧碎逃迸遠避舍利子如來無畏不可思議無邊無際譬如虛空若有欲求如來無畏邊際者不異有人求空邊際舍利子諸菩薩摩訶薩聞如來說是不思議無畏已信受諦奉清淨無疑歡喜踊躍發希奇想舍利子是名第一正等覺無畏由如來成就此無畏故於大衆中正師子吼轉大梵輪乃至一切世間所不能轉復次舍利子如來應正等覺成就無上智力故於大衆中自稱我今諸流已盡此中諸天世間無能於如來前如法立論汝有如是諸流未盡舍利子云何如來流盡之性舍利子如來於欲流中心善解脫永斷一切貪行習氣故如來於有流中心善解脫永斷一切瞋行習氣故如來於無明流中心善解脫永斷一切癡行習氣故如來於見流中心善解脫永斷一切煩惱行習氣故以是

因緣故說如來諸流已盡舍利子如是說法依世俗故非爲勝義於勝義中無有一法住聖智前可遍知可永斷可修習可作證者何以故舍利子所言盡者未甞不盡性究竟盡不由對治說名爲盡如實性盡如實性盡故無法可盡無法可盡故即是無爲以無爲故無生無滅亦無有住是故說言如來出世若不出世常住法性常住法界即於其中聖智慧轉雖如是轉無轉無還舍利子由是法門故無有諸流亦無流盡而可得者如是如來住大悲已爲諸有情說流盡法復次舍利子如來無畏不可思議復以大悲而爲方便真如平等眞性如性非不如性不變異性無覆藏性無怖畏性無退屈性無違諍性由如是故光顯大衆能令悦豫遍身怡適心生淨信歡喜踊躍舍利子世間衆生無有能於如來無畏起違諍者何以故由如來無畏不可爲諍故眞如平等處法界性流布遍滿諸世界中無能違害如是不可思議無量無數無有邊際妙法成就由如來大悲熏心爲諸衆生說流盡法欲令永斷彼諸流故舍利子如來無畏不可思議無邊無際譬如虚空若有欲求如來無畏邊際者不異有人求空邊際舍利子是諸菩薩摩訶薩聞如來說是不思議無畏已信受諦奉清淨無疑乃至發希奇想舍利子是名第二流盡無畏由成就此無畏故如來於大衆中正師子吼自稱我處大仙尊位轉大梵輪乃至一切世間所不能轉復次舍利子如來應正等覺成就無上智力故於大衆中唱如是言我說障法決定能障此

中諸天世間無能於如來前如法立論汝說如是障法不能爲障舍利子云何名爲能障礙法舍利子謂有一法能爲障礙何等一法謂心不清淨復有二法能爲障礙謂無慚無愧復有三法能爲障礙謂身惡行語惡行意惡行復有四法能爲障礙由貪欲故行所不行由瞋恚故行所不行由愚癡故行所不行由怖畏故行所不行復有五法能爲障礙謂殺生不與取欲邪行妄語飲酒復有六法能爲障礙謂不恭敬佛菩提不恭敬法不恭敬僧不恭敬律儀不恭敬三摩地不恭敬建立施設復有七法能爲障礙謂慢慢勝慢慢勝上慢增上慢邪慢下慢我慢復有八法能爲障礙何等爲八謂邪見邪思邪語邪業邪命邪勤邪念邪三摩地復有九法能爲障礙何等爲九謂於我身去來今世作不饒益生惱害事於我所愛去來今世作不饒益生惱害事我所不愛於去來今世作不饒益生惱害事復有十法能爲障礙謂十不善道是故略說是十種法能爲障礙爲欲止息寂靜永斷如是障礙法故如來爲諸有情敷演正法舍利子乃至一切違理作意相應諸結若由諸法住愛味觀顛倒相應違背出離愛見執著於有味著有所依事身語意業彼一切相如來了知皆是障礙既了知已如實說爲能障礙法復次舍利子此如來無畏不可思議以大悲爲方便眞如平等眞性如性非不如性無變異性無覆藏性無怖畏性無退屈性無違諍性由如是故光顯大衆能令悅豫遍身怡適心生淨信踊躍歡喜舍利子世間衆生無有

能於如來無畏起違諍者何以故由如來無畏不可爲諍故如性平等處法界性流布遍滿諸世界中無能違害如是無量無數不可思議無與等者不可宣說妙法成就而如來大悲熏心爲諸有情說障礙法欲令止息寂靜永斷彼障法故舍利子如來無畏不可思議無邊無際譬如虛空若有欲求如來無畏邊際者不異有人求於空際舍利子是諸菩薩摩訶薩聞如來說是不思議無畏如虛空已信受諦奉清淨無疑乃至發希奇想舍利子是名第三說障法無畏由如來成就此無畏故於大衆中正師子吼轉大梵輪乃至一切世間所不能轉復次舍利子如來應正等覺成就無上智力故於大衆中唱如是言我說聖出離所修能正盡苦道若諸有情修習此道必定出離此中諸天世間無能於如來前如法立論汝所說道不能出離舍利子云何名爲聖出離道舍利子所謂一正趣道能令衆生畢竟清淨復有二法能令衆生畢竟出離謂奢摩他及毗鉢舍那復有三法能令出離謂空無相無願解脫之門復有四法能令出離謂緣身生念緣受生念緣心生念緣法生念復有五法能令出離謂信根勤根念根三摩地根慧根復有六法能令出離謂念佛念法念僧念戒念捨念天復有七法能令出離所謂念等覺支擇法等覺支勤等覺支喜等覺支安息等覺支三摩地等覺支捨等覺支復有八法能令出離所謂聖八支道正見正思惟正語正業正命正勤正念正三摩地復有九種悅根本法能令出離所謂悅喜

安息樂三摩地如實智見厭及離欲解脫復有十法能令出離謂十善業道如是如來爲諸有情如實開示聖出離行舍利子乃至一切所有正善菩提分法或戒聚相應或三摩地聚慧聚解脫聚解脫智見聚相應或聖諦相應如是名爲能出離行又舍利子能出離者所謂正行言正行者於此法中無有一法若增若減若來若去若取若捨何以故非行正行者行一種覺若能如實知見諸法皆不二性是則名爲聖出離行舍利子此如來無畏不可思議以大悲爲方便眞如平等眞性如性非不如性無變異性無覆藏性無怖畏性無退屈性無違諍性由如是故光顯大衆能令悅豫遍身怡適心生淨信踊躍歡喜舍利子世間衆生無有能於如來無畏起違諍者何以故由如來無畏不可爲諍故如性平等處法界性流布遍滿諸世界中無能違害如是聖出離行無量無數不可思議無與等者不可宣說妙法成就而如來大悲熏心爲諸衆生開示演說聖出離行若有衆生如實解了修行正道必能出離速盡諸苦舍利子如來無畏無邊無際譬如虛空若有欲求如來無畏邊際者不異有人求於空際舍利子諸菩薩摩訶薩聞是如來不思議無畏已信受諦奉清淨無疑乃至發希奇想舍利子是名第四說聖出離道無畏由如來成就此無畏故於大衆中正師子吼轉大梵輪一切世間沙門婆羅門諸天魔梵不能如法而轉舍利子如來如是四種無畏無邊無際譬如虛空一切衆生不能得盡其邊際者諸菩薩摩

訶薩聞如來如是不思議無畏如虛空已信受諦奉清淨無疑倍復踊躍深生歡喜發希奇想爾時世尊欲重宣此義而說頌曰

自然正覺悟　諸法平等性　故遍見如來
說名正等覺　若諸凡夫法　及學無學法
最勝獨覺法　佛法悉平等　一切世間法
及諸出世法　善不善不動　涅槃路平等
若空若無相　若離諸願樂　無生無有為
悉見平等性　覺平等性已　如所應宣說
解脫諸有情　大牟尼無畏　已解脫三有
復開示解脫　諸人天聖尊　顯第二無畏
最勝覺障法　習不證解脫　非清淨下劣
不具諸羞愧　未嘗有身護　及以語意護
貪瞋癡怖畏　害命損他財　行邪欲妄語
飲酒不恭敬　七慢八邪支　悉非解脫處
九惱害多過　十不善業道　不如理思惟
愚癡無解脫　顛倒修諸行　執虛妄放逸
佛知說障法　是第三無畏　清淨門無量
修習證菩提　佛自然通達　說趣甘露法
乃至諸所有　衆多妙善法　助清淨菩提
最勝所稱讚　若善修習已　不證諸解脫
必無有是處　十力者誠言　若如理思惟
息廣大煩惱　觀諸法平等　善修習聖行
不執著諸相　是法及非法　解脫諸憂怖
大淨者所說　善知種種法　虛廓如淨空
又如幻如夢　解脫諸有海　若放逸造業
輪迴諸有趣　大悲愍衆生　欲令證解脫
十力牟尼尊　處生死化法　是第四無畏
清淨等虛空

如是舍利子是名如來不思議無畏菩薩摩

訶薩信受諦奉清淨無疑乃至發希奇想爾時佛告舍利子云何菩薩摩訶薩於如來不思議大悲信受諦奉乃至發希奇想舍利子諸佛如來大悲常轉何以故諸佛如來不捨一切衆生故於一切時爲成熟一切衆生故當知大悲常起不息舍利子此如來大悲如是無量如是不可思議如是無等等如是無邊如是不可說如是猛利如是久遠隨諸衆生乃至如來一切語業於是大悲亦難宣說何以故猶如如來證得菩提不可思議如是如來於諸衆生大悲發起亦復如是不可思議舍利子云何如來證得菩提舍利子由如來入如是無根無住故證得菩提舍利子何等爲根何等爲住有身爲根虛妄分別爲住如來於此二法平等解了是故說言由如如來入無根無住故證得阿耨多羅三藐三菩提一切衆生不能解了如是二法如來於彼發起大悲我今定當開示令其解了如是無根無住法故復次舍利子夫菩提者其性寂靜何等名爲寂靜二法舍利子於内爲寂於外爲靜何以故眼性是空離我我所如是耳鼻舌身意意性是空離我我所若如是知名之爲寂如實了知眼性空已不趣於色乃至如實了知意性空已不趣於法若如是知名之爲靜一切衆生於此寂靜二法不能解了如來於彼發起大悲我今定當開示令其解了如是寂靜二法故復次舍利子我證菩提自性清淨云何名爲自性清淨舍利子菩提之性體無染汙菩提之性與虛空等菩提之性是虛空性菩提之性同於虛空菩提虛空

平等平等究竟性淨愚癡凡夫不覺如是自性清淨而爲客塵煩惱之所染汙一切衆生於是自性清淨不能解了如來於彼發起大悲我今定當開示令其解了如是自性清淨故復次舍利子我證菩提無入無出何等名爲入出二法舍利子所言入者名執諸法所言出者名不執諸法如來明見無入無出平等法性猶如如來明見無遠及無彼岸何以故以一切法性離遠及彼岸故能證是法故名如來一切衆生於此無入無出法性不能覺了如來於彼發起大悲我今定當開示令其覺了如是無入無出法故復次舍利子我證菩提無相無境何等名爲無相無境舍利子不得眼識名爲無相不觀於色名爲無境乃至不得意識名爲無相不觀於法名爲無境舍利子無相無境衆聖所行何等所行謂在三界愚癡凡夫於衆聖所行不能行故於無相無境不能覺了如來於彼發起大悲我今定當開示令其覺了如是無相無境法故復次舍利子言菩提者非去來今三世平等三相輪斷何等名爲三相輪斷舍利子於過去世心無顧轉於未來世識無趣向於現在世意無起作是心意識無有安住不分別過去不執著未來不戲論現在一切衆生不能覺悟三世等性三輪清淨如來於彼發起大悲我今定當開示令其覺悟如是三世三輪平等清淨故復次舍利子我證菩提無爲無性何故名曰無爲無性舍利子是菩提性非眼識所識乃至非意識所識言無爲者無生無滅亦無有住三相永離故名無爲舍利子

知無爲性當覺有爲何以故諸法自性即是無性夫無性者即體無二一切衆生不能覺悟此無性無爲故如來於彼發起大悲我今定當開示令其覺悟如是無性無爲故復次舍利子我證菩提無差別跡何故名爲無差別跡舍利子真如法性二俱名跡性無別異性無安住名無差別諸法實際名之爲跡性無動摇名無差別諸法空性名之爲跡性不可得名無差別諸法無相名之爲跡性不可尋名無差別諸法無願名之爲跡性無發起名無差別無衆生性名之爲跡即體性無名無差別是虛空相名之爲跡性不可得名無差別其性無生是名爲跡其性無滅名無差別其性無爲是名爲跡性無行住名無差別爲菩提相是名爲跡其性寂靜名無差別爲涅槃相是名爲跡其性無生名無差別舍利子一切衆生不能覺悟無差別跡如來於彼發起大悲我今定當開示令其覺悟如是無差別跡故復次舍利子言菩提者不可以身證不可以心證何以故身性無知無有作用譬如草木牆壁瓦石之光心性亦爾譬如幻事陽焰水月若能如是覺悟身心是名菩提舍利子但以世俗言說假名菩提菩提實性不可言說不可以身得不可以心得不可以法得不可以非法得不可以真實得不可以非真實得不可以諦得不可以安得何以故由菩提性離言說故亦離一切諸法相故又以菩提無有形相用通言說譬如虛空無有形處故不可說舍利子如實尋求一切諸法皆無言說何以故由諸法中無有言說於言

説中亦無諸法一切衆生不能覺悟如是諸法理趣如來於彼發起大悲我令定當開示諸法理趣令其覺悟如是諦實義旨故復次舍利子言菩提者無取無藏何等名爲無取無藏舍利子了知眼故名無所取不觀色故名曰無藏舍利子如來證是菩提無取無藏故不取於眼不藏於色不住於識乃至不取於意不藏於法不住於識雖不住識而能了知一切衆生心之所住云何了知謂諸衆生心住四法何等爲四一切衆生心住於識心住於受心住於想心住於行如來如是如實了知住與不住一切衆生不能覺悟無住實際如來於彼發起大悲我令定當開示令其覺悟如是無住實際法故復次舍利子言菩提者空之異名由空空故菩提亦空菩提空故諸法亦空是故如來如其空性覺一切法不由空故覺法空性由一理趣智故覺法性空空與菩提性無有二由無二故不可説言此是菩提此是空性若有二者則可言説此爲菩提此爲空性以法無二無有二相無名無相無行畢竟不行亦不現行所言空者遠離取執勝義諦中無法可得由性空故説名爲空如説太虛名爲虛空而太虛性不可言説如是空法説名爲空而彼空性不可言説如是悟入諸法實無有名假立名説然諸法名無方無處如名詮諸法此法無方無處亦復如是如來了知一切諸法從本已來無生無起如是知已而證解脱然其實性無縛無脱諸癡凡夫不能覺悟此菩提性如來於彼發起大悲我當開示令其覺悟如是菩提之

實性故復次舍利子菩提之性與太虛等然太虛性無等不等菩提亦爾無等不等猶如諸法性無眞實不可說等及不平等如是舍利子如來覺悟一切諸法其性平等無不平等如實覺悟無有少法可爲平等及不平等如是如來如實智量窮諸法量何者名爲如實智耶謂知諸法本無而生生已離散無主而生無主而散若生若散隨衆緣轉此中無有一法若轉若還及隨轉者故說如來爲斷諸徑說微妙法一切衆生不能覺悟斷諸徑法如來於彼發起大悲我當開示令其覺悟如是斷諸徑法故復次舍利子言菩提者即是如句何等名爲如句之相舍利子如菩提相諸色亦爾同彼眞如無有退還而不遍至受想行識亦復如是如彼眞如無不遍至舍利子如菩提相同彼眞如四大之性亦復如是如彼眞如無有退還而不遍至如菩提性同彼眞如眼界色界及眼識界乃至意界法界及意識界亦復如是如菩提相但假施設一切諸法蘊界處等但假施設亦復如是知如是相名爲如句又舍利子如來一切如實覺悟不顛倒覺猶如前際中後亦爾何以故前際無生後際無趣中際遠離如是一切名爲如句如是一句一切亦爾如是一切一句亦爾非如性中一性多性而是可得一切衆生不能覺悟此之如句如來於彼發起大悲我當開示令其覺悟如是眞如法句故復次舍利子言菩提者名入於行及入無行何等名爲行及無行舍利子發起善法名之爲行一切諸法即不可得名爲無行住不住心名

之爲行無相三摩地解脫門名爲無行舍利子所言行者稱量筭數觀察於心言無行者過稱量等云何名爲過稱量等以一切處無有諸識作用業故舍利子所言行者謂於是處觀察有爲言無行者謂於是處證於無爲愚癡凡夫不能覺悟入行非行如來於彼發起大悲我當開示令其覺悟如是入行非行法故復次舍利子夫菩提者無流無取云何名爲無流無取舍利子離四流性故曰無流何謂爲四離欲流性離有流性離無明流性離見流性舍利子離四取性故名無取何等爲四離欲取性離有取性離見取性離戒取性舍利子如是四取皆由無明而爲盲闇愛水隍池之所壅閉由執我故受蘊界處如來於中如實了知我取根本自證清淨亦令衆生證得清淨舍利子如來旣證是清淨故於諸法中無所分別何以故舍利子由此分別起不如理思惟此但如理相應故不起無明不起無明故不能發起十二有支若不發起十二有支此即無生若無生者此即決定若決定者此即了義若了義者此即勝義若勝義者即無人義無人義者即不可說義不可說義者即緣起義諸緣起義者即是法義諸法義者即如來義舍利子若能如是觀緣起者即是觀法若觀法者即觀如來如是觀者離眞如外無有所觀此中云何有所有耶謂相及緣如是二法若能觀察無相無緣即眞實觀如來覺悟如是諸法平等故平等愚癡凡夫不能覺悟此無流無取性如來於彼發起大悲我當開示令其覺悟如是無流無取

性故復次舍利子夫菩提者其性清淨無垢無執云何名爲清淨無垢及以無執舍利子空故清淨無相故無垢無願故無執又舍利子無生故清淨無作故無垢無取故無執又舍利子自性故清淨遍淨故無垢光潔故無執又舍利子無戲論故清淨離戲論故無垢戲論寂靜故無執又舍利子眞如故清淨法界故無垢實際故無執又舍利子虛靜故清淨無礙故無垢空寂故無執又舍利子內遍知故清淨外不行故無垢內外不可得故無執又舍利子蘊遍知故清淨界自體故無垢處損減故無執又舍利子過去盡智故清淨未來無生智故無垢現在法界住智故無執舍利子如是清淨無垢無執之性同趣一句言一句者謂寂靜句諸寂靜者即極寂靜極寂靜者即遍寂靜遍寂靜者名大牟尼舍利子猶如太虛菩提亦爾如菩提性諸法亦爾如諸法性眞實亦爾如眞實性國土亦爾如國土性涅槃亦爾故說涅槃諸法平等亦名究竟無邊際相故無有對治離對治相故如是諸法本來清淨無垢無執舍利子如來於是色無色等一切諸法如實覺悟觀有情性遊戲清淨無垢無執發起大悲我今定當開示令其覺悟如是清淨無垢無執法故復次舍利子如是如來不可思議大悲不由功用任運常轉流布遍滿十方世界無有障礙舍利子如來大悲不可思議無邊無際猶如虛空若有欲求如來大悲邊際者不異有人求於空際舍利子是諸菩薩摩訶薩聞如來不思議大悲同虛空已信受諦奉清淨無疑乃

至發希奇想爾時世尊欲重宣此義而說頌
曰
諸佛證菩提　無根無所住　如佛所證已
爲諸衆生說　諸佛證菩提　寂靜極寂靜
觀眼等內空　色等外空性　有情不覺悟
寂靜極寂靜　如來知句義　於彼起大悲
菩提性光潔　清淨等虛空　是衆生不了
於彼起大悲　諸佛證菩提　無去來取捨
是衆生不了　於彼起大悲　諸佛證菩提
無相無境界　衆聖之所行　非愚夫所履
諸凡夫不知　雖知不明達　如來於彼類
興起於大悲　無爲之自性　無生亦無滅
於彼亦無住　三輪長解脫　愚夫不能覺
諸有爲自性　於彼起大悲　開如是理趣
菩提非身證　亦不由心證　身自性無知
心如幻事等　愚夫不能覺　身心自體性
於彼起大悲　開如是妙理　諸佛自然證
廣大勝菩提　安坐樹王下　觀察含靈性
登上生死輪　循環種種趣　如來見彼已
興猛厲大悲　憍慢之所壞　見網恒纏裹
於苦生樂想　無常起常想　計淨我衆生
命者見所壞　如來觀彼已　興猛厲大悲
一切衆生性　覆障於癡膜　無有慧光明
如重雲掩日　如來見彼已　興猛厲大悲
以無垢智光　當爲彼明照　既入諸惡趣
常迷失正道　或墮地獄趣　畜生鬼趣中
過去佛已知　導開前正路　今佛見彼已
興猛厲大悲　佛知一切法　眞如及實性
清淨等虛空　證成眞解脫　諸衆生不知
如是淨妙法　如來見彼已　興猛厲大悲

如是舍利子是名如來不思議大悲諸菩薩摩訶薩聞是不可思議大悲已信受諦奉清淨無疑倍復踊躍深生歡喜發希奇想

大寶積經卷第三十九

音釋

怡適 怡盈之切悅樂也適施隻切安便也 逃迸 逃徒刀切迸北諍切散走也 瑑 音卓治玉也 隍池 隍胡光切隍池城池也有水曰池無水曰隍 膜 音莫肉間膜也

大寶積經卷第四十

唐三藏法師玄奘奉　詔譯

菩薩藏會第十二之六

如來不思議性品第四之四

爾時佛告舍利子云何菩薩摩訶薩於如來不思議不共佛法信受諦奉清淨無疑乃至發希奇想舍利子如來成就十八不共佛法由成就故如來應正等覺於大衆中正師子吼自稱我處大仙尊位轉大梵輪一切世間沙門婆羅門諸天魔梵不能如法而轉舍利子何等名爲十八不共佛法舍利子所謂如來處世無諸誤失以無失故名爲如來何等名爲無有誤失舍利子如來身業無有誤失以無失故一切世間若愚若智不能立如法論謂如來身有誤失者何以故佛薄伽梵身業畢竟無誤失故舍利子諸佛如來遊步世間直視於前轉身迴顧若屈若伸服僧伽胝攝持衣鉢進止往來行住坐卧如來於中無失威儀端嚴庠序舍利子如來若往城邑若旋返時雙足蹈空而千輻輪現於地際悅意妙香鉢特摩華自然涌出承如來足若畜生趣一切有情爲如來足之所觸者極滿七夜受諸快樂命終之後往生善趣樂世界中舍利子如來被服不著其身如四指量吠嵐婆風不能摇動舍利子如來身光極照無間觸彼衆生令興樂受舍利子如是一切身無過相故說如來身無誤失如自所證身無誤失亦爲衆生說如斯法令其永斷身業誤失舍利子如來語業無有誤失以無失故一切世間若愚若智不能如法伺求如來語業誤失

何以故舍利子如來爲迦羅時語者如來爲實語者爲諦語者爲三摩耶時語者爲如語而作者爲善訓釋詞語者爲令衆生歡悅語者爲無重述語者爲文義莊嚴語者爲隨發一音皆令信解歡悅語者舍利子如是一切語無過相故說如來語業無失如自所證語無誤失亦爲衆生說如是法令其永斷語業誤失舍利子如來之心無有誤失以無失故一切世間若愚若智不能如法伺候如來心業誤失何以故舍利子如來不捨甚深定法而能發起作諸佛事不役神慮於一切法無礙智見任運而轉故說如來心無誤失如自所證心無失故亦爲衆生說如斯法令其永斷心業誤失舍利子如是身語心業無有失故是名如來第一諸業無有誤失不共佛法

復次舍利子云何如來所發言音無有卒暴舍利子如來以無卒暴發言音故一切世間若魔若魔眷屬及餘天子諸外道等不能伺獲如來便者何以故舍利子如來言音本無卒暴無隨卒暴何以故久已永離諸愛恚故一切衆生雖加尊敬而心不高雖加輕侮而心不感又舍利子如來無有所作過時及不究竟非由此事而起追悔及隨前事起卒暴音又舍利子如來無有與世諍訟是故如來無卒暴音如來常止無諍深定無我所執亦無有取遠離諸縛是故如來無卒暴音舍利子如是無量音無卒暴如來於中悉皆證入如佛所證音無卒暴亦爲衆生說如斯法令其永斷諸卒暴故舍利子是名如來第二言無卒暴不共佛法復次舍利子云何如來念

無忘失舍利子如來正念無忘失故不於一法而生愚亂何以故如來住於靜慮解脫三摩地三摩鉢底中不癡忘故觀諸有情心行動轉無罣礙故如其所應宣說妙法無忘失故於諸義法訓詞辯才無礙解中無忘失故於去來今無礙智見如是無量無忘失故如自所證去來現在無礙智見無有忘失亦爲有情說如斯法令其證得無忘失念舍利子是名如來第三念無忘失不共佛法復次舍利子云何如來無不定心而可得者舍利子如來若行若住若坐若臥若食若飲若語若默常處深定中無出離何以故由如來證得甚深三摩地最勝波羅蜜多成就無障無礙深靜慮故舍利子無有衆生處有情類若定不定能觀如來心及心所唯除如來威力加被而能得知如自所證常處定心亦爲有情依三摩地說如斯法令其永斷散亂之心舍利子是名如來第四無不定心不共佛法復次舍利子云何如來無諸異想何以故舍利子由異想故可有安住不平等心如來心常安住平等故於一切法無諸異想舍利子如來於諸佛土無諸異想以彼佛土如虛空故如來於諸有情無種種想由彼有情性無我故如來於諸佛所無種種想由彼法性無有差別平等智故如來於一切法無種種想由離欲法性平等故如來於持戒者其心無愛於犯戒者其心無恚於有恩所無不酬報於有怨所情無加害於所調伏無不平等於住邪定心不輕慢於諸法中平等安住故名如來無種種想如自所證無異想故亦爲衆生

說如斯法令其永斷種種異想舍利子是名如來第五無諸異想不共佛法復次舍利子云何如來無揀擇捨何以故舍利子如來已修聖道而證此捨非未修道而有證故如來已修於心已修於戒已修於慧而證此捨非所未修而有證故舍利子如來捨者隨智慧行不隨癡行如來捨者是出世間不墮世間如來捨者是聖是出離非爲不聖非不出離如來捨者能轉梵輪悲愍衆生常不捨離如來捨者任運成就不隨對治故舍利子如來捨者無高不高亦無下劣得住不動遠離二邊超過一切思量揀擇觀待於時亦不過時無動無思無有分別無異分別無修無損無有憍逸無有示現眞性如性不虛妄性非不如性如是無量舍利子如來如是大捨成就爲諸衆生捨圓滿故說如斯法舍利子是名如來第六無揀擇捨不共佛法復次舍利子云何如來志欲無有退減舍利子何等志欲而無退減所謂如來善法志欲復有何義名爲志欲舍利子如來大慈志欲無減如來大悲志欲無減如來說法志欲無減調伏衆生志欲無減成熟衆生志欲無減與於遠離志欲無減教導菩薩志欲無減紹三寶種令不斷絕志欲無減一切如來不隨欲行如來志欲智爲前導如自所證志欲無減亦爲衆生說如斯法令彼證得圓滿無上一切智智之志欲故舍利子是名如來第七志欲無減不共佛法復次舍利子云何如來正勤無有退減舍利子何等正勤而不退減所謂不捨所化衆生正勤於聽法衆不懷擯遣正勤以如

是等無有退没故說如來正勤無減舍利子假使如來值遇如是樂聞法衆堪任法器若能聽法經劫無倦如來亦隨經劫不起于座不緣食飲相續說法中無暫廢又舍利子如來爲衆生故假使過於殑伽沙等諸佛世界唯一衆生是佛化限爾時如來躬往其所爲說法要令其悟入正勤無厭舍利子如來身無疲倦及以語心亦無疲倦何以故如來身語及心常安息故舍利子如來長劫發起精進讚歎精進爲諸衆生說如是法令彼勤修是精進故證聖解脱舍利子是名如來第八正勤無減不共佛法復次舍利子云何如來於一切法及一切種一切念無有退減何以故由諸如來念無退故舍利子如來證得阿耨多羅三藐三菩提無間觀察一切衆生去來諸心相續知已如來於中畢竟了知無有忘念又如實知衆生行已如來於中無復役智而如來念曾無退減又舍利子如來安立三聚衆生諸根悟入意解趣行審觀察已更不憶念無重思惟不復觀察常爲衆生宣說妙法無有斷絶何以故由如來念無退減故如自所證無退減念亦爲衆生說如斯法令其永斷諸念退減舍利子是名如來第九念無退減不共佛法復次舍利子云何佛三摩地無有退減舍利子佛三摩地與一切法其性平等無非平等何以故由一切法及一切種法無有不平等性故舍利子何因緣故佛三摩地復無退減舍利子以眞如平等故即三摩地平等以三摩地平等故即如來平等以能證入如是平等性故三摩地者名爲等

定又舍利子若貪際平等即離貪際平等若瞋際平等即離瞋際平等若癡際平等即離癡際平等若有爲際平等即無爲際平等若生死際平等即涅槃際平等以如來證入如是平等性故於三摩地而無退減何以故平等之性無退減故舍利子此佛三摩地非眼相應亦非耳鼻舌身意相應何以故然彼如來諸根無缺故又如來三摩地不依地界不依水火風界不依欲界色無色界不依此世及他世間何以故由無依故無退無減是故如來如自所證諸三摩地無有退減亦爲衆生說如是法令彼證得諸三摩地故舍利子是名如來第十三摩地無有退減不共佛法復次舍利子云何如來智慧無有退減舍利子何等名爲如來智慧所謂了知諸法不緣他智爲他有情及以他人演妙法智無盡善巧無礙解智分別一切句智悟入一句百千大劫說無盡智如其所聞斷疑網智於一切處無障礙智宣說安立聖三乘智能遍了達八萬四千有情心行智如應開示八萬四千諸法藏智舍利子此如來智慧無邊無際無有窮盡由此智慧不可盡故隨慧而說亦無有盡故說如來智慧無有退減如自所證智慧無減亦爲衆生說如斯法令其證得無盡智慧故舍利子是名如來第十一智慧無減不共佛法復次舍利子云何如來解脫無有退減舍利子何等名爲如來解脫舍利子諸聲聞乘隨悟音聲故得解脫諸獨覺乘隨悟衆緣故得解脫佛薄伽梵遠離一切執著二邊故得解脫是故說爲如來解脫何以故舍

利子如是解脫前際無縛後際無轉不住現在故又舍利子眼之與色二執解脫如是耳聲鼻香舌味身觸二執解脫攝受無執依止解脫故又舍利子心之與智自性光潔體無瑕穢是故諸佛由刹那心相應慧故證得阿耨多羅三藐三菩提以是如來隨所證覺亦爲衆生説如斯法令彼證覺如是法故舍利子是名如來第十二解脫無減不共佛法復次舍利子云何如來一切身業智爲前導隨智而轉何以故舍利子由能成就是身業故一切有情若見如來即便調伏或聞説法亦皆調伏是故如來或現默然調伏衆生或現飲食調伏衆生或現諸威儀調伏衆生或現諸勝相調伏衆生或現隨形好調伏衆生或現無觀頂調伏衆生或現觀視相調伏衆生或現神光觸照調伏衆生或現遊步舉足下足調伏衆生或現往還城邑聚落調伏衆生舍利子以要言之佛薄伽梵無有威儀而不調伏諸衆生者故説如來一切身業智爲前導隨智而轉亦爲衆生説如是法令其證入如是智故舍利子是名如來第十三身業智導不共佛法復次舍利子云何如來一切語業智爲前導隨智而轉何以故舍利子佛薄伽梵不虛説法故以智前導所有記莂無不圓備凡所宣説言詞顯妙舍利子如來語言隨現而轉不可思議令當略説舍利子如來語者易解了語易明識語不高大語不卑下語非不勝語不邪曲語不謇吃語不繁亂語不澀鈍語不麤獷語不隱沒語柔和聲語可欣樂語不虛羸語不輕掉語不調疾語不繁

重語不迅急語善斷約語善訓釋語極妙和美語勝妙音語善唱導語大清亮語大雷震語無遺逸語飲甘露語有義旨語可親附語廣大之語可愛重語無塵染語離塵黷語無栽穢語無垢濁語無謇鈍語威嚴盛語無障礙語能教導語明潔之語有正直語無怯憚語無缺減語非輕急語能生喜樂語令身怡適語令心踊躍語寂靜貪語寂靜瞋語壞滅癡語呑噉魔語調伏惡語摧異論語有表示語天鼓音語智者悅語羯羅頻迦音語上帝音語梵天音語海潮音語雲雷音語地山震吼音語鴻鶴王音語孔雀王音語黃鸝音語命命音語鶖鴈王音語鹿王音語箜篌音語伐洛迦音語鉢拏縛音語大螺吼音語長笛音語易開解語易了別語暢明曉語適悅意語可聽聞語深遠音語無瘖瘂語悅可耳語生善根語文句無缺語善說文句語義句相應語法句相應語時相應語時捷對語不過時語知根勝劣語莊嚴施語淨尸羅語教授忍語練正勤語令樂靜慮語悟入正慧語慈善集語悲無倦語清淨喜語證入捨語安立三乘語令三寶種不斷絶語安立三聚語淨三解脫語遍修諦語遍修智語達者不毀語聖者稱讚語隨虛空量語一切種妙成就語舍利子如是無量無邊微妙清淨如來之語故說如來一切語業智爲前導隨智而轉如自所證如是語業亦隨諸有情而爲說法令其證入如是語故舍利子是名如來第十四語業智導不共佛法復次舍利子云何如來一切意業智爲前導隨智而轉舍利子夫如

來者心意與識皆不可說故舍利子夫如來者應以智求智增上故說名如來此如來智隨至一切衆生之心隨入一切衆生之意不離一切衆生之識焚蕩諸法諸三摩地不從他緣超過一切所緣境界遠離緣生滅三有趣超諸慢種解脫魔業離諸諂誑捨我我所除滅無明癡暗之膜善修道支與虛空等無有分別與諸法界而無差別舍利子如來證入如是意業爲如是相智爲前導隨衆生心而爲說法令彼證入如來意故舍利子是名如來第十五意業智導不共佛法復次舍利子云何如來於過去世無著無礙智見轉舍利子何以此智名之爲轉舍利子如來以無礙智能知如是無量無邊過去世中所有諸佛國土若成若壞彼一切事無量無數如來

方便悉能數知如是乃至諸佛國中所有卉木叢林衆藥所攝彼一切事如來於此悉能了知如是乃至諸佛國中諸衆生身衆生假立彼一切相悉能了知又能了知彼中所有若干衆生種種性種種色乃至廣說如來於此悉能了知舍利子如是彼中所有諸佛出現於世彼一一如來所宣正法如來於此悉能如實分別了知如是乃至爾所衆生於聲聞乘已調伏者或獨覺乘已調伏者或於大乘已調伏者是亦如來悉能了知及諸佛土差別之相苾芻僧衆壽量法住入息出息受用飲食如是等類差別之相如來於此悉能了知舍利子一切有情過去世相若死若生若界若趣如來於此悉能分別如實了知又諸有情種種根性種種行性種種意解性如

是無量悉能了知又能了知諸心相續所謂如是如是心無間如是如是心生起彼諸心相若干非一如來方便悉能數知舍利子如來或以現智或種類智證得如是過去謝往諸心相續自既證是智無不備隨衆生心而爲說法欲令證入如是智故舍利子是名如來第十六過去無礙智不共佛法復次舍利子云何如來於未來世無著無礙智見轉舍利子何以此智名之爲轉所謂未來世中所有如來或當出現或當滅度或復當有或復當無彼一切相如來於此悉能了知如是乃至當來火劫燒當來水劫壞當來風劫壞乃至一切諸佛國土當住久近若干等異如來於此悉能了知如是乃至當來諸佛國土所有地界若干微塵所有卉木叢林衆藥等事乃至當來星宿色相若干非一如來於此悉能了知如是乃至遍滿一一諸佛土中當來諸佛獨覺聲聞及以菩薩出現於世所有受用若飲若食入息出息行住威儀無量等相如來如實悉能了知如是乃至一一如來化行差別觀有情性當證解脫或乘聲聞乘或乘獨覺乘或乘大乘當證解脫如來一切悉能了知如是遍滿未來之世一一佛土爾所衆生生處差別諸有情心心所有法如來一切悉能了知舍利子如來如是如實了知非有來世遠心相續然由如來觀於來世如實了知自既證已亦與衆生演說斯法欲令證入如是智故舍利子是名如來第十七未來無礙智不共佛法復次舍利子云何如來於現在世無著無礙智見轉舍利子何以此智

名之爲轉舍利子如來於現在世十方一切諸佛土中所有三種方便數知如是了知現在諸佛諸菩薩衆諸聲聞衆諸獨覺衆若干差别悉能了知又能了知現在世中星宿色相卉木諸藥叢林等事乃至現在十方一切地界微塵分量如來如實方便數知舍利子十方國土一切水界不可思議如來以一毛端舉滴令盡如是無量悉能明了方便數知又十方國土一切火界焰起差别如來於此方便數知又十方國土一切風界依色處起如來亦能方便了知又十方國土諸太虛界毛端際量若干非一如來如實方便數知舍利子如來如是了知現在三種衆生界乃至了知現在地獄衆生界彼能生因及彼出因又知現在畜生衆生界生因出因俱能了知焰魔界衆亦復如是又能了知現在人間諸衆生界生彼之因及終殁因俱能了知又能了知現在天趣諸衆生界生彼之因及終殁因俱能了知又能了知現在衆生諸心相續有煩惱性離煩惱性及以現在所化衆生諸根差别及非所化一切衆生諸根差别如是無量如來如實悉能了知舍利子如來如是了知現在一切諸法非如來智隨二識行爲諸衆生悟入無二而説斯法令其覺悟如是之智舍利子是名如來第十八現在無礙智不共佛法復次舍利子諸佛如來成就如是十八不共佛法故圓滿無餘遍十方界光明流照一切大衆復由是法希有奇特威光名稱功德法故映奪一切天魔衆會舍利子如來不共佛法不可思議無邊無際猶如虛空

若有欲求如來一切不共佛法邊量者不異有人求於空際舍利子是諸菩薩摩訶薩聞如來不共佛法不可思議如虛空已信受諦奉志懷清淨無惑無疑倍復踊躍深生歡喜發希奇想爾時世尊欲重宣此義而說頌曰

導師身語及意業　無有誤失亦無動
即以此法導衆生　是爲如來不共法
其心不高亦不下　究竟遠離於瞋愛
常住無諍諍永滅　是爲如來不共法
導師於法及與智　解脫所行無忘念
諸無礙解亦無失　是爲如來不共法
若住若食若經行　若坐若臥心常定
無亂亦無衆生想　是爲如來不共法
善逝於諸佛國土　有情及佛無異想
住平等性大意解　是爲如來不共法
最勝無諸揀擇捨　勝決定道善修故
無有分別異分別　是爲如來不共法
大師善欲無退減　常與慈悲方便俱
調伏衆生廣無量　是爲如來不共法
善逝精進曾無減　觀所化衆量無邊
三業調伏諸衆生　是爲如來不共法
諸佛大念曾無減　處菩提座成正覺
已覺諸法無量覺　是爲如來不共法
無有分別異分別　自然住等三摩地
靜慮諸法無所依　是爲如來不共法
導師智慧最吉祥　了達一切衆生行
演說妙法隨意解　是爲如來不共法
隨聲而聞緣獨覺　及與諸佛勝解脫
無礙離垢譬虛空　善逝大捨難思慮
諸佛本來無有心　自性解脫心相續

如解脫法爲衆說　是爲如來不共法
衆生眼見佛威儀　若住若行入城邑
相好光明諸所現　莫不調伏而修善
眞實薩埵放光明　多拘胝衆受安樂
光現無不度衆生　是爲最勝不共法
自然聖者演法音　皆得聽聞隨意解
所聞法聲如響應　是名最勝不共法
善逝導師無心業　諸行業轉皆由智
智入一切衆生心　是名最勝不共法
諸三摩地及靜慮　善修成滿離戲論
住平等性類虛空　是名最勝不共法
於過去世一切法　種種諸趣解脫智
善逝妙智無礙轉　是名最勝不共法
諸佛於彼未來世　世界當有及當無
衆生國土及最勝　無有遺餘正明了
善逝觀於未來世　心靜曾無散亂時
衆生及法如實知　是名最勝不共法
諸有流行現在世　最勝無障悉能知
導師境界等虛空　是名如來不共法
已說如來不共法　最勝十八不思議
眞如實性等虛空　聰慧菩薩能信受

舍利子是名如來成就如是十八不共佛法由成就故如來應正遍知於大衆中正師子吼自稱我處大仙尊位能轉梵輪一切世間沙門婆羅門諸天魔梵不能如法而轉舍利子如是安住淨信諸菩薩摩訶薩於如來十不思議及十種不可思議法信受諦奉志懷清淨無惑無疑倍復踊躍深生歡喜發希奇想

大寶積經卷第四十

音釋

輕傷（傷罔甫切慢也輕傷謂輕易傷慢也）擯（必刃切斥也）謇吃（謇紀偃切吃居乙切謇吃口不便於言也）麤獷（麤倉胡切疏也大也獷古猛切麤惡貌）黷（徒谷切濁也圜也）怯憚（怯乞業切畏懦也憚徒案切忌難也）呑噉（呑他根切咽也餐也噉徒濫切食噉也）鸝（憐題切黃鸝鳥名也）捷（疾葉切亟也）卉（翊鬼切草之總名也）歿（莫勃切終也）